茅盾研究年鉴

2018—2019

赵思运　蔺春华　主编

中国社会科学出版社

图书在版编目(CIP)数据

茅盾研究年鉴．2018—2019／赵思运，蔺春华主编．—北京：中国社会科学出版社，2021.5

ISBN 978-7-5203-7491-0

Ⅰ.①茅…　Ⅱ.①赵…②蔺…　Ⅲ.①茅盾（1896—1981）—文学研究—2018—2019—年鉴②茅盾（1896—1981）—人物研究—2018—2019—年鉴
Ⅳ.①I206.7-54②K825.6-54

中国版本图书馆CIP数据核字(2020)第222724号

出 版 人　赵剑英
责任编辑　任　明　周怡冰
责任校对　赵雪姣
责任印制　郝美娜

出　　版　中国社会科学出版社
社　　址　北京鼓楼西大街甲158号
邮　　编　100720
网　　址　http：//www.csspw.cn
发 行 部　010-84083685
门 市 部　010-84029450
经　　销　新华书店及其他书店

印刷装订　北京君升印刷有限公司
版　　次　2021年5月第1版
印　　次　2021年5月第1次印刷

开　　本　650×960　1/16
印　　张　36
插　　页　2
字　　数　536千字
定　　价　188.00元

茅盾研究年鉴组委会

学术支持机构

浙江传媒学院文学院

浙江传媒学院茅盾研究中心

浙江省桐乡市文化和广电旅游体育局

顾　　问（按音序排列）

李文冰　潘红霞　潘敏芳　钱振纲　孙丽园　王嘉良

吴秀明　徐剑东　徐小洲　杨立平　杨荣耀　杨　扬

姚　争　张邦卫　张　梁　张直心　钟桂松

主　　任

王茂涛　李新荣

执行主任

俞春放　褚万根

主　　编

赵思运　蔺春华

本卷编务

王　姣　易小琪　余圆圆　赵安琪

目　　录

第一篇　年度学者

第二篇　年度新锐学者

第三篇 著作推介

第四篇 学术论衡

第五篇　史料新考

第六篇 观点撷英

第七篇 论文索引

第八篇 大事记

第一篇

年度学者

年度学者：杨　扬

茅盾研究点滴谈

从 1950 年代起，茅盾研究就是中国现代文学研究领域的重镇，拥有一批知名的学者，产生过一批有影响的学术论著。1980 年代成立的茅盾研究会也曾是诸多学者踊跃参加的学会，人数多达数百；出版的会刊《茅盾研究》，几乎是当时所有从事中国现代文学研究者都会关注的。但 1980 年代之后，情况有所变化。由于对茅盾文学史地位的重新评价以及一些批评意见的出现，原有的那种轰轰烈烈的热闹景象已经不再呈现，尤其是 21 世纪以来，茅盾研究似乎淡出了人们的视野，新成长起来的青年学者中，为数不多的研究者还在继续茅盾研究。因此，有一些研究者怀疑，茅盾研究会不会越来越衰落下去？

我个人感觉，不仅仅是茅盾研究经历了一个由热转冷的历史性变迁，其他的一些曾经热门的作家研究，像鲁迅研究、郭沫若研究、赵树理研究、丁玲研究、巴金研究、老舍研究等，也经历了这样的变局，只不过程度不同罢了。造成这种变化的因素是多方面的，但从学术研究的角度看，目前的状况未必是坏事，当然更谈不上茅盾研究"衰落"。学术研究本来就是少数人对问题有兴趣，然后进行研究。几百人抱团取暖的热闹场景，未必是一种正常的学术研究状态。从茅盾研究目前的情况看，参与的研究者中，有学术名望的学者不及以往，有广泛学术影响的论著也不多，但研究的基础依然雄厚，像 2016 年在上海举办的第十届中国茅盾研究会年会，参会代表 80 余人，均是来自全国各地方院校的研究者。而且，有不少基础性的研究工作还在逐渐推进。如 21 世纪以来，钱振纲教授主编的大型研究丛书“茅盾研究80年书系”以及钟桂松先生主编的新版《茅盾全集》的出版，毫无疑问，是21世纪中国文学研究中的重要收获。这些研究成果区别于以往研究的最重要的一点，就是这些研究都是茅盾研究者凭借自己的力量，而不是依靠课题资助形式完成的。这体现了研究者自己的研究兴趣，或者说，体现了学术研究的一种常态。如果说，以往的茅盾研究之所以红火，很大程度上借助了茅盾先生的声望而在诸多方面获得帮助的话，那么，今天的茅盾研究，这些曾经的外部因素基本都已经没有了，更多的是研究者出于自己的爱好和兴趣，走进这一研究领域。如果说，学术研究需要研究者付出很多，那么今天的茅盾研究就是这样一种需要付出很多的研究。

一

作为研究的基础性工作，茅盾研究并不像一些人所想象的，以为史料挖掘得差不多了。在茅盾的文学史评价过程中，恰恰是因为史料的挖掘不够，造成了学术界对茅盾认识和估价的不够准确和不够充分。譬如，针对茅盾晚年回忆录中存在的一些问题，学术界有不同意见，一些人认为茅盾在一些史料细节上存在失误和偏差。而另一些人认为，茅盾先生晚年在年老体衰的情况下，坚持写回忆录，误记误写之处难免，但整部回忆录总体上依然可信，而且非常难得。对茅盾所写的回忆内容是否属实，最有力的回应就是通过挖掘和阅读大量档案材料和不同时期的历史记录来验证。那么，这些档案材料到哪里去寻找呢？从目前所能见到的研究文章反映的材料看，中国大陆各级档案馆披露的史料并不多，比较多的是从台湾获得的解密材料。其中比较集中的解密材料，是台湾国民党党史馆以及台湾“国史馆”的解密材料。这些材料涉及1949年前，各个不同时期茅盾的历史活动情况。将这些材料与茅盾晚年回忆录中的内容相对照，就会发现，很多回忆录中的叙述是可以得到证实的。譬如茅盾说自己曾代理过国民党宣传部长，此前这一职务由毛泽东代理。恰好毛泽东致国民党中央党部的请假信函中，有这样的内容，原件在国民党党史馆保存。再譬如，茅盾曾希望辞去上海交通局局长的职务，这些相关的书信材料，今天都能在台湾国民党党史馆找到。另外，还有一些材料能够旁证茅盾在1949年前的思想状况和社会影响，如1940年代国民党调查机关向蒋介石提供的茅盾情况的说明，以及太平洋战争爆发后，茅盾在桂林以及从桂林赴重庆时的国民党方面的材料。这可以与茅盾晚年回忆录相关内容对照起来阅读，甚至可以丰富我们对茅盾回忆录内容的认识。譬如关于到桂林动员茅盾赴重庆的国民党文化官员刘百闵的情况，以往很少有材料介绍，但从国民党党史馆披露的材料看，他是一位有留学日本背景的文化人，对传统经学有较深的研究，晚年在香港中文大学教授经学，最后在香港病逝。所以，他不完全像茅盾回忆录中所说的是一个“党棍”，而是一个有专业背景的文化官员。另外，茅盾在回忆录中提及，陪同他从桂林一路到重庆的两个国民党特务一直在监视他。但这两个执行公务的特务最主要的任务，还是保护茅盾夫妇免遭土匪的侵害。因为抗战时期，西南一带匪患猖獗。茅盾等著名文化人作为蒋介石邀请的客人，从桂林前往重庆的路上如果遭遇匪患或意外，吴铁城、张道藩等是没法向蒋介石交账的。所以，这两个特务可以说是茅盾的贴身警卫，一直跟到重庆就算完成了护卫任务。再比如，茅盾回忆1946年访苏的延期问题，从国民党党史馆保存的材料看，主要还是苏联方面以及外事部门将邀请函呈送审批机关时出了偏差，将茅盾出国的邀请函呈送到教育部，而教育部的回复意见很清楚：茅盾属于社会自由职业，并不是教育部所属人员，教育部无权接受邀请函和审核批复。这样的公函往来，延误了原有的出访时间。当然，无论从苏联方面还是后来新闻媒体上对茅盾访苏的宣传报道，所取得的实际效果无疑扩大了左翼文学家的影响，所以很多人包括茅盾本人认为国民政府方面的拖延是故意刁难。最后托了沈钧儒、邵力子等，在王世杰的帮助下，顺利通过审核拿到护照，得以访苏。有关这一过程，在一些《茅盾年谱》中有记录，但查台湾“中央研究院”

近代史研究所整理出版的《王世杰日记》，未见有相关记录。[①] 估计这位国民党要员对这样的举手之劳的事，并不在意。如果真是国民党方面对茅盾出国设置障碍，而王世杰从中斡旋完成，那他应该会作为一件比较重要的事情记录在案。所以，研究茅盾，解读历史语境中的茅盾，依然需要我们对茅盾相关的史料做进一步的挖掘和梳理。

二

最新的茅盾研究中，与一些新材料的挖掘、解读相关的研究，从我个人角度来说，2017 年有几篇论文比较感兴趣。一篇是发表在 2017 年《中国现代文学研究丛刊》上的中国人民大学文学院博士生雷超对茅盾与《时事新报》关系的研究。[②] 她列举了新发现的一组茅盾早年的文章，这些文章发表在《时事新报》上。有关茅盾与《时事新报》的关系，茅盾自己在晚年回忆录中，有比较明确的说法，这就是“五四”时期，他向《时事新报》投稿，当时的主编张东荪非常赏识青年茅盾的文章，认为是发现了一个新人。至于器重到什么程度，是不是曾要求他代理主笔，这是一个值得关注的问题。相应的另一个问题，是茅盾与陈独秀的关系。茅盾是如何结识陈独秀的，这在茅盾研究中并没有非常明确的说明。一般只是照茅盾自己的说法，陈独秀 1920 年到上海不久，发起成立马克思主义小组，1920 年 10 月茅盾加入中国共产党，成为中央联络员。但问题是陈独秀怎么会让茅盾担任联络员的？从《张东荪年谱》提供的材料看，陈独秀 1920 年到上海后，最初想联络的对象是张东荪，因为张东荪当时在报上讨论社会主义问题，陈独秀希望张东荪能够加入创建中国共产党的事业中来。但张东荪在思想上始终是一个自由主义者。很有可能，张东荪将自己非常赏识的青年才俊茅盾引荐给陈独秀。李汉俊当然也

---

① 参见林美莉编辑校订《王世杰日记》，中国台湾“中央研究院近代史所”2012 年版。

② 雷超：《茅盾代理〈时事新报〉主笔史实及新发现的佚文考证》，载《中国现代文学研究丛刊》2017 年第 4 期。

是围绕在陈独秀身边的年轻人，茅盾与他年龄相仿，应该说都是陈独秀的追随者。另一篇是发表在《中山大学学报》上妥佳宁研究《子夜》的文章①，这篇论文关注实业兴国的思想来源以及茅盾的态度。《子夜》中的吴荪甫可以说是实业救国的践行者，但他最后的结局是工厂倒闭，事业受挫。茅盾在《子夜》中，对吴荪甫这个形象寄予了某种同情，但在1930年代的中国政治语境中，吴荪甫们注定没有出路。妥佳宁在分析《子夜》时，梳理了大革命时期茅盾对于实业救国问题的一些思考。换句话说，《子夜》中的这一条思想脉络，是有其现实基础的，早在1920年代大革命时期，茅盾就有所接触，并产生共鸣。根据妥佳宁论文提供的线索，我联想到2016年第十届茅盾研究年会上，南开大学文学院教师罗维斯博士的大会发言，主要是对茅盾1920年代小说《动摇》中的商民运动以及工商冲突的描写进行分析。② 或许是茅盾从小生长在商业气息比较浓厚的浙西杭嘉湖地区，对工商人士的生活比较熟悉。而且，杭嘉湖地区对外交流频繁，很多家庭都是亦农亦商、农商兼具。这也许就是茅盾对大革命时期少数人针对小商人的某些过激行动持有保留态度的原因。茅盾的这些看法，可以说是终身没有改变，在晚年回忆录中还批评这种过激行动。或许仅仅指出茅盾对1920年代过激主义的批评，以及对工商人士的同情还是不够的，最重要的是让人们意识到茅盾作为一位小说家，他对于自己观察、体验和情感的忠实，常常会有意无意间超越特定时期政治理论的规范。所以，《动摇》等系列作品，包括《子夜》和《林家铺子》等作品中，对于工商人士以及实业，茅盾都是持有深深的同情和理解，这不仅构成了他小说创作中的一条脉络，也是他小说创作中的一个亮点，体现了一位真正的小说家听命于内心的律令和真实的情感。

---

① 妥佳宁：《从汪蒋之争到“回答托派”：茅盾对〈子夜〉主题的改写》，《中山大学学报》（哲学社会科学版）2017年第1期。

② 罗维斯：《游移的官商与盲动的农工：〈动摇〉中的商民运动与工商冲突》，参见《茅盾抵沪一百周年纪念暨第十届全国茅盾学术研讨会论文集》。

三

如果单纯地从茅盾研究角度来看各种研究论文和论著，应该说有新意的成果还是不少，所以有研究者曾说，茅盾研究的学者近几年是中国现代文学研究领域最“拼”的。当然，与鲁迅研究相比，无论数量或质量还是有很大的差距，不少研究只是翻来覆去炒炒冷饭而已。茅盾研究应该内外兼修，不能满足于茅盾研究一个领域，而是要与整个中国文学研究互通声气，换句话说，茅盾研究虽然研究的是茅盾，但问题应该触及学术研究的普遍问题。跨出茅盾研究领域，才能够获得学术界的重视和尊重，这是非常不容易的。但茅盾研究中那种“单打独斗”的遗风并没有彻底破除，尤其是这种遗风与“唯我独尊”的学风结合在一起，常常成为禁锢创新的力量。记得曾有文章说茅盾先生生前反对鲁迅研究中的形而上学的僵化思想，反对神化鲁迅。[①] 同样，茅盾研究中也应该有一种宽容而开放的态度，以应对各种研究提出的问题与意见。某种研究能不能超越单一的研究领域而对整个学术研究起到促进作用，或引领一个时代的学术风气，这与某种研究的开放格局、包容程度有很大关系。事实上，目前的中国现代作家研究几乎无一例外都无法做到引领中国学术的程度，这与研究的视野、格局有关，也与长期形成的研究氛围有关。

茅盾研究在21世纪以来，拥有多方面的发展潜能，除了中国茅盾研究会获得很多地方院校的研究者的支持之外，茅盾研究还吸引了海内外的研究者借助研究茅盾来探讨21世纪中国文学发展中相关的问题。譬如2016年7月俄罗斯圣彼得堡大学举办了远东文学研讨活动，以纪念茅盾诞辰120周年作为会议主题。[②] 这是国际汉学研究

---

① 阎愈新口述、阎喜记录整理：《茅盾：反对神化鲁迅》，《文汇读书周报》2016年8月15日。

② 李逸津：《开启茅盾研究的新阶段：第七届远东文学研究暨纪念茅盾诞辰120周年国际学术研讨会述评》，《徐州工程学院学报》（哲学社会科学版）2017年第3期。

中，研究者们向一位中国现代文学家表达敬意，同时通过茅盾研究来梳理21世纪中国文学发展中存在的问题。事实上，茅盾研究与鲁迅研究、巴金研究、老舍研究、丁玲研究、赵树理研究等具体研究一样，孕育着发展生机。这不仅表现为研究者的研究热情有所回升，由一个时期的怀疑、茫然、不知所措，到目前重新捡拾起问题，专注于研究；而且，研究领域的确有新的拓展。以茅盾研究为例，近些年知网期刊数据库所收录的有关茅盾的研究论文，数量基本稳定，而且是在逐年上升；参与茅盾研究会的年轻会员人数也在逐年增多。中国茅盾研究会于2018年4月底，在贵州举办首届茅盾研究青年论坛。① 浙江传媒学院与浙江桐乡市文化局联合，成立茅盾研究中心，出版《茅盾研究年鉴》。② 在对茅盾文学思想以及研究的侧重点上，茅盾研究也展示了新的姿态。如王嘉良在《茅盾的“矛盾”人生与现代作家的复杂样态呈现——置于中国20世纪复杂文化语境中分析》，对于茅盾的复杂性的强调，上升到中国现代作家所处的特殊生态语境中来分析；阎浩岗在《茅盾与20世纪中国土地革命叙事》一文中，对中国现代历史进程中，土地革命问题的小说文本的脉络线索加以梳理，从一个特别的角度，展示了茅盾小说的价值。③ 在经历了1980年代以来社会历史的巨大变化之后，重新再来研究茅盾，一些研究者也有非常鲜明的反思态度，如赵思运在《茅盾译诗的症候式分析》中，指出茅盾早期在诗歌翻译上存在着诗意不足的问题，联系到茅盾长于史诗性描写的文学特点，这种翻译活动中存在的症候式现象，或许不是一种孤立的个别现象，而是一种创作现象，涉及茅盾

---

① 参见中国茅盾研究会青年论坛征文通知：http：//news. gog. cn/system/2018/01/016441015. shml。

② 参见赵思运、蔺春华、张邦卫主编《茅盾研究年鉴（2014—2015）》，中国社会科学出版社2016年版；张邦卫、赵思运、蔺春华主编《茅盾研究年鉴（2012—2013）》，现代出版社2014年版。

③ 王嘉良：《茅盾的“矛盾”人生与现代作家的复杂样态呈现：置于中国20世纪复杂文化语境中分析》；阎浩岗：《茅盾与20世纪中国土地革命叙事》。参见《茅盾抵沪一百周年纪念暨第十届全国茅盾学术研讨会论文集》。

的文学意识和创作的诸多方面。[①]

当然，对茅盾文学思想的探究，对茅盾研究而言，将是一个漫长的历史过程。除了立足于史料，还得益于开阔的视野和深入思考。我觉得茅盾与政治以及茅盾与以上海为中心的城市生活之间的关系，是研究茅盾最值得关注的两个领域。政治与文学之间的关系，是 20 世纪中国文学发展过程中最值得探讨的命题，也是中国文学最具现代特色的问题，到目前为止，理论上的论述并没有提出有效的思考和范式。在文学史研究中，比较多的研究也只是拘泥于一些作家个人之间的恩怨得失等细节材料，很少有那种立足于现代社会、文化变化关系的理论论述。作为一种研究参照，21 世纪以来，鲁迅研究有一种回暖趋势，但其中也有一些现象值得关注，这就是将鲁迅与同时代人割裂开来的现象，把鲁迅视为中国现代文学的唯一代表，似乎其他作家都不如鲁迅。在这样的视野下，不仅鲁迅的论敌失去了文学史研究的独特价值，就是茅盾等昔日与鲁迅并肩奋斗的战友，也成为鲁迅的“附庸”，似乎都因为与鲁迅有关，这些作家作品才有了自身的价值。茅盾一生都没有改变左翼作家的创作姿态，病逝之前还上书中共中央，希望恢复中国共产党党籍。这样的人生态度和政治立场，与其文学理想的追求之间，是有密切关联的，不能回避，也不能以今天的语境来简单地看待，而是需要在历史过程和历史语境中加以仔细分析。

另外，茅盾与城市之间的关系，尤其是茅盾与上海的关系，值得深入的研究。从个人生活角度看，上海是茅盾文学事业最早起步的地方，他在上海先后生活近 20 年，是他一生中生活时间最长的城市之一。从他的创作情况看，城市生活经验是他文学创作中最着力表现的对象，《子夜》开创了以现实主义笔法史诗般地描写上海城市生活的现代模式，成为 20 世纪中国文学史上的经典作品。以往对这些都市题材的文学作品的研究，比较多地揭示其中的意识形态内涵，也就是强调阶级斗争的内容。但事实上，这些作品的内涵应该是比较丰富的，这其中就包含了 30 年代中国城市生活经验的文学转化内容。换

① 赵思运：《茅盾译诗的症候式分析》，《关东学刊》2016 年第 7 期。

句话说，《子夜》同时也是一幅当时都市生活的风俗画，就像左拉对于法国社会自然主义描写揭示出很多当时社会生活的世相一样。不仅如此，茅盾还将对城市生活经验观察的手段，延伸到对江南乡镇生活的观察上，他的一系列反映江南乡镇生活的中短篇小说，不同于很多乡土作家的创作之处，就在于茅盾是带着城市生活的眼光来审视乡土生活，所以，他对乡土生活给予了比较多的反省，与废名、沈从文等将乡土生活理想化、诗意化的处理有所不同。茅盾的这种现实主义的文学创作，在 20 世纪中国文学史上，有着自己的影响和脉络，包括姚雪垠、柳青等一大批作家，都受到了他的影响，有的文学史以“现实主义道路”来命名这种影响。总之，茅盾研究在 21 世纪的发展，正在逐步提出自己的研究问题，拓展新的研究领域。

（原刊《当代文坛》2018 年第 4 期，《新华文摘》
2019 年第 1 期全文转载）

年度学者：李永东

移步换形的抗战书写与仓促换调的《清明前后》

摘　要　“移步换形”是茅盾抗战书写的基本特征，也是考察《清明前后》创作过程的有效视角。《清明前后》面世后，评论界对作品价值的评判存在明显分歧。剧本政治价值与艺术价值的失衡，很大程度上缘于茅盾在特定情势和个人心绪的触发下，仓促地、大幅度地改变戏剧的最初构想。从《黄金潮》的创作大纲到《清明前后》，话剧的思想主题、人物性格、戏剧冲突等方面都有所调整，而关键性的调整是在第一幕已发表的情形下进行的，仓促更换主题造成了戏剧艺术的疏漏。由此可见，对抗战文学的研究，不能只聚焦最后完成的文本，还应关注文本的生产过程。

关键词　抗战文学；茅盾；重庆；移步换形；《清明前后》

“八一三事变”之后，茅盾开始了战时流亡生活，在各个城市之间不断游走。游走不仅意味着生活空间的切换，也意味着创作立场的不时调整。如果用一个词来概括全面抗战时期茅盾的创作流变，那就是“移步换形”。移步换形本意指观看景色时，脚步移动，情景也随之变换。在本文中，“移步”指茅盾所处城市和观念立场的移动，“换形”指茅盾抗战书写的焦点、风貌、观念，以及所呈现的战时中国形象随之而变。对茅盾的抗战书写进行阐释，唯有察其“移步”，方能悟其“换形”，进而探究文本生产过程中，内外因素的交互作用如何影响了茅盾创作的风貌。

“移步换形”是一种权宜的写作策略，待到进入抗战胜利前后时局多变之时，茅盾的创作定位难免有些慌乱，以致仓促调整《清明前后》的构思，提供了特定语境下抗战文学的创作案例。

一 移步换形的抗战书写

茅盾的抗战书写带有明显的政治倾向性，其倾向并非固定不变。在国内外形势和个人处境变幻莫测的抗战时期，茅盾随时随地调整着创作的倾向。浏览“七七事变”爆发后至抗战胜利前茅盾的散文创作，大致可以窥其概貌。

“七七事变”后，茅盾最早对中日交战做出回应的散文为《小病》，毫不掩饰对当局抗战工作的冷嘲热讽。接着发表的《爆竹声以后》一文，亦流露出对当局的严重不信任。1937 年 8 月，国民政府宣布全面抗战，茅盾随即调整了自己的态度，同时发表的《站上各自的岗位》《写于神圣的炮声中》两文，满怀激情为民族抗战摇旗呐喊，但亦保留着世界无产阶级革命的观念，把侵华的日本士兵当作被压迫的“劳苦大众”，天真地认为“我们的战争负荷着解放自己和促进日本民众掉转枪口以自求解放的双重使命”①，从而“让亚洲两大民族达到真正的共存共荣”②。不过，在民族抗战叙事中掺杂世界无产阶级革命观念的写法，只是昙花一现，很快，茅盾就全副热情投入全民抗战的宣扬中，完全站在民族国家立场，抨击日本帝国主义的野蛮侵略，诊断抗战中的问题，开诚布公，直陈建议，鼓舞斗志，对抗战的前途满怀信心。茅盾基于抗日统一战线的激情叙述，一直持续到 1938 年年底离开香港前夕。

1939 年 3 月到新疆迪化后，茅盾散文创作的数量大大减少，也极少具体而微地谈论中国抗战问题，他把注意力转向了国际格局，关心“帝国主义战争的新形势”③，以推崇的态度谈论苏联的状况。而

① 茅盾：《写于神圣的炮声中》，《呐喊》1937 年第 1 期。

② 茅盾：《站上各自的岗位（创刊献词）》，《呐喊》1937 年第 1 期。

③ 茅盾：《帝国主义战争的新形势》，《茅盾全集》第 16 卷，人民文学出版社 1988 年版，第 276—278 页。

1940 年在延安的近五个月，茅盾几乎停止了文学创作。时空流转，在迪化和延安特殊的政治环境中，茅盾暂时还没找到对战时中国发声的合适位置与方式。

直到 1941 年年初，在重庆，茅盾才找到书写战时中国的“在场”状态。这一次重返中国抗战的书写，茅盾的创作姿态和文本风格突然变了，由 1938—1939 年的民族国家立场转向了延安、左翼立场，叙事不再热烈明快（除了写延安的作品），冷嘲热讽的风格成了主调，所作多为杂感式的散文，大量地借用对比、隐喻、象征等修辞手法来装饰他对国统区的书写。这是 1941—1945 年茅盾散文创作的总体风貌。如果要看得更清楚，还需细分。1941 年在重庆的散文创作，延安、国家、五四的立场相互兼容，以延安立场为主，这可以看作茅盾抗战书写的调整期。离开重庆到达香港后，茅盾对国民党的批判态度突然变得峻急。《“复活”》一文以尖锐的笔调揭露了国民党“信徒”的反动面目：他们表面是孙中山“三民主义”的信徒，实则是希特勒法西斯的信徒；他们所作所为与“党义”背道而驰；他们开历史倒车，把陈腐的观念当作“总理遗教”①。茅盾两次在港期间的创作，有着明显的反差，1941 年的茅盾开始集中火力对重庆当局进行“文化反攻”②，暴露国民党的反动面目和国统区的丑恶现实，提倡民主，寄希望于根据地民众的抗日行动。

1942 年茅盾离开香港到桂林后，鉴于国内政治形势复杂，暂时持观望的态度，对国统区的批判锋芒有所收敛，不大正面评析抗战现实，而是借古论今，指西说东。从系列散文《雨天杂写》的题目，就可以感受到茅盾创作的“火气”已大减。

1943 年始，茅盾在重庆的散文创作，多少回到了民族国家抗战的书写立场，态度相对平和，对大后方社会文化问题的分析立足于“建设”，对民族抗战的前途抱有信心。其态度的转向见于《希望二

---

① 茅盾：《“复活”》，《茅盾全集》第 16 卷，人民文学出版社 1988 年版，第 306 页。

② 段从学：《夏季大轰炸与大后方文学转型——从抗战文学史的分期说起》，《中国现代文学研究丛刊》2011 年第 7 期。

三》《明年展望》《新年感怀》。第一次来到重庆，茅盾带着“先见”的延安立场，再次来到重庆，他的境遇、心态以及牵连的人事，就没有那么单纯了。所以，1943—1945 年茅盾的抗战书写是一种混杂的立场，国家、延安、左翼的立场不同程度地干预了他的抗战叙事。

概而言之，全面抗战的八年，茅盾散文对战时中国的叙述，其态度立场经历了多次调整，先后表现为：无产阶级革命立场，民族国家立场，延安立场，国家、延安、左翼混杂的立场。抗战一结束，茅盾适应新形势，迅即转向延安立场。茅盾创作立场转变的幅度比较大，如果比较茅盾两次在港期间的抗战书写，比较两次在渝期间的创作，会有今非昔比、恍如隔世之感。茅盾立场的多次转变，唯有联系创作的时间、地点，方能看得更清楚，由此也能洞悉茅盾作品的意义生产机制。

全面抗战时期，茅盾的创作活动带有审时度势的色彩。在迪化，面临因言获罪的危险时，茅盾决定少说话，不创作。“皖南事变”前，茅盾在重庆主要发表了一些文论和散文，下笔比较理性，持论较为平和。其中《风景谈》是一篇向延安致敬的散文，但在地域空间的指称上，茅盾显得很谨慎。就字面意义而言，文中的“黄土高原”“北国”涵盖了西北大后方的广阔区域，并不具有排他性的党派立场，空间指向显得宽泛、含混。“把政治寓于风景之中”[①] 的写法，让茅盾颇有几分自得，因为这让国民党的图书检查人员抓不到辫子。[②] 其实，如果不持先入之见或定向思维，一般读者不会断然把《风景谈》归入对延安边区“风景”的描绘，而是可能看作对广阔的西北抗战大后方的书写。从另一个角度说，这篇散文也符合重庆当局的抗战宣传要求。“皖南事变”后，茅盾在重庆就“不再参加集会，也不写文章”[③]。茅盾以笔来回应“皖南事变”，描画重庆的丑恶，是在他即将离开重庆之时，《雾中偶记》写于 1941 年 2 月 16 日，九天

① 茅盾：《茅盾全集》第 35 卷，人民文学出版社 1997 年版，第 396 页。
② 茅盾：《茅盾全集》第 35 卷，人民文学出版社 1997 年版，第 396 页
③ 茅盾：《茅盾全集》第 35 卷，人民文学出版社 1997 年版，第 405 页。

后发表。除此之外，茅盾对国民党当局和国都重庆进行猛烈抨击的散文和小说，都发表于再次流寓香港期间，而且都发表在香港的刊物上。刊登于香港《华商报》副刊《灯塔》上的《如是我见我闻》系列散文，前五篇（《弁言》除外）创作于离开重庆前夕，后十二篇创作于香港，后面的十二篇对国统区政治批判的力度，明显加大。香港被日军攻陷后，茅盾把桂林当作“比较安全的落脚点”，暂留桂林，观察重庆方面在他“写了《腐蚀》等小说和杂文之后”的态度，“以便审时度势”，决定“今后的行动方向”①。

1942年年底，茅盾再次来到重庆。从香港到桂林再到重庆，发声的地点变了，发声的策略自当有所调整。那时，茅盾的两个孩子在延安，他离开香港为中共所安排，但他又是应国民党高层领导的邀请前往重庆，在文化工作委员会担任委员。从国民党中宣部对茅盾“过去状况调查”来看，重庆当局似乎没有掌握茅盾1941年在港期间的创作情况，但非常清楚他一直站在左翼立场进行创作，并对之“示以优容”，试为“羁縻”②。在此情形下，茅盾在重庆该以何姿态进行创作呢？这个问题或许会让茅盾费些思量，让他感到“两难”③，不免“踯躅”④。茅盾的新一轮重庆书写，仍然秉持延安与左翼立场，只是换了一个套路。他的重庆想象，不再纠缠于国共冲突和党国卖国的问题，而是深入重庆的阶层状况，聚焦重庆社会的内部撕裂，描画权力人物的专横恣肆，表达普通市民的无望感，批判的重心由“假抗战”转向了“假建国”。

细加审察，茅盾此次抗战书写的态度，亦随个人处境和抗战形势的发展而有所调整，这从他的小说创作可以看出。1943年创作的以

① 茅盾：《茅盾全集》第35卷，人民文学出版社1997年版，第455页。

② 杨扬：《台湾所见“国民党特种档案”中有关茅盾的材料》，《新文学史料》2012年第3期。

③ 茅盾：《桂渝道中杂诗，寄桂友》，《茅盾全集》第10卷，人民文学出版社1985年版，第386页。

④ 茅盾：《赠桂林友人》，《茅盾全集》第10卷，人民文学出版社1985年版，第388页。

上海工厂内迁为题材的中篇小说《走上岗位》，调子比较明朗，表达了全民抗战的意识。由这篇小说可以看出，茅盾放弃了之前对抗当局的书写姿态，阶级观念有所淡化。茅盾与张道藩的“合作”态度和对统一抗战的宣扬，在“我们自己的朋友中”颇有“微词”[①]。实际上，茅盾新一轮的重庆构形，大致延续了之前的左翼立场。1943 年创作的《委屈》《船上》这两篇小说，尽管收敛了批判的锋芒，但对国都重庆含沙射影、正反参差的针砭同样存在。此后两年茅盾创作的小说《小圈圈里的人物》《过年》《一个够程度的人》，所呈现的重庆形象则越来越灰暗，政治讽喻的色彩越来越浓厚。除了随时间而作的调整，茅盾对文体的选择比较谨慎[②]，对作品发表的地点也有所考量。大致符合重庆方面抗战宣传口味的《走上岗位》，发表在张道藩在重庆创办的刊物《文艺先锋》上，而《委屈》《船上》《过年》则寄到桂林的《文学创作》杂志发表，以“避开重庆的图书杂志审查”[③]。

总的来说，茅盾第二次来到重庆的抗战书写，比香港时期要谨慎得多，已放弃了剑拔弩张的批判笔调，更多借助曲笔、转喻、侧面书写的策略，来为战时重庆造影。他对住处的选择——离市区三十里的唐家沱，也表明他在国共关系日趋紧张的形势下，倾向选择边缘的位置，以隐晦的话语发声。这也为他后来临时调整《清明前后》的写作思路埋下了伏笔。对照话剧《清明前后》的“大纲壹”“大纲贰”[④] 和剧本定稿，辨析三者的人物性格、主题观念的转移和政治化，是一件非常有意思的事，会发现剧本“后记”、作者回忆录中的愤激之词与政治告白，更多属于事后的态度。《清明前后》无疑是体现茅盾“移步换形”“审时度势”创作姿态的典型案例。

---

① 茅盾：《茅盾全集》第 35 卷，人民文学出版社 1997 年版，第 493 页。

② 茅盾：《茅盾全集》第 35 卷，人民文学出版社 1997 年版，第 494 页。

③ 茅盾：《茅盾全集》第 35 卷，人民文学出版社 1997 年版，第 494 页。

④ 茅盾：《〈清明前后〉大纲》，《茅盾全集·补遗》上，人民文学出版社 2006 年版，第 90—142 页。

二 “剧坛奇葩”抑或“公式主义的作品”

五幕剧《清明前后》是茅盾唯一的话剧剧本，创作于抗战胜利前后，茅盾试图通过对1945年3月底发生在重庆的“黄金加价舞弊案”的书写，“揭示官僚资本及其爪牙的卑劣与无耻，民族资本家的挣扎与幻灭，以及安分守己穷困潦倒的小职员又如何变成了替罪羊，从而向读者展示出抗战胜利前夕国民党战时首都的一幅缩影。结论是：‘政治不民主，工业就没有出路’”①。

《清明前后》可以看作《子夜》与《日出》的糅合，茅盾创作此剧所依凭的生活与艺术经验，更多来自1930年代，来自上海体验，只不过故事展开的背景为战都重庆。《清明前后》延续了茅盾所擅长的创作路子，如工业题材、经济视角、社会剖析、心理刻画。人物构想亦带有《子夜》与《日出》的痕迹，如民族工业家林永清有着吴荪甫的影子，亦官亦商的金澹庵的形象介于买办资本家赵伯韬和流氓大亨金八之间，黄梦英形象与《日出》中的陈白露有些相似，陈克明形象则让人联想到《子夜》中的经济学教授李玉亭。《清明前后》的创作，茅盾大规模调用了上海时期的左翼文学经验，原本可能会写成“《子夜》的续编”②，但在特定情势和个人心绪的触发下，剧本创作偏离了最初的构想，正是这种偏离影响了作品的艺术表达和价值评判。

关于《清明前后》最初发表的情况，诸多著述中的说法混乱不堪，错误百出，因此有必要先作一简单介绍。《清明前后》初版本1945年10月由开明书店在重庆出版，在这之前，话剧已在重庆《大公晚报》第二版的“小公园”副刊连载。1945年8月3日的《大公晚报》刊出了《清明前后》的连载预告。剧本8月6日开始在“小公园”副刊连载，至当年10月1日连载完毕。其中，8月6日刊登

---

① 茅盾：《茅盾全集》第35卷，人民文学出版社1997年版，第548页。

② 刘西渭：《清明前后（书评）》，《文艺复兴》创刊号，1946年1月。

的是“开场白”，10 月 1 日刊登的是“《清明前后》的后记”。各幕刊登的时间分别为：第一幕 8 月 7 日至 8 月 22 日，第二幕 8 月 22 日至 9 月 2 日，第三幕 9 月 3 日至 9 月 16 日，第四幕 9 月 16 日至 9 月 24 日，第五幕 9 月 24 日至 9 月 30 日。话剧连载尚未结束，《大公晚报》的第一版就开始刊登《清明前后》的演出广告，9 月 21 日为演出预告，9 月 23 日至 10 月 21 日几乎每天刊登该剧的演出广告。话剧由中国艺术剧社排演，赵丹导演，每晚在重庆的青年社演出（其中，民国国庆节 10 月 10 日增加日场）。话剧 9 月 26 日首演，10 月 21 日结束，共演出 31 场。①

《清明前后》的剧本与演出，在重庆引起了广泛关注，收获了不少赞誉。话剧首演当日《大公晚报》刊登的演出广告称之为“划时代的盛大演出”②，演出两周后，广告宣传道：“本剧被誉为近二年来剧坛的珍贵收获，本剧已突破今年度话剧演出之卖座纪录。”③ 多年后，茅盾的剧本被业界当作了经典戏剧。中国戏剧出版社 1982 年出版的《清明前后》，版权页有一段“内容说明”，指出该剧“文学性很高，一向被誉为剧坛奇葩”。黄会林主编的《中国百年话剧史稿》也对该剧作了专门介绍。

然而，《清明前后》公演后，在重庆文艺界引发了争论，争论围绕政治价值与艺术价值的关系展开。茅盾在回忆录中介绍了两种对立的意见，一种意见以王戎为代表，认为《清明前后》是“标语口号公式主义的作品”；另一种意见“有何其芳、邵荃麟等许多同志”，认为艺术离不开政治，《清明前后》“攻击着、控诉着这个不合理的社会和那些吃人的黑暗势力；同时，也明确地指出了如何才能求得生存的道路”④。在回忆录中，茅盾对王戎的意见很不以为然，并以“大多数”评论家的权威看法来确证作品的价值。不过，实际情形与

① 《大公晚报》1945 年 10 月 21 日第 1 版。

② 《大公晚报》1945 年 9 月 26 日第 1 版。

③ 《大公晚报》1945 年 10 月 12 日第 1 版。

④ 茅盾：《茅盾全集》第 35 卷，人民文学出版社 1997 年版，第 552—553 页。

茅盾所述有较大出入。确实，何其芳对《清明前后》做出了高度评价，认为这是一部“力作”，“这个戏有着尖锐而又丰富的现实意义”[①]。何其芳的赞扬，应该与他作为延安派到重庆主持文化界统战工作的身份有关。实际上，何其芳在1946年所写的《关于现实主义》一文中，隐约把《清明前后》归入“政治性高但艺术性……还比较弱的作品”[②] 这一类。邵荃麟对《清明前后》的认可也有限，止于“比较有政治倾向”这一点，同时指出作品“在技术上有不足”，内容上“也有挖掘得不够的地方”，并存在“公式主义”的成分。[③]

1945年11月10日《新华日报》举行座谈会，集中展现了重庆观众对《清明前后》的不同评价。肯定性的评价，着眼于作品反映了战时重庆的社会现实，有着明确的政治倾向。而否定的声音，则认为《清明前后》在艺术上是失败的，戏剧布局乱，剧情散漫，线索不显著。[④] 另外，J和S两位讨论者还指出，工业家的痛苦，包括不民主的实际情形，政府的统制管制政策怎样摧残工业等，只是借人物的口说了，并没有在舞台上用行动表现出来。[⑤] 这些优缺点，也是剧本所具有的。其他报刊的评论，意见大致与《新华日报》座谈会的情形类似。即使对话剧多有肯定的评论者，如邵荃麟、梅子、刘西渭、夏丏尊等，也只是因为戏剧对现实的大胆表现而谅解了其艺术上的不足。夏丏尊一分为二地评价了话剧的内容与形式：“本剧是作者的处女作，以剧的技巧论，当然有可指摘之处，至于主旨的正确与反

---

① 何其芳：《〈清明前后〉的现实意义》，《新华日报》1945年10月12日第4版。

② 何其芳：《关于现实主义》，《新华日报》1946年2月13日第4版。

③ 邵荃麟：《略论文艺的政治倾向》，《新华日报》1945年12月26日第4版。

④ 《〈清明前后〉与〈芳草天涯〉两个话剧的座谈》，《新华日报》1945年11月28日第4版。

⑤ 《〈清明前后〉与〈芳草天涯〉两个话剧的座谈》，《新华日报》1945年11月28日第4版。

映现实的手腕，是值得敬服的。”[①] 梅子指出茅盾“对于舞台技术不够熟悉”，但也理解“作为一个小说家的茅盾先生写第一出剧本，缺点自然是免不了的”[②]。刘西渭尽管“不想就《清明前后》的艺术的形式多所饶舌”，但还是指出戏剧“近看雕琢，远看缺乏距离”，并认为戏剧第二幕的内容游离于主线之外，“冲淡了戏剧的浓度”，没必要单独成一幕。[③] 景山在认可“把政治标准放在第一位，艺术标准放在第二位”的批评原则的基础上，愿意说“《清明前后》是抗战期间最优秀的剧作之一，因为它的技巧上还很有些问题，影响了全剧的艺术性，但政治性之高在本剧中却是谁也不能否认的”[④]。

在抗战胜利之初的评论界看来，《清明前后》是一部政治价值与艺术价值严重失衡的作品。他们几乎都是以政治与艺术二分的方式评价《清明前后》，肯定其政治的正确，原谅其艺术上的疏漏。但是，对于文艺作品而言，内容与形式原本不可分割，政治观念如果不能成为戏剧冲突的有机构成，就难免概念化。茅盾自己承认，“剧本的写作方法，我还没摸清楚”，“正像人家把散文分行写了便以为是诗一样，我把小说的对话部分加强了便亦以为是剧本了。而‘说明’之多，亦充分指出了我之没有办法”[⑤]。夏丏尊认为这句话是茅盾“老老实实的自白，并非自谦之辞”[⑥]。话剧《清明前后》确实未能摆脱小说创作的思维，关于人物性格与生活经历等方面的大量信息被置于出场人物的介绍中，这些信息并没有成为剧情的有机组成部分，也难

① 夏丏尊:《读〈清明前后〉》，《文坛月刊》第1卷第1期，1946年1月。

② 梅子:《关于〈清明前后〉(特约通讯)》,《文坛月刊》第1卷第2期，1945年12月。

③ 刘西渭:《清明前后(书评)》,《文艺复兴》创刊号，1946年1月。

④ 景山:《读茅盾的〈清明前后〉》，《世界文艺季刊》第1卷第4期，1946年11月。

⑤ 茅盾:《〈清明前后〉的后记》，《大公晚报》1945年10月1日，第2版。

⑥ 夏丏尊:《读〈清明前后〉》，《文坛月刊》第1卷第1期，1946年1月。

以在舞台上呈现。不过，小说家第一次写剧本难免幼稚的说法，尚不是造成话剧艺术局限性的根本缘由。

《清明前后》作为一部政治正确而艺术上有明显缺憾的作品，仍然得诸多赞誉，这与延安文艺座谈会讲话精神在重庆的传播，以及党的文艺统战工作的开展有很大的关系。因此，判断政治与艺术失衡的《清明前后》到底属于“剧坛奇葩”，抑或“公式主义的作品”，就不是单纯的文学评价问题。笔者想要指出的是，评论界对《清明前后》的价值评判，依据的是公开发表、出版的剧本，并没有注意其创作过程。王景山、刘西渭注意到戏剧存在两条故事线索，黄金案是一条，民族工业问题是另一条，这就造成了戏剧结构不紧凑。王景山甚至猜到茅盾“提笔时一定是想以黄金案为主题的”，然而，第二幕之后，“重心却逐渐完全移到了工业问题上”[①]。直到话剧的创作大纲公开出版后，才有学者立足于大纲与剧本的差异，从戏剧文体理论的角度，分析政治诉求如何带来林永清形象的修改、抗战胜利时间的误判如何导致“民主”主题的引入。[②] 不过，《清明前后》的修改动因不是文体形式的问题，而是主观意愿的问题。《清明前后》的布局乱，剧情散漫，线索不显著，主题口号化，人物抽象化，这些弊病的出现，有着深层的现实原因。

三 从《黄金潮》到《清明前后》

《清明前后》艺术缺憾的肇因，很大程度上缘于作者仓促地、大幅度地改变剧本的最初构想。《清明前后》的创作思路经过了两次大调整。茅盾最初为戏剧拟的题目为“黄金潮”，在正式写作前，他制定了详细的写作提纲并对提纲做过大的调整，这样就形成了“大纲壹”和“大纲贰”。戏剧的明显破绽是在修改调整中出现的。从《黄

① 景山:《读茅盾的〈清明前后〉》，《世界文艺季刊》第1卷第4期，1946年11月。

② 江棘:《〈清明前后〉: 从大纲到成文的叙述者位置》，《文艺理论与批评》2010年第6期。

金潮》“大纲壹”，到“大纲贰”，再到剧本《清明前后》，话剧的主题沿着激进化的路子越走越远，战时重庆的面孔也由情欲角逐转向了政治批判。

1945年8月3日《大公晚报》刊登的《清明前后》连载预告中写道：“茅盾先生在今年的五十大寿席上说，他要更加努力，如果看不到民主的中国出现，他死不瞑目”，本剧是他大寿后的第一本创作，体现了他为人民服务的重要业绩。[①] 演出广告则宣传该剧乃“推荐给工业界人士一部描写中国民族工业在抗战中的苦斗史”[②]。戏剧广告似乎表明茅盾有着明确的创作方向。其实，剧本最初的构思并未由民族工业的危机问题引出“民主”主题，“民主”主题是茅盾适应新形势临时添加的。

《黄金潮》“大纲壹”的创作思路，虽然前后有增补和调整，但人物形象、戏剧冲突和思想观念并无根本性的改动。“大纲壹”的剧情围绕黄金与女人展开，书写了充满投机和情色的重庆社会。戏剧冲突、人物关系和戏剧主旨，基本上依靠一个事件——黄金案，以及一个女性——梦英来结构。在“大纲壹”中，组织戏剧的核心人物不是工业家甲（林永清），而是梦英。甲（林永清）与甲妻（赵自芳）的家庭矛盾，因梦英而引发；“大亨”金（金澹庵）给甲（林永清）出难题，根源于两人都迷恋梦英；金（金澹庵）陷害乔张，是因为梦英与乔张关系亲密。而且，梦英还是剧中最重要的观念人物，作者赋予她高于其他人物的地位，扮演着道义裁决的角色，对卑劣无耻的重庆权势社会进行批判，对受压迫者进行声援。梦英同情发疯的卯妻（唐文君），为了解救乔张或卯（李维勤），想请金（金澹庵）出面帮忙；甲（林永清）办实业，有民族意识，故梦英对他“感想尚佳”[③]，并为其筹备资金奔走，当甲（林永清）参与黄金投机，并向她炫富时，梦英开始鄙夷他；梦英把卯妻（唐文君）带到×

---

① 《大公晚报》1945年8月3日第2版。

② 《大公晚报》1945年10月7日第1版。

③ 茅盾：《〈清明前后〉大纲》，《茅盾全集·补遗》上，人民文学出版社2006年版，第100页。

主任（严干臣）家，且质问×主任；梦英戏掴“帮闲”寅（余为民）的脸，以发泄对他那套反苏反共理论的不满。依靠情色与权贵、大亨周旋的梦英，其人物性格比较复杂。她曾经是一位救亡青年，在剧中则是以交际花的形象出现。“大纲壹”这样描绘她的性格：

> “七七”时期热情的余烬现在埋在她心深处，被玩世不恭的外衣厚厚地覆盖着了。但她在那个糜烂的上层社会中还是代表着一种爆炸力，一种不肯安于现状的激越的情绪，一种扑上光明的欲望。她痛恨自己目前的生活，但又不知道如何安排。她唾弃那些对她献媚的人们，但她离开他们又觉得闷；她需要玩弄这班人，在嬉笑唾骂中略感得一点生活味，倘连这一点也没有，她可真觉得自己是个活死人了①。

可以看出，茅盾依靠调用以往的经验——上海时期的城市体验和文学经验，来塑造战时重庆的梦英形象。梦英的性格是三个人物的杂糅，章秋柳（《追求》）+陈白露（《日出》）+徐曼丽（《子夜》）。《黄金潮》“大纲壹”主要的戏剧冲突其实不在黄金投机，而在情色。表现为金（金澹庵）、甲（林永清）、庚（陈克明）、乔张对梦英的争夺。第一幕的主要剧情就是甲妻（赵自芳）因梦英而争风吃醋。戏剧的情色化与政治化结合在一起，由情色进入权力和资本的压迫问题。如金（金澹庵）陷害乔张；金（金澹庵）给甲（林永清）出难题；梦英对甲（林永清）态度的转变；卯妻（唐文君）为了职业，“天天在上峰淫欲的眼光下讨生活”②；寅（余为民）以自己的政治前途为诱饵勾引玛（玛丽）；金（金澹庵）为了占有梦英，软硬兼施，不择手段。如此构思，乃是以都市情色作为戏剧的吸引力，在黄金投机事件中呈现民族工业危机重重，民族资本家歧路彷徨，政客、官商荒淫无耻、

---

① 茅盾：《〈清明前后〉大纲》，《茅盾全集·补遗》上，人民文学出版社2006年版，第99—100页。

② 茅盾：《〈清明前后〉大纲》，《茅盾全集·补遗》上，人民文学出版社2006年版，第106—107页。

一手遮天，小人物被生活压得喘不过气来的重庆社会。

《黄金潮》“大纲贰”的左翼色彩增浓。在“大纲壹”中，甲妻（赵自芳）与卯妻（唐文君）的关系为“从前中学同学”[①]，而到了“大纲贰”，两人的关系改为抗战时期“在汉口办难民教育”时的同事。[②] 这就为卯妻（唐文君）控诉重庆社会不公和当局抗战不力提供了政治依据。“大纲壹”的剧情概要中涉及的工业家有甲乙丙三位，性格各异：工业家甲（林永清）拿到借款却不用于生产，而是想通过黄金投机摆脱困境；工业家乙负债累累不以为意，“豪华如往时，意气洋洋”[③]；工业家丙的心思尚在恢复生产上。由此可见，茅盾最初想写出重庆民营资本家的多副面孔。但到了“大纲贰”和剧本定稿中，工业家乙和丙这两个人物被删除了，工业家甲（林永清）成了联系各方的核心人物。由“大纲壹”到“大纲贰”的修改过程中，甲（林永清）自身的过错不断削减，越来越值得同情。在“大纲壹”中，甲（林永清）对办工业的动摇，其原因是他“着了一个女人的迷”[④]，这个女人就是梦英，到了“大纲贰”中，甲（林永清）仍然迷恋梦英，但在两人的亲密关系中添加了另一重意味——梦英佩服甲（林永清）办工业的能力，尽量暗中帮助他，并联手对抗官僚资本家金（金澹庵）。与“大纲壹”相比，“大纲贰”通过重点渲染卯（李维勤）与卯妻（唐文君）的生活苦难，突显梦英与邪恶权势的对抗，锐化“可敬的人”和“可怜的人”的利益冲突，以加大对战时重庆的批判力度。不过，“大纲贰”的人物关系、矛盾冲突和思想主题，仍然围绕黄金投机案展开。尽管“大纲贰”的概念化初现端倪，但

---

① 茅盾：《〈清明前后〉大纲》，《茅盾全集·补遗》上，人民文学出版社2006年版，第93页。

② 茅盾：《〈清明前后〉大纲》，《茅盾全集·补遗》上，人民文学出版社2006年版，第113页。

③ 茅盾：《〈清明前后〉大纲》，《茅盾全集·补遗》上，人民文学出版社2006年版，第90页。

④ 茅盾：《〈清明前后〉大纲》，《茅盾全集·补遗》上，人民文学出版社2006年版，第93页。

尚谈不上政治价值与艺术价值的明显失衡。

与《黄金潮》“大纲贰”相比，《清明前后》进一步增强了对阶级压迫的暴露和对重庆当局的批判。最明显的情节当属对卯（李维勤）夫妇悲剧的表现。在《黄金潮》“大纲壹”中，并没有写到×主任（严干臣）参与黄金舞弊案，也没有表现大人物逍遥法外的情节。即使到了“大纲贰”中，卯（李维勤）与妻子的悲剧也主要被归为社会与人心的问题，如收入的菲薄，债务的压力，医生的敲诈，公司的用人制度，卯（李维勤）的铤而走险，同事戊（方科长）的落井下石，归为一句话就是“贫贱夫妻百事哀”。而到了剧本定稿中，李维勤夫妇的悲剧则朝着阶级压迫和社会不公的方向加以阐释。例如，因为大批难民涌进重庆，剧本就借车夫的话说：“这是个人吃人的世界!”[①] 剧本左翼色彩的强化，在戏剧冲突的重置上亦得到了体现。在《黄金潮》的创作大纲中，甲（林永清）与梦英的关系暧昧，引发妻子吃醋，也影响了金（金澹庵）与他的关系。《清明前后》则赋予林永清与金澹庵的冲突以新的意义，即民族工业的开拓者与商业投机者、官僚资本家的对立，男女私情故事演变成了政治冲突事件。由《黄金潮》到《清明前后》，戏剧的矛盾冲突发生了变化，由情色所引发的冲突转向了阶级、政党、经济所引发的冲突。阶级冲突主要体现在黄金案中李维勤与严干臣、方科长的不同遭遇及其引发的不平。政党冲突则表现为余为民的反苏倾向和陈克明教授对依赖美国经济的批判。经济冲突表现为官僚金融资本家金澹庵对民族实业家林永清的控制。

与《黄金潮》的创作大纲相比，《清明前后》的根本性修改在第三、第四、第五幕，几个主要人物的形象都作了明显调整。创作大纲中的甲（林永清）、甲妻（赵自芳）、卯（李维勤）、梦英各有其可怜可哀之处，而剧本的后三幕则把他们作为抗战事业的贡献者、不公社会的牺牲品、权势阶层的受压人物来处理。在“大纲贰”中，甲（林永清）等民族资本家作为“代表社会秩序”的人物，作为社会的

① 茅盾：《清明前后》，《大公晚报》1945年9月17日第2版。

压迫力量被卯妻（唐文君）控诉[1]，也作为“将失足”的“有用人才”而值得观众同情。[2] 而在剧本中，民营资本家林永清为了发展民族工业殚心竭虑，却被重庆当局的战时统制管制政策所压制，剧中的他被塑造成了受官僚资本压迫、主张政治民主的一个人物，由“伦理层面被批判的个体改写为政治上被肯定的集体代言人”[3]。在创作大纲中，梦英被塑造成以美色周旋于重庆上流社会的交际花，她既厌恨政客、资本家、帮闲的嘴脸，又离不开他们，而剧本第三幕对梦英的人物介绍，已删除了大纲中关于她的玩世心态的描述。[4]

正是《清明前后》后三幕创作倾向的大幅度调整，造成了剧本的诸多缺憾。就人物形象而言，梦英在剧本第三、第四幕的表现，与她在创作大纲中的形象有很大的出入，也与剧本第一幕中她的形象有着明显的反差。在第一幕中，梦英处于幕后，并没有露面，其形象在赵自芳的评说中得以呈现，表现其“魔鬼的笑”、令男人神魂颠倒的女性魅力。到了第三、第四幕，梦英以反抗压迫、伸张正义的形象走上台前，反转了她在第一幕中的形象，形象的刻意扭转和拔高，使得剧情显得突兀，后面的正义形象也解构了第一幕所设置的夫妻冲突，降低了读者对赵自芳形象的信任感。为之，作者不得不调整赵自芳的形象，突出其多疑、歇斯底里的性格，并在剧情发展中把第一幕有关赵自芳吃醋的剧情强行解释为误会，同时林永清与梦英的关系被去情色化。牵一发而动全身，作者仓促之下所做的连环修改，使剧本的政治观念得以加强，但多少损害了人物形象的典型性与真实感。概念化

---

① 茅盾：《〈清明前后〉大纲》，《茅盾全集·补遗》上，人民文学出版社2006年版，第123页。

② 茅盾：《〈清明前后〉大纲》，《茅盾全集·补遗》上，人民文学出版社2006年版，第109页。

③ 江棘：《〈清明前后〉：从大纲到成文的叙述者位置》，《文艺理论与批评》2010年第6期。

④ 删除的文字为：“她痛恨自己目前的生活，但又不知道如何安排。她唾弃那些对她献媚的人们，但她离开他们又觉得闷；她需要玩弄这班人，在嬉笑唾骂中略感得一点生活味，倘连这一点也没有，她可真觉得自己是个活死人了。”

意味着思想观念不是从人物的性格命运中自然生长出来的，二者的对接不够顺畅。梅子在剧评中指出，“林永清那人物多少带有些抽象，仿佛有了黄金案才产生出林永清这一个人”①。周钢鸣亦指出，剧本中看不到林永清“这个人物的自私心的一点表现”，是不符合这类人物的性格的，而梦英形象的塑造，“太过夸张”，“过度神秘性”，有可能带来精神上的不健康影响。② 梦英形象的修改，使得剧中的人物关系变得牵强，景山甚至认为“在全剧的发展中”，“实在是一个没必然存在性的人物”。③ 剧本后三幕的修改，弱化了对以梦英为中心的男女关系的表现，意在凸显权力的压迫，但用来控诉重庆“吃人”社会的相关人物，因身份信息的缺失，其行动功能显得有些可疑，人物所具有的社会批判效应也大打折扣。剧本的第三、第四幕似乎想把梦英、乔张塑造成重庆权势社会的反抗者，暗示重庆当局对进步青年的迫害。但是，乔张为何被捕，剧中没有任何交代，梦英和他是什么关系，为什么要营救他，剧中也没有明确指出。当几个重要人物都因修改而形象力量减弱，戏剧主题的表达就只能依靠陈克明、余为民等观念性人物来补救，戏剧的政治价值与艺术价值的失衡也就在所难免。

《清明前后》政治价值与艺术价值的明显失衡，尤其体现在主题的调整上。《黄金潮》创作大纲的主题比较集中，围绕黄金投机案来揭露重庆社会的“矛盾，无耻，卑鄙与罪恶”④，只有一句话捎带提及振兴工业“希望在民主”⑤。经过调整的《清明前后》的第一、第二幕还基本承续了创作大纲的主题，表现的重心为黄金案，而第三、

---

① 梅子：《关于〈清明前后〉（特约通讯）》，《文坛月刊》第1卷第2期，1945年12月。

② 周钢鸣：《论〈清明前后〉》，《文艺生活》1946年第3期。

③ 景山：《读茅盾的〈清明前后〉》，《世界文艺季刊》第1卷第4期，1946年11月。

④ 茅盾：《〈清明前后〉的后记》，《大公晚报》1945年10月1日第2版。

⑤ 茅盾：《〈清明前后〉大纲》，《茅盾全集·补遗》上，人民文学出版社2006年版，第107页。

第四、第五幕的表现重心却转移到民族工业的危机与出路问题，把民族工业的艰难处境归于政府的统制统管，并通过人物之口点出“政治不民主，工业就没有出路”① 的主题。但是“政治不民主，工业就没有出路”这一主题，在戏剧中只是一句口号而已，完全依靠政论式的对白来实现，并没有呈现为具体的“动作”、“性格”和“事件”。而且，主题一变，剧本的第二幕就游离在主线之外，全剧的结构就乱了。由《黄金潮》到《清明前后》，因主题转移，剧本不得不增加两个观念性的人物陈克明和余为民的戏份。总之，“民主”主题的强势嵌入，不仅造成了人物形象的抽象化，而且带来了结构散漫，线索杂乱，思想概念化等弊病。

《清明前后》政治价值与艺术价值的明显失衡，与其说缘于茅盾话剧创作能力的不足，不如说是人为所致。

四 仓促调整创作方向的动因

为什么《清明前后》的构思、写作会越来越观念化，并因此留下诸多缺憾？如果注意到剧本构思创作的时间表，就会豁然开朗。

据茅盾说，重庆文艺界为他筹备五十寿辰祝寿活动时，他正忙着写话剧的“提纲”②，时间是 1945 年 6 月，那时德国已投降，抗战已胜利在望。由南方局操办的声势浩大的“寿茅”活动，是党在大后方宣传、建构“人民文艺”战略的一部分，茅盾被确立为“人民文艺”的“旗手”。③ 因此，“寿茅”不仅是为茅盾做寿，也是给他“加鞭”④。这次祝寿活动对于促使茅盾调整剧本写作思路应起了重要作用。“《清明前后》正式写作时间不过两个月”⑤，“刚写了两幕，

① 茅盾：《清明前后》，《大公晚报》1945 年 9 月 17 日第 2 版。

② 茅盾：《茅盾全集》第 35 卷，人民文学出版社 1997 年版，第 547 页。

③ 段从学：《“文协”与抗战时期文艺运动》，北京大学出版社 2012 年版，第 247—251 页。

④ 茅盾：《茅盾全集》第 35 卷，人民文学出版社 1997 年版，第 539 页。

⑤ 茅盾：《茅盾全集》第 35 卷，人民文学出版社 1997 年版，第 448 页。

敌人投降的消息来了”，尽管茅盾明知抗战胜利后，“经济界将有大变，我这题材有点过时了，而且又愈来愈觉得技术上不像个样”①，但茅盾还是继续把它写完了。赵丹把剧本看了三遍，与茅盾交流演出脚本，是在9月初，话剧的彩排是在9月23日，9月26日正式公演。② 也就是说，《清明前后》在1945年8月底已经定稿。按照茅盾所说的剧本的正式写作时间为两个月，可以推断，茅盾是在1945年七八月创作了这个剧本。戏剧第一、第二幕的创作时间为7月到8月15日左右，一个半月。后三幕的创作时间较短，大概半个月。

《清明前后》的仓促换调及其造成的缺憾，与剧本以连载的形式面世也有很大关系。剧本不是创作完成后再在《大公晚报》连载，而是边写边发表。由于剧本的第一、第二幕在抗战胜利前已写好，更重要的是，作为“展开全剧故事之线索，把几个纠纷的头都透了出来”的第一幕③，抗战胜利前已在报纸发表大部分，白纸黑字，不能更改。剧本的“开场白”表明，戏剧将讲述清明前后在山城重庆发生的一件事，即“黄金加价舞弊案”，表现几位“可敬的人”和两三位“可怜的人”的喜怒哀乐。④ 这显然是以黄金案为中心的构思，与《黄金潮》写作大纲相一致，剧本前两幕也确实围绕黄金案来写。但是，抗战胜利后创作的后三幕的表现重心，却转向了民族工业问题，这就造成整个剧本情节线索的枝蔓。甚至人物塑造也多少背离了最初的定位，例如，第一幕的人物介绍中说唐文君是“一位相当难以满足的太太”⑤，就与后几幕中的唐文君形象不相符；第一幕详加介绍、重点推出的人物赵自芳，在后面的剧情中却变得无关紧要，成了“陪衬的人物”。⑥ 在第一幕已发表，第二幕也已写好的情形下，大幅

① 茅盾：《〈清明前后〉的后记》，《大公晚报》1945年10月1日第2版。

② 茅盾：《茅盾全集》第35卷，人民文学出版社1997年版，第550—551页。

③ 茅盾：《〈清明前后〉大纲》，《茅盾全集·补遗》上，人民文学出版社2006年版，第108页。

④ 茅盾：《清明前后》，《大公晚报》1945年9月17日第2版。

⑤ 茅盾：《清明前后》，《大公晚报》1945年9月17日第2版。

⑥ 周钢鸣：《论〈清明前后〉》，《文艺生活》1946年第3期。

度调整第三、第四、第五幕的写作，剧本的人物、情节和主题等方面，就不可避免出现前后不协调的情形。

茅盾之所以仓促调整剧本的创作方向，与 1945 年国内外政治局势的快速变化以及茅盾个人境遇的变迁有很大的关系。那时和平、民主建国的呼声日高，政治站队显得尤为迫切。正是在此情势下，茅盾对剧本的人物性格、戏剧冲突和思想主题做了处理，“在一个重要的关头，恰当其时地喊出了广大人民的呼声”①。不过，所做调整并不一定使话剧内容更加贴近抗战胜利后的重庆现实，而是作者审时度势后的一种政治表态。茅盾的同乡，抗战时期在香港、重庆与茅盾有较多交往，并参加了“寿茅”活动的徐迟，断定“茅盾先生是认为他应该写这个戏而写了这《清明前后》。他并不是全部愿意的”，戏剧的弱点“来自创作过程的欠缺一致性”②。尽管没有资料表明徐迟是否了解《黄金潮》创作大纲，是否与茅盾有过关于《清明前后》创作过程的交流，但徐迟的说法多少触及了茅盾戏剧创作的心理动因：抗战胜利的庆祝之声中，茅盾并不完全“愿意”这样写，而是觉得“应该”写成这样。

迫切希望话剧尽快上演的态度，从侧面透露了茅盾修改话剧的心理动因。抗战甫一胜利，国共两党即紧锣密鼓地协商“重庆谈判”。谈判之初，茅盾正与赵丹交流话剧的演出问题。赵丹把修改后所形成的演出脚本带给茅盾，但茅盾觉得没必要看，只提了一点要求：赶紧排练，争取早日公演，“要趁现在毛主席在重庆的机会，把戏推出去”③。这句话道出了茅盾心中的隐秘。延伸来看，写于 1945 年 9 月 20 日的“后记”，茅盾的延安立场更为分明，对重庆当局的批判更为犀利。他把反法西斯战争的伟大胜利归功于“敌后军民”“敌后解放区”“苏联人民”，质疑民国政府是否有代表中国享受胜利荣光的权力，并把国民党统治下的重庆看作极端“矛盾，无耻，卑鄙与罪恶”

---

① 何其芳：《关于现实主义》，《新华日报》1946 年 2 月 13 日第 4 版。

② 徐迟：《在泥沼中——向文艺界的朋友们和读者贺新年》，《新华日报》1946 年 1 月 2 日第 4 版。

③ 茅盾：《茅盾全集》第 35 卷，人民文学出版社 1997 年版，第 550 页。

的地方。对照茅盾 1943 年至抗战胜利前的重庆书写，即可见出茅盾对重庆当局的批判突然升级了，又回到了香港时期的态度。

《清明前后》的意义生产过程，提醒我们考察茅盾的抗战书写，不能只聚焦最后完成的文本，还应关注文本的生产过程。只有不放松对其创作动因、书写语境的追问，才能深刻领会茅盾的抗战书写为何如此。

在抗战文学研究中，我们早已习惯于在文学中发现历史，并设想存在“一致性”的抗战历史与民族心理。我们也愿意相信作家创作的真诚，认为像茅盾这样的知名作家的抗战书写，必然近乎“写真”。况且，真实也是《清明前后》《腐蚀》等作品成为经典的基本前提。然而，茅盾移步换形、仓促调整的抗战书写，让文学史上的定见显得并不完全可靠。抗战文学研究要想有新的突破，不仅需要重新进入集体的抗战语境，也需要进入个人的抗战生活，不仅需要直接面对抗战文本，也需要探究创作的动因和生产的过程，如此方能对丛生的抗战文学做出恰如其分的评析。

（原刊《中国现代文学研究丛刊》2019 年第 2 期）

年度学者：李永东

逆写战时国都

——1941年茅盾在香港的创作

摘　要　讨论抗战文学，创作的时间和地点不容忽视。1941年茅盾离渝赴港后，以“先见”的延安立场，创作了《腐蚀》等作品，对战时国都进行逆写。逆写主要通过叙事视角、人物身份、虚拟时局、历史联想等方式来实现。不过，《腐蚀》的传播时间和影响范围耐人寻味，文史互证关系走向了偏至，因此，有必要对作品的历史价值进行重新评估。

关键词　重庆；茅盾；《腐蚀》；逆写；抗战；香港

自1937年11月20日国府迁渝，重庆就开始承担战时国都的功能角色。在全面抗战期间，重庆拥有多副面孔，既呈现出弄权、投机、纸醉金迷的战时恶相，亦享有“抗战司令台”“精神堡垒”“英雄之城”的美誉。然而，茅盾的战时重庆形象却照不进一丝光亮，他执意把抗战之都写成国贼当道、腐化堕落的魔窟。这是为何？显然，从“城市体验”“反映现实”之类的维度进行解说，难以给出令人信服的答案；基于笼统、整体的抗战语境，也不能抵达茅盾创作动因和思想风貌的幽微曲折。

全面抗战时期，茅盾由上海出发，辗转流徙于殖民地香港、新疆迪化、延安边区、国都重庆等地。茅盾在不同城市之间游走，并不纯然是个人行为，而是个人意愿与政治影响两相权衡的结果。各种势力的角逐在这些城市之间展开，这就造成茅盾不断把自己抛入差异性的政治环境，在不同城市书写战时中国，构设重庆形象。创作的时间地点，国共之争，抗战形势，都是影响茅盾抗战书写的重要因素，相关因素一变，茅盾的创作风貌也随之调整。

1941 年茅盾在香港创作了《腐蚀》等作品，以前所未有的激进态度对重庆进行了逆写。对重庆批判的突然升级，属于有意为之，这种政治化的书写，其形成机制、内在观念、叙事效果和传播路径值得探究。基于历史语境，从多个角度对《腐蚀》等作品进行围合研究，立足于历史语境，把茅盾的创作“问题化”，有助于重新理解其作品。一时（1941 年）一地（香港）创作的再解读，无论对茅盾研究还是抗战文学研究而言，都属于有待深入开掘的路径，由此当有所发现。

一　茅盾的“先见”

谈论抗战文学，创作的时间和地点不容忽视。无论把握战时文学的整体状况，还是追溯个人的创作轨迹，都应把时空问题纳入考察范围。时间和地域构成了抗战文学意义生产的“现场”。就地域空间而言，战时中国呈现出区域分割、权力主体不统一的特点，漂泊、分散在国统区、延安边区、沦陷区、上海租界、殖民城市香港的中国作家，他们在战时体验和家国情怀上存在差异，只有考虑作家与地方的互动关系，才能进一步探究抗战文学“为什么会这样”[①]。就时间而言，持续的抗战和国内外局势的发展，使得国都重庆在城市景观、城居心态、政治寄寓等方面，皆处于变化之中，1938 年的重庆和 1943 年的重庆不可同日而语。甚至大轰炸中的重庆与雾季重庆都是两副面孔。在此情形下，脱离文学生产的具体时空，对抗战时期茅盾的创作进行静态、整体的分析，就有明显的局限性。

时间、地域及其关联的政治生态和个人选择，对茅盾的创作产生了深刻的影响。在全面抗战时期，审时度势、因地制宜的政治化写

① 谭桂林：《游走边缘：谭桂林文学评论集》，知识产权出版社 2014 年版，第 13 页。

作，代表了茅盾创作的常态。他在港、渝两地对重庆的想象，不能等量齐观。1941 年、1943 年与抗战胜利之初的重庆想象，在倾向和风貌上也当有所不同。长篇小说《腐蚀》就是特定时空的产物。“皖南事变”后茅盾由渝赴港，他怀着“驱车我走天南道，万里江山一放歌”的自在感，国民党的“森严文网”岂奈他何，他在香港可以放开书写重庆“逆流”了。[①] 不过，《腐蚀》对重庆“逆流”的书写，并没有多少切近的体验作为基础。全面抗战的前三年，茅盾身处殖民城市香港和边陲城市迪化，远离战争硝烟，远离抗战中心。因而，茅盾对战争引发的社会变动，带来的生活疾苦和唤起的民族情绪，少有近距离的观察和置身其中的体验。在新疆期间，他自觉“塞外索居”[②]，“内地音讯，忽然隔绝”[③]，对“内地文坛动态，知之甚少”[④]，对战时中国的情形同样隔膜，在新疆的一年使他“深感落后于沸腾的生活”[⑤]。延安几个月的生活对于增进茅盾对重庆的了解，也有限度，因为“在延安，一般不易见到重庆出版的报刊”[⑥]。1940 年底茅盾第一次来到重庆，只待了三个月，其间他需要安顿生活，出席各种场面上的应酬和演讲。用他给曹靖华信中的话说，他在重庆的前两个月，过的是“思之可笑”的“‘无事忙’之生活”[⑦]。而离开重庆之前的二十多天，茅盾隐居在离市区二十公里的南温泉。由此可以推测，茅盾尚来不及仔细打量和深入体验重庆这座城市，他对重庆社会还不大熟悉。加上他没有感受过国都重庆所经历的“血与火”的洗礼，以及由此勃发的“愈炸愈强”的抗战意志。因此，他对重庆这座城市缺乏敬意。离渝赴港后，茅盾创作了以重庆为背景的《腐

① 茅盾：《渝桂道中口占》，《茅盾全集》第 10 卷，人民文学出版社 1985 年版，第 379 页。

② 茅盾：《茅盾全集》第 36 卷，人民文学出版社 1997 年版，第 187 页。

③ 茅盾：《茅盾全集》第 36 卷，人民文学出版社 1997 年版，第 184 页。

④ 茅盾：《茅盾全集》第 36 卷，人民文学出版社 1997 年版，第 188 页。

⑤ 茅盾：《茅盾全集》第 35 卷，人民文学出版社 1997 年版，第 357 页。

⑥ 茅盾：《茅盾全集》第 35 卷，人民文学出版社 1997 年版，第 374 页。

⑦ 茅盾：《茅盾全集》第 36 卷，人民文学出版社 1997 年版，第 196 页。

蚀》。生活体验的不足，使得茅盾在香港创作的小说《腐蚀》《某一天》《十月狂想曲》中的重庆形象，缺少城市文化、日常生活的底色和性格成长的逻辑，活跃其中的是观念性的人物。

茅盾想象重庆的方式，很大程度上取决于“理解的前结构”，即“先见”。正如海德格尔所说：“解释向来奠基在先行视见［Vorsicht］之中，它瞄着某种可解释状态，拿在先有中摄取到的东西‘开刀’”①。城市想象可以看作对城市的“解释”。“先行具有、先行视见和先行掌握”的“先入之见”②，规约了茅盾的重庆想象。最初延安方面建议茅盾去重庆，就是为了加强党在“国统区文化战线的力量”③。“皖南事变”后，中共安排茅盾等文化名人转移香港，是为了对重庆当局进行“文化反攻”④。茅盾1941年在香港的创作，亦响应了延安方面对重庆当局的斗争策略。这就决定了茅盾的重庆想象，秉持延安立场，带有观念化的色彩。

二 逆写战时国都的策略

全面抗战时期，茅盾的重庆想象，善于抓住战时国都和国民政府最臭名昭著的事件来书写。如：《清明前后》以“黄金加价舞弊案”为中心事件，揭批了国府的经济管制和重庆的阶层倾轧；《腐蚀》以“皖南事变”为故事背景，构想国民党勾结日伪的黑幕和重庆“狐鬼满路”的状况。茅盾一意寻找重庆最黑暗的面孔，他无意在“抗战建国”的话语逻辑下书写战时重庆，亦无意借重庆来宣扬国族至上

---

① ［德］海德格尔：《存在与时间》，陈嘉映、王庆节译，生活·读书·新知三联书店1999年版，第175页。

② ［德］海德格尔：《存在与时间》，陈嘉映、王庆节译，生活·读书·新知三联书店1999年版，第176页。

③ 茅盾：《茅盾全集》第35卷，人民文学出版社1997年版，第378—380页。

④ 段从学：《夏季大轰炸与大后方文学转型——从抗战文学史的分期说起》，《中国现代文学研究丛刊》2011年第7期。

的战时观念，而是把这些观念看作官方欺骗民众的伎俩，着力加以解构。[①] 对重庆当局最激进的批判，当属 1941 年在殖民地香港的创作。1941 年离渝赴港后，茅盾的抗战书写迅即转向显在的延安立场，对国民党的批判态度突然变得峻急。在香港创作的《腐蚀》《某一天》《十月狂想曲》这三篇小说，有着彻底的“文化反攻”色彩，对官方宣传中的重庆形象进行了逆写。如果说老舍等作家笔下的重庆有两副面孔，那么，茅盾笔下的重庆只有一副面孔，而且是最黑的那副面孔，甚至《腐蚀》中赵惠明走向“勇敢之路”的情节，也是应读者的要求而续添的。[②]

在《腐蚀》的小序中，茅盾明言，披露日记是为了提请社会人士关注青年的精神痛苦问题，而且小说长篇累牍地展示了赵惠明的心理矛盾和精神痛苦，但这不过是表象。社会环境“腐蚀”纯洁青年的主题，在小说中并未得到展开，所占的分量很小。其实，小说真正表达的，或者说作者的创作意图，是借赵惠明的日记暴露重庆社会“狐鬼满路，群凶当道”，以解构作为“抗战司令台”“精神堡垒”“东亚灯塔”的重庆形象，逆写国民党的抗战姿态。

《腐蚀》对战时国都和重庆当局的逆写，可以从叙事策略、当局形象和国都形象三方面来分析。

其一，对战时国都和重庆当局的逆写，得到了叙事视角和人物身份的支持。小说为日记体，日记的主人为国民党女特务赵惠明。“皖南事变”前后重庆的城市状况、当局动向和青年遭遇，都是从赵惠明的视角看取和呈现的。而且，女特务的视角被作者的延安立场所操控。由此所呈现的重庆形象，必然充满了混乱、恐怖，上演着尔虞我诈、反共降日的丑剧，显出颓靡之相，是青年的黑暗深渊。日记是赵惠明的特务工作和灵魂挣扎的记录，实际上，特务工作不过是一面镜

① 王学振从三个方面阐释了茅盾热衷书写大后方“逆流”和阴暗面的原因：一是茅盾一贯的左翼立场，二是国共两党对茅盾的不同态度，三是茅盾居留大后方的时间为抗战中后期。（王学振：《茅盾笔下的大后方》，《重庆师范大学学报》2012 年第 4 期）

② 白浪：《把惠明救出苦海！》，《大众生活》1941 年第 16 期。

子，在特务工作的叙述间隙，随机穿插着对国民党勾结日伪、军事反共和迫害青年的“内幕”的揭露，随机穿插着对国都重庆思想禁锢、秩序混乱、民生艰难、官商奢靡之相的批判。小说所呈现的战时国都和重庆当局形象，很大程度上取决于叙事中的特务视角和延安立场，以及所聚焦的特定人群和事件。

作为一个坏得不够彻底的国民党特务，赵惠明的自我塑型为什么能获得读者的同情？她对战时国都和重庆当局的评述如何获得读者的信任？从叙述效果来说，“个人型叙述往往被当做自传体”，其叙述声音的权威“往往名正言顺”[①]。一方面，作为一篇日记体的小说，日记主人赵惠明掌握了评判战时人事和国都状况的话语权，并且能够袒露自己的心迹，从而获得同情。另一方面，赵惠明虽然是国民党政府的鹰犬，但是小说赋予其道德上的优越感——与小说中的其他党国干员相比，她至少良心未泯，更重要的，她再坏，还没坏到卖国的程度。国家大义在战时是一道红线，以之为铁则，敌我立判，赵惠明因此能够站在道德制高点对战时国都和重庆当局进行审视。

赵惠明声音的权威性，不仅获得了文本叙事技巧和人物关系的支持，还在于“叙述声音和被叙述的外部世界是互构的关系”[②]。也就是说，赵惠明对国都与当局黑幕的揭露，其可信度不仅由文本内的叙述声音所决定，也取决于文本外的时代观念，她的形象呼应了文本外的公义观念。在文本外，对赵惠明声音的认同，源自她曾经代表时代精神，分沾了历史的荣光——她在学生时代是热血青年，在上海参加过学生救国运动，“上京请愿”；也曾抗议学校的规则，发动了“择师运动”[③]；而且，在全面抗战之初，她有过一段“战地服务”的光

---

① ［美］苏珊·S. 兰瑟：《虚构的权威》，黄必康译，北京大学出版社2002年版，第22页。

② ［美］苏珊·S. 兰瑟：《虚构的权威》，黄必康译，北京大学出版社2002年版，第22页。

③ 茅盾：《腐蚀》，《茅盾全集》第5卷，人民文学出版社1984年版，第51—52页。

荣历史。[1] 她的个人历史，符合文本外知识群体的价值期待，给出了赵惠明形象的初始定性。那么，后来她助纣为虐，就当归入外部环境的影响。赵惠明在叙述中，把自己的堕落解释为国民党、家庭、学校联合扼杀的结果，由此把自己归入了受害者的角色，其堕落从反向确证了社会的罪恶。正是文本内外经验的同构关系，赋予了赵惠明叙述话语的权威性。这种利用人物的“历史”身份来确证叙述声音的权威性、同时以人物后来的堕落和不幸来批判社会的做法，屡试不爽，在话剧《清明前后》的梦英身上亦有所体现。茅盾正是利用人物的“历史”身份来批判重庆这座城市以及权力集团，在人物的“现实”堕落与黑暗重庆之间建立语义关系。

需要补充的是，小说叙事固然赋予赵惠明批判国都和当局的话语权威，但过于追求政治批判的强度而随意使用赵惠明的声音，多少会损害叙述声音的权威性。关于小昭的身份，小说给出的定位，前后不一致。最初为了突出国民党滥杀无辜，迫害进步青年，小昭的身份被定位为“工会”成员，没有参与任何政治活动，却被“土豪劣绅”诬陷为共产党。但在后来的日记中，由小昭与 K、萍的关系，以及内部出了叛徒等信息，又逐步构设出小昭的共产党员身份。对赵惠明的堕落，小说做出了政治性的解读。但是，赵惠明最初为什么要抛弃小昭，小说没说明；她为何被国民党政工人员希强引向迷途，“弄到现在这步田地”[2]，小说也没交代。由此所造成的叙事空白，可以见出作者并不大了解战时青年的人生选择与思想状况，只顾贴政治标签，执意按照“青年男女为环境所迫”[3] 的观念逻辑进行推导，达到逆写国都和当局的目的。

其二，《腐蚀》通过构设重庆当局勾结汪伪、投降日寇的形象，

---

① 茅盾：《腐蚀》，《茅盾全集》第 5 卷，人民文学出版社 1984 年版，第 58、119 页。

② 茅盾：《腐蚀》，《茅盾全集》第 5 卷，人民文学出版社 1984 年版，第 40 页。

③ 茅盾：《腐蚀》，《茅盾全集》第 5 卷，人民文学出版社 1984 年版，第 3 页。

实现了对国民党政权的逆写。小说分散的信息片段，虽然在对象指称上做了处理，组合起来的意思却是明确的：重庆国民政府与南京汪伪政府乃一家，国民党政权走向了人民的对立面，走向了抗战的对立面，如此国民党不具有领导抗战的资格。小说所写到的国民党干员，在抗战中皆丧失了民族国家立场，混淆了敌我界限。例如，前省党部委员松生和太太舜英从上海来到重庆，他们如今替汪伪方面收集情报；赵惠明的第二个男人希强，是“为民前锋”① 的政工人员，同时也与汪伪方面有来往。他们的两副嘴脸，构成了对《中国国民党党歌》歌词“必信必忠”的巨大嘲讽。在舜英的豪宅里，重庆方面要员何参议、周总经理、刘大老官、陈秘书、某处长，与汪伪特务舜英、松生、密司D坐到了一起，像老朋友一样，相谈甚欢，暗中交易。对之，何参议大言不惭地说：两方面是“分久必合”，他们不久就“又可以泛舟秦淮，痛饮一番!”② 然而，“何参议之类倘在什么周上作报告，还不是咬牙切齿，义愤填膺，像煞只有他是爱国，负责，埋头苦干，正经人！真是做戏!”③。小说由此揭露了党国政要假抗战、真卖国的无耻嘴脸。

《腐蚀》对重庆当局构成了三位一体的批判：一是发生在前方的“剿共”事件——“皖南事变”；二是重庆城里弥漫的“尸臭”味，暗指国民政府对进步人士大开杀戒；三是重庆的国民政府和南京的汪伪政府“不久就可以和了。功德圆满”，“方针是已经确定了”④ ——虽然小说一直没正面处理当局与日本的战时关系，只停留在重庆当局与南京汪伪的勾结、和解层面，但暗示了国民政府将放弃抗战。通过这三个层面，重庆当局屠杀人民、勾结汪伪、投降日寇、

---

① 《中国国民党党歌》歌词中有一句为“咨尔多士，为民前锋”。

② 茅盾：《腐蚀》，《茅盾全集》第5卷，人民文学出版社1984年版，第90页。

③ 茅盾：《腐蚀》，《茅盾全集》第5卷，人民文学出版社1984年版，第98页。

④ 茅盾：《腐蚀》，《茅盾全集》第5卷，人民文学出版社1984年版，第233—234页。

出卖国族的形象，就呼之欲出了。

其三，《腐蚀》通过构设恐怖、混乱、荒淫的城市形象，实现了对国都的逆写。小说中的战时重庆，充满算计和迫害，恶人得势，良知泯灭。在重庆特务机关，“人人笑里藏刀，擀人上屋拔了梯子，做了圈套诱你自己往里钻”①，“除非是极端卑鄙无耻阴险的人，谁也难于立足”②。在赵惠明看来，国都重庆是反共与出卖国家利益的大本营，虽然“市面繁荣，天下太平”，暗中却酝酿着反共的阴谋，而“两朝臣子”则在重庆“大阔而特阔了”③。在小说中，所有人都对重庆充满了抱怨。“前委员太太”舜英抱怨重庆的一切：“这里的天气不好，路不好，轿夫也欺人，二房东尤其可恶，商人心太‘黑’，小偷和老鼠一样猖獗，而且连橘子也不甜，电灯也不亮”④。与上海相比，重庆的“东西又贵又不好，生活真是凄惨”，“一切的一切，都不及上海又便宜又舒服”⑤。重庆治安混乱、民不聊生，“小偷之猖獗，也算开了新纪录。陈胖也被偷过，他大骂警察只会吃饭拉屎，殊不知陈胖左边那个派出所自身也难保，小偷去光顾了两次之多！米价那么飞涨，迟早会连警察也变成了偷儿”⑥。纪念节也显出可厌的面目，在赵惠明的眼中，“每条街上全有挂灯结彩的。我不懂人们有什么可喜的事儿，值得那样狂欢。我觉得可厌。”这座城市的人在一味

① 茅盾：《腐蚀》，《茅盾全集》第 5 卷，人民文学出版社 1984 年版，第 13 页。

② 茅盾：《腐蚀》，《茅盾全集》第 5 卷，人民文学出版社 1984 年版，第 28 页。

③ 茅盾：《腐蚀》，《茅盾全集》第 5 卷，人民文学出版社 1984 年版，第 28 页。

④ 茅盾：《腐蚀》，《茅盾全集》第 5 卷，人民文学出版社 1984 年版，第 36 页。

⑤ 茅盾：《腐蚀》，《茅盾全集》第 5 卷，人民文学出版社 1984 年版，第 23 页。

⑥ 茅盾：《腐蚀》，《茅盾全集》第 5 卷，人民文学出版社 1984 年版，第 66 页。

胡闹，“在胡闹中，我把这些鬼，这些狗，叱咤吆喝，颠倒调侃”[①]。一切人事都令赵惠明厌恨，房东太太十分势利，同院的军官三夫人寂寞而风流。为了把重庆塑造成一座令人绝望的城市，小说甚至不惜把重庆的大学生群体写成混混、纨绔和流氓，整个大学区简直就是个特务机关，男学生都是一副色情狂和流氓打手的模样。重庆“文化区”的“风光”让赵惠明感觉“不大顺眼”，她所“看见的人儿，不是獐头鼠目，阴森可怕，或者，蜂目而豺声，骄气凌人，那便是愁眉苦眼，——至少也是没精打采，假颜强笑，童养媳似的；我在学校时代就没有遇到这种‘气象’！”[②] 在抗战时期，如此妖魔化国都重庆的大学生群体，其意图是揭批国民政府的党化教育：“当真是‘教化’之道大大的有了进步。”[③] 为此，小说不惜使用最恶劣的词形容重庆的大学生群体，说“文化区”与整个重庆一样，并不缺少“魔鬼式的狂欢纵欲”，连坏得不够彻底的特务赵惠明都“要求立即离开这恶疫横行的‘文化区’”[④]。

《腐蚀》写了活跃在重庆的众多人物，然而，无一有抗日意识，无一有国家情怀。小说反复叙述 1940 年下半年的重庆社会和国内局势，却不把中日战争作为国族叙事的基点，而是在汪伪、重庆当局和共产党三者的关系中做文章，书写当局勾结汪伪，追查“异党”，布置“剿共”，以此结束“分裂”，达到“和平”，最终“大家都回南京去”[⑤]。茅盾对战时国都与重庆当局的书写，多少带有臆想的成分。在观念套路上，茅盾挪用了左翼的经验，关于战时国都与当局的书

---

① 茅盾：《腐蚀》，《茅盾全集》第 5 卷，人民文学出版社 1984 年版，第 215 页。

② 茅盾：《腐蚀》，《茅盾全集》第 5 卷，人民文学出版社 1984 年版，第 220 页。

③ 茅盾：《腐蚀》，《茅盾全集》第 5 卷，人民文学出版社 1984 年版，第 220 页。

④ 茅盾：《腐蚀》，《茅盾全集》第 5 卷，人民文学出版社 1984 年版，第 294 页。

⑤ 茅盾：《腐蚀》，《茅盾全集》第 5 卷，人民文学出版社 1984 年版，第 154 页。

写，实际上把1927年的国共斗争，尤其是宁汉分裂与合流的故事，借重庆空间重新讲述一遍，同时把汪伪政府的“和平，反共，建国”的反动政略挪移到关于重庆当局的想象中，由此实现了对战时国都和重庆当局的逆写。

茅盾在香港创作、发表的短篇小说《某一天》《十月狂想曲》，可以算是《腐蚀》逆写国都和当局的补充。《某一天》创作完成于1941年9月10日，《十月狂想曲》创作完成于1941年11月19日。两篇小说分别从“战与和”“胜与败”的角度对重庆当局的虚假抗日进行了嘲讽。无论战还是和，胜还是败，都是达官显贵们窃国肥私的手段——“政治和经济是分不开的”①。两篇小说写的是同一个人物，但通过主人公与“朋友”“太岁爷”“太保们”利益关系的演绎，其政治讽刺扩大到针对整个重庆权贵圈子，当局被看作一个利益集团。重庆权贵罔顾国家安危，私欲膨胀，战还是和，胜还是败，皆与“抗战建国”无涉，国家政治不过是幌子，个人发达才是目的。国家利益私人化的书写，具有极大的批判效力，消除了国家、国都、权贵的神圣光环。

三 《腐蚀》的传播时间与影响范围

众所周知，《腐蚀》是一部影响广泛的作品。但是，没有人去深究这部作品为何会产生广泛影响，其影响的地域范围到底有多大。

《腐蚀》1941年5月17日至9月27日在香港的《大众生活》连载，1941年10月上海的华夏书店赶印了单行本。对于当时的反响，茅盾后来是这样说的：“虽然是一部政治气息极浓厚的作品，却吸引了香港、南洋众多喜爱惊险小说的读者，反应如此强烈，是我始料未及的。”② 这句话值得注意的是“政治气息”与“惊险小说”的错

① 茅盾：《十月狂想曲》，《国讯》旬刊香港版第6期，1941年11月30日，第154—156页。

② 茅盾：《茅盾全集》第35卷，人民文学出版社1997年版，第419页。

位，读者的“反应”多少近乎买椟还珠。茅盾自己坦承，在抗战期间，“《腐蚀》引起的轰动，仅限于香港、南洋和孤岛上海等几个城市，而且是短暂的，因为不久太平洋战争爆发，也就在战火中湮没了”①。其实，与其说《腐蚀》“在战火中湮没了”，不如说国民政府坚持抗战的事实，使得小说的部分观点站不住脚，“勾结汪伪”“和平”之说不攻自破。就凭这一点，无论出版商还是作者，大概都不便于在抗战后期继续出版此书。

《腐蚀》再次出版，并引起读者的兴趣和评论界的关注，是在抗战结束之后。“后来《腐蚀》传到根据地和解放区，又被解放区大量印行，如苏中出版社，大连大众书店，华北新华书店，太岳新华书店，东北书店，辽宁中苏友好协会，太行群众书店，晋察冀新华书店，山东新华书店等”②。正因为此，《腐蚀》成了茅盾所有长篇小说中“国内版本最多的”③，是抗战胜利后“最受欢迎的书”④。总的来看，《腐蚀》在1940年代的影响，主要限于殖民城市、解放区（原东北、华北沦陷区）和根据地。这是一个耐人寻味的现象。小说虽然讲述的是战时国都的故事，却没有在大后方出版，也没有在大后方引起什么反响。从1942年国民党中宣部对茅盾“过去状况调查”来看，《腐蚀》这部作品并没有进入他们的视野，他们对茅盾1941年在港期间的创作情况并不了解⑤，也从侧面说明了《腐蚀》几乎没有在大后方传播。《腐蚀》所构设的恶鬼当道的重庆形象和“蒋介石勾结日汪”⑥ 的政治秘闻，也许是殖民城市、解放区和根据地的读者乐于想象的，其中的微妙心理我们不打算探究。

---

① 茅盾：《茅盾全集》第35卷，人民文学出版社1997年版，第420页。

② 钟桂松：《〈腐蚀〉从小说到电影：谈茅盾的立场》，《书城》2011年第7期，第62—68页。

③ 茅盾：《茅盾全集》第35卷，人民文学出版社1997年版，第420页。

④ 白蕻：《读〈腐蚀〉》，《文艺生活》1946年第4期，第57—59页。

⑤ 杨扬：《台湾所见“国民党特种档案”中有关茅盾的材料》，《新文学史料》2012年第3期，第143—150页。

⑥ 茅盾：《茅盾全集》第35卷，人民文学出版社1997年版，第417页。

与出版的情况类似，抗战时期关于《腐蚀》的评论并不多见，倒是抗战胜利后出现了一股小热潮。这些评论对重庆和大后方多有批评。1947 年的一篇读后感对战时重庆的评价较有代表性：

> 这社会，魔鬼撕破了真理的面孔，在这里是狐鬼满路，群凶当道，廉耻扫地，道德败坏。在这样的环境中除非是极卑鄙无耻的人，谁也难于立足，即使是血性而正直的人，也会消磨成了自私而狡猾。一句话：愈不像人，愈有办法，这就是腐蚀了的大后方——蒋介石的家“天下”。
>
> 在这本日记的片段记载中，我们不难看到更生动的事实和场面；这里有国民党高等官员的两副神气和两副面孔，也有着仆仆风尘，翱翔于沪渝道上的两朝臣子，贪污成风，公馆林立；特务满天飞，小偷到处有；“耳房里烟幕弥漫，客厅上竹战正酣”，这就是抗战期中国民党“中央政府”的所在地。①

上述评论从超强政治意识出发，把重庆社会、大后方、蒋介石、国民党集团混在一起加以评说，“环境”“场面”的险恶与党国人物的卑劣相互诠释，从而对国民党政权进行了整体的否定。

参照抗战历史，再来阅读《腐蚀》的重庆想象及其引发的评论，会让人感到不安。例如，林铣对《腐蚀》的评论，以东北沦陷区光复后的境况为由头，振振有词地声讨“腐蚀了的大后方”，质问“试看抗战期中‘重庆人’作了些什么?”② 以小说中的重庆想象作为事后历史批判的依据，其意义生产就逾越了文学虚构与现实生活的界限。战后的评论倾向于确证《腐蚀》叙事的历史真实性，文本内外的互动把战时之都钉在了历史的耻辱柱上。把《腐蚀》的战时书写

---

① 林铣：《读〈腐蚀〉以后》，《东北文艺》1947 年第 3 期。

② 林铣：《读〈腐蚀〉以后》，《东北文艺》1947 年第 3 期。

与战后社会现实以相互印证的方式进行阐释[1]，这种意义生产方式值得反思。

围绕《腐蚀》所做出的文史互证研究，常常以片面的重庆抗战历史作为前提，其互证难免走向偏至。直面抗战历史，弄清茅盾的创作动因，明确作品的传播时间和影响范围，那么，《腐蚀》的历史价值就需要重新评估。

《腐蚀》等作品存在对国民抗战和国都重庆的“片面叙事”[2]，它在40年代后期流行的原因“主要是在政治上”[3]。而这一切主要缘于“茅盾的立场”[4]，这个立场就是延安的立场、左翼的立场、民主的立场，这些立场规约了茅盾的抗战叙事和重庆想象。茅盾在大英帝国统治下的香港，试图以尖锐的笔触戳穿重庆当局“抗战建国”的虚假面孔，但是历史和他开了一个玩笑。茅盾对战时国都和重庆当局的逆写，尽管“有碍”抗战，但我们不妨抱着理解历史、理解茅盾的态度，试加阐释。

一、《腐蚀》《某一天》《十月狂想曲》所表达的观念有着“反党国”的倾向，但我们可以把战时国家与执政党（政府）分开来看。关于国家和政府的关系，有一种观点认为，国家“主权并不和政府的机关相同。政府根本是和国家不同的，因为前者是许多官吏的集合体，而后者是包含社会或民族的政治状况的一种假定的实体”[5]。从这一观念来看，茅盾的“反党国”，正是针对官吏集合体的国民党政府，而不是针对抗战中国。在这一点上，茅盾的延安立场能够站

---

① 参见白蕻《读〈腐蚀〉》，《文艺生活》1946年第4期；林铣：《读〈腐蚀〉以后》，《东北文艺》1947年第3期；势朋：《读〈腐蚀〉后记》，《朝声》1947年第7、8期合刊。

② 梁竞男：《国共斗争背景下的片面叙事——重读茅盾小说〈腐蚀〉》，《山花》2015年第20期。

③ 方纪：《到群众中去》，文化工作社1950年版，第25页。

④ 钟桂松：《〈腐蚀〉从小说到电影：谈茅盾的立场》，《书城》2011年第7期。

⑤ 萨博恩、许派德：《英译者序》，［荷］克拉勃《近代国家观念》，王检译，吉林出版集团有限责任公司2009年版，第19页。

住脚。

二、茅盾逆写战时国都和国民党政权，是对革命历史和左翼经验的挪用。1927年的中国曾经上演宁汉合流、共同镇压共产党革命运动的惨剧。“九一八”之后，国民政府曾经有过“攘外必先安内”的政略。茅盾以“历史”为蓝本，对抗战时期重庆国民政府和南京汪伪政府的关系进行想象，在小说中把战时国都和重庆当局形象朝着“勾结日汪”“剿共”的方向加以建构。从左翼经验和延安立场来看，这也在情理之中。

三、茅盾对重庆当局抗战姿态的书写，并不着眼于中日的对抗，而是着眼于国民党政要与汪伪、日本方面的勾结。这是由于茅盾的战争思维，不是民族国家战争思维，而是延安、左翼、苏维埃的战争思维，并根据与延安、重庆政权的亲疏关系来区分敌友。茅盾等左翼文人在皖南事变后离渝赴港，原本是周恩来根据延安的指示，动员文化人去香港，在香港展开对“抗战以来国民党政治、军事、经济各方面的批评”①。由此我们就能理解，为什么茅盾在《十月狂想曲》《腐蚀》《清明前后》等作品中，对“反苏”“剿共”的叙述热情甚于抗日叙述，对美国的战时援助却持嘲讽的态度。

结 语

在香港书写重庆，茅盾意在把战时国都塑造成勾结汪伪的反共大本营，勾画出国民党的“卖国”嘴脸。放眼全面抗战时期，如果想要从茅盾的地方书写中看到明朗的色彩，看到抗战的热情和力量，只能从《白杨礼赞》所象征的“北方的农民”，从《虚惊》《过封锁线》中由农民、工人组成的游击队——“人民的武装”，从《劫后拾遗》《在岗位上》中香港或上海的底层工人身上去寻找，“民族精神”

① 段从学：《夏季大轰炸与大后方文学转型——从抗战文学史的分期说起》，《中国现代文学研究丛刊》2011年第7期。

只能从《风景谈》中延安的“风景”中去寻找。而国统区、战时国都、党国政要的书写，则不见一丝光亮。

对国都重庆的叙述无论持礼赞还是诋毁的态度，终将落脚于对国家情怀、党派立场、阶级观念、民族性格的解说。茅盾的重庆想象，倾向于把重庆的城市性质政党化、地方化，看作国民党操控的城市。在茅盾的重庆想象中，当局卖国、要员自肥、民众受难，因此，重庆便失去了作为战时国都、作为民族国家象征的合法性。重庆是战时中国的政治中心，“集中反映了国家最高政权机构的意志和愿望”[①]，对重庆形象的污名化，也就是对国民党统治的否定。“国家”一词不仅“隐含着民族的凝聚力”，同时也常用于遮蔽本土的“地区之间的冲突，或围绕权力或意识形态问题的冲突”[②]。而 1941 年的茅盾关注的恰恰是“地区之间的冲突，或围绕权力或意识形态问题的冲突”，因此他放弃了从国家象征的层面进入重庆的想象，而更愿意采用“民族”这一概念。在抗战后期茅盾的表述中，“民族”不是由种族、血缘、地域、语言等“自然”因素所构成的文化概念，而是对国族进行内部界分的一个政治概念，“民族”之上覆盖着“政党”“阶级”的观念过滤网。这与延安方面的“阶级—民族主义”观念是一致的。[③] 在抗战后期，茅盾使用“民族”这一概念，主要不是为了唤起全民的国家认同感，而是为了指出国民党统治下“民族”内部的分化和对立。例如，《白杨礼赞》中的白杨和楠木，北方农民和“顽固的倒退的人们”处于对立位置，《雾中偶记》中严寒的北方和“温暖”的重庆是一种对照，“我们”之外存在罪恶的、得意的“他们”。《腐蚀》中的重庆和当局，就是以“他们”的身份出现的，并作为民族的罪恶势力而被排除在民族认同之外。

---

① 张文奎等编著：《政治地理学》，江苏教育出版社 1991 年版，第 164 页。

② ［美］卡洛琳·加拉尔等：《政治地理学核心概念》，王爱松译，江苏教育出版社 2013 年版，第 6 页。

③ 袁盛勇：《“党的文学”：后期延安文学观念的核心》，载袁盛勇主编《还原与重构——新的延安文学研究在崛起》，重庆出版社 2012 年版，第 164—169 页。

茅盾对国都的逆写，属于战时中国形象建构的一部分。1941 年在香港与重庆创作的《风景谈》《大地山河》《白杨礼赞》《记“鲁迅艺术文学院”》等作品，构设了诗意、崇高、战斗的延安形象，与国都形象形成了鲜明的对照，在对照之中，延安乃民族向心力所在，其在战时中国的神圣地位得以确立。

（原刊《社会科学》2019 年第 3 期）

第二篇

年度新锐学者

年度新锐：妥佳宁

《子夜》对国民革命的“留别”

摘　要　《子夜》中吴荪甫的政治立场不同于当时的南京国民党“中央”，而是支持国民党改组派也即国民党左派的实业政策。茅盾对这种实业政策的理解，源自他本人国民革命时期与国民党左派的两度共事。而历来被视作茅盾脱党“自白书”的诗歌《留别》，更多的是在告别茅盾以跨党身份亲历的国民革命。茅盾不但以《蚀》等早期革命文学创作，更以《子夜》这样的左翼文学经典，对工农与工商业者联盟的国民革命做出了文学“留别”，呈现了左翼知识分子对国民党左派实业政策从一度期许到最终失望的复杂精神历程。

关键词　《子夜》；国民革命；茅盾；改组派

文学史经典一向认为《子夜》描绘了“第二次国内革命时期民族资产阶级的典型形象”①。所谓第二次国内革命，即 1927—1937 年国共内战期间的土地革命。然而茅盾在谈论《子夜》写作时，却这样描绘 1930 年“中国革命转向新的阶段”：

> 当时在上海的实际工作者，正为了大规模的革命运动而很忙。在各条战线上展开了激烈的斗争。我那时没有参加实际工作，但在一九二七年以前我有过实际工作的经验，虽然一九三〇年不是一九二七年了，然而对于他们所提出的问题以及他们工

---

① 唐弢主编：《中国现代文学史》第二册，人民文学出版社 1979 年版，第 173 页。

作的困难情形，大部分我还能了解。[①]

既然“一九三〇年不是一九二七年”，那么 1930 年“没有参加实际工作”的茅盾，如何运用 1927 年以前的实际革命经验来解答《子夜》面临的这些新“问题”？仅从“第二次国内革命”也即国共内战的维度，来理解吴荪甫等 1930 年“民族资产阶级”的政治立场，究竟在多大程度上能吻合《子夜》的背景设定？“脱党”后却担任“左联”行政书记的茅盾，1930 年开始撰写的《子夜》，又与 1927 年国共合作时期的国民革命，有什么关系？既往研究未曾充分讨论的这些问题[②]，究竟昭示了茅盾本人怎样的革命记忆与精神历程？

这就需要超越所谓中国民族资产阶级无法战胜买办的“意图谬见”，重新回到《子夜》小说文本，以大量细节呈现与此龃龉的文本原态。更需回到经济史、社会史、革命史的具体史实当中，发现茅盾精神演变历程的有效证据[③]。将“新批评”的文本细读法同时用于文学文本和更为广阔的社会历史文本，既避免退回到以论带史的“旧批评”，又在无数细节证据的基础上重新构建对宏观理论问题的历史化认识。

一 实业家背后的国民党改组派

《子夜》写到吴荪甫与赵伯韬多次在公债投机市场上斗法。这里的公债投机与一般的股票交易不同，背后隐藏着尖锐的政治斗争。1930 年的“中原大战”，是蒋派同冯、阎、桂、张等各派新军阀争夺

---

① 茅盾：《〈子夜〉是怎样写成的》，《战时青年》1939 年第 3 期。该文最初发表于 1939 年 6 月 1 日《新疆时报·绿洲》，原题为《茅盾谈〈子夜〉是怎样写成的》。

② 参见李志毓《情感史视野与二十世纪中国革命史研究》，《史学月刊》2018 年第 4 期。

③ 参见李怡《作为方法的“民国”》，《文学评论》2014 年第 1 期。

国民党“中央”统治权的战争。已经占据南京国民党“中央”的蒋派，为筹集军费发行了巨额公债，即以政府债券的形式向民间借资。与大多数国家政府发行的“国库券”不同的是，一旦蒋派落败，国民党“中央”若为其他军阀占据，自然不会如期偿还蒋派向民间借资而发行的这些公债。故而蒋军胜则购买公债者增多，价格上涨，做“多头”者获利；蒋军败则购买者减少，价格下跌，做“空头”者获利。而当时的上海华商证券交易所的公债投机是逐月结算，每月的具体战争形势会对公债市场产生不同影响。

《子夜》所写的公债交易所斗争，第一次是1930年5月吴老太爷葬礼后吴赵联手做“多头”买涨获利。第二次则是6月初吴荪甫开始单独做“空头”买跌，赵伯韬则做“多头”买涨，故意与吴荪甫对立。6月4日张桂联军攻占长沙，但不久即撤退，公债涨跌，几经波折，6月底吴荪甫终渡“险关”。第三次是7月吴荪甫坚持继续做“空头”，与做“多头”的赵伯韬在公债交易所决一死战，未到月底，即因杜竹斋的叛变而大败。

值得玩味的是，最初曾与赵伯韬做“多头”买涨而获利的吴荪甫，为何后来常常坚持冒险做“空头”，要看跌公债？除了与黄奋提供的战局内幕消息有关，恐怕与吴荪甫的政治立场不无关系。冯阎等军阀联合当时国民党内最大的反蒋政治力量“改组派”[①]，以标榜其政治“正统”。而1931年茅盾在小说《提要》中设定“吴荪甫为主要人物”的“工业资本家倾向改组派（即汪精卫派）”，“银行资本家中，赵伯韬是蒋派”。在该《提要》手迹上，“即汪精卫派”这五个字是茅盾在原文旁边用另一支粗笔特别标注的。[②] 茅盾对吴荪甫政治立场的特别标注，究竟在强调什么？改组派对1930年的中国政治经济又有何种影响？

所谓“改组派”，正式的名称是“中国国民党改组同志会”。1927年宁汉合流后，汪精卫因“清共”不力遭到排挤，当年12月被

---

① 参见《鹿钟麟致汪精卫先生电》，《中央汇刊》1930年第4期。

② 茅盾：《子夜（手迹本）》，中国青年出版社1996年版，第448页。

迫引退，再赴法国。[①] 而陈公博于 1928 年 5 月在上海创办《革命评论》；6 月顾孟余、王乐平创办《前进》杂志，都将海外的汪精卫奉为领袖，强调恢复“民国十三年的国民党改组精神”[②]，标榜回归 1924 年国民党一大的正统[③]，以此来反对占据南京国民党“中央”的蒋派。1928 年冬，中国国民党改组同志会正式成立，总部设在上海，1929 年 2 月发表第一次全国代表大会宣言和决议案。其时汪精卫尚在法国，陈公博也于 1929 年 1 月赴法，改组派实际就由王乐平负责。“继《革命评论》《前进》之后，《夹攻》《民意》《检阅》《急转》《革命道路》等应运而生。”[④] 国民革命时期在武汉编辑《中央日报》副刊的孙伏园，这时也把《贡献》旬刊办成改组派阵地之一[⑤]。陈公博、王乐平甚至在上海创办大陆大学。[⑥] 改组派在文艺界和青年学生中间一时风行。[⑦] 而王乐平被蒋刺杀，成为 1930 年政治新闻的焦点[⑧]。茅盾上述《提要》“总结构之发展”的第三条，就写由此发生的暗杀及假借政治力量（赵勾通政治势力将以勾通改组派之罪通缉吴荪甫）等丑剧。[⑨] 而 1930 年刚从日本秘密回到上海的茅盾，初到表叔卢鉴泉家时，金融家卢鉴泉早已听闻是汪精卫叫茅盾回

① 参见胡汉民《中央处分汪精卫的经过——十八年十二月十六日在中央党部总理纪念周报告》，《改组派之总检查》，中国国民党北平特别市党务指导委员会 1930 年版，第 110—122 页。

② 汪精卫：《一个根本观念》，《革命评论》1928 年第 12 期。

③ 参见存统《恢复十三年国民党改组的精神》，《革命评论》1928 年第 5 期。

④ 参见陈四新《国民党改组派思想风行一时的原因》，《汕头大学学报》1994 年第 2 期。

⑤ 参见陈公博《我所谓革命的立场》，《贡献》1928 年第 2 卷第 6 期。

⑥ 参见张晶、严海建《后革命时代的改组派与左派学者、革命青年的离合——以 1928—1929 年的大陆大学为考察对象》，《江苏第二师范学院学报》2017 年第 10 期。

⑦ 参见李志毓《1928 年前后中国文艺界的政治热情》，《粤海风》2010 年第 1 期。

⑧ 参见韬奋《小评坛》，《生活》1930 年第 5 卷第 15 期。

⑨ 茅盾：《子夜（手迹本）》，中国青年出版社 1996 年版，第 451 页。

来，以图讨蒋而东山再起。尽管这一传闻立即遭到茅盾否定[①]，但显然在《子夜》创作初期，茅盾就关注到了改组派的反蒋主张，并纳入创作视野中[②]。

改组派多次组织军事反蒋。直至此次“中原大战”与冯、阎、桂系联合反蒋；而汪派政客则在北平联合各派召开“中国国民党‘中央’党部扩大会议”，另立国民党“中央”[③]。正如前述《提要》所设定，《子夜》中吴荪甫“也和汪先生的朋友来往”，“盼望‘北方扩大会议’的军事行动赶快成功”；而赵伯韬“他们希望此次战事的结果，‘中央’能够胜利，能够真正统一全国”[④]。故而吴荪甫才会在投机中屡屡看跌蒋派南京政府发行的公债，偏要做“空头”，与常常看涨蒋派公债的“多头”大王赵伯韬，在交易所拼得你死我活。

那茅盾为何会给实业家吴荪甫设定汪派政治立场，而给金融家赵伯韬设定蒋派立场呢？吴府葬礼上，陈君宜、朱吟秋、周仲伟等实业家交相诉苦，称工厂资金困难而借贷无门，金融界只管疯狂投机证券却不顾实业的资金周转需求。这被唐云山解读为蒋汪两派代表不同集团利益：“所以我时常说，这是政治没有上轨道的缘故。譬如政治上了轨道，发公债都是用在振兴工业，那么金融界和实业界的关系就密切了。就不会像目前那样彼此不相关，专在利息上打算盘了。然而要政治上轨道，不是靠军人就能办到。办实业的人——工业资本家，应该发挥他们的力量，逼政治上轨道。”

唐云山立刻利用机会来替他所服务的政派说话了。他一向对于

---

① 参见茅盾《“左联”前期——回忆录〔十二〕》，《新文学史料》1981年第3期。

② 参见妥佳宁《作为〈子夜〉“左翼”创作视野的黄色工会》，《文学评论》2015年第3期。

③ 参见陈进金《另一个中央：一九三〇年的扩大会议》，《近代史研究》2001年第2期。

④ 茅盾：《子夜（手迹本）》，中国青年出版社1996年版，第162、270、167页。

实业界的大小老板都是很注意，很联络的；即使他的大议论早就被人听熟，一碰到有机会，他还是要发表。他还时常加着这样的结论：我们汪先生就是竭力主张实现民主政治，真心要开发中国的工业；中国不是没有钱办工业，就可惜所有的钱都花在军政费上了。也是在这一点上，唐云山和吴荪甫新近就成了莫逆之交。①

作为实业家的吴荪甫，“他虽然用一只眼睛望着政治，那另一只眼睛却总是朝着企业上的利害关系”②。之所以会成为汪派的追随者，正是由于被称为“实业党”的改组派对工商业的支持。在吴荪甫热烈盼望的“北方扩大会议”上，汪精卫的《经济政策及财政政策草案》主张严格管控金融，而将发展经济的重心放在实业上③，与唐云山“发公债都是用在振兴工业”的理想高度一致，怎能不令吴府这些被金融界掣肘的实业家们为之倾心。此后实业家联合体益中公司的成立，就是在唐云山这种汪派理念下促成的。而梦想中的实业王国才是吴荪甫最终的大计划。故而小说手稿最初的一个英文副标题“a Novel of Industrialized China”即“实业化了的中国的故事”④，才会化用改组派的“实业计划 Industrial Development of China”⑤。与汪派发展实业的政策相反，蒋派在“四一二”前后获取上海金融界及外国资本的支持⑥，不仅滥发公债，其与各派军阀的混战更导致《子夜》

---

① 茅盾：《子夜（手迹本）》，中国青年出版社 1996 年版，第 63 页。

② 茅盾：《子夜（手迹本）》，中国青年出版社 1996 年版，第 107 页。

③ 参见汪精卫《经济政策及财政政策草案》，《国闻周报》1930 年第 7 卷第 35 期。

④ 小说手稿英文题名 In Twilight 之后有两个副标题：A Romance of Modern China in Transition 或 A Novel of Industrialized China，见茅盾《子夜（手迹本）》，中国青年出版社 1996 年版，第 1 页。而《子夜》出版后扉页上的英文标题则是 The Twilight：a Romance of China in 1930，见茅盾《子夜》，开明书店 1933 年版，扉页。

⑤ 陈公博：《目前怎样建设国家资本?》，《革命评论》1928 年第 7 期。

⑥ 参见王正华《1927 年蒋介石与上海金融界的关系》，《近代史研究》2002 年第 4 期。

里益中八个小厂的产品销路受战事影响。难怪实业家吴荪甫会反对国民党“中央”。

汪派拉拢工商业者建立革命同盟的做法由来已久，1927 年武汉国民政府接连发表汪精卫“切实领导工商业者进一步更密切的加入革命战线”的训令。非常值得注意的是，当时在汉口《民国日报》配合汪精卫训令撰写社论的，正是作为尚未使用笔名“茅盾”创作革命文学的沈雁冰。若将这些社论与唐云山那段汪派言论对比，即可发现茅盾本人那时对汪派实业政策的认可：

> 但是事实上，国民党早就有发展工商业的计划，曾屡次宣言国民党是要“造产”，又发展商农协会，以谋商人团结起来，谋他们自身的利益，不过国民党对于那些不是真正工商业者的大地主和买办阶级是不帮助的，因为大地主和买办阶级是帝国主义者和军阀的代理人，他们就是剥削工商业者的人。①

唐云山在吴府的议论几乎是茅盾当年社论的翻版。只不过 1927 年被指责为“帝国主义者和军阀的代理人”的南京国民政府和“大地主和买办阶级”，成了《子夜》中 1930 年的蒋派“中央”军和“剥削工商业者的”金融家赵伯韬；而当年的武汉国民政府如今变成了“北平扩大会议”中的改组派。

如此看来，《子夜》并不像文学史经典所述仅限于描绘“第二次国内革命时期”。与茅盾早期革命题材小说《蚀》三部曲和《虹》等相较，“《子夜》的问题是大革命时期的矛盾的延长”②。而《子夜》之所以对汪派从广州至武汉再到北平的一系列实业计划念念不忘，其

① 雁冰：《工商业者工农群众的革命同盟与民主政权》，《茅盾全集》第 15 卷，人民文学出版社 1987 年版，第 370 页。

② 桑岛由美子：《茅盾的政治与文学的侧面观——〈子夜〉的国际环境背景》，《中国现代文学研究丛刊》1995 年第 3 期。桑岛由美子虽然提及了改组派，却认为茅盾在国民革命中支持“过火的”工农运动，并认同“《子夜》是为了批判托洛斯基而写的”。

实还与茅盾本人的革命经历有密切关系，更昭示了作者复杂的精神历程。

二 国民革命与共产革命的交错

在茅盾的革命经历中，往往不被注意的是，茅盾也是见证了最初建党的中国共产党早期党员。1920 年陈独秀潜装赴沪，约见陈望道、李汉俊、李达和茅盾，商谈沪版《新青年》事宜。同年 7 月，陈独秀、李汉俊、俞秀松、施存统等正式成立了中国最早的共产党，后来被称为“上海共产主义小组”。1920 年 10 月，茅盾即由李达、李汉俊介绍入党。①

另外，同早期小说中许多革命者相仿，茅盾本人也曾是国民党党员，并以跨党身份亲历了国民革命。1923 年 11 月国民党发表改组宣言，1924 年初国民党一大召开，正式开始国共合作，吸收中共党员跨党加入国民党。而日后的改组派要回归的，正是国民党历史上的这次重要改组。茅盾作为国民党上海市特别党部执行委员会宣传部长，被选为代表，于 1926 年 1 月赴广州参加国民党二大，由此开始了和汪派的最初接触。

在国民党二大上，汪精卫被选为广州国民政府主席兼宣传部长，毛泽东任代理宣传部长，陈公博亦当选“中央”执委。会后茅盾留在广东任国民党“中央”宣传部秘书，由汪精卫统辖，直接受毛泽东领导，并居住在毛泽东寓所，代毛泽东编辑国民党政治委员会的机关报《政治周报》。1926 年 2 月 16 日毛泽东称病外出考察之际，茅盾代理国民党“中央”宣传部各项事务，并赴汪精卫家宴，见证汪精卫调和“中国青年军人联合会”同“孙文主义学会”② 左右之争的努力。“中山舰事件”中，蒋介石开始有限度地“清共”，汪府遭

① 参见茅盾《我走过的道路》上册，人民文学出版社 1997 年版，第 196 页。

② 杨天石：《“中山舰事件”之谜》，《历史研究》1988 年第 2 期。

蒋派兵包围监控。茅盾回沪前再去汪府辞行，即将被迫出走海外的汪精卫对茅盾颇为感慨。4 月茅盾回沪后仍任国民党“中央”宣传部的秘密机关——上海交通局主任[①]，负责广州国民党“中央”与上海及北方的文件往来等事务，同时兼任国民党上海特别市党部主任委员[②]，并与汪精卫保持通信。而汪精卫在 1928 年 5 月 18 日给林柏生的回信中称，自“中山舰事件”后出国至 1927 年 3 月回国前“绝少与国内外同志通讯”[③]，足见汪精卫“失意”之际对茅盾的在意。而两人再度共事革命，则是在 1927 年的武汉。

1926 年 10 月北伐军攻克武汉，广州国民政府于年底迁往武汉。1927 年初茅盾被派往中央军事政治学校（即黄埔军校）武汉分校任政治教官，政治部主任则是中国共产党建党元老施存统。4 月茅盾开始接替高语罕编辑汉口《民国日报》。该报名义上是国民党湖北省党部机关报，但由中共中央宣传部掌控，与国民党新任宣传部长顾孟馀控制的武汉《中央日报》，分别成为两党各自中宣部的喉舌。[④]

与此同时，汪精卫于 1927 年 4 月初从法国经莫斯科面见斯大林后回沪，与蒋介石就“容共”/“清共”问题谈判未果，遂以国民政府主席身份与陈独秀发表《国共两党领袖汪兆铭、陈独秀联合宣言》，坚持国共合作，随即回到武汉主持国民政府。“四一二”之后，蒋介石在南京另立国民政府，宁汉分裂。蒋派与上海的金融资本合作，对武汉实行金融封锁；汪派则颁布《集中现金条例》以应对武汉货币流通问题。[⑤] 茅盾作为“跨党分子”在武汉国民政府工作的这

---

① 参见茅盾《中山舰事件前后——回忆录〔八〕》，《新文学史料》1980 年第 3 期。

② 参见杨扬《台湾所见“国民党特种档案”中有关茅盾的材料》，《新文学史料》2012 年第 3 期。

③ 汪精卫：《覆林柏生书》，恂如编《汪精卫集》第 4 卷，光明书局 1930 年版，第 51—65 页。

④ 参见金芹《论茅盾在汉口〈民国日报〉社的活动和思想》，《郑州大学学报》（哲学社会科学版）1986 年第 3 期。

⑤ 参见中国银行行史编辑委员会编著《中国银行行史（1912—1949 年）》，中国金融出版社 1995 年版，第 139—140 页。

段革命经历，无疑成为日后《子夜》中汪派政策的最初来源。赵伯韬对益中公司的金融封锁，以及吴荪甫试图集中家乡的现金甚至抵押房产以与赵伯韬决战的情节，无不笼罩着宁汉对立的影子。[①]

而国民革命期间中国共产党在湖南等地农民运动“过火”的问题，令地主出身的许多北伐将领恼怒，例如唐生智的部下、湖南三十五军军长何健的父亲，就曾被拉游街。汪精卫的及时归来与宁汉对立，“把本来已经尖锐化的工农运动‘过火’问题暂时压了下去。汉口《民国日报》整版整版地刊登讨伐蒋介石、号召东征的消息和文章”[②]。而汪精卫在《民国日报》讨论怎样建设既“非资本主义”而又“不是和俄苏一样”的国家[③]，暗含着与南京蒋派和中共中央都不完全相同的立场。1927 年 4 月 27 日中共五大召开，决议继续农民运动，但要保护小地主和革命军人的土地。并发布了《中国共产党宣言》，提出农民革命是与国民革命不可分开的。对此，汪精卫以国民党“中央”执委会名义发布 3 道训令，“一方面是整理已发展的工农运动，一方面是切实领导工商业者进一步更密切的加入革命战线”[④]，将国民革命定性为工农与工商业者、小地主、革命军人的联合。汉口《民国日报》的“紧要新闻”版必须刊登国民党“中央”各种训令，并与之配合撰写社论。[⑤] 5 月 20 日、21 日、26 日，茅盾分别就汪精卫的训令发表了 3 篇社论《巩固工农群众与工商业者的革命同盟》《工商业者工农群众的革命同盟与民主政权》《整理革命势力》：“中央执行委员会屡次宣言，国民革命的目的在建立工商业者与工农群众

---

① 参见妥佳宁《从汪蒋之争到“回答托派”：茅盾对〈子夜〉主题的改写》，《中山大学学报》（社会科学版）2017 年第 1 期。

② 茅盾：《一九二七年大革命——回忆录〔九〕》，《新文学史料》1980 年第 4 期。

③ 汪精卫：《我们要建设怎样的国家》，引自恂如《汪精卫集》第 3 卷，光明书局 1930 年版，第 145—155 页。

④ 雁冰：《我们的出路》，汉口《民国日报》1927 年 5 月 23 日。引自《茅盾全集》第 15 卷，第 377 页。

⑤ 茅盾：《一九二七年大革命——回忆录〔九〕》，《新文学史料》1980 年第 4 期。

的民主政权”[①]；“但是因为工农运动的突飞进展之故，使工商业者疑虑不安，因而自惑国民革命这伟大事业中，乃没有他们的份儿，甚至形成工农阶级与工商业者中间的裂痕，影响及于工农阶级与工商业者在革命战线内的同盟，这也是事实，不容讳言者”[②]。“中央执行委员会最近的三个关于整理革命势力的训令，就是实现民主政权的大路。”[③] 而联合左右并非易事，《子夜》中多次讨论危难之际资本家与工人谁更该多做牺牲的问题，呈现了协调工农与工商业者利益的难题，简直就是茅盾本人当年社论的生动演绎。

汉口《民国日报》并无记者，新闻都由各地工会、农协供稿，刊登大量罢工与农民运动的新闻，涉及许多所谓“过火”问题，尤其是店员工会[④]和商民协会[⑤]的过激革命行为，与工商业者形成了尖锐的冲突[⑥]。茅盾不仅当时就以社论的方式表达了对汪精卫“同盟”说的认同，而且在随后的小说《动摇》中[⑦]，也化用了这些“不能披露的新闻访稿”[⑧]，“描写主人公方罗兰陷身武汉政府里左右翼分子的斗争里”[⑨]，“不赞成店员对于店东的激进做法，更反对店东与反动派

---

① 雁冰：《工商业者工农群众的革命同盟与民主政权》，《茅盾全集》第15卷，人民文学出版社1987年版，第369页。

② 雁冰：《巩固农工群众与工商业者的革命同盟》，《茅盾全集》第15卷，第367页。

③ 雁冰：《整理革命势力》，《茅盾全集》第15卷，第378—379页。

④ 参见朱英《国民革命时期的武汉店员工会》，《江汉论坛》2010年第2期。

⑤ 参见朱英《国民革命时期武汉地区商民协会与商会的冲突及合作》，《江汉论坛》2010年第11期。

⑥ 参见巴杰《论国民革命时期的武汉店员工会》，《理论月刊》2015年第7期。

⑦ 参见罗维斯《〈动摇〉与国民革命时期的商民运动》，《现代中国文化与文学》2017年第3期。

⑧ 茅盾：《从牯岭到东京》，《小说月报》1928年第19卷第10期。

⑨ 王德威：《历史与怪兽：历史·暴力·叙事》，麦田出版社2004年版，第19—20、73页。

勾结，希望工商业者与工农一起成为革命的同盟”[①]。

而这最后的同盟，却在夏斗寅叛变与长沙“马日事变”，以及共产国际《关于中国问题之决议》（五月指示）的左右冲突中走向破灭。武汉国民政府继续北伐，与冯玉祥会师河南后，曾经的“容共”领袖汪精卫终于走向分共。[②] 等待跨党分子的，是留在国民党内与礼送出境之间的抉择。

三 “左翼经典”对国民革命的“留”与“别”

众所周知，1927 年 7 月底茅盾奉命去南昌，中途却停滞庐山牯岭，未参加起义且从此“脱党”，成为其政治生命与文学生命的重要转折点。密谋的南昌起义在当时无疑是敏感话题，无论是通讯稿还是小说创作抑或作家笔谈，都只能隐晦地暗示；而滞留庐山的“脱党”事件，更使得茅盾在 1949 年以后的回忆录中不得不对某些实情有所回避。也引得后世对种种扑朔迷离的表述做出不同揣测。[③]

茅盾 1927 年 7 月 8 日写完最后一篇社论《讨蒋与团结革命势力》[④] 后，给汪精卫写信辞掉汉口《民国日报》的工作，同毛泽民、宋云彬、于树德一起隐蔽在武汉的法租界，并收到汪精卫的回信挽留。就在同一时间，1927 年 7 月 7 日南京方面在上海中共机关查获“藤箱一只，内藏去年跨党分子提取款项支票存根簿四册、中央交通局各省通信留底全部、汪精卫致沈雁冰函三通、日记数册、其他共产

---

① 梁竟男：《〈动摇〉中的国民革命叙事之细读》，《中国现代文学研究丛刊》2010 年第 4 期。

② 参见汪精卫《武汉分共经过（在中大演说）》，《生路》1927 年第 34 期；亦载《贡献》1927 年 12 月第 1 期。

③ 参见张广海《茅盾与革命文学派的“现实”观之争》，《中国现代文学研究丛刊》2012 年第 1 期。

④ 参见茅盾《讨蒋与团结革命势力》，《茅盾全集》第 15 卷，人民文学出版社 1987 年版，第 412—414 页。

党书籍不计其数”，于8月11日在《申报》刊登《清党委员会破获共产党秘密机关经过》，8月14、15日刊登《上海特别市清党委员会披露中国共产党操纵上海本党干部之真凭实据——在沈雁冰日记中检出》，特别公布汪精卫之名，以显示武汉国民政府主席汪精卫一年前已经“通共”①。

然而，被指责为“通共”的汪派这时也走向了“分共”。7月13日，中共中央发表《对政局宣言》，退出武汉国民政府。7月15日汪精卫在国民党“中央”执委会常委扩大会议上正式开始“分共”。7月23日，茅盾与宋云彬和宋敬卿一同乘日轮“襄阳丸”从武汉赴九江，轮上遇到两位革命女性。② 24日到九江，五人仍“同住一旅馆”③。25日两位女性离去，茅盾与二宋上牯岭，写了九江见闻通讯稿《云少爷与草帽》，26日游庐山，又写了通讯稿《牯岭的臭虫》④，都寄给武汉孙伏园发表于《中央日报》副刊，此后滞留牯岭。⑤ 恰逢汪精卫、张发奎等7月底赴九江上庐山开会讨论“与共产党分手”⑥ 的和平分共问题。8月1日中国共产党即在南昌发动起义，“分手”成为决裂。

茅盾留在山中时，遇到汉口旧识革命女性范志超，还访过一位被他称为“云小姐”的患病女士。⑦ 8月9日写了一首“情诗”《我们

---

① 参见包子衍《国民党清党委员会公布的有关沈雁冰的几则材料——为茅盾“回忆录”提供片断的印证及补充》，《新文学史料》1990年第1期。

② 参见茅盾《几句旧话》，《创作的经验》，天马书店1933年版，第49—57页。

③ 玄珠：《云少爷与草帽》，《中央副刊》1927年7月29日第125期第3—4版。

④ 参见玄珠《牯岭的臭虫——致武汉的朋友们（二）》，《中央副刊》1927年8月1日第128期第6—7版。

⑤ 参见云彬《沈雁冰（茅盾）——“作家在开明”之二（节录〈人物杂志〉第八期）》，《开明》1947年第2期。

⑥ 汪精卫：《敬告江西民众》，恂如编《汪精卫集》第3卷，第159页。

⑦ 茅盾：《从牯岭到东京》，《小说月报》1928年第19卷第10期。

在月光底下缓步》[1]。8月中旬与范志超一同下山乘船回沪。其间8月12日写通讯稿《上牯岭去》，并作诗《留别》，分别发表在8月18日和19日的武汉的《中央日报》副刊上。这是中共南昌起义的消息传开后茅盾在武汉《中央日报》副刊首次重新露面。以笔名“云儿”撰写的《上牯岭去》，婉转地向武汉方面透露出陈君（即茅盾）仍在牯岭并未下山的信息[2]，却成为佚作，最近才被研究者发现。[3] 而《留别》则是一首分手的“情诗”，因“脱党”事件而广为人知：

云妹：半磅的红茶已经泡完，
　　五百枝的香烟已经吸完，
　　四万字的小说已经译完，
　　白玉霜，司丹康，利索尔，哇度尔，考尔
　　辨，班度拉，硼酸粉，白棉花，都已用完，
　　信封，信笺，稿纸，也都写完，
　　矮克发也都拍完，
　　暑季亦已快完，
　　游兴早已消完，
　　路也都走完，
　　话也都说完，
　　钱快要用完，
　　一切都完了，完了！
　　可以走了！
此来别无所得，
　　但只饮过半盏“琼浆”，

① 参见玄珠《我们在月光底下缓步》，《文学周报》第5卷第18期，1927年12月。

② 参见云儿《上牯岭去》，《中央副刊》1927年8月18日第145期第3—7版。

③ 参见张武军《国民革命与革命文学、左翼文学的历史检视——以武汉〈中央副刊〉为考察对象》，《中国现代文学研究丛刊》2015年第5期。

看过几道飞瀑，
走过几条乱山，
但也深深地领受了幻灭的悲哀！
后会何时？
我如何敢说！
后会何地？
在春申江畔？
在西子湖畔？
在天津桥畔？

一九二七，八，十二。[①]

无论云妹是否实有其人[②]，这首《留别》确已成为茅盾革命情结最奇妙的象征。当年阿英就将这首诗与施存统《悲痛中的自白》一同当作退党声明来看待[③]，而两篇恰于同月发表在武汉汪派《中央日报》副刊。[④] 难道茅盾真的像施存统一样，“留别”了共产革命，从中共建党元老变成国民党改组派理论家？然而在探讨所谓“脱党”问题时[⑤]，谁注意到曾经作为国民党党员的茅盾，如何参与并最终告别了国民革命，又如何脱离国民党。考虑到 8 月 1 日中国共产党南昌起义与 7 月 31 日汪精卫庐山分共恰在同一时间，而茅盾此后始终与左翼组织保持密切联系，就不难明白他此刻“分手”的对象究竟是哪一边：已经书写“完”的未尝不是轰轰烈烈的国民革命，值得留别的未始不可为国共已逝的“蜜月期”。此刻恰好同在庐山望云

① 玄珠：《留别》，《中央副刊》1927 年 8 月 19 日第 146 期第 7 版。

② 参见丁尔纲《“有点幻灭”但“并没动摇”——重新解读 1927 年顷茅盾的思想与创作》，《绍兴文理学院学报》2003 年第 3 期。

③ 参见钱杏邨《从东京回到武汉——读了茅盾〈从牯岭到东京〉以后》，载伏志英编《茅盾评传》，上海现代书局 1932 年版，第 262 页。

④ 参见施存统《悲痛中的自白》，《中央副刊》1927 年 8 月 30 日第 157 期第 1 版。

⑤ 王德威：《历史与怪兽：历史 · 暴力 · 叙事》，麦田出版社 2004 年版，第 19—20、73 页。

的汪精卫[①]，不正是他真正留别的对象吗？

诗中情人感慨“一切都完了！完了！”可轰轰烈烈的南昌起义刚刚开始，无论南下抚州山区与否[②]，都并不预示着新的革命必定“完了”。究竟是什么完了？游兴已尽，路也都走完，话也都说完，一切缘分都到了尽头。情人分手，其实真正“完了”的是双方的盟誓。曾经的工农与工商业者联盟，曾经的国共合作，如今彻底走向“过火”与“反革命”的左右两极。“完了”的，要“别”的，是此前的国民革命，而非刚刚开始的“第二次国内革命”。

然而“分手”的情人之间仿佛仍有不舍，依然惦记着“后会何时”“后会何地”。这个“后会”之约并未在革命中实现，却在茅盾日后的文学创作中不期而至。“我如何敢说!”正是文学创作，令这不可言说的隐秘情感得以流露。与古人“留诗作别”之意不同，茅盾这诗所谓“留别”，固然有“别”，却仍“留”着无限眷恋。

无论怎样的回忆史料或自我辩白，作为“真实”的证据，都不及文学作品本身更为可信。比起《子夜》里空发议论的唐云山，倒是1927年5月茅盾为汪精卫训令专门撰写的社论《工商业者工农群众的革命同盟与民主政权》，更能代表工商业资产阶级利益的“左派”立场：“现在我们应该大家明白反革命派的诡计阴谋了，工商业者和工农群众都应该明白他们的共同敌人是帝国主义者和军阀，他们才能得到共同的解放；他们尤其应该明白，工商业者要减轻自身的负担，单在店员工人身上占便宜是不行的，因为工商业者在店员工友身上只占得一分的便宜，而帝国主义和军阀却要从工商业者身上剥削了

---

① 汪精卫1927年在庐山游览时也写了一首《庐山望云得一绝句》：“两山缺处聚遥峰，翠黛含晖色万重。玉宇琼楼原在望，只须身入白云中。”与茅盾的“云妹”“云少爷”“云小姐”“云儿”相映成趣。不过任何文人游庐山都有可能写“云”，不能证明两诗有关。而汪精卫一生多次游庐山，并留下诸多庐山诗，见汪精卫《双照楼诗词稿》，大北京社1941年版。

② 参见陈幼石《茅盾小说中政治讽喻的运用：〈牯岭之秋〉的实例研究（节译）》，姜静楠译，《山东师大学报》（哲学社会科学版）1984年第3期。

十分去。”[1]

实业剥削工人一分，帝国主义和军阀尤其是其金融代理人却又剥削实业十分，这样也就不难理解茅盾为何要让工商业者吴荪甫同金融买办赵伯韬展开生死搏斗了。茅盾社论所认可的汪氏政治理念，在《子夜》中以一种最奇妙的文学方式得以展现：1927年工商业者与金融买办的对立关系，化为了赵伯韬“银团托辣斯”以金融资本侵吞实业的1930年中国故事（a Romance of China in 1930）。

不过，若贸然将《子夜》这样左翼经典视为茅盾对汪精卫或国民党改组派的简单赞扬，同样是十分片面的。且不谈因瞿秋白建议而修改的小说结局，单是小说对唐云山空谈总理遗著《建国方略》的挖苦[2]，已显示出茅盾对改组派的极大失望。而小说中最富理想又最具实干精神的实业家吴荪甫，组建益中公司后一面疯狂地收购8个小厂并投入大量资金，一面又在公债市场投机，以致“场面刚刚拉开，马上就闹饥荒”[3]。吴荪甫时而自我沉醉于不切实际的宏伟计划中，“他们将使他们的灯泡，热水瓶，阳伞，肥皂，橡胶套鞋，走遍了全中国的穷乡僻壤！他们将给那些新从日本移植到上海来的同部门的小工厂都受到一个致命伤”[4]；时而又陷入对前途的恐惧，尚未彻底失败便已经考虑益中公司“是干干脆脆的‘出顶’好呢，还是藕断丝连的抵押”[5]。最终导致其失败的，不完全是扩张计划的不切实际，更是由于“部下倒戈”[6]，如徐曼丽、刘玉英和韩孟翔等分别做了双面间谍，将吴荪甫的公债投机手段悉数报告赵伯韬。而压垮吴荪甫的最后一根稻草，竟是他姐夫杜竹斋在公债市场上选择弃吴联赵。色厉内荏的吴荪甫在愤怒与绝望中自杀未遂，选择避暑以逃避无法直面的

---

① 《工商业者工农群众的革命同盟与民主政权》，《茅盾全集》第15卷，人民文学出版社1987年版，第370—371页。

② 茅盾：《子夜（手迹本）》，中国青年出版社1996年版，第109页。

③ 茅盾：《子夜（手迹本）》，中国青年出版社1996年版，第235页。

④ 茅盾：《子夜（手迹本）》，中国青年出版社1996年版，第243页。

⑤ 茅盾：《子夜（手迹本）》，中国青年出版社1996年版，第402页。

⑥ 茅盾：《子夜（手迹本）》，中国青年出版社1996年版，第435页。

失败。“工业界的巨头”吴荪甫和“红头火柴”周仲伟最后并无两样，不仅未能实现其“国货”论，而且都将变为抵押华资企业于外商的买办。“中国实业化的故事”终成悲剧。《子夜》以吴荪甫这个“二十世纪机械工业时代的英雄骑士和‘王子’”[①] 形象的树立，重温了汪派的实业理想。即便没有最终败于赵伯韬的结局，这个实业伟人内心的凄徨和实业计划本身的虚妄，都将汪派实业政策的“空心汤圆”[②] 本质暴露无遗。而汪派屡次反蒋的“功败垂成”与避居海外，既与“部下倒戈”有关，更是其以争夺权力为目标的政治纲领本身空洞无物使然。[③] 只有回归国民革命的具体历史情境，才能从《子夜》等左翼文学作品中看到茅盾对国民党改组派从期许到失望的复杂精神历程。

1927 年曾在武汉中华全国总工会直接参与“过火”工人运动的阿英，对茅盾早期作品的批评，其实仍可延用于《子夜》：之所以茅盾与阿英对革命“现实”理解不同，正是因为茅盾梦寐不忘的是国共“分手”前的国民革命，而非阿英眼中一直延续到 1927 年 7 月武装起义后的共产革命。[④] 倒是茅盾日后的不断自我辩解与立场再确认，以及后世层层叠叠的固化解读，让“经典”中隐含的歧义难以完全呈现其精微之处。[⑤]

余　论

尽管《子夜》成书的 1933 年，国民党改组派早已风流云散，国民革命更成为明日黄花，但《子夜》还是对 1927 年武汉国民政府的

---

① 茅盾：《子夜（手迹本）》，中国青年出版社 1996 年版，第 75 页。

② 茅盾：《子夜（手迹本）》，中国青年出版社 1996 年版，第 438 页。

③ 参见金以林《汪精卫与国民党的派系纠葛——以宁粤对峙为中心的考察》，《中国社会科学》2008 年第 3 期。

④ 参见钱杏邨《茅盾与现实——读了他的〈野蔷薇〉以后》，《新流月报》1929 年第 4 期。

⑤ 参见杨扬《茅盾研究点滴谈》，《当代文坛》2018 年第 4 期。

“联盟”训令，以及1930年国民党“北方扩大会议”的汪氏报告不无期许。当然，汪精卫未必是出于对总理遗愿的尊重，恐怕只是又一次政治投机。在国民革命时期的武汉，也并非只有茅盾一人追捧汪精卫，而是中共五大决议所倡，和许多中共党员共有的倾向。

而当中国共产党早就不再抬汪之际，茅盾却依然对这位已经“分手”了的领袖念念不忘。甚至当八七会议后与国民党“分手”的中国共产党领袖瞿秋白，也已不再是领袖却依然用共产革命的视域来审视小说——不仅要茅盾改写罢工，更要求多描绘农村的暴动与土地革命时，茅盾却坚称“关于农民暴动，由于我当时连间接的材料都没有，所以没有按秋白的意见修改，而只是保留了游离于全书之外的第四章”[①]。茅盾虽未亲历红军时期的土地革命，但他在汉口《民国日报》天天触及农民运动“过火”的新闻材料，怎能说是不熟悉?恐怕他所经历并一再追忆的那种革命，不是单靠这些“过火”运动就能表现的。与其说是汪派政策成了《子夜》的期许，不如说是茅盾在《子夜》中再次追忆了他心中的国民革命，以及那个一再获得他认可的联盟。也正是在《子夜》中，这一期许的彻底落空，才使得曾经作为国民党员的茅盾，最终完成了对国民革命的“留”与“别”。

而这样的文学“留别”，或许还能为理解众多左翼文学经典提供另一种可能的视野。只有回归到不同因素交错而成的革命史本身[②]，才能更清晰地看到，当年革命文学、左翼文学[③]的起点并不是单纯的共产革命，而是国共合作的国民革命。研究者如不能还原这些复杂因

---

① 茅盾:《回忆秋白烈士》，《茅盾全集》第13卷，人民文学出版社1986年版，第445页。

② 参见张武军《“红与黑”交织中的“摩登”——1928年上海〈中央日报〉文艺副刊之考察》,《文学评论》2015年第1期。

③ 对革命文学与左翼文学的区分，参见程凯《革命的张力——“大革命”前后新文学知识分子的历史处境与思想探求（1924—1930）》，北京大学出版社2014年版，第13页。

素，就无法真正回归当初的社会历史情境①，无法打开更为广阔的左翼理论视野，从而探寻左翼知识分子复杂的精神历程，使左翼文学研究真正丰满起来。

（原刊《文学评论》2019 年第 5 期）

① 参见张武军《民国语境下的左翼文学》，《郑州大学学报》（哲学社会科学版）2012 年第 9 期。

年度新锐：妥佳宁

“高级形式的社会文件”何以妨害审美？
——关于《子夜》评价史

摘　要　茅盾的《子夜》曾被视为左翼文学“经典”，获得极高评价，但在1980年代“重写文学史”的进程中，《子夜》却在“审美的标准”下被视为“一份高级形式的社会文件”，遭到质疑。然而若将1980年代“美学热”本身和以“审美的标准”重写文学史，都视作“去政治化的政治”，则可将理论探讨历史化，看到《子夜》艺术水准所遭受的质疑，其实恰恰有另一种非审美的标准在运行。“《子夜》模式”未必不符合审美的标准，只是不符合当时那种借助“审美的标准”而去意识形态化的倾向。

关键词　茅盾；《子夜》；审美的标准；重写文学史

学界对于既有的一些理论论争，往往会在许多年过后依然投入精力来研究其中论争双方的观点、态度，并试图重新审视论争所讨论的具体问题，部分研究者甚至有意参与到当年的论争中去，就该问题发表当下的观点，形成一种“古今”对话式的研究模式，让当年的理论论争在当下继续延伸。

这固然是对理论论争的高度关注和热情参与，然而当初的那些理论论争既然已经成为一种特定时空的产物，研究者除了以当下的观念参与其中之外，似乎还可以将已经发生的理论论争本身视为一种特殊的历史，以历史化的眼光从外部来审视当年的论争，从而发现许多从论争“内部”无法察觉的问题，进而推进对论争话题的重新认识。

这里就以新时期关于《子夜》艺术成就的争议为实例，探寻这种将理论论争本身历史化的研究方式。

一 何种标准才是“审美的”

茅盾的《子夜》曾被认为是1930年代左翼文学的代表作，自其诞生之日，评论界就给予很高评价，譬如“中国第一部写实主义的成功的长篇小说”等。在1950年代以来的一系列文学史中，中国现代文学被解读为反映了中国的政治革命，《子夜》的成就也被这种认识固化。然而新时期以来，一方面中国现代文学被解读为反映思想革命而非单一的政治革命，另一方面从过于僵化的“政治标准”的束缚中解放出来的许多文学作品，以其艺术成就获得越来越多读者和评论家的青睐。尤其是夏志清《中国现代小说史》的传入，沈从文、张爱玲、钱钟书等人小说作品的重新热销，都使得“审美的标准”一时间成为中国现代文学的新评判标准。随着这种转变，对茅盾《子夜》的评价忽然陷入无标准可依的境地。1980年代末，蓝棣之等人质疑《子夜》的艺术成就，以“一份高级形式的社会文件”来评判小说，认为“主题先行”的《子夜》模式在艺术上是不成功的。[①] 此后茅盾作品的价值，在新时期“审美的标准”下不断受到评论家的质疑与否定。《子夜》的评价史出现了戏剧性的一幕，曾经的左翼文学“经典”，在另一个时代变为了“社会文件”，换言之，几乎成了缺乏审美价值的史料文献。

值得追问的是，《子夜》的成就究竟如何，为何前后评价反差如此之大，当年的肯定与日后的质疑究竟哪一种更符合“审美的标准”？新时期是否真的有这样一种被标榜为“审美的”评价标准存在？进而需要探讨的是，《子夜》是否为“高级形式的社会文件”，它何以不美？又何以美？

---

① 蓝棣之：《一份高级形式的社会文件——重评〈子夜〉》，《上海文论》1989年第3期。

新时期这样一种所谓“审美的标准”固然发现了以往单一的“政治的标准”所遮蔽的许多中国现代文学优秀作品，却未必不在同时形成了另一种遮蔽。正如当年夏志清与普实克的争论一样，新时期所谓“审美的标准”既然相对于“政治的标准”而提出，其实是以一种“去政治”的标准而存在的，是为了反拨此前中国现代文学评价体系中太过浓厚的“政治的标准”。换言之，这种所谓“审美的标准”从一开始就不是纯粹“审美的”。或更准确地说，新时期所谓“审美的标准”本身，就是一种“去政治化的政治”，而非完全“审美的”。

一旦将新时期质疑《子夜》艺术成就的评价标准本身置于一种历史化的审视中，即可发现新时期对《子夜》的质疑并非单纯因《子夜》的艺术性而起，而更多的是“为翻案而翻案”。故当新时期中国现代文学的评价体系急切地试图摆脱既往的束缚，评论家只是借助“审美的”话语方式，来表达自己对过去意识形态束缚的不满。《子夜》这样一部长期获得意识形态肯定的作品自然成为这种反拨的“靶子”，对《子夜》艺术成就的质疑于是应运而生。

故而此处提出，不妨将当年有关《子夜》艺术成就的理论论争本身视作一种特殊的史料，后来的研究者无须太过急切地“讨论到问题里面去”，而不妨抽离开来，以历史化的眼光重新看待当初的理论论争，进而发现某些“问题外面”的“真相”，然后再以此眼光透视“问题内部”，或许反而会对理论论争所探讨的“内部问题”有更为深刻的认识。

二 《子夜》是否“主题先行”

新时期质疑《子夜》艺术成就的理由之一是该小说“主题先行”，蓝棣之曾评价道：“很遗憾，我不得不指出，照我看来，《子夜》属于此类作品；但我要郑重声明：《子夜》是这类作品中最优秀的，然而毕竟是在此之属。主题先行，限制住了作品主题的指向，也限制了作家的才气，限制了对生活的整体叙述。”① 尽管《子夜》被评价为“这类作品中最优秀的”，但在评论者看来茅盾还是因“主题先行”而限制了小说的成就。

那么《子夜》是否主题先行呢？这个被认为“先行”的主题又是什么？这一“主题”是否限制小说的成就，使得一部小说变成了“一份高级形式的社会文件”？

文学史一般认为《子夜》的主题是“回答托派”，因为茅盾自己曾多次对这部小说的主题做出说明。最早的一次，是 1939 年 5 月下旬茅盾在《新疆日报》社演讲《子夜》的写作过程，茅盾当时强调“这样一部小说，当然提出了许多问题，但我所要回答的，只是一个问题，即是回答了托派：中国并没有走向资本主义发展的道路，中国在帝国主义的压迫下，是更加殖民地化了”②。此后 1977 年人民文学出版社重印《子夜》时，茅盾应邀又在书后写了《再来补充几句》，重申了“回答托派”的主题。③ 在 1980 年代初的回忆录中，茅盾也对《子夜》的主题做出了类似的申明。似乎《子夜》“回答托派”的主题已经被茅盾自己后来的屡次阐释证明了。“但茅盾在写作《子夜》时，是否真的就清晰而明确地预设了这一主题与观念？这一主题、观念与《子夜》的文本实际又是怎样的关系呢？”④

在讨论茅盾对《子夜》主题的阐释时，往往忽略的是，茅盾 1939 年那次演讲所处的新疆处于盛世才的特务统治之下。茅盾在新疆日报社的演讲有许多新疆学院的学生来听，而“就在茅盾抵达迪化前，盛世才在 1937 年 12 月途经新疆回国的康生等人授意下，

① 蓝棣之：《现代文学经典：症候式分析》，人民文学出版社 2006 年版，第 166 页。

② 茅盾：《〈子夜〉是怎样写成的》，《战时青年月刊》1939 年第 3 期。

③ 茅盾：《再来补充几句》，《子夜》，人民文学出版社 1977 版，第 576 页。

④ 梁竞男、张堂会：《〈子夜〉“主题先行”问题与吴荪甫形象之矛盾》，《曲靖师范学院学报》2011 年第 2 期。

以‘托派’罪名逮捕了之前由苏联派往新疆工作的中共党员俞秀松，蓄意制造了‘大阴谋案’。后俞秀松被押往苏联，1939年被判处死刑。而俞秀松不仅与茅盾同为中共早期创建者，在新疆时更化名王寿成担任新疆学院院长。”因此，茅盾在新疆演讲“鲜明地亮出批判‘托派’的态度”是有其历史原因的。[①] 中国的“托派”对中国社会是否能够发展资本主义的认识，在1949年之后自然会受到茅盾更加明确的说明。故而在《再来补充几句》等文字中，才会反复重申《子夜》“回答托派”的主题。

值得注意的是，茅盾1980年代初在回忆录中写下一个细节：“秋白建议我改变吴荪甫、赵伯韬两大集团最后握手言和的结尾，改为一胜一败。这样更能强烈地突出工业资本家斗不过金融买办资本家，中国民族资产阶级是没有出路的。”[②] 而在现存茅盾手稿的小说《提要》和原大纲的设计当中，吴赵两派将同归于尽之际，终在新形势下团结起来“共谋抵抗无产革命”。[③] 这种结局设计显然并未能很好地“回答托派”。足见茅盾一开始设定的小说主题并非“回答托派”，只是瞿秋白促使茅盾改写了小说的结局，形成了“回答托派”的后设主题。[④]

这样的“后设主题”，以及茅盾日后在特定历史情境（尤其是危险境地）中的自我辩解，如何能证明《子夜》是“主题先行”的？评论者按照“回答托派”这样被视为“先行”的主题来解读《子夜》，并认为这种主题“限制住了作品主题的指向，也限制了作家的才气，限制了对生活的整体叙述”，对小说成就提出质疑，究竟是出于对这种经瞿秋白意识形态诉求改写过的主题的质疑，还是出于对原

---

① 妥佳宁：《从汪蒋之争到“回答托派”：茅盾对〈子夜〉主题的改写》，《中山大学学报》（哲学社会科学版）2017年第1期。

② 茅盾：《〈子夜〉写作的前前后后——回忆录（十三）》，《新文学史料》1981年第4期。

③ 茅盾：《子夜（手迹本）》，中国青年出版社1996年版，第452页。

④ 妥佳宁：《从汪蒋之争到“回答托派”：茅盾对〈子夜〉主题的改写》，《中山大学学报》（哲学社会科学版）2017年第1期。

本就没打算“回答托派”的《子夜》的质疑？

一旦将《子夜》的主题，从既往固化了的“回答托派”主题中，还原到茅盾对1930年代中国实业与金融之争的原初主题上来，新时期评论者以“主题先行”来将《子夜》视为“高级形式的社会文件”的那种质疑，就不再单纯是对小说艺术成就的质疑，而更多地呈现为对既往表述的质疑。

那么，最后的问题就在于，当《子夜》“主题先行”与否的问题暂且悬置之后，这种被视为“社会文件”的小说本身，艺术成就究竟如何？

三 “高级形式的社会文件”何以不美

《子夜》的写作当然有许多缺点，但无法忽视的是，“《子夜》的确成了现代文学史上的经典，也成了‘常销书’，开明版于1951年12月已印至26版”①。畅销而常销的《子夜》拥有数量庞大的读者群，且其热度经久不衰，并不亚于沈从文、张爱玲、钱钟书等在新时期重新热销的作品。其实，就在蓝棣之重评《子夜》之际，评论者本人也不忘肯定《子夜》“新儒林外史”式的讽刺艺术。而日本学者增田涉当年曾评价：“总的来说，《子夜》沿着时代和历史的方向来写，写得大胆，有层次，表现了作者的能力，或者说是粗犷的‘蛮力’。这种豪宕的作风，虽然并不流畅，甚而处处透出牵强的（或者说是拙劣的）咯吱咯吱的辗轧声，但作者视野宽广，以时代为整体作了细致的描绘，表现出大陆式的膂力。”②

增田涉对茅盾这种“大陆式的膂力”的评价，正体现出作为“高级形式的社会文件”非但不会妨害《子夜》的艺术价值，反而体现出一种完全不同于“优美”的“崇高”之美。《子夜》当中的

---

① 葛飞：《作为畅销书的〈子夜〉与1930年代的读者趣味》，《中山大学学报》（哲学社会科学版）2017年第5期。

② 增田涉：《茅盾印象记》，《茅盾研究论集》，天津人民出版社1984年版，第126页。

“美”如果存在的话，也绝不是文人雅士吟诗作对式的风雅之美，不是一种纤细之美。它并不表现在某位主人公能够对着花鸟鱼虫作高雅的品评，而表现在小说整体上对宏阔历史的细致把握，以及主人公最初的雄心壮志与最终完败之间的悲剧性。

正是这种超越了“回答托派”主题的悲剧描绘，使得吴荪甫这样一个原本从“阶级情感”角度不应被同情的主人公，却唤起了无数读者的共鸣体验，从一种超越“阶级”的个体维度去感知吴荪甫最终的功亏一篑与壮志难酬，随着小说情节发展而期待其所期待，紧张其所紧张，担忧其所担忧，甚至恐惧其所恐惧。在1933年8月13、14日的《中华日报·小贡献》上，瞿秋白以“施蒂而”的笔名发表《读〈子夜〉》，肯定《子夜》的成就之外，也表达了对《子夜》的不满：“在意识上，使读到《子夜》的人都在对吴荪甫表同情，而对那些帝国主义，军阀混战，共党，罢工等破坏吴荪甫企业者，却都会引起憎恨……”① 一个有趣的现象是，许多读者不仅在吴荪甫与赵伯韬之间更希望前者获胜，而且在吴荪甫与裕华丝厂的罢工女工之间，也更希望前者获胜。这样强烈的代入感，几乎颠覆了瞿秋白从意识形态角度对这部小说的改写要求，更超越了多年来《子夜》解读模式中那种早已固化的“阶级”维度。

如此看来，《子夜》这样一部长期因刻板印象而被视作受意识形态束缚的作品，才真正显示出了一种超越于新时期批评家所厌弃的“政治的标准”而在原初形态中就包含了不同于“优美”的另一种“崇高”的“审美的标准”。只是由于特定时代解读者本身未能超越既往意识形态的束缚，才没有发现这种“美”。

在这个意义上，作为左翼文学“经典”的《子夜》，恰恰不是1950年代以来那种单一的视角可以充分解读的，更不是新时期以来质疑既往表述的评论者所要真正批判的。“遗憾的是因意识形态的支

① 施蒂而（瞿秋白）：《读〈子夜〉》，瞿秋白《论〈子夜〉及其他》，百花文艺出版社1985年版，第123页。

配，对这个作品的意义解读日渐狭隘、僵化，走上逼仄之路。”① 要充分理解左翼文学，还需回到左翼文学发生之初的复杂历史语境，甚至要将作者自己日后在特定历史情境中不得不做出的种种自我辩解剥离开来，看到远比单一的固化视角更为丰富的左翼文学理论资源。“而所有这些广阔‘左翼’创作视野的逐步打开，正为理解《子夜》提供了更多新的可能。”② 这也为理解更为丰富的左翼文学图景，提供了更开阔而富有自信的视野。

结　语

值得继续思考的是，包括《子夜》在内的茅盾左翼文学作品一度受到质疑，在质疑面前，研究者究竟应当不断“捍卫”茅盾作品的左翼“经典”地位，还是还原茅盾创作的复杂进程？茅盾的左翼文学经典在何种意义上超越了单一的左翼视野？一旦突破既有视野，又将呈现茅盾小说创作中怎样的精神历程？

此外，若将1980年代美学热本身和以“审美的标准”重写文学史，都视作特定时代一种“去政治化的政治”，则可将当年的理论探讨推向历史化的研究，看到《子夜》艺术水准所遭受的质疑，其实恰恰有另一种非审美的标准在运行。“《子夜》模式”未必不符合审美的标准，只是不符合当时那种借助“审美的标准”而疏离意识形态的倾向。而左翼文学本身，其实就是一种“审美意识形态”，审美与意识形态在其中本就不可分割，但左翼文学的意识形态属性未必那么单一，更不见得是对《子夜》艺术成就提出质疑者所要真正反对的。

理论研究的“去历史化”与“再历史化”本就一体两面，如何

---

① 王嘉良：《回眸历史：对茅盾创作模式的理性审视》，《学术月刊》2007年第11期。

② 妥佳宁：《作为〈子夜〉“左翼”创作视野的黄色工会》，《文学评论》2015年第3期。

能彻底分开？今天的研究者面对当年的理论论争，似乎不必直切主题式地参与到当年的论争中去，大可将理论论争本身作为一种特殊的历史来重新审视，从论争问题的外部来透视问题内部，反而有助于对问题本身更为深刻的理解。

（原刊《当代文坛》2018 年第 4 期）

年度新锐：雷超

茅盾与《妇女杂志》第六卷革新

摘　要　结合最新发现的茅盾佚文《本杂志今后之方针》，文章认为茅盾对《妇女杂志》而言是一位对刊物体例与内容在整体上具有明确革新主张、并亲自为之撰文示范、切实推进《妇女杂志》第6卷“改良体例，刷新内容”的改革者兼实践者。此革新实践不仅揭示《妇女杂志》实际改革其实自第6卷就已展开，也体现了主编经王蕴章到章锡琛时期从主体革新到全方位革新的历史过程，同时亦使茅盾革新《妇女杂志》的史实与功绩得以彰显。

关键词　茅盾；《妇女杂志》；第6卷；革新

《小说月报》与《妇女杂志》作为商务印书馆旗下的杂志，在五四之前刊物持论比较持中，与时代新潮尚有一定距离。在五四时代新潮的冲击下，商务印书馆当局日渐感到随顺时势新潮改革的迫切与必需，进而要求时任主编王蕴章尝试革新。在王蕴章的主持下，二者从1919年11月间以迄1920年底几乎同时进行了“半革新”。对《小说月报》而言，此革新体现在王蕴章邀沈雁冰主持“小说新潮”栏；对《妇女杂志》而言，则体现在王蕴章既约请沈雁冰为《妇女杂志》撰稿，亦在革新实践中充分采纳了沈氏的革新方针。其中，就茅盾[①]参与《小说月报》“半革新”的史实与功绩，学界已有诸多研究，相较之下，茅盾同时参与《妇女杂志》革新的史实与功绩却尚未得到足够的关注与肯定。一者，研究者普遍将1915—1920年笼统

① 笔名“茅盾”在1927年9月10日首次作为沈雁冰的新笔名（中篇小说《幻灭》的作者署名）见刊，但为行文方便，文中统一用“茅盾”。

视为“王蕴章时代”[①]，在一定程度上忽略了茅盾从 1919 年 11 月—1920 年 10 月助力王蕴章革新《妇女杂志》的史实与贡献。再者，不少研究者多强调章锡琛主编时期的《妇女杂志》，视之为“大刀阔斧地实行改革”[②]，同样漠视了在此之前茅盾革新就业已奠定的开创价值与范式意义。再观之茅盾研究，学界虽普遍重视茅盾此时为《妇女杂志》所撰的系列文章，但因忽视了他参与革新《妇女杂志》的史实，故对他此时的妇女解放观缺少整体观照之格局。探查造成学界“忽视”之因，缘于学界未能探究《本杂志今后之方针》之作者是谁，进而忽略了茅盾对《妇女杂志》的革新与功绩。其中，虽有学者已注意到此文的作者，却又未注意查考，造成张冠李戴之误判。如顾秀莲主编的《20 世纪中国妇女运动史》中，有学者根据此文指出《妇女杂志》“在五四时期进行改组，在内容和形式上均有所革新”[③]，却错将《本杂志今后之方针》默认为是下任主编章锡琛的“改组宣言”。事实上，章锡琛在 1920 年底才临时被钱智修举荐接任《妇女杂志》主编。在此之前，章氏专任《东方杂志》编辑，尚未在《妇女杂志》发表文章。有感于此，笔者认为有必要从史实方面查考茅盾参与《妇女杂志》第 6 卷革新概况，故本文将先从谁是《本杂志今后之方针》的作者谈起，使茅盾革新《妇女杂志》的史实据此得以彰显，亦便于茅盾研究基础史料的辑佚与整理（既有全集与年谱尚未收录此篇），然后再置之于《妇女杂志》的历史脉络中论析茅盾革新《妇女杂志》之特点与功绩。

---

① 刘慧英：《被遮蔽的妇女浮出历史叙述——简述初期的〈妇女杂志〉》，《上海文学》2006 年第 3 期。

② 王秀田：《章锡琛与〈妇女杂志〉》，《首都师范大学学报》（社会科学版）2011 年第 3 期。

③ 顾秀莲主编：《妇女运动的转变与蓬勃发展（1915—1927）》，《20 世纪中国妇女运动史》上卷，中国妇女出版社 2008 年版，第 186 页。

一 谁是《本杂志今后之方针》的作者？

1919年12月5日第5卷第12号所载“社说”《本杂志今后之方针》，对《妇女杂志》而言，不仅明确制定了变更体例、刷新内容的革新方针，还具体落实于1920年第6卷第1至12号之中。足见此文在同步革新之际，恰如“记者”所撰《小说新潮栏宣言》之于《小说月报》“半革新”的价值意义一般，此时同样以“记者”之名撰写的《本杂志今后之方针》也是《妇女杂志》革新史上不可忽视的篇章。其中，茅盾在《革新〈小说月报〉前后》中直接谈到署“记者”的《小说新潮栏宣言》是他的文章①，但未谈及《妇女杂志》这篇署“记者”的文章。笔者推想，茅盾在回忆录中未细谈他曾参与《妇女杂志》改革的往事，主要原因可能有二：其一，茅盾晚年撰写此文的重点在忆叙当年革新《小说月报》之过往，因而在谈到为《妇女杂志》撰稿时只是一笔带过。也许茅盾更看重当年改革《小说月报》的经历，他毕竟不只参与了该刊的“半革新”，还接任了其主编——不但亲自主持第12卷全面革新，还偕文学研究会同人使之成为五四新文学的名刊重镇。其二，也有当事人因年事久远而记忆难免疏漏的因素。茅盾写回忆录时十分认真，尽可能搜求到与之相关的一手史料，但毕竟难以面面俱到，更何况其中还有世事难料之因缘际会。譬如，谢菊曾的《十里洋场的侧影——虹居随笔》一书就谈到王蕴章当年找人约茅盾为《妇女杂志》写稿的往事，但此书于1983年面世，而茅盾却已在1981年3月27日离开人世，故茅盾生前未能读到这本与他有关的回忆录。若茅盾生前读到此书，进而触发他将当时参加《妇女杂志》革新的来龙去脉忆述一番也不是没有可能。由此观之，凡此种种直接或间接之因素导致撰写《本杂志今后之方针》之“记者”至今身份不明，因而有必要先考证“记者”到底

① 茅盾：《革新〈小说月报〉前后》，《我走过的道路》上，人民文学出版社1997年版，第173页。

是谁。

此文发表于茅盾帮助王蕴章革新《妇女杂志》初期。因此，了解王蕴章为革新之事找茅盾撰稿协助的史实，对于探究“记者”身份大有助益。据茅盾回忆，主编王蕴章在1919年11月前后为革新事宜找到茅盾。而茅盾为《妇女杂志》撰稿，其实最初是王蕴章托人洽商的约稿。据商务印书馆学徒工人谢菊曾回忆，“在五四运动之后，在‘打倒吃人的旧礼教’和‘打倒封建压迫’等口号下，一向提倡贤母良妻和三从四德的《妇女杂志》有些吃不开了，为顺应潮流起见，非立时革新不可，于是王万农与程相商，托他转请沈雁冰为该志写一篇文章，作为革新的第一炮。本来王与沈一直在同一地方办事，而且两人座位又很密迩，尽可当面恳托，只因两人平时素不交谈，难以启口，知程与沈接近，因此不得不转弯抹角请已经离所的程裕清去和沈说，沈即允诺，随写了《解放的妇女与妇女的解放》一文，署名佩韦，发表于该志某期卷首，反映出《妇女杂志》的新生！”[①] 自此以迄1920年10月，《妇女杂志》每期都有茅盾的著译文章。当王蕴章大约在1920年11月间提出辞职时，商务高层为这两个刊物换主编之事先约谈了茅盾。[②] 在茅盾只答应接任《小说月报》主编的情形下，“商务当局改请章锡琛”[③] 接任《妇女杂志》主编。此后，茅盾与章锡琛也于1920年底着手准备各责编刊物来年的全面革新工作。

了解茅盾为《妇女杂志》撰稿的来龙去脉后，再来查考此文的作者，就明朗了许多。据茅盾回忆，兼任两刊主编的王蕴章，“他手下也只有一个只做登记稿件等杂务的人（当时名为校对）。”[④] 其说法

---

① 谢菊曾：《我的业余写作生活》，《十里洋场的侧影——虹居随笔》，花城出版社1983年版，第149页。

② 茅盾：《革新〈小说月报〉前后》，《我走过的道路》上，人民文学出版社1997年版，第179页。

③ 茅盾：《革新〈小说月报〉前后》，《我走过的道路》上，人民文学出版社1997年版，第184页。

④ 茅盾：《我走过的道路》上，人民文学出版社1997年版，第140页。

在章锡琛自传中也得到印证，“……我却被改为《妇女杂志》的主编人（指1920年底——引者注）。从这时起，我才开始研究妇女问题，写一点妇女的文章。以前《妇女杂志》和《小说月报》由一个人担任编辑，下面只有一个事务员，所以杂志的出现之后，仍然只是一个人，连事务员也没有。”① 可见，此时算上同事兼特约撰稿者茅盾，“妇女杂志社”一共就三个人。其中，再排除只做杂务的校对人员，可进而推测撰写此文的“记者”可能是王蕴章，也可能是茅盾，还可能是二者合撰。那么到底是哪一种情形呢？

首先可确定这篇署名“记者”的文章不是王蕴章所作。理由有二：一是此文在文字上使用了当时已成新潮的白话文与新式标点，而翻阅王蕴章为《妇女杂志》撰写的文章就会发现，与“方针”同期署西神（王蕴章字）的文章《难病之治疗法》（续）却是典型的文言体与传统标点。并且，在《妇女杂志》第6卷按“方针”革新体例、刷新内容以来，“西神”发表于《妇女杂志》第6卷第3、6、9、11号的文章中虽偶有白话文加新式标点的科普文，如《儿童的兵式练习附图》，但其余文章依然是鲜明的“文言”风格。二是此文发表在“社说”栏——属于关涉刊物宗旨与舆论导向的主导性栏目，但据已有研究，王蕴章虽主编《妇女杂志》长达六年，“从其发表的文章中可以看出，作为主编的王蕴章并没有直接引导此刊物的宗旨，或至少没有做代言人的角色”②。换言之，撰文向以“家政”“学艺”为主的王蕴章“并未在‘论述’以及‘社说’等引导刊物性质的栏目上发言”③。因此，从文字风格、所在栏目、内容旨趣便可推断此文并非王蕴章所作。如此一来，这也排除了二者合撰的可能性，那么“记者”身份的最大可能性就直指茅盾了。进而言之，又有哪些证据

① 章锡琛：《章锡琛自传》，《绍兴文史资料选辑》第10辑（1991年1月），第37页。

② 陈姃湲：《〈妇女杂志〉（1915—1931）十七年简史——〈妇女杂志〉何以名为妇女》，《近代中国妇女史研究》2004年第12期。

③ 陈姃湲：《〈妇女杂志〉（1915—1931）十七年简史——〈妇女杂志〉何以名为妇女》，《近代中国妇女史研究》2004年第12期。

可确证此文是茅盾所作呢？

第一，从发表时间观之，此文与茅盾胞弟沈泽民的文章同期预告、同时见刊。主编王蕴章不但在1919年11月5日第5卷第11号目录之“五卷第十二号要目预告”中就已将《本月刊今后之方针》（发表时更名为《本杂志今后之方针》）与沈泽民的《世界女子参政运动考》依次排列在要目预告第一、二条首要位置，还在第5卷第12号目录中以标粗的大字号将二者分别载于“社说”栏与“纪述”栏。而沈泽民此时尚在南京水利局河海工程专门学校读书，他在商务印书馆旗下刊物发表的文章多经兄长茅盾引介，代为投递发表。加之，《妇女杂志》此时仍以文言为主，此文与茅盾所撰《解放的妇女与妇女的解放》一样均采用了鲜明的白话文与新式标点，文章思想内容也流露出超越良母贤妻女子教育观的妇女解放意识。照此来看，此文很可能就是茅盾的文章。

第二，就笔名而言，既然《小说新潮栏宣言》的“记者”是茅盾，那么上月5日发表《本杂志今后之方针》的“记者”是否存在也是茅盾的可能呢？从茅盾撰文参与革新的时间来看，茅盾介入《妇女杂志》革新事实上比其为《小说月报》主持“小说新潮”栏要早一个月，故《妇女杂志》革新“方针”在时间上比《小说月报》革新“宣言”早一个月见刊符合刊物此时革新的工作进度。从工作内容而言，支援王蕴章的革新工作已是茅盾分内的工作要务。王蕴章请他为《妇女杂志》撰写改革方针其实与让他为《小说月报》拟定宣言一样合乎情理。更何况，作为特约撰稿人的茅盾也是为妇女杂志社带来新思路、新观念的唯一“同人”。因此，在同一时期、同步调革新工作中、又使用同一笔名，这些综合条件可进一步证实茅盾是此“记者”的不二人选。

第三，从文章撰写风格而言，茅盾在《小说新潮栏预告》中以“本社同人”“我们”的名义发布了《小说月报》革新宗旨。相较此后更详尽揭示如何将革新付诸实践的《小说新潮栏宣言》，此文可视为《小说月报》此时简明挈领的革新总纲。将之与茅盾在同月5日发表的“方针”对比，会发现这两篇力主革新的纲要表达策略如出一辙。文中均使用“我们”“同人”这一类集体人称来表达刊物改革之方针与体例整改之要求，并从文章论述的逻辑次序中明显可见其背后作为“代言人”的“我”的鲜明主张。简言之，它们均是作者此时从刊物所属同人“我们”的角度拟定的刊物改革方针。

第四，从文章要旨观之，“方针”秉承“人类进化”与“社会全体”的基本立场、兼顾“理想”（具指“大同理想”）与“环境”（具指“社会情形”）的双重维度，均与茅盾论议妇女解放问题的高频词汇与核心观点高度契合。这从茅盾已发表的著译文章中可以窥见。茅盾在《他的仆》“译者识”中论及妇女解放问题时就已明确提出“进取的精神果然很要紧，迟疑审慎，十二分研究的心理倒也不可不存”，尤其强调“我们不要拿西洋的社会情形讲，我们就我们的情形讲”①。在《学灯》编辑郭虞裳主持“现在的青年对于他们的父母从前代他们聘定的未婚妻，应当表示怎么样的态度?”的社会讨论中，茅盾也秉持“分别办理”“以建设的手段改革”②。足见，“方针”提倡“十二分审慎周详”“抱定这稳健宗旨”“提倡改革”的主张与茅盾此前的妇女解放观一脉相承。此外，还可作旁证的是，凡“方针”明确提出革新体例与刷新内容之处，茅盾此时为《妇女杂志》所撰著译文章均刊登在革新后的新栏目中，都属于此革新范畴的新思想与新内容。

综上足以推断这篇署“记者”的纲领性“社说”正是出自茅盾之手。如此可见，除已为学界所熟知的茅盾为《妇女杂志》撰写了大量稿件，他还在刊物革新的宗旨与方针上以“代言人”身份从整体着眼、贡献了他在妇女问题方面恰切把握时势的卓识与远见。

---

① Strindberg：《他的仆》，冰译，《时事新报·学灯》1919年9月18日“新文艺”栏，第4版第3张。

② 雁冰：《“一个问题”的商榷》，《时事新报·学灯》1919年11月11日“评论”栏，第3版第3张。

二 茅盾革新《妇女杂志》之表征

若此文确乎是茅盾所撰，更细致地梳理茅盾促进《妇女杂志》第6卷“刷新内容、改良体例”之特征，则有助于更立体地把握茅盾革新的独特价值。

在1920年之前，王蕴章主编的《妇女杂志》素以“学艺”“家政”等日常家庭空间所需女学知识与实用技能为主。简言之，茅盾革新前的《妇女杂志》力主妇女做良妻贤母式的家庭妇女、专门承担家庭义务。经茅盾革新后，从1920年第6卷《妇女杂志》所设栏目体例观之，茅盾既从原有栏目取其精华、将之整改为“社论”“常识”“杂载”“家庭俱乐部”四大门类，同时又大篇幅增设“评论”“通论”“译论”“读者论坛”“学术”“名著”六类新栏目。此革新给刊物带来了新格局与新风貌：既注重传播现代家庭妇女所需的基础知识与基本技能，但又不限于此；秉承极力支持妇女解放基本立场的茅盾还力主还原妇女作为“人”而不只是作为“良母”“贤妻”的权利与义务，并从思想启蒙与社会改造的双重角度明确指出“妇女杂志此后的眼光，一面提倡女子解放，一面却要十二分审慎周详的去批评女子解放运动中的言论和行动”①，切实探讨妇女从传统家庭私人空间走向现代社会公共领域的空间及其可能性。大体而言：结合“方针”来看，茅盾的革新要义主要体现在以下三个方面。

其一，鲜明的文字改革。茅盾的革新首先从文字上大胆打破了此前以文言为主、采用传统标点的语言惯例，新设栏目所载文章始渐以白话文为主、鼓励使用新式标点。该《妇女杂志社征文广告》（极可能为茅盾所撰）就明确要求“文字以用白话者为宜”“圈点亦请用新文体之点句法”②。在当时，经五四运动之振荡，包括民国四大副刊

---

① 记者：《本杂志今后之方针》，《妇女杂志》1919年12月5日第5卷第12号“社说”。

② 《妇女杂志社征文广告》，《妇女杂志》1920年2月5日第6卷第2号。

在内的诸多报刊“从那时候逐渐改良”，“日报的附张大都取消了旧式滥调的诗文或优伶娼妓的消息，改登新文艺和国语的译著”①，茅盾此时不拘囿于商务持中传统，大胆响应了五四白话文运动新潮。而渐以白话文为主的《妇女杂志》也更利于向大众传播和普及现代常识以及有关妇女解放问题的思想主张与社会讨论。

其二，过去作为《妇女杂志》培育居家型良母贤妻核心内容的“学艺”与“家政”被茅盾全部归入“常识”栏，并从此前作为刊物核心栏目调整为十大栏目之一。这种调整虽缩减了此前该刊主体内容的版面，但并不意味着茅盾不注重对现代日常生活十分必需和实用之常识。这从茅盾对常识的界定中可见一斑，茅盾特别指出这些“常识”对现代妇女成长与现代家庭建设的重要价值意义——“家政园艺美术育儿卫生等，以及浅近的科学知识，实在是人人所必需的常识，在我国女界一般程度未高，此等常识尤为急需，故特设常识一门以归之。”② 足见，茅盾专设“常识”一门，其用心在于不把常识作为妇女学习的唯一知识，而是妇女应学知识门类之一种，同时将之视为“人人所必需的”。茅盾这种以“人”为根本而不是仅以培养“良母贤妻”为鹄的知识观，也蕴含了他的现实关切，即有意打破中国社会尚不对等的男女教育体系。这也是茅盾特意增设“学术”一门之初衷——妇女也应有权利去学习与男子同等的人类知识与文化。茅盾直言：“我们中国男女异视到极点，不但社交方面道德方面如此，便学问也如此。所以有最不通的女四书女孝经等书！本刊现在力矫此弊，学术一门，不限于向来所谓女性的，一概登载。不过于广泛之中，仍有一定的标准。”③

其三，茅盾革新后的《妇女杂志》大加扩展论说类栏目，不仅

① 黎锦熙：《注音字母与新文学联合运动时期》，《国语运动史纲》，商务印书馆2011年版，第137页。

② 记者：《本杂志今后之方针》，《妇女杂志》1919年12月5日第5卷第12号“社说”。

③ 记者：《本杂志今后之方针》，《妇女杂志》1919年12月5日第5卷第12号“社说”。

将“社说”栏更名为论议特征更直观的“社论”栏，还特增设与之同类性质的“通论”“评论”“译论”栏目。用茅盾的话来说便是“本刊为发表主张提倡改革，故有社论。为评论社会趋势女界情形，故有评论。为欲勉竭浅知，与海内留心女子问题者商榷，故有通论。为介绍外人言论，故有译论。这是论说方面的大概区分”①。此外，茅盾还设有“读者论坛”与“名著”栏，既重视读者诸君对妇女问题的社会观感与意见，亦有意识译介、择取国外妇女解放学说与社会生活经验。足见，茅盾的革新构想既有意识地在宏观层面把握刊物以“稳健”为宗的持论导向及以“改革”为要的社会定位，又注意探究“社会趋势”“女界情形”“外人言论”等方面攸关妇女解放的具体问题、社会现象、域外经验，意在从理论与实践、理想与现实多层次、多维度为中国妇女解放之路细心查考、专门研究。

进而言之，茅盾如此立意高远又着眼实际的革新方针不仅为杂志风貌的整体改观提供了明确的改革方向，还进一步集中表现在各栏目所刊著译文章之中。以革新后的四大论说栏为例，第 6 卷刊载了大量论说类文章——总计 53 篇，包括“社论”16 篇、“评论”3 篇、“通论”23 篇、“译论”11 篇。这在此前的《妇女杂志》中是不可能出现的现象。过去的《妇女杂志》偏重实用常识之绍介与科普，也鲜有主动介入社会新潮与发起社会问题之讨论。经茅盾革新后的《妇女杂志》则在思想内容方面开始大幅度关注并探究“社会生活”中既存或后续迟早会面临的妇女解放相关问题。从所刊文章话题观之，有从性别角度分而论之——既探讨《男子方面的妇女解放》，亦强调《女子的觉悟》《新妇女的人生观》《妇女建设社会的责任》；也有着眼于两性之间“男女社交公开”“贞操问题”“结婚自由”“离婚问题”的讨论；还十分关切社会空间里“妇女经济独立问题”“女子职业问题”“女子参政运动”“中性问题”，以及家庭与社会生活中存在的“家庭服务”“避妊问题”“儿童公育”“释婢问题”“废娼问题”

---

① 记者：《本杂志今后之方针》，《妇女杂志》1919 年 12 月 5 日第 5 卷第 12 号“社说”。

“废童养媳问题”“解放贫妇问题”“家族制度存废问题”等。可以说，但凡攸关妇女解放内部和外部的诸种情形与问题在这一时期不仅均得到充分关注、介绍，甚至不同程度的讨论，而这其实又正是将茅盾所撰“方针”付诸革新实践的鲜明体现。恰如茅盾所言，“我们应当一面挂起‘女子解放’的大目的，去提倡；一面要暴露现在社会的弱点，解放的不可能处，实行问题的质难”①。

其中，从茅盾自身而言，他在为《妇女杂志》拟定革新之经纬的同时也为此革新贡献了大量使刊物焕然一新的著译文章。茅盾在王蕴章主编时期为《妇女杂志》撰写著译文章27篇（不包括6卷1号冰文译《归矣》，存疑），即“社说”2篇、“社论”6篇、“评论”2篇、“译论”3篇、“名著”7篇、“常识”3篇、“杂载”4篇。其间，在1920年7月14日与张闻天同赴日留学之前，沈泽民经兄长茅盾推介也在《妇女杂志》革新栏目发表文章共计10篇（含连载次数），即“纪述”1篇、“杂载”5篇、“文艺”1篇、“学术”1篇、“名著”2篇。细察茅盾此时论议妇女问题的著译文章便可发现，“解放的妇女”“男女社交公开”“育儿问题”“妇女问题研究者应具之素质”“家庭服务”“妇女运动”“两性道德”均是他十分关注与探究的话题。并且，茅盾对这些问题在进行学理之探究的同时亦十分自觉地将之置于中国社会妇女所处现实语境之中，更切实地为中国妇女解放所需的教育、职业、道德等社会物质或精神建制提供思想资源，以及可能的个人与社会的解决方案或路径。

如此观之，此前的《妇女杂志》虽标举“应时世之需要，佐女学之进行”②，但基本格局并未超出晚清以迄民初以良母贤妻主义为主流的女子基础教育规约；而茅盾革新以来，刊物主体内容从以妇女日常“家庭生活”为中心扩展至关切妇女走出家庭私人空间进入社会公共空间的“社会生活”面向，最终促成该刊适时转型为切实把

① 记者：《本杂志今后之方针》，《妇女杂志》1919年12月5日第5卷第12号“社说”。

② 张芳芸：《发刊辞三》，《妇女杂志》1915年1月5日第1卷第1号。

握五四时代妇女解放新潮、兼顾理想与现实、理论与实践双重维度的妇女问题研究类专刊。

三 茅盾革新《妇女杂志》之功绩

值得追问的是，茅盾的革新意义何在？首先，此革新实践彰显了《妇女杂志》此时积极介入妇女解放新潮讨论的切实态度。在妇女解放作为五四社会热潮之一种在社会勃兴之际，此革新鲜明地体现了茅盾此时自觉立足于中国社会现实情状且主动迎合“一战”后世界妇女解放运动思潮。其革新举措，恰如此时商务印书馆广告为此改革所撰的推介语所言，“现在大加刷新，变换体例，叙述多用白话，插画采取新图，其他选译要闻，灌输新识”①。尤值得称赏的是，茅盾革新后的《妇女杂志》对妇女解放问题之探讨“解放”与“建设”并重、关切妇女问题的多个面向以及妇女群体的多个层次，将作为时代社会新潮的妇女解放问题具体贯彻于切实的研讨之中。

其次，相较当时普遍将女子拘囿于家庭生活空间、不无偏狭的中国式良母贤妻教育观念，以及国中女子教育质量堪忧、传统礼法习见之于女子又桎梏重重的社会现状，此革新亦有反思教条式良母贤妻主义、突破乃至促进社会现状改善的现实诉求与改革意义。无论是在“社论”栏旗帜鲜明地畅言妇女应与男子同等享有社会权利与义务，还是在“插图”栏增加直接反映国外社会生活图景与国外妇女多样生活状貌的图影，以及在“杂载”栏大量介绍世界各地妇女消息与概况等，它们从不同维度为中国妇女的社会解放提供了多元的经验、教益与启示。

最后，茅盾担纲的《妇女杂志》革新实践得到了社会受众的认可，至少从章锡琛在1920年末接任主编时所撰第7卷改革预告中可以窥见。章锡琛在谈及自第7卷将全面革新之前，先简要评议了

---

① 梅：《商务印书馆广告解放与建设》，《小说月报》1920年1月25日第11卷第1号。

《妇女杂志》此前的成绩，即“本志出版已届七年。销行之数，日益增多。第六卷改良以后，尤蒙当世贤淑，交相称许，同人愧感之余，益自奋励”[①]。在指出销量日益加增的同时，章锡琛尤其肯定了第6卷改良以来“交相称许”的社会反响，足见章氏此时也肯定了茅盾此革新之价值。以上亦说明五四时期《妇女杂志》革新的总基调在茅盾革新时期就已奠定。接任主编章锡琛正是在此基础上更深入细致地扩展与深化。这直观地体现章氏主编时不仅全面使用白话文与新式标点，同时也整体依循着茅盾的革新思路主编《妇女杂志》，使之在时潮中继续鸣奏出妇女解放思潮的时代之音。

具体而言，从承继观之，其一，章氏主编《妇女杂志》栏目中的“世界珍闻”“趣味之科学”“常识谈话”“家事研究”“新游艺”“笑苑”“读者俱乐部”等其实多是1920年《妇女杂志》“读者论坛”“常识”“杂载”“家庭俱乐部”栏目的变体与扩展。如章氏所言，“本志从前的‘家庭俱乐部’，很受读者欢迎；从本年起，特加扩充，改为‘世界珍闻’等以下各栏，将材料增加至数倍之多。趣味既很丰富，文字尤极条畅，没一篇不耐人玩味。对于从前的‘家庭俱乐部’，总可算长足之进步。”[②] 又如登载读者关于妇女问题观感的“读者俱乐部”栏目，这也是对茅盾革新所设“读者论坛”思路的承继与发展。其二，在第6卷占重要版面的“社论”“评论”“通论”“译论”“学术”“名著”虽在章氏主编时未再标示栏目类别，但依然大量刊载此类性质的著译文章。章锡琛直陈“我国的妇女问题，方在黎明时期，实际方面的讨论，固然必不可少；而先进各国学说的介绍，和世界妇女状况的记述，实在也很重要。……此后关于这类的材料，更拟广为搜集”[③]。足见，章氏“实际讨论”与“学说译介”并重的择文理念与茅盾的革新纲要并无二致。其三，继续积极推介新文学。在第6卷“杂载”栏的“文艺”部分，茅盾与沈泽民

① 章锡琛：《民国十年〈妇女杂志〉大减价广告》，《妇女杂志》1920年12月5日第6卷第12号。

② 章锡琛：《编辑余录》，《妇女杂志》1921年1月5日第7卷第1号。

③ 章锡琛：《编辑余录》，《妇女杂志》1921年1月5日第7卷第1号。

就已发表多篇汉译文学类的白话小说。章锡琛任主编后，“小说一栏，自本年起，拟大加扩充”①，登载了大量汉译童话和汉译小说。从完善而言，章氏更充分细致地考虑读者需求与市场效益。主要表现在，章锡琛对刊物整体编排风貌与细节的优化，“爰自第七卷第一号起，更将门类酌量增删，多收趣味浓郁简明切要之文字，务使读之者欢觉新颖可喜。既足增进智识而无普通书报沈［沉］闷枯燥之弊，又为减轻读者负担起见，特将定价大加减削，并多用五号字排印，每期字数，较前仍有增无减。”② 还通过“编辑余录”专栏及时向读者告示编者感想以及编辑理念，在空白版面穿插短小精悍、意趣盎然的“补白”，在充分利用版面的同时又增强可读性与趣味性，发布“征文悬赏”“名篇预告”“专号讨论”等吸引读者关注，甚至主动发起社会热点问题讨论。

综上可知，从茅盾所撰“方针”到章锡琛接任主编，正是《妇女杂志》随顺时势新潮、从“刷新内容，改良体例”的“主体内容”革新到“全方位”革新的历史过程。在此进程中，相较此前着眼于“家庭空间”有余而观照社会时事与时代风潮明显不足的《妇女杂志》，茅盾参与的革新实践不仅彰显了向来多被简单化视为“保守派”的主编王蕴章此时支持革新之事实，同时也显见茅盾自觉从刊物“代言人”身份与责任角度全面思考妇女解放的社会问题意识及其此时提倡社会改革的“稳健”立场：在积极译介欧美妇女解放学说、思潮的同时亦注重追本溯源的学理研究与因地制宜的现实关切，既为中国妇女解放树立了一面理想的旗帜，又务实地立足于中国社会现实语境探讨国内具体妇女问题的解放与建设之道。而这也正是茅盾革新《妇女杂志》继往开来重要贡献的鲜明体现。所以说，茅盾之于《妇女杂志》，不是一般意义上随顺或迎合刊物既有体例的普通供稿者，而是对刊物体例与内容在整体上具有明确革新主张、并亲自为

---

① 章锡琛：《编辑余录》，《妇女杂志》1921 年 1 月 5 日第 7 卷第 1 号。

② 章锡琛：《民国十年〈妇女杂志〉大减价广告》，《妇女杂志》1920 年 12 月 5 日第 6 卷第 12 号。

之撰文示范、切实推进《妇女杂志》革新的改革者兼实践者。鉴于此，本文意在如实查考茅盾革新《妇女杂志》之史实，如理评价茅盾锐意革新之创举，如史彰显茅盾据此应获之肯定。

附录：

《本杂志今后之方针》

署名：记者

我们常听得人说的：人类的思想，每每被环境束缚，能够超出环境束缚的便是大思想家，人类的进化，全赖有这班大思想家用心力悬出一个高远的目的，指出光明的路径，叫其余的人走去。

可是我们又常听得人说：宇宙间的事物，是很复杂的，人类的知［智］慧，到底是有限的，人类的眼光，到底是只见近不见远，人类又是求生的动物，多欲望的动物，所以理想只管高，倘然出了人类生活的范围太远，效力就有限了，我们只好依著环境的程度，慢慢改去，"天下一治一乱"，不能一下子就大同，那是没法的。

这两种话都有理由。我以为人类的进化，就在一面有理想家提倡，一面能依环境的程度慢慢改善，如此方能使进步有秩序。

我们以为女子问题也应当用这态度去研究，我们应当一面挂起"女子解放"的大目的，去提倡；一面要暴露现在社会的弱点，解放的不可能处，实行问题的质难，这才是。否则，只用动人感情的话，天天刺激女子的心，鼓吹，却不量量女子的实力如何，真真的程度如何，就使勉强做到了和理想形似的模子，正如"紧巢苇梗"，总有一天欲闹乱子，一败到地。这不是解放女子，简直是害了女子！同时也害了社会全体！

我们是抱定这稳健宗旨的，所以妇女杂志此后的眼光，一面提倡女子解放，一面却要十二分审慎周详地去批评女子解放运动中的言论和行动。须知这不是自相矛盾，我们对于社会改造问题，是应该如此的。

我们的主张是如此，所以妇女杂志的体例，在明年起要有些变更，现在写在下面：——

（一）本刊为发表主张提倡改革，故有社论。为评论社会趋势女界情形，故有评论。为欲勉竭浅知，与海内留心女子问题者商榷，故有通论。为介绍外人言论，故有译论。这是论说方面的大概区分。

（二）我们中国男女异视到极点，不但社交方面道德方面如此，便学问也如此。所以有最不通的女四书女孝经等书！本刊现在力矫此弊，学术一门，不限于向来所谓女性的；一概登载。不过于广泛之中，仍有一定的标准。

（三）西洋提倡女子解放已经几十年了，彼邦学者关于女子问题的著作，或专书，或散见于所著书中，实不少；本刊对于此等著作，极力介绍，特设名著一门一容之。

（四）家政、园艺、美术、育儿、卫生等，以及浅近的科学知识，实在是人人所必需的常识，在我国女界一般程度未高，此等常识尤为急需，故特设常识一门以归之。

（五）杂载。分文艺，世界妇女消息，科学游戏，数种。文艺择登小说剧本，或译或著。世界妇女消息，则辑译欧美的女子解放运动消息，女界状况，女工状况。科学游戏则于游戏之中寓科学之理，以备余兴。

（六）读者论坛专备读者发表意见之用，无论是与本刊旨趣相合或宗旨相反，只要言论有价值，都愿代为发表。

以上说的，可见本刊的大概情形了。我现在再申说几句以作结束；就是我们主张按照我们现在的社会情形根本的去求女子解放的实现，所以我们不主张急进的方法；但我们至少有个高于现社会情形的理想，和前进的精神。

但是同人等到底见闻有限，学识浅薄，时常很盼切地愿和海内通人讨论商榷。

（原刊《中国现代文学研究丛刊》2018 年第 3 期）

年度新锐：雷超

主编的担当：从茅盾致叶君健的一封佚信谈起

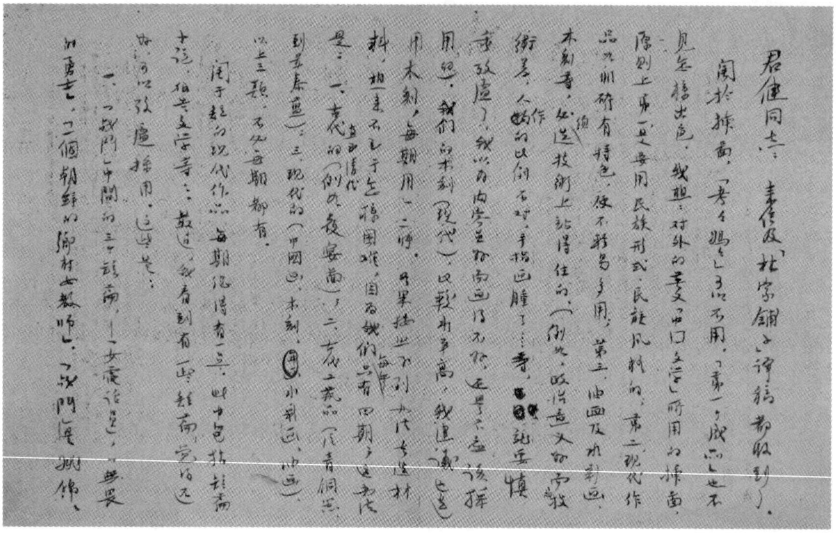

茅盾致叶君健信手稿

一　茅盾致叶君健的一封佚信

最近一个偶然的机会，有幸读到文学巨匠茅盾写给叶君健的一封信。经查，这是一封《茅盾全集》尚未收入的佚信，内容是作为主编的茅盾写给副主编叶君健的有关英文版《中国文学》编辑方面的工作交流。信件内容如下：

君健同志：

来信及《林家铺子》译稿都收到了。

关于插图，《考考妈妈》可以不用。《第一个成品》也不见怎样出色。我想：对外的英文《中国文学》所用的插图，原则上，第一，是要用民族形式，民族风格的；第二，现代作品如明确有特色，便不轻易多用；第三，油画及水彩画、木刻等，必须选技术上站得住的（例如，政治意义好而技术差，人体的比例不对，手指画肿了等，就要慎重考虑了。我以为内容虽好而画得不好，还是不应该采用的。）我们的木刻（现代），比较水平高，我建议也选用木刻，每期用一二张。如果按照下列办法去选材料，想来不至于怎样困难，因为我们每年只有四期；这办法是：一、古代，直至清代的（例如，夜宴图）；二、古代工艺品（从青铜器到景泰蓝）；三、现代的（中国画、木刻、水彩画、油画），以上三款，不必每期都有。

关于短的现代作品，每期总得有一点。此中包括短篇小说、报告文学等。最近，我看到一些短篇，觉得还好，可以考虑采用。这些是：

一、《战斗》中间的三个短篇，——《女电话员》、《无畏的勇士》、《一个朝鲜的乡村女教师》。《战斗》是姚锦、李克异合写的短篇集，上海新文艺出版社出版。

二、《人民文学》十月号，菡子的《在观察员的位置上》，十一月号李若冰的《陕北札记》。

以上，《战斗》中的三篇（考虑用一二篇）；和菡子的一篇都是反映朝鲜战争的。李若冰的那篇则是反映中国建设中的地质勘查工作人员的。李这一篇稍长，篇中有些句子是多余的，可略加删节。

明年四月一日出版的一期中，希望能加点反映新中国的战斗和建设的东西——短篇；请考虑把上面说的那几篇选定三篇译出来。

《林家铺子》译文，《新观察》一本，《第一个成品》印样一张，均送还。

敬礼。

茅盾 十一月十三日 下午

《林家铺子》译文很好，有点小疑问，我用红笔在译稿上标出来了，请斟酌。特别是译稿第六页的那一句，请斟酌。

二 茅盾主编 *Chinese Literature* 的往事

我们知道，文学家茅盾是从杂志编辑岗位走上文坛的，所以对杂志编辑有着十分丰富的经验。中华人民共和国成立后，他除主编《人民文学》与《译文》杂志外，还曾担任英文版《中国文学》——*Chinese Literature* 的主编。然而，可能因为这是用英文且专门对外发行的刊物以及当事人相关信件散佚严重①，所以在茅盾的生平介绍中很少有人提及这段往事。正因如此，无论是从史料而言还是从研究茅盾编辑思想观之，茅盾在 11 月 13 日写给叶君健的这封信都非常珍贵。

关于茅盾与 *Chinese Literature* 之间的渊源，目前可参考的资料主要来自该刊副主编叶君健的回忆。据他讲，当时作为新中国第一个面向世界的外文刊物，*Chinese Literature* 起初是由“对外文化事务联络局”在 1949 年底开始发起创办，但在杂志初创时期，因“它既无编辑部，也没有编委会，更没有专业编辑和翻译人员”②，所以主要由叶君健及其助手洪楚贤负责编辑工作（“自选、自编、自

① 笔者查阅了《叶君健全集》与《叶君健年谱》，全集未收录这一时期的相关书信，年谱方面对这一时期的编辑、文化活动也鲜有记载。探查其因，原来这些信件的散佚与叶君健在“文革”时期两次被“抄家”的际遇有关。参见叶君健《忆茅盾》，《茅盾研究》第七辑，1999 年，第 250—255 页。

② 叶君健：《我和中国文学的对外译介》，《人民文学》1989 年第 10 期，第 107 页。

组织翻译”[1]），期间沙博里和杨宪益、戴乃迭夫妇协助翻译，然后以“丛刊”的形式在1951年正式推出了第1辑。1952年出版第2辑，1953年出版了第3、4辑。直至1953年9月，中国文学艺术工作者第二次代表大会在京召开，为了更好地开展对外介绍中国文学的工作，英文版《中国文学》的规范化提上议事日程——由中国作协主席茅盾亲自担任该刊主编、叶君健为副主编、作协创作委员会主任沙汀协助指导与审阅。叶君健在《我的主编茅盾》还特别谈道：“从1953年起，茅盾同志就是这个刊物的主编，我是他的助手，直到1966年‘文化大革命’爆发以后他的名字被‘革命群众’从刊物上拉下来为止。”[2] 可见，作为主编的茅盾与 *Chinese Literature* 之间的联系长达十余年，这在茅盾解放以后的编辑生涯中留下了吉光片羽。

这封茅盾写给叶君健的书信，是他对来年英文版《中国文学》杂志译文与插图工作的基本意见。该信用毛笔从右到左直行书写在油印资料的反面空白处，落款时间是“十一月十三日下午”。茅盾信中推荐的《女电话员》《无畏的勇士》《一个朝鲜的乡村女教师》均出自姚锦、李克异合著的报告通讯·小说集《战斗》。小说集《战斗》最早由北京火星社1951年7月初版，但这个初版本只收录了六篇作品（《幸福》《生命》《春天》《战斗》《信心》《友情》），除《幸福》是姚锦所作之外，其余5篇均是李克异的作品。所以，茅盾阅读的报告通讯·小说集《战斗》是1953年10月由上海新文艺出版社重新编排的版本。这个版本增加了李克异的《不朽的人》《女电话员》《无畏的勇士》《一个朝鲜的乡村女教师》《宿营车》，以及《内容提要》与《后记》。这三篇作品均是李克异的作品。其中《女电话员》与《无畏的勇士》“记录并歌颂了抗美援朝铁路工人的伟大的英雄气概”，“《一个朝鲜的乡村女教师》则是记录一个年轻的朝鲜女教

[1] 叶君健：《忆茅盾》，《茅盾研究》第七辑，1999年，第254页。

[2] 叶君健：《我的主编茅盾》，宋应离等编《中国当代出版史料》第5卷，大象出版社1999年版，第53页。

师的爱国故事”[①]。至于茅盾在信中推荐的菡子的《在观察员的位置上》与李若冰的《陕北札记》则分别刊登在1953年10月、11月的《人民文学》上。因此，茅盾这封信的具体写作年份应为1953年。

再从1954年出版的4期英文版《中国文学》来看，虽然茅盾推荐的这5篇颇具时代特点的报告文学未能及时翻译并刊列其间，但茅盾希望有反映志愿军题材作品的编辑思想，还是呈现在1954年的《中国文学》中。比如在1954年第3期中，就有一幅生动活泼地反映中国人民志愿军在丰收季节帮助朝鲜人民劳作的插图（YEN HAN：Chinese People's Volunteers Help the Koreans at the Harvest Time）。此外，在1953年9月26日去世的画家徐悲鸿的水墨画《竹雀图》与《漓江春雨》，以及顾闳中的《夜宴I》《夜宴II》等，作为代表中国文化特色的"插图"刊登在英文版《中国文学》上。可见，主事的副主编叶君健对茅盾的意见还是十分重视，落实主编的要求也比较及时。

茅盾这封信送至副主编叶君健后，叶君健在14日又致信茅盾，就《中国文学》来年"插图"的具体择取事宜，继续请示茅盾，并随信附上《古元木刻选》一册。茅盾11月16日致叶君健的信，又对叶君健14日来信作了及时答复。茅盾在信中说："十四日信悉。明年第二期的插图，可以选用古元的木刻，《羊群》也可以。但古元还有新作，最好请他自己选一二幅，可以通过美协，请他自选。同时，也可以请美协多给我们选些，以便继续应用。"[②] 可见他们之间在编选事宜方面的数度沟通与反复研议。这也是目前所能找见的反映茅盾指导该刊编辑工作的两封信件。从中不难见出，茅盾当时对《中国文学》相当重视及其作为杂志主编的担当——态度明确、指导及时、意见具体、细心认真。其中，他在选稿中摒弃作品"政治意义好而技术差"的编选思想，在当时的社会语境中尤显难得。叶君

① 《内容提要》，姚锦、李克异合著《战斗》（报告通讯·小说），新文艺出版社1953年10月第1版。

② 陈子善：《不日记二集》，山东画报出版社2015年版，第89页。

健在 1997 年 6 月写的《忆茅盾》中对这一时期与茅盾共事的经历也有十分细致的回忆，他说：“从 1953 年《中国文学》正式改为期刊开始，直到文化大革命爆发，十多年间，由于刊物的工作，我们的接触相当频繁。他是个细心认真的人，我有关刊物的一些请示，凡是书面的，他必以书面的方式作详尽的回答，而且他的回答，总是亲笔用毛笔字书写。他的书法既清秀而又有力。只不过他一生为人节俭，从不用公家的信纸。而是用过时了的油印资料的反面空纸书写。单这种‘信纸’现在就是珍贵的文物，不幸在文化大革命期间，我的家被抄了两次，这些‘文物’也被抄走，作为我在茅盾领导下‘向海外放毒’的罪证。”①

（原刊《新文学史料》2018 年第 4 期）

① 叶君健：《忆茅盾》，《茅盾研究》第七辑 1999 年，第 254—255 页。

年度新锐：田丰

左联时期的茅盾与瞿秋白

——从迎合到疏离的心路历程及其根源解析

摘　要　左联时期茅盾与瞿秋白的关系并非文学史著中通常所描摹的那样一直亲密无间、信任有加，而是无论在文学观念还是政治理念方面都经历了从迎合到疏离的转变过程，而这也是茅盾回归自我和恢复独立意识的过程。起初茅盾对瞿秋白言听计从，不惜违背自己的真实想法也要与其保持步调一致，在左联工作上密切协作和相互支持。然而到了1932年第二次文艺大众化讨论时，茅盾却一反常态，开始撰文针锋相对地反对瞿秋白提出的关于文艺大众化的主要论点，毫不含糊地表明自己的态度，从而将他与瞿秋白之间的观念分歧公开化。深究其实，我们发现第二次文艺大众化讨论时茅盾与瞿秋白之间的论争并非两人观念分歧的开始，而是此前逐渐累积起来的矛盾的外显和放大。

关键词　茅盾；瞿秋白；左联时期；迎合疏离；心路历程

在通常的文学史著中每每谈及左联时期茅盾与瞿秋白的关系时往往关注于两人密切合作、相互协助的一面，却忽视了两人之间龃龉和疏离的一面。然而，深究其实，我们发现左联时期茅盾与瞿秋白无论在文学观念还是政治理念等方面都经历了从迎合到疏离的转变过程，而并非如同一般文学史著所描摹的那样一直亲密无间、信任有加。

一

茅盾在加入左联之前便与瞿秋白有过长期接触，1923 年春，瞿秋白担任上海大学教务长兼社会学系主任时两人在一次教务会议上初次相见[①]，1925 年瞿秋白与杨之华结婚之后就住在茅盾家隔壁，杨之华不仅与茅盾夫人孔德沚成为好朋友，而且还是她的入党介绍人。不仅如此，杨之华还与孔德沚一道撮合了张琴秋和茅盾胞弟沈泽民的婚姻，由此便不难想见双方家庭之间亲密往来的情形。此外，茅盾本人还曾明确说过："秋白与泽民的友谊，比对我的友谊要深。"[②]

1930 年 8 月瞿秋白夫妇从莫斯科回到上海，听说茅盾已经从日本回来便用暗号写信由开明书店代转约请茅盾晤谈，茅盾夫妇按照信上所留地址前去拜访。茅盾坦言自己打算根据秦汉之交的陈胜吴广起义史实写成一部长篇历史小说，瞿秋白表示予以支持。1930 年 10 月沈泽民奉命从苏联返回上海，1931 年初补选为中共中央委员，并担任中央宣传部部长，之后分管过左联工作的文委负责人潘汉年被调往中宣部协助沈泽民分管文化出版工作，期间沈泽民还向阳翰笙问起过胞兄茅盾的情况。茅盾自 1931 年 4 月从沈泽民处获悉瞿秋白的新住址后曾多次前去拜访，期间提出请求想要重回党组织，但瞿秋白反过来劝他像鲁迅那样安心从事文学活动。

茅盾在 1931 年 5 月下旬被冯雪峰任命为左联行政书记，这无疑"是可以加强他的左翼地位的"[③]，此后不久瞿秋白便直接找他谈论加强左联的事情。有了瞿秋白加盟左联，茅盾对于左联工作开始由被动转为主动，他并非如同胡风所言的那样"除开会外，不做任何具体工作，也不采取积极态度"[④]，而是与瞿秋白、冯雪峰等人一道做了大量工作，以至于 1931 年整个秋季他"都忙着写论文和参加'左

① 茅盾：《我走过的道路：上》，人民文学出版社 1997 年版，第 251 页。
② 茅盾：《我走过的道路：上》，人民文学出版社 1997 年版，第 623 页。
③ 胡风：《胡风回忆录》，人民文学出版社 1993 年版，第 21 页。
④ 胡风：《胡风回忆录》，人民文学出版社 1993 年版，第 21 页。

联’的各种会议，小说只写了一篇”①。尤其值得特别注意的是，此时的茅盾对瞿秋白可谓言听计从，甚而不惜违背自己的主观想法也要与其保持步调一致，在左联工作上密切协作。这与茅盾加入左联之初冷静旁观的游离状态形成鲜明对照。茅盾在刚开始时发现原来文学研究会中人像郑振铎、叶圣陶等都没有参加左联，为此感到纳闷，问过冯雪峰后才知道是因为多数人不赞成，对于此种宗派主义和关门主义的做法他深感不满。在参加过两次全体会议后茅盾又感到“‘左联’说它是文学团体，不如说更像个政党”②，因此对于左联事务并不热心。再加上神经衰弱和胃病、眼疾等疾病缠身，茅盾在加入左联的前半年很少参加左联活动，也没有参加过左联组织的示威游行等政治运动，甚至也没有给左联刊物写过文章，“只是埋头搞自己的创作”③，并因此引起左联中激进盟员的强烈不满。

众所周知，瞿秋白参加领导左联工作主要是本着个人喜好，由于他长期从事党的领导工作，有着崇高的威望，加之在文学上也有着出色的造诣，左翼文界也甘愿受其领导。在瞿秋白被排挤出党中央领导层后，第一个前来造访的左翼人士正是茅盾，通过茅盾他方才得以结识冯雪峰等左联中人。1931 年 4 月底，瞿秋白在茅盾家里避难住了一两个星期，两人不仅天天谈《子夜》，而且还说起对于左联的诸多意见，比如左联像政党，关门主义以及不重视作家创作活动等，瞿秋白大致表示赞同。在瞿秋白正式领导左联工作之后，他对左联工作的很多意见都是通过茅盾来传达和落实的，比如将左联机关刊物《前哨》坚持办下去，再创办一个专门刊载文学创作的文学刊物《北斗》，让茅盾带头写评价“五四”新文学运动的文章等。甚至可以说是茅盾和瞿秋白一道努力扭转了左联不重视文学创作的倾向。在整个左联时期唯有这一阶段茅盾表现得最为活跃。茅盾也对在瞿秋白领导下这一时期的左联工作做过高度评价，“从一九三一年十一月起是

---

① 茅盾：《我走过的道路：上》，人民文学出版社 1997 年版，第 474 页。

② 茅盾：《我走过的道路：上》，人民文学出版社 1997 年版，第 441 页。

③ 茅盾：《我走过的道路：上》，人民文学出版社 1997 年版，第 444 页。

‘左联’的成熟期，它已基本上摆脱了‘左’的桎梏，开始了蓬勃发展、四面出击的阶段”，之所以会如此“应该给瞿秋白记头功”①。

在茅盾担任行政书记不久，瞿秋白让茅盾带头写一两篇文章对“五四”以来的新文学运动以及 1928 年以来的普罗文学运动进行总结，以便从中汲取教训。

茅盾在七八两个月内“遵照秋白的建议，试写了两篇探讨‘五四’以来的文学运动和文学现象的文章”②，这两篇文章分别为刊发在《文学导报》创刊号上的《“五四”运动的检讨》和刊登在《北斗》创刊号上的《关于“创作”》。在写作之前茅盾“都与秋白交换过意见，其中有的观点也就是他的观点，例如对‘五四’文学运动的评价”③。遵从别人的意见来进行批评写作，对于茅盾而言还几乎从未有过，自从离开家庭进入社会以来，他就逐渐养成了这样一种习惯，“遇事好寻根究底，好独立思考，而不愿意随声附和”④，然而，这一次他却一反常态，严格遵照瞿秋白的观点来评价“五四”运动。

茅盾的这两篇文章对于“五四”运动的历史作用和现实价值评价都极低。在《“五四”运动的检讨》中他这样写道：“无产阶级运动的崛起，时代走上了新的机运，‘五四’埋葬在历史的坟墓里了”⑤。在文章最后茅盾所作的总结性结论稍稍肯定了“五四”运动的历史作用，“资产阶级的‘五四’虽然是失败了，但亦相当的尽了它的历史的使命。在意识形态的斗争上，至少是破除封建思想这一点，是有它的历史的革命的意义的”⑥。然而随后笔锋马上一转，又

① 茅盾：《我走过的道路：上》，人民文学出版社 1997 年版，第 476 页。

② 茅盾：《我走过的道路：上》，人民文学出版社 1997 年版，第 459 页。

③ 茅盾：《我走过的道路：上》，人民文学出版社 1997 年版，第 460 页。

④ 茅盾：《我走过的道路：上》，人民文学出版社 1997 年版，第 382 页。

⑤ 茅盾：《“五四”运动的检讨》，《茅盾全集》第 19 卷，人民文学出版社 1991 年版，第 231 页。

⑥ 茅盾：《“五四”运动的检讨》，《茅盾全集》第 19 卷，人民文学出版社 1991 年版，第 247 页。

转入对“五四”运动现实价值的彻底否定上来，认为“五四”“在现今却只能发生了反革命的作用”①，以至于扫除这些残存的“五四”成为“目今革命工作内的一项课程”②。虽然茅盾也承认这篇报告反映了自己当时的认识水平，但无疑主要还是受到了瞿秋白的影响。

《关于“创作”》也同样有着刻意贬低“五四”新文学运动的弊病，同时对普罗文学的历史功绩也针砭有余而肯定不足，“当时就未能为一些提倡普罗文学的年轻人所接受”③，但鲁迅和瞿秋白却都表示支持。

茅盾对于“五四”新文学运动的评价与瞿秋白在《鬼门关以外的战争》等文章中所表露出的观点如出一辙，明显带有受到影响的痕迹。瞿秋白在《鬼门关以外的战争》一文中认为“五四”新文学革命不仅是不彻底的，而且所取得的成绩也微乎其微。在《“五四”和新的文化革命》一文中瞿秋白的观点更为激进，他认为“五四”是中国资产阶级发动的文化革命运动，而随着大革命时期中国资产阶级已经叛变革命，“只有无产阶级，才是真正能够继续伟大的‘五四’精神的社会力量”④，因而必须在无产阶级领导下建立起属于无产阶级的“五四”。

此外，瞿秋白对茅盾的《路》、《三人行》以及《子夜》等小说创作都提出了具体的修改和批评意见，尤其是对茅盾创作《子夜》所提供的帮助“是瞿秋白从政治战线转向文学战线后所办的第一件实事”⑤，这早已是耳熟能详的文坛佳话。

然而，必须指出的是，就在茅盾和瞿秋白在左联事务中相互密切

---

① 茅盾：《“五四”运动的检讨》，《茅盾全集》第19卷，人民文学出版社1991年版，第247页。

② 茅盾：《“五四”运动的检讨》，《茅盾全集》第19卷，人民文学出版社1991年版，第248页。

③ 茅盾：《我走过的道路：上》，人民文学出版社1997年版，第469页。

④ 易嘉（瞿秋白）：《“五四”和新的文化革命》，《北斗》1932年第2期。

⑤ 刘小中：《瞿秋白与中国现代文学运动》，南京大学出版社2002年版，第195页。

配合的“蜜月期”，事实上已经潜伏着危机。

首先，单从茅盾和瞿秋白之间的私人交往情况便可以见出两人逐渐由亲密变得淡漠的情状来。

1931 年 4 月底瞿秋白在茅盾家里避难。1931 年 5 月初，瞿秋白在茅盾家里认识了左联党团书记冯雪峰。据茅盾回忆由于当时他租住的房子“条件太差了，闯来个生人，秋白连躲的地方都没有，这对他的安全不利”[①]，于是与冯雪峰商量说鲁迅住在北四川路底的高级公寓里，不仅房子宽敞，而且住在这所公寓的大多数是欧洲人或日本人，一般中国人都不去那里，因此比较安全。但此时瞿秋白和鲁迅尚未见过面，贸然而去的话也不太妥当，冯雪峰提议介绍秋白到朋友谢旦如家里去住。然而，自从瞿秋白迁居谢旦如家以后他和茅盾的联系逐渐减弱，冯雪峰取代茅盾成为瞿秋白与左联发生联系的中介，而在冯雪峰介绍下瞿秋白又结识了鲁迅，开始与鲁迅亲密互动，相较而言瞿秋白与茅盾的关系却在一步步疏远。之后瞿秋白主要“通过冯雪峰和旦如，了解当时‘左联’和文化界的动向”[②]，而瞿秋白和鲁迅关系的转折也正“开始于秋白同志住进谢家的这个时候”[③]。自瞿秋白入住谢旦如家之后陆续写出《鬼门关以外的战争》和《学阀万岁!》等文章，开始酝酿倡导大众文艺。1933 年 2 月的一天，组织上获得敌人要破坏中共在紫霞路上重要机关的情报，经分析后，认为很可能是瞿秋白夫妇的住处，急切间找不到合适的去处，瞿秋白忽然说：“只有一个地方可以去：鲁迅那里”[④]，之后在夜幕掩护下到了鲁迅家。这次避难从 2 月 5 日左右开始一直持续了大约一个月。是年 6 月因江苏省委机关被敌人发觉，瞿秋白第三次到鲁迅家避难，9 月

---

① 茅盾：《我走过的道路：上》，人民文学出版社 1997 年版，第 503 页。

② 钱云锦：《忆谢旦如掩护党的秘密工作的片断》，《党史资料丛刊：第 3 辑》，上海人民出版社 1983 年版，第 65—66 页。

③ 冯雪峰：《一九二八至一九三六年的鲁迅　冯雪峰回忆鲁迅全编》，上海文化出版社 2009 年版，第 137 页。

④ 马蹄疾：《瞿秋白四次到鲁迅家避难史实考》，《辽宁大学学报》1986 年第 1 期。

份又第四次到鲁迅家里避难。鲁迅是于1933年4月11日从北四川路底的公寓迁往大陆新村的，14日茅盾前去祝贺乔迁之喜，鲁迅得知茅盾也有搬家的念头，便建议他也搬到大陆新村，由于此时茅盾刚好收到《子夜》一笔可观的版税，加上其他书的版税和稿费，经济上负担得起，加之也想同鲁迅住得近些遇事方便商量，所以决定搬去，其租住房子的前门同鲁迅住的房子后门正好相对，茅盾在此一住就是两年多。但瞿秋白最后两次避难都是到鲁迅家，而却再未到过与鲁迅比邻而居的茅盾家，由此可以推知在此之前瞿秋白和茅盾的关系相比左联初期已经有些冷淡。此外，同样是提出入党申请，丁玲在1932年"一·二八"事变后向时任文委书记阳翰笙提出入党请求，不久就在南京路大三元饭店举行了入党仪式，"瞿秋白代表中宣部来主持"①，同时宣誓的还有田汉、叶以群和刘风斯等人。而反观茅盾，虽然他前后两度出任过左联行政书记，但其入党申请却一直未被批准。

其次，在文艺大众化问题上茅盾与瞿秋白之间爆发了激烈的对立冲突。在与瞿秋白共同合作不到半年，茅盾便于1931年10月以专心写作《子夜》为由向冯雪峰提出请求想要辞去左联行政书记一职，未获批准，但可以给茅盾放长假。因此茅盾参与了左联11月决议的拟定，并对决议进行了最后的润色，同时1931年左联的年度总结也是由他来写，基本上照抄了11月决议的内容。既是如此，茅盾对决议中所强调指出的为完成当前迫切的任务中国无产阶级革命文学必须确定新的路线，"首先第一个重大的问题，就是文学的大众化"② 等论点自然是了然于胸的。然而到了1932年第二次文艺大众化讨论时，茅盾却一反常态，开始撰文针锋相对地反对瞿秋白提出的关于文艺大众化的主要论点，毫不含糊地表明了自己的态度，从而将他与瞿秋白等人之间的观念分歧公开化。深究其实，我们发现1932年第二次文

① 丁玲：《关于左联的片断回忆》，《新文学史料》1980年第1期。

② 中国左翼作家联盟执行委员会：《中国无产阶级革命文学的新任务》，《文学导报》1931年第8期。

艺大众化讨论时茅盾与瞿秋白之间的激烈论争并非标志着两人观念分歧的开始，而是此前逐渐累积起来的矛盾的外显和放大。

二

左联自成立伊始便十分重视文艺大众化，不仅成立了文艺大众化研究会，还出版有《大众文艺》半月刊，1930 年春《大众文艺》编辑部组织召开了一次文艺大众化座谈会。茅盾对此却并不热心，既没参加座谈会，也没公开发表文章，但这并非意味着他没有认真思考过文艺大众化问题，在私人信件中他曾明确表露过自己的看法。茅盾在回忆文章中说过："一九三二年的讨论是瞿秋白引起的"①，然而事实上瞿秋白之所以挑起第二次文艺大众化讨论却与他有着直接的关系。

早在 1931 年春，瞿秋白在《致迪兄（一）》《致迪兄（二）》《致新兄》和《致伯新兄》四封信②中已经谈及 1932 年第二次文艺大众化时所公开讨论的诸多话题，而写这些信的起因正在于迪兄将茅盾论及文艺大众化问题的私人信件转寄给了瞿秋白。

瞿秋白在给友人迪兄的第一封信中认为茅盾的意见虽然很有趣，但将用什么话写和用什么话讲的问题混缠到一起却造成了意料之中的误会。在致迪兄的第二封信中瞿秋白又特意指出茅盾认为中国没有普通话的说法是不成立的。而这些恰恰是瞿秋白和茅盾在第二次文艺大众化讨论中论争的焦点所在，由此足以说明早在第二次文艺大众化讨论开展之前双方的观点分歧已经存在，只不过日后方才形成正式论争

---

① 茅盾：《我走过的道路：上》，人民文学出版社 1997 年版，第 545 页。

② 这四封信都收录在《瞿秋白文集》文学编第 3 卷中，所标注的时间均为"约写于一九三一年春"。起初笔者也怀疑这四封信的时间标注有误，似乎应该为"一九三二年"也即第二次文艺大众化讨论期间。但由于茅盾在整个文艺大众化讨论中只在 1932 年 7 月公开发表过《问题中的大众文艺》这一篇长文，这四封信中所提到的茅盾的诸多观点并未在该文中出现过，由此可以判定这四封信并非因茅盾公开发表的这篇文章所引发的，况且瞿秋白在《致迪兄（一）》中已经点明是迪兄把茅盾的信转寄给了他。但由于《茅盾全集》中并未收入 1931 年间的信件，因而对于茅盾所写信件的具体内容尚有待查证。

文字。在给迪兄的第二封信中瞿秋白毫不客气地指出宣传和提倡彻底完成文学革命的任务需要各方面的努力，却“不料茅盾会误会到那种地步”，他还专门强调“‘用什么话写’的问题——答案是用现代的普通话写”①。

透过以上信件内容不难见出瞿秋白之所以挑起第二次文艺大众化讨论与茅盾是有着直接关联的，也正因此两人关于文艺大众化问题的论争绝非偶然，而是有其必然性的。

瞿秋白在给新兄的信中点明了问题的根结所在：“你说茅盾的立场很奇怪，这是不错的”②，这也就意味着茅盾的立场问题才是瞿秋白所要重点批驳的，观点分歧还在其次。此外，瞿秋白在给伯新兄的信中开头即提到“你说，茅盾不应该把‘为主义而牺牲’那样的句子也当作文言——当作‘骡子话’。这当然是茅盾的误会。其实这是老问题——十三四年以前的问题。‘五四’之前，最初提倡白话文的时候，不是就有人说过这样的话的吗？”③ 在此信中瞿秋白还特别点出在茅盾看来“仿佛凡是‘下等社会’的人现在所不说的一些字眼和句法，就都不是白话，而都是文言；凡是白话文之中掺杂了这些字眼和句法，就都是半文不白的骡子话。茅盾自己对于真正白话和骡子话的区别，是这样的观念。他却把自己的这种观念当作我们的，然后，再来反驳我们的主张”④，显然此时瞿秋白已将茅盾排除在“我们”（左联）之列。为此，瞿秋白还特地于 1931 年 5 月 30 日撰写了长文《鬼门关以外的战争》予以批驳，号召要进行“第三次文学革命”。1931 年 10 月 25 日瞿秋白又写就《普洛大众文艺的现实问题》

① 瞿秋白：《致迪兄（二）》，《瞿秋白文集文学编：第 3 卷》，人民文学出版社 1989 年版，第 332 页。

② 瞿秋白：《致新兄》，《瞿秋白文集文学编：第 3 卷》，人民文学出版社 1989 年版，第 338 页。

③ 瞿秋白：《致伯新兄》，《瞿秋白文集文学编：第 3 卷》，人民文学出版社 1989 年版，第 341 页。

④ 瞿秋白：《致伯新兄》，《瞿秋白文集文学编：第 3 卷》，人民文学出版社 1989 年版，第 341 页。

一文，正式拉开第二次文艺大众化讨论的帷幕。而就在 1931 年 10 月 25 日也即瞿文写成的当天，冯雪峰拟出《秘书处通告》并在左联机关刊物《文学导报》上公开发表。通告强调指出：“‘大众文艺’及‘文学大众化’问题为联盟目前十分注意的工作。秘书处要求各同志除在小组开会时讨论外，亦务必提出书面的意见，论文式，通讯式，杂感式，均无不可。此项意见，除交大众文学委员会参考外，亦将择要在本联盟机关报上刊布。”① 显然瞿秋白在发起第二次文艺大众化讨论前与冯雪峰等人商议过，但茅盾对此却并不知情。

在第二次文艺大众化讨论展开之后，起初茅盾并不公开发表意见，据他本人所述：“瞿秋白的《论文学的大众化》在创刊号上刊登之后，大概《文学月报》的编者认为他所提出的问题很重要而又很复杂，所以就约请许多人来参加讨论。我在主编的再三约请下，就写了一篇与秋白探讨的文章《问题中的大众文艺》，用‘止敬’的笔名，登在《文学月报》第二期上”②。茅盾不仅在该文中谈起创作的缘由，同时也表明了自己有意坚持己见的态度，“如果做‘应声虫’或是‘注释家’，换汤不换药地也来那么几句，未免糟蹋纸张，哄骗读者。既然推托不开编辑先生的要求，我一定得提出些不同的意见来让大家参考”③。由此可见，茅盾本不愿卷入论争中，但却无法置身事外。然而，如何去写，毕竟是由茅盾本人来决定的，说到底他还是有着表达己见的强烈愿望。而此时的茅盾并不愿意曲意迎合瞿秋白对于文艺大众化的意见，这与他在瞿秋白授意下撰写批判“五四”的两篇文章时的情形正好相反，此种态度上的急剧转变是有其深意的。

瞿秋白在给新兄的信中说过：“我们和茅盾的不同，不在于他主张要采取文言的字眼，而我们主张不要。不是的。分别是在于他只主张简单的采用文言，而我们主张要采用口头上说得出来的文

① 冯雪峰：《秘书处通告》，《文学导报》(6—7)。

② 茅盾：《我走过的道路：上》，人民文学出版社 1997 年版，第 546 页。

③ 止敬（茅盾）：《问题中的大众文艺》，《文艺大众化问题讨论资料》，上海文艺出版社 1987 年版，第 109—110 页。

言，就是要把文言变成白话。”[①] 这段话所表明的具体论点的分歧尚在其次，真正值得我们特别注意的倒是此处所说的“我们”，茅盾显然是被排除在外的，由此也可以印证瞿秋白挑起论争就是为了批评茅盾个人的“错误”观点，从而为“无产阶级的‘五四’”张目。这也就难怪瞿秋白与茅盾的论争发生之后，其他左联中人陆续写的文章“多半是赞成或补充秋白的论点的”[②]。原本就不愿过度卷入论争中的茅盾也自感势单力薄、孤掌难鸣，便没有再继续参加讨论。实际上在整个 30 年代，茅盾也只公开发表了《问题中的大众文艺》这一篇有关文艺大众化问题的长文，其余还有三四篇短文。但值得注意的是，茅盾《问题中的大众文艺》一文正如其题名所表示的那样是有意要将文艺大众化问题化，而“止敬”这一笔名就其字面意义而言也有着“停止尊敬”之意，因而在某种程度上这篇文章可以视为茅盾在文艺观点上自觉摆脱瞿秋白的影响而回归自我的开端。

总体而言，茅盾与瞿秋白在文艺大众化问题上的观点分歧主要集中在以下三个方面。

首先，关于对“五四”式白话的价值评定。瞿秋白对于大众文艺的语言问题极为重视，他认为“大众文艺应当用什么话来写，虽然不是最重要的问题，却是一切问题的先决问题”[③]。在他看来，“五四”式的白话是中国文言文、欧洲文法以及日本文法的混合体，是非驴非马的“新文言”，是新式士大夫的专利，普通劳动大众是读不出和听不懂的。他所推崇的是旧小说的白话，认为这是从民众口头文学演变而来的，虽然不是现代中国人所说的口头话，但却始终能够为劳动大众读得出听得懂，由此他得出结论旧小说的白话是比较接近群众的，只不过为反动的大众文艺利用罢了。对此茅盾是难以认同的。

---

① 瞿秋白：《致新兄》，《瞿秋白文集文学编：第 3 卷》，人民文学出版社 1989 年版，第 338 页。

② 茅盾：《我走过的道路：上》，人民文学出版社 1997 年版，第 564 页。

③ 宋阳（瞿秋白）：《大众文艺的问题》，《文艺大众化问题讨论资料》，上海文艺出版社 1987 年版，第 57 页。

第一，他认为读得懂旧小说的白话的仍然不过是测字先生之流的少数群众，而不是那些大字不识一个的一般群众所能掌握的。第二，听得懂的也只是那些受过特殊“说书场教育”的群众而非一般群众。反过来看，接受新式教育专读所谓“新文言”的白话小学教材的小学生很难懂得旧小说的白话，却可以勉强听懂《儿童世界》和《小朋友》等刊物中的“新文言”作品，甚至还能够读懂叶圣陶的童话小说《稻草人》。因而他认为“五四”以后的白话并不像瞿秋白所说的那样不可救药、罪孽深重，认为“宋阳先生挑取了最极端的‘文言’以骂倒全体，不能使人心服”①。

其次，技术和文字两者的主次问题。茅盾敏锐地注意到瞿秋白无论是宣布“新文言”的死刑还是认为旧小说的白话对于普通大众的魔力要远远大于“五四”“新文言”，其立论的落脚点都在于“文字本身”，但他认为此种文字决定一切的言说倾向很容易引起人们的误解，从而使人们误认为只要能为普通大众听得懂的就是大众文艺。他认为大众文艺在读得出听得懂之外还必须能够让读者感动。

茅盾还以《水浒传》为例来说明技术较之文字的重要性，指出大众之所以爱好《水浒传》中的武松和鲁智深等人物并非单纯因为他们看得懂听得懂，其根本原因在于作者能够透过这两人的动作来写出他们各自的性格，而反过来使用普通大众可读可听的“新文言”创作而成的大众文艺之所以不能被大众所喜闻乐见其根本原因就在于“不从动作上表现，而只用抽象的说述”，其结果是“缺乏了文艺作品必不能缺的感动人的力量”②，只能为少数人理智地去读，因而“不能单把作为工具的‘文字本身’开刀了事”③。总之，茅盾认为

---

① 止敬（茅盾）：《问题中的大众文艺》，《文艺大众化问题讨论资料》，上海文艺出版社 1987 年版，第 118 页。

② 止敬（茅盾）：《问题中的大众文艺》，《文艺大众化问题讨论资料》，上海文艺出版社 1987 年版，第 111 页。

③ 止敬（茅盾）：《问题中的大众文艺》，《文艺大众化问题讨论资料》，上海文艺出版社 1987 年版，第 113 页。

旧小说之所以能够更加接近大众并“不在‘文字本身’”[①]，而这恰恰是瞿秋白最为看重的。由此茅盾得出结论，几年来“新文言”的革命文艺之所以没能跑进大众堆里去，其根本原因在于没能像杰出的旧小说那样解决技术上的问题，而“新文言”本身却“不能独负其罪”[②]，他倡导左翼作家“应当在‘文字本身’以外搜讨旧小说比之‘新文艺’更能接近大众的原因。这原因并不全在旧小说的文字易叫大众上口”[③]。与此同时，茅盾还就文学的形式问题作了具体分析：“大众的文化水准较低的，他们没有知识分子那样敏感，他们的联想作用也没有知识分子那样发达。他们不耐烦抽象的叙谈和描写，他们要求明快的动作。……一篇大众文艺的故事应得有切切实实的人名地名以及环境。听去好象明明是想象出来的故事，大众不要听。”[④] 茅盾借此深化了他对大众文艺技术层面的认识。总之，茅盾对于文学的本质属性和审美价值的重视是一以贯之的，他在总结革命文学作品不受欢迎的原因时就曾说过：“有革命热情而忽略于文艺的本质，或把文艺也视为宣传工具——狭义的”[⑤]，因而可以说茅盾对于大众文艺技术层面的重视正是延续以往观点的具体表现。

再次，关于“现代中国普通话”是否成立和如何建立的问题。瞿秋白认为在无产阶级“五方杂处”的大城市和工厂里面正在每天都创造着现代中国普通话，因此“统一言语的任务必落到无产阶级身上”，终有一日“无产阶级自己的话将要领导和接受一般智识分子到现在口头上的俗话——从普通的日常谈话到政治演讲，——使它形

---

① 止敬（茅盾）：《问题中的大众文艺》，《文艺大众化问题讨论资料》，上海文艺出版社 1987 年版，第 112 页。

② 止敬（茅盾）：《问题中的大众文艺》，《文艺大众化问题讨论资料》，上海文艺出版社 1987 年版，第 113 页。

③ 止敬（茅盾）：《问题中的大众文艺》，《文艺大众化问题讨论资料》，上海文艺出版社 1987 年版，第 112 页。

④ 止敬（茅盾）：《问题中的大众文艺》，《文艺大众化问题讨论资料》，上海文艺出版社 1987 年版，第 113 页。

⑤ 茅盾：《从牯岭到东京》，《茅盾全集》（第 19 卷），人民文学出版社 1991 年版，第 188 页。

成现代的中国普通话”[1]。由此可见，瞿秋白是从政治角度来提倡和看待现代中国普通话的，在其背后有着明晰的意识形态内涵。而茅盾却是从人员流动和语言交流的现实角度来探讨现代中国普通话问题的，为此他提出了一个极为现实的问题，“此种新兴阶级的‘普通话’是北方话的色彩浓厚呢？还是南方话的色彩浓厚？”[2] 根据茅盾自己所做的调查仅上海就存在着三种“普通话”，依“势力”大小分别以“上海土白”“江北话”和“北方音”为基本构成，而在其他大城市也有着类似情形，因而即使某一地有新兴阶级的“普通话”，在全国范围内却没有。由此茅盾得出结论：“在目前，我以为到底还不能不用通行的‘白话’——宋阳先生所谓‘新文言’”[3]，他认为从事创作的人只要多下功夫，尽力肃清欧化和日本化的句法以及一些抽象的不常用于口头上的名词和文言里的形容词、动词，或者还不至于读出来听不懂。

瞿秋白在《再论大众文艺答止敬》一文中对茅盾列出的观点逐一做了批驳，但此后茅盾并没有进行过任何公开回应。据茅盾自己解释这是由于他发现他和瞿秋白对于大众文艺概念及文艺作品艺术性的理解有所不同，因而没有继续争论下去的必要，由此问题被搁置起来。

三

表面看来，茅盾与瞿秋白有关文艺大众化问题的争论主要集中在对“五四”文学语言的评价以及要想实现文艺大众化“技术”和“文字”谁为主次等具体问题上，但究其实质却与两人所持的言说立

---

① 史铁儿（瞿秋白）：《普洛大众文艺的现实问题》，《文艺大众化问题讨论资料》，上海文艺出版社 1987 年版，第 40—41 页。

② 止敬（茅盾）：《问题中的大众文艺》，《文艺大众化问题讨论资料》，上海文艺出版社 1987 年版，第 114 页。

③ 止敬（茅盾）：《问题中的大众文艺》，《文艺大众化问题讨论资料》，上海文艺出版社 1987 年版，第 118 页。

场的不同以及对“五四”的总体评价和价值定位等观念分歧有关。

瞿秋白虽然被排挤出党中央领导层，但他对革命矢志不渝，因而主要是从政治家的角度来看待文艺大众化问题的，其落脚点在“大众”，至于文艺本身却并无独立的价值和意义，而只是被看作无产阶级“总的政治斗争的一部分”①。在他看来，文学只能服从和服务于无产阶级革命事业的总体需要，因此在广大群众缺乏文化知识甚至不识字的前提下唯有彻底扫除文字障碍，以大城市工人群体中通行的现代普通话作为语言基础方才能够实现文艺大众化。此外，瞿秋白对于“五四”的批判和清理确然有着政治意识形态方面的考量。在作于1931年6月10日的《学阀万岁！》一文中，瞿秋白就特意从政治角度批评了以陈独秀为代表的“五四”新文化运动开创者们的机会主义倾向，并由此判定陈独秀所提出的文学上的三大主义一步步演变为“非驴非马”的文学，显然他是要借此一并清除和批判陈独秀机会主义的政治主张。左联时期瞿秋白为纠正左联的极左倾向，使其摆脱“左”的桎梏的确做出了很大的贡献，但他自身也有着一定程度的极左思想残余，比如他认为中国革命可以通过与世界革命交流直达社会主义，同时他提倡无产阶级文学革命的同时在对资产阶级和小资产阶级出身的作家又采取了排斥的态度，而这很容易让茅盾联想起革命文学论争时期遭受太阳社、创造社共同打击的情形。总之，瞿秋白非但没有刻意隐瞒自己倡导大众文艺的政治倾向性，反而是大张旗鼓地予以揭示的，他曾直白地说过创造革命的大众文艺问题是“要来一个无产阶级领导之下的文艺复兴运动，无产阶级领导之下的文化革命和文学革命”②，由此可见瞿秋白有意要将文艺问题引申为政治问题。

此时已经脱党的茅盾在数次提出重回党组织的请求遭到拒绝后已经对于政治有些心灰意冷，他更多的是从文学家的角度来思考文艺大众化问题的，其落脚点在“文艺”，关注的焦点在于大众文艺的文学

① 瞿秋白：《欧化文艺》，《文艺大众化问题讨论资料》，上海文艺出版社1987年版，第106页。

② 宋阳（瞿秋白）：《再论大众文艺答止敬》，《文艺大众化问题讨论资料》，上海文艺出版社1987年版，第55页。

属性和审美价值。因此，茅盾并不赞同瞿秋白降低语言文字的“门槛”的主张，而是想着如何通过提高创作技术吸引着大众走进文学殿堂。茅盾更为看重的是在文艺大众化讨论中所提出的观点究竟有多大现实可行性的问题，而瞿秋白等人却是主要从政治层面强调文艺大众化的重要性，指向的是文艺的阶级性和政治功能。不可否认的是，茅盾确然从现实可行性方面解构和否弃了瞿秋白关于文艺大众化的诸多观点，但却并未能一开始就明晰地意识到瞿秋白之所以发动第二次文艺大众化讨论的根本目的和内在动因，直到展开激烈的论争之后他才逐渐意识到瞿秋白的立论的真实目的，而一旦意识到此，他便迅速停止了争论。其实也不仅仅是文艺大众化讨论，整个左联时期茅盾一直都对论争尤其是左联内部的论争保持着警惕的态度，尽量不卷入其中。他在《问题中的大众文艺》一文中就有意缩小了讨论的范围，将论点集中于文艺大众化的语言和技术层面，而刻意回避其政治功能。瞿秋白也意识到了这一点，在《再论大众文艺答止敬》一文中他就曾指出过茅盾“提出问题的方法和我完全不同，范围要小得多，因此，实际上取消了大众文艺的广大运动，而只剩得大众文艺的描写方法问题……可是，单纯的文艺技术问题，却代替不了大众文艺运动的全部。这是我和止敬先生之间的原则上的不同意见的第一部分”①。

1932 年左联除了集中力量展开第二次文艺大众化讨论之外，还将斗争锋芒直指坚持文艺创作自由的“自由人”和“第三种人”，但身为左联重要人物的茅盾除了短暂涉入前者的争论之外并未对后者公开发表过任何批评意见。事实上茅盾对于“自由人”和“第三种人”是颇为同情的，他认为这次论争同 1928 年的革命文学论争颇为相似，甚至以为这是 1928 年论争的继续，在私下里他还曾与“第三种人”杜衡交换过意见，明确表明自己不愿意涉入对他们的批判论争。茅盾虽然未公开表露过自己对“自由人”和“第三种人”的观点和看法，但私下里他也曾向夏衍表明过自己的态度，认为“排斥小资产阶级

① 宋阳（瞿秋白）：《再论大众文艺答止敬》，《文艺大众化问题讨论资料》，上海文艺出版社 1987 年版，第 123—124 页。

作家，‘左联’就不能发展，批‘第三种人’的调子，和过去批我的《从牯岭到东京》差不多”①。其实，反过来说，不公开表明态度本身就是一种态度，在鲁迅、瞿秋白、冯雪峰、周扬甚至包括张闻天在内都纷纷著文发表批评意见的热闹情景下，茅盾的沉默本身就是一种无言的抗争，在当时即引起左联同人的非议。

其实，“五四”新文学运动的斗争目的就是把文学从少数士大夫手中解放出来，从而使得文学能够反映大众的要求，为广大普通民众服务，但由于其领导阶级主要是资产阶级和小资产阶级知识分子，并未能真正代表和反映底层大众的呼声。因而，在1928年革命文学兴起之后，革命文论家就开始呼吁文艺大众化，“以后革命文艺是应该推广到工农群众去，……应该反映工农的意识”②，具体而言，则是“要使我们的媒质接近农工大众的用语，我们要以农工大众为我们的对象”③。林伯修在《1929年急待解决的几个关于文艺的问题》一文中更是明确提出普罗文学的大众化“是普罗文学底实践性底必然的要求”④。因此，左联成立之后即将文艺大众化摆上了工作日程，瞿秋白和左联中冯雪峰、钱杏邨等人无一例外的都是从政治角度来看待文艺大众化问题的，他们想要实现的是文艺大众化所附带的政治目的，对此瞿秋白曾明确说过：“普洛大众文艺的斗争任务，是要在思想上武装群众，意识上无产阶级化，要开始一个极广大的反对青天白日主义的斗争”⑤，这与茅盾从文学角度理解文艺大众化自然是难以协调统一的。前文说过瞿秋白信中的“我们”并不包括茅盾在内，事实上此时茅盾已经被视为左联阵营中的异己者，而在当时特定的政

---

① 夏衍：《懒寻旧梦录》，生活·读书·新知三联书店2000年版，第142页。

② 克兴（傅克兴）：《小资产阶级文艺理论之谬误：评茅盾君底〈从牯岭到东京〉》，《创造月刊》1928年第5期。

③ 成仿吾：《从文学革命到革命文学》，《创造月刊》1927年第9期。

④ 林伯修：《1929年急待解决的几个关于文艺的问题》，《海风周报》1929年第12期。

⑤ 史铁儿（瞿秋白）：《普洛大众文艺的现实问题》，《文艺大众化问题讨论资料》，上海文艺出版社1987年版，第46—47页。

治文化氛围中，“艺术歧见也常常被笼统地判定为政治歧见”①，因而茅盾自然而然地被列为抨击的对象，最终身不由己地陷入论争的旋涡中。

由于第二次文艺大众化论争的主要倡导者瞿秋白有意要将论争引向政治层面，强调“只有无产阶级，才是真正能够继续伟大的‘五四’精神的社会力量”②，同时由于始终未能彻底摆脱“左”倾路线的影响，偏重于从组织上解决文艺大众化问题，比如不切实际地模仿苏联开展工农通信员运动等，想要从工农大众中造就出一大批文艺战士，并不重视小资产阶级出身的即成作家的作用，歧视和排斥所谓“同路人”作家，由此最终导致文艺大众化讨论“所花的气力与所收的效果很不相称”③。

瞿秋白在《大众文艺的问题》一文中以激进的姿态号召左翼作家创作革命的大众文艺，而其基本理路则是首先要全盘推倒“五四”白话文，之后在清场的废墟上再建构起“革命的大众文艺”的殿堂，茅盾《问题中的大众文艺》一文却对此发起了阻击。深究其实，瞿秋白并非像茅盾所认为的那样他“自己也未尝不觉得‘五四’以后十二年间的新文学不应估价太低，不过为了要给大众化这口号打出一条路来，就不惜矫枉过正”④，而是要彻底否弃“五四”文学革命所建立起来的新文学传统，以便为无产阶级文学的兴起另辟路径。如果茅盾当时真的认为瞿秋白只是为了矫枉过正，显然没有必要如此这般大动干戈地公开论争，因为该文“一以贯之的意图就是要维护‘五四’的欧化白话文，他实际上堵塞了瞿秋白所有关于语体文大众化的解决途径，然后指出自己的路径：在目前，我以为到底还不能不用

---

① ［韩］崔瑛祐：《左翼文学论争中的茅盾（1928—1937）》，博士学位论文，北京大学，2011年，第3页。

② 易嘉（瞿秋白）：《“五四”和新的文化革命》，《北斗》1932年第2期。

③ 茅盾：《回顾文艺大众化的讨论》，《文艺大众化问题讨论资料》，上海文艺出版社1987年版，第421—422页。

④ 茅盾：《瞿秋白在文学上的贡献》，《茅盾全集》（第23卷），人民文学出版社1996年版，第36页。

通行的‘白话’——宋阳先生所谓‘新文言’”[①]。表面看来茅盾撰文的态度是有些勉强和模糊的，但其观点却异常鲜明，与瞿秋白的观点恰恰是针锋相对的，从而有力地维护了“五四”白话文的现实地位以及历史价值。最终，虽然瞿秋白在《再论大众文艺答止敬》中也对茅盾的观点进行了反驳，但在对于“五四”的认识和评价上却做了重大的让步，开始转而指出：“总之，新的文学革命的纲领是要继续‘五四’的文学革命，而彻底的完成它的任务”[②]，这与他之前全面否弃“五四”文学革命的论调形成极大的反差。

然而，两年前茅盾在瞿秋白授意下撰写的《“五四”运动的检讨》和《关于“创作”》两文对于“五四”的论调却与瞿秋白几乎别无二致，但在两年之后的第二次文艺大众化讨论中茅盾却几乎完全否定了瞿秋白对于“五四”的批评观点，由此也印证了茅盾从文学观念和政治理念上对瞿秋白从迎合到疏离的转变过程。

（原刊《理论月刊》2018 年第 1 期）

---

① 止敬（茅盾）：《问题中的大众文艺》，《文艺大众化问题讨论资料》，上海文艺出版社 1987 年版，第 118 页。

② 宋阳（瞿秋白）：《再论大众文艺答止敬》，《文艺大众化问题讨论资料》，上海文艺出版社 1987 年版，第 134 页。

第三篇

著作推介

王嘉良著：《理性审视：20 世纪中国文化语境中的茅盾》

王嘉良著《理性审视：20 世纪中国文化语境中的茅盾》2019 年 4 月由商务印书馆出版，128 开，平装，376 页。对中国现代文学大家茅盾，人们向来都有很高评价，但自“重写文学史”以来，对茅盾的研究与评价却发生严重倾斜，于是就有对茅盾的种种误读，诸如作家评价的单一政治阐释、“纯文学标准”的评价错位、评论作家的单向思维模式等。由此看来，将作家置于 20 世纪中国复杂文化语境中进行分析，至关重要。透过对茅盾的历史审视，我们从这位文学大家的艺术选择中，看到了作为人文知识者的作家不可或缺的现实关怀和历史担当，折射出现实主义在中国有着最广阔的前景。

目录：

书评链接：

黯淡“显学”的卓见和新声——评王嘉良《理性审视：20 世纪中国文化语境中的茅盾》（作者王侃，《文艺报》2020 年 2 月 5 日第 003 版）

王嘉良先生是国内从事茅盾研究的最重要的专家之一。他 40 年来笔耕不辍，成果斐然，仅就茅盾研究就先后出版有《茅盾与 20 世纪中国文化》《艺术范型与审美品性——论茅盾的创作艺术与审美理论建构》《茅盾小说论》等多种专著，并有大量的相关论文刊出。而这 40 年，也恰恰是茅盾研究从极盛走向低迷的时期，虽在 20 世纪 80 年代初茅盾研究曾一度成为“显学”，但 90 年代以后，特别是 21 世纪以来，茅盾研究却逐渐淡出学界主流的视野，以至于一些研究者不禁担忧，茅盾研究是不是会就此不断衰落下去。在此情形之下，嘉良先生的研究就尤为值得注目。他最新出版的这部《理性审视：20 世纪中国文化语境中的茅盾》（商务印书馆，2019 年，下文简称《审视》），保持了作者严谨扎实的一贯行文风格，并以崭新的研究视角提出了茅盾研究的新话题，屡有卓见，颇多新声。这对处于低谷的茅盾研究而言，可谓意义巨大。这意义，可从以下方面加以评述。

《审视》把对茅盾个体的研究，上升并转移到了对中国现代作家特殊生态语境的研究和分析。长期以来，对茅盾的研究，“单打独斗”的现象普遍存在，过于将研究视野局限在茅盾个体，其结果是限制了研究的创新，从而导致很多研究文章只是做着翻来覆去炒冷饭的工作。茅盾研究如要取得进一步发展，就需以一种宽容和开放的态度超越单一化、单向度的研究视角，进而引发对某种“整体性”进行思考和探讨的学术追求。《审视》正是在这个层面上显示出了独特魅力。在这部论著中，嘉良先生凭借其深厚的学术素养，极大地拓宽了茅盾研究的格局与视野。论著一开始便在审视茅盾文学思想来源的同时，不断探索清末民初中国文化的结构体系，这为读者了解当时中国复杂的文化结构提供了可资参考的图景。在对茅盾充满“矛盾”的一生展开讨论时，《审视》从对茅盾个体的讨论与评价出发，不断审视现代作家所面临的整体文化生态语境。比如，政治与文学的关系，是茅盾研究最值得关注的话题之一，亦是 20 世纪中国文学最具现代特色的问题，《审视》在讨论时紧紧地抓住这一点，集中分析了茅盾在文学家、革命家、政治家三者身份之间的摇摆和不断转换，以及他在文学与政治的两端，不断缝合两者之间裂隙所做出的努力，透过这一努力，《审视》让读者充分感受到了当时富于使命感和责任感的作家所共同面临的困惑与迷惘。在对“文人从政”这一文学现象进行阐释时，作品不仅显示出了茅盾个体的丰赡性和多面性，还把这一文学现象追溯到梁启超时期，并与同样具有革命家和文学家双重身份的陈独秀、瞿秋白进行了对比讨论，使读者能够在更加广阔的历史图景中认识那段历史所特有的文化生态，进而更好地理解当时作家对政治的介入。

茅盾在时代风潮的影响下，文学家与政治家的暧昧身份，影响到其创作手法与人生选择。为了凸显意识形态诉求，茅盾的很多作品都呈现出了独特的艺术处理。对此，评论界长期以来争论不休，批评与指责之声从未间断。面对这一问题，嘉良先生抽丝剥茧，集中对争议的中心问题如茅盾作品中的现实主义问题、“模式化”问题及理性化问题展开讨论，通过大量的文本细读、分析对比，肯定了茅盾作品在这些层面所取得的艺术成就。对于茅盾作品中现实主义写作手法的运用，嘉良先生力排众议，分析了茅盾对现实主义选择的必然性和其产生的卓殊的艺术效果。论著把自然主义、现实主义及新写实主义等一系列概念做了细致的区分和解读，并以此为基础，解析了茅盾如何由自然主义逐渐转向到现实主义，及在转变发生后，他依旧充分借鉴自然主义的长处，充实自己现实主义文学创作的精神脉络。最终令人信服地指出：“茅盾钟情自然主义，并不是在于自然主义思潮本身，而是在于汲取自然主义的某些表现特点，以弥补我国写实主义文学的不足，根本精神是在丰富、充实现实主义。”（220 页）尤其应该指出的是，此书的一个难能可贵之处在于，嘉良先生并没有不当，而是在充分肯定茅盾使用现实主义艺术手法所具有的文学史意义的同时，也指出了这其中暗藏的危机，嘉良先生认为，正是由于茅盾对现实主义的过分强调，导致了他对其他艺术手法的有意排斥，从而限制了他艺术上的进一步发展。

茅盾作品中所具有的“创作模式”，亦是评论界争论的焦点问题，如蓝棣之就认为《子夜》是“一份高级形式的社会文件，因而是一次不足为训的文学尝试”（《一份高级形式的社会文件——重评〈子夜〉》，《上海文论》1989.3）。对此，《审视》从茅盾所处的特定文化语境入手，尽量避免用“模式化”的思维展开对此种“创作模式”的讨论。论著充分注意到了这一“模式”背后所承载的丰富复杂的艺术内涵，并最终从“文学史意义”的层面对茅盾的“创作模式”给出了相对公允的评价，认为“创作模式”是“作家创作用力最多，最深的部位，创作中积淀了其甚深的艺术体验，也适应了特定历史文化语境中的艺术需求，显出历史合理性和现实契合性”。（254页）此外，还有茅盾作品中常被究诘的“理性化”问题。“理性化”常被看作艺术的“相克”之物。对于茅盾作品中鲜明的“理性化”特征，《审视》通过大量的文本分析证明了茅盾在具体的创作中，对“理性化”与艺术“相克”一面的防范。如作者通过对茅盾笔下大量丰富饱满的人物形象进行解析，及对茅盾调用多种艺术手腕来克服理性制约的讨论，有力地说明了茅盾对于艺术性的遵守，并进一步指出，茅盾文学作品中的理性其实是与情感与灵性相交融的，只不过茅盾采用的是独特的情感的内在渗透手法来处理“诗情观念”与理性化叙事之间的关系。王嘉良对茅盾文学中政治意识形态遮蔽下的艺术成就所做的重新挖掘和整理，对我们审视其他革命作家的艺术成就无疑具有重要的借鉴意义。

在史料的采信和使用上，《审视》亦颇多可圈可点之处。当前不少研究文章对茅盾史料的使用，还只是拘泥于茅盾个人得失恩怨等细节材料，而少有立足于现代社会语境层面上的理论阐述，正是在这个层面上，我们再一次看到了嘉良先生这部论著的重要价值所在。此书把对茅盾现存材料的考量，放置到了当时的时代大背景中，通过对具体社会语境的分析，重新考量茅盾部分史料是否失真以及该如何判定等问题。如茅盾的“脱党”事件一直是批评家们讨论的焦点，对此茅盾曾在晚年的回忆录中称这是由于两个不可抗拒的因素：一是突然患了腹泻，二是车路不通。对此，王嘉良并没有对历史材料亦步亦趋，而是把这段历史放置到具体时代语境中进行探析，作者通过对当时茅盾的人生轨迹和他当时创作的文学作品的分析，判断出茅盾在当时无法排遣的徘徊犹豫的心态，以及他在选择社会角色转换之时，所面临的左右失据的两难境地，从而佐证了余连祥在《逃墨馆主——茅盾传》中对茅盾“主动脱党”说的论断。为学界进一步厘清这一现代文学史上的重要问题做出了新的尝试。

此外，茅盾在病逝前曾上书中共中央，希望恢复其党员身份。对于这份材料，学界同样有来自各方面的声音，如有评价者就认为这不过是茅盾的故作姿态，是他为自己后世的声名在寻找政治资本。对此，作者本着尊重历史本身的原则，在考究了 20 世纪的文化语境和茅盾的复杂一生后，认为这是一个把革命作为自己毕生事业的文学家在人生最后时刻真实的心理流露，他这一举动是完全合乎其精神发展脉络的，因而是真诚的。这样的历史探讨，应该说是完全站得住脚的。此书在审视作家的原始材料时所拥有的历史视野，无疑是值得学人们借鉴的。

总体而言，对于茅盾及他背后藏着的时代，王嘉良始终保持着谦逊的对话姿态，这部专著不仅为我们还原了一个多声杂陈时代中真实的茅盾形象，也为我们打开了可以瞥见那段历史文化脉络的一扇窗。这部论著所提供、所发出的卓见和新声，无疑对推动茅盾文学研究的进一步深化具有重要意义。

阎浩岗著：《茅盾丁玲小说研究》

阎浩岗著《茅盾丁玲小说研究》2018 年 9 月由人民出版社出版，16 开本，平装，273 页。茅盾和丁玲是中国新文学史上具有开创性的作家，又曾是新中国文学的领军人物。他们的小说创作与五四精神及中国革命密不可分。本书以这两位地位特殊、经历独特的作家为研究对象，旨在探讨其如何处理革命与文学的关系，遵循政治要求与保持自身个性、忠于艺术理想的关系，从中发现值得汲取的经验和教训。本书上编是茅盾小说研究，主要内容有：

第一章　茅盾小说创作方法的非主流性

第二章　茅盾与沈从文小说创作方法之比较

第三章　茅盾小说创作方法的西方渊源

第四章　《虹》与《青春之歌》的互文性

第五章　茅盾与二三十年代中国乡村贫困叙事

第六章　茅盾与 20 世纪中国土地革命叙事

附：茅盾小说研究概况（1928—2017）

书评链接：

在学术创新中体现人文情怀——评阎浩岗著《茅盾丁玲小说研究》，[作者：陕西师范大学文学院袁盛勇，邱跃强，《延安大学学报》（社会科学版）2019 年第 4 期]

近年来，阎浩岗教授在现代中国小说研究领域用力甚勤，先后出版《中国现代小说史论》《“红色经典”的文学价值》《现当代小说论稿》等学术专著。现在，又出版了《茅盾丁玲小说研究》（人民出版社 2018 年 9 月）一书。该书是一部较为优秀的学术著作，其进一步推动了茅盾和丁玲小说研究的深入发展。茅盾和丁玲是现代中国文学史上的重要存在，由于作者在中国茅盾研究会和中国丁玲研究会都担任学术职务，对两位著名作家的关注较早，能持续了解相关学术研究成果和发展趋势。也正因如此，作者在研究中才会独辟蹊径，形成自己的学术特色，且在其自我学术特色的形成中有着较为自觉的学术创新与追求。

笔者认为，《茅盾丁玲小说研究》至少具有如下四个方面的特色。

第一，具有较为明确而实在的思考与论述角度。对于茅盾，作者从其小说创作方法出发，针对研究界认为茅盾小说创作方法与主流创作方法是一致的这种较为普遍的认识，作者通过细致而深入地分析与研究，表示并不认同，而是认为茅盾的小说创作方法与主流创作方法并不一致，存在诸多差异。为了论证自己的这一观点，作者对茅盾的创作方法探本溯源，既弄清它和主流创作方法之异同，又探究其创作方法的中外美学渊源。在此基础上，通过对茅盾作品的重新研读，作者发现茅盾小说与主流创作方法之间有同有异，但“异”尤其不可忽视，也正是“异”，才决定了茅盾小说的美学特性及其在中国现代小说史上无可替代的地位。丁玲思想和创作，既与五四新文化发生了深刻联系，更与中国革命和革命文化与文学密切关联，丁玲文学是左翼文学链条中的优秀一环，不可或缺，而丁玲更是一个具有丰富革命内涵和现代性文学价值的传奇存在。阎浩岗显然注意到了丁玲与中国革命的关系，并以此为出发点，较为系统地探讨了丁玲的小说。同时，作者也对丁玲小说的创作方法进行了分析。在这方面，丁玲小说与茅盾小说有着相似之处，他们都能坚守一定的独立创作追求。阎浩岗认为丁玲的早期作品，比如《阿毛姑娘》和《庆云里中的一间小房里》表现出一定的复调性或价值选择的两难，而这也是丁玲“革命”性格的一种表现。丁玲最后虽然成为“革命作家”，但五四时期的独特个性依然保持着，虽然在某些时候要略微减去它们的光芒，但这种个性却一直在丁玲的骨子里，不论时代如何变化，环境如何改变，这种渗透在骨子里的性格却是不变的，而这也恰是丁玲之所以为丁玲之所在。

第二，注意同时代作家作品的比较分析。在书中，阎浩岗在论述茅盾小说时，将其创作方法与沈从文的创作方法进行了比较。认为两者在创作态度、创作对象、创作过程等方面有着明显的差异：茅盾小说是“投身政治”，沈从文小说是“远离政治”；茅盾创作是“表现社会整体”，沈从文创作是“展示一角人生”；茅盾小说不无“主题先行”，沈从文小说是展现“情绪的体操”；茅盾创作忠于“具体感受的世界观”，沈从文创作是“坚持独立思考”。但是，不同路径也有可能产生不同的经典作品，阎浩岗从两人明显的差异中，看到了两人在忠于具体感受、坚持独立思考、尊重艺术规律方面的一致性。茅盾在一个革命大时代的动荡中，其实更加体会到了一些在革命旋流之中不断沉浮的历史内涵，在主流和非主流之间，不无犹疑和穿越；而沈从文在这方面，更加具有鲜明的艺术表达和人性考量。关于丁玲小说，此种比较也是非常明显。作者在下编第四章《丁玲的土改叙事与“无产阶级革命意识形态”》中，将丁玲长篇《太阳照在桑干河上》与周立波《暴风骤雨》进行了比较分析，指出两部小说之间存在的差异，是意识形态的差异，丁玲土改叙事中的“异端”成分，是和丁玲本身的个性、“革命”性格息息相关的。作者这样论述，可以看出茅盾和丁玲在文学史上的地位及其价值的形成，也可以看出一个时代文学更为丰厚的面影。

第三，在研究和书写过程中体现了一定的人文情怀。阎浩岗在该书上编第一章写道：“文学是人学，评价文学作品的首要标准应当是对于人性揭示的深刻程度及艺术形象本身的生动真实程度和作品艺术感染力的大小，而不是其他什么标准。”（第5—6页）这可以看作阎浩岗进行茅盾丁玲小说研究的主要关注点。正因如此，对于学术界公认的茅盾小说创作与主流创作方法是一致的观点，作者才能够提出新的观点，即“茅盾小说创作方法的非主流性”，茅盾的创作方法是与主流创作方法有差异的。这是因为，作者看到了茅盾作品中蕴含着个人的生命体验，看到了茅盾在不同时期、不同文本中，有着不同的思想情感基调，而这又与茅盾“本身的人格结构有关”。而对丁玲，阎浩岗看到了她身上所具有的独特个性，看到了丁玲对五四文学精神的继承，看到了丁玲对自己生命体验的忠实。阎浩岗在书中，每每为作家丁玲所具有的自我存在而击节叹赏，其实，丁玲文学的现代性和经典性的形成，一个重要原因正在此处。当然，丁玲对革命的向往和书写，其实已经成了她的信仰，成了其生命的一个重要构成。对此，阎浩岗在书中写道："丁玲那种为理想信念飞蛾扑火的精神，虽不必、也不可能人人做到，但它却值得尊敬。我们不应用世俗的日常理念衡量它。"（第 140 页）由此，我们也可以看出作者在字里行间所具有的人文情怀。

第四，具有一定思想性。《茅盾丁玲小说研究》一书，尽管是一部学术著作，但书中有一定思想性的语言表述，它们或是作者有感而发，或是作者就某一作品、某一文学现象的感想，而这些语言表述不仅体现了作者的思考与感想，而且也使读者有所思考和感触。例如，在上编第一章《茅盾小说创作方法的非主流性》中，作者在分析《动摇》主人公方罗兰对于革命暴力的矛盾心态时，认为也暗含有茅盾本人对于革命暴力的矛盾心理，指出"茅盾笔下的农民运动更像是一场闹剧，一场狂欢"，认为"革命可能在量变条件具备的前提下通过暴力手段完成质变，使社会发展出现飞跃，使社会利益得到一定平衡、社会结构实现新的稳定，但不可避免的流血也会使人与人之间的仇恨加深，使人心变得坚硬。"（第 7—8 页）这些论述就较为明确地体现了作者的思考：是革命，就必然有流血，它一方面促进着社会的进步；但另一方面，也会使人心变得坚硬，甚至麻木和残忍。这不仅是茅盾对革命的思考，也是阎浩岗在对茅盾作品深切了解和研读的基础上，所产生的感悟与思考。此外，在作者看来，"中国大陆文学界一直似乎有一种公论：凡是乐观的观点便是健康的、进步的，凡是悲观的观点便是消极的、落后的甚至反动的。"对此，作者认为"深刻的悲观远胜过廉价的乐观"（第 13 页）。这个认识在我们看来，也是较为准确而发人深思的。茅盾不少作品，如《虹》《路》《三人行》等表现的其实就是悲剧，但是它们仍然能给人以有益的精神导引。

综上所述，阎浩岗在书中对茅盾丁玲小说的研究，显然有着自己的学术追求和抱负，也确实在研究和书写中形成了自己的学术特色，体现了学术求真求新的本质。对于学术界一些有争议的问题，作者也能在论述中予以认真回应，富有学理性地表达自己的见解，这就与其他人的研究成果发生了一种对话关系，人们对茅盾和丁玲乃至现代中国文学的判断，也就会受到影响，发生某些积极变化。阎浩岗在茅盾和丁玲研究路途上，仍在不倦前行，不断取得新的研究成果，令人备受鼓舞。

钟桂松著：《茅盾：却忆清凉山下路》

钟桂松著《茅盾：却忆清凉山下路》2018 年 1 月由黄山书社出版，32 开本，精装，268 页。书中的内容，涉及茅盾人生道路的起起伏伏，也涉及茅盾一生交往的方方面面，如中华人民共和国成立后与巴金的交往，以及茅盾提携茹志鹃等。还有茅盾在延安、在桂林、在日本，都是有故事有内容有收获的地方，本书做了扎实的叙述和研究。另外，茅盾的家世研究以及一些鲜为人知的公案，鲜为人知的人和事，在此集中展示和介绍，让人们在阅读茅盾作品时，能够增长知识和拓宽视野。同时，本书让我们进一步了解茅盾先生的生活经历和文学创作，看到了他对文学青年的鼓励与提携。而这样的提携，让我们更加理解“茅盾文学奖”的初衷，这一奖项正是根据他的遗愿设立的。

目录：

第三辑
寻访茅盾祖父的史迹
1933 年：民国学者眼中的《子夜》
茅盾作品出版传播风波
茅盾研究史上一部不可忘却的书
一部被人遗忘的茅盾研究著作
新发现的茅盾在商务印书馆的两件史料
茅盾回忆录诞生记
第四辑
《延安四年》出版前后
一位不应遗忘的新文学作家
茅盾和他的儿女
关于茅盾和茅盾研究的几个问题
在茅盾研究的路上
因茅盾研究而结缘
后记

王志勤著：《跨学科视野下的茅盾翻译思想研究》

王志勤著《跨学科视野下的茅盾翻译思想研究》2019 年 9 月由四川大学出版社出版，16 开本，平装，317 页。本书基于翻译学学科理论和方法，通过社会学、文化研究和传播学的跨学科视角，综合采用历时研究与共时研究、定性研究与定量研究相结合的方法，纵向考察了茅盾翻译思想的发展变迁，横向聚焦了茅盾翻译思想与翻译实践的互动关系，深入探寻茅盾翻译思想形成发展的原因，反思探讨茅盾翻译思想对当下翻译研究的现实启示。这对中国传统译论向现代译论的转化、中西方译论的对话、翻译理论与实践的互动等都具有重要现实启示意义。

目录：

陈天助著：《文学语言与都市文化——以茅盾早期小说〈蚀〉为基点的考察》

陈天助著《文学语言与都市文化——以茅盾早期小说〈蚀〉为基点的考察》2019 年 4 月由世界图书出版广东有限公司出版，139 页。本书从文学语言底层出发，首先进入《蚀》三部曲所建构的都市文学世界，探寻作家如何选择与运用新白话语汇，如何运用语法与章法改变人们观察和思考方式，如何运用修辞功能和语言体式创造都市文化的多样性。随后，从文学语言本身转向文学语言与外部世界的联系，从读者阅读与接受、书刊出版及机制等层面，分析文学语言与都市文化的相互构成。最后，沿着《蚀》《虹》《子夜》的创作历程，思考茅盾等中国现代作家的语言实践对中国都市文化变迁的影响。本书从这样的视角审视，力图重新发现现代白话的创造能力，也希望对中国早期都市生成及其文化记忆，有一个新的认识。

中国茅盾研究会编，钱振纲主编：《茅盾研究·新世纪茅盾研究论文集》

本书系中国茅盾研究会会刊《茅盾研究》第14辑，由中国茅盾研究会编，钱振纲主编，华东师范大学出版社2018年10月出版，16开本，平装，272页。本书收录了中国茅盾研究会学者撰写的论文多篇，内容涉及茅盾创作综论、小说研究、文艺思想研究、生平与思想研究、编辑与出版研究等领域，充分展现了新世纪茅盾研究的学术成就，也反映出茅盾研究在广度、深度上进一步拓展的趋势。

目录：

走近真实的伟人茅盾

——读丁尔纲《茅盾评传》

读《二十世纪茅盾研究史》

——体认真实的茅盾光辉形象

“文苑踏青”的重要收获

——读翟德耀先生近作《茅盾论》

怀念逝者

查国华教授生平

孙中田先生生平

罗宗义教授生平事迹

陈开敏生平

去似朝云有觅处

——忆念陆文采先生

学者自传

丁尔纲自传

王建中小传

黄侯兴自述

中国茅盾研究会编，杨扬主编：《茅盾研究·纪念茅盾诞辰120周年论文集》

本书系中国茅盾研究会会刊《茅盾研究》第15辑，中国茅盾研究会编选，杨扬主编，由华东师范大学出版社2018年10月出版，16开本，平装，428页。由中国茅盾研究会、上海市作家协会、华东师范大学联合主办的“茅盾抵沪百周年纪念暨第十届茅盾研究会年会”在华东师大举行，本书辑录此次会议收到的重要论文。

本书旨在促进茅盾研究的深入开展和茅盾研究成果的及时交流，弘扬茅盾先生心怀天下、求真务实和为人生的文学创作精神，使茅盾研究服务于我国社会主义文化建设。

目录：

功利性与艺术性

——论茅盾《子夜》与穆时英《中国行进》的都市抒写

茅盾与上海文化：兼论作家在政治与文学之间的命运选择及其历史遗产

左联时期的茅盾与瞿秋白

——从迎合到疏离的心路历程及其根源解析

再谈茅盾在上海的若干事迹

追求民族的自由与解放

——茅盾与淞沪抗战的行与思

作品研究

《子夜》所描写的民族工业困境原因的经济视角考察

从汪蒋之争到“回答托派”：茅盾对《子夜》主题的改写

1930 年前后的中国经济背景与《子夜》的创作

当下都市语境中 1981 年版电影《子夜》再审视

——兼与小说《子夜》比较

试论茅盾对左翼文学的贡献

——以创作《子夜》、《徐志摩论》为例

游移的官商与盲动的农工

——《动摇》中的商民运动与工商冲突

茅盾《虹》简论

——“青年成长”与现代“诗史”

茅盾早期文学观、创作及其影响（1919—1929）

——兼论《读〈倪焕之〉》

多多头是一个“新农民”？

——由茅盾“农村三部曲”看“革命农民”及其他

论《水藻行》的自然风景与世态风情

地域与文化生态研究

茅盾与中国大西北的结缘

茅盾西北之行的偶然性和重要性

——从未收入《茅盾书信集》的一封佚信说起

茅盾评论云南文学青年作品
——纪念茅盾到上海百年
简论《文艺阵地》里的书广告
沈雁冰与1920年代的文学生态
——以编辑《小说月报》期间的文学行为为中心的考察
论作为《新青年》同人的茅盾
茅盾在抗战时期的编辑活动
如何继承与怎样超越
——对“茅盾传统”的当下思考
性别研究
女性书写：大革命的风流与绝响
生命体验的艺术书写
——《蚀》与《子夜》中的悲剧男性形象分析
对话性与现代性
——试论茅盾《野蔷薇》中的性别意识
茅盾与外国文学
茅盾译诗的症候式分析
茅盾与斯特林堡
——从《茅盾全集》的两条注释谈起
茅盾翻译研究的现状与展望
研究综述
“茅盾研究之研究”文章目录总汇
——关于茅盾研究论著的书评、书讯及序言汇编
关于茅盾研究论著的书评、书讯及序言汇编
新世纪以来茅盾研究资料索引（2000—2009）
新世纪以来茅盾研究综述（2010—2017）
会议报道
第十届全国茅盾学术研讨会会议综述
2017年中国茅盾研究会理事会在浙江传媒学院举行

任南南编：《茅盾文学奖研究资料》

任南南编选的《茅盾文学奖研究资料》2018年4月由百花洲文艺出版社出版。本书是程光炜主编《中国当代文学史资料丛书》中的一种，选取了茅盾文学奖研究方面的代表性论文数十篇，编者以“选家”的眼光把值得发掘和发现的文献史料呈献出来。书后附有更加详尽的研究资料索引以便读者参考。选择精当，视野开阔，展现了文学研究的丰富材料和历史信息，学术价值重大。

目录：

第八届茅盾文学奖：为什么是“50后”/孟繁华

不同寻常的第八届茅盾文学奖/胡平

从“茅盾文学奖”反思文学/张颐武

重审第八届“茅奖”及其争议——对网络浏览时代阅读问题的思考/郭宝亮

“明迎暗拒”——论茅盾文学奖对于网络文学的姿态/禹建湘

茅盾文学奖：当“史诗叙事”遭遇快速刷新的时代/王彦

各有所长各有缺憾——第九届茅盾文学奖评奖札记/刘川鄂

中国当代文学评奖的制度性之辨——关于茅盾文学奖、鲁迅文学奖之类“国家文学”评奖/吴俊

“茅奖”，你何时不再矛盾？——关于茅盾文学奖“无边的质疑”的深层探询/张丽军

关于茅盾文学奖的“评选标准”/任东华

中国文学的精神危机和茅盾文学奖的休克治疗/肖鹰

矛盾的权衡与象征的失落——茅盾文学奖评选的文化分析/陈舒劼

“获奖修订版”生成与当代主流文学话语的规范妥协机制——以《沉重的翅膀》和《白鹿原》的修订为例/吴秀明　章涛

文化身份与当代文学经典中“承认的政治”——以茅盾文学奖获奖者为例/朱晏

政治资本的弱化：新时期文学场初步建立的标志——以茅盾文学奖和“民间奖”的对立为视角的考察/范国英

茅盾文学奖获奖作品调查报告/唐韧　黎超然　吕欣

茅盾文学奖获奖作品接受状况调查/张学军

43部作品背后的茅盾文学奖/陈雪

茅盾文学奖与新时期文学出版/周根红

附录：茅盾文学奖研究资料索引

赵思运　蔺春华主编：《茅盾研究年鉴（2016—2017）》

赵思运、蔺春华主编的《茅盾研究年鉴（2016—2017）》，由中国社会科学出版社 2019 年 7 月出版，16 开本，平装，556 页。本书系浙江传媒学院茅盾研究中心与浙江省桐乡市文化和广电新闻出版局联合编撰的“茅盾研究丛书”之一。茅盾是新文化运动的先驱者、中国革命文艺的奠基人，也是中国现代有名的作家、学者、文化活动家以及社会活动家。本年鉴全面整理了 2016—2017 年间茅盾研究大事记、关于茅盾的重要研究论文、论著，以及期刊、报纸、学位论文的要目与摘要，为文史专家和文学爱好者提供了重要资料，以便更好地传承茅盾研究。其中重要论文及研究文章篇目如下：

杨扬：上海的文学经验——小说中的宏大叙事与日常生活叙事

赵学勇、高亚茹：茅盾“未完成”长篇小说探析

赵顺宏：文学史视野与茅盾的神话研究

阎浩岗：茅盾与 20 世纪中国土地革命叙事

李继凯、李国栋：茅盾与中国大西北的结缘

田丰：左联时期的茅盾与瞿秋白——从迎合到疏离的心路历程及其根源解析

葛飞：作为畅销书的《子夜》与 1930 年代的读者趣味

李宗刚、谢慧聪：传统文化在民国教育体制下的整合与提升——以茅盾早期作文与教师批语为例

罗维斯：精英的离散与困守——《霜叶红似二月花》的绅缙世界

高旭东：论茅盾理论倡导与小说创作的矛盾和张力

余连祥：商务印书馆的用人机制与茅盾的成名之路

尤其林、赵树勤：茅盾自然主义的创作实践与认同危机——以《子夜》为中心

钟海波：茅盾在抗日战争时期的文学编辑活动

周仁政：逻辑理性建构与茅盾《子夜》的革命叙事

蔺春华：论文本细读在茅盾文学批评中的重要地位——重读《中国现当代文学茅盾眉批本文库》

妥佳宁：从汪蒋之争到“回答托派”：茅盾对《子夜》主题的改写

赵丹：论《子夜》对1930年中国民族工业危机反映的真实性

朱献贞：多多头是一个“新农民”？

张雨晴：左翼文化界的尴尬遭遇——以开明版《茅盾选集》为例

赵思运：茅盾译诗的症候式分析

雷超：茅盾代理《时事新报》主笔史实及新发现的佚文考证

金传胜：茅盾佚文三篇考证及其他

陈杰：茅盾父亲沈永锡逝世年份的探究

夏春锦：木心与茅盾

宫立：从茅盾给丁景唐的一封信说起

钟桂松：新发现的有关茅盾的几则史料

裴亮：轨迹与方法：竹内好的茅盾论

曾嵘：茅盾文学在日本——以《子夜》对堀田善卫《历史》的影响为例

张岩：“命运女神”与“时代女性”的遇合——茅盾小说中女性形象塑造与北欧神话的关联性研究

吕周聚：论茅盾与美国左翼文学之关系

阿克萨娜·彼得罗夫娜·罗季奥诺娃：论茅盾对苏联儿童文学的兴趣

陆志国：茅盾的苏联战争文学译介——社会学分析与解读

杨华丽：茅盾与斯特林堡——从《茅盾全集》的两条注释谈起

第四篇

学术论衡

茅盾：《文艺报》的奠基者

黄发有

1949年5月4日创办的《文艺报》是第一次文代会的会刊，中华全国文学艺术工作者代表大会筹委会主办，同年7月28日停刊，共出版十三期。为了区别于9月25日出版的第一卷第一期《文艺报》，学术界把第一次文代会会刊称为“《文艺报》试刊”。有不少学者认为茅盾是《文艺报》试刊的主编，事实上《文艺报》试刊并没编者的署名。根据第一次文代会的档案材料，《文艺报》编委会由茅盾、胡风、厂民（严辰）三人组成，干事为董均伦、杨犁、侯民泽、钱小晦。胡风没有履职。茅盾确实为《文艺报》试刊付出了很多心血，实际上行使主编的职能，但没有明确主编的名分。他积极写稿，起草发刊词，题写报头。《文艺报》曾举办三次座谈会，前两次都是由茅盾担任会议主席。

在茅盾起草的《发刊词》中，编者将新的文艺组织和文艺制度的规划确定为紧要任务：“对于将来的新的全国性的文艺作家协会，它的任务，组织，工作方式，会员成分，等等，文艺工作的朋友们一定十分关心，而且有很多意见；我们希望朋友们把意见写出来，交给本刊发表。”茅盾为创刊号撰写了《一些零碎的感想》，对于全国文协的组织方式，启发性地提出了一系列问题：“将来的新文协除总会以外，各地是否将成立分会？总会既是综合性的，那么，各地的分会是否也是综合性的？这是一个问题。其次，有了综合性的总会与分会，是否也可以另有单一艺术部门的分立的组织，例如电影工作者、话剧、平剧、各地方剧、木刻、音乐，等等，是否也可以有它们各自的独立组织呢？或者，不取独立组织的形式，而在综合性的总会分会之内分立各部？”对于新文协的职能，茅盾提出了一个问题：“同业公会呢，还是文艺运动的指挥部?”茅盾循循善诱，这有利于意见的集中与明确，避免模糊与分散所造成的混乱。《文艺报》举办的三次座谈会更是以组织化的形式，听取文艺界尤其是国统区文艺工作者的看法，消除杂音，凝聚共识，为大会提供思想与舆论的准备，将文艺家的思想认识统一到全局性的决策部署上来。这三次座谈会的记录都刊发于《文艺报》试刊上，成为研究转折时期文艺界理论动态的重要史料。

在《文艺报》试刊的视野中，苏联模式是新文艺制度建设的重要参照系。第七期集束性地发表了郑振铎、葆荃和法捷耶夫介绍苏联文学制度的文章。《文艺报》对借鉴苏联文学制度的积极倡议，显然与茅盾的个人背景有关。1946 年 8 月，苏联对外文化协会邀请茅盾访问苏联，茅盾回国后积极推介苏联优秀的文学作品，高度评价苏联文学制度中的组织保障机制和政治运作模式，并撰写《访问苏联·迎接新中国》《谈“文艺自由”在苏联》等文章，积极推动将苏联元素融入新文艺体制的规划之中。《文艺报》试刊对于文艺组织和文艺制度的规划构想，以及在三次座谈会上对《文艺报》的性质和功能的讨论，为中华人民共和国成立后文学期刊的办刊模式勾勒出基本框架。在 5 月 22 日举办的第一次座谈会上，黄药眠提议：“我认为《文艺报》目前是筹委会的报纸，将来就应该是新文协的机关刊物。”《文艺报》试刊是当代文学史上机关刊物的历史起点，要清晰地描述出当代文学期刊的发展变化过程，无法回避《文艺报》试刊的奠基作用。在《人民文学》的《发刊词》中，茅盾认为机关刊物不仅要“善于组织来稿”，还要“把握我们的文艺工作的中心环节”，组织化的目标成为办刊的核心任务。在发表于《文艺报》第一卷第一期的《一致的要求和期望》中，茅盾再次强调应“加强文艺的组织工作”。由此可见，《文艺报》试刊与后来的《文艺报》《人民文学》，在办刊思想、组织机构等核心层面，都有一脉相承的连续性。《文艺报》试刊在当代文学发生和起源的历史脉络中，在当代文艺制度的建构过程中，都具有一种不容忽视的标本意义。

整体而言，坚持为工农兵服务的文艺路线，以统一思想为目标的除旧布新，这是《文艺报》试刊的中心任务。在《文艺报》试刊刊发的材料中，有关文艺评奖的信息特别值得注意。文艺评奖是大会筹委会确定的一项重要任务。为了对“近五六年”的文学艺术成就进行总结与表彰，文代会筹委会设立的专门委员会中有评选委员会、演出委员会和展览委员会，评选委员会下设小说（散文、报道）、诗歌、戏剧电影、音乐、美术 5 组。关于评奖的程序和制度设计，茅盾在《一些零碎的感想》中已有初步构想：“初选完成以后，评选委员会工作即告结束，那时候，就要另行组织一个委员会（姑名为评奖），从初选当选作品中再选取若干给奖。”茅盾在接受《华北文艺》的采访时，其介绍更为详尽：“筹委会现在正在着手进行一件重要的工作，就是把一九四四年以后全国的文艺作品，进行一次评奖。这件事在中国还是第一次，是一件很巨大很有意义的工作。”“至于评奖标准，原则上只有一句话：群众标准和专家标准结合起来。”茅盾设计的评选方法是两轮制评选，“这两道手续，第一次叫评选，第二次叫评奖”。受到各种因素的限制，文艺评奖并不顺利，除了美术组遴选出大会的展览作品，经过再次选拔后由大会宣传处出版《美术作品选集》，其余文艺门类的评选都不了了之。茅盾是这次评奖的评选委员会主任，为了实现多年以来的夙愿，他全力推动新时期初期全国性的文学评奖，并捐资设立茅盾文学奖。茅盾在由他担任评委会主任的 1978 年全国短篇小说评奖的颁奖会上，有这样的发言：“这次优秀短篇小说评奖活动，的确是空前的、过去没有做过的。”第一次文代会期间的文艺评选活动拉开了当代文艺评奖的序幕，其程序设计和评选标准成为新时期初期文学评奖的参照系，而茅盾则是串联这两个时期的重要的精神中介。

（原刊《文艺报》2019 年 9 月 9 日第 1 版）

接受途径、译介策略与文化价值倾向

——论茅盾对外国文学的选择与中国文学建构

宋炳辉　陈竞宇

摘　要　茅盾是集作家、理论家与翻译家于一身的中国新文学重要代表之一。他从1917年开始的外国文学译介实践对中外文学关系史和翻译文学史都产生了重要影响。他以译介开启一生的文学活动，翻译是其个人文学实践的重要一翼；他的翻译实践展现了其开阔的世界文学视野，极大丰富了新文学建设的外来资源；侧重俄苏文学和弱小民族文学译介，体现了鲜明的价值取向和本土文学建构策略。不过，茅盾的这些翻译活动都是通过其掌握的唯一外语，即英语而展开，英语中介既助力茅盾扩大世界文学视野，成为其大量译介外国文学的桥梁，也使他的译介带有英语世界的种种印迹，包括对象选择和语言表达，都不同程度地影响了茅盾译介活动的展开方式及其文化效果，因此也构成其译介实践的另一重要特点。

关键词　茅盾；外国文学译介；英语转译；文化选择

一　茅盾译介外国文学的贡献

作为20世纪著名作家、批评家的茅盾，同时也是外国文学翻译家和研究者。他一生共译介了30余国约200篇文学作品①，并写有大量评介外国文学的文章和著作，以此作为践行其“取精用宏”、创造划时代新文学理想的重要环节。

茅盾1916年从北京大学预科结业后到商务印书馆工作，次年起

---

① 此数据根据《茅盾译文全集》（知识产权出版社2013年版）统计所得。

从事外国文学译介和文学评论工作。1919 年“五四”运动爆发，在新文化思潮的冲击下，商务印书馆名下向来以刊登旧小说闻名的《小说月报》准备改革。此时的茅盾，因为已经发表了一些宣传新文学、新思想的文章和译作，应邀主持《小说月报》的改革，创办登载外国文学译介的“小说新潮”栏目，1921 年起担任杂志主编。改革前的《小说月报》刊登的翻译作品以林纾、周瘦鹃等人的译作为主，并没有与以消遣游戏为目的的“旧文学”有明显的区分。因此，茅盾迫切想借改革《小说月报》之机，译介一些有助于新文学建设的外国作品。主持“小说新潮”栏目是茅盾有计划地译介外国文学的开始。1920 年初，茅盾信奉文学进化论思潮，本着穷本溯源的原则，认为西方文学史上先后演进过的文学思潮中国也应一一演进，主张将“写实派自然派的文艺先行介绍”[①]，同时借自然主义的客观描写手法纠正中国旧文学“向壁虚造”的弊端。他列出接下来一年内亟须翻译的自然主义写实主义作品 37 篇，其中包括左拉的 *La Débacle*（《崩溃》）、*Joy of Life*（《生之欢乐》）、*L'Attapue de Moulin*（《磨坊之役》）和莫泊桑的 *Une Vie*（《一生》）、*Pierre et Jean*（《皮埃尔和若望》）等长篇小说。茅盾还大力倡导新浪漫主义，希望将新浪漫主义“指人到正路，使人不失望”[②] 的能力引入中国文学。为此，先后撰写了《为新文学研究者进一解》《表象主义的戏曲》《近代文学的反流——新爱尔兰文学》《梅特林克》等文章介绍新浪漫主义，翻译了梅特林克（Maurice Maeterlinck，比利时剧作家）的《丁泰琪的死》《室内》，叶芝（William Butler Yeats，爱尔兰诗人、剧作家）的《沙漏》，邓萨尼（Lord Dunsany，爱尔兰戏剧家）的《遗帽》等新浪漫主义戏剧。20 年代中期，在无产阶级文艺思潮的影响下，茅盾逐渐否定了之前的文学思想，撰写的《论无产阶级艺术》等文表达了他的无产阶级文艺观。茅盾从翻译、介绍和研究外国文学开始自己

---

① 茅盾：《茅盾全集·第十八卷：中国文论一集》，人民文学出版社 1989 年版，第 3 页。

② 茅盾：《茅盾全集·第十八卷：中国文论一集》，人民文学出版社 1989 年版，第 28 页。

的文学事业，并在外国文学的影响和启发下，走上创作道路。他的一系列现实主义创作都产生于1927年以后，早期的文艺理论和外国文学译介活动为他的文学创作奠定了坚实的基础。

茅盾具有开阔的外国文学译介视野。据李万钧统计，鲁迅一生“共翻译了十五国一百一十人的两百四十四种作品”①，而茅盾译介了约30个国家的200余篇文学作品，在涉及的国家数量上超过了前辈鲁迅。茅盾译介外国文学的大致国别分布和翻译时间如下：

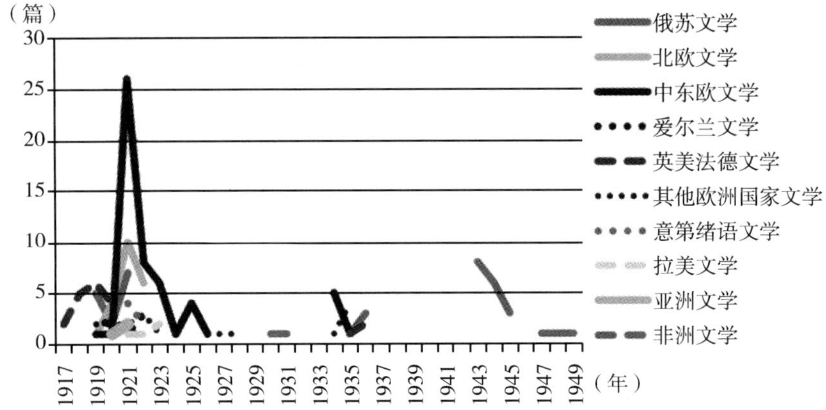

注：此图表根据《茅盾译文全集》（知识产权出版社2013年版）统计所得。

除翻译外国文学作品之外，茅盾还撰写了大量评介外国文学的文章，如发表在《小说月报》上的《海外文坛消息》206则，以及《近代戏剧家传》《近代俄国文学家三十人合传》《现代世界文学者略传》《欧洲大战与文学》《现代德奥文学者略传》《骑士文学ABC》《西洋文学通论》《希腊文学ABC》《汉译西洋文学名著》和《世界文学名著讲话》等介绍外国文学的论著，还有包含外国文学评论内容的译者注、前言、后记、序跋、讲话等，广泛而详细地介绍了各国文学的发展概貌和代表作家作品，加深了国人对外国文学的了解。

茅盾一生有两个翻译高产时期。第一个是1921—1922年主编

① 李万钧等《鲁迅与世界文学》，见俞元桂、黎舟、李万钧编《鲁迅与中外文学遗产论稿》，海峡文艺出版社1985年版，第201页。

《小说月报》及之后为《小说月报》供稿期间；另一个是 30 年代成为左联领袖后参编《文学》《译文》杂志期间。主编、参编刊物既为他提供了稳定的译介发表平台，也激励了他的外国文学译介活动。据统计，茅盾在第一个译作高产期发表在《小说月报》的翻译文学作品约有 50 篇，占他同期发表译作数量的一半。在第二个译作高产期，即 1934—1935 年的短短两年之内，译介外国文学作品近 30 篇，基本刊登在《文学》和《译文》上。茅盾主编《小说月报》初期，杂志印数曾达 1 万册①，是当时国内最大规模的新文学刊物；30 年代参编的《文学》杂志，据傅东华回忆，最多销到 3 万多份，是当时上海文坛上影响最大、寿命最长的大型文学刊物。② 刊物的高销量使茅盾的翻译文学作品获得了广泛关注。

此外，作为刊物主编，茅盾为外国文学译介同人提供了发表译作的平台。作为文学研究会的代机关刊物，《小说月报》在茅盾主编期间（1921—1922 年）每期刊登翻译文学作品 10 篇左右，除茅盾外，主要的译者还有鲁迅、周作人、郑振铎、王统照、耿济之、沈泽民等，绝大多数为文学研究会成员。

茅盾译介外国文学的重点之一是俄苏文学。十月革命后，茅盾开始关注俄国文学，仅在 1919 年，他就撰写了《托尔斯泰与今日之俄罗斯》《文学家的托尔斯泰》等文章，翻译了契诃夫、萨尔蒂柯夫、高尔基等人的小说。1921 年 9 月，他在《小说月报》刊发《俄国文学研究专号》，共发表 24 篇有关俄国文学研究的论文和 29 篇翻译作品，其中包括茅盾的《俄国文学家三十人合传》一文，介绍从莱蒙托夫到伊万诺夫共 30 位俄国作家，比较全面地介绍了俄国文学的发展情况。抗日战争开始后，为配合战时需要，他更是专注于苏联卫国战争文学的译介，节译了苏联作家吉洪诺夫的长篇小说《战争》(1936)、翻译了巴甫连科的中篇小说《复仇的火焰》(1943)、格洛

① 茅盾：《我走过的道路·上》，人民文学出版社 1997 年版，第 188 页。

② 孔海珠：《近半个世纪前的访谈——关于茅盾、文学研究会》，《新文学史料》2009 年第 2 期。

斯曼的中篇小说《人民是不朽的》（1945）等，并出版了短篇小说译文集《苏联爱国战争短篇小说译丛》。据贾植芳先生的初步统计，“茅盾先后介绍了俄国和苏联作家约60人，写或译出了介绍俄国和苏联文学的论文近50篇”①。

茅盾译介的另一个重点就是中东欧和北欧等小国文学。1921年10月，茅盾在《小说月报》刊发了《被损害民族的文学号》，并在《引言》中道出译介这些民族文学的原因：“他们中被损害而向下的灵魂感动我们，因为我们自己亦悲伤我们同是不合理的传统思想与制度的牺牲者；他们中被损害而仍旧向上的灵魂更感动我们，因为由此我们更确信人性的沙砾里有精金，更确信前途的黑暗背后就是光明！”② 茅盾前后共翻译了50余篇中东欧文学作品和20余篇北欧文学作品，另有南欧、爱尔兰、犹太文学作品若干。相比之下，他翻译的英美法等占翻译文学主流地位的大国文学的作品数量并不多。

20世纪初民族意识的觉醒和民族主义思潮的兴起，为包括中东欧地区在内的弱势民族文学的中译准备了相应的接受文化土壤，而周氏兄弟在20世纪初的努力，也在文学界、翻译界逐步产生了一定的影响。③ 茅盾是在鲁迅和周作人的影响下走上小民族文学译介道路的，他在《小说月报》上大力推广俄苏文学和弱小民族文学，也得到了两位前辈的支持。④ 但是茅盾在译介路径上还是开辟了自己的特色，加以时势所然，他成为继周氏兄弟之后，译介小民族文学成就和影响力最大的新文学人士。鲁迅决心弃医从文之时，打算借翻译和介

---

① 贾植芳：《中国新文学作家与外国文学的关系——以茅盾为例》，《中国比较文学》1998年第2期。

② 茅盾：《被损害民族的文学号》引言（1921），《茅盾全集·第三十二卷：外国文论四集》，人民文学出版社2001年版。

③ 宋炳辉：《弱势民族文学在现代中国：以东欧文学为中心》，北京大学出版社2017年版，第35页。

④ 记述相关史实的文章和著作有：陈漱渝《鲁迅与茅盾早年交往的几件事》，《锦州师范学院学报》（哲学社会科学版）1979年第1期；钟桂松《茅盾和周作人的早年交往》，《古今谈》2015年第1期；宋炳辉《弱势民族文学在现代中国：以东欧文学为中心》，北京大学出版社2017年版。

绍外国文学来改造社会。他晚年在《我怎么做起小说来》中回忆道，“因为所求的作品是叫喊和反抗，势必至于倾向了东欧，因此所看的俄国、波兰以及巴尔干诸小国作家的东西就比较多”①。正因如此，他选译的弱小民族文学作品多描写现实世界对这些国家的人民的压迫，以及人民的反抗意识和复仇意识。如他早期译述的短篇小说《斯巴达之魂》（发表于 1903 年 6 月 15 日、11 月 8 日在日本东京出版的杂志《浙江潮》）和保加利亚作家伐佐夫（Иван Вазов，Vazov Ivan，1850—1921）的反战小说《战争中的威尔珂》（发表于 1921 年 10 月 10 日《小说月报》第 12 卷第 10 号《被损害民族的文学号》）。鲁迅在二十年代及以前关注的重点的确是弱小民族，但是二十年代中后期，他逐渐将目光移向了苏联和日本无产阶级文艺理论，对弱小民族文学的关注有所减少。周作人早期追随鲁迅，也选译“叫喊复仇与反抗”的文学，但在 1920—1921 年，他已经开始揭载古希腊拟曲、古诗、日本狂言等译作，逐渐脱离了鲁迅早年所倡导的译介模式，后来的译文集《陀螺》（1925）、《空大鼓》（1928），更是突显了自我意识。相比之下，茅盾译介外国文学作品国家范围广阔，且始终保持对小民族文学的关注，其中，荷兰、罗马尼亚、拉美文学均由他首译入中国；体裁多样，小说、戏剧、诗歌、政论、文论、神话都有翻译和介绍；题材广泛，除“叫喊和反抗”的文学外，也译介了瑞典作家斯特林堡（Johan August Strindberg，1849—1912）的短篇小说集《结婚集》中的选篇《他的仆》（1919）、《强迫的婚姻》（1920），批判了当时社会的婚姻问题；译介的瑞典作家瑟德尔贝（Hjalmar Söderberg，1869—1941，茅盾译为苏特尔褒格）的短篇小说《印第安墨水画》（1921）讲述了生活的虚无和百无聊赖；译介的犹太作家平斯基（David Pinski，1872—1959，茅盾译为宾斯奇）的短篇小说《拉比阿契巴的诱惑》（1922）讲述宗教对天性的压抑；翻译的瑞典作家雷德贝里（Viktor Rydberg，1828—

① 鲁迅：《我怎么做起小说来》（1933），《鲁迅全集·第五卷》，同心出版社 2014 年版。

1895）的诗作《浴的孩子》（1922）表现了童真童趣，刊登在《诗》月刊上的《南斯拉夫民间恋歌》（1923年5月15日）表现了爱情的美好，表现了“民族善美的特性”。他还有意识地选译其他人所忽略的作品，如他翻译的第一篇高尔基作品是短篇小说《情人》（1919），茅盾在“译者记”中说，“他这篇‘情人’，在他著作中算是少见的，因为不是他的‘苦生活’著作的一类”。

1949年后，茅盾尽管没有再从事具体的翻译工作，但作为文化部部长和作协主席，大力提倡和推动外国文学的译介工作，由他倡议和主持复刊的《译文》杂志（《世界文学》的前身）为外国文学的译介作出了巨大贡献。在这个时期，因民族国家文化建构的需要和整体诗学环境的影响，《译文》虽然执行“一边倒”政策，主要刊登苏联和其他社会主义国家的作品，但同时也译介了大批亚非拉文学，如1958年8、9月的“亚非文学专号”刊登了《起来，行动吧！》（莫桑比克）、《受不了呵，穷苦的黑人！》（塞内加尔）、《你就是主人，擦干你的眼泪吧！》（象牙海岸）等反映民族迫害与解放运动的诗歌。也译介了英、美、日本等国的“批判资本主义制度”的作品，如1954年8月刊登的马克·吐温的《竞选州长》。此外还有不少西方古典作品。

但茅盾所有这些译介外国文学实践，都是借助于他所掌握的唯一外语——英语而展开的。然而，这个特点在研究中却往往被忽视。自1932年12月15日景贤刊登在《学风》月刊上的《文凭》一文到目前为止，学界对茅盾外国文学译介的研究主要关注茅盾译介外国文学的思想动机、译介活动和创作的关系、茅盾对外国文学思潮的介绍等方面，很少涉及对茅盾通过英语转译外国文学现象的探讨。[①]

① 王友贵《翻译西方与东方：中国六位翻译家》（四川人民出版社2004年版）虽提及茅盾以英语转译而带来的视域限制和西方视角，但没有具体展开。

二 以英语为中介语的外国文学译介

清末民初，中国与中东欧、北欧等小民族国家的文化交流远远落后于中国和其他老牌帝国的交流，中国很难获得“小语种”版本书籍，而且清末外语培训机构如同文馆等以及民国高校开设的外语课也限于英美法德日俄等外语，留洋者前往的国家也基本是英美法德日俄等国，导致精通“小语种”的人才匮乏，像周作人这样通晓古希腊语的人士，实在是凤毛麟角。因此，当时中国文坛和翻译界若想了解小民族国家的文学，只得借助其他语言的译本转译，这种通过第三种语言转译外国文学的现象，在 20 世纪初的中国文坛和翻译界非常普遍。1949 年之后虽然培养了大批小语种人才，但事实上至今仍有不少外国文学作品仍借助于第三种语言转译并在汉语世界产生不同程度的影响。如韩少功和韩刚在 1987 年从英语转译捷克裔法籍作家米兰·昆德拉（Milan Kundera，1929-）用捷克语书写的代表作《生命中不能承受之轻》，2003 年许钧从法译本将其转译（题为“不能承受的生命之轻”）。

在中国现代翻译史上，许多新文学者都有转译经历。转译不仅与译者的语言能力有关，更关乎译者的文化诉求。鲁迅通晓日语（也学过德语和英文），但他不仅译介日语作品，还热衷于通过日语和德语转译俄语文学、文艺理论作品和弱小民族文学；郑振铎擅长英语，却热衷于通过英语转译俄国文学、印度文学和希腊罗马文学；冰心精通英语，又曾留学美国，但是却很少译介英语国家文学，反而借助英语转译印度诗人泰戈尔的作品，等等。

然而，翻译是不同语言间的文化中介，意味着文化过滤，以及由此进行的删除、选择。通过第三种语言来译介外国文学，必然会带来这种语言和所在国家时代文化思潮的某些特征，并将这些国家翻译中出现的改变和错讹携带到目标文本中。例如，鲁迅通过日译本翻译苏联作家法捷耶夫的长篇小说《毁灭》时，发现该书的英德日三个译本竟有多处不同[①]；郑振铎依据英文本翻译的《沙宁》经耿济之据俄文原本的校对，结果“发见英译本的很多脱落和故意不译之处”[②]；李霁野译完《往星中》后，被指出很多因英译而生的错误。[③] 此外，以英美为首的英语大国处于文化霸权地位，不甚重视外国文学的译介，往往根据他们的喜好来选译外国文学篇目和译介方式，这也会对借助英语转译外国文学的译者造成影响。

鲁迅、周作人、茅盾是新文学者中译介小民族文学的代表人物。鲁迅在翻译生涯的前期借助日语和德语转译俄国文学和弱小民族文学，20 年代中后期他的关注重点转向苏联和日本无产阶级文艺，因而更多的时候是借日语转译苏联文学或者直接翻译日本文学；周作人早年借助英语转译俄国文学和弱小民族文学，但是 20 年代中后期他对弱小民族文学的兴趣减弱，转而直接翻译古希腊文学和日本文学。也就是说，周氏兄弟可以借助第二、第三种外语来辅佐、参照所译介的源文本（不管是原语还是译语文本），相比之下，唯独茅盾直至三四十年代仍坚持借助英语转译弱小民族文学。因此，英语转译对茅盾译介工作的影响定然超过周氏兄弟等人。茅盾自己也意识到利用英语转译有可能存在的问题，他在所翻译的弱小民族短篇集《桃园》的前言中说，“论原料，虽然未必‘十全大补’，我敢信‘维他命’决不缺乏；不过经我这蹩脚‘媒婆’一转手，无非只剩了糟粕。而况先我者尚有一道转手。照英美人那种一贯的不大看得起弱小民族文学的态度而言，我这里所有的一些材料的英文译者大抵不是怎样出名的‘专家’，——例如 C. Garnett 之于托尔斯泰；然而也并不乏值得赞美的专心介绍弱小民族文学的译手，例如 Underwood，只可惜这本集子

---

① 鲁迅：《致曹靖华》（1931），《鲁迅全集·第十二卷：书信》，人民文学出版社 2005 年版，第 278 页。

② 郑振铎：《俄国小说译文集·沙宁·后记》（1930），郑振铎编《郑振铎全集 19》，花山文艺出版社 1998 年版，第 523 页。

③ 李霁野：《往星中·译后记（一）》（1926），《李霁野文集》第 4 卷，百花文艺出版社 2004 年版，第 83 页。

里所收的，从他那边转译过来的非常之少。”① 这说明，茅盾意识到英美国家轻视小民族文学，译介质量参差不齐的状况，以及这种状况对他的翻译有可能造成影响。

三 英语转译对茅盾译介外国文学的影响

由爱丁堡大学欧洲语文系教授彼得·弗朗斯（Peter France）主编的 *The Oxford Guide to Literature in English Translation*（《牛津文学英译指南》，2000）揭示了英语世界译介外国文学的基本情况。从篇幅看，这本正文 624 页的《指南》中，占篇幅最大的是拉丁文学、希腊文学、拉美文学、法语文学和德语文学英译，分别各占约 50 页。俄苏文学、中东欧文学和北欧文学，所占篇幅较少，各占 20—30 页，可见俄苏、中东欧和北欧文学的译介在英语国家并不受重视。在这总量并不大的译介中，一些重要作家和作品得到了译介，然而还有一些重要的作家未有合理译介，另有一些译介质量不高。这还是截止到 20 世纪末英语世界的译介情况，由此可以想见，茅盾从事外国文学译介的 20 世纪 20—40 年代，英语世界对俄苏、中东欧、北欧等其他国家文学的译介和了解，与英、法、德、拉丁等语言文学相比，有着更大的落差。另一方面，茅盾当时所依凭的外国文学信息和作品，主要就是商务印书馆涵芬楼所购置的外文书籍和报刊，尽管这些外文馆藏是当时国内最好的，但今天看来仍是有限。这必然对借助英语转译外国文学的茅盾造成了相应的影响，这里试作如下分析：

首先，英语转译成全了译者的诉求，为茅盾提供了了解小民族文学的渠道，扩大了茅盾的译介视野。在小语种人才匮乏的当时，如果文学界不采取转译策略，那么他们的译介视线只能囿于某些大语种的文学作品上。茅盾在《翻译的直接与间接》中说道，“‘直接译’或

① 哈理德等：《桃园》，茅盾译，文化生活出版社 1935 年版。

‘转译’在此人手不够的时候，大可不必拘泥”①。

意第绪语文学在中国的译介就要归功于英语世界的大力传播。意第绪语是流散的犹太民族使用的一种语言。20 世纪初的意第绪语文学复兴发生在纽约②，茅盾正是通过当时美国出版的英译本接触到意第绪语文学。他同情犹太民族的被损害遭遇，一度还误把意第绪语当作犹太人的白话，为配合中国白话文运动，将意第绪语文学复兴的案例引入中国。③ 为此，他撰写《新犹太文学概观》（1921）一文介绍犹太作家作品，并通过英语转译了佩雷茨（Isaac Leib Peretz，1852—1915）的短篇小说《禁食节》、肖洛姆·阿莱汉姆（Sholem Aleichem，1859—1916）的短篇小说《贝诺思亥尔思来的人》、平斯基（David Pinski，1872—1959）的短篇小说《拉比阿契巴的诱惑》、剧本《美尼》《波兰——一九一九年》和阿胥（Sholem Asch，1880—1957）的剧本《冬》，使国人了解了意第绪语文学。

又如瑞典作家斯特林堡的短篇小说集《结婚集》有对圣餐的冒犯和妇女运动攻击的情节，他曾被以亵渎诽谤宗教罪而送上法庭，受到了不公正的审判，作品在本国也受到抵制。但他却是英语国家接受度比较高的作家，其作品的英译之多，从一个侧面可以看出：茅盾选择的其他小国文学基本来自英语国家的翻译结集，而选择的斯特林堡的作品却来自作家瑞典语作品集的完整英译本和他个人作品的英译选集（如短篇小说集《结婚集》和作品集《复活节及其他》④）。正因英语国家的译介比较充分，茅盾的译介也相应地比较全面。五四新文学运动时期，茅盾倡导妇女改革，译介国外反映妇女解放的文章，先

---

① 茅盾：《翻译的直接与间接》（1934），《茅盾全集·第二十卷：中国文论三集》，人民文学出版社 1990 年版。

② Goldber New York's yiddish writers，The Bookman 1918 年第 1 期，第 684—689 页。

③ 伊爱莲、关蕊：《认知彼此：意第绪语作家和中国人》，《学海》2016 年第 3 期。

④ Strindberg 著，V. Howard 译，Easter and Stories，Cincinnati：Stewart Kidd Company，1912 年版。内收录斯特林堡的剧作和短篇小说。

后在《时事新报·学灯》《妇女杂志》《小说月报》刊登了斯特林堡的短篇小说《他的仆》(1919)、《强迫的婚姻》(1920)、《人间世历史之一片》(1921)和剧本《情敌》(1920)等译作。并在《对于黄蔼女士讨论小组织问题一文的意见》(1919)和《近代戏剧家传》(1919)中介绍了斯特林堡对妇女运动的观点。1920年，茅盾在倡导翻译自然主义文学时，曾提议翻译斯特林堡的 *At the Edge of the Sea*(在海边)、*Miss Julia*(《朱丽小姐》，茅盾译为《裘丽亚小姐》)、*The Father*(《父亲》，茅盾译为《父》)，并在1921年翻译了短篇小说《人间世历史之一片》，在"译后注"中他说道，"从《红屋》、《结婚集》及《父》、《裘丽亚小姐》等作看来，史特林褒格是个自然派的小说家。但是他的《梦曲》和《大道》等作却又是象征的和神秘的作品了"。茅盾能对这位在瑞典本国并不得志的作家有如此全面的了解，并且在自己文学思想发展的主要阶段都涉及他的作品，在很大程度上得益于英语国家对他的大力译介。

然而，也有一些作家因为没有获得英语国家的大力译介，从而没有获得茅盾的充分译介。对波兰作家热罗姆斯基(Stefan Zeromski, 1864—1925)的译介可为一例。据考证，茅盾当时选译的波兰文学作品出自波兰文学英译选集 *Tales by Polish Authors*(1915)，该选集的编译者 Else C. M. Benecke(1873—1917)在前言中交代，"在此卷所收录的波兰当代作家中，只有显克微支为英格兰所熟知。尽管热罗姆斯基、希曼斯基和谢罗谢夫斯基的作品在波兰广为接受，然而就译者所知，他们当中还没有一个人的作品得到英译"。这样一本当时罕见的波兰文学英译选集只收录了少数作家的零星作品，连热罗姆斯基这样"青年波兰"的杰出代表，被誉为"现代人的精神领袖""波兰文学的良心"的作家，也只有早期短篇小说《诱惑》和《暮》被收录在内。茅盾在《诱惑》(1919)译者序中也说，"Stefan Zeromski 是现代波兰著名作家，和 Adam Szymanski(希曼斯基，1852—1916，波兰作家，引者注)等齐名，他的著作德法译本很多，英译很少"。由于热罗姆斯基的代表作没有英译本，茅盾只译介了热罗姆斯基的早期作品——短篇小说《诱惑》和《暮》，而他的代表作长篇小说《灰烬》

（1904）、《忠实的河流》（1912）都没能及时译介，热罗姆斯基“现代人的精神领袖”“波兰文学的良心”的形象也未能在茅盾的译介中得到完整体现。

英语世界对外国作家作品的曲解也影响了茅盾的判断。挪威作家汉姆生（Knut Hamsun，1859—1952，茅盾译为哈姆生）是现代小说发展史上的重要人物，1920 年诺贝尔文学奖获得者。19 世纪末 20 世纪初，汉姆生在德俄颇受欢迎，其代表作在问世不久就有德俄译本问世。相比之下，在 1920 年以前，汉姆生只有两部作品在英语世界得到翻译：长篇小说《饥饿》是在 1899 年，另一部作品《浅土》（当时译为 *New Earth*，现通译 *Shallow Soil*）在 1914 年英译出版，然而两者既没有获得商业上的成功，也没有获得很大的影响力。[①]《饥饿》译成英语后还收获了相当多的负面评价。[②] 事实上，作为汉姆生现代主义手法的处女作和代表作，它以极为细腻、生动的笔触和近似意识流的手法，描述了一位穷困潦倒、以写作谋生的青年在饥饿状况下所产生的奇特幻想和表现出的种种狂态。而赢得 1920 年诺奖的《大地的生长》（*Markens Grφde*，1917，茅盾译为《土之生长》）虽在颁奖几个月之前就已译成英语，但真正受到英语世界的关注，还在获奖之后，至于《神秘》（1892）、《维克多利娅》（1898）等其他优秀之作，也得在获奖后才得到译介。

汉姆生是茅盾早期大力译介的作家。因为汉姆生作品多为长篇，茅盾尽管没有具体翻译过其作品，但在 20 年代初就集中多次撰文介绍。《小说月报》“海外文坛消息”栏目的第一篇文章就是《脑威文豪哈姆生（Hamsun）获得一九二〇年的诺贝尔文学奖金》（1921），显然作者的获奖和英语世界的推崇是茅盾译介的重要因素，而且，此文中将《土之生长》视为汉姆生的代表杰作，延续了英语国家的判断，因而导致对汉姆生的介绍总体上难以深入。在另一篇谈及《饥

① Fjågesund 著，Knut Hamsun Abroad：International Reception，London：Norvik Press，2009 年版，第 65 页。

② Fjågesund 著，Knut Hamsun Abroad：International Reception，London：Norvik Press，2009 年版，第 66—67 页。

饿》的文章中，茅盾说“这本书是描写一个理想家在现代的社会中谋不到一个职业，常常饿得几乎要死的情景；这本书自头至尾，通是描写这个饿者的情绪、感触、梦想、幻念以及动作”①，却没有突出这部作品现代主义的特质，更没有把他当作现代主义的奠基者来介绍（需要注意的是，此时茅盾正值大力倡导新浪漫主义的时期），这与当时英语国家的译介不无关系。

最后，英语转译也会影响原作语言风格的传达。斯特林堡的英语译者 Velma S. Howard 被赞笔触“轻柔、细腻”，但“她翻译的 Ett halvt ark papper 几乎是一个字对字的转换，原文的词语驾驭能力几乎没有体现出来”②，Howard 翻译的此文不仅存在误译，而且表述平铺直叙，没有很好地体现出原作的叙述语调，也没有充分表现出主人公面对生活磨难而相濡以沫的生活态度。而茅盾正是借助 Howard 的英译本（*Half a Sheet of Paper*，1912），译成了《人间世历史之一片》，刊登于 1921 年《小说月报》。受英译本的限制，茅盾的汉译本也难以完全摆脱英译本平淡无奇，且缺乏连贯性的特点，不能不让人感到遗憾。

四 结语

20 世纪初，新文学建设者以借鉴外国文学、建设新文学为目的，大量译介外国文学作品。除鲁迅、周作人之外，茅盾是倾力最多、影响最大的新文学作家。他们的世界文学视野广阔，胸怀宽广，同时都具有鲜明的价值取向和选择策略。对于无法从源语直接翻译的文学，他们就退而求其次，采用第三语言转译的办法。茅盾借助英语转译俄苏、中东欧、北欧、南欧、意第绪语文学和拉美文学等就是转译活动中非常突出的案例。本文在概述茅盾外国文学译介成就与特点的基础

① 哈姆生：《饿者》（1921），茅盾译，《茅盾全集·第三十一卷：外国文论三集》，人民文学出版社 2001 年版，第 19 页。

② France 著，The Oxford Guide to Literature in English Translation，Oxford：Oxford University Press，2000 年版，第 581 页。

上，从译介外国文学的转译视角出发，重点分析转译在茅盾译介外国文学中的作用和影响：在茅盾译介世界各国文学作品中，英语中介起到了至关重要的作用。一方面，正是通过英语媒介，茅盾拓展了自己的世界文学视野，了解并向汉语世界介绍了多元丰富的外国文学历史和发展趋势。同时，通过英语中介译本，茅盾接触了原本无从接触的外国文学作品，并将其译介到中国，极大丰富了中国文学的借鉴资源；另一方面，英语国家对这些外国文学译介的特点，包括对象的选择、译介的方式与策略等，也限制了茅盾实现他全面介绍外国文学的目标，并且使他的译介夹带了当时英语国家译介的种种痕迹。20 世纪初的中国文坛和翻译界，通过第三种语言转译外国文学的现象非常普遍，事实上至今仍有不少借助于第三种语言转译文学作品的现象。对于翻译者个体而言，其所掌握的外语语种和熟练程度，都对其译介带来种种影响，但这种影响的研究在研究界还未给予足够重视。这对于深入研究外来文学资源的历史特点，拓展中国翻译文学史及中外文学关系研究，是一个很好的切入点。

（原刊《外语与外语教学》2019 年第 3 期）

新文化运动与“女性主义”之诞生

杨联芬

摘　要　“Feminism”这个概念在“五四”新文化运动时期被译为中文，依次出现“女子主义”、“妇女主义”、“女性主义”、“女权主义”和“妇女运动”等几种译名。沈雁冰最早译介这一理论名词，在短暂使用“女子主义”后，率先使用“女性主义”一词，但“五四”时期最流行的翻译是“妇女主义”。20世纪30年代后，“女权主义”逐渐取代“妇女主义”成为最普遍的译名，而借鉴日文的音译“弗弥涅士姆”则从未流行。整个民国时期，各种流行的译名只在沈雁冰等个别译者那里有语义考量，但在绝大多数译介者与使用者那里，各种译名在含义和用法上并无本质差别，因而不曾有意区分。西方女性主义思潮因历时性动态发展而在20世纪初呈众声喧哗之状，但“五四”时期中国知识界主要在真理与常识的层面介绍其民主根源与平等观念，极大促进了新文化和新道德的建构，使中国女性解放实践在“五四”时期独步一时。

在中国，“女权”一词出现在20世纪初①，而与“Feminism”对应的“女性主义”或“女权主义”，却在“五四”时期才出现。② 新

---

① 参见须藤瑞代《中国“女权”概念的变迁——清末民初的人权和社会性别》，须藤瑞代、姚毅译，社会科学文献出版社2010年版，第18页。

② 《女子世界》1904年第6期记事栏有《内国：女权萌达》一文，报道福州创设蚕桑女学堂。在介绍学堂监督叶在畸夫人高女士时，文章指出：“高氏素持女权主义者，福州女权伸张，或在此举也。”这大概是中文文献中最早使用“女权主义”的。不过，联系上下文，这里的“女权主义”很可能不是对“Feminism”的翻译，而是热词“女权”加“主义”，以凸显高女士对提倡（转下页）

文化运动兴起后，妇女问题被公认为最重要的社会问题之一。当时知识界普遍承认“二十世纪有急待解决之大问题三：第一为劳动问题，第二为种族问题，第三为妇女问题”①，“妇女问题是社会改造中的一部（分）”②。因此，从事新文化运动的人，没有不关心或不参与妇女问题讨论的，蔡元培、陈独秀、李大钊、吴虞、胡适、周作人、鲁迅、张东荪、沈雁冰、叶圣陶等都讨论过妇女问题，都是妇女解放的倡导者与实践者。《新青年》曾开辟“女子问题”专栏，《贞操论》《我之节烈观》《娜拉》等影响深远的文本，就在该刊发表；《少年中国》1919 年出版“妇女号”；《民国日报》几大副刊《觉悟》、《妇女评论》和《妇女周报》，成为“五四”运动后讨论妇女问题的著名平台……《新潮》《解放与改造》《晨报副刊》等，无不聚焦妇女问题。在这样的背景下，“Feminism”作为西方妇女解放运动的一个基本理论概念，进入了新文化运动理论译介者的视野，在当时分别被翻译为“女子主义”、“妇女主义”、“女性主义”和“女权主义”等，偶尔也有人将其等同于“妇女运动”。无论怎样翻译，这个名词都在这一时期作为妇女解放运动的专有名词以及人类追求社会平等、公正的重要历史经验与社会思潮进行介绍和传播，成为中国妇女解放思潮中的重要概念。这种一边倒的推崇，与该词在英语世界世俗环境中的处境，形成有趣的对照。③

（接上页）女权的热忱。据陈雁研究，1908 年颜惠庆所编《英华大辞典》收入了“Feminism”，但释义“女流之性质”与原词本义风马牛不相及（陈雁：《从矛盾的翻译到矛盾的立场：女权主义术语在近代中国的翻译与流转》，《复旦学报》2013 年第 1 期）。据此可知，彼时中文世界尚无“女权主义”之概念。

① 永井柳太郎：《欧美妇女问题之新现象》，瑟庐（章锡琛）译，《妇女杂志》第 6 卷第 3 号，1920 年 3 月。

② 雁冰：《我们该怎样预备了去谈妇女解放问题》，《妇女杂志》第 6 卷第 3 号，1920 年 3 月。

③ “Feminism”一词来自法文“Féminisme”，19 世纪 90 年代进入英语世界。据玛格丽特·沃特斯《女性主义简史》介绍，该词最初是贬义词，主要被攻击女权运动的人使用，此情形延续至 20 世纪 60 年代。参见玛格丽特·沃特斯《女权主义简史》“绪论”，朱刚、麻晓蓉译，外语教学与研究出版社 2008 年版。

在当代中国学术界，有一个流传已久的误会，即认为“女性主义”一词是 20 世纪 80 年代才出现的。[1] 为了正本清源，本文从“Feminism”最初的翻译和使用出发，以呈现代表性个案的方式，对“Feminism”如何进入中国以及各种译名在“五四”新文化运动时期的使用情况，进行一个简要的回顾。

一 “女子主义”和“妇女主义”：沈氏兄弟之首译

“五四”运动后，新文化刊物（如《新青年》《新潮》等）在思想文化市场获得极大声誉。于是，商务印书馆与时俱进，对旗下《小说月报》《妇女杂志》等进行革新，《妇女杂志》就告别过去的“贤母良妻主义”路线，从 1920 年开始进行全面改革，其中一项重要内容便是译介西方妇女与性别理论，把“极力介绍”“西洋提倡女子解放”的“著作”和“专论”当作刊物的一个重心。[2] 到 1925 年章锡琛辞去主编，《妇女杂志》上有关女性主义理论方面的译介与讨论已有很多，而译介者中，商务印书馆编译所的青年编辑沈雁冰、章锡琛和周建人（周 1921 年入职，但 1920 年便开始为《妇女杂志》《东方杂志》撰稿）是主要力量，他们经常在同一期上发表多篇不同署名的文章[3]；此外便是与他们关系密切的友人，大多是妇女问题研究会同人。[4] 彼时，“Feminism”对于他们而言也是新知识，依靠编译所相对充足的外文资源，他们几乎以一种“现学现卖”的方式，

---

① 这方面的例证俯拾皆是，连专门研究“Feminism”翻译史的专家，也犯此错，如陈雁《从矛盾的翻译到矛盾的立场：女权主义术语在近代中国的翻译与流转》。

② 《本杂志今后之方针》，《妇女杂志》第 5 卷第 12 号，1919 年 12 月。

③ 沈雁冰在《妇女杂志》上除了署真名，主要笔名是“佩韦”“四珍”。章锡琛的笔名多用“瑟庐”，周建人则常署“高山”“克士”“乔峰”“健孟”等。

④ 妇女问题研究会成立于 1922 年，发起人有沈雁冰、章锡琛、周作人、周建人、胡愈之、叶圣陶、陈望道、夏丏尊、吴觉农、陈德征等，该组织研究那个时期公众关注的妇女问题并发表大量相关论著。

开始了中国最初的女性主义理论译介。[①]

最先将“Feminism”译为中文的是沈雁冰。[②] 1920年，他一边主持《小说月报》，一边为《妇女杂志》撰稿，发表了大量有关妇女问题的时评与理论译介。在《妇女杂志》第6卷第2号上，他在对商务印书馆另一新创杂志《新妇女》进行批评时，便使用了“女子主义”这一新名词[③]，这大概是“Feminism”中文翻译的首次亮相。因无人知晓这一概念，沈雁冰后来在《东方杂志》发表讨论妇女问题的文章时，特意说明“女子主义”是对世界妇女运动专有名词“Feminism”的翻译。[④] 同时，他在另一篇为《妇女杂志》撰写的社论《我们该怎样预备了去谈妇女解放问题》中，正式将“女子主义”作为妇女解放运动的重要理论概念进行了介绍，提出中国人研究妇女问题的必备条件之一是“不可不知西洋女子主义的起源、分派、趋势、现在和将来”，文中还引述了被“五四”知识界奉为偶像的瑞典著名妇女理论家爱伦凯（Ellen Key，1849—1926）所说的“女子主义运动是终身事业”[⑤]。不久，《妇女杂志》第6卷第4号和第5号“名著”栏，刊载了沈雁冰、沈泽民的长篇论文《女子的觉悟》，这是兄弟二人对海尔夫人（Beatrice Forbes - Robertson Hale，1883—1967）专著《妇女所要求的是什么：女性主义运动释义》（What Women Want：An Interpretation of the Feminist Movement）的翻译，也是中国新文化史上最早系统阐述“Feminism”的文章。

---

① 这种非专业的实践，使他们在最初的译介中，难免因相关知识不足而有时出错。例如，1920年1月沈雁冰为《妇女杂志》第6卷第1号撰写的社论《妇女解放问题的建设方面》，就把西方女性主义第一部专著、玛丽·沃斯通克拉夫特的《女权辩护》的出版时间，整整说晚了一百年。

② 国内现代文学研究界已形成以“茅盾”代替其本名进行论述的惯例，但考虑到这个笔名迟至1927年才开始使用，本文皆用“沈雁冰”。

③ 佩韦：《评〈新妇女〉》，《妇女杂志》第6卷第2号，1920年2月。

④ 佩韦：《世界两大系的妇人运动和中国的妇人运动》，《东方杂志》第17卷第3号，1920年2月。

⑤ 雁冰：《我们该怎样预备了去谈妇女解放问题》，《妇女杂志》第6卷第3号，1920年3月。

海尔夫人系20世纪初女性主义艺术家，生于英格兰一个戏剧艺术世家，其舅父是英国女权运动的先驱。她从小被母亲教导要爱女性，此后一直思考妇女的需求、才能与意愿。[①] 她在少女时期便以擅长表演蜚声英国，20世纪初移居美国结婚生子后离开戏剧舞台，以发表有关妇女及时尚改革的演讲著称。《妇女所要求的是什么：女性主义运动释义》是一部解释女性主义、讨论妇女问题的入门书[②]，也是迄今笔者所查到的英文文献中较早以正面态度阐述女性主义的专著。该书对女性主义的历史、理论概念、社会运动及这一观念在文学艺术和日常生活中的运用进行系统解释，并讨论了男女平等的理念应如何合理应用于实践。原书由三部分构成，沈氏兄弟翻译的是第一部分的前四章，也是该书集中阐释女性主义理论与历史的部分。

沈雁冰翻译的是前两章，分别对应于原著第一部分第一章“The Mother of Feminism”和第二章“The Years Behind Her”，他将这两章分别译为“女子主义的根原”和“已往的年代”；沈泽民翻译的是后两章，分别对应于第一部分第三章“Her Birth and Her Foster-Parents”和第四章“Her Adolescence”，为便于读者理解，沈泽民将小标题由原著做定语的代词“Her”，换成“妇女主义”，作“妇女主义——诞生和养父养母”与“妇女主义——幼年时代”。沈氏兄弟将“Feminism”分别译作“女子主义”和“妇女主义”，相应地，“Feminist”也便分别被译为“女子主义者”和“妇女主义者”。例如：

> 女子主义是那个应用到妇女一方面的民主主义的自由底进程。世界上各处为这问题奋斗的人有一大堆，历史也有一世纪的

---

① Beatrice Forbes-Robertson Hale，“Preface”，What Women Want：An Interpretation of the Feminist Movement，New York：Frederick A. Stokes Company Publishers，1914，p. vii.

② 沈雁冰在《女子的觉悟》一文开头的按语中介绍，原著“是一部解说女子主义为研究妇女问题的入门书”（雁冰：《女子的觉悟》，《妇女杂志》第6卷第4号，1920年4月）。

长久：他们是想把那阻碍女子底体格、心理、道德及经济发展底人为的梏桎移去。所以凡是民主主义很有基础的国家，女子主义运动也就很发达；反之，专制主义强盛的国家，女子主义也就缩退。[①]

以上是沈雁冰的翻译，而沈泽民的翻译如下：

十八世纪之中第一个妇女主义广布底哲学，是……海尔凡秀司（Helvitius）[②]；他虽不是个妇女主义者，可是他却于女子有大功，因为他提倡那学理，说男女之间智能的差别不是出于本性，乃是教育上和经验上的差别所使然的……但是第一个清楚的妇女主义（Feminism）底音调，却在巴朗荷尔白克（Baron Holbach）一千七百七十三年所著的社会制度（Système Social）一书发出。[③]

沈雁冰所译的部分，主要论述女性主义的政治思想根源——民主："德谟克拉西是女子主义的母亲，正如其为一切优美思潮的母亲一般。"文章回顾欧洲民主历程，指出近代英国和欧洲的民主观念并非来自古希腊，而是来自近代的法国和意大利，法国的自由精神"跨海到美国去，成了博爱的主义"，"我们终于是靠有美国，才能看见世界上的第一个真正德谟克拉西"[④]。文章还指出，近世民主的结果已使皇权和贵族权力被摧毁，现在还剩一个权力未摧毁，那就是"性的权力"（Sex Authority）。值得注意的是，这篇文章采用女性主义的视角，将批判男权主义的矛头对准了民权理论家卢梭："便以卢

① 雁冰：《女子的觉悟》，《妇女杂志》第6卷第4号，1920年4月。

② 海尔凡秀司（1715—1771），今译爱尔维修，法国哲学家，主张平等主义。

③ 沈泽民：《女子的觉悟（续上期）》，《妇女杂志》第6卷第5号，1920年5月。

④ 雁冰：《女子的觉悟》，《妇女杂志》第6卷第4号，1920年4月。

骚（Rousseau）而论，他是鼓吹人权的先锋，革命般鼓吹人，却完全不觉得所谓人权，女子也应有一份，他以为女子是属于下种的，天生为服务或娱乐男人——即主人们的。”[①] 这无疑矫正了晚清女权论者对卢梭的误读——晚清知识界因卢梭的民权思想而想当然地认为他也是女权论者[②]——使读者认识到卢梭人权论中的性别等级观念。文章最后得出结论：“女子主义决不能在民主主义之前成功，犹之没有母亲无从生小孩。而在封建主义父系主义教士主义之下，妇女亦决难自由。”[③] 此外，沈雁冰的译文还辨析了欧美女性主义的历史阶段，指出18世纪欧美的女性主义运动，尽管主要由少数知识女性领导，却与人类进步的总步伐一致，其价值“和人类伟大的思想所谓‘德谟克拉西’者，不相上下”[④]；19世纪以来的妇女运动属于女性主义的第二步，妇女运动不再只是少数知识女性的实践，而变成了“我们大家有分的”更为普遍的社会运动。文章还一再强调，欧洲的民主自由精神，“是女子主义必要的背景”[⑤]。

沈泽民所译《女子的觉悟》续篇，则以更多的篇幅介绍欧美女性主义兴起和发展的思想背景及历史过程，强调女性主义的诉求是随历史阶段而变迁的。如最初主要追求妇女在教育、职业、公民权利、婚姻关系上的平等权利；“最近二十年”，则与工业主义结合，追求政治和经济的平等。因此，女性主义“是一个进化的运动”，“是一个生长物，不是一个死建筑”[⑥]。

《女子的觉悟》续篇在《妇女杂志》发表不久，沈泽民又在《民国日报》副刊《觉悟》和少年中国学会主办的《少年世界》发表了

---

① 雁冰：《女子的觉悟》，《妇女杂志》第6卷第4号，1920年4月。

② 金一《女界钟》发表后，人们称赞金“诚我女界之卢骚也”（金天翮著、陈雁编校《女界钟》，上海古籍出版社2003年版，第4页）。

③ 雁冰：《女子的觉悟》，《妇女杂志》第6卷第4号，1920年4月。

④ 雁冰：《女子的觉悟》，《妇女杂志》第6卷第4号，1920年4月。

⑤ 雁冰：《女子的觉悟》，《妇女杂志》第6卷第4号，1920年4月。

⑥ 沈泽民：《女子的觉悟（续上期）》，《妇女杂志》第6卷第5号，1920年5月。

《妇女主义的发展》一文。该文尽管仍“大致取材于 Beatrice Hale 女士的‘What Women Want’一书”，但不再像《女子的觉悟》那样对原著进行翻译，而是借助原著的材料和观点，对女性主义进行综合介绍，“其中不少”属于沈泽民“个人直觉”的发挥。① 作者指出，女性主义源自“平民主义”（Democracy），发端于以平等、自由为宗旨的法国大革命；女性主义的实质是人格解放，而其目标则是女性主义名词的消亡。

关于妇女的才能，沈泽民十分推崇海尔凡秀司的论断：男女才智的不同不是生成的，乃是教育和经验造成的。他指出，海尔凡秀司虽然“不是个妇女主义者，但是他对于妇女能力观察的见解却给了后世妇女主义者不少的帮助，差不多把妇女运动的路打通了（，）只等他们来走”②。纵观女性主义思想史，其中最负盛名的经典之作，无论是玛丽·沃斯通克拉夫特的《女权辩护》、约翰·穆勒的《妇女的屈从地位》，还是西蒙·波伏娃的《第二性》，无不强调男女差异不是天生的，而是后天环境塑造成的，这也是贯穿女性主义思想史及女权运动的一个基本立场。

二 “女性主义”与“妇女主义”

从 20 世纪 20 年代的报章文字看，“Feminism”的最早译名“女子主义”只在较短时间内被使用，未能如“妇女主义”那样被普遍接受，沈雁冰本人也很快换用另一译名“女性主义”。1921 年 10 月 26 日，沈雁冰在《民国日报》副刊《妇女评论》发表文章，介绍西方“Feminism”思潮中的不同派别，文中不再使用“女子主义”，而全用“女性主义”。这篇文章也是迄今发现的以“女性主义”翻译“Feminism”最早的中文文本。该文指出：

---

① 沈泽民：《妇女主义的发展》，《少年世界》第 1 卷第 7 期，1920 年 7 月。

② 沈泽民：《妇女主义的发展》，《少年世界》第 1 卷第 7 期，1920 年 7 月。

女性主义的大群中有完全相反的两派，这两派的主张各走一偏，所以被主张中和的女性主义者呼为“极端派”；女性主义全体的议论或主张，我是不满意的，那些自称为中和性的女性主义者对于家庭、工作、参政等等问题的建议或主张，我更不满意，因此不想在这里讲起他们。但是这两个极端派的主张，我却觉得很可以介绍给中国，大家来讨论；中国的妇女正在觉醒的路上，妇女问题的实现恐怕即在最近的将来，就中国古来传统的旧教说，与目今受了世界经济潮流而生的新趋势而言，将来中国的妇女问题显然就要碰到第一个极难解决的问题就要走到第一条极难决定“何去何从”的三岔路口：这问题，这三岔路口，就是西洋女性主义者中间的两个极端派相争持的焦点！①

沈雁冰这里所说的欧美女性主义两个极端派，一派的代表是美国女性主义者纪尔曼（C. P. Gilman，1860—1936），另一派的代表是瑞典女性主义者爱伦凯。纪尔曼的代表作《妇女与经济》1922 年便在《民国日报》副刊《妇女评论》连载②，1924 年出版中译本。在 20 年代的新文化报刊中，纪尔曼夫人是出现频率较高的名字，爱伦凯则是最受关注和追捧的西方女性主义理论家。爱伦凯的代表作《恋爱与结婚》《妇女运动》《儿童的世纪》《女性的道德》等都有中译本，其中《恋爱与结婚》对“五四”时期流行的“恋爱自由”和“离婚自由”思潮影响极大。纪尔曼有社会主义倾向，爱伦凯则信奉自由主义。但在这一时期，沈雁冰认为她们同属女性主义，社会主义则属于以倍倍尔、加本特为代表的另一派。纪尔曼与爱伦凯的分歧主要是对家庭的态度：后者重视女性的母职，反对儿童公育，不要求对现有的家庭制度进行彻底改革，强调要从社会保障制度的层面提高女性待遇；而前者则主张女性应在获得经济独立的同时顾及母职，因此

① 冰：《所谓女性主义的两极端派》，《民国日报》1921 年 10 月 26 日。

② 该文在 1922 年 9 月 27 日《妇女评论》第 60 期开始连载，陈德征译，后因刊物 1923 年 5 月停办而终止。

必须改革现有的家庭制度。沈雁冰认为纪尔曼的观点接近社会主义者，只是她主张通过家庭合作进行子女教育，而社会主义者则主张子女教育由社会统一公办。[①]

有趣的是，作为共产党人的沈雁冰及沈泽民，在妇女问题上更倾向自由主义。他们都是爱伦凯的崇拜者，《恋爱与结婚》最早的译介者就是沈雁冰[②]；沈泽民则翻译了她的《恋爱与道德》《儿童的教育》[③]。在《恋爱与道德》中，沈泽民也使用“女性主义”翻译“Feminism”[④]。

用“女性主义”翻译“Feminism”的，在这一时期还有袁振英。作为新文化运动中最早的西方女性主义理论译介者之一，袁振英在1918年便以笔名“震瀛”在《新青年》发表无政府主义者高德曼《结婚与恋爱》的译文，影响甚大。在《易卜生哲学》中，他以专章介绍易卜生与女性主义，指出女性主义是易卜生思想中十分重要的部分，也是胡适所命名的“易卜生主义”中极其重要的内容。[⑤] 1928年，他又发表《易卜生底女性主义》一文，依据易卜生的作品，以肯定的态度回答了“易卜生是不是一个女性主义者”的问题。[⑥]

从20世纪20年代到40年代，“女性主义”这个概念一直被学界使用，不过，就20年代的情况看，“妇女主义”一词的出现频率更高。《妇女周报》和《觉悟》曾连载署名“P. K”翻译的长篇论文

---

① 沈雁冰：《家庭改制的研究》，《民铎》第2卷第4期，1921年1月。

② 《妇女杂志》第6卷第3号发表四珍（沈雁冰）的《爱情与结婚》，是对爱伦凯该书的编译；1923—1925年，《妇女杂志》发表沈泽民译介的爱伦凯的文章有《女子的和平运动》（第9卷第6号和第7号）、《爱伦凯的“恋爱与道德”》（第11卷第1号）等。

③ 《恋爱与道德》，上海书店1925年版，《儿童的教育》，商务印书馆1924年版。

④ 爱伦凯：《恋爱与道德》，沈泽民译，第37—38页。

⑤ 参见袁振英《易卜生哲学》，泰东书局1927年版。

⑥ 袁振英：《易卜生底女性主义》，《泰东月刊》第2卷第3期，1928年11月。

《妇女主义的基础》，从生物学角度解释女性主义的合理性与必要性。[①] 该文在《妇女周报》自1924年12月21日至1925年8月9日连载，又从8月16日起在《觉悟》连载数十期，极为醒目。根据民国期刊数据库的标题检索，以"妇女主义"为题的文章，远远多于其他几种译名；而并不出现在标题却在行文中运用该词的情况，则无法估算。[②] 就报章文字看，在20年代诸多使用"妇女主义"译名的译者中，周建人最为突出。虽然没有出国深造，但周建人与两位兄长一样擅长外文并以翻译为志业，自学过生物学与哲学，入职商务印书馆前便开始翻译生物学与性别科学；成为商务印书馆编辑后，以其生物学背景，对于女性主义的科学基础有独到理解，擅长从生物学与性别科学角度思考女性问题，成为《妇女杂志》女性主义理论译介方面最富专业特色的撰稿人。对于"Feminism"一词的翻译，尽管周建人与章锡琛一样都混用"女性主义"和"妇女主义"，但比较而言，周建人的译述中，"妇女主义"的使用更为频繁。在妇女与两性道德问题上，由于理论浸淫的缘故，他的见解往往比较独到。他曾辨析"妇女主义"与"妇女运动"的区别，指出前者是理论名词，而以妇女主义理论所从事的社会实践，就是"妇女运动"[③]；他介绍外国妇女主义者的现状[④]，批评狭隘的"报复的妇女主义"[⑤]；他解释妇女主义的目的不但要改变妇女的传统命运，而且使男女两性获得主体自由。[⑥] 此外，他还援引西方各领域的研究成果，从细胞学、生物学、

---

① 该文可能译自 Avrom Barnett, Foundation of Feminism: A Critique, New York: Robert M. Mc Birde & CO., 1921。译者暂未考出。

② 如卢剑波译高德曼《自由的女性》（开明书店1927年版）一书，使用"妇女主义"一词。

③ 克士：《妇女主义者的贞操观》，《妇女杂志》第8卷第12号，1922年12月。

④ 福罗本尼依格尔：《德国妇女主义者的要求》，克士译，《妇女杂志》第9卷第8号，1923年8月。

⑤ 高山：《报复的妇女主义》，《妇女杂志》第8卷第1号，1922年1月。

⑥ 高山：《妇女主义与贤妻良母说》，《妇女杂志》第8卷第5号，1922年5月。

心理学、社会学等角度，论证两性差别是相对和偶然的，一方面不存在百分百的男性和女性，往往男子也有富于女性气质的，女性也有富于男子气概的。针对很多人认为才能是男子的本性，所以“天才妇女都带男性相”，如乔治·桑（周译“乔治散”）喜欢穿长裤、吸雪茄、声音雄浑，乔治·艾略特（周译“乔治爱理奥脱”）“也富于男子的气概”，周建人举出很多反例，使人们意识到“男子也有富于女性的，女性的男子也有天才者”，说明“男女外貌的不同是两性的第二性征。这第二性征的发达，据达尔文派的意见，是由于两性选择的结果”，而并不代表“才能上有如何的相关”①。周建人尽管不反对叔本华之“生殖是妇女唯一的官能”的观点，但他同时引述其他西方学者的论述，认为怀孕、哺乳及做“性的奴隶”，“妨害了才能的发展”，使女性“不能再向别的方面发展”②。现实中男女才能的差异都不是本质性的，女性并不劣于男性，是社会分工和男性的权力压抑了女性才能的发展，从而证实妇女主义对于男女平等的诉求是有足够科学依据的。③

从20世纪20年代到抗战爆发前，有关“妇女主义”的译介与论述，贯穿了那个时期的妇女与性别问题的译介与讨论，而所介绍的“妇女主义者”，则包括了今天的自由主义女性主义、社会主义女性主义、无政府主义女性主义和生态女性主义等不同派别。有时，各派主张高度一致，如在性道德问题上，各派学者都主张恋爱不仅是婚姻的前提，而且是两性关系最高的道德，故“‘离婚自由’是妇女主义

---

① 周建人：《妇女主义之科学的基础》，《妇女杂志》第9卷第4号，1923年4月。周建人较晚论述性别问题的文章，是《从男女的争斗说到生育节制》（《东方杂志》第30卷第5期，1933年5月）。此后论述重心转移，除了生物与科学问题，便是时政。

② 周建人：《妇女主义之科学的基础》，《妇女杂志》第9卷第4号，1923年4月。

③ 周建人：《妇女主义之科学的基础》，《妇女杂志》第9卷第4号，1923年4月。

者一致的主张"[1]。然而，在女性就业问题上，"现代的妇女主义者，主张颇不一致"[2]。纪尔曼夫人、须林娜、倍倍尔以及山川菊荣等社会主义者，坚定认为妇女必须进入社会化的劳动场所、取得经济独立，才能获得人格独立。而海尔夫人和爱伦凯等人则认为无产阶级妇女进入工场，获得的往往是双重负荷和更多的痛苦，因而认为普及妇女教育比单纯就业更重要，而女性就业不可强求。1930年后，"妇女主义"这一译名使用渐少，取而代之的是"女权主义"。

三 "女权主义"

20世纪20年代中国所译介的女性主义理论，不少来自日文文献，而日文曾将英文"Feminism"以汉字翻译为"女权主义"，但并未流行。故至今在日本，这个词通常翻译为片假名的音译"フェミニズム"。根据1920年出版的日本著名学者本间久雄《妇女问题十讲》的介绍，"弗弥涅士姆这个名词，普通多译为女权主义，但这名词的范围，决不是女权主义所能包括；也有译为男女对等主义的，不用说也一样是不能包括的"[3]。可资佐证的，还有同时期其他日本文献，如原田实的《弗弥涅士姆概说》：

> "弗弥涅士姆"，即英文的Feminism，法文的Féminisme，没有确当的名词可以翻译。如果直译起来，可译作"女子主义"，或"妇女主义"，但总觉得太宽泛，不得要领。倘用意译，也可译为"男女同权主义"，或"女权主义"，但又太偏于权利的观

① 高山：《离婚自由与中国女子》，《妇女杂志》第10卷第9号，1924年9月。

② 宴始：《中国职业妇女的三型》，《妇女杂志》第10卷第6号，1924年6月。

③ 本间久雄：《妇女问题十讲》，章锡琛译，开明书店1924年版，第13页。译文中的"弗弥涅士姆"，在本间久雄原著中便是片假名"フェミニズム"。

念，不能包含弗弥涅士姆一语所有的意义；还不如离开字面译做“妇女运动”，倒觉得好一点。但妇女运动这个名词，本有 The Woman's Movement 和 The Woman Movement 存在，究不能和弗弥涅士姆相混，所以倒不如用译音比较的妥当。[①]

“弗弥涅士姆”和 30 年代出现的“费美尼斯谟”，都是汉译者对日文假名的音译。从本间久雄到原田实，对于“Feminism”的理解比较一致，即认为该词具有的多种含义，音译更加适合。“弗弥涅士姆的本旨，决不单是男女对等，也决不单是男女间性的争斗。女子对于男子的挑战，作为男女对等运动的路径或过程，乃是不得已而且可伤的事实。”女性主义的“根本的要求，这便是妇女要成为一个人”[②]。因此，女性主义的最终目的，便是这个词的消亡，即性别不平等现象的消亡。

可见，“女权主义”在日本最终未能成为“Feminism”的通行译名，与其汉字译名易使其含义被简单等同于妇女运动中较早阶段的“女权运动”（Suffrage）有关。“Suffrage”特指自 19 世纪持续至 20 世纪初的英美妇女争取公民权（当时主要是选举权）的运动，通常译为“女权运动”，但民初至“五四”时期在中国女权运动者那里则被称为“妇女参政运动”。20 世纪 20—30 年代，中国知识界也存在将“女权主义”理解为特指“女权运动”的现象。[③] 沈雁冰就是这样，他因此反对将“Feminism”译为“女权主义”：

原来所谓女子主义者（Feminist）和女权主义者（Suffragist）很不是一个东西，他们俩的主张很是相反……“女

① 原田实：《弗弥涅士姆概说》，味辛译，《妇女杂志》第 8 卷第 5 号，1922 年 5 月。

② 本间久雄：《妇女问题十讲》，章锡琛译，开明书店 1924 年版，第 13—14 页。

③ 君慧：《我国女权主义运动的生长及没落》，《妇女生活》第 1 卷第 6 号，1935 年 12 月。

权主义者目的在改革法律，女子主义者目的便要改革陋俗。”①

“改革法律”主要指争取妇女获得选举、教育、财产继承以及就业等方面的平等权利的吁求；“改革陋俗”则更多是指改变伦理道德方面针对女性的偏见，从两性关系入手，倡导新的性道德，并主张在离婚、恋爱等方面，女性应与男性一样拥有完全的自由。沈雁冰的这个理解是否正确呢？在历史上，欧美妇女争取公民权的“女权运动”正是女性主义第一次浪潮的重要内容，也是妇女运动史上的一个重要环节。后来妇女运动的诉求愈来愈多元，边界不断扩大，但这一切并不与女权运动构成平行或对立关系，而是历时性的累积或叠加，它们共同构成后来被称为“Feminism”的动态历史。沈雁冰的这个误读，来源于英国女性主义作家瓦尔特·乔治（W. L. George，1882—1926）。乔治认为，妇女长期未受教育，在知识、经验、见解上还处于蒙昧状态时，并不能真正履行参政权利，女性应首先争取家务劳动的报酬、教育权、生育保障等更容易实现的权利。此外，英国女作家伍尔夫也是一位不赞成妇女参政运动的女性主义者。沈雁冰的一些独到见解，不排除与其接触的英文材料有关。之前，沈雁冰还有一篇发表在《东方杂志》上的文章，也是刻意区分“女子主义”和“女权运动”②。但他的这一见解，显然基本未被中国知识界接受，因而“女权主义”的使用，在“五四”以后仍不时在报刊上出现，且在绝大多数使用者那里，“妇女主义”、“女性主义”与“女权主义”等各种译名，用法非常随意，在含义和用法上并无本质区别。

1923年，正访问日本的罗素夫人勃拉克女士在演讲时，对中国的女性解放思潮大加赞扬。1920—1921年，她随罗素在中国待了整整一年，那时正值新文化运动轰轰烈烈开展之时，她与罗素亲眼看见了中国大学如何在新文化运动中倡导与传统伦理完全背道而驰的

① 沈雁冰：《家庭改制的研究》，《民铎》第2卷第4期，1921年1月。

② 佩韦：《世界两大系的妇人运动和中国的妇人运动》，《东方杂志》第17卷第3号，1920年2月。

"新性道德"（如男女同校、社交公开、恋爱自由、离婚自由等）。这些与儒家道德规范下的生活方式严重冲突的"新道德"，在短短一两年的时间里，便瓦解了传统，改变了中国青年的生活方式，使新一代知识女性在个人生活与社会活动方面，都呈现出前所未有的自由和开放状态。以至于勃拉克认为，女权主义运动最发达的英国，已经因"稳健而谨慎"被中国的"新女子"超越了。她说：

> 中国境内，充满淡泊、自由，和活泼的空气。要求能与匹敌的，惟有在已觉悟的俄国妇人间可以找到些；而最进步的条顿民族女权主义者，却未能至此。
>
> 相信东方妇女尽在屈从状态下的欧洲妇女，可说非常怯弱；对于妇女解放的改革计划，皆极稳健而谨慎。倘使她们看见中国女青年的要求极端自由，超过欧洲最进步的女子，更观其议论的大胆率直，言论的勇壮果敢，一定要惊喜不置的。①

勃拉克这篇名为"中国的女权主义及女性改造运动"的演讲稿，凡沈雁冰主张应以"女性主义"指称的，译者云鹤统统使用"女权主义"。

20世纪30年代以后，"妇女主义"使用渐少，"女权主义"的译名，则在这个时期得以词汇化②，被辞典收入。③

"Feminism有别于各种'主义'，它不是由几条定义和一系列连贯的概念组成的一种固定不变的学说，更不是排斥异己、追求占据思

---

① 罗素夫人：《中国的女权主义及女性改造运动》，云鹤译，《妇女杂志》第9卷第1号（"妇女运动号"），1923年1月。

② 20世纪三四十年代的报刊，不乏将"女权主义"作为专有名词进行解释的，如1931年《红叶周刊》第54期的《常识辞典》，1942年《自修》杂志第212期的《名词浅释》，1946年《四川妇女》第4期的《名词解释》，均有"女权主义"词条。

③ 陈雁的《从矛盾的翻译到矛盾的立场：女权主义术语在近代中国的翻译与流转》对"女权主义"的词汇化有专门研究，并罗列了20世纪三四十年代收入"女权主义"一词的各种汉语词典及其释义。

想领域中霸权地位的‘真理’，而是一个开放的、动态的、涵盖面极广的，各种思想交锋、交融的场所。它历来同时包括理论与实践。”① 对女性主义这种特性的认识与解释，在“五四”以来的新文化女性主义理论文献中，已是常识。女性主义这一特性决定了其在有深厚历史文化积淀同时也背负沉重历史负荷的汉语世界，无论哪一种译名，都难以完全概括原词的所有含义。正因如此，处在类似情景下的日本翻译家在翻译该词时，未如近代大量新名词那样借翻译使古老汉字被赋予现代意义，而是选择了音译。追溯女性主义在“五四”时期进入汉语世界的历史，或许有助于解决国内研究界长期存在的“女性主义”和“女权主义”的无谓误解与纷争，在纠正一些常识性错误的同时，也能促使新文化与新文学研究在尊重历史的前提下开拓创新。

（原刊《文艺研究》2019 年第 5 期）

① 王政：《社会性别研究选译·序》，王政、杜芳琴主编《社会性别研究选译》，生活·读书·新知三联书店 1998 年版，第 8 页。

立足现实　关注当下

——论茅盾经典现实主义的当代意义

王卫平

摘　要　茅盾经典现实主义是他留给我们的宝贵精神资源，应该重新认识其价值和重要意义。特别是他立足现实、关注当下、参与时代思考的文学传统，对于当下的价值重建和文学创作具有重要的借鉴意义。茅盾在创作实践上开创了现实主义经典的四种品格，即时代性的品格、社会性的品格、政治性的品格、史诗性的品格；在理论主张上倡导现实主义又不独尊现实主义，主张创作方法的多样性以及写作手法的丰富性，这在今天看来依然是正确的。今天的中国尤其需要现实主义文学，需要真实地反映生活和勇敢地创造生活，茅盾的现实主义创作实践及理论倡导具有鲜明、突出的当代意义。

关键词　茅盾研究；现实主义；文学经典

在现代文学研究领域，我们提倡参与现实思考、接地气、有温度的学术研究，这也正是中国现当代文学学科的独特之处——立足现实、关注当下始终是该学科的“应有之义”，它的学术生命力也在于此。然而，在当前的学术研究中，经典作家与作品的研究常常遭到“悬置”，认为已没有了阐释的空间。并且，在当下的“项目化生存”“项目化追求”的语境下，人们追求从选题到立意的宏观乃至宏大，甚至大而无当、标新立异，而经典作家与作品的研究似乎难以担当此任，甚至被认为是“陈旧”“过时”，这势必使研究边缘化、碎片化、陌生化日渐凸显，而研究的现实感、当代性、时代意义都遭到削弱。

茅盾正是这样一位经典作家的代表。茅盾在创作实践上开创了现实主义经典品格，在理论主张上倡导现实主义又不独尊现实主义，主张创作方法的多样性以及写作手法的丰富性，这在今天看来依然是正确的。笔者认为，茅盾经典现实主义（从创作到理论）是他留给我们的宝贵精神资源。今天的中国尤其需要现实主义文学，需要真实地反映生活和勇敢地创造生活，茅盾的现实主义创作实践及理论倡导具有鲜明、突出的当下意义。

然而，令人遗憾的是，我们不仅没有充分认识茅盾经典现实主义的重要性和深远意义，甚至还诋毁它，抛弃它。因此，有必要提出这一重要且紧迫的研究课题，并结合当下的文艺创作与研究进行重新解读。而这样的研究，将不仅可以使茅盾研究获得最广泛的当代价值，而且也会使其学术生命力得以延续。

一 茅盾及现实主义经典的当代意义

茅盾作为中国现代文学巨匠，长篇小说的开拓者，著名的文学理论与文学批评家，对他的现实主义文学成就及其理论主张与批评立场我们至今还估计不足，还有待重新阐释。他一贯坚守的现实主义及其经典还有没有生命力？有没有当下意义？这是值得重新思考的时代命题。这在实质上反映出我们怎样对待现实主义的大问题，经典现实主义是不是已经过时了？时至今日，我们究竟应该如何看待曾经遭遇挑战、出现危机但又是不死的现实主义？当今作家如何处理文学与时代、与社会、与政治、与人民、与历史等问题？他们从茅盾身上能够借鉴点什么？这都是具有现实意义的、重要的研究课题。以往，王嘉良、李标晶、王中忱、汪亚明等学者对此都有过研究，但仍需重释、强调与继续拓展。特别是结合新时代、新要求以及文学创作的新变化，必然出现新问题，激活老问题。要以回到基础、回到原点、回到根本、不忘初心的姿态重新梳理茅盾现实主义文学理论和文学创作的独特内涵、特征、价值、意义到底怎样？到今天还有没有值得借鉴和承传的东西？特别是要结合现实主义的一波三折以及当下的新境遇，进行富有历史感和时代性的考量。

这里有一个大背景和大环境的问题。正如学者所言，“对茅盾长期坚守现实主义的评价，必须置于20世纪中国文化语境中考量，才能作出准确估价”①。“现实主义是一个说不尽的话题，无论中西。这个话题之所以说不尽，在我看来是因为，现实主义是艺术家看待他们生活世界最基本的认知方式。”② 同时，也是文学艺术的本质属性和规律的体现。所以，现实主义既古老又新鲜，既传统又现代。“‘现实’是一个巨大而坚硬的存在，文学无法也不该视而不见地绕道而行。作家必须勇敢地直面‘现实’，这个简单的理由是支持‘现实主义’长盛不衰的基本事实。”③ 从世界来看，19世纪是现实主义取得辉煌成就的时代。19世纪下半叶，现代主义逐渐兴起，到20世纪达到峰值，大有取代现实主义之势，传统现实主义遭遇严峻挑战。于是，有人说，20世纪以来，现实主义在世界范围内，呈现出逐渐衰弱的趋势，现代主义取代了现实主义。如果从文学观念的先锋性视角来看，的确有这样的趋向。但从创作实际来说，现代主义从来没有取代现实主义，现实主义作为一种文学观念、创作原则和方法，即使在20世纪西方现代主义最兴盛的国家和年代，也没有表现出衰退，更不是强弩之末，而是和现代主义并行不悖。从源远流长的中外文学史来看，现实主义作为观照世界的方式，是最古老而又长青的，它远比现代主义宽广，是无处不在的，现代主义与之相比则是有限的，正如学者兼作家的阎真所说“不但现代主义各流派有着展开的上限，整个现代主义也有着展开的上限。这就是为什么在法国新小说和拉美魔幻现实主义之后，近半个世纪以来，现代主义在世界上再也没有出现过重要的流派。这种艺术形式的上限，对现实主义来说则是不存在的。现实主义具有艺术形式的开放性，在过去、现在和未来，都有着无限的生机。中国每年出版数以千计的现实主义长篇，可又有几部意

① 王嘉良：《理性审视：茅盾的现实主义选择与独特理论建树》，《浙江师范大学学报》（社会科学版）2015年第3期。

② 周宪：《再现危机与当代现实主义观念》，《文学评论》2019年第1期。

③ 南帆：《现实主义、理想与历史逻辑》，《文艺报》2019年3月4日第2版。

识流、黑色幽默?”[1] 正是由于现实主义具有这种宽广性、无边性，所以，中国学者秦兆阳写有《现实主义——广阔的道路》，西方学者罗杰·加洛蒂写有《论无边的现实主义》。

在中国当代文学观念和创作中，自新时期以来，现实主义经历了从回归—疏离—重返的历程，可谓一波三折，起起伏伏。新时期初期的伤痕文学、反思文学、改革文学，鲜明突出地表现为对现实主义的恢复——恢复被“文革”及“四人帮”所破坏的现实主义。作家正视现实，摒弃文学的狭隘的政治宣传性、阶级斗争性，代之以思想性、人性和人情的表现和揭示，体现出鲜明的人道主义思想和精神。到 20 世纪 80 年代中期，先锋文学兴起，并一度成为创作时尚，现实主义遭到了冷遇，被认为陈旧了，过时了，甚至式微了，人们羞于谈现实主义，“怎么写”比“写什么”更吃香，“形式”大于“内容”，一些作家过度地把玩“形式”。“当时，出现了一些荒诞得令人啼笑皆非的写法，说一先锋作家将稿子写完后，不标页码，来个天女散花扔到地上，然后随意捡起来，稀里糊涂地装订在一起，重新阅读会有奇特的感受。”[2] 幽默作家邓刚的这种说法虽有些夸张，但当时重现代主义、后现代主义的“形式革命”确实是非常时髦的，现实主义似乎真的难以为继了。因此，现实主义文学也曾一度被冷落、被低估。对路遥的《平凡的世界》的评价就是一个典型的例证，认为它的“写法”是陈旧的现实主义。然而，先锋文学、现代派、后现代派文学并没有持续多久就衰落了，作家纷纷转向或逃离，“新写实主义”的“原生态”写作兴起了。“新写实”之后，又有“现实主义冲击波”的出现，侧重反映 90 年代以后国家所面临的经济问题、政治问题。90 年代以后至 21 世纪，文学的发展呈现“无名”状态，底层写作、新市民小说、新现实主义创作、新体验小说、后现代书写等

① 阎真:《路遥的影响力是从哪里来的?——从〈平凡的世界〉看写与读的关系》，《文学评论》2018 年第 3 期。

② 李蔚超、邓刚:《没有“文学所”学习，我决不敢这样幽默——对话作家邓刚》，《文艺报》2019 年 3 月 29 日第 5 版。

异彩纷呈，呈现出杂多化、碎片化的格局，甚至让读者眼花缭乱。21世纪初的五六年间，文学批评界重新探讨文学与现实的关系，重提文学的“人民性”，探讨现实主义传统失落的问题，呼吁重返现实主义，现实主义再度成为焦点。那时，第六届茅盾文学奖入围作品一经披露，立刻遭到网友的围攻，认为“入围作品在题材上回避当下现实生活矛盾，在艺术上脱离大众阅读趣味”①。可见从批评家到大众都希望重返现实主义的精神传统。然而，也正是在这期间（2004年），阎连科在《受活》的代后记《寻求超越主义的现实》中公开宣称“现实主义，是谋杀文学最大的罪魁祸首”，“现实主义，与生活无关，与社会无关”，“真实不存在于生活，只存在于写作者的内心。”……这篇“代后记”引起了爆炸式的反响，不少评论文章以此为切入点，批评《受活》，甚至这篇“代后记”也成了一些作家逃避现实的借口。

近年来，随着电视剧《平凡的世界》的热播，“现实主义”再次成为热门话题。许多学者认为“现实主义”在经历了先锋文学的洗礼之后依然没有过时。于是，重估、重建现实主义文学精神不绝于耳。“对于19世纪现实主义的归返，成为当下理论与创作的新热点。塑造新的文学形象的呼唤日渐兴起，对于以巴尔扎克、托尔斯泰为代表的现实主义精神的重新体认，对于马克思恩格斯倡导的现实主义基本原则的重新理解，在理论评论界时有所闻。而且，现实主义精神的本土资源，也得到积极的张扬。对于柳青、路遥、贾大山文学传统的高度评价，都可为证。”② 可见，现实主义在新时期就是这样的起起伏伏，经历了否定之否定。在近年的重估中，有学者重估路遥和《平凡的世界》的现实主义价值，认为“《平凡的世界》的读者以自身微弱的个体的力量，汇聚成一种强大的历史选择，这就是现实主义。《平凡的世界》对当代中国文学的重要意义之一，就是它证实了

① 邵燕君：《茅盾文学奖：风向何处吹？——兼论现实主义文学的创作困境》，《粤海风》2004年第2期。

② 张志忠：《四十而不惑，大道更开阔——“改革开放时代的文学研究”感言》，《文艺争鸣》2018年第12期。

现实主义在中国的无限生命力。”[1] 还有人以《平凡的世界》的再评价为例，呼吁“重建现实主义文学精神”，认为《平凡的世界》“和经典现实主义理论在以下几点相契合：一是及时捕捉和表现巨变时代的基本走向，发现历史发展的基本脉络；二是描绘历史巨变给社会生活造成的巨大冲击，展现包括政治、经济在内的时代全景图画，以及社会各阶层的命运变迁；三是在人物的冲突与合作、竞争与排斥、恩怨情仇与纵横捭阖之中，塑造具有鲜明倾向性的典型环境中的典型人物。”[2] 这几点契合，如果用在茅盾《子夜》等作品身上难道不也很合适吗？说《平凡的世界》是“经典现实主义”作品，是否也可以说《子夜》也是“经典现实主义”作品呢？由当代文学反观现代文学，鲁迅、茅盾、巴金、老舍、沈从文等众多作家的创作不都是现实主义的作品吗？现在，我们需要总结和辨析的是茅盾的现实主义文学观和创作形态与其他现代作家的现实主义到底有什么联系和区别？和当代柳青、路遥、陈忠实的现实主义又有什么联系和区别？过去，我们称茅盾的现实主义为“茅盾传统”“茅盾范式”“茅盾范型”“茅盾模式”；或者称为“功利现实主义”“客观现实主义”“史诗现实主义”“社会剖析现实主义”“理性现实主义”“整体性现实主义”“积淀深厚的现实主义”等，那么，这些现实主义是否也可以称为“经典现实主义”呢？如果《平凡的世界》能够称为“经典现实主义”，那么，《蚀》《虹》《子夜》《腐蚀》《霜叶红似二月花》为什么不能称为“经典现实主义”呢？既然“从1978年恢复和重评现实主义开始，现实主义一直是改革开放四十年不断重提的话题”[3]，那么，茅盾的现实主义为什么不应该重提呢？不要以为它是老生常谈，或者说是重复阐释，茅盾研究要想获得最广泛的当下意义，就需要这

---

① 阎真：《路遥的影响力是从哪里来的？——从〈平凡的世界〉看写与读的关系》，《文学评论》2018年第3期。

② 张志忠：《重建现实主义文学精神——路遥〈平凡的世界〉再评价》，《文艺研究》2017年第9期。

③ 和平：《改革开放四十年文学：逻辑起点和阶段史建构》，《新华文摘》2019年第3期。

种“老生常谈”，需要重申和强调茅盾经典的当代价值。在鲁迅研究界，人们经常说到鲁迅研究名家、《中国鲁迅学通史》的作者张梦阳先生所说的话：“中国的鲁迅研究成果90%都是重复前人已经取得的研究成果。”这正说明，经典往往是在重复阐释中建构起来的。对此，张福贵先生说得好：“应该看到，对研究对象的重复阐释，是学术研究中普遍存在的现象，因为任何思想的发展都是通过思想的积累而逐步实现的。在思想实践亦即学术研究过程中，创新是罕有的，重复则是常见的，所以思想创新才成为人类代代相承的渴盼。在学术研究中，重复阐释本身具有两个重要的意义：第一，显示出问题的重要性；第二，显示出价值的恒定性。经典的形成必须要有反复和重复的阐释过程，没有这个过程就很难成为经典。”① 对茅盾经典现实主义（从创作到理论）的重复阐释也应该作如是观。

二　茅盾所开创的现实主义经典的四种品格

在创作实践中，茅盾所开创的现实主义经典的四种品格，是作家留给我们的宝贵的精神财富。

第一是时代性的品格。2019年3月4日，习近平总书记在看望参加全国政协会议的文艺界、社科界委员时强调，要坚持与时代同步伐。中国特色社会主义进入了新时代，希望大家承担记录新时代、书写新时代、讴歌新时代的使命，勇于回答时代课题，从当代中国的伟大创造中发现创作的主题、捕捉创新的灵感，深刻反映我们这个时代的历史巨变，描绘我们这个时代的精神图谱，为时代画像、为时代立传、为时代明德。这是时代的要求，也是文学的使命。茅盾的创作在记录时代、反映时代、书写时代方面给我们积累了成功的经验，他总是以自己的创作感应时代的脉搏，参与时代思考，体现出与时代同行。他的小说特别是长篇小说从题材的选取到主题的提炼都十分注重

① 张福贵：《鲁迅研究的三种范式与当下的价值选择》，《中国社会科学》2013年第11期。

时代性、重大性的展现和揭示。人物形象的塑造更注重时代色彩，以至他早期小说所塑造的女性形象历来被研究者冠以“时代女性”。《虹》展现的是“五四”到“五卅”的时代图景，在这样的时代背景下，展现了一个青年知识分子历经曲折，终于走上革命道路的艰难历程。《蚀》是大革命前后，时代女性的心灵史。《子夜》更有意突出1930年的时代背景。小说在第1页就直接点明这一时间节点：“这时候——这天堂般五月的傍晚，有三辆一九三〇年式的雪铁龙汽车像闪电一般驶过了外白渡桥，向西转弯，一直沿北苏州路去了。”到第9页，作者又一次点出时间：“这时候，汽车越走越快，……每分钟半英里，一九三〇年式的新纪录。”这样的写法在鲁迅、老舍、沈从文等人的小说中是没有的，意在强调时代性，体现时代声音。今天，我们的文学对时代脉搏的把握、对时代声音的聆听、对时代精神的揭示怎么样？曾几何时，我们的小说和影视剧曾在封建皇帝、宫廷争斗、妻妾争宠、抗战神剧的故事中流连忘返，致使历史题材多于现实题材。“没有人有权利蔑视‘现在’。真正有价值的写作，无论取何种题材，它都必须有当代意识，必须思考‘现在’。持守这个立场，就是一个作家的担当。”① 今天，呼唤时代之大作、巨作，已成为普遍的呼声，“人们期待出现全面表达这个时代的作品”②。

第二是社会性的品格。1932年，茅盾在总结自己的前期创作时，说自己“未尝敢忘记文学的社会意义”。并强调，“一个做小说的人不但须有广博的生活经验，亦必须有一个训练过的头脑能够分析那复杂的社会现象；尤其是我们这转变中的社会，非得认真研究过社会科学的人每每不能把它分析得正确，而社会对于我们作家的迫切要求，也就是对那社会现象的正确而有为的反映。”③ 1952年，茅盾又说：“在横的方面，如果对于社会生活的各环节茫无所知，在纵的方面，如果对于社会发展的方向看不清楚，那么，你就很少可能在繁复的社

① 谢有顺：《写作无权蔑视“现在”》，《文艺争鸣》2018年第12期。

② 石华鹏：《呼唤时代之大作》，《文艺报》2019年4月1日第3版。

③ 茅盾：《我的回顾》，《茅盾全集》第19卷，人民文学出版社1991年版，第406页。

会现象中恰好地选取最有代表性、典型性的，即是具有深刻的思想性的一事一物，作为短篇小说的题材。对于全面茫无所知，就不可能深入一角：这是我在短篇小说的写作方面所得到的一点经验教训。”① 在这里，可以看出，茅盾是很注重作品的社会性的，他一贯强调小说家要善于正确分析复杂的社会现象，在此基础上，才能正确而有为地反映社会，这样，作品才具有社会性的品格。即使作家“描写的虽只是一二人、一二家，而他们在描写之前所研究的一定是全社会、全民族”②。应该说，这种掌握全局，然后才能深入局部的创作主张恰恰是当今不少作家所匮乏的。而且，茅盾更注重反映、描写社会整体和生活全景，他的《子夜》等作品就是例证。《子夜》的日译者之一的尾坂德司在《〈子夜〉译后记》中说它“实为中国现实社会的解剖图。”这也是高度肯定了《子夜》的社会性品格。今天的中国社会，比茅盾创作《子夜》的 20 世纪 30 年代更为复杂，社会的表象层层叠叠，社会的乱象也层出不穷，有道是“乱花渐欲迷人眼”。我们的作家是否像茅盾所说的认真研究和分析了这复杂的社会现象？是否能透过现象，拨开迷雾，正确而有为地揭示本质？作品是否具有鲜明的社会性的品格？这恐怕也值得作家深思。

第三是政治性的品格。茅盾是社会—政治型的作家，革命家的出身使他拥有抹不掉的政治印痕。脱离政治、脱离革命、成为文学家之后，仍然不忘政治、关心政治，于是，他的创作和批评都具有了政治的色彩，政治的品格成了他的个性之一。但由于茅盾的创作在处理政治时并非完美，存在“概念大于描写”等问题，所以遭到了批评者的诟病。尽管如此，也不能简单地将文学与政治对立起来。事实上，文学与政治并非二元对立。文学反映政治，表现政治诉求也是“题中应有之义”。亚里士多德在《政治学》中早就说过“人类在本性上，也正是一个政治动物”。政治生活是人的社会生活的重要内容，

① 茅盾：《〈茅盾选集〉自序》，《茅盾全集》第 24 卷，人民文学出版社 1996 年版，第 209 页。

② 沈雁冰：《现在文学家的责任是什么？》，《茅盾全集》第 18 卷，人民文学出版社 1989 年版，第 9 页。

在中外文学史上，因强烈的政治意识而建构起作品的政治品格都不乏其例。司汤达、雨果、巴尔扎克、托尔斯泰、马克·吐温、左琴科、乔治·奥威尔、大江健三郎等无不有政治色彩浓重的作品，《钦差大臣》《竞选州长》《猴子奇遇记》《动物庄园》等都是把文学与政治在更高的层次上统一起来的经典力作。茅盾小说中的政治因素虽没有上述的完美，但同样具有借鉴意义，他大视野地表现政治生活，对当下作家的政治书写不可能没有启示。1949 年以后，由于长期“一体化”的政治对文学的要求，使文学必须为政治服务，文学被绑在了政治的战车上，成了政治的工具，严重地伤害了作家和文学。所以，新时期以后，这种“工具论”“服务论”的文学观念遭到了文学界的一致鄙弃，文学获得了新生，创作有了更多的自由，“去政治化”“解构政治”普遍盛行，这既有顺应潮流、合情合理的一面，也有矫枉过正的弊端。所以，21 世纪以后，有识之士就曾敏锐地指出：“在当下中国的政治文化语境之中，如何恢复、保持和不断增强文学实践的政治活力而将我们的文学充分有力地‘再政治化’，并且以文学自己的方式相当有力地‘介入’中国历史和中国现实，将是文学的生机之所在。”① 这种“再政治化”绝不意味着重回文艺为政治服务、沦为政治工具的老路上去，以文学的方式有效地干预政治、反思政治。应该说，当下的政治生态越来越走向清明，越来越顺民意、得民心。但仍有不尽如人意的地方，作家要有敏锐的政治嗅觉、宽广的政治视野以及直面现实的政治良知和勇气，对负面的政治沉渣和邪恶的政治霸权要敢于说“不”。应该说，作品的政治性品格正是时下文学所缺少的。

第四是史诗性的品格。茅盾在回答哪些中外文学作品对他影响最大时说：“我喜欢规模宏大、文笔恣肆绚烂的作品。”② 这正是史诗性的品格，茅盾自己的创作也追求这种史诗性，像《子夜》，构思宏

① 何言宏：《当代中国文学的“再政治化”问题》，《当代作家评论》2008 年第 3 期。

② 茅盾：《我阅读的中外文学作品》，《中国现代文学研究丛刊》1982 年第 1 期。

伟，结构宏大，笔力浓墨重彩，创造典型环境中的典型性格，把社会、政治、经济、家庭、伦理熔为一炉，具有史诗性的品格。这种史诗性的品格体现为“全体小说”的追求，具有宏伟、宏大的叙事。茅盾所开创的长篇小说的史诗性传统影响了以后几代作家作品，从《上海的早晨》到《创业史》，从《艳阳天》以至到新时期的《白鹿原》，这一点以往多有提及。《子夜》在国际上也产生了重要而广泛的影响。比如在日本，学者研究发现，“茅盾成为继鲁迅之后日译最多的作家”①。《子夜》就有多种译本，传播广泛，影响深远。据说，日本著名文学评论家筱田一士在看过小野忍和高田昭合译的《子夜》后，为之震撼，1986 年他在编选《二十世纪十大小说》时，将《子夜》与《追忆逝水年华》《城堡》《百年孤独》《尤利西斯》等并列其中，并详加解说：“以想象全社会的想象力而言，茅盾在同一时代的中国作家中可谓最杰出的存在。总托作品全体的既坚牢又自由变幻的空间状况形成是作品的最特出的特征，和这个特征对比起来，人物的概念化和人物描写的粗糙则是次要的，以首要的全体想象力来弥补次要的缺点是绰绰有余的。”《子夜》“是探求二十世纪的全体小说（建构整体结构的全社会小说）的实验小说。从这个意义上说，《子夜》在同时代的世界文学上具有先驱性的存在，以及其独创的大胆的实验，是让人钦佩的”②。这也正是着眼于《子夜》的“全体性”亦即史诗性的成就，不管他的评价是恰当还是失当，《子夜》的史诗性品格还是毋庸置疑的。

联系中国当代小说（包括影视剧），其史诗性的品格正是当下创作所缺少的。今年是新生的人民共和国成立 70 周年，前 30 年的曲折，后 40 年的奋斗与辉煌，值得文艺大书特书。我们的文艺虽已有了诸多对共和国 70 年历史的书写和反映，但史诗性、全景式的恢宏巨著还不多。作家、艺术家还要深刻地、全方位地反映共和国 70 年

① 曾嵘：《茅盾文学在日本》，《中国现代文学研究丛刊》2017 年第 4 期。

② ［日］是永骏：《茅盾小说文体与二十世纪现实主义》，《文学评论》1989 年第 4 期。

的历史巨变，描绘我们这个波澜壮阔的时代的精神图谱。即使对于过往的历史，比如，抗日战争、“文革”历史，其“全体性”的“全般的”“全面的”展现仍然不足。对于重大历史事件的书写，俄苏有《战争与和平》《静静的顿河》《青年近卫军》等一连串的、气度恢弘的、史诗性的长篇巨著，中国则相形见绌。同样是面对第二次世界大战，苏联的卫国战争文学，成为20世纪40年代初期以来苏联文坛的主流，作家们纷纷奔赴前线，自动投身于卫国战争之中。战时和战后写出了《莫斯科——1941》《围困》《日日夜夜》《他们为祖国而战》《这里的黎明静悄悄》《大地怒吼》等一本本、一部部气势雄浑的长篇巨著。相比之下，中国的抗战文学从战时到战后，这种史诗性、“全景性文学”还显得逊色，这需要作家的反思和重建。

三 茅盾现实主义理论倡导的开放性

在理论主张上，茅盾是现实主义在中国最早的接受者和传播者之一。他一生主张“为人生的艺术”，这可以说是他文学观的总纲。早在20世纪20年代初，他就指出：“文学是为表现人生而作的。文学家所欲表现的人生，绝不是一人一家的人生，乃是一社会一民族的人生。”① 所以他也一生致力于现实主义文学的倡导。当1937年抗战爆发，“战时文艺政策”调整之时，茅盾认为“还是现实主义”，“我们目前的文艺大路，就是现实主义!”“非现实主义的文艺经不起现实的铁拳。”“遵循着现实主义的大路，投身于可歌可泣的现实中，尽量发挥，尽量反映，——当前文艺对战事的服务，如斯而已。”② 茅盾的这种主张不仅是正确的，也是非常及时的。1941年，茅盾在谈论近二十年来的中国文学时，认为“中国新文学二十年来所走的路，是现实主义的路”。其中，尽管“也曾见唯美主义、象征主义等等旗

① 沈雁冰：《现在文学家的责任是什么?》，《茅盾全集》第18卷，人民文学出版社1989年版，第9页。

② 茅盾：《还是现实主义》，《茅盾全集》第21卷，人民文学出版社1991年版，第335—336页。

号”但“现实主义屹然始终为主潮”①。

茅盾虽然倡导现实主义，但他又不独尊现实主义，他的现实主义文学观并不狭隘，也不单纯。他曾经欣赏过自然主义，认为“我自己在那时候（指20世纪20年代初——引者注）是一个‘自然主义’与旧写实主义的倾向者”②。他也曾喜欢过“新浪漫主义”（也就是后来统称的现代主义——引者注）并加以介绍。他自己的创作（从小说到散文）也曾受到过象征主义的影响。但历史选择的结果，茅盾最终选择了现实主义的文学观，但又不排斥其他主义。在1921年《〈小说月报〉改革宣言》中，茅盾认为在20世纪20年代，在世界范围内，“写实主义的文学，最近已见衰歇之象”，所以“似已不应多为介绍；然就国内文学界情形言之，则写实主义之真精神与写实主义之真杰作实未尝有其一二，故同人以为写实主义在今日尚有切实介绍之必要；而同时非写实的文学亦应充其量输入，以为进一层之预备”。可见，茅盾当时在引进西洋文学的主张上，一方面要引进现实主义文学，这是切实而必要的，但并不排斥现代主义，另一方面也要尽可能地引进现代主义文学，而且，他还认为“译丛，译西洋名家著作，不限于一国，不限于一派；说部，剧本，诗，三者并包”。这是兼容并包主义。他反复强调“文学不是作者主观的东西，不是一个人的，不是高兴时的游戏或失意时的消遣”。“文学的目的是综合地表现人生，扩大人类的喜悦和同情，有时代的特色做它的背景。”“这样的文学，不管它浪漫也好，写实也好，表象神秘都也好；一言以蔽之，这总是人的文学——真的文学。”③ 可见，茅盾并没有独尊现实主义，而是主张创作方法的多样性以及写作手法的丰富性，他的现实主义是开放的，是兼收并蓄的，是向各种主义敞开的，这在今天

① 茅盾：《现实主义的道路——杂谈二十年来的中国文学》，《茅盾全集》第22卷，人民文学出版社1993年版，第171—172页。

② 茅盾：《答国际文学社问》，写于1934年3月，载于《新港》1957年第11期。

③ 茅盾：《文学和人的关系及中国古来对于文学者身分的误认》，《茅盾全集》第18卷，人民文学出版社1989年版，第61页。

看来依然是正确的。

在现实主义内部，从现代到当代，历来多有简单、机械、狭隘的理解，认为现实主义就是“反映”，就是“客观”，就是“镜子”式的映照，等等。茅盾则认为，现实主义文学固然“是对人生的真实的反映”，但“如果文学的职务只在反映出现实人生来，则岂非等于一面镜子？文学决不可仅仅是一面镜子，应该是一个指南针”[①]。考察茅盾的现实主义文学观，我们发现，茅盾很少用“镜子说”来比拟文学与现实生活的关系，而是强调分析现实，改变现实，创造现实，其中要有理性、理想因素的植入。他深刻地指出，“文艺家的任务不仅在分析现实，描写现实，而尤重在于分析现实描写现实中指示了未来的途径。所以，文艺作品不仅是一面镜子——反映生活，而需是一把斧头——创造生活。”[②] 他也不满自然主义的过于客观，认为“自然主义者所主张的纯粹的客观描写法是不对的，因为文学上的描写，客观与主观——就是观察与想象——常常相辅为用，犹如车之两轮。太偏于主观，容易流于虚幻，诚如自然派所指摘，但是太偏于客观，便是把人弄成死板的僵硬的了。文学的作用，一方是社会人生的表现，一方也是个人生命力的表现，若照自然派的主张，那就是取消了后者了。”[③] 茅盾的这些主张，今天看来，依然是精辟的，依然值得珍视。我们看到，当代作家阎连科，纵然对现实主义大加讨伐，甚至恨之入骨，深恶痛绝，但他也不是否定真正的现实主义本身，而是庸俗的、机械的、变味儿的现实主义，是改变了原来方向和性质的现实主义。在他看来，现实主义是伟大而神圣的。他的《我与父辈》写得那么真切、那么感人，也是现实主义的。现实主义是开放的，它不应该排斥对其他各种主义的借鉴和吸收，茅盾自己的创作就与自然

---

① 茅盾：《文学者的新使命》，《茅盾全集》第 18 卷，人民文学出版社 1989 年版，第 539 页。

② 茅盾：《我们所必须创造的文艺作品》，《茅盾全集》第 19 卷，人民文学出版社 1991 年版，第 313 页。

③ 茅盾：《自然主义与中国现代小说》，《茅盾全集》第 18 卷，人民文学出版社 1989 年版，第 239 页。

主义、象征主义有关联，当代作家阿来的《尘埃落定》在采用现实主义创作方法的同时，也吸收了一定的现代主义技巧。这都是成功的例子。

今天的中国尤其需要现实主义文学，需要全方位地反映、再现、表现现实，需要注重作品的真实性、客观性和理想性，需要重视分析现实、分析社会和理性判断，需要现实主义文学的典型环境和典型人物。对此的认知，茅盾也不乏真知灼见。比如，他说“我以为一个写小说的人如果要研究的话，就应是研究‘人’，应不是‘小说做法’之类”①。茅盾多次强调“人”是写小说的第一目标，第一要义，把人物放在小说最重要的位置，写小说一定要先有人物。在谈到从“人物”到“环境”时，茅盾说“‘人’是在‘环境’中行动的。环境固然支配了‘人’，但由于这被支配而发生的反作用，能使‘人’发生破坏束缚的思想而形成改造环境的行动。由此可知‘人’和‘环境’的关系不是片面的；‘人’与‘环境’之间的作用，是交流的，是在矛盾中发展的。”② 即使今天看，这也是现实主义文学中“人”和“环境”互动关系、辩证关系的最清晰、最正确的表达。在1958年发表的《夜读偶记》中，茅盾进一步阐述人和环境互为影响的关系：“现实主义把人物放在社会环境中，考察人物在环境中的感受以及环境对人物的思想意识的影响”，“现实主义作家给我们看到的人物不但是和我们同时代的某种人的典型，而且还表现出这个人物的性格是怎样地在他特有的环境之中形成的（这就是说这个人物还应当有他自己的个性）。既然这个人物是特定时代和特定社会中的一个典型，既然这个人物是环境的产物，那自然，作家笔下的环境也非典型的不可。正是因为现实主义的人物塑造有这样的特点，所以它最能反映特定时代的社会意识。而且也正因为现实主义的人物是这样塑造的，所以作家必须在生活实践中‘发现’他的人物而不是从理

---

① 茅盾：《谈我的研究》，《茅盾全集》第21卷，人民文学出版社1991年版，第61页。

② 茅盾：《创作的准备》，《茅盾全集》第21卷，人民文学出版社1991年版，第27页。

性出发或凭空想和热情来‘捏造’他的人物。”① 上述这些文学思想和见解，值得今天的作家认真对待。

四 结语

茅盾的现实主义及其文学经典是他留给我们的精神资源之一，对它（也包括茅盾的其他资源）的发掘、认识和阐释，离不开对当下的“发言”与“对话”，离不开时代思考和价值重建，这是研究者的当代责任。一个研究对象能够不断地与时代、与当下对话，说明这个时代，这个当下仍然需要它，它仍具有镜鉴和启示意义，这时，这个研究对象才是有生命力的，这样的研究不仅有利于推进茅盾研究，也有利于“找回现代文学研究的‘魂’”②。

从学术界的研究来看，也是同样的道理。现当代文学研究“回归学术”是它的常态，也是“正途”，是“题中应有之义”。但不要忘记现当代文学区别于其他学科的关键所在是它的接“现代”、通“当下”。“这个学科的基因之一就是‘现实’，它的学术生命力就在于不断回应或参与现实生活。就现当代文学研究而言，‘现在’和‘历史’的对话关系，是决定其研究价值的关键。”③ 具体的茅盾研究也是如此，它为我们提供了一种启迪。

[原刊《北京师范大学学报》（社会科学版）2019 年第 6 期]

① 茅盾：《夜读偶记》，《茅盾全集》第 25 卷，人民文学出版社 1996 年版，第 204—205 页。

② 温儒敏：《文学研究的价值危机与当代责任》，《光明日报》2014 年 3 月 17 日第 16 版。

③ 温儒敏：《文学研究的价值危机与当代责任》，《光明日报》2014 年 3 月 17 日第 16 版。

“十七年”文学生态的隐性叙述

——以《茅盾日记（1953—1966）》为例

蔺春华

摘　要　收入《茅盾全集》中的《茅盾日记》共有两册，是依据他的手稿校订而成，后期修改加工的可能性较小。其对“十七年”时期的记述虽然是零星的、片段的，却真实地反映了茅盾这一时期的内心世界和日常生活。在理性、节制的文字背后，也隐含了关于“十七年”文学生态的丰富信息。

关键词　十七年；文学生态；隐性叙述；茅盾日记

在茅盾亲撰的回忆录和后来由韦韬著述的《茅盾回忆录》《父亲茅盾的晚年生活》里，对茅盾本人1950年到1964年的生活都没有充分、翔实的记述，这十几年恰好是茅盾连任三届共和国文化部部长的时期，也是中国当代文学发展的特殊时期，无论对于茅盾研究还是当代文学研究都有着十分重要的意义和价值，值得我们认真研究和讨论。目前公开出版的也是仅存的两册《茅盾日记》，虽然只是时断时续的记载，但却以私人化的言说方式和视野呈现了这一时期的中国文学生态的复杂面貌。

一　安眠药：茅盾“十七年”生活的日常

1949年元月，茅盾乘船离开香港取道大连回国，抵达大连港时他曾情不自禁地呼唤：“我们来到了！我们终于胜利地来到了！”[①] 时隔半年，在第一次文代会上，茅盾做了《在反动派压迫下斗争和发

① 茅盾、韦韬：《茅盾回忆录（下）》，华文出版社2013年版，第189页。

展的革命文艺》的报告，在详细总结了十年来国统区革命文艺取得的成果之后，茅盾宣称：“中国的全土很快都要成为自由解放的地区，全国的一切文艺工作者都要在人民民主的新中国从事新的工作了。在我们面前展开着一个和过去完全不同的崭新的人民的时代。过去我们在反动政府压迫下，没有写作自由与发表自由，很少可能和群众建立密切联系；从此以后，我们将生活在自由的天地中，我们将有一切机会和群众建立密切的联系。空前伟大的人民革命的胜利，与正在开始着的全国生产建设的事业，供给了我们文艺工作者以无限丰富的题材，觉醒了的战斗着的工作着的人民大众中间的英雄与模范，将是我们的文艺作品内的主人翁。”① 这番充满自信和激情的讲话，不仅对即将到来的新中国充满展望，也表达了国统区作家们对共产党领导下的文学新天地的美好憧憬。共和国成立不久，茅盾成为第一任文化部部长，茅盾之子韦韬对此有如下记述：

> 主席亲自出面找爸爸谈话，说文化部长这把交椅是好多人想坐的，只是我们不放心，所以想请你出来。爸爸问：“为何不请郭老担任？”毛主席说：“郭老是可以的，但他已经担任了两个职务，一个是文化教育委员会主任，一个是中国科学院院长，再要他兼文化部长，别人更有意见了。”又说：“听说你不愿意做官，这好解决，你可以挂个名，我们给你配个得力的助手，实际工作由他去做。”②

果然，毛泽东为茅盾配备了一个不可或缺的得力助手周扬，担任文化部第一任党组书记和常务副部长，“在1950年代中国大陆的文艺界，周扬作为党在文艺战线的代表，其名字中所含有的官方意味是不

---

① 茅盾：《在反动派压迫下斗争和发展的革命文艺——十年来国统区文艺运动报告提纲》，《中国新文学大系 1937—1949 · 文学理论卷》，上海文艺出版社1990年版，第172页。

② 茅盾、韦韬：《茅盾回忆录（下）》，华文出版社2013年版，第189、191页。

言而喻的。”[①] 毋庸讳言，文化部作为负责文化工作的主要部门，被茅盾看好也被毛泽东认可的诗人郭沫若，虽然在文艺界享有极高的声望，但和茅盾一样，缺少必需的政治身份。郭沫若自 1928 年脱党后，一直以党外人士身份出现。也只有领导过上海左翼文艺运动、又身体力行宣传和贯彻毛泽东《在延安文艺座谈会上的讲话》思想的马克思主义理论家周扬，才可能成为正在发展中的新中国文艺事业的领军人物。事实上，当茅盾半推半就坐上共和国第一任文化部长的位子后，他作为“五四”新文学以来的杰出作家和批评家的立场和身份也已经受到影响。1950 年代的茅盾刚刚年过半百，以他的资历和经验，非常渴望在年轻的共和国里有所作为。但茅盾日记中的茅盾却表现得越来越衰弱无力，身体如此，精神状态亦如此。究其原因，一是失眠症日益顽固，发展到每日必服安眠药才能勉强入睡，直接影响了他的日常工作；另一方面，出任文化部长后的茅盾被繁杂的事务性活动占据了大部分时间，在日复一日的会议、出访、接待、讲话中，他与文学创作渐行渐远。在为作协提交的《我的规划》中，茅盾写道：“来自主观方面的，大致不外乎个人精力日益衰颓，用脑不能持久，特别不习惯于一会儿须看公文，一会儿又要开冗长的会——这样的‘疲劳轰炸’，并由此引起的神经的衰弱状态。来自客观方面的，主要是无法控制时间。比如说，很难做到每天抽三四小时来写作，也很难做到每天经常有二小时，或者每周能经常有三四个工作日可以用于写作。在这样情况下，构思是时断时续的，写也是时断时续的，这便引起了厌倦和苦闷，至于想促此搁笔。”

这种状态显然无法构思出新作品，就连续写 1942 年完成了一半的长篇小说《霜叶红似二月花》的计划也终究搁浅，导致茅盾“夜里一想到，就很难过，就睡不着觉”。在 1953 年、1954 年的 18 则日记里，连续出现“昨晚睡眠不好”的记载，但只有一次“服了医生

① 吴辰：《1950 年代中国大陆文学生态研究》，博士学位论文，山东师范大学，2016 年。

给的安眠药及其他药。今晨七时半醒来，尚觉头重脚轻。”① 在出访布拉格、莫斯科的日子里，他的日记还有这样的记载：“十五日（星期天，天晴）今日究为阴历何日，只好到后天再证明了。因为，在莫斯科时，大使馆人认为阴历月小，而工会方面有人认为月大，如果月大，今天应是初二。”②

他的心情很放松甚至显得兴致勃勃，接下来的日记还披露了1952年中国影片《人民的战士》在捷克卡罗维法利国际电影节获奖的情况：“当时苏、捷及其他代表赞成《翠岗红旗》给奖，而我代表坚持应给《人民的战士》……捷文化部长对于《翠》片评价甚高，在评选会开会前，已有明显表示，苏方亦然，谭大使（中国驻捷克大使谭希林——引者注）曾告我代表。但我方代表既不与谭讨论（谭谓：且不向国内请示），即在评选会上坚持国内所定之主张，谭对此甚为不满。”③

在当时，《人民的战士》和《翠岗红旗》都属于革命主流文艺范畴。前者由东北电影制片厂1952年拍摄，以1946年冬东北人民解放军挺进江南为背景，颂扬了普通战士身上的革命英雄主义精神，人物质朴，情感真挚；后者由上海电影制片厂摄制，讲述了发生在江西老苏区翠岗的故事，时间线从第一次国内革命战争延续到解放战争时期，讴歌了老区人民在白色恐怖岁月中对红军的深情和对革命的坚定信念。这两部影片在当时能够脱颖而出，在于它们“不仅表达着获得解放后的中国普通民众的乐观、积极、向上的生活热情，而且亦表达着中国整个民族勇毅、奋发、蓬勃的民族精神，同时，更表达着国家民族危亡之际，中华儿女的那种敢于挽狂澜于既倒的气壮山河的国家民族凝聚力”④。二者在艺术上各有其独特的品格，《翠岗红旗》最终在本届电影节获得了摄影大奖，也算实至名归。1956年4月28

① 茅盾：《茅盾全集·日记一集》，黄山书社2014年版，第7页。

② 茅盾：《茅盾全集·日记一集》，黄山书社2014年版，第3页。

③ 茅盾：《茅盾全集·日记一集》，黄山书社2014年版，第10页。

④ 孟庆军《“十七年”电影中社会记忆的建构与国家民族认同》，《电影评介》2017年第14期。

日，毛泽东在中共中央政治局扩大会议上提出，“百花齐放、百家争鸣”应该成为我国发展科学、繁荣文学艺术的方针。在1957年1月17日召开的省市自治区党委书记会议上，毛泽东再次肯定了“双百”方针的意义。同年二月，“文化部副部长钱俊瑞专门到茅盾寓所，向茅盾传达毛泽东同志1月17日、27日在省市自治区党委书记会议上的讲话部分内容，即有关百花齐放、百家争鸣的内容”①。身为文化部部长和作协主席的茅盾，显然受到了“双百”方针的鼓舞，在1956年6月召开的全国第一届人民代表大会第三次会议开幕式上，茅盾做了题为“文学艺术工作中的关键性问题”的发言，他指出“应当允许文艺上有不同派别”，主张作家们对创作方法有选择自由，文艺批评不能“简单”“粗暴”和运用“庸俗社会学观点”②。在针对长诗《什卡和玛娅》的回函中，他更是明确指出，对水平低的作品不予发表“和贯彻‘百花齐放，百家争鸣’政策是两件事”③。然而，随着丁玲、陈企霞、冯雪峰等先后受到批判，茅盾也感到了前所未有的压力，在1957年10月8日写给富米切夫的信中，他直言自己“常常生病，短期内不能执笔写稿”④。从1957年11月开始的日记中，茅盾不间断地记载道：“服‘寐底拿’一片就寝”“昨夜服安眠药后即睡”“昨晚睡前服安眠药”“昨晚九时服药一枚就寝。”严重的睡眠障碍和繁忙的事务性工作，不能不让茅盾心生抱怨：“上午有不少杂务，除了阅报、《参资》外，简直没有时间了。”⑤ 在一次招待苏、捷、德专家的联欢会后，茅盾写道：“联欢晚会直至十二时散

---

① 钟桂松：《茅盾在一九五七年》，今日作家网，news. eastday. com/epublish/gb/paoer/48/20020214/class014800023/hwz601358. htm，2002年2月14日。

② 茅盾：《文学艺术中的关键性问题——在第一届全国人民代表大会第三次会上的发言》，《人民日报》1957年6月20日。

③ 茅盾：《致寒超梅》，《茅盾书简》，浙江文艺出版社1984年版，第210—211页。

④ 茅盾：《致富米切夫》，《茅盾书简》，浙江文艺出版社1984年版，第215—216页。

⑤ 茅盾：《茅盾全集·日记一集》，黄山书社2014年版，第74页。

场，十分疲劳，客人们也勉强坐着……联欢成为疲劳轰炸。”① 几乎每天的日记里都充满精神的焦虑和对失眠的无奈，甚至发展到一夜之间既服用水剂药又服用片剂药催眠的地步：“晚阅电视至九时半，服水药（安眠）10cc，至十时半仍无睡意，乃加服 M. 一枚，十余分钟后入睡。”② 根据日记的记载，茅盾即使服用了当时最强效的安眠药，也只能勉强睡三四个小时，经常半夜醒来后不能再入睡，羸弱的体质和压抑的情绪在日记的字里行间展露无遗。本来，在精神、情感和想象力高度运转的作家群中，失眠是很常见的现象。处于 1950 年代的作家们，失眠则又意味着个人与时代的双重焦虑和困境。诗人郭小川也是一个长期失眠者，他在 1957 年的日记里又记录了什么？1 月 10 日：“四时至六时又醒来，其余的时间也睡不好，为噩梦折磨着。……头昏，一直到四时都在不安中度过。这实在是咬紧牙关的时候，我必须在几天内把陈企霞的结论初稿写出来。”1 月 11 日：“八时起，就为眼前这件事煎熬着，弄（得）心情非常之坏，似乎感到这文艺界的混乱状况是没有希望改变的。中午睡了一会，一直到四时没有工作。一种厌烦和不安的情绪占有着我，情绪有时像气流一样，是这样地压人。”1 月 12 日：“时间越拖越久，陈的结论实在该写出来了。一想到这，不安就折磨着我，夜间，极力摆脱这种念头。想了一些写东西的事。”③ 时任作协党组副书记、作协书记处书记兼秘书长的郭小川正被“丁陈反党集团案”所困扰，联系郭小川这一段时期的日记来看，让他颇为踌躇的是如何为复查后的陈启霞事件做出结论。郭小川在日记中如是说：“契诃夫的《普里希别叶夫中士》，写了一个清规戒律极多而又好事的退伍士兵，我倒感到他很像陈企霞。”④ 在关涉到一个作家政治命运的难题面前，郭小川不可能释然，

① 茅盾：《茅盾全集·日记一集》，黄山书社 2014 年版，第 51 页。

② 茅盾：《茅盾全集·日记二集》，黄山书社 2014 年版，第 652 页。

③ 郭小蕙整理：《郭小川日记（1957·上）》，《新文学史料》1999 年第 2 期。

④ 郭小蕙整理：《郭小川日记（1957·上）》，《新文学史料》1999 年第 2 期。

只有服用安眠药之后，他才能“这一夜睡得非常好，第一觉就睡到六时，这是从来没有过的。”① 与茅盾服药而不得眠相比，郭小川的精神状态或者说他的抗压能力要明显高于茅盾。所以，一些敏感的作家们，在特定时期个人所感受的压力更大更重，比如诗人田间。1962 年 2 月 8 日，茅盾率领中国作家代表团赴开罗出席第二届亚非作家会议，他 14 号的日记就颇耐人寻味：“闻夏衍、王汶石、田间都病了。田间为老病（过分紧张后神经稍稍失常），他觉得到处都有人对他进行谋害或监视。（日前曾谣传有四千特务布置在会场和旅馆，代表团曾通知各团员提高警惕：此项所谓特务，说是美国派出的，但也有其他方面派出的。）他不敢喝旅馆内的水（恐有人放毒），甚至不敢服自己带来的药（安眠药之类），谓此药放在他所住的房间，难保他离开房间时有人进去掉了包，变为毒药。因此不得不将他从旅馆迁出，移住大使馆。”②

上述历史细节在今天看来，无疑提供了观察“十七年”文学生态的一个视角。

二 “参考资料”：茅盾瞭望世界风云的窗口

颇有意味的是，除了每日必服的安眠药，《参考资料》在茅盾日记里出现得最为频繁。被茅盾简称为《参资》的《参考资料》，是由新华社编印的内部资料，主要刊载国外媒体的国际热点问题报道、涉华言论等，只有国家高层干部才能看到。自 1957 年 11 月起，《参资》成为茅盾每日的必修功课，至于从《参资》中获得了什么信息，茅盾在日记里只字未提。显然，阅读《参资》不仅是文化部长茅盾关注国际事务的重要窗口，它也是一种政治待遇的象征。作家赵树理就在 1950 年代主动放弃了文艺 2 级和 270 元月薪的待遇，选择了行

---

① 郭小蕙整理：《郭小川日记（1957・上）》，《新文学史料》1999 年第 2 期。

② 茅盾：《茅盾全集・日记一集》，黄山书社 2014 年版，第 310—311 页。

政10级和218元的月薪，“理由是：选择行政级的政治待遇高些，可以按级别看文件、听报告，甚至决定能否阅读《参考消息》”[①]。茅盾身为文化部部长，享受的是行政4级的待遇，阅读的是《参考资料》（俗称大参考），而赵树理的行政10级就只能阅读《参考消息》（俗称小参考）了。这里不妨摘录几段茅盾日记：“睡了三小时即醒，以后即未能熟睡，时时惊觉……阅《参资》，甚感疲倦，中午却不能入睡。”[②]“阅报、《参资》，起草作协扩大会上的报告初稿，然而头晕，写稿如在梦中”[③]，“上午阅《参资》，极倦，而且忽感双目昏眊”[④]，有时还要多次阅读：“下午阅报、《参资》。晚阅《参资》。”[⑤]茅盾对《参资》的倚重，也为我们提供了一个切入“十七年”文化生态的新视角。“十七年”文学生态是在严峻的“冷战”背景下形成的，其时，在资本主义（西方）和社会主义（东方）两大阵营构成的两极化的国际格局中，“冷战”既是权力之争，也是意识形态的斗争，它必然导致冷战双方在思想文化上的对立。在中国思想文化界，与“五四”时期向往西方、从西方汲取现代性资源的强烈的民族诉求截然不同，这一时期“作为世界范围内社会主义文学的一个重要组成，中国文学首先被要求与西方划清界限，成为反西方、抗拒西方资本主义的意识形态武器。那些曾经催促五四新文学滋长的人道主义、个性解放、思想启蒙等，此时成为必须坚决摒弃和批判的东西，建设一种不同于西方又能与西方文学相抗衡的文学，成了1949年后中国文学实践最迫切的任务”[⑥]。这种特定背景下亟待确立的新的文学规范与“五四”以来已经形成的文学基本价值诉求在某些方面形成了某种张力；以美国为代表的西方资本主义阵营对中国的

① 陈明远：《知识分子与人民币时代》，文汇出版社2006年版，第70页。

② 茅盾：《茅盾全集·日记一集》，黄山书社2014年版，第74页。

③ 茅盾：《茅盾全集·日记一集》，黄山书社2014年版，第75页。

④ 茅盾：《茅盾全集·日记一集》，黄山书社2014年版，第197页。

⑤ 茅盾：《茅盾全集·日记一集》，黄山书社2014年版，第260页。

⑥ 朱水涌：《现代性的空间焦虑——中国当代文学六十年的一种精神状态》，《厦门大学学报》（哲学社会科学版）2009年第6期。

封锁以及中苏交恶之后来自苏联的压力，都直接刺激了中国作家、中国文学与世界对话交流的渴望。因为肇始于“五四”新文化运动和文学革命的“中国文学的现代化过程实质上是东西的两种异质文学的嫁接或融合过程”[①]，“十七年”的文学生态在这种特定的大背景下就显得异常复杂。作为“五四”中西文化交流、碰撞的开放环境中成长起来的一代作家和批评家，茅盾很早就意识到：“各民族的文学希图在一个自我封闭系统中循规蹈矩地演进是不可能的，它们只有在相互影响、相互渗透和相互竞争中才能得以生存和发展，各民族文学只有兼具民族性与世界性才能进入世界文学之林。”[②] 1949 年以后茅盾的文化部部长职务肩负着建立以集体主义为目标的社会主义文学形态的重任；但同时茅盾的社会影响和文化身份，又使他具备了寻找和开辟中外文学交流的眼光和机会。在共和国成立的最初十年，茅盾也确实多次走出国门访问交流，在当时的中国作家中可谓见过大世面的。日记中的茅盾，曾在 1953 年赴波兰出席保卫世界和平大会理事会期间，与巴西知名左翼作家阿玛有过交流；他在国内也多次接见来访的日本作家中岛健藏夫妇、以江口涣为团长的日本作家代表团、以色列作家露丝·乌尔等等，彼时，中国与巴西、日本、以色列都尚未建立外交关系，这种民间性质的文化交流就显得弥足珍贵。1967 年 7 月 25 日，茅盾在日记郑重写道：“今日未能收到《参资》。”他的《参资》阅读生涯就此终止了。《参考资料》在茅盾政治文化生活中占据的位置十分重要，近乎他听世界看世界的耳目。吴秀明先生曾经指出，对“十七年”文学的研究，要回到历史和经验本身，寻找或整合同时涵盖一体与异质两种声音的整体逻辑框架和评价体系。事实确实如此，在政治和文学高度一体化的“十七年”，一直存在着异质的“他者”的声音。在茅盾日记中，作为“十七年”文学批判对象的西方艺术，包括电影、摄影、美术作品，就表现出潜在的“他者”

① 朱德发：《论茅盾文学的现代化选择》，《山东师范大学学报》1996 年第 4 期。

② 朱德发：《论茅盾文学的现代化选择》，《山东师范大学学报》1996 年第 4 期。

视角，传递了异质的声音。身为文化部部长，茅盾在文化封闭的年代里可以享受高级干部的文化权利，比如每周在文化部放映室观看境外电影，主要“选佳片及有参考意义之外国片专为少数人看的”①，还有机会参观供内部人士参考的抽象派画展。

以下是茅盾1960年到1963年间在文化部小放映室和礼堂所观内部影片。

序号	观看时间	片名	出品国家（地区）	茅盾的评价
1	1960. 4. 6	海底恋爱	美国	比较“正派”
2	1960. 4. 30	广岛之恋	日本、法国	无评价
3	1960. 6. 29	幻灭	法国	无评价
4	1960. 7. 4	在海滩上	美国	反动幻想影片
5	1961. 1. 8	吸血鬼	英国	鬼怪恐怖片
6	1961. 2. 25	阿里巴巴	法国	无评价
7	1961. 3. 29	珍珠及乡村妇女	墨西哥	无评价
8	1961. 4. 8	画中人	法国	并无特色
9	1961. 4. 29	百合门、仅次于上帝的人	法国	较有教育意义
10	1961. 7. 15	松川事件	日本	无评价
11	1961. 9. 6	佳人有约	香港	手法尚称新颖
12	1961. 9. 13	穿短裤的人	意大利、西班牙	无评价
13	1961. 9. 20	浪花之恋	日本	历史题材
14	1961. 10. 18	人血不是水	苏联	此为老片
15	1962. 1. 24	异母兄弟	日本	无评价
16	1962. 4. 5	长别离	法国	以狡猾隐蔽的手法，宣扬资产阶级的和平
17	1962. 4. 19	鬼魂西去	英国	无评价
18	1962. 6. 7	一年中的九天	苏联	无评价
19	1962. 8. 23	女英烈传	英国	陈义未高则有之，反动则未必

① 茅盾：《茅盾全集·日记一集》，黄山书社2014年版，第112页。

续表

序号	观看时间	片名	出品国家（地区）	茅盾的评价
20	1962. 9. 27	梁上君子	香港	俗气且黄色
21	1962. 11. 27	伊凡的童年	苏联	最大毒素在于未用一语点出这在苏联人是卫国战争
22	1963. 1. 12	青年的恋人	英国	反共片，手法高明
23	1963. 6. 13	消失了的琴声	墨西哥	无评价
24	1963. 6. 27	烽火的年月	苏联	无原则宣传战争之残酷
25	1963. 7. 12	外交官卡尔敦伯郎	英国	无评价
26	1963. 8. 16	圣玛利亚的珍珠	墨西哥	无评价

茅盾在文化部放映室看过的境外影片远不止表中所列的这 26 部，凡日记中未记片名者都没有列入。这些影片主要来自西方资本主义国家和日本、墨西哥、香港等国家和地区，也有苏联、波兰等社会主义国家。从茅盾日记来看，进入 1963 年下半年后，内部影片逐渐被国产新片如《野火春风斗古城》《金沙江畔》等所取代。一贯谨言慎行的茅盾看完电影后一般不多作评论，只是中规中矩记上几笔，偶尔出现的评点，在今天看来就很有意味。例如在观看了法国影片《长别离》后，茅盾在日记里批评说："此盖以狡猾隐蔽的手法，宣扬资产阶级的和平者也。"① 对《青年的恋人》观影后的点评更加具体："此为反共片，但手法高明，一般政治嗅觉不灵敏的观众还以为它态度公平，因为它对美、苏各打二十大板也。"其高明之处还在于"片中无一反共、反苏之言"②。让茅盾感慨良多的是英国电影《女英烈传》："事先竟传此片为反动影片，但观后觉得陈义未高则有之，反动则未必。"③ 茅盾在日记中详细记述了这部影片的故事情节，交代了女主人公（英国间谍）先后两次赴法国德占区工作的经历和最终

① 茅盾：《茅盾全集·日记一集》，黄山书社 2014 年版，第 333 页。
② 茅盾：《茅盾全集·日记一集》，黄山书社 2014 年版，第 430—431 页。
③ 茅盾：《茅盾全集·日记一集》，黄山书社 2014 年版，第 378 页。

被德国人枪决的悲剧结局。他这样写道："我以为此片值得我国电影工作者参考学习，因其全片没有一句口号，而政治性极强，倾向性极为鲜明，全片亦无演说，主观者交代任务，扼要数语，没有那一套'有信心没有？''有，保证完成任务'等俗不可耐的公式话，而且全片亦没有故作险笔以吸引观众。""总之，这不是用口号等等来博取观众的鼓掌，而是通过女主角的坚强性格（但她仍然是个女性）而深深感动观众的……我们听到国际友人说……只怕我们的作品简单而公式，这句话可做我们文艺工作者的座右铭。"①

这是茅盾日记中评价最高的一部西方电影，他赞赏《女英烈传》的女主人公为了国家和平不惜牺牲自己生命的坚定信仰和坚强性格以及她作为母亲、作为女性的特质和魅力。《女英烈传》给予茅盾极大的心灵震撼，让他清楚地看到了中国电影的不足。由此也说明，从接纳世界文学新潮走上文坛的茅盾，始终坚持"把人作为艺术思维的中心，确立人在整个文学创作中的主体地位"②，显示了他艺术思维观的鲜明的现代品格。

三 "卧薪尝胆"：茅盾文艺批评一瞥

"十七年"时期，由于多方面的原因，文学批评曾出现模式化和狭隘化的倾向。茅盾曾明确支持邵荃麟的"中间人物论"，就是出于对当时文学创作与批评现状的不满和担忧，他指出："我们日常生活中的典型，有正面的典型，也有反面的典型，还可能有一种中间状态的典型……典型人物却不一定是英雄人物。"③ 以茅盾的习惯，他的日记像是备忘录或流水账，很少议论时事，即便是牵涉人事，大多也是客观记录，非常节制和简略。但涉及文学问题时，他又会毫不掩

① 茅盾：《茅盾全集·日记一集》，黄山书社2014年版，第379页。

② 王嘉良：《论茅盾艺术思维理论的现代品格与独创性价值》，《浙江学刊》1996年第4期。

③ 茅盾：《创作问题漫谈》，《茅盾评论文集》（上），人民出版社1978年版，第303页。

饰，褒贬分明，比如："阅电视一小时，没有好节目。阅杜鹏程之短篇《飞跃》，架子虽大而内容单薄。虽有风骨峻嶒之概而亦露斧凿之痕"[①]；"昨夜阅剧本《武则天》，觉得有跟《蔡文姬》相似的，武身上乃至上官婉儿身上有郭自己的气质。而且，人物台词没有个性，今人之词汇用得太多，有些实在容易避免……剧中强调武之出身寒微，颇有划阶级成分之味，大可不必。"[②] 寥寥数语，却一针见血指出两位作家创作的不足。杜鹏程是作家队伍中的新秀，郭沫若是资深戏剧家，但都感染了时代风气，从概念出发而不是从生活出发。这一时期，为了给作协扩大会议起草报告，茅盾花费大量时间阅读了近千万字的作品和论文，从日记的语气中可以断定，他明知"'报告'总是总结（空洞无味）性质"[③]，但出于批评家的理性自觉，还是打算"是从分析作品入手，不取空谈"[④]。在4月7日至5月21日的日记里，茅盾详细记载了他起草报告的过程，"至此计共写了十小时，仅成三千字左右，速度不能满意，此因写时常常要翻阅作品"[⑤]。特别是报告第五部分民族形式与个人风格，茅盾感觉"如畅所欲言，可写一本十万字的书"[⑥] 但在实际写作中，却远非他设想的那样顺利，"盖要品评具有个人风格之作家，指出其不同之风格，往往提笔难下，推敲再三"[⑦]。报告最终在5月21日止笔，总共4万字，写了两个月，"平均每小时只写成三百字而已"。显然，不单是因为报告本身的乏味，真正让茅盾欲言又止的恐怕还是这一时期个性化作家和作品的稀缺。1961年，针对历史剧《卧薪尝胆》在全国范围内各剧种的改编、上演热潮，茅盾计划写一篇长文，对这场波及全国的历史剧热潮做一次总结性的讨论。为此，他持续不断地阅读了五十多种各类

① 茅盾：《茅盾全集·日记一集》，黄山书社2014年版，第86页。
② 茅盾：《茅盾全集·日记一集》，黄山书社2014年版，第88页。
③ 茅盾：《茅盾全集·日记一集》，黄山书社2014年版，第95页。
④ 茅盾：《茅盾全集·日记一集》，黄山书社2014年版，第75—76页。
⑤ 茅盾：《茅盾全集·日记一集》，黄山书社2014年版，第75页。
⑥ 茅盾：《茅盾全集·日记一集》，黄山书社2014年版，第75—76页。
⑦ 茅盾：《茅盾全集·日记一集》，黄山书社2014年版，第81页。

剧本，并在日记中记下了他的点滴观感：

1月13日：“下午阅粤剧《卧薪尝胆》油印稿（梧州实践粤剧团编，拟充国庆十一周年献礼剧目）。”

1月14日：“下午阅重庆京剧团改编之《卧薪尝胆》剧本。”

1月19日：“上午阅上海川沙越剧团所编《卧薪尝胆》。晚阅电视至九时，又阅上海春泥越剧团所编之《卧薪尝胆》。”

1月20日“下午阅上海飞鸣越剧团所编之《卧薪尝胆》油印稿本。”

1月23日：“下午阅上海市合作越剧团所编的《卧薪尝胆》，此为上海各越剧团所编各本中最坏者。”

1月26日：“下午阅晋江专区越剧团所编之《卧薪尝胆》（此与上海春泥越剧团所编者，基本上一样而较为简短，大概是‘移植’了春泥本的）。”

2月7日：“下午阅第九个《卧薪尝胆》的越剧脚本。”

2月8日：“下午阅越剧的《卧薪尝胆》稿本（此为同类者之第十本）。”

2月10日：“下午阅马少波、范钧宏、吕瑞明三人所写的京剧《卧薪尝胆》。此剧比已阅之越剧《卧薪尝胆》八、九种着眼点不同，而且，因其为最后写成者（尚未演出），可以吸人之长，改正人家的缺点，似乎比我至今所阅各稿都较好些。”

2月12日：“今日为星期。下午阅上海戏曲学校周玑璋、顾文芍所编京剧《卧薪尝胆》，此为去年十一月中旬的稿本，视马少波等三人稿本为早，内容单薄，人物性格不突出。又阅广州市京剧团集体创作之《卧薪尝胆》，较沪本更差。”

2月14日：“下午阅山东鲁剧研究院所编《卧薪尝胆》。”①

---

① 茅盾：《茅盾全集·日记一集》，黄山书社2014年版，第160—171页。

据茅盾日记所述，各剧种都有《卧薪尝胆》，但以越剧为最多，他收到的就有十本，实际上还不止这个数字。虽然茅盾在日记中没有展开评论他耗费心力阅读的几十种剧本，但可以看出，以他的艺术直觉和审美鉴赏力，他对各剧种改编的《卧薪尝胆》剧本都不太满意，唯一觉得“较好些”的是马少波等人改编的京剧《卧薪尝胆》，多数剧本他未置可否，显然是乏善可陈，其他的则使用了“最坏者”“内容单薄”“更差”等评语以示不满。从这年的六月底动笔写作，到十月间茅盾完成了长达十万字的论文《关于历史和历史剧——从〈卧薪尝胆〉的许多不同剧本说起》，发表在《文学评论》1961 年第 5 期和第 6 期。全共分六个部分，茅盾从“怎样甄别史料”入手，以溯本求源的研究态度，在前四个部分中详细梳理了先秦诸子和两汉学者对吴、越关系的记录和评价，以及对两国重要人物的评价；从第五部分开始转而谈我国历史剧的悠久传统和丰富经验，围绕“历史真实和艺术真实如何统一”和“古为今用”的问题进行了逻辑严密的分析和推理。第六部分才正式进入《卧薪尝胆》各种剧本对戏剧传统的继承和发展问题。客观地说，茅盾的这篇长文征引的史料相当丰富，引为案例的不同时代、不同类型的历史剧多达几十部，可见他为此耗费了极大的心力。

1961 年 9 月，中共中央出台了《关于当前文学艺术工作若干问题的意见（草案）》（文艺十条），对 1958 年以来的文艺思想和政策进行了调整，把“正确地认识政治和艺术的关系”放在了首要位置，将文学题材和风格的多样化、批判地继承民族文学遗产等问题都作为文艺工作的根本任务，目的在于创作出更多思想性和艺术性完美结合的作品，以满足人民群众日益增长的精神需求。然而，这个“草案”迟迟没有正式颁布，争议的焦点主要是文艺与政治的关系问题。直到次年 4 月，在此基础上修改的《文艺八条》经毛泽东、刘少奇审阅后才以中共中央的名义下发，《文艺八条》受到了文艺界的普遍欢迎，与此同时其“前言”中将制定条例的目的归结为使社会主义文学艺术更好地发挥战斗作用，更有效地“团结人民、教育人民、打击敌人、消灭敌人”，从而“凸显了文艺的政治性，使得文艺政策调整的方向由满足人民需求变成了为政治斗争服务"[①]。从《文艺十条》到《文艺八条》的颁布，虽然只隔了短短几个月的时间，但政治形势却日益明显。从周恩来在1961年6月"新侨会议"上所做的报告中就能感受到这一点。遗憾的是关于"文艺八条"，很多作家的日记中都有提及，比如沙汀就在1962年4月7日的日记中写道："午睡后，躺在澡盆里看完了新收到的'文艺工作八条'。"[②]茅盾却只字未提，仅在6月19日的日记中说："总理将在下午三时对文艺工作者(此为中宣部召集之各省市省委宣传部负责文艺的部长或副部长，又各省、市文化局长，其他方面之会议，今日为扩大会议，专为请总理作报告）作报告"[③]，但可以肯定，正投入写作关于历史剧《卧薪尝胆》研究论文的茅盾，不可能不受时代文化语境的影响。茅盾在文章中认为，取材于吴越战争的剧本并不多，最引人注目的是《浣纱记》，而"近年来出现的百来个《卧薪尝胆》的剧本，和《浣纱记》等剧相比，不知要高出了多少倍"[④]。他从主题、人物和故事、突出人民的力量和艺术构思上的百花齐放四个方面，高度评价了几十种《卧薪尝胆》剧本取得的成就，这与最初阅读剧本时流露的感情已经明显不同。表面上看，茅盾对《卧薪尝胆》的评价遵循了马克思主义历史的和美学的方法论，但在涉及如何古为今用的问题时，他变得自相矛盾，一方面承认"我们的先辈取材于历史都抱有'借古讽今'或'以古喻今'的目的，为'古'（历史）而'古'（历史）的作品是绝无仅有的"[⑤]，另一方面又断然否定了历史剧以古喻今、以古讽

---

① 段恺：《从〈文艺十条〉到〈文艺八条〉——20世纪60年代初期文艺调整的政策转向及其历史意义》，《山东大学学报》（哲学社会科学版）2014年第5期。

② 沙汀：《沙汀日记选1962年4—5月》，载《新文学史料》1988年第2期。

③ 茅盾：《茅盾全集·日记一集》，黄山书社2014年版，第216页。

④ 茅盾：《关于历史和历史剧——从〈卧薪尝胆〉的许多不同剧本说起》，《人民文学》1961年第6期。

⑤ 茅盾：《关于历史和历史剧——从〈卧薪尝胆〉的许多不同剧本说起》，《人民文学》1961年第6期。

今的创作传统："这种讽喻方法，如果在他们那时代是可取的或者是不得不然的，那么，在我们今天，就是不可取的，就是不必要的了。"[1] 针对"若干卧薪尝胆剧本中出现的偏差"，茅盾认为"最主要的原因恐怕是对古为今用的理解既片面而又机械"，他指出："就我所读过的那些卧薪尝胆的剧本而言，有百分之五十是或多或少把联系现实（今天我们国家的现实）来理解古为今用的；这就势所必然会变成影射现实，这对我们的现实是一种污蔑。"[2] 他对一些《卧薪尝胆》剧本脱离历史事实，从主观出发进行想象和艺术虚构的行为所做的批评，较之于日记里阅读剧本时"最坏""更差"的简短评价，论文虽言之凿凿，有条有理，批评的锋芒却减弱了很多。当然，写日记是一回事，写论文又是另一回事。但从茅盾的思考和言论来看，这个弯转得不可谓不大，留下了明显的时代印痕。

诚然，与叶圣陶、吴宓等现代作家时间连贯、篇幅完整的日记相比，茅盾日记或许不具备太多的文献价值。但由于茅盾本人身为"十七年"文学历史的见证者、参与者和建构者，他的日记又恰好集中写作于这个阶段，其中蕴含了关于"十七年"文学生态的丰富的信息。特别是茅盾担任文化部部长和作协主席多年，他的日记还直接关联着进入共和国之后的老中青三代作家、各少数民族作家以及"十七年"时期的作家和创作，作家彼此之间的人际交往等，这些都是影响了"十七年"文学生态的重要因素，本文因篇幅原因未能展开，留待今后进一步探讨。

（原刊《当代文坛》2018 年第 4 期）

---

① 茅盾：《关于历史和历史剧——从〈卧薪尝胆〉的许多不同剧本说起》，《人民文学》1961 年第 6 期。

② 茅盾：《关于历史和历史剧——从〈卧薪尝胆〉的许多不同剧本说起》，《人民文学》1961 年第 6 期。

略谈郭沫若对鲁迅、茅盾的不同态度

——以郭沫若的《戏论鲁迅茅盾联》发表后的情况为例

廖久明

茅盾晚年曾如此回忆鲁迅的《答徐懋庸并关于抗日统一战线问题》发表后的情况：

> 八月十五日鲁迅答徐懋庸的信发表之后，两个口号的论争就进入结束阶段。除了国民党小报的造谣挑拨和徐懋庸写了两篇文章外，没有人写文章反对鲁迅。虽然不少文章继续讨论“国防文学”，但也有不少文章逐渐认识了这场论争的意义，同意了两个口号并存的意见。到九月中旬，冯雪峰已在为发表一篇《文艺界同人为团结御侮与言论自由宣言》而奔忙。宣言由我和郑振铎起草，在这个宣言上签名的，有文艺界各方面的代表人物二十一人，包括了论战的双方，从而表示两个口号的论争已经结束，文艺界终于在抗日救亡的旗帜下联合起来了。[①]

实际情况并非如此。郭沫若的《戏论鲁迅茅盾联》在《今代文艺》第1卷第3期（9月20日[②]）发表后，鲁迅在9月19—20日写作的《女吊》中骂郭沫若为“人面东西”：“被压迫者即使没有报复

---

① 茅盾：《回忆录二集·“左联”的解散和两个口号的论争》，《茅盾全集》第35卷，人民文学出版社1997年版，第80—81页。

② 据阿英的以下文字可以知道，该期实际出版时间为1936年9月17日：“但是，《今代文艺》在十七日已经出版了，‘遏止’是没有办法的。”（若英：《关于沫若的戏联》，《大晚报·火炬》1936年12月21日第6版）

的毒心，也决无被报复的恐惧，只有明明暗暗，吸血吃肉的凶手或其帮闲们，这才赠人以‘犯而勿校’或‘勿念旧恶’的格言，——我到今年，也愈加看透了这些人面东西的秘密。”① 鲁迅逝世后，围绕该戏联还发生过谁为“文坛领袖”的论争，郭沫若、茅盾、孔另境、阿英等人卷入其中。分析一下郭沫若写作的相关文章可以知道，他对鲁迅、茅盾的态度截然不同。

一 《戏论鲁迅茅盾联》的写作、发表情况

关于该联的写作情况，金祖同有如下说法：

> 二日午后，沫若先生到我寓里来，天气很热，喝着冰，谈起最近国内文坛的纠纷，他说：“我虽处身海外，倒也看得清楚。”我问他：“清楚得如何?”他就提起笔来，戏拟了一联：“鲁迅将徐懋庸格杀勿论，弄得怨声载道；茅盾向周起应请求自由，未免呼吁失门。”写完了，就向我说道：“这就是我的观点。”等不及我再问，他就掷笔打着哈哈去了。我觉得这虽是沫若先生的戏作，倒也很有意思，所以赶紧偷偷地寄给《今代文艺》发表，因为我们在国外的人，也是常常惴惴的妨有文坛的吴三桂出现呢。不知沫若先生见到，亦将恼我多事，发表他随便写的游戏之作否？好在沫若先生的《消灭口号战争》② 和《蒐苗的检阅》两文，都已寄到国内，如无意外的阻碍，大家不久总可看到，就拿此联作个调剂严肃空气的插曲罢。又茅盾先生最近写了一封长信给沫若先生，我在他寓里看到，大致是劝他对此番论争，不要发表意见，以免为“仇者所快”，似乎是动以大义。不知茅盾先

① 鲁迅：《且介亭杂文末编·女吊》，《鲁迅全集》第6卷，人民文学出版社2005年版，第642页。

② “《消灭口号战争》即《消灭呀！口号战》（中略）文章原稿已经编辑处理而终未刊发。”林甘泉、蔡震主编：《郭沫若年谱长编》第2卷，中国社会科学出版社2017年版，第628页。

生连续发表的反周起应先生的论著，就不是为“仇者所快”么？国亡无日，再没有比团结起来救国更重要的事，我看这些不必要的手段，还是赶快的停止了罢！①

该联发表并引起争议后，郭沫若的说法如下：

我拟那联语的地点是在金祖同君的寓楼。金君是今年八月才从中国来日本的，有一个时期住的地方离我不远。那天下午我到他楼上去，不一会来访问我的姚潜修君也由家人引来了。那时偶尔谈到了文坛上的口号战，一时兴发便草下了那三十二字的短章。祖同君说他“偷偷发表”是实，但说我“哈哈掷笔”则是文饰。又说曾看见茅盾先生给我的一封长信，“大致是劝‘我’对此番论争不要发表意见”。也稍和原信不符。茅盾先生的原信说过下面那样的话是实。——那些话都是“冠冕堂皇”的话，并没有揭发谁的隐私，虽是个人私信，我想摘录出来是无妨事的。

“……有许多浮言，谓先生意见如何如何，颇有企图以先生为中心搅起新的纠纷之用心。我们是不信这些浮言的，但浮言流传，会在青年界发生疑惑，却是可能的。同时又能使仇者称快。”

“……至纠正关门主义的倾向（案指周扬等），我们甚盼先生亦竭力主持。我和鲁迅先生在此方面亦发表过一点，……甚盼先生作文补充申引，俾使阵营一新。”

这些话中所表见的茅盾先生的意思是叫我不要说甲边的话，而多乙说边的话。金君大约是看脱了后节，故而他说茅盾劝我“不要发表意见”。茅盾先生大约是忘记了前节，故而他曾说是劝过我多多发表意见。不过金君大约是把我认定为了甲党，而茅盾先生乙党，乙党劝甲党没说甲党话而说乙党话，也就如人叫青

① 金祖同：《〈戏论鲁迅茅盾联〉附识》，《今代文艺》第1卷第3期（1936年9月20日）。引文中的“妨”疑为“防”之误。

蛙没哇哇而说人话，那似乎就是等于叫青蛙没哇哇，故而金君才生出了那样的解释吧？好在这些都是枝叶的事件，暂且不提，还是言归正传。

郭沫若写作该戏联后，却“没有发表的意思”，其原因为：

老实说，不是不想发表，是不敢发表。何以不敢呢？东方先生不云乎？——“文坛之有重心，本是一桩极自然的现象，如苏联之有高尔基，中国之有鲁迅茅盾等”。鲁迅茅盾两位是中国文坛的二大“重心”，是由来已久的事。况且此“文坛重心”也者，苏联只有一个而我国却何幸而有两个！而我那副联语，却又一时把两个“重心”都伤犯了，这还了得！金君侯君，毕竟年轻，不识利害，竟“偷偷”把那东西发表了出来，乐得受着了“迹近无耻的欺骗”之罪名。我呢？“自己”早也就是“觉悟”着的。早迟总有大祸临头。记得在鲁迅生前似乎曾暗暗地骂我为“人样东西”，而在鲁迅死后，又有人明明地骂我是信口“诬蔑”。犯上之罪浮于天，而今竟果真被超升为“明星”了。①

以上所引郭沫若的文字出自《漫话“明星”》，原载1936年12月18日《大晚报·火炬·每周文坛》，曾收入泰山出版社1937年6月版《秋窗集》，曾以《秋窗集》版为底本、作为郭沫若佚文发表在《现代中文学刊》2012年第5期，以下三种大致相同的说法均有误：“初收1939年11月25日上海秋鸣社版《秋窗集》”② 的、“见1939年11月上海秋鸣社出版的《秋窗集》”③、“收一九三九年十

① 郭沫若：《漫话“明星”》，《大晚报·火炬·每周文坛》1936年12月18日第5版。

② 王训昭、卢正言等：《郭沫若研究资料》（下），中国社会科学出版社1986年版，第480页。

③ 王继权、童炜钢：《郭沫若年谱》（上），江苏人民出版社1983年版，第319页。

一月五日上海秋鸣社版《秋窗集》"[①]。在收入《秋窗集》时，在将"大事补张"正确地更正为"大事铺张"、将"多乙说边的话"正确地更正为"多说乙边的话"的同时，却将"看脱了后节"误为"看说了后节"、漏掉了"何以不敢呢?"、将"'太阳'据说也还是恒星之一"误为"'太阳'据说也恒星之一还是"；在《现代中文学刊》发表时，仅纠正了《秋窗集》中的第一个错误，却增加了以下三个错误：将"三十二字的短章"误为"三十二字的断章"、"东方先生不云乎"前多了一个"如"字、将"信口'诬蔑'"误为"信口'污蔑'"（该文当时由笔者整理，借此机会谨向编者、读者深表歉意）。

据查，摘引的茅盾信未收入《茅盾全集》，当为佚文。引用该信的文章、专著有：1. 孔海珠：《在两个口号论争中的郭沫若——谈两篇有关佚文》，《郭沫若学刊》1992年第3期；2. 姚辛：《左联史》，光明日报出版社，2006年11月，第604页。蔡震在《在"两个口号"论争中被茅盾遗忘了的一些史事》[②] 中曾论及该信，但未引用，该文还告诉我们，北京的郭沫若纪念馆藏有1936年7月21日、9月23日茅盾致郭沫若信，据查，它们也未收入《茅盾全集》，也未见整理发表。

关于该戏联的发表情况，阿英有如此说法：

> 戏联并不是祖同直接寄把《今代文艺》的，而是由我转去。手边还保留有九月二日祖同的来书，说"沫若将《蒐苗的检阅》一文寄出后，来寓中戏拟对联，是：'鲁迅将徐懋庸格杀勿论，弄得怨声载道；茅盾向周起应请求自由，未免呼吁失门'。现将原迹并弟说明寄来，请代送出发表，在印出之前勿给沫若知道。最近茅盾有信给沫若（沫若说他没有同他通过信），信很长，是劝他不要发言，以免'仇方称快'（文中已引用）……"那时恰

① 龚济民、方仁念：《郭沫若年谱》（上），天津人民出版社1992年版，第332页。

② 蔡震：《在"两个口号"论争中被茅盾遗忘了的一些史事》，《新文学史料》2007年第2期。

当《今代文艺》向我要稿，顺便谈起了此联，侯枫便拿去制了版。我也就将祖同的附语，稍加了一点改动，并写上《戏论鲁迅茅盾联》的题目，送去排在后面。

过了两天，因为别的事件写信给沫若，没有遵照祖同的嘱咐，告诉他祖同已把联偷寄了来。大概沫若得信后，有些焦急，同月十九日，他接着十八日发出的信，又寄来一张明信片，写得很简单："信接到。戏联不便发表，请遏止，免惹意外的纠纷。至嘱。石沱。九月十九日"（已另制版，上有邮局日戳为证）。但是，《今代文艺》在十七日已经出版了，"遏止"是没有办法的。当时就写了一封信复他，说"既是游戏之作，人家自不会把他当正经的文章"，请他不必过虑。这件事因"发表了"而告了一个结束。①

据查，该文未收入安徽教育出版社2003年7月版《阿英全集》，也未收入2006年5月版《阿英全集·附卷》，当为佚文。

二　郭沫若对鲁迅、茅盾的不同态度

关于郭沫若对鲁迅的态度，看看郭沫若在《答田军先生》中解释自己前不久写作"巧妙流利鲁迅先生底哀悼文章"② 的经过便可一目了然：

记得是十月十九［无"九"］日的晚上，刚好把《资本论中的王茂荫》的那篇文章草完，看报，得到了鲁迅逝世的惊［恶］耗，不禁悲从中来，就用毛笔在宣纸上写了一篇《民族的杰作》。第二天早晨，非厂来报告我，他便把文章拿去了，说要

① 若英（阿英）：《关于沫若的戏联》，《大晚报·火炬》1936年12月21日第6版。

② 田军：《致郭沫若君——关于〈不灭的光辉〉》，《报告》第1卷第1期（1937年1月10日）。

登《质文》。同时东京帝国大学的“帝大新闻社”也打了电来，要我写一篇纪念文字，我也就在廿二［无“二”①］日上用日文写了一篇《吊鲁迅》寄去。这篇文章被北鸥翻译了，登在《现世界》，改题为《坠落了一个巨星》。听说北平方面也有一种报译载了。接着隔了不久又写了那篇《不灭的光辉》寄给了《光明》。但把那《不灭的光辉》寄出后，有朋友拿《中流》第三期给我看，特别要我看鲁迅先生的那篇《女吊》。他说，那篇文章的落尾几句分明是在骂人。我也看了，看到最后，的确是有这样的几句：

“……只有明明暗暗，吸血吃肉的凶手或其帮闲们，这才赠人以‘犯而勿校’或‘勿念旧恶’的格言——我到今年，也愈加看透了这些人面东西的秘密。”

鲁迅先生这话，自然也并没指定是谁，不过在当时我发表了一篇《蒐［苋］苗的检阅》，在文学的见解上和鲁迅先生稍稍有点分歧，而文中正隐含有对于同一阵营的人“犯而不校”及“不念旧恶”的意思。就在同一期的《中流》中接着便有唐弢先生的《也投一票》，正是针对着那篇文章作的。因此我便想到了那拿《中流》给我看，而且要我特别看《女吊》的那位朋友的用意。鲁迅先生的真意是怎样，我不得而知。不过既有人对于鲁迅先生的文章在作那样的解释，可见作同样［多“的”］解释的人一定不少。我不好在鲁迅先生死后，再来表示自己的特别的［无“的”］宽大。因此我便连忙写信给《光明》，叫把《不灭的光辉》寄还我，同时还把《资本论的王茂荫》那篇文字拿去兑换。但不幸这回也没赶及。又同时通知过非厂，叫在《质文》中把《民族的杰作》那篇抽出来。非厂曾亲身［自］跑来对我商量这事。

我说：“我纪念鲁迅先生，在心里好了，不必一定要做出文章来表示。文章发表了之后，别人会说我是矫情，故意装作一个

① 原刊文为空白，今据《郭沫若年谱长编》第653页内容补充。

善人面孔。拿死者来做垫脚凳。”

非厂说：“你不发表，别人尤其会骂你，说你是永远怀恨鲁迅，人死，仇都不散。连你没有吊电，国内都早有人说话的。”

我感觉着，做人实在有点两难，于是乎也就率性让他们拿去发表了。

以上便是我发表了“鲁迅先生底［的］哀悼文章”的经过。虽然做得是否“巧妙流利”，不得而知。不过在有一部分的人看来，我的确是犯了点“敌人以友人的面孔出现”的嫌疑。这善人面孔，让自己来把它剥夺了，或者甘［干］脆得一些吧。

不记得是谁说的话了，但是欧洲的一句警言，是说“伪善是善的胜利”。这意思是“善”还有点好处，所以“伪善者”才去“伪”它。我自己浅薄得很，未能了解鲁迅先生的高深，不过据我的浅薄的想法，鲁迅一死，使一些伪善者都来哀悼他，这也是鲁迅的胜利，或鲁迅所代表的善的胜利。

“只要对历史有用即使瓦全他也是乐意的”。——这是田军先生所了解的鲁迅精神。

“为［骂］了要承继这［道］《不灭的光辉》……而躲在一角说空头大话，摇大旗……之类这样一九三×年×式的战斗者，我以为也是要不得的。”——这是田军精神。

但这两种精神似乎有点在“战斗”。在我看来，［无“看来，”］在“战斗”的时期，摇旗呐喊也有必要，而做得技巧一点，倒也无伤乎“瓦全”。

究竟鲁迅要比田军高明得多。

《答田军先生》原载上海《大晚报·火炬》1937 年 1 月 25 日第 5 版，收入《郭沫若佚文集》上册（四川大学出版社 1988 年版）时个别文字有出入——请见引文［］中的文字（将“甘脆”更改为“干脆”是正确的，但未说明），并将写作时间 1937 年 1 月 19 日误认为 1 月 9 日。

根据以上引文可以知道，郭沫若看见《女吊》的时间是在“把

《不灭的光辉》寄出后”，《不灭的光辉》的写作时间是 1936 年 11 月 1 日，现在我们来看郭沫若 1936 年 11 月 1 日至写作《答田军先生》的 1937 年 1 月 19 日这段时间涉及鲁迅的文章、演讲：11 月 3 日在东京日华学会参加鲁迅逝世追悼大会并发表演讲①、11 月 7 日在东京明治大学发表题为《青年与文化》的演讲、12 月 9 日作《漫话“明星”》。现在我们来比较一下这两次演讲的内容。第一次为：“往东京日华学会，参加留日学生团体东流文艺社、质文社、文海社、中华留日戏剧协会、中华留日世界语者协会等联合举行的鲁迅逝世追悼大会。敬题挽联，并发表讲话，说：‘中国之伟大人物，过去人都说是孔子，但孔子不及鲁迅先生，因为鲁迅先生在国际间的功勋，是孔子没有的，鲁迅先生之死能得着国际间伟大的追悼，这在中国是空前的一个人。’认为：‘鲁迅的死是最伟大最光荣，三代以来，只此一人。而鲁迅的精神是永远不死。’鲁迅有一种一贯的精神，便是不屈不挠地与旧社会势力奋斗到底，这种精神是大家要学习的，尤其是中国人。”② 第二次演讲仅有一次说到鲁迅：“今日已有很多的前进思想家，起来拥护文化。去年已在巴黎开过了第一次文化拥护的大会，想来在坐的诸位，都是晓得的；今年又在伦敦开第二次大会。但不幸的，是许多文化的导师，个个先后的逝世，如 Barbusse，Gorky 和我们中国的鲁迅先生。这些导师一个个的离开了我们，是我们文化战线上的很大损失！”③ 我们知道，郭沫若演讲有一个特点：善于现场发挥。他如果愿意的话，演讲时一定能够找到与鲁迅有关的话题，现在却只是顺便提及鲁迅，意味着内有原因。在笔者看来，应该是他此时已经看见鲁迅的《女吊》，所以不愿意像之前一样高度称赞鲁迅，以

① 《郭沫若年谱长编》认为此次演讲时间为 1936 年 11 月 4 日（第 656 页），疑误。《新民报》1936 年 11 月 12 日第 5 版发表的“东京通讯”《留日学生追悼鲁迅》中有“于昨午一时”这样的文字，落款为“十一月四日天鹅自东京寄”，据此可以知道郭沫若参加此次追悼会的时间应为 11 月 3 日。

② 林甘泉、蔡震主编：《郭沫若年谱长编》第 2 卷，中国社会科学出版社 2017 年版，第 656 页。

③ 郭沫若：《青年与文化》，《光明》第 2 卷第 5 号（1937 年 2 月 10 日）。

免被人认为“拿死者来做垫脚凳”。

据《郭沫若年谱长编》，郭沫若1936年还写作了《怎样纪念鲁迅》，相关情况为：“未完稿。反驳日本改造社社长山本实彦关于鲁迅是‘亲日作家’等说法。”① 笔者最初认为郭沫若未写完并发表该文的原因也是看见了《女吊》。当看见北京郭沫若纪念馆馆藏的《怎样纪念鲁迅》手迹复制件后，笔者立即断定，《怎样纪念鲁迅》是《不灭的光辉》的初稿，并且已经完成，现在就来梳理一下这两篇文章的写作过程，由此能够更加清楚地认识到郭沫若对萧军的态度——背后实际上是对鲁迅的态度。

《怎样纪念鲁迅》第4页有这样的文字：“日本的改造社的社长Y某，似乎就是这种‘亲友’的一个。这人本是日本民政党的前任议员，他对于中国是抱有某种文化上的计划的。他近来写的文章爱提到鲁迅，就如《文艺》（改造社出版）八月号的《鲁迅》吧。他说鲁迅对他说：鲁迅对于马克思的著作不曾读过一页；又说，苏俄几次请他去，他都把头向左右摆，而对于日本倒很想游历。这样，他便把鲁迅渲染成为了一个‘亲日作家’。鲁迅死时，日本报上有的大大地登着这样的头衔。这——不是对于鲁迅的重大的侮辱吧？鲁迅对Y某所说的话，我不相信是真的，即使真出于鲁迅之口，也怕只是一种烟幕，然而落到‘亲友’的笔下，便歪曲成了那样！这‘亲友’，不才真正是可怕，而同时也就是要替鲁迅复仇者的真实的对象吗？这层，我们也须得认识清楚。我自己呢？是实践了我自己的认识的。鲁迅先生死了，《改造》又写信来请我做文章，然而我谢绝了。虽然说不上是‘报仇’，然而也稍稍表示了我个人的不妥协。”根据引文可以知道以下两点：一、郭沫若是在看见日本报纸上“大大地登着”鲁迅是“亲日作家”而写作该文的；二、郭沫若对日本改造社社长山本实彦的批评太过直接，既不礼貌还有可能给自己带来麻烦——这应该是完稿后却没有立即寄出发表的原因。看看以下文字可以知道，

① 林甘泉、蔡震主编：《郭沫若年谱长编》第2卷，中国社会科学出版社2017年版，第667页。

郭沫若是在看见“鲁迅是被他的敌人逼死了的，我们要替他报仇”的报道后决定以《不灭的光辉》为题重新写作的：“据报载：在上海的鲁迅的民众葬上，有人演说：‘鲁迅是被他的敌人逼死了的，我们要替他报仇。’这话的上半句如不是新闻记者的传讹，我看是太不经意的对于死者的侮辱。鲁迅岂是被区区的敌人可以逼死的弱者！这样的说辞未免太过于哭丧婆式的了。但是由这句话的说出，倒提醒了我们，我们到现在倒应该发挥理性，来认清楚鲁迅的真正的仇敌是谁！”[①] 看看《译文》复刊第2卷第3期《后记》中的以下文字可以知道，在上海万国公墓举行的鲁迅葬仪民众大会时间是1936年10月22日。在这次大会上，萧军代表《译文》《作家》《文季》《中流》四个刊物和治丧办事处全体同人发表了演讲。该《后记》中的文字还告诉我们，“鲁迅是被他的敌人逼死了的，我们要替他报仇”确属“新闻记者的传讹”：“我代表《译文》，《作家》，《文季》，《中流》四个刊物和治丧办事处全体同人，向诸位说几句话，就是，鲁迅先生他不应该死，他自己也不想死，他不想用死来逃避自己的责任，他要活，他要用活着的最后一滴血，为中国整个的民族，为世界上被压迫的大众，争解放，争平等……可是他的敌人们却要他死，不准他活，接连不断地压迫了他三十年！现在他死了，装在棺材里了……这是他的敌人胜利了吗？（群众：‘没有胜利！’）不错，他们并没有胜利，鲁迅先生的死，正是为他们点起了最后送葬的火把……鲁迅先生的死是一把复仇的刀子，插在我们每个人的心窝上，我们要继承他这把刀，我们也要承继他的敌人！”[②]

萧军看见郭沫若的《不灭的光辉》后，写作了《致郭沫若君——关于〈不灭的光辉〉》。在这篇文章中，萧军含沙射影地写道：

嚎天喊地，仅是向棺材板上抹几把眼泪鼻涕就算完事，这类

① 郭沫若：《集外·不灭的光辉》，《郭沫若全集·文学编》第16卷，人民文学出版社1989年版，第261页。

② 编者：《后记》，《译文》复刊第2卷第3期（1936年11月16日）。

> “哭丧婆子”式的鲁迅先生的哀悼者，不是我们所需要的；就是在逝者生前，而有一类人们诅咒着他死，甚至帮同他的敌人们来压迫他死……于今也大写起哀悼文章来了，这也不是我们所需要的。因为他们要利用哀悼死者的眼泪（?）来洗涤自己外在的被人民所唾弃的痰污，企图另换一副形容，好继续着他们罪恶卑鄙的生涯。这就如郭君所说：“……这敌人，我看，倒反而有好些藏在了自命为鲁迅的‘亲友’者里……”不错，鲁迅先生生前的“亲友”，未必全是好的，也未必全是理解鲁迅先生的事业和为人。而佯装“知己”曲解了他的谈话或者思想而完成自己的或种企图或许是有的，这就相同写得巧妙流利鲁迅先生底哀悼文章，而本人未必就是衷心地在哀悼着一样——也许在逝者生前，他就是诅咒这位战士早些死掉中的一个——这又有什么办法呢？也就如郭君所说：“敌人以友人的面孔出现，友人以敌人的面孔出现……”①

面对“郭沫若就是鲁迅的敌人”② 这样的攻击文字，郭沫若在《答田军先生》中仅是摆事实讲道理，应该主要是涉及鲁迅的缘故。

1937年7月19日，郭沫若致信许广平，内云：“蒙赠《鲁迅书简》一部，今日奉到。隆光精气，皎然不滓，当常置座右，以生廉立。特此鸣谢。”③ 也由此可知，尽管郭沫若看见《女吊》后一度不

① 田军：《致郭沫若君——关于〈不灭的光辉〉》，《报告》第1卷第1期（1937年1月10日）。

② 郭沫若：《答田军先生》，《大晚报·火炬》1937年1月25日第5版。

③ 《郭沫若致许广平》，周海婴编，北京鲁迅博物馆注释《鲁迅、许广平所藏书信选》，湖南文艺出版社1987年版，第427页。上海三闲书屋1937年6月版《鲁迅书简》（影印本）的部分情况为：“信稿，许广平编，文化生活出版社总代售。收1923年9月至1936年10月，鲁迅致许季市、台静农、许钦文、郑西谛（郑振铎）、黎烈文、曹靖华、姚克、内山完造、李桦、陈铁耕、金肇野、黄河清（黄源）等54位亲友信札69封。手迹影印，按书信先后为序。目录4页，铅字印。16开本。除个别横书外，余均直书。装帧、印刷精美。分甲乙丙3种装帧”“乙种为函套线装本，宣纸精印”“甲种为皮脊本，铜版纸精印”“丙种为胶布书脊本，道林纸精印。”（周国伟编著：《鲁迅著译版本研究编目》，上海文艺出版社1996年版，第329—330页）

再赞美鲁迅，内心却一直对鲁迅充满了崇敬之情。5 天后的 1937 年 7 月 24 日、离开日本的前一天，郭沫若用鲁迅韵写作了这样一首诗："又当投笔请缨时，别妇抛雏断藕丝。去国十年余泪血，登舟三宿见旌旗。四万万人齐蹈厉，同心同德一戎衣。"关于该诗的写作情况，郭沫若曾如此写道："我在当时的确是把我全部的赤诚倾泻了出来，我是流着眼泪把诗吐出的；虽然并不是什么了不起的东西，但它在我的生命史上的确是一个里程碑。但这诗所用的韵是什么人的韵呢？就是鲁迅的一首旧诗的原韵。这的的确确是可以证明我在回国的当时是有鲁迅的精神把我笼罩着的。假如没有鲁迅这座精神上的灯塔，假使鲁迅不曾给过我一些鞭挞，我可能永远在日本陷没下去，说不定我今天是会在南京和周作人做伴的吧？"① 郭沫若于 1937 年 7 月 27 日回国后多次发表该诗：8 月 3 日《立报 · 言林》、8 月 7 日《新民报 · 百花潭》，手迹载《光明》半月刊第 3 卷第 5 号（1937 年 8 月 10 日），录入该诗的《由日本回来了》发表于《宇宙风》半月刊第 47 期增大号（1937 年 8 月 16 日）②，由此开启了郭沫若一生毫不隐瞒的"崇鲁"③ 的历程。

现在来看看《漫话"明星"》中涉及茅盾的文字：

> 但是，不要高兴，"明星"是有套头的，套头只是"空头"，并非"花边"。"十足道地"的大明星，自然有"极自然的现象"在。苏联的高尔基，中国的鲁迅，都先后去世了。现在就剩下着我们唯一的一个"文坛重心"——茅盾了。鲁迅是被称为"中国高尔基"的，已经死了，茅盾自然是"高尔基第二号"，更有何疑？这真"十足地道"的"东方的太阳"。我们是

---

① 郭沫若：《天地玄黄 · 鲁迅和我们同在》，《郭沫若全集》第 20 卷，人民文学出版社 1992 年版，第 160 页。

② 林甘泉、蔡震主编：《郭沫若年谱长编》第 2 卷，中国社会科学出版社 2017 年版，第 691 页。

③ 叶德浴：《郭沫若对鲁迅态度剧变之谜》，《鲁迅研究月刊》2004 年第 7 期。

虔诚地仰望着我们的“太阳”时常照临着我们，不要每每躲在夜幕和乌云里不肯露出面孔。“太阳”据说也还是恒星之一，其“明”也赫焉。假如我们这样的仰望，在“东方曦”先生看来也就是“恶劣倾向”的“明星主义”，是应该“纠正”的话。这儿自应该把“东方曦”先生另一笔很严正的文字重录出来，还请我们的“文坛重心”——茅盾先生留意。(恕不抄写，谨以剪报，贴于左端。)①

比较一下《漫话“明星”》和《答田军先生》便会发现，郭沫若对待鲁迅和茅盾的态度实在有天壤之别：对待与鲁迅有关的人、事，郭沫若客气地摆事实讲道理；对待茅盾，则抓住一篇他人化名文章中的枝节问题冷嘲热讽。

在文章结尾，我们来看看茅盾对郭沫若的态度。在我们收录的1400多篇/部他人回忆郭沫若的回忆作品中，茅盾的作品只有以下两篇：《为祖国珍重——祝郭沫若先生五十生辰》《一九二二年的文学论战》。第一篇是茅盾为庆祝郭沫若五十寿辰和创作二十五周年而作，发表在1941年11月16日出版的《华商报》上，从标题即可看出，该文突出郭沫若在中国历史上的贡献，不涉及两人的私交。第二篇以《复杂而紧张的生活：学习与斗争（下）——回忆录（五）》为题发表在《新文学史料》第5辑（1979年11月），收入《我走过的道路》上册（生活·读书·新知三联书店香港分店，1981年8月；人民文学出版社，1981年10月）时改为该题，该文主要回忆了文学研究会与创造社之间的论争。阳翰笙曾如此回忆庆祝郭沫若五十寿辰和创作二十五周年活动的情况：“恩来同志深沉地指出：‘为你作寿是一场意义重大的政治斗争；为你举行创作二十五周年纪念又是一场重大的文化斗争。通过这次斗争，我们可以发动一切民主进步力量来冲破敌人的政治上和文化上的法西斯统治。’恩来同志责成由我主持

① 郭沫若：《漫话“明星”》，《大晚报·火炬·每周文坛》1936年12月18日第5版。

这一工作，他强调要建立一个广泛的统一战线的筹备组织，由各方面的人来参加。”① 看看茅盾的文章可以知道，他写作的《为祖国珍重——祝郭沫若先生五十生辰》很大程度上只是应应景。郭沫若逝世后，直接、间接交往了五十多年的茅盾竟然没有专门写作文章回忆。根据以上两事可知茅盾对郭沫若的态度。郭沫若与茅盾之间的关系实际上反映了中国现代文学史上两个最重要社团——文学研究会与创造社成员之间的关系，非常值得研究。在研究过程中，我们没有必要将上一辈的恩怨掺杂进去，况且，作为研究者的我们与两人都没有任何血缘关系，更应该客观梳理他们之间的关系。

（原刊《鲁迅研究月刊》2019 年第 2 期）

① 阳翰笙：《战斗在雾重庆——回忆文化工作委员会的斗争》，《新文学史料》1984 年第 1 期。

《暴风雨》的本事、重组与象征

冷　川

摘　要　五卅惨案爆发之际，茅盾和叶绍钧都写下了纪实性散文，由于作者政治面貌的差异，散文涉及的历史背景各不相同；此后，这些文字又被组合成了长篇小说《倪焕之》和《虹》的五卅章节，组合方式则彰显了作者对于集团活动的意义、对于小资产阶级知识分子成长道路的深入思考。茅盾的《暴风雨》在20世纪20年代的社会语境中，成为最具影响的有关中国革命的文学化表述。

关键词　《暴风雨》；茅盾；叶绍钧；《倪焕之》；《虹》

五卅事件爆发之际，在上海的现代作家写下了大量纪实性散文，亲历当天险境的虽不多，但第二天的抗议活动很多人都有参加，并在第一时间诉诸笔端。尤其是和商务印书馆关系密切的作者，由于《文学周报》这个迅捷的发表平台，该刊物又特别适合散文速记之作，因此那一时段此类稿件尤多。这里面，最有意味的无疑是茅盾的《暴风雨——五月三十一日》（后文简称《暴风雨》）和叶绍钧的《五月卅一日急雨中》（后文简称《急雨》）。

事实上，5月30日晚上，茅盾已经写了散文《五月三十日的下午》（后文简称《下午》），刊发在《文学周报》的177期，这是惨案发生不久，作者前往现场的凭吊之作，批评的锋芒指向留着八字胡的“无抵抗”的绅士。在震惊悲愤之际，批评国人的逆来顺受，在惨案面前仍故作镇定以至于麻木，这是爱国知识分子本能的反应。作为中共党员的茅盾会写此类文字，政治观点较他平和的文友们也精于此道。即以《文学周报》为例，叶绍钧发表的《急雨》（179期）也有对“蓝袍玄褂小髭须”人士的讥讽，他在《演讲》（178期）、《杂谈》（182期）和《诸相》（183期）中对此更有持久的关注，郑振铎的《杂谈》《迂缓与麻木》（180期）等，锋芒所及亦在此一方面。郑振铎的文章还引发了他和俞平伯就“雪耻和御侮”孰先孰后的持久争论。[①] 这批创作，阿英在编选《现代十六家小品》时曾特别予以关注，阿英在该书“序言”中提到——

> 叶绍钧的《五月卅一日急雨中》，郑振铎关于五卅的诗文，就是很好的例。如果我们把这一篇小品看了以后，再回顾前期的几篇作品，它的发展途径是显然的。约略的说，是从反封建的重心移到反帝国主义的重心，从激昂的反抗到相对的肉搏，从对现状的不满到愤怒的抨击，从个人主义的观点，到反个人主义的观点。[②]

阿英的讨论实际是以五卅为分界线，描述前后两个时期文学风貌的变化。他非常敏锐地注意到，五卅使得诸多作家的政治立场急剧“左”倾。叶绍钧便是非常典型的例子。叶在商务印书馆工作时期，身边同事中不乏中共党员，如沈雁冰、杨贤江、侯绍裘等，对方也将处事沉稳持重的叶绍钧引为同志。但1923年，杨贤江试图介绍他入党时，叶婉拒了。在五卅案后，叶绍钧在中共的建议下加入了中国国民党，在五卅政治宣传和同一时期的商务印书馆的劳资谈判中做了大量工作。此外，五卅案期间，叶家是中共和左派的联络点，很多会议在此召开，党内的重要文件也常经叶绍钧之手传递。[③] 但党员和非党员作家对于五卅的理解和参与程度还是有着根本性的差别，这在他们的文字中留下了明显的印记。具体而言，茅盾的《暴风雨》和叶绍钧的《急雨》所写虽为同一天同一事，但其本事、意义都全然不同。

---

① 瞿光熙：《五卅运动中郑振铎与俞平伯的一场争论》，《中国现代文学史札记》，上海文艺出版社1994年版，第212—215页。

② 阿英：《序言》，《现代十六家小品》，光明书店1935年版，第4页。

③ 商金林：《叶圣陶年谱长编（第一卷）》，人民教育出版社2004年版，第327页。

在《急雨》一文中，叶绍钧5月31日这天走上街头是自发行为，他的文字着重描写了“青布大褂”们的行动。这些人无疑属于知识阶层，其中也有穿着洋服的，也有女性，他们的工作是走进路旁的店铺去讲演和鼓动，叶绍钧本人也随着其中一队一同跨入一家布庄——

> 我听见他们开口了，差不多掬示整个的心，涌起满腔的血，这样真挚地热烈地讲说着。他们讲及民族的命运，他们讲及群众的力量，他们讲及反抗的必要；他们不惮郑重叮咛的是“咱们一伙儿”。①

从上述描写看，叶是听众；但因为他本人也穿着“青布大褂”的缘故，在那些被说的暗暗点头的布店伙计，以及门外发出“我们中国人不会齐心”的感叹的短衣苦力来看，叶很像是讲演队的成员。参考王伯祥当天的日记，“早与圣陶出，至大马路看动静。孰知上海商民半已洋化，竟依然如故。甚至有怪学生多事者。吁，可悯矣……晚饭时，圣陶来，为言学生今日尝诣总商会求罢市……”② 可知二人上街只是去看动静，但王伯祥很早就回去了，关于包围总商会的情况还是叶绍钧晚上告诉他的。《急雨》一文正是二人分手后叶的经历。

茅盾的《暴风雨》所写显然不同，一开头便点出此次活动是组织行动——“十二点钟出发，齐集N马路”。这篇用C、S、G、H来代表参与者。开头G和S有是否预备雨具的争论，而四人上街后的活动很快便进入了叶绍钧《急雨》一文的场景，“看到二三小队的女学生正散开来到各店铺内讲演”，于是G和H也加入他们的行列中——这倒可以印证，叶绍钧散文中所写的讲演队并非自发，而是中共事先组织的。之后，茅盾的描写便进入了叶绍钧未曾涉及的部分：

---

① 圣陶：《五月卅一日急雨中》，《文学周报》1925年第179期。

② 王伯祥：《王伯祥日记》（第2册），国家图书馆出版社2011年版，第163页。

脚踏车穿越街道发出集合的命令，事先游弋在附近的学生和工人占领街头，进行大规模的示威活动，此前进入店铺的G、H也已归队。人们在高呼口号，并散发传单，而永安百货大楼上也有大量传单在投放。示威队伍很快便和巡捕发生冲突，对方显然也有所准备，用高压水枪驱散人群。捕房在努力抓人，巡捕到哪里，人潮便退去；他们一离开，示威者又迅速返回——这种相持状态一直持续到下午三点之后。负责联络的脚踏车组又传来包围总商会的命令，人群这才真正离去，并成功地迫使上海总商会同意全面罢市。

茅盾回忆录《我走过的道路》中，《暴风雨》一文至少有三分之一被放入。开头的S、C可以对应他和夫人孔德沚，但来访的只有杨之华一人，穿不穿雨衣的讨论是三人共同完成的，加入女学生宣传队的是孔德沚和杨之华，此后示威、冲突等情节和《暴风雨》所写基本一致，只是没有C推着S说“密司蒋”的情节。再往后，在人群被冲散后，茅盾本人先回家，他的夫人孔德沚则参加了在天后宫包围总商会的行动，因此《暴风雨》中这部分描写应该出自孔的转述。此后，他们去探访杨之华，正好对方也安全归来，还见到了瞿秋白。瞿提到他所建议的更大规模示威的计划——“看英国巡捕还敢不敢开枪”——被总书记陈独秀否决，从6月1、2日的发展情况看，瞿秋白显然低估了租界当局镇压的决心，但事态越大，“形势将更有利于我们”的判断显然没有问题，这正是中共对五卅案的预期：通过毫不妥协的斗争，牢牢把控舆论导向，使五卅运动成为继二七大罢工后，再度高涨城市工运学运的契机。

除了描写集团活动娴熟程度的差异，《暴风雨》和《急雨》的情感方式也完全不同。相比较而言，叶绍钧的《急雨》中的情绪更接近于茅盾在《下午》中所表达的震惊、愤怒，行文自始至终都处于激情状态。《暴风雨》一文则平静得多，文章自“密雨”始，以“黄昏”终，从三人的讨论到南京路的示威，再到天后宫的胜利，每一个环节均处理得从容不迫。作者在集团行动和自然背景之间建立起了同构关系，雨过天晴隐喻了斗争的胜利。茅盾的冷静自然和他的政治身份有关。5月30日晚，他参加了中共中央的紧急会议，会议的主要议题是要在全上海掀起罢工罢课罢市的"三罢"斗争，其中又将推动上海总商会宣布罢市作为工作的重点，即《暴风雨》中所写包围天后宫的计划。

从李立三的回忆看，蔡和森是五卅前后工运活动的主要策划者，并表现出卓越的"运用政策和策略的才能"。在5月16日顾正红死难后，沪西纺织工人在中共的领导下组织了两万余人的大罢工，提出增加工资等经济要求。十余天后，日本资本家已"呈现了明显溃散失败的形势"，蔡和森提出要不失时机地把当前的工人运动从经济斗争转变到民族斗争。在5月28日党内会议上，蔡进一步提到，要把工人的经济斗争与正在进行的反帝斗争结合起来，使之表现出明显的反帝性质，并争取一切社会力量的援助，以便发动起空前未有的全国的反帝高潮。5月30日在租界的示威活动便是在他的提议下筹划的，示威的指向，一则抗议日本资本家的残杀，一则反对公共租界压迫华人的四个法案。党内的反对意见则来自总书记陈独秀，他从上海地区党团员的人数考虑，认为此计划空泛不切实际。但蔡和森强调了正在酝酿的整个革命运动形势和群众的情绪，他的意见得到党内的多数支持，而5月30日罢工的规模更印证了他的判断。①

简言之，在五卅运动爆发前，中共发展工运的策略有明显的调整，即由偏重经济问题转向反帝斗争，由阶级斗争转向民族解放运动。中共机关刊物《向导周报》上将工运与全民族反帝斗争联系起来的文章连篇累牍，如惨案前的一期上，若飞便明确指出，残杀工人是日本帝国主义对全上海市民的恐吓，因此对罢工工人的支援不应仅限于学生和知识团体，而必须包括大资产阶级、士绅阶级和新闻记者。② 茅盾作为中共党员，对这一工作思路自然是了解的，甫闻残杀消息，自然义愤填膺，但稍作镇定，便可明了此为民解运动所不可避免的损失，从某种意义上，此惨案的出现将成为推动革命斗争进入更

---

① 李立三：《纪念蔡和森同志》，"红旗飘飘"编辑部《红旗飘飘》（第5集），中国青年出版社1957年版，第47—48页。

② 若飞：《在枪杀中国工人中日本帝国主义者对上海市民之威吓》，《向导周报》1925年第116期。

高层面的契机，正如陈独秀在惨案爆发后所说："我们在此次屠杀中，受了极大的痛苦，而痛苦中所得的教训，很可以使我们的民族自由运动，向正确的路线上发展。"① 茅盾较叶绍钧更快地冷静下来，很大程度上得力于他对这一更为宏阔的革命蓝图的理解：所有的挫折都被视为一连串的试炼以及推进革命高涨的刺激；而身处其中的革命者应该在理解的基础上保持必要的冷静，一任个人义愤的宣泄则是小资产阶级知识分子狂热性的体现，需要在斗争的实践中加以克服。

《急雨》和《暴风雨》的故事没有就此完结，它们的身影在现代文学史上极其重要的两部长篇小说——叶绍钧的《倪焕之》和茅盾的《虹》中又有显现，二文交互呈现，组合剪接的方式颇有意味。

1928 年《倪焕之》在《教育杂志》上连载，其中的第 22、23 章均以五卅为背景，第 22 章更是正面描写了 5 月 31 日抗议活动的场景。在该书的单行本出版前，茅盾已在《文学周报》上发表了长篇论文《读〈倪焕之〉》，提到"五卅运动在本书中有一段正面的明显的描写。第二十二章的前半段写得颇有气色"。这段文字正是《急雨》和《暴风雨》两文的"拼接"。该章前半段结构如下：

倪焕之从女校出发时正是十二点，这和茅盾所写的十二点出发的命令相对应。

倪焕之是否带伞的犹豫，和茅盾笔下 G 与 S 是否准备雨具的争论有关；但接下来长衫淋湿，而主人公觉得"雨点换了枪弹更合适"的表述，则对应着《急雨》一文中反复出现的"急雨如恶魔的乱箭"这样的描述。

南京路上的青年学生和工人冒雨等待行动指令，《急雨》和《暴风雨》都有写到。

倪焕之进入纸店讲演，是《急雨》一文中布店讲演场景的移植，讲演者为倪焕之本人。"满腔的血差不多都涌到了喉际，声音抖动而凄厉，他恨不得把这颗心拿给听众看"对应《急雨》中"掬示整个

① 陈独秀：《上海大屠杀与中国民族自由运动》，《向导周报》1925 年第 117 期。

的心，涌起满腔的血”；“他讲到民族的命运，他讲到群众的力量，他讲到反抗的必要。每一句话背后，同样的基调是咱们一伙儿”——这基本是《急雨》原文的再现。店员的反应、门外苦力“中国人不会齐心呀”的回应及倪焕之的感慨“你伟大，你刚强！喊出这样简要精炼的话来，你是具有解放的优先权的”，均是《急雨》的原文。

此后，从“忽然叮呤呤的铃声在马路中间乱响”开始，基本是借用《暴风雨》的内容，只是增加了少量细节的描写，部分内容略有改动，如删去了“取消印刷附律”的口号内容；三道头撕掉的标语，《暴风雨》中是“第二张揭帖早又端端正正地贴在原处”，改为“原地方早又加倍奉敬，贴上了两张”，以显得更为针锋相对。在永安百货公司楼上撒下传单的情节之后，增加了两段有关倪焕之的描写：连续不断地进行讲演和看到满天的传单时的感动——这是小说新增的部分。三点钟时全部演讲准时停止，此为《暴风雨》的内容；接下来巡捕冲散人群的瞬间，站在街心的女性示威者高呼口号的场景，也同样出自《暴风雨》一文，只是此人的名字由“密司蒋”换成了女校的“密司殷”。

再往后包围总商会命令的下达，女学生的把门，群众的呐喊“请总商会会长出来答复！派代表去请”等情节也基本来自茅盾的文章，叶绍钧所做的只是增加了若干描写细节的文字。之后，小说又有一段对倪焕之的刻画：他是挤在人群中的，“听别人的议论，也简短地发表自己的意见，听别人的呼噪，也亢奋地加入自己的声音；他审视一张张紧张强毅的脸；他鄙夷地但是谅解地端详商会会长不得已而为之的神色……”我们不清楚叶绍钧在31日当天的具体活动，无法判断他是否真的曾出现在天后宫；但仅就文本的相似性看，上述有关包围总商会的文字应该脱胎于茅盾的《暴风雨》，但最后一段对人物的刻画，则回到了倪焕之的性格特征上，或者说，回到了叶绍钧本人的文字风格中。

细究《急雨》和《暴风雨》两篇文字在《倪焕之》第22章前半段的组合情况，不难判断，茅盾散文中的描写实际构成了小说发展的主要推动力。在第 21 章的结尾处，倪焕之和革命者王乐山相见，对方告诉他“要转移社会，要改造社会，非得有组织地干不可”，但当倪焕之追问“怎样才是有组织地干”时，王没有正面回答，“那就不止一句两句了……”，他的具体建议，不过是离开乡镇的教师生涯，到上海去。那么接下来的一章中，参与五卅抗议活动，自然是对什么是“有组织地干”的具体展现。

茅盾的《读〈倪焕之〉》一文陈说极广，它的前半部分强调了五卅较之于五四，在文学创作中打下了更为深刻的烙印，《倪焕之》因为具备真正的“时代性”，被他称为“扛鼎”之作。茅盾认为“时代性”除了要表现时代的空气，还有两个相辅相成的要求——

> 一是时代给以人们怎样的影响。
>
> 二是人们的集团的活力又怎样的将时代推向了新方向，换言之，即是怎样地由于人们的集团的活动而及早实现了历史的必然。①

以此来衡量《倪焕之》这部作品，主人公身上有着鲜明的时代风骨自然没有疑问，但他对如何通过“集团的活力”来“推动这历史的轮子使它更快”却没有观念，这一困惑实际来自叶绍钧本人。幸而他的密友茅盾是中共党员、参与了五卅活动的策划与实践，并留有文字记录，因此在处理主人公倪焕之如何“从教育到群众运动，从自由主义到集团主义”的转变时，叶特意借用了对方的作品。

但我们会发现，这两种来源不同的文字其实很难融合在一起：和《急雨》相关的两部分——无论是讲演，还是对苦力的称赞——与此前倪焕之的性格特征是一脉相承的，或者说，是主人公思想观念自然发展所能达到的部分：他可以忘我地投入讲演，但似乎很难出现在示威队伍中与巡捕进行肢体的对抗；他也可以“服从将令”，参与包围总商会的活动，但对于商会会长的迟疑仍有理智上的谅解。那些对于

---

① 茅盾：《读〈倪焕之〉》，《文学周报》1929 年第 20 期。

集团活动的描写，无论是脚踏车的穿梭，还是传单和口号，只徒具动作上的紧张感，倪焕之（叶绍钧）虽在“历史现场”，但他只是集团行动的有限参与者，对其中的意义无法全然理解。叶绍钧此后只能让主人公不断地“回望”过去，通过不断否定过往的生活来强化当前选择的合理性与必要性。正是在这半章之后，小说陷入了挣扎，茅盾和夏丏尊的批评都准确地捕捉住了这一点。茅盾认为第 22 章后半段的回叙阻碍了前半段的起势，接下来的第 23 章不能继续使用正面的描写，使得倪焕之此后的行动“都不曾很显明地反映出集团的背景”，“流于空浮的个人的活动”，“故事的性质虽然紧张得多”，却无法给人以深刻印象。夏丏尊则从“描写”的质感来触及这一问题，他认为小说的前半部分堪称当代作品中“描写力最旺盛的”，但越往后越流于空泛的疏说。[①] 借助茅盾的《暴风雨》，叶绍钧往前迈了一步，然后就在一个陌生的领域变得不知所措。

在《倪焕之》出版单行本之际，叶绍钧写了《作者自记》，其中谈到第 22 章的上半部分，“是采用了一位敬爱的朋友的文字。他身历这大事件，我没有；他记载这大事件生动而有力，我就采来插入需用的处所”，交代清楚此段文字的来源，也是对茅盾称赞该章节的回应。但最有意思的是他对怎样才算是“身历”五卅的判定，无疑会让人想到很多。

《读〈倪焕之〉》完成于 1929 年 9 月，不久前，茅盾刚刚写完长篇小说《虹》（1929 年 4 月—7 月）。描述五卅运动“生动而有力”的《暴风雨》一文也被作者组织进了小说的高潮部分。

5 月 31 日的抗议中，加入宣传队去散发传单的是梅女士和徐绮君。有关传单的散发，茅盾写得远比叶绍钧具有实感：梅和徐在 12 点之前便已到达了指定地点，看到了无数和她们一样的青年在预备行动；两人有简单的对话，梅女士无比坚定地说他们的任务是要打劫整个上海的心并将他们凝结成一个——这类似于叶绍钧习惯使用的

---

① 夏丏尊：《关于〈倪焕之〉》，叶圣陶《倪焕之》，开明书店 1934 年版，第 7 页。

"咱们一伙儿"，它是五卅宣传中的惯常表达。接着便有人被捕，被抓走前扬手将传单掷出，激得梅女士几乎要即刻响应，但随即想到"纪律是神圣的"便按捺下来。不久，行动开始，人们在散发传单、张贴标语、组织讲演，永安公司上面传单飞扬。接下来人群和巡捕开始冲突，茅盾将散文中"密司蒋"的角色给了梅女士，在救火车和高压水枪的作用下，人群被迫后退，她成为突出的"一个"，高呼"占住这阵地"的口号，获得人们的响应，但随即被水枪击退。在插入了一段和徐自强的戏份后，梅女士重新回到南京路上，这时看到脚踏车在传布"包围总商会"的命令，时间正是下午三点零几分。

除了《暴风雨》，茅盾也没有忽略《下午》这篇文章。在小说的前文中梅女士和徐绮君在永安公司遇到梁刚夫，获知惨案的发生——这和茅盾本人的经验一致，他和孔德沚、杨之华都参加了30日的示威，也同样不在第一线，惨案发生后他们先避到了先施百货公司。[①] 之后，梅和徐前往惨案现场凭吊，这正是《下午》一文中茅盾本人所做的。小说中那段对现场碎玻璃和血迹的描写，以及路人漠不关心的"满足到十二分的笑脸"明显出自该文。这天晚上，梅女士去参加会议，会上宣布进行示威但要求采取"不抵抗主义"的黄因明似乎在暗指陈独秀。

有关茅盾的纪实散文和小说《虹》的五卅部分的关系，美国学者陈苏珊很早就有关注，"茅盾还利用小说主人公梅女士在作品中再创造出他在第二天的又一次示威运动中的经历"[②]；但真正有意义的问题则是，茅盾在大革命失败后的写作背景下，如何使用了革命初兴时所保留的素材？他是如何平衡个人经验和人物设定之间的关系的？日本学者是永骏在讨论《虹》的写实性问题时颇有启发性地提到：

> 如果说"写实主义"意味着真实地描写社会的现实，那么，

---

① 茅盾：《我走过的道路》（上），人民文学出版社1997年版，第290—291页。

② 陈苏珊：《茅盾早期小说中的个人成分》，《茅盾研究》编辑部《茅盾研究》（第三辑），文化艺术出版社1988年，第381页。

《虹》是没有这种写实主义的"写实性"的。《虹》获得的"写实性"来源于另外一种"写实主义"。在具有这种涵义的写实主义作品里，像福楼拜的《包法利夫人》那样，作者的实存是深深地隐藏在作品底部并回响起来的"基调"。①

福楼拜说过"包法利夫人就是我"，同理，茅盾也在梅行素身上投入了自己的思想和情绪。他在回忆录中提到，梅行素思想的复杂性和矛盾性，正是他写作《虹》时的思想情绪，并检讨说此思想有害，"尚未能廓清之而更进于纯化"，并将纯化解释为"思想情绪的无产阶级化，亦即小资产阶级知识分子的思想改造"，"这是长期的，学到老，改造到老"②。如果我们不将此视为客套，茅盾所说的其实正是自己的小资产阶级根性的问题。在《从牯岭到东京》和《读〈倪焕之〉》中，茅盾都提到了应该以小资产阶级生活为描写对象，并将此题材视为作家最为熟悉的领域，这一提法引起了太阳社和后期创造社诸君的围攻；但茅盾未曾明说的，实际正是现代作家——即使革命作家——与小资产阶级的天然关联。瞿秋白就义前所写的《多余的话》中就曾坦言自己身上有"小布尔乔亚智识者的自我分析的脾气"③。

大革命失败给茅盾最大的冲击是，原本以为理解了中国革命的道路，但此时发现尚未弄清，虽然自己在1921年就加入了中国共产党。在此意义上，当梅行素沿着茅盾本人的轨迹步入五卅的一刻，对作者而言，这是一个重新思考个人与时代关系的契机，即一个有着勇往直前精神的小资产阶级知识分子，投身于革命高潮后发展的程度与可能。

小说家用形象进行思考。《虹》的五卅部分最有意思的"添加"就是茅盾对于梅行素"严肃"神态的反复强调。30日晚梅女士开会

① ［日］是永骏：《论〈虹〉——试探茅盾作品的"非写实"因素》，《中国现代文学研究丛刊》1996年第3期。

② 茅盾：《我走过的道路》（上），人民文学出版社1997年版，第422页。

③ 瞿秋白：《多余的话》，人民文学出版社1973年版，第2页。

时旗袍被雨淋透，人们本想说俏皮话，却被她板着脸的表情所遏制；31 日的示威中，在高压水枪的喷射下，她也是全身湿透，引来了徐自强的觊觎，后者同样被她的严肃所震慑。在茅盾的两篇纪实性散文中并无对此因素的强调，但叶绍钧的《急雨》一文却基本以此神情贯穿始终，如剪辑进小说《倪焕之》时被删除的这段文字，几乎可以视为人物视角中的梅行素及其同伴的肖像——

> 三四个、六七个，显然可见是青布大褂的队伍，虽然中间也有穿洋服的，也有穿各色衫子的断发的女子。他们有的张着伞，大部分却直任狂雨乱淋。
>
> 我开始惊异于他们的脸。从来没有看见过，这么严肃的脸，有如昆仑的耸峙，这么郁怒的脸，有如雷电之将作；年轻的柔秀的颜色隐退了，换上了壮士的北地人的苍劲……①

与“严肃”相对的是职业性的冷静，如《虹》中的梁刚夫、黄因明，茅盾写到他们时常用到的词汇是“冷冷地”；同样，《倪焕之》里面的王乐山也常常带着冷嘲的神情。“严肃”在这里实则成为人物政治等级的划分标志，和愤怒、狂热等情绪一样，作为情感的高能状态，用以表现小资产阶级知识分子对于集团活动的新奇、虔诚和郑重其事，革命尚未成为他们生活的常态。从某种程度上说，茅盾、叶绍钧这对文坛密友彼此在对方的纪实文字中找到了自己小说需要的因素，前者找到了小资产阶级的态度，后者找到了集团活动的方式。

倪焕之的结局证明了小资产阶级知识分子的不中用；至于梅行素的发展程度，茅盾则给出了极端保守的估量。梅行素在武汉时期才得以入党，但“这只是形式上是个共产党员，精神上还是她自己掌握命运，个人勇往直前，不回头。共产党员这光荣称号，只是涂在梅女士身上的一种幻美”。此后被捕，坐牢，有和《倪焕之》中女校的密司殷一样沦为玩物的危险，此后被党营救出，转到西北继续从事地下

① 叶绍钧：《五月卅一日急雨中》，《文学周报》1925 年第 179 期。

工作。就字面看，“虹”绚烂而易逝，续篇所用的“霞”则有朝霞、晚霞之分，任何一种考验通不过，都意味着梅行素的思想改造似是而非，仍是“幻美”。[①] 正是因为有茅盾本人的实存寄寓在主人公梅行素身上，从逻辑展开的方式看，这是一位中共元老在大革命失败后对革命进程的重新推演，无论结局如何，它都只是一个开放版本的《倪焕之》的故事，不可能像三十年后的《青春之歌》一样，成为知识青年的成长指南。

但茅盾的中共党员的政治背景确实给他带来了某些独特的视域，使其较叶绍钧更能敏感到时代精神的走向。在五卅运动爆发伊始，他便用“暴风雨”这一意象来比拟正在发生的事件，预感到该事件对于中国现代历史进程的独特意义。毫无疑问，茅盾的“暴风雨”较叶绍钧的“急雨”在感受上更具涤荡一切的力量和无法掌控的恐惧感，它近乎完美地传达了现代知识者对于20世纪急遽变动的历史进程的感受：中国社会需要一场彻底的革命以迎接新生，而此过程中，革命者也要接受恐惧、暴力及自身思想观念的更新调整。

将“暴风雨”作为革命的文学性表述，其灵感自然来自新文化运动以来对外国文学的系统译介，尤其是俄国文学，因其独特的地理环境，在诸如普希金、莱蒙托夫、契诃夫、果戈理、高尔基、布洛克等人的创作中，充满了对暴风雨（雪）的细致描述。如1921年共学社推出的“俄国戏剧集”中，耿济之所译《雷雨》、郑振铎所译《海鸥》、耿式之所译《万尼亚叔父》《樱桃园》等，都含有“暴风雨”的意象，只是这些早期译文中，译者往往习惯于将此译为“风雨”或“大雷雨”，如《万尼亚叔父》中就有“不久这雨要停了，一切天然界要叹气，要新鲜的醒过来，惟有我没有被这大风雨洗清，一天到晚那思想像魔鬼似的跟追我，以致我的生活就永远失掉了”[②]，意象中已经包含了除旧布新的含义。

---

① 茅盾：《我走过的道路》（上），人民文学出版社1997年版，第422—423页。

② 柴霍甫：《万尼亚叔父》，商务印书馆1921年版，第34页。

自然，中国读者最为熟知的例子是高尔基的散文诗《海燕》，经过列宁在1906年政治演说中的引申，暴风雨便成了无产阶级革命的代名词。[①] 但《海燕》的译文在国内发表略晚，瞿秋白虽在1920—1922年访苏期间便将其译为《暴风鸟的歌》，但迟至30年代经过全面修改后才正式发表[②]；在五卅运动爆发不久，韦素园的译文《海莺歌》，发表于《莽原》的第12期；戈宝权等人在日后又提供了更为圆熟的译本。[③] 茅盾作为五四以来外国文学译介最积极的提倡者和规划者，他在《小说月报》等刊物上对于世界文坛动态的长期关注，以及对俄罗斯文学较为系统的涉猎，使他完全可能对于"暴风雨"一词的隐喻，对高尔基的作品《海燕》都有所了解。更为重要的是，在1924年和茅盾关系密切的一个文化群体——少年中国学会中倾向于无产阶级革命的部分成员——已经尝试用"暴风雨"这一词汇来描述中国社会的剧烈变革。

该年度，张闻天在《少年中国》上发表的《从梅雨时期到暴风雨时期》一文便写道："要解决中国现在的一切问题，只有革命！要解除压迫在我们身上的梅雨时期的烦闷与闭塞，只有暴风雨时期的愤怒与激昂。"[④] 辛亥革命后中国社会陷入停滞不前的状态，乃有五四新文化运动的兴起；而随着五四的退潮和北洋诸镇的割据，社会思想界又进入到静极思动的状态。张闻天的这篇文章是为同新国家主义者辩论而作，提出要通过社会的政治活动，将平民团结起来，推翻政府，用开明专制主义的办法，实行国家社会主义。

稍后，茅盾的弟弟沈泽民在倡导革命文学时，也将"暴风雨"视作当下时代精神的表征：

---

① 列宁：《列宁全集》（第11卷），人民出版社1984年版，第115—122页。

② 瞿独伊：《从〈暴风鸟的歌〉到〈海燕〉》，《中国翻译》1983年第2期。

③ 戈宝权：《谈谈高尔基的〈海燕〉》，《北京师范大学学报》1978年第4期。

④ 张闻天：《从梅雨时期到暴风雨时期》，《少年中国》1924年第12期。

> 一个极大的变动正在涌起，社会的全组织正在瓦解，旧的阶级已自己都到他的灭亡的道路，新的阶级正在觉醒起来凝聚他自己的势力。像罗丹所雕刻铜器时代的人一样，世界的无产者正从沉睡中醒来，应着时代的号声的宣召，奔赴历史所赋予他们的使命。从黑暗到光明，从苦痛到解除苦痛，这一个暴风雨的时代啊！正是自有人类历史以来最富有色彩、动作和声响的时代！一个大活剧的时代！对于这种民众的反抗精神，有哪一个大文学家能替他留一个影片呢？这个影片，若是能够留下来，怎不能算为文学之终极的造诣，终能胜过一切过去时代的文学。[①]

茅盾5月30日写下的《下午》一文便沿用此类用法，在开头和结尾都强调惨案发生的这个下午是“暴风雨的先驱”；接下来，5月31日的大游行便被冠以“暴风雨”之名，成为中国革命进入新的历史阶段的标志。

强调“暴风雨”意象的抗争意味，包含了茅盾对五卅成因的理解。《读〈倪焕之〉》一文中，茅盾将五卅的爆发视为“地下工作”的“第一次果实”，认为五卅时代实际在五四退潮之后便开始酝酿，政治上经由中共推动的一系列的“实际运动和地下工作”；文学上的反映，在国际上是西欧无产阶级文学的勃兴，在国内是“为人生”派对文学时代性和社会化的关注。[②] 40年代的回忆文章中亦谈到，1924年国共合作后，上海学生运动渐有起色，“个别学校之觉悟的学生群众则在改组后国民党之革命的宣言与纲领影响之下，已开始深入群众，作革命运动，及五卅运动爆发，遂如狂飙忽至，万木齐鸣……”[③] 在茅盾看来，五卅的爆发，正有赖于数年间缜密而卓绝的政党活动，由量变到质变，展现了政治活动对于现代历史强有力的塑造能力，亦可视为他论文中所说的“人们的集团的活力又怎样的将

---

① 泽民：《文学与革命的文学》，《国民日报·觉悟》1924年11月6日。

② 茅盾：《读〈倪焕之〉》，《文学周报》1929年第20期。

③ 形天：《工商学联合会时代之上海学联会》，《笔谈》1941年第5期。

时代推向了新方向”的注脚。

五卅后，用“暴风雨”来指代革命的用法渐趋普遍。就茅盾本人而言，他在广州和武汉参加了国民政府的实际工作，经历了大革命的勃兴与失败，尤其在武汉担任《汉口国民日报》的主编期间，正值反革命势力大肆反扑之际，茅盾赞成用“赤色的恐怖镇压白色的恐怖”①，强调军队必须服从党的指挥，在《整理革命势力》等文章中提到，农会用非常手段惩治土豪劣绅，“此亦暴风雨时代必然的现象”②，自始至终，茅盾都是两湖农运最为坚定的支持者和辩护者之一。而大革命失败后，在耳闻目睹了屠杀、起义的失败以及阵营内部的分化，如谈瞿秋白盲动主义的“你不为威武所屈的人也许会因亲爱者的乖张使你失望而发狂”③，对于革命的残酷和曲折更有深入的认识，这些体验同样被包含进了“暴风雨”这一意象之中。

金观涛的词频统计研究指出，在1920年后，“革命”这一词汇使用极其频繁，远远抛开此前多同时出现的“独立”“平等”等词，呈一枝独秀的态势。尤其是随着1919年马列主义革命观的勃兴，“革命观念中进步的含义不仅与激烈改变、强调斗争等含义合二为一，而且与革命观念中用暴力夺取政权之意义相联，从而推出用暴力改变社会秩序具有不可取代的正当性”④。茅盾等现代作家所提供的有关革命的文学化的表述，无疑会对此分析有支持和补充之效。

“时代在暴风雨中”，作家应富于现实的生活经验，深刻理解时代性的内涵，“有目的有计划”地将个人的经验转变为文学的形式——这是茅盾、叶绍钧等作家的写作方式，也是20世纪20年代中国现代文学宏大叙事的开端。

[原刊《天津师范大学学报》(社会科学版) 2019年第6期]

① 雁冰:《革命者的仁慈》,《汉口国民日报》1927年5月4日。

② 雁冰:《整理革命势力》,《汉口国民日报》1927年5月26日。

③ 茅盾:《从牯岭到东京》,《小说月报》1928年第10期。

④ 金观涛、刘青峰:《观念史研究——中国现代重要政治术语的形成》,法律出版社2017年版,第395页。

革命文学语境中的启蒙异声
——以《石碣》《豹子头林冲》《石秀》为中心

吕银飞

摘　要　茅盾的《豹子头林冲》《石碣》与施蛰存的《石秀》，均取材于《水浒传》这部既具有启蒙烙印又兼具普罗文学色彩的中国古典名著。但由于文学旨趣和价值取向的不同，茅盾和施蛰存的历史小说创作无论是在表现手法还是艺术倾向上都呈现出鲜明的异质性。茅盾在致力于革命文学创作时，对封建意识的清醒思考不自觉地溢出文本之外，施蛰存的《石秀》也散发出了性爱启蒙文学最后的光辉，欲望发泄问题的直观呈现对20年代性爱文学的主题进行了开拓。对比研究茅盾和施蛰存的历史小说创作，可以窥见启蒙文学向革命文学过渡时期不同于既有文学史标示的文学图像，进而理解革命文学大潮下启蒙叙事的艰难行进，以及作家在时代大潮裹挟下的个人坚守。

关键词　茅盾；施蛰存；历史小说；普罗文学；启蒙

1930年，茅盾在《小说月报》上接连发表了《豹子头林冲》《石碣》《大泽乡》三篇取材于历史和传说的短篇小说。由此，王富仁等研究者认为茅盾“把农民起义题材的历史小说正式推向文坛”①，进而认为“茅盾堪称中国现代历史小说史上的一个重要作家。”② 无

① 王富仁、柳凤九：《中国现代历史小说论（三）》，《鲁迅研究月刊》1998年第5期。

② 王富仁、柳凤九：《中国现代历史小说论（三）》，《鲁迅研究月刊》1998年第5期。

独有偶，施蛰存也因《鸠摩罗什》《将军底头》《石秀》《阿褴公主》等作品的发表“为历史小说的创作开辟了一个崭新的途径”① 而成为当时文坛独具特色的重要作家，从而奠定了他在中国现代小说史上的地位。虽然茅盾、施蛰存的历史小说创作数量不多，但在各自的文学生涯中却有着不可忽视的地位。按照王富仁先生的说法，茅盾的历史小说创作属于表现农民起义题材的“普罗文学”，而施蛰存的《石秀》等作品是心理分析型的历史小说，二者看似无可比较之处。但仔细研究后可以发现，茅盾的《豹子头林冲》《石碣》与施蛰存的《石秀》都是取材于《水浒传》这部有着深刻普罗文学烙印的古典名著，且二人创作历史小说时的态度都是十分严肃的，并都有着熔铸古典文学并赋予其新的时代意识的艺术追求。更重要的是，茅盾和施蛰存的历史小说创作都诞生于启蒙文学向革命文学转变的历史关口，因此，虽同样取材于《水浒传》，但由于文学旨趣和价值取向的不同，茅盾和施蛰存的历史小说创作无论是表现手法还是在艺术倾向上都呈现出鲜明的异质性。因此，透过他们的历史小说创作，能够窥见启蒙文学向革命文学过渡时期不同于既有文学史标示的文学图像，进而理解革命文学大潮下启蒙叙事的艰难行进，以及作家在时代大潮裹挟下的个人坚守。

一

茅盾和施蛰存的历史小说创作都取材于《水浒传》。《水浒传》在现代文学史上被接受的历程十分曲折，1920 年代出现了“水浒解读”的热潮。这一热潮的背景是胡适、陈独秀等文学革命领袖对古代白话小说意义的重新发现。胡适认为“此三百年中，中国乃发生一种通俗行远之文学，文则有《水浒》、《西游》、《三国》……之

① 王富仁、柳凤九：《中国现代历史小说论（四）》，《鲁迅研究月刊》1998 年第 6 期。

类”[①]。陈独秀也发现，“尊古蔑今，咬文嚼字，称霸文坛，反使盖代文豪若马东篱，若施耐庵，若曹雪芹诸人之姓名，几不为国人所识”[②]。胡适、陈独秀等人之所以重视《水浒》《西游》，是因为这类小说“用活文字［白话］来替代文言，对近代中国文学革命运动的贡献至大”[③]。正是因为《水浒传》的白话形式蕴含着推广白话文运动的积极意义，胡适提倡对《水浒传》等名著“做一种合乎科学方法的批判与研究”[④]，以凸显这些小说的价值，从而为文学革命运动和白话文的推广提供可资借鉴的文学资源。而周作人则看到了《水浒传》的局限，他从著作“是以人的生活为是呢？非人的生活为是呢？”[⑤] 的角度出发，把《水浒》与《七侠五义》《施公案》等一起归为“强盗书类”，认为“这几类全是妨碍人性的生长，破坏人类的平和的东西，统应该排斥”[⑥]。但他也认为《水浒传》等著作“在民族心理研究上，原都极有价值”[⑦]，提倡对《水浒传》做一种民族心理的研究，以适应启蒙诉求。

随着革命文学的兴起并渐渐在文坛占据主导权，《水浒传》蕴含的反抗意识被发掘并加以放大，《水浒传》被认为是一部典型的“普罗小说”，而被革命文学倡导者们重视。与此同时，茅盾等革命文学倡导者们在回顾“五四”文学成就时也注意到一个急迫的问题：“现在的‘革命文艺’则地盘更小，只成为一部分青年学生的读物，离群众更远”[⑧]。因此，文学的大众化问题被提到日程上来。此时，在

① 胡适：《文学改良刍议》，欧阳哲生编《胡适文集》(2)，北京大学出版社1998年版，第14页。

② 陈独秀：《文学革命论》，《新青年》1917年第2卷第6期。

③ 胡适：《从旧小说到新红学》，欧阳哲生编《胡适文集》(1)，北京大学出版社1998年版，第396页。

④ 胡适：《从旧小说到新红学》，欧阳哲生编《胡适文集》(1)，第397页。

⑤ 周作人：《人的文学》，《新青年》1918年第5卷第6期。

⑥ 周作人：《人的文学》，《新青年》1918年第5卷第6期。

⑦ 周作人：《人的文学》，《新青年》1918年第5卷第6期。

⑧ 茅盾：《从牯岭到东京》，《小说月报》1928年第19卷第10号。

底层拥有最广泛读者群体且具有鲜明的阶级反抗意识的《水浒传》，因具备了文艺大众化和阶级斗争双重属性而引起文学家的普遍重视，茅盾则是首先发现这一特点并从中挖掘素材创作小说的作家。《豹子头林冲》《石碣》隐含着的反抗性因子被茅盾发掘，施蛰存则看到了石秀故事中的性欲发泄问题。对革命与启蒙不同路径的选择，显示了茅盾和施蛰存不同的文学态度与创作走向。

在创作《豹子头林冲》《石碣》之前，茅盾已经是一个成熟的小说家，尤其擅长描写小资产阶级的精神状貌。由于“普罗文学运动”大潮的兴起，以及中国左翼作家联盟（以下简称“左联”）要求作家“站在无产阶级的解放斗争的战线上，攻破一切反动的保守的要素，而发展被压迫的进步的要素”①，茅盾把创作的目光和题材转向了农村阶级斗争，但此一时期，“写惯了小资产阶级知识分子”② 的茅盾，没有农村生活的经历，也并未深入过农村、观察农民的生活状貌，对于农村、农民并不熟悉，再加上“左联”和茅盾都有着文艺大众化的艺术取向，而有着广泛读者基础，同时又“善于从阶级意识去描写人物的立身行事”③ 的《水浒传》便进入了茅盾的艺术视野。

虽然，创作历史小说在茅盾还属于首次，但他却有着十分自觉的艺术追求，在《〈宿莽〉弁言》中，茅盾写道：“一个从事于文艺创作的人，假使他是曾经受了过去的社会遗产的艺术的教养的，那么他的主要努力便是怎样消化了旧艺术品的精髓而创造出新的手法。同样地，一个已经发表过若干作品的作家的困难问题也就是怎样使自己不至于黏滞在自己所铸成的既定的模型中，他的苦心不得

① 《中国左翼作家联盟纲领》，吴秀丽、陈建新主编《中国现当代文学作品与史料选》（上），浙江大学出版社2012年版，第254页。

② 茅盾：《“左联”前期》，《我走过的道路》（上），人民文学出版社1997年版，第445页。

③ 茅盾：《谈〈水浒〉的人物和结构》，《茅盾全集》第23卷，人民文学出版社1996年版，第138页。

不是继续地探求着更合于时代节奏的新的表现方法。”[①] 从这段文字可以看出茅盾作为一个受古典文学艺术教养的作家，在创作历史小说时试图解决的两个重要问题：一是如何处理旧艺术品，表现在文本上就是如何处理《水浒传》的启蒙性和阶级性的问题；二是在表现手法上如何融入时代的节奏，而赋予历史小说以鲜明的时代性。这触及茅盾如何在新旧文学两方面取得艺术平衡的问题，也即是在文学启蒙和阶级意识之间取得平衡的问题。这一问题，其实也是文艺大众化的问题。

早在1929年，茅盾在探讨“旧小说比之‘新文艺’更能接近大众的原因”时，曾明确指出“旧小说内所包含的宇宙观人生观本就为大众所固有（这是属于内容方面的问题，并且这正是此后革命的大众文学所要斗争的目标）”[②]。由于注意到了旧小说有助于揭示研究民族心理，同时茅盾也意识到“仅凭国内传来的消息而没有自己的对农村的观察而写农村，是注定要失败的”[③]。因此，茅盾采取了马克思主义阶级分析的手法和西方意识流的手法，以历史小说的形式，企图较为客观地表现大众真实的思想，而少做价值的评判。因此，《豹子头林冲》《石碣》并不是一味表现阶级斗争，热情赞颂农民的反抗意识的纯粹意义上的“普罗文学”作品，而对农民的狭隘性、自私性以及残存的封建等级意识也予以无情揭露。文本呈现出革命主题中启蒙因子的掺杂与交错，这种主题的混杂，多少透露出茅盾所看到的农民革命问题的复杂。

这种异于左翼主流文学声音的出现与茅盾采用的马克思主义阶级分析方法与西方意识流手法有关。马克思主义阶级分析叙事是一种民族国家话语，意识流手法则是个人话语，两种话语模式在《豹子头林冲》《石碣》中形成一种内在的对抗。在《豹子头林冲》中，茅盾

① 茅盾：《〈宿莽〉弁言》，山东大学中文系文史哲研究所编《茅盾研究资料集》，山东大学中文系文史哲研究所，1979年，第98页。

② 止敬（茅盾）：《问题中的大众文艺》，《文学月报》1932年第2期。

③ 茅盾：《我走过的道路》（上），人民文学出版社1997年版，第419页。

运用意识流手法，意在摆脱旧文学单一的故事情节的束缚。但深入林冲的心理深处，必然触及林冲的心理真实，使得林冲具有一定的性格自主性和典型性。而个人话语模式的运用，使林冲内在的个人性得到自觉的体现。因此，作者笔下的林冲便逃脱了作者的掌控，成为一个具有一定独立思想的人物，而非传达农民阶级意识觉醒的传声筒。这在某种程度上对以马克思主义阶级分析叙事为指向的民族国家话语形成了一定的冲击。因此，具有革命者面目的林冲与其自身农民性格的狭隘性和自私性形成冲突，进而与民族话语形成一定的抵牾。而在《石碣》中，萧让和金大坚关于“天意”的对话，是对封建等级秩序合理性的深刻质疑：“天意！天意渺茫，就叫我们来替‘天’行意?”[①] 这种颇具启蒙意味的对话是对传统“天命观”的质疑，同时也是对封建等级秩序在革命者身上依然存在的诘问。当然，茅盾主要的目的是表现农民阶级意识的觉醒以反映新的革命的时代节奏，但新方法所带来的个人话语和民族国家话语的对抗也使农民身上固有的封建意识得以自然暴露，而具备了某种启蒙的意图。

不难看出《豹子头林冲》《石碣》存在着启蒙和革命两套不同的话语系统，这两套系统的交织与茅盾所说的“继续地探求着更合于时代节奏的新的表现方法”[②] 形成复杂的关系。具体来说，茅盾创作《豹子头林冲》《石碣》意在叙说革命问题，赞扬农民身上原始的反抗意识，以呼应农民的革命性这一新的“时代节奏”，但对封建思想的残余的警惕意识的不自觉溢出更值得注意。事实上，两种叙事话语的出现有其合理性和必然性，此时的茅盾还有着较深的启蒙烙印。在1928年的革命文学论争中，茅盾被冠以“小资产阶级文艺思想的代言人”的帽子，原因就是左翼作家对茅盾秉持的为小资产阶级文学辩护态度的不满。事实上，茅盾所主张的“为人生的艺术”论调与“五四”文学革命强调“个人主义”的诉求是一致的，他的这一主张

---

① 蒲牢（茅盾）：《石碣》，《小说月报》1930年第21卷第9号。

② 茅盾：《〈宿莽〉弁言》，山东大学中文系文史哲研究所编《茅盾研究资料集》，山东大学中文系文史哲研究所，1979年，第98页。

在某种意义上“可以定义为资产阶级的个人主义文学”①。在某种程度上，茅盾与李初梨、钱杏邨等人进行的革命文学论争表面上是要文学还是要革命的问题，但实质却是要不要保留作家创作主体性的问题，而个人的觉醒和解放恰恰是“五四”启蒙文学关注的中心问题。因此，《豹子头林冲》《石碣》等普罗小说中夹杂的“刺耳”的启蒙声音的出现，与茅盾“五四”作家的血统具有一定的关联。事实上，此时的茅盾虽然加入了“左联”，但对于“左联”的一系列忽视作家个性的做法并不认同。因此，茅盾此一时期的历史小说创作并非纯粹的普罗文学，而应当视之为茅盾作为“五四”启蒙者对于普罗文学运动的思考。当然，这种思考是在革命文学内部发生的。

遗憾的是，这种启蒙式的疑问并未持续太久，就被茅盾自行中断了。一个月之后发表的《大泽乡》或许是为了回应“小资产阶级代言人”的批评，茅盾把视角转向了九百戍卒这一贫农阶级，但农民身上固有的自私性、狭隘性却被隐匿了，他们身上的反抗性被突出并加以放大：“地下火爆发了！风是凯歌，雨是进击的战鼓，弥漫了大泽乡的秋潦是举义的檄文；从乡村到乡村，郡县到郡县，他们九百人将尽了历史的使命，将燃起一切茅屋中郁积已久的忿火！”② 很显然，如此鲜明的阶级观念并不是九百戍卒自有的意识，而是作者跳出故事所作的摇旗呐喊。事实上，茅盾对于农民存在的问题有着很深的担忧，在1929年第一篇写农村题材的短篇小说《泥泞》中，便暴露了农民思想的落后。因此，《大泽乡》中乐观的呼号并非作者真正看到了农民的力量而由衷发出的声音，也不能因此认为茅盾真正从大革命失败的迷茫动摇的悲观情绪中走出来了。可以认为，茅盾在《大泽乡》结尾所作的口号式的宣传和呐喊，更多的是基于某种现实因素而作出的政治表态。在后来的回忆录中，茅盾认为“这次尝试，总

---

① 陈晓明：《〈讲话〉的方向与当代文学的断裂性革命》，《文艺争鸣》2007年第12期。

② 蒲牢（茅盾）：《大泽乡》，《小说月报》1930年第21卷第10号。

的说来不很成功，尤以《大泽乡》为最。”① 茅盾的自我否定，显示了他对自己妥协态度的强烈不满。

但我们不能跳出具体的历史语境来苛责前人，茅盾写作《豹子头林冲》《石碣》时，曾坦言“正面抨击现实的作品受制太多，也想绕开去试试以古喻今的路”②。茅盾的这一番表白，至少说明了当时写作环境的残酷，威胁不仅来自国民党当局实施的高压文艺政策对左翼文人的严酷打击，左翼阵营内部对作家的转变做出的要求也对茅盾的创作自由造成了一定的压力。茅盾在回忆录中曾提到“左联”执委会通过的决议《无产阶级文学运动新的形势及我们的任务》，决议批判了“把‘左联’作为作家组织的‘狭窄观念’”，也批判了作家的“个人主义”③ 观念。对于这样的决议，茅盾非常抵触，认为这一决议“对文学运动和作家作用的看法，是相当‘左’的”④。事实上，“左联”这一倾向已经隐约地包含了改造作家以便更好地为无产阶级革命运动服务的要求，初步地触及了后来毛泽东《在延安文艺座谈会上的讲话》中对包括茅盾在内的知识分子进行主体地位和世界观的改造问题，也即知识分子“由启蒙者变成了被改造者，由新的无产阶级世界观（革命文艺的世界观）取代了‘五四’新文化培养起来的启蒙主义世界观”⑤。只不过，这一改造还不那么峻急，要求也不那么绝对化。因此，茅盾“很少参加‘左联’的活动，也没有给当时‘左联’的刊物写文章，只是埋头搞自己的创作，或者什么都不做，十足成了一个‘保持作家的旧社会关系’的消极怠工者

---

① 茅盾:《“左联”前期》，《我走过的道路》(上)，人民文学出版社1997年版，第445页。

② 茅盾:《“左联”前期》，《我走过的道路》(上)，人民文学出版社1997年版，第445页。

③ 左联执行委员会:《无产阶级文学运动新的形势及我们的任务》，北京大学等主编《文学运动史料选》第2册，上海教育出版社1979年版，第206—207页。

④ 茅盾:《“左联”前期》，《我走过的道路》(上)，第442—443页。

⑤ 陈晓明:《〈讲话〉的方向与当代文学的断裂性革命》，《文艺争鸣》2007年第12期。

和‘作品主义者’”[①]。从茅盾强烈的拒斥态度可以看出作家在革命文学初期对“五四”传统的坚守与执着，这种执着是对未完成的启蒙的追叙。

二

由于茅盾处在严峻的现实环境和“左联”内部改造作家“个人主义残余”思想的双重夹缝中，不容许他继续深入挖掘农民阶级深重的封建意识，即便这种挖掘是从革命阵营内部发起的。作为左翼阵营的一员和成熟的革命者，茅盾在《豹子头林冲》《石碣》等取材于水浒故事的小说中触及了“五四”启蒙的主题，但由于自身的处境和某种政治表态的顾虑，茅盾没能坚定不移地走向反封建的写作路途中去。而施蛰存则不然，他似乎从一开始就没有注意《水浒传》所具有的普罗文学烙印，而是敏锐地看到了《水浒传》中的封建因素对个性的压抑，并以石秀的性本能为切入口来剖析封建礼教对人性的压抑，由此展现封建礼教的深层结构，在某种意义上深化了“五四”性爱启蒙这一主题。

作为有着自觉创新意识的作家，施蛰存与茅盾写作历史小说的目的相似，都是要开辟一条创作的蹊径，并不约而同地把目光放在了《水浒传》这一古典名作上。在如何处理旧文学资源的问题上，施蛰存同样面临着“影响的焦虑”，茅盾拿起了马克思主义阶级斗争理论和意识流的武器，施蛰存则选择了弗洛伊德的心理分析学说，从“人”的角度处理《水浒传》这部在当时被认为具有鲜明“普罗文学”烙印的古典小说。值得注意的是，施蛰存并未走向普罗文学的道路，他没有把石秀杀嫂这一事件处理成表现无产阶级走向革命的普罗文学文本，而是沿着周作人曾指出的路径，从性本能的角度入手，在民族心理研究上，阐发它的价值。

联系施蛰存的写作历程，不难发现他如此做的必然性。作为受到

① 茅盾：《“左联”前期》，《我走过的道路》（上），第444页。

旧文学和五四启蒙思想双重浸染的作家，施蛰存的创作倾向有一个比较明显的转变，前期《江干集》《上元灯》中的作品，在文学情调上，多具有古典文人的怀旧感伤趣味，在主题倾向上，则大多表现反封建反帝国主义，与五四作家的启蒙思路一脉相承。但之后的《追》《新教育》等作品并未沿着反封建的思路，而是偏向了普罗文学阵营。对于这次普罗文学转向，有评论者敏锐地指出“施蛰存自以为是‘描写劳动人民’的‘实践文艺思想的’‘转向’；但是今天看来，这一貌似普罗文学的转向，在更本质与更内在的意义上，却是施蛰存向属于自己的文学起点的尝试与过渡。”[①] 因而《石秀》等作品可视为施蛰存对此前创作的总结和之后描写都市作品过渡的中间物，不可避免地容纳了施蛰存对此前启蒙主题不自觉的思考。

另外，《凤阳女》《追》《阿秀》等尝试创作无产阶级文艺作品的失败，也使施蛰存意识到“自己没有无产阶级文艺的思想基础和生活体验，更没有向着‘普罗文学’方向发展的可能”。[②] 施蛰存对于普罗文学的拒斥态度十分坚决，他甚至宣称“倘若全中国的文艺读者只要求这一种文艺，那是我惟有搁笔不写，否则，我只能写我的”[③]。为了从普罗文学的包围中突围而出，施蛰存选择了历史题材为创作的重心，以便拉开与政治的距离，开始了心理分析型历史小说的创作，此类小说很明显的一点就是把表现的重心倾注到人的欲望与道德伦理的冲突中去，并从一个侧面触及“五四”启蒙主题。由于时代氛围和作者个人的种种原因，施蛰存此一时期的启蒙倾向并未引起评论者的充分重视，即便是《石秀》这样的深化了性爱启蒙主题的文本也难以逃脱被文学史忽视的命运。

由于自觉地和“普罗文学”拉开了距离，施蛰存并未赋予石秀

---

① 金理：《从兰社到〈现代〉——以施蛰存、戴望舒、杜衡及刘呐鸥为核心的社团研究》，中国出版集团、东方出版中心2006年版，第45页。

② 施蛰存：《我的生活创作之经历》，《施蛰存文集·十年创作集》，华东师范大学出版社1996年版，第803页。

③ 施蛰存：《我的生活创作之经历》，《施蛰存文集·十年创作集》，华东师范大学出版社1996年版，第803页。

鲜明的阶级意识。与茅盾一开始就注意到林冲具有自觉的阶级意识不同，石秀身上并没有明显的革命意识。这表现在文本的开头，石秀在是否听从戴宗、杨林的规劝入伙梁山这一问题上表现得颇为踟蹰，当他产生投奔梁山的念头时，这种革命意识的火星旋即被石秀根深蒂固的封建意识所扑灭："我石秀怎地一时糊涂，险些儿钻进了圈套，将来犯了杀头开腔之苦还没什么打紧，倒是蒙了一个强盗的名声可不是什么香的。"[①] 这种为名所缚的思想是封建礼教在人的心理深层结构的自然反映。另外，也表示出施蛰存对封建意识的警惕，以及对革命意识的自觉疏远。因此，《石秀》后面的文本走向便专注于对封建礼教与人的个性解放之间的深刻冲突的揭示。

与郁达夫、郭沫若等的历史小说"借古人情怀浇现代块垒"的取向不同，施蛰存塑造的《石秀》严格遵循古事小说的逻辑。这一点颇类似于鲁迅历史小说"博考文献，言必有据"[②] 的做法，所不同的是，施蛰存的历史小说没有"在古代题材中加入带有一点现代色彩的场景、插曲和话语"[③]，而是自觉地保留"水浒底色"，沿着《水浒传》中石秀故事的情节走向，把石秀放在《水浒传》的语境中，"完全是在不把他的人物来现代化，他们意识界没有只有现代人所有的思想，他们嘴里没有现代人所有的言语"[④]，石秀的语言、行为的逻辑、思考的方式都尽可能地保持水浒人物的方式，只是运用弗洛伊德心理分析学说的方法把他的性欲加以凸显并放大，进而了解古人心理深处的想法。在保持"水浒底色"的情况下，又能深入挖掘人的深层心理结构，使《石秀》具备了一些客观的品质，更好地阐发"民族心理研究上"的价值，了解封建礼教的思想是如何深入人

① 施蛰存：《石秀》，《施蛰存文集·十年创作集》，华东师范大学出版社1996年版，第174页。

② 鲁迅：《〈故事新编〉序言》，《鲁迅全集》第2卷，人民文学出版社2005年版，第354页。

③ 秦弓：《〈故事新编〉解读》，《淮阴师范学院学报》（哲学社会科学版）1998年第3期。

④ 佚名：《书评·〈将军底头〉》，《现代》1932年第1卷第5期。

的内在精神结构并支配人的行为方式的。

施蛰存笔下的石秀，有着自觉的个性解放的要求，“要不是哥哥，我是早已娶了你了”[①] 的思想在他的潜意识深处骚动。但这一思想受到兄弟之义的束缚，石秀的性苦闷形成的根底也基于此。作为杨雄义弟的石秀爱上了杨雄之妻，这是对礼教宗族制度的极大挑战，但事实是，杨雄与石秀并不构成实际意义上的血亲关系，但就是这层薄薄的宗族关系，时刻压制着石秀正常的爱欲心理。由于“中国传统的儒家文化，中心内容就是宗族制度和在宗族制度基础上建立起的礼教制度，说到底，它只是规范婚姻关系、规范性关系的”[②]。因而，施蛰存刻画封建制度下兄弟之义与石秀性本能间的冲突，实际上是在展示封建礼教制度对性关系的规范，并进而揭示封建礼教制度与人性的深刻矛盾。与五四时期郁达夫等人的性爱小说将人物的性欲望加以升华不同，施蛰存笔下的石秀完成了性欲望的发泄，但这一发泄并不能表明石秀的启蒙意识觉醒了，石秀杀潘巧云的动机是由于潘巧云离间他与杨雄的兄弟之情，性欲望的发泄是在封建伦理外衣的掩饰下进行的，而非石秀个人爱的本能力量对封建礼教束缚的冲决。因此，石秀的性欲发泄便具备了两层意义，其一是性欲发泄过程中，个体完成了对礼教的破坏，这是因为石秀是以一个看客的身份，完成了对潘巧云的性欲发泄，即他一步步怂恿杨雄，借助杨雄这一封建礼教象征的屠刀来实施对潘巧云的宰割。在这一过程中，石秀获得了“当着哥哥的面来调戏你（引者注：指潘巧云）”[③] 的最大心理满足，而此前象征封建伦理的兄弟之义的温情面纱终于被撕破，礼教的伪善性被证实，同时石秀杀死并肢解潘巧云的身体这一变态性行为也是对自身正常欲望的阉割，所以石秀个人的爱的能力与欲望也假自己之手被彻底

---

① 施蛰存：《石秀》，《施蛰存文集·十年创作集》，华东师范大学出版社1996年版，第196页。

② 王富仁、柳凤九：《中国现代历史小说论（四）》，《鲁迅研究月刊》1998年第6期。

③ 施蛰存：《石秀》，《施蛰存文集·十年创作集》，华东师范大学出版社1996年版，第209页。

摧毁，性欲望发泄的第二层意义也由此显现。

令人惊异的是，这一切都是在封建伦理的秩序下完成的，施蛰存以天才的手腕接续《狂人日记》以来的对“礼教吃人”控诉的传统，从性本能的角度，深入思考封建伦理的残酷和对人性的压抑。如此全面而深入地展示封建伦理的机制，在此前的小说中是没有的，这是陈独秀对“儒者三纲之说”观念的猛烈抨击在文学上的直观展现。在某种意义上，《石秀》体现了陈独秀在文学革命初期所呼吁的“伦理之觉悟为最后觉悟之觉悟”① 这一文化重建意识，并完成了对启蒙主题的开拓与深化。客观上，施蛰存把性苦闷的对象由现代知识青年置换成古代英雄，也是对民族心理的研究和解剖。施蛰存笔下的石秀，已经不纯粹是典型的古代英雄，而是一个普遍意义上的“人”，突显了石秀作为“人”的自由性欲望被礼教压制而不能得以伸展的悲剧。对于个性解放的孜孜以求使得施蛰存在普罗文学的大潮中显得有些格格不入，但也正因此而形成对普罗文学热潮的冷眼审视，只不过这种审视因采取了心理分析型历史小说这种新的形式而显得过于隐秘和陌生。追索原因，不难发现与当时激烈动荡的时代环境有关。

由于“‘五四’所开启的有相对思想自由的氛围消失了，文学主潮随着整个社会的变革而变得空前的政治化”②，因此，作家的写作意图无论是倾向于左翼文艺团体提倡的“普罗文学”还是国民党提倡的“民族主义文艺运动”，都会在一定程度上束缚施蛰存的自由主义文学理想和独立的创作个性。所以，茅盾采取历史小说这一文体来以古喻今，施蛰存则以一种更为文学化的手法来表达自己的文学追求。茅盾面对的是国民党 1927 年后严酷的政治专制和文化专制，以及左翼革命文学团体内部的斗争，事实上，借助历史小说这种文体的掩护，茅盾也终于曲折地表达了自己对革命者自身存在的问题进行的独特思考。与茅盾对普罗文学与启蒙文学间的选择较为明晰的态度不

① 陈独秀：《吾人最后之觉悟》，《青年》1916 年第 1 卷第 5 号。

② 钱理群、吴福辉、温儒敏：《中国现代文学三十年修订本》，北京大学出版社 1998 年版，第 191 页。

同，施蛰存除了需要承受国民党文化专制的压力之外，还需要抵抗来自普罗文学运动的压力，面对“有人在我这几篇小说中检讨普罗意识，又有人说我目的在提倡民族主义”[①] 的评论，施蛰存加以澄清，并在自序中直言《石秀》描写的方法和目的“只是用力在描写一种性欲心理”[②]。如此高调地举起“性欲”的大旗，并不意味着施蛰存属意于启蒙文学，而是有其他考量。有意味的是，施蛰存在《将军的头·自序》中多次强调自己写作的目的和方法，这里自然有对自己运用弗洛伊德心理分析方法做历史小说的自信，但也不无对普罗文学的拒斥，这从他对别人批评自己的作品“检讨普罗意识”“提倡民族主义”毫不客气地予以回击“不能使我满意的批评”的坚决态度中，可以看到施蛰存的担忧，这担忧来自于《石秀》的题材来源于《水浒传》这部在当时被左翼作家认为是普罗小说的事实。如果回到20世纪30年代的文学语境中，便不难理解施蛰存急于摆脱“检讨普罗意识”“提倡民族主义”这类与政治表态相关的批评的用意。20世纪30年代，文学环境空前政治化，左翼作家提倡普罗文学，国民党文化部门针锋相对，发起了“民族主义文学运动”，文学成为政治权力的角力场。因此，团结更多的作家以壮大声势，便成为当时文艺战线比较紧迫的任务。而施蛰存这类曾经有过“左翼倾向”的作家，便是“左联”争取的重要对象，左翼作家的楼适夷就希望施蛰存能继续《追》《阿秀》这类具有普罗文学倾向的创作，而放弃《在巴黎大剧院》《魔道》之类的新感觉式的写作。他认为施蛰存“不肯坚决地，找自己的生活，找自己的认识，只图向变态的幻象作逃避，这实在是很不幸的事”[③]，但是施蛰存不愿意陷入政治的旋涡，更不愿承受政治的风险。在这个大背景下，他只能把自己的文学理想寄托在历

---

① 施蛰存：《将军的头·自序》，《施蛰存文集·十年创作集》，华东师范大学出版社1996年版，第793页。

② 施蛰存：《将军的头·自序》，《施蛰存文集·十年创作集》，华东师范大学出版社1996年版，第793页。

③ 适夷（楼适夷）：《施蛰存的新感觉主义》，《文艺新闻》1931年10月26日第33号。

史小说上。

他不愿让自己花费大量精力“开辟一条创作的新蹊径”[①] 的《鸠摩罗什》《石秀》等作品沦为文艺运动的图解，也无意于投靠哪个文艺团体。这种独立自由的文艺思想在他 1932 年接手《现代》杂志时有更清晰的立场表白。相应的，施蛰存独立自由的文学个性，与“五四”启蒙追求个人自由，个性解放的思想是一脉相承的，他所追寻的道路既不是“左联”所提倡的革命文学，又不是国民党提倡的“民族主义文学运动”，也不是在当时已经式微的性爱启蒙的道路。但是施蛰存着意于对人性欲望的挖掘，却在客观上触动了封建伦理最深处的东西。这与他援用弗洛伊德心理分析学说写作历史小说不无关系，弗洛伊德主义所注重的对人类变态情感的揭示，本身就具有揭露文明对人性压抑的反封建作用，而施蛰存的小说则恰好“可以和弗洛伊德主义的解释处处合拍”[②]。作为新感觉派的一员，施蛰存的历史小说，具有一定的现代主义意识，这一点与郭沫若所说的“要借古人的骸骨来，另行吹嘘些生命进去”[③] 的做法不谋而合。尽管两者具有不同的语境，在具体的表现手段上也大相径庭，但本质精神却是一致的，即都有着把作家对时代精神的认识反映在文学上的主观诉求。表现在《石秀》上，则是对封建礼教的组织结构的无情揭露，和对人的正常欲望的深层次表现。可以说，施蛰存选择石秀这一《水浒》人物来书写小说的“目的”正在于书写他所明言的性欲，而书写人的本能性欲则直接关联着 20 世纪 20 年代的以个性解放为旨归的性启蒙主题。这一追求，与他前期《江干集》中的作品极力表现反封建的主题有关。但《石秀》所带来的反封建意义比之“五四”性爱启蒙，却又有了不同的面貌，他继承“五四”批判传统礼教的反叛精神，同时又不断解构历史人物，反思造成人性沦丧的原因，又

---

① 施蛰存：《将军的头·自序》，《施蛰存文集·十年创作集》，华东师范大学出版社 1996 年版，第 793 页。

② 佚名：《书评·〈将军底头〉》，《现代》1932 年第 1 卷第 5 期。

③ 郭沫若：《孤竹君子之二·幕前序话》，《创造月刊》1926 年第 1 卷第 4 期。

有了一定的后现代主义的颠覆性色彩。

虽然施蛰存也选取《水浒传》作为重述历史的素材，但与茅盾改写《水浒传》以呼应阶级斗争等重大时代命题的用意不同，施蛰存的文学追求仍然是沿着文学革命初期胡适研究《水浒传》的理路来处理水浒故事的，所不同的是，施蛰存所采用的方法是弗洛伊德心理分析学说，来看待性欲与礼教的冲突，“用自然人性的展现这把利剑来刺穿和颠覆历史上被人们披上了崇高的道德外衣的精神偶像”①，并以此为切入点展示了封建礼教的强大威力，以及由此带来的对于健康人性的扼杀。

三 结语

总体而言，两位作家在启蒙文学向革命文学转变时期作出的文学选择，包含了个人在文学大潮流面前的文学坚守。由于特定的历史原因，茅盾和施蛰存不约而同地采取了历史小说这一独特的文体，并借由这一文体打通了古典文学与西方思想的脉络，创造出了一种新的文学体式。茅盾在致力于革命文学创作时有着对封建意识的清醒思考，而施蛰存虽无意追寻五四性爱启蒙的步伐，但却将启蒙的视野和深度推向纵深。“每个时代都有他自己中心的一环，都有为这种时代所规定的特色所在。……在近代中国，这一环就是关于社会政治问题的讨论：燃眉之急的中国近代紧张的民族矛盾和阶级斗争……把注意和力量大都集中投放在当前急迫的社会政治问题的研究探讨和实践活动中。”② 启蒙的命题在20世纪30年代“普罗文学”巨潮的席卷下已经走向了式微，即便出现了《石秀》这类透视启蒙、反思封建伦理的作品，人们在风云激荡的社会大变革面前也无暇顾及其意义，即便是作者本人，恐怕也没有意识到作品蕴含的深刻启蒙意义，而只是把

① 田建民：《欲望的阐释与理性的想象——施蛰存、徐訏心理分析小说比较论》，《文学评论》2007年第1期。

② 李泽厚：《中国近代思想史论·后记》，生活·读书·新知三联书店2008年版，第484—485页。

它当作一个成功地运用弗洛伊德主义的心理分析小说。无论是茅盾还是施蛰存，他们都已无意于承续“五四”启蒙的文学脉络继续前进，茅盾之后的《子夜》和施蛰存的《梅雨之夕》都将视角转向了更具时代性的上海都市小资产阶级的生活和命运。但不可否认的是，《豹子头林冲》《石碣》表现出的启蒙异声足以使“普罗文学”在既有文学史的标示中占有一席之地。而施蛰存的《石秀》也呈现出了性爱启蒙文学最后的光辉，欲望发泄问题的直观呈现对 20 世纪 20 年代性爱文学的主题进行了开拓，引导人们继续思索新文化运动初期就已经提出而至今仍未得到解决的封建伦理的觉醒问题。

[原刊《海南师范大学学报》(社会科学版) 2018 年第 6 期]

"再整合"中的文化重镇

——以1966年前后的茅盾批判为中心

康　斌

摘　要　茅盾是共和国的文化重镇，具备巨大的文化影响力和知识分子示范作用，这是其被"再整合"进1966—1976年间激进意识形态版图的重要原因。但这一思想文化整合过程反复跌沓，1966年前后茅盾经历了"大连会议"批判运动中的保护过关、《林家铺子》批判声浪中的"有保留"的批评、承受了文化部内部的点名批判。此后，在接受政权提供的政治安全和人身保护之时，也遭到了造反组织所办小报的攻击。我们固然可以从中看到激进政治文化力量对重要文化资源进行"再整合"的"建构性"企图，但也不应模糊其悖逆文化发展的本质。

关键词　茅盾；激进文化力量；再整合；知识分子；大连会议；《林家铺子》

正如洪子诚所说：左翼文学的正统地位和规范性力量，是其"时代影响力"在1940年代至1950年代之间的一次集中性爆发，更是凭借"政治权力"对文艺界进行整合后产生的成果。[①] 经此整合，左翼文学从主导性文学力量变成了新中国文学本身。但是，因为左翼文学内部仍存分歧，加之政治权力对国际国内阶级斗争形势及其在文艺界的反映作了极为严重的估计，于是这作为唯一存在的"新中国文学"，在愈演愈烈的阶级斗争情势下，成为1960年代中期开展"再整合"的对象。

---

① 洪子诚：《中国当代文学史·前言》，北京大学出版社2007年版，第4页。

在我们的印象中，激进文化力量奉行“破字当头”原则，对文艺界所作所为无非“全盘否定”而已。但要建立其倡导且主导的社会政治文化新秩序，“破字当头”之外，必然还要有“立在其中”，更要有“立在其外”。而欲“立”就必须进行“再整合”。作为“文化大革命”文艺思想指南的《部队文艺工作座谈会纪要》其实说得很清楚：“十几年来，真正歌颂工农兵的英雄人物，为工农兵服务的好的或者基本上好的作品也有，但是不多；不少是中间状态的作品；还有一批是反党反社会主义的毒草。”[①] “十七年”期间的文学被分为三个部分：“好的作品”，“中间状态的作品”和“毒草”。三个部分显然需要区别对待：“好的作品”和经过筛选的“中间状态的作品”可以纳入激进文化阵营，而所谓“毒草”则应该彻底拔除。如果说大多数作家可以被如此“好坏分明”地舍弃，那么对于郭沫若、茅盾这样的文化重镇，虽然不能让其轻易过关，但显然也不能一批了事，更不能批倒了事。职是之故，对茅盾在1960年代中期思想文化“再整合”中的地位问题，对茅盾受到何种形式、何种程度的评判的问题，其实远非“批判”或“打倒”能够一言以蔽之。恰相反，我们可以从中看到激进政治文化力量某种“建构性”的企图和尝试，看到其在整合重要文化资源时的审慎和多样性。

当然，针对这种“审慎”、“多样性”和“建构性”进行的梳理，绝不能回避特定历史时期对知识分子和广大社会群体的巨大伤害。此外，针对知识分子如何应对“再整合”所展开的探讨，也必须体谅个体在政治文化大变局中的软弱无力。

一 “大连会议”批判中的保护过关

1963年12月和1964年6月，毛泽东先后对文艺界作了两个“批示”：不满50年代以来文艺界“是‘死人’统治着”，“收效甚

① 《林彪同志委托江青同志召开的部队文艺工作座谈会纪要》，《人民日报》，1967年5月29日。

微”，“问题不少”，指责文艺界的领导者“提倡封建主义和资本主义的艺术”，“跌到修正主义的边缘”。① “两个批示”传来，文化部的整风工作无有宁日，且出现了巨大的人事变动。1965 年 4 月 7 日，中共中央免去了齐燕铭和夏衍在文化部的党政职务，调萧望东、上海的石西民取代之。若要准确描述茅盾在此间和稍后的真实处境，我们可以从 1964 年底周恩来与茅盾的一番谈话说起。

这个谈话有多个版本。第一个版本，来自茅盾 1976 年 12 月 21 日所作的《敬爱的周总理给我的教诲》的片断回忆：

> “在会议期间（全国人大三届一次会议，笔者注），总理在人民大会堂某厅召我谈话。总理先说，准予免职，另安排我在政协工作。又说，文化部工作有原则性的严重错误，我的责任比较小，而文化部党组两个主要成员的责任大。这番话真使我十分惶愧。我常听说‘党内从严，党外从宽’，我作为党外人，既然居于负责的地位，不应该以此宽慰自己，而且副部长们在工作上确也经常征求我的意见。”②

第二个版本，来自韦韬、陈小曼的《父亲茅盾的晚年》：

> “（周恩来说，笔者注）文化部的工作这些年来一直没有搞好，这责任不在你，在我们给你配备的助手没有选好，一个热衷封建主义文化，一个又推崇资本主义文化。我知道你从一开始就不愿意当这部长，后来又提出过辞职，当时我们没有同意，因为找不到接替你的合适人选。”③

---

① 中共中央文献研究室编：《建国以来毛泽东文稿》（第 10 册），中央文献出版社 1996 年版，第 436—437 页。

② 茅盾：《茅盾全集》（第 27 卷），人民文学出版社 1996 年版，第 207—208 页。

③ 韦韬、陈小曼：《父亲茅盾的晚年》，上海书店出版社 1998 年版，第 4 页。

在茅盾的回忆中，周恩来对文化部有负于领袖期待亦感失望，在责任分摊上他认为茅盾虽不应置身事外，但党组成员应担主责。在第二种叙述中，周恩来将文化部的“错误”归罪于具体的个人——齐燕铭、夏衍两个党员副部长。本文并不打算辨析哪一个说法更准确，也不追问茅盾究竟该否负责或负责多少，而是试图从中了解茅盾在1960年代前期所处的政治文化位置。

一般认为进入1950年代下半叶，伴随着共和国计划经济体制的初步建立，执政党对社会的领导的全面深入，比如毛泽东就在1962年的《在扩大的中央工作会议上的讲话》中就提出“党是领导一切的”的论断。[①] 有学者将这种党政一体的模式称为“合一型党政关系”。[②] 因此，从1960年代党组织和政府部门的关系看，所谓文化部的问题由党组书记齐燕铭和副部长兼党组成员夏衍担责，是符合文化部党组负责制的实际情况的。也就是说，党组书记负责，而担任正职的民主人士所获得的更多是象征资本。[③] 但茅盾所谓自己“居于负责的地位”，却也反映了他即使身处新中国文化权力核心边缘，也不能掩饰的紧张心态。

正是伴随着这种紧张心态，茅盾遭遇了一系列直接或间接涉己的批判运动。首先，即是1964年下半年开始的对“大连会议”的猛烈批判。

1962年8月召开的农村题材短篇小说创作座谈会（“大连会议”），主要围绕“农村题材小说如何反映人民内部矛盾”的核心主题展开，广泛涉及人物形象、题材问题、深入生活、艺术形式等多方

① 中共中央文献研究室编：《毛泽东文集》第8卷，人民出版社1999年版，第305页。

② 刘杰：《党政关系的历史变迁与国家治理逻辑的变革》，《社会科学》2005年第3期。

③ 如茅盾的秘书朱长翎所说：“部里的大小问题由党员副部长决定，茅盾该看或不该看的文件也由党员副部长定，国内机构知道这些情况一般不上门找茅盾。”陈徒手：《矛盾中的茅盾》，《读书》2015年第1期。

面的内容。[1] 与会者思想放松、发言热烈，被誉为一次“神仙会”[2]。孰料政治形势陡转，毛泽东于同年 7 月 25 日在北戴河召开的中央工作会议上痛斥“利用小说反党是一大发明”，9 月又在八届十中全会上重申“千万不要忘记阶级斗争”。此后，作为对“两个批示”的及时回应，“大连会议”被当作文艺领域反资反修的斗争对象：1964 年《文艺报》第 8—9 期合刊发表了题为《“写中间人物”是资产阶级的文学主张》的政治批判文章；作协党组书记邵荃麟也被抛出“祭旗”。根据与会者回忆和会议记录汇编的《关于“写中间人物”的材料》，邵荃麟的罪责在于提出了“写中间人物”和“现实主义深化”两项错误主张。[3]

实际上，所谓邵荃麟获罪的发言材料，有些并非他所说，有些只是被他引用。比如在涉及写“中间人物”时，邵荃麟明确指出：“茅公提出‘两头小，中间大’”；在涉及“现实主义深化”时，他也是引用茅盾发言：“茅盾同志说的现实主义的广度、深度和高度，这三者是紧密相连的。”[4] 不仅如此，茅盾早在 50 年代便已思考“中间人物”和“现实主义”等问题。比如在《创作问题漫谈》中，茅盾强调“中间状态”人物的文学价值，提出“我们日常生活中的典型，有正面的典型，也有反面的典型，还可能有一种中间状态的典型。……典型人物却不一定是英雄人物。混淆了这两者，把要求于英雄人物者要求于典型人物，于是责备作者歪曲了英雄人物，这样的事不是没有的。”[5] 在其名篇《夜读偶记》中，他将现实主义的发展视作一个复杂的过程，并揭示在这个发展过程中起作用的两大因素：

---

① 丁尔纲：《茅盾与“现实主义深化”、“写中间人物”论——兼谈批判“大连黑会”的指向问题》，《绥化师专学报》1995 年第 2 期。

② 黎之：《文坛风云录》，人民文学出版社 2015 年版，第 272 页。

③ 《关于“写中间人物”的材料》，《文艺报》1964 年第 8—9 期合刊。

④ 邵荃麟：《邵荃麟评论集（下）》，人民文学出版社 1981 年版，第 399、403 页。

⑤ 茅盾：《茅盾评论文集（上）》，人民文学出版社 1978 年版，第 303 页。

“首先是社会经济的发展，其次是现实主义本身的艺术发展的规律”①。这其实已经为“现实主义深化”提供了理论基础。正因如此，有研究指出对“写中间人物”和“现实主义深化”反复不断的批判，“名义上批判的是邵荃麟，实际上批判的是茅盾。”②

将茅盾视作批判“中间人物论”的焦点，显然不够准确，因为邵荃麟作为中国作协党组书记、“大连会议”组织者和主持人，有足够“资格”被推上风口浪尖。如果要说代人受罪，那么“代周扬受罪”或许更为准确。毕竟在中华人民共和国成立后，周扬才是公认的文艺方面的主管。然而，对于茅盾本人来说，虽经受种种旁敲侧击，但确实被保护过关了。当时任职中宣部文艺处的黎之在回忆中也证实了这一点：茅盾不是文化部整风的重点，也不是直接的批判对象，甚至都可能未参加过领导的整风。③

二 《林家铺子》批判中的“有保留”批评

一波未平，一波又起。靠边站的茅盾之后又受到了 1965 年批判电影《林家铺子》风潮的冲击。有研究者称：批判矛头指向《林家铺子》，“是要引火烧夏衍”，且事实上，局势也很快“转向对夏衍文艺思想的清算”④。但批判风潮，并不打算在小说《林家铺子》的作者和电影《林家铺子》的编剧之间划出绝对的界限。

电影《林家铺子》，根据茅盾 1932 年的同名小说改编而来。促成此事的关键性力量来自夏衍。夏衍对茅盾的《林家铺子》可谓一往深情。1933 年，他化名“罗浮”在《文艺月报》一卷二期上称赞该小说是茅盾短篇小说中“描写最为生动，逼真和有力的一个”，尤

---

① 茅盾：《茅盾评论文集（上）》，人民文学出版社 1978 年版，第 35 页。
② 丁尔纲：《茅盾研究难点试论》，《文史哲》1994 年第 4 期。
③ 黎之：《文坛风云录》，人民文学出版社 2015 年版，第 351 页。
④ 朱寨：《中国当代文学思潮史》，人民文学出版社 1987 年版，第 482 页。

其对小说人物塑造赞不绝口。[1] 1955 年，夏衍由上海调任北京担任文化部分管外事与电影的副部长，改编《林家铺子》的意向也开始逐步落实。此后，夏衍用一个月的时间改编出了剧本，并对作品主题做了局部调整。如果说茅盾在小说中更多地投入了对下层工商业者的同情，那么夏衍则希望在电影中表现工商业者作为资产阶级欺弱媚强的两面性。有据可证。1953 年 10 月，茅盾在给吴奔星的信中说：之所以设计懦弱的林老板“出走”的结局，是为了体现对恶势力的反抗。[2] 但是，夏衍特别加强了人物的阶级特性，即不再将“林老板”塑造成一个“老好人”形象，而是突出“林老板”作为民族资产阶级压迫与被压迫的两面性，揭示旧社会“大鱼吃小鱼，小鱼吃虾米”的丛林法则。[3]

在编剧夏衍和导演水华的共同努力下，《林家铺子》作为中华人民共和国十周年华诞献礼影片走上银幕，收获了无数掌声。比如曾认为“《林家铺子》是一个很优秀的现实主义作品”[4] 的评论者何家槐，再次撰文称赞同名电影“是一部思想水平和艺术水平都相当高的影片”[5]。然而时隔 5 年之后，在文化部整风的过程中，电影《林家铺子》竟成了“有严重错误的影片”。

为了展现整风的成果，从而在整风中赢得主动，1964 年 8 月 14 日，中宣部向中央书记处报告《北国江南》和《早春二月》有严重错误，请示在北京、上海等地公开放映和批判。8 月 18 日，毛泽东批示：“不但在几个大城市放映，而且应在几十个到一百多个中等城

---

① 茅盾：《〈春蚕〉、〈林家铺子〉及农村题材的作品》（回忆录十四），《新文学史料》1982 年第 1 期。

② 信中写道：“林老板是一个比较懦弱的人，他的出走是没有积极计划的，但他不肯去乞怜，任凭人家来宰割，而终于采纳了寿生这一计划，这‘出走’的行动就成为对于那伙坏蛋的反抗。”孙中田、查国华：《茅盾研究资料》（中），中国社会科学出版社 1983 年版，第 51 页。

③ 孙中田、查国华：《茅盾研究资料》（中），中国社会科学出版社 1983 年版，第 365 页。

④ 何家槐：《谈〈林家铺子〉》，《长江文艺》1956 年第 5 期。

⑤ 何家槐：《看优秀影片〈林家铺子〉》，《大众电影》1959 年第 19 期。

市放映，使这些修正主义材料公之于众。可能不只这两部影片，还有些别的，都需要批判。”① 这个批示为激进文化力量批判更多的电影，拉开了口子。据吴冷西回忆，1964 年底，江青约谈中宣部周扬、许立群、林默涵、姚溱和吴冷西等人，要求全国报刊着手对《林家铺子》等其他影片的批判。②

处在文化革命一线的领导如彭真、周扬等人试图缩小文艺批判的范围，并将批判性质限制在学术讨论范围之内。据黎之回忆，当时彭真建议先批判《林家铺子》《不夜城》，并主张在批判之外，也可以开展学术争鸣；中宣部副部长林默涵还安排黎之在马克思主义经典文献中找到了一段“大鱼吃小鱼”的言论，算是为电影处理大小资本家间的关系找到了理论依据；此外，周扬等人还曾跟文化部、文联各协会和各大报刊打招呼，希望批判有理有据，不要批判过宽。③ 但其后的事实证明，彭真、周扬等人的努力没有收到成效。对《林家铺子》的批判大潮，虽推迟了半年之久，最终还是在 1965 年 5 月 29 日爆发了。

这一天，《人民日报》《光明日报》《中国青年报》等诸多报纸，同时发表对电影《林家铺子》的批判文章。既往对《林家铺子》批判的研究，大多锁定在改编者夏衍身上，但如若细查此类文章，则发现直接关涉茅盾者也不在少数。何故？在批判“大连会议”之时，由于茅盾和邵荃麟的发言均未公开，所以虽将茅盾之言嫁接到邵荃麟之口，也难遭大众质疑。然而电影《林家铺子》的源本小说早在 1932 年就已发表，人人皆可溯流追查，所以尽管某些批判者也曾试图在电影和小说之间做切割，但仍然不能阻止人们从小说文本中捕获

① 《建国以来毛泽东文稿》第十一册，中央文献出版社 1996 年版，第 135 页。

② 吴冷西回忆：中宣部不同意江青批判那么多电影后，“江青就到上海去，上海报纸就陆续批判这些影片，全国其他地方也相继仿效。在这样的压力下，中宣部被迫要人民日报批判《不夜城》和《林家铺子》”。吴冷西：《忆毛主席》，新华出版社 1995 年版，第 149 页。

③ 黎之：《文坛风云录》，人民文学出版社 2015 年版，第 354—355 页。

与电影一致的内容，也不能阻止人们关于茅盾亦当担责的推断。而更重要的是，激进文化力量似乎并不总是在保护他，或者说他们早有意要真正敲打一下茅盾了。这样的情况具体体现为：一方面，批判者仍有限度地肯定小说在1930年代的意义，另一方面，他们往往紧接着话锋一转直指茅盾原作小说的弊病。

比如《人民日报》发表署名为苏南沅的文章——《〈林家铺子〉是一部美化资产阶级的影片》认为："原作表现了三十年代的中国在三座大山的压迫下，连民族资产阶级也不得不陷于破产的命运，因而对国民党的黑暗统治有所揭露，这在当时是有一定的积极意义的。但是小说没有揭示民族资产阶级和无产阶级之间的剥削和被剥削的本质关系，即使在当时来说，也是很大的缺点。"①

《光明日报》发表署名关山、巴雨的文章《美化资本家，丑化工人阶级——批判影片〈林家铺子〉》，虽然仍不否定其积极意义，但重点显然在突出缺点。它认为："小说《林家铺子》当时在揭露国民党的黑暗统治方面虽然有一定的积极意义，但它掩盖了资本家林老板的剥削本质，只看到民族资本家的苦难，而看不到工人阶级和劳动人民所受的真正苦难。而揭露国民党的黑暗统治也主要是替民族资产阶级诉苦喊冤，反映他们的思想和愿望。"②

倒是《文艺报》发表署名张天翼的文章《评电影〈林家铺子〉的改编》，看似与苏文相似，但其落脚点是在承认小说的合理性。身为1930年代左翼作家的张天翼作此文，大概兼有辩他和自辩的成分在内。他认为："小说是有重大缺点的，它不是站在无产阶级立场，用马克思列宁主义观点来分析当时的社会现象；可是它针对着当时国民党反动统治下的社会现实，从一定的侧面暴露了国民党统治下的黑暗，矛头是指向着当时国民党的统治制度的。"③

---

① 苏南沅：《〈林家铺子〉是一部美化资产阶级的影片》，《人民日报》1965年5月29日。

② 关山、巴雨：《美化资本家，丑化工人阶级——批判影片〈林家铺子〉》，《光明日报》1965年5月29日。

③ 张天翼：《评电影〈林家铺子〉的改编》，《文艺报》1965年第6期。

如果说，在批判“写中间人物”论时，《文艺报》编者在《“写中间人物”是资产阶级的文学主张》中提出“‘写中间人物’的倡导者们，从资产阶级的艺术观看问题”一说，算是“顺便一棍子将茅盾也捎带上了”①。那么在《林家铺子》批判风波中，以《人民日报》《光明日报》《文艺报》之尊，同时发文对卸任文化部长耳提面命，则显示了激进文化力量对茅盾及其创作的“有保留”的否定。苏南沅在文中称：“夏衍同志和文艺队伍中的一些同志一样，是资产阶级知识分子出身。但是有些人在革命实践中，在党的教育下，逐渐改造了自己的世界观，他们的立场、观点已经基本上转变到无产阶级这方面来；有些人正在努力改造的过程中；另外一些人则顽强地坚持自己的资产阶级世界观，他们的心灵深处，还藏着一个资产阶级的王国……”那么读者必然会追问：这三类人中，茅盾到底属于哪一类呢？无论答案为何，大前提已经确立——都逃不脱“资产阶级知识分子”的身份和命运。

三　文化部内部会议上的点名批评

在 1964 年下半年到 1965 年上半年的文化部整风运动中，尽管前文已述——茅盾处于运动边缘，较少参会，更没有被迫表态自我批判和揭发他人。但在一些茅盾未参与的内部会议中，茅盾还是多次被点名批评。根据黎之的回忆，文化部整风期间曾对茅盾有过大量批评，集中在三点：一是二三十年代的“问题作品”，如《蚀》三部曲和《从牯岭到东京》；二是茅盾对中间人物价值的肯定性言论；三是奖掖青年时强调个人奋斗因素的言论。

当然，黎之凭记忆讲述，难免错失某些重要细节。近年来，有研究者通过对中国作协党组会议讨论材料勘察、梳理，发现了一本极有价值的、由中国作协党组在 1964 年 8 月 28 日出台的《关于茅盾的材

① 钟桂松：《茅盾评传》，南京大学出版社 2013 年版，第 344—345 页。

料》，有利于还原作协机构对茅盾的“真实”态度。[①] 根据这份材料，我们发现作协党组是从以下三个方面批判茅盾在共和国的评论文章的：其一，从性质上，将茅盾的评论定性为资产阶级世界观、文艺思想的产物。称其十五年来，“顽强”“系统”“露骨”地宣扬资产阶级文艺思想、世界观，“与党的路线、方针、政策针锋相对”。其二，从内容和表现上，认为茅盾的评论文章“几乎没有从正面提倡或阐发过写先进人物、英雄人物的重要意义。”其三，从作用上，认为茅盾通过大量评论工作，“左右文学创作倾向”，“与党争夺青年作家”。[②]

上述措辞不可谓不激烈，文艺界管理者对茅盾的不满可见一斑。不过，激烈的措辞在日趋激进的文化政治中，也可能只是顺应某种批判的套路。所谓“资产阶级”的定性，“不提倡写英雄人物”的局限，乃是批判大战中屡试不爽的万能武器。但是最让茅盾和后来研究者惊讶的，其实是关于“与党争夺青年作家”的指责。此论主要依据是茅盾 1962 年 4 月 27 日写给胡万春的一封信。但事实上，茅盾在信中称赞胡万春从一个半文盲成长为一名知名作家难能可贵的时候，并未遗漏“党的领导”，反而明确表示这是“受了党的培养”。只是茅盾多说了一句“自己的努力该是主要的因素”[③]，便成了鼓吹个人奋斗、与党争夺青年的罪证。其实，茅盾对青年作家的重视、鼓励、奖掖，在 1960 年代已有公论。如 1940 年代中期，吴组缃就撰文称茅盾为“园丁”，指出：“先生所培植的现实主义文学，早就大大的繁茂起来了……以一种似饥若渴的心情，甚至有点宽纵与溺爱地选拔着新人们的作品。”[④] 到了 1960 年代，茅盾为扶植文艺新生力量仍然笔耕不辍，可谓深刻地影响了沙汀、艾芜、臧克家和碧野、严文井以及

---

① 陈徒手：《矛盾中的茅盾》，《读书》2015 年第 4 期。

② 《关于茅盾的材料》，载陈徒手《矛盾中的茅盾》，《读书》2015 年第 4 期。

③ 茅盾：《茅盾书信集》，文化艺术出版社 1988 年版，第 201—202 页。

④ 吴组缃：《为中国现实主义文学祝贺》，《新华日报》（重庆）1945 年 6 月 24 日。

杨沫、王汶石、茹志鹃等来自1930年代、1940年代和1950—1960年代的三代作家。

《关于茅盾的材料》全盘否定了茅盾在新中国的评论成就，但似觉仅从文艺角度进行批判尚不尽兴，另还历数了茅盾五六十年代在工作、生活中的一些“不当”言行。结合茅盾在文艺上的种种错误，作协党组最后为这位文坛领袖、尚未卸任的文化部长作了一个颇为冷酷的定性：“十五年来，每当国内阶级斗争尖锐化或遇到困难的时候，他就明目张胆地暴露出他的顽固的资产阶级立场。”①

四　政治和人身安全下的零星批判

在周扬、林默涵等人主持文化部整风的情势下，对茅盾的内部点名既是批判也是保护。不过随着革命形势狂飙突进，周、林等人被打倒后，茅盾处境更为艰难。对于茅盾在特殊时期的境遇，学术界比较关注的是红卫兵对其家庭的冲击，但实事求是地说，茅盾此时的整体处境其实并没有根本性的恶化。以其1966年5月到8月“文革”全面爆发期间的日记为例，我们可以得知如下情况：

> 5月3日下午2点半赴北京饭店，出席政协招待海外归国观光华侨、港澳同胞及少数民族代表之酒会；5月4日晚7点赴人大三楼看内部放映的“坏电影”《桃花扇》；5月6日晚在人大三楼小礼堂看话剧《奴隶之歌》；5月10日晚7点出席阿尔巴尼亚党政代表团告别宴会；5月11日上午9点赴政协出席国际问题小组座谈会，晚上9点半，赴东郊机场欢送阿国党政代表团；5月17日晚赴天桥剧场看《白毛女》舞剧；5月20日上午9点赴政协出席国际问题座谈会，晚7点赴人大三楼小礼堂看“坏电影”《不夜城》；5月26日晚7点赴人大小礼堂看电影。

---

① 《关于茅盾的材料》，载陈徒手《矛盾中的茅盾》，《读书》2015年第4期。

6月2日晚赴人大三楼小礼堂看“坏电影”《红日》；6月7日晚赴人大看“坏电影”《阿诗玛》；6月17日上午9点赴人大河北厅出席统战部召集的会议，听徐冰报告彭罗陆杨四人所犯“罪行”，阅读中共中央有关文化革命运动之文件；6月18日上午9点仍去河北厅阅文件，11点半返家，下午3点再去河北厅看文件，5点半返家；6月20日—24日每天赴政协出席座谈会；6月27日赴人大出席统战部召集会议，听刘少奇关于彭罗陆杨的讲话；6月29日—30日赴政协出席座谈会。

7月7日下午4点出席人大与政协两常委联席会议；7月8日—9日下午连续出席政协双周座谈会；7月21日下午3点赴政协出席常务委员会议；7月24日下午2点赴政协出席座谈会并发言；8月15日晚到北京体育馆看体操比赛，16日晚7点半赴北京工人体育馆看捷克女子篮球队与驻京部队女子篮球队比赛。

8月18日上午7点5分到天安门参加集会，因“毛主席将在门楼与群众见面”；8月27日晚7点赴工人体育馆出席乒乓球邀请赛开幕式；8月31日应邀参加毛主席在天安门举行的接见外地来京革命师生大会。①

由上可见，首先，此时的茅盾虽然没有进入“文革”风暴的中心，但并未赋闲在家，仍需参加全国人大、政协各种会议及各类学习会议和外事活动。甚至毛泽东多次在天安门城楼接见来北京串联的红卫兵时，茅盾也应邀同场观礼。

其次，虽然茅盾日记始终坚持极简的陈述，而少情感的铺陈，但是他的内心应该并不感到宽慰和轻松。这固然有来自“彭罗陆杨”批判带来的紧张，也不缺对于“文化革命运动”的困惑，还包括茅盾自家也不免被民众批判甚至红卫兵“查抄”的命运的无奈。比如8月11日，茅盾记录了科学院情报所一对“右派”被戴高帽游行；

① 茅盾：《茅盾全集·日记二集》（第40卷），人民文学出版社2001年版，第91—152页。

8月25日，他又记录了文化部职员子女推倒文化部宿舍大院和自家汉白玉石盆的粗暴行为；8月30日，他更详细地记录了上午红卫兵冲入家中后持续了近1个半小时的“检查”。此类事件显然不断加深着茅盾的紧张心态，频繁记录这一行为本身就是症候。

1966年8月30日，周恩来借毛泽东批示保护章士钊的契机，拟了一份保护名单，除了宋庆龄、章士钊、郭沫若等12人外，茅盾也因身为政协副主席受到保护，获准免受直接冲击、批斗之苦。[①] 这说明特定时期对茅盾文化身份和文化地位给以了持续肯定。但在这一特殊文化格局之中，茅盾并无自外于批判之特权。1966年秋冬，东总布胡同二十二号中国作协院内终于出现了第一张针对茅盾的大字报。据韦韬、陈小曼回忆，大字报“篇幅不短，在大门内的影壁上，占了整整一面墙，标题是‘彻底批判三十年代文艺黑线的祖师爷’”，但大字报上有不少人留言表示质疑和反驳，而且此后一段时间再不见大字报出现。[②]

五　“文革小报”中的尖锐攻讦

进入1967年，上述情况开始改变。1月，《红旗》发表《评反革命两面派周扬》。文章虽以批判周扬为务，但既指周扬为文艺黑线的总头目，那么笔涉其他文艺黑线人物和反动学术权威也实属必然。1956年3月召开的中国作协第二次理事扩大会议上，周扬将赵树理、茅盾、巴金、老舍、曹禺等人称为“语言艺术大师”。[③] 此文中，姚文元旧事重提，并将之描述成周扬欲借此“命令无产阶级向资产阶级‘权威’跪倒投降”[④]。若以姚文为是，那么茅盾自然也就成了未

① 毛泽东：《在章士钊反映被抄家情况来信上的批语》（注释2），载《建国以来毛泽东文稿》（第十二册），中央文献出版社1998年版，第116—117页。

② 韦韬、陈小曼：《父亲茅盾的晚年》，上海书店出版社1998年版，第39—40页。

③ 周扬：《建设社会主义文学的任务》，《文艺报》1956年5—6合刊。

④ 姚文元：《评反革命两面派周扬》，《红旗》杂志1967年第1期。

点名的“资产阶级权威”之一。这顶帽子，相较于此前中国作协党组设定的“资产阶级立场”，定性更为严重。

姚氏基调甫定，造反组织自办的“文革小报”便马上配合呛声。由中国作协革命造反团、新北大公社文艺批判战斗团联合编订的《文艺战线上两条路线斗争大事记 1949—1966（增订本）》① 上，多处点名批判茅盾。如指其在 1959 年 2 月 18—27 日中国作协召开的文学创作工作座谈会上，“在题为《创作问题漫谈》的讲话中，说描写日常生活的普通题材比重大题材‘教育作用’‘更为普遍’，鼓吹写英雄人物的‘缺点’，写‘中间状态的典型’，同时还对新民歌冷嘲热讽。”②；指其在“大连会议”上，“对党和社会主义制度破口大骂，污蔑大跃进‘是暴发户心理’”③。

造反组织显然觉得《大事记》这种罗列条例的方式，严重束缚了他们上纲上线的手脚。因此中国作协革命造反团自办的报纸《文学战报》，遂祭出 1960 年代以来针对茅盾的最凶悍的一次批判——《茅盾——大连黑会抬出来的一尊凶神》，给茅盾戴上了“三十年代祖师爷”“老右派”的帽子：

“在阴风阵阵的大连黑会上，茅盾是个特殊人物，起到别人

① 当事人洪子诚曾“供述”：“《大事记》编者署名‘中国作家协会革命造反团、新北大公社文艺批判战斗团’，实际的编写者是当时任教于北大中文系的几位教师，有严家炎、谢冕、刘煊，还有我六七人：他们在学校主要从事文学理论、现代文学史和写作的教学。……说是和作协造反团合作，其实他们并没有派人参加。”洪子诚：《思想、语言的化约与清理——“我的阅读史”之〈文艺战线两条路线斗争大事记〉》，《文艺争鸣》2010 年第 3 期。

② 中国作家协会革命造反团、新北大公社文艺批判战斗团：《文艺战线上两条路线斗争大事记 1949—1966（增订本）》，1967 年版，第 27 页。

③ 《文艺战线上两条路线斗争大事记 1949—1966（增订本）》，1967 年版，第 39 页。需要补充的是，查国华的《茅盾年谱》在记录茅盾 1967 年重大事件时，曾指出《文学战报》上发表的《文艺战线两条路线斗争大事记》在谈到《青春之歌》的讨论时，说：“周扬黑帮立即组织茅盾、何其芳等‘权威’进行围攻。”但在单行本《文艺战线上两条路线斗争大事记 1949—1966（增订本）》上，并无“茅盾、何其芳等‘权威’”这几个字眼。

难以起到的作用。

在物色与会人选时，周扬黑帮就别有用心地抬出茅盾，并让他充当会议主持人之一。……原来，周扬黑帮早就明白，这个大革命以后背叛了党的三十年代‘祖师爷’，与他们是一条心的。解放以后，一到气候适宜，这个反共老手就跳出来放毒箭，点鬼火。周扬黑帮想利用的正是这个‘祖师爷’的‘威望’和反党的‘经验’。

果然，茅盾不负周扬黑帮的希望。……在他的插话和报告中，猖狂攻击三面红旗……他假借谈崇祯，疯狂诽谤我们心中最红最红的红太阳，为被‘罢’了‘官’的右倾机会主义分子叫屈，支持、策应封建主义、资本主义势力的猖狂进攻。”[①]

而与此同时，我们发现日记中的茅盾开始处在某种“无事”的落寞之中：1967年的1—4月，“阅《参资》”成了他最重要的政治活动[②]；唯一记录下来的大事件，是1月27日“文化部革命夺权派内部两派与被指斥为假革命的一派”进行大辩论的高音喇叭，将他从午睡中“惊醒”[③]。

六 余论

论及茅盾、郭沫若等人在大动乱的年代中的际遇，有些学者和民众倾向于批判其依附时政的委曲求全，或发掘其与时俱进的异质性。但问题是我们能否将“对历史的反省交付给个别人的‘人格’来加

① 《茅盾——大连黑会抬出来的一尊凶神》，《文学战报》（第8号）1967年5月5日。

② 直到1967年5月1日，茅盾日记中方才出现“参加庆祝五一节之晚会”的活动内容。

③ 茅盾：《茅盾全集·日记二集》（第40卷），人民文学出版社2001年版，第192页。

以解释”?[①] 本文认为关键还是要将历史人物和事件置于更宽广的社会政治文化格局中进行讨论。即，若探讨1966年前后的茅盾，就不能忽视激进意识形态对其开展的重新评判。具备巨大的文化影响力，能够发挥针对知识分子的示范效用，这是茅盾被再整合进1966—1976年间激进意识形态版图的重要原因。但这一思想文化整合过程反复跌沓，其间茅盾虽在“大连会议”批判运动中被保护过关，却也被《林家铺子》批判声浪所指摘，更经历了文化部内部的点名批判，在接受政权提供的政治安全和人身保护同时，也默默忍受着“文革”小报既受人引导又超出常规的高声攻讦。如果再联系到同为文化重镇的郭沫若基本未受批判便被整合进新的意识形态版图，那么，我们便得以看到激进文化力量进行思想文化整合时的某种灵活性，也得以从这种灵活性中看到激进文化力量内部可能存在的某种分裂。

茅盾当能理解此番“再整合”对其蕴含的“不幸之幸”。20世纪50年代初，茅盾在编选开明版《茅盾选集》时，将《创造》《腐蚀》《蚀》三部曲等作品剔除，收入《春蚕》《林家铺子》以及一些不太知名的小说，以此对自己“落伍”的创作实践和文学观念进行检讨。他在选集序言中强调：“一个人有机会来检查自己的失败的经验，心情是又沉重而又痛快的。”[②] “有机会”这三个字所体现的“亡羊补牢，为时未晚”的庆幸，极易为研究者忽视，却包含了知识分子的政治理想、功利考量和内心焦虑等丰富的内涵。正如1955年，四川大学中文系主任张默生在批判“胡风反党集团”时曾说的：“值得可怕的是‘不堪造就’，而不是‘可以造就’。不堪造就，那就是所谓‘前途不堪设想了’；可以改造，才有前途，才有希望，才有光明。”[③] 被政治大潮裹挟的知识分子，真正害怕的不是检查不深刻，

---

① 李怡：《十七年文学研究“热”的几个问题》，《重庆大学学报》（社会科学版）2011年第1期。

② 茅盾：《茅盾选集·自序》，上海开明书店1952年版，第11页。

③ 张默生：《我迫切需要学习马列主义哲学》，《人民川大》1955年4月2日第153期。

“搔不到创伤”，也不是“因循拖延，没有把自己改造好”，而是唯恐失去改造的机会与资格，被彻底置于“人民”之外。

茅盾亦能明白自身在“再整合”进程中所处的文化位置：作为新中国曾经的文化部长、作协主席，他继续发挥着重要的文化象征作用。但1960年代的“整合”与1950年代的“整合”终究不可同日而语。50年代初，由小说改编的同名电影《腐蚀》因“同情特务”遭遇停映时，茅盾“始终未置一词，若无其事”。① 1960年代中期的茅盾似乎依然镇定——“仍旧像往日那样平静地躺在床上看书，看不出有什么情绪上的变化”。② 按照孔德沚的说法——“他还要观察”，但观察的结果却是——不再“有机会”自辩或检讨了。

于是，在日复一日的关于起床、如厕、小睡、阅报、读书、吃药的“起居注”式的日记中，本就谨慎的茅盾更加沉默了！但“意有所郁结”，必思“通其道”。1973年6月6日，在给妻弟媳金韵琴的信中，他透露出悔其少作，不该走上了现代文学之路的遗憾之情：“我近来深悔当年为糊口计，不得不搞创作，暗中摸索，既走了弯路，也有不少错误。假使我当年有担石之储，不必日日卖文而做古典文学的研究工作，庶可以无大过。”③

（原刊《中国文学研究》2019年第1期）

---

① 柯灵：《心向往之——悼念茅盾同志》，《上海文学》1981年第6期。

② 韦韬、陈小曼：《父亲茅盾的晚年》，上海书店出版社1998年版，第8页。

③ 金韵琴：《茅盾晚年谈话录》，上海书店出版社2014年版，第217页。

“乡土茅盾”的“矛盾乡土”：基于三十年代译介的观察

冯　波

摘　要　本文力图在“乡土中国”新旧杂糅的思想背景下，呈现茅盾在现代知识分子转型过程中的民族本色，意在纠正以往茅盾研究中倚重“都市”审美的偏颇。三十年代前后茅盾对“乡愁小说”的译介折射了他在本地与域外情感资源协商中的矛盾与困窘。这主要表现在“科学观察”与“表白同情”的龃龉，“革命期许”与“反向怀旧”的冲突两个方面。“乡土茅盾”的“矛盾乡土”正是中国现代知识分子在自我身份认同与现代主体建构中复杂而生动的写真。

关键词　茅盾；译介；科学理性；人文感性；矛盾

在卷帙浩繁的茅盾创作中，译介的文学作品占有相当大的分量。以往学界虽然关注茅盾的翻译，但大多注目于其翻译策略、思想，少有探讨译介与其自身思想发展的关系，这是令人遗憾的。我们知道，作为一种跨文化实践，译介是“种种外来及本地体制权利协商的过程……他们的表现是跨文化现代性的精髓：对自己在分水岭或门槛上（on the threshold）的工作具有高度自觉，总是不断测试界限，尝试逾越”①。通过有限制的“自由实践”，外来成分也正是在个人与权力机制的协商中完成了本地化的蜕变，个人意志也完成对“创造性转化”空间的开拓，进而至少部分地参与了个体的精神文化的建构。

① 彭小妍：《浪荡子美学与跨文化现代性：一九三〇年代上海、东京及巴黎的浪荡子、漫游者与译者》，台北联经出版事业股份有限公司，2012年，第13页。

从这个层面说，对茅盾译介与其现代思想形成的关系认识就不能停留在单向的影响和接受的层面，而应更多地置于双向交汇与“相互依存”的历史语境中来看待。唯有如此，我们才能更为充分的理解“茅盾之矛盾”的历史无奈。

一 所谓“乡土”茅盾

所谓“乡土茅盾”定然有不少争议，想来异议者无外乎两点：一来茅盾的人生履历中并没有太多的乡村生活经验，二来茅盾走向文坛又与都市上海息息相关，上海不仅使沈雁冰成了作家茅盾，而且也是其作品表现的重要场域/背景。然而梳理这些丰硕的学术成果，我们仍可感到研究者对于茅盾都市书写的犹疑和武断。此类研究大多将阶级的、革命的叙事传统与表现城市生活的现代话语杂糅，虽肯定茅盾对都市生活的展现，但强调的还是阶级和革命的思想意识。譬如，早在20世纪80年代就有学者认为：“茅盾都市题材创作则由于他在新民主主义革命历史要求下深刻地反映了都市以至全社会生活的动态、节奏和发展方向，而更具有完整的、鲜明的‘现代’意义。”① 换言之，唯有在新民主主义革命历史的要求下，茅盾的都市题材才具有了“现代”之意，离开了这个前提，是否还够“现代”那就两说了。正因如此，作者竭力将“都市文学”与“市民文学”区分开来，认为都市文学是“动态的”现代人生的描写，而市民文学则是静态的“停滞”的生活，这显然有失偏颇。因为我们知道，自《海上花列传》以降，文学对现代的回应从来都不迟钝，难道市民生活就无法呈现“现代”？而事实恰恰相反，“现代”往往并非在高蹈的政治说教中灌输，而是在城市普通民众的日常生活中才得到确认与接受。而持论者之所以要努力区隔茅盾都市书写与市民文学，其原因还是在于强调茅盾及其创作对新民主主义革命的历史贡献，而非全然站在都市现代性这个话语场域发声，这不仅是一种误读，更显示

① 阙国虬：《茅盾与都市文学》，《茅盾研究》（第三辑）1988年7月。

了一种革命现实主义的傲慢与偏见。而当下的茅盾研究虽不再将都市与市民区别，却刻意强调茅盾的都市书写作为一种宏大叙事，与日常生活叙事共同构成了现代都市现代性的重要内容。[①] 其实宏大叙事的强调与前述新民主主义革命的逻辑结构并无二致，之所以指出其都市生活内容之“宏大”，实则是一种历史主义的视角使然。就本体论意义而言，都市生活的“宏大”与“日常”不过是一种阐释策略的需要，这种“一分为二”的二元结构论，很有可能在方便对比叙述之余，反倒遮蔽了二者及其之间的审美复杂性。

诚然，回溯茅盾都市书写的历史研究，并非全盘否定茅盾及其创作与都市的密切关系，而是力求提示学界长久以来“非此即彼”的研究方法的逻辑惯性，在此笔者更愿意用“多元共生”“对话介入”的话语策略来阐释其都市书写的复杂与独特性。也就是说，当我们谈到茅盾的都市书写时，是站在怎样的价值立场来分析的？是什么样的文化氛围创生了他的都市书写？又在那些层面呈现了诸种审美期待的融合抑或游离，其文学史意义何如？对如上问题的思索正是笔者将“乡土”引入茅盾都市书写的因由，它并不是要否定茅盾的都市书写，而用意是立在“乡土”来眺望“都市”，这可从如下两点来谈。

一方面，茅盾虽没有直接、丰富的乡村生活经验，但对乡下/农村的直接或间接感触以及赴沪之前的家世、学识背景，使得他在一定程度上具有一种“乡土性”的士绅情怀。首先，茅盾出生及童年少年时代生活的乌青镇是一个“传统驻军的镇”（乌镇自秦汉以来历来驻兵以防盗匪），这种“驻军的镇是作为传统的官僚当局和有钱绅士们的驻地”，它与市场镇不同，“市场镇是农民的地方工业和比较发达的商业和手工业的联系环节”[②]，它们的共通之处在于都是通过贸易发展起来的。因此茅盾对农村生活的了解主要是通过此种农村与镇的经济贸易获得的，虽然这是间接的，但是贸易的繁荣也使得这种

① 杨扬：《上海的文学经验——小说中的宏大叙事与日常生活叙事》，《天津师范大学学报》（社会科学版）2017 年第 2 期。

② 费孝通：《中国绅士》，惠海鸣译，中国社会科学出版社 2006 年版，第 67 页。

间接经验十分丰富。而且居于“驻军的镇”使得茅盾与官僚当局、士绅的接触更为频繁，这使得他对士绅阶层的生活并不陌生，甚至有特殊的感情。其次，从茅盾的家世来说，他的曾祖父靠捐纳做过梧州的税官，外祖父是江南的名医，家中亲戚多半有秀才功名，茅盾的父亲 16 岁也中得秀才。[①] 茅盾虽未直接参加农村生产劳动，但他对于乡民生活并不陌生。譬如，沈家本是乌镇近乡的农民，他对母亲的女仆芮姑娘、阿秀的生活也有记忆，在回忆录中，茅盾还能准确清晰地描述桑农的生产、获利状况。“桑地若干亩，扯均算，每季可收二百数十元。【桑地即种植桑树之地，以别于稻田；桑树的叶只能饲蚕，别无用处，（枯叶可饲羊及作药材，但价极低），每当蚕季，蚕旺则叶贵，否则贱，甚至不够本——即每年维修之费，及交官之地税。】但每年桑地上壅肥、修剪老枝，人工连粪肥共计五六十元，所以桑地收益每季只能算它二百元。”[②] 茅盾自言童年最有兴趣的事就是帮助祖母养蚕，祖母对农村生活的怀念给他留下了深刻的印象。可见，他对当时农村的农业生产是熟悉的。此外，从茅盾童年至少年的学识背景看，他也深受中国传统文化的影响。譬如《三字经》《千家诗》《论语》《易经》《孟子》等不一而足。但与此同时，茅盾还受父亲影响较早地接触了声、光、化、电等现代科学知识，尤其是父亲“变法维新”的思想对茅盾影响至深。多年后，茅盾依然不忘父亲遗嘱中要重视理工人才的教诲，父亲还将谭嗣同的《仁学》交于茅盾嘱其不可误解自由、平等的意义。[③] 这种“士不可不弘毅”的担当精神对日后茅盾的人生道路显然有着深远的影响。

另一方面，对茅盾文学生涯意义重大的上海并不能完全视为一种现代意义上的大都市，而更应将之定义为半殖民地半封建的现代输送通道。它自身即存在一种土洋杂糅的“乡土性”，准确地说是一种半殖民地半封建的“乡土性”。我们知道东亚现代性的中国都市本身就

---

① 茅盾、韦韬：《茅盾回忆录》（上），华文出版社 2013 年版，第 5—18 页。

② 茅盾、韦韬：《茅盾回忆录》（上），华文出版社 2013 年版，第 35 页。

③ 茅盾、韦韬：《茅盾回忆录》（上），华文出版社 2013 年版，第 45 页。

是畸形发展的结果。费孝通在《中国绅士》中颇有见地地指出上海“它不是一个经济独立的区域中心，而宁可说是一个被政治条约打开的通商口岸。它是一个被西方打开的通向经济不发达的大陆的通道，而不是一个像纽约或伦敦那样的从它们自己的内地经济发展中成长起来的城市。……通商口岸是工业经济侵入简单再生产经济占优势的经济不发达地区的结果。这就创造了一种特殊的不应归入现代都市中心的社区。”① 而此种区域、文化的复杂性恰恰为容纳“乡土”提供了可能，这尤其突出地体现在中国农村与城市之间休戚相关的紧密联系上。众所周知，中国城市的兴起与中国农村经济的衰弱是亦步亦趋的，由于中国近代的国情所制约，中国城市的工业并没有得到充分的发展，城市对乡村的反哺几无可能，实际情况反倒是城市冲击、“腐蚀”了农村的经济文化生活。那么，所谓对西方工业文明的引入也就只是一种低水平、表面的接受，譬如感官的娱乐、生活方式的效仿等，生活在这样一种表层的西方工业文明中的所谓“都市人”也就具有了既难以摆脱传统羁绊，又并非全然西化的特有的精神文化结构，这是半殖民地半封建的社会性质使然。诚如李永东所言：“半殖民性是现代中国文学的重要特征，这一特征长期以来被现代性、启蒙、民族主义、革命等文学史观和研究范式所遮蔽。近百年中国文学的发展与其看作现代性的展开过程，不如看作殖民性的衍化与抹除的双向互动过程，‘半殖民与解殖民’规约着中国文化和文学的走向和愿景。”② 因此，上海文化的“乡土性”正是这种殖民性“衍化与抹除的双向互动过程”的呈现。

出生于士绅齐聚的乡镇，又生活于“半殖民地半封建”的通商口岸，茅盾的“乡土”情怀自然显得有些矛盾。尤其是大革命失败后的20世纪20年代末至30年代，面对革命文学倡导者的责难和自身对革命前途的思考，茅盾之“矛盾”可想而知。而此时正是中国

① 费孝通：《中国绅士》，惠海鸣译，中国社会科学出版社2006年版，第68—70页。

② 李永东：《半殖民与解殖民的现代中国文学》，《天津社会科学》2015年第3期。

文学乡土意念发生的重要转捩点。[1] 因而，透视这一时段茅盾的译介，就是要在本土的纠葛与域外的情感文化资源的碰撞中，还原中国现代文学乡土意念的发生情状，乃至在域外与本地的双向交流与协商中呈现出现代知识分子在易箦之际自我现代主体建构的艰难。

二 “科学观察”与“表白同情”

考察茅盾在20世纪30年代前后的译介，并不是要将研究对象限定于30年代前后首次被茅盾译介发表的作品，实际情况是，前两个年代已经译介的作品在30年代得到了重译或再次收入译文集中发表，这些作品关涉乡土的不在少数。无论是有意为之抑或无心之举，茅盾对这些作品显然颇为看重，否则也没有二次发表的必要。从此类译作及其译者的按语、后记看，译者一方面力图以“科学观察”的方法来涵括小说创作的主旨，而另一方面，又显示出要“表白同情”的感性思维。也就是说，茅盾一方面是以政治、经济等社会科学的方法来阐释这些译作，而另一方面又注目于生命本体的精神困苦。我们知道，社会学的方法力图在理性的层面剖析现实社会的本质，而文学的感性想象则需要落实在虚构的生命本体的情感层面来予以诠释。欲二者兼得，并非易事，茅盾亦然。当作为文学家的茅盾以社会学的方法来评/写小说时，虽然他努力在文学实践中提炼抽象的社会政治经济原理，但往往又因其极生动的、细腻的人性演绎，而冲淡了概念化的痕迹，但也正是这些给读者留下深刻印象的复杂人性的探寻，使得文学得以记录了那个时代与历史应有的复杂。

早在1917年，茅盾就译介了英国威尔斯的《三百年后孵化之卵》[2]。

---

① 参见冯波《三十年代多元理论资源的选择与“农民文学”之辩》，《文学评论》2017年第2期。

② ［英］威尔斯：《三百年后孵化之卵》，雁冰译，《学生》1917年第4卷第1、2、4号。原文未署原作者名，原作者为英国科学幻想小说家威尔斯（H. G. Wells，1866—1946）。

翌年又与沈泽民合译了美国洛赛尔彭特的《两月中之建筑谭》[①] 等“科学小说”。由此可见译者对西方科学的浓厚兴趣，这与前述其父的思想影响亦不无关系。与之相应，自1919年以降，茅盾还积极译介了西方哲学、社会学等方面的论著，譬如尼采的《查拉图什特拉如是说》、罗素的《到自由的几条拟径：社会主义、无政府主义和工团主义》、列宁的《国家与革命》等。[②] 而在其译介的大量西方文论中就不乏将哲学与文学交叉研究的译作，譬如《霍普德曼与尼采哲学》。[③] 在介绍安得列夫的译作中，茅盾更是在按语中直言：“近代文学多是受着哲学的影响，跟着唯物、新唯心的潮流一同去的……安得列夫的时代正是唯物派势力将倒，人人对于科学万能怀疑——不但怀疑科学万能而已，也怀疑人对自然的抵抗力——的时候……大家对于人类的命运抱着悲观，安得列夫便是高声叫的人了。”[④] 由上述茅盾早期译介的小说与文论看，从科学格物原理到哲学、社会学乃至文学等人文社会科学，茅盾的译介显示了他更倾向于以探寻事物本质的思维方式，聚焦典型的社会现象以提炼出具有普遍性的意义或规律。而30年代前后茅盾译介的乡愁小说也多是不但表现了乡土独特性，而且更能凸显时代重大意义的作品，譬如表现战争之下乡村与农民生活的作品往往更容易得到茅盾的青睐。从此间两部重要的译文集《雪

---

① ［美］洛赛尔彭特（Russell Bond）：《两月中之建筑谭》，雁冰、泽民译，《学生》1918年第5卷第1、2、3、4、6、8、9、12号。

② 参见［德］尼采《新偶像》（F. Nietzsche's Thus Spake Zarathustra 第一部第十一章），雁冰译，《解放与改造》1919年第1卷第6号；［德］尼采：《市场之蝇》（F. Nietzsche's Thus Spake Zarathustra 第一部第十二章），雁冰译，《解放与改造》1919年第1卷第7号；［英］罗塞尔：《社会主义下的科学与艺术》（《到自由的几条拟径》第七章），雁冰译，《解放与改造》1919年第1卷第8号；［英］罗塞尔：《巴苦宁和无强权主义》（《到自由的几条拟径》第二章），雁冰译，《东方杂志》1920年第17卷第1、2号；［苏］列宁：《国家与革命》，P. 生译，《共产党》1921年第4号。

③ ［美］Anton Helimann：《文学家研究：霍普德曼与尼采哲学》，希真译，《小说月报》1922年第13卷第6号。

④ ［俄］Moissaye J. Olgin：《安得列夫》，雁冰译，《东方杂志》1920年第17卷第10号。

人》和《桃园》看，其中就有拉兹古的《复归故乡》、阿哈洛根的《却绮》、伐佐夫的《他来了吗?》等。在将《娜耶》收入《桃园》的译前介绍中，茅盾说："《娜耶》中所写则是克罗地人单独的斗争，虽然好像是只写一个小村里的局部事变，但意义是全般的。……又在抽换地皮，村长和pope出卖农民这些地方看来，可知这小小的事变还不尽是'民族的'意义了。"① 在由Stayan Christoff的英译文转译的《他来了么?》的文末，茅盾不仅对伐佐夫的生平详加介绍，还强调他的故事大多是描写故乡的故事，"他的诗和小说，以非常直接而热切的情调，反映出一个受辱的农业民族的悲愤和痛苦，希望与快慰。"② 正是基于这样的认识，乡土文学的重要表征"地方色彩"在茅盾的眼中就别有一番"色味"了。在《小说研究ABC》中，茅盾说："但是我们决不可误会'地方色彩'，即某地的风景之谓。风景只可算是造成地方色彩的表面而不重要的一部分。地方色彩是一地方的自然背景与社会背景之'错综相'，不但有特殊的色，并且有特殊的味。"③ 可见此种"色""味"其实正是一地方的人与社会的本质性呈现。

虽然以理性的社会学视角透视乡土叙事中重大的历史主题与人类社会的发展规律一直是茅盾为之努力的文艺理想，但是在茅盾为"文学之热心所驱迫"译介的"弱小民族"的乡土叙事中，我们同样也感到在东亚现代性视域内，乡土独特性抵御世界一体化过程中，茅盾对普通百姓惶惑与挣扎的难以释怀。譬如，《旅行到别一世界》《圣彼得的日伞》《安琪吕珈》《文凭》就是译者茅盾与著者同病相

① ［克罗地］X. 桑陀·药里斯基：《娜耶》，［土耳其］R. 哈里德等：《桃园》，茅盾译，文化生活出版社1935年版，第82页。原载［克罗地］X. 桑陀·药里斯基：《娜耶》，芬君译，《译文》1934年第1卷第3期。

② ［保加利亚］跛佐夫：《他来了么?》《妇女杂志》1923年第9卷第2号。后收入［匈牙利］莫尔纳等：《雪人》，沈雁冰译，开明书店1928年版。原作者跛佐夫（Иван Минчов Вазов，1850—1921），现通译伐佐夫，保加利亚作家、诗人、戏剧家。

③ 玄珠（茅盾）：《小说研究ABC》，世界书局1929年版，第114页。

怜的现代症候。正如茅盾在《文凭》译后所言，“农业的俄罗斯曾经产生了不少伟大的作家，他们所思想的，著作的，很显明地带着乡村的色香味，不论他们的作品的背景是什么地方，而他们作品中的人物却还是一辈子住在农村里的人们的思想和情感，是缓慢的，勤恳刻苦的，多少有点浑沌的，可是虔信而深情，和惯常住在杂沓而多变的‘都市’的人们不同。”① 再如，他称赞“尤其精彩”的《桃园》展现的就是新思想在旧环境中夭折的残酷现实。② 相应地，他格外推崇王鲁彦的乡土小说创作：“有一些本色中国人的天经地义的人生观念，曾是强烈的表现在鲁迅的乡村生活描写里的，我们在王鲁彦的作品里就看见已经褪落了。原始的悲哀，和 humble 生活着而仍又是极泰然自得的鲁迅的人物，为我们所热忱地同情而又忍痛地憎恨着的，在王鲁彦的作品里是没有的；他的是成了危疑扰乱的被物质欲支配着的人物（虽然也只是浅淡的痕迹），似乎正是工业文明打碎了乡村经济时应有的人们的心理状况。”③

既要以“科学”揭示社会历史的必然，又要努力“表白”农民的精神痛苦，二者如何兼得？茅盾似乎没有给出令人满意的答案。譬如时隔多年，在《我怎样写〈春蚕〉》文末，茅盾直言不讳，因为从祖母那里得到点养蚕经验，他才“只敢试试写《春蚕》”，而“生活经验的限制，使我不能不这样在构思过程中老是先从一个社会科学的命题开始”④。而《春蚕》的构思就是要揭示“浙江蚕丝业的破产和以育茧为主要生产的农民的贫困”除了本国丝厂、茧行、叶行的勾结外，尚有“中国厂经在纽约和里昂受了日本丝的压迫而陷于破

---

① ［俄］V. I. Nemirovitch-Dantehenko：《文凭》，沈余译，《妇女杂志》（上海）1930 年第 16 卷第 7 号。

② ［土耳其］Resik Halid：《桃园》，连瑣译，《文学》1934 年第 2 卷第 5 号。后收入［土耳其］R. 哈里德等《桃园》，茅盾译，文化生活出版社 1935 年版。

③ 方璧（茅盾）：《王鲁彦论》，《小说月报》1928 年第 19 卷第 1 期。

④ 茅盾：《创作经验谈：我怎样写“春蚕”》，《文萃》1945 年第 8 期。

产”的国际因素。[①] 茅盾自知此法“有利亦有弊”，不过也只得如此。此外，虽然茅盾关于农业生产的知识大多是“道听途说”，他对农民的了解仅仅依靠常来家里的一些“亲戚”，但是茅盾也要努力表示，“我能看到他们的内心，并从他们口里知道了农村中一般农民的所思所感与所痛。”[②] 于是我们看到，在以“科学观察”帝国主义侵略、国内政治混乱以及同时展开的农村经济破产的时代必然时，茅盾的眼光是严肃而悲悯的。一方面要努力论证历史与时代的必然，而另一方面出于对资产阶级经济所带来的非道德的强烈预感，他又不愿接受这种必然，从而流露出对乡土百姓本就落后但充满虔诚、善良的深深尊重与同情。

诚如丁帆所说，“茅盾也同样陷入了一个‘怪圈’：一方面是在倡导写实主义时所要求作者采取的对生活冷峻，客观、中性的创作态度；另一方面又在‘表无产阶级之同情’的世界观的促动下，作者又不得不时时想跳将出来进行‘表白’式的演说，这一矛盾的背反现象困扰着茅盾，这就不得不使作者在夹缝中去寻觅一种得以解脱的中介力量。于是，在他自己的乡土小说创作中，我们似乎时时看到先生窘迫尴尬的面影。”[③]

三 “革命期许”与“反向怀旧”

以“科学观察”谛视现实是社会活动家茅盾的“野心”，总是努力“表白同情”是文学家茅盾的“良心”。作为一个使命感很强的作家，纵使茅盾在书写20世纪30年代乡土中国的变动时，因二者的难以区处而显得犹疑与困惑，但并不妨碍他一以贯之论述政治革命的热情。

在《禁食节》译后，茅盾质问：“犹太和波兰是被侮辱的民族，

① 茅盾：《创作经验谈：我怎样写“春蚕”》，《文萃》1945年第8期。
② 茅盾：《创作经验谈：我怎样写“春蚕”》，《文萃》1945年第8期。
③ 丁帆：《茅盾与中国乡土小说》，《浙江学刊》1992年第1期。

受人践踏的民族，他们放出来的艺术之花艳丽是艳丽了，但却是看了叫人哭的。他们在‘水深火热’底下，不颓丧自弃，不失望，反使他们磨练得意志愈坚，魄力愈猛；对于新理想的信仰，不断地反映在文学中，这不是可以惊［敬］佩的么？看了犹太和波兰的文学，我国人也自觉得伤感否？”① 他认为：“从《茄具客》内的描写法看来，作者当是作风近于自然派的作家。篇中虽然充满了本乡的风俗，然他那深刻的两性争斗的描画，现代人看了，无有不感动的——不仅仅是一篇恋爱小说而已。”② 茅盾不仅肯定这种反抗之于国人的启迪，还努力在反抗背后探求造成这种民族被侮辱与被损害的原因。譬如，除了地主对农民的压迫外，茅盾还对种族的歧视、屠杀造成的人性灾难有所甄别。暴风雪中“萨支”（有壁炉无窗的小屋）里恐惧的农人，那些渥斯姆村的却绮正是不堪忍受土耳其人、克尔支人的剥削压迫，才最终走向反抗。③ 在《桃园》的封面明白地标示着“弱小民族短篇集（一）”，在前言里，茅盾不厌其烦地讲述自己与弱小民族文学翻译的渊源。唐弢认为茅盾是译介弱小民族文学很努力的一个，“他的《桃园》正是想把绅士们认为卑贱的，弱小的人们的声音引到圈子外来的一本书”④。可见，茅盾的译介期待的正是唤醒中国民众反抗阶级压迫、奋起革命的民族意识。

既放眼于世界被压迫民族反抗的历史潮流，又聚焦于本土民族水

---

① ［新犹太］潘莱士：《禁食节》，沈雁冰译，《小说月报》1921 年第 12 卷第 7 号。后收入［匈牙利］莫尔纳等《雪人》，沈雁冰译，开明书店 1928 年版。原作者 Isaac Leib Peretz（1851—1915），通译佩雷茨，波兰籍犹太作家，是现代犹太文学的奠基人之一。

② ［克罗西亚］森陀·卡尔斯基：《茄具客》，沈雁冰译，《小说月报》1921 年第 12 卷第 10 号。原作者 Ksaver Sandor-Gjalski（1854—1935），现通译哥萨维尔·山道尔·雅尔斯基，克罗地亚作家，贵族出身。

③ ［阿美尼亚］阿哈洛垠：《却绮》，沈雁冰重译，《小说月报》1922 年第 13 卷第 9 号。后收入［匈牙利］莫尔纳等《雪人》，沈雁冰译，开明书店 1928 年版。

④ 唐弢：《唐弢文集（第一卷杂文卷上）》，社会科学文献出版社 1995 年版，第 329 页。

深火热的残酷现实。作为主张“为人生”而文学的作家，茅盾强烈的使命感、时代感使得他对于政治、革命的期许极其强烈。“虽然传统主题如战争与革命、经济与政治动荡等等仍然是茅盾历史论述中的主要指标，但是历史更在环境变迁与凡人的行为、认知、心理反应之间的互动中，显示它的力量。茅盾将个人经验与当时政治社会动荡交织缠结，使读者感到历史既是经由人对外在世界变化的不由自主的自发反应而展开的，又是在一连串重大、公开的事件中呈现出来。”① 可以说茅盾对于革命的期许既是集体性的又是个体化的。譬如在《评四、五、六月的创作》中，他看到了“年青而好胜的农村木匠阿贵的悲哀的《乡心》”；看到了《偏枯》中“细腻地表现了卖儿女的贫农在骨肉之爱和饥饿的威胁两者之间挣扎的心理”；看到了“巧妙地暴露世俗所谓‘孝道’的虚伪的《两孝子》”②。由于茅盾致力于以“科学观察”的方式来审视中国农村的现实，因而他能够对农民所承受的压迫作出理性的甄别。譬如对于《惨雾》与《赌徒吉顺》中故乡的异同，茅盾就有精辟的认识，他说：“假使我们说《惨雾》所表现的是一个原始性的宗法的农村（在这里，个人主义是被宗法思想压住的），那么，《赌徒吉顺》所表现的就是一个经济势力超于封建思想以上的变形期的乡镇，而这经济力却不是生产的，是消费的，破坏的。”③

然而正如有学者所指出的那样，“‘农村三部曲’（《春蚕》、《秋收》［一九三三］、《残冬》［一九三三］）在批判时事之余，流露的竟是对革命前的道德世界的怀念”④。换言之，在吁求革命之余，茅

① 王德威：《写实主义的虚构：茅盾、老舍、沈从文》，复旦大学出版社2011年版，第35—36页。

② 茅盾选编：《中国新文学大系小说一集》（导言），良友图书印刷公司1935年版，第11页。

③ 茅盾选编：《中国新文学大系小说一集》（导言），良友图书印刷公司1935年版，第31页。

④ 王德威：《写实主义的虚构：茅盾、老舍、沈从文》，复旦大学出版社2011年版，第37页。

盾对于传统乡村积淀的伦理规范、道德价值，乃至一种朴素、恒定的精神信仰并非完全摒弃，而是有保留并报以充分尊重的。譬如《春蚕》里养蚕这一农事在老通宝那里就颇具仪式感，蚕孵化不可同房，蚕卵是需要在女人（妻子）的胸膛上孵化的。茅盾对养蚕仪轨的追忆充满了神秘、神圣感。“他描述农民的辛勤工作以及对神明动摇的信心，其口气之同情理解，使得这个故事成为对农民的韧性与耐心的颂歌，而不再是对他们的迷信与保守的批判了。”① 因此茅盾对革命的向往尚有反向怀旧的眷念，他的革命期许并非全然乐观，甚至有往返质疑的、复杂而矛盾的两难心态。我们知道，传统绅士通过接受新式教育而逐步开始向现代知识分子转化，在这一过程中，那些日后成为现代知识精英的士绅子弟其实日趋脱离了乡土中国的文化价值结构。因此，他们之于“乡土”的关系建构往往是通过一种权宜的、想象的方式来完成的，即以一种反向怀旧的方式来建立自我与乡土的宿命般的关联，对于同样出身中下层绅士阶层的茅盾而言，自然也是如此。

1930 年 8—10 月，茅盾连续在《小说月报》上发表了《豹子头林冲》《石碣》《大泽乡》等三篇农民起义题材的短篇小说②，期待的就是借镜古人启迪民众的革命意识。不过仍如上述我们讨论的那样，茅盾对历史的回溯仍需落实到对人的细腻的心理精神层面才能完成、实现文学的使命，即努力在人的心理找到革命的动因。然而吊诡的是，当茅盾触及了这个更内在的情感褶皱时，却显得有些深陷其间而不可自拔。这种无力感即是对过往“旧”的乡土情怀的依恋与忧

① 有关《春蚕》中反讽的进一步讨论，可参加 M. A. Abbas and Tak-wai Wong，“Mao Dun's ‘Spring Silkworms’：Rhetoric and Ideology，” in The Chinese Text：Studies Comparative Literature，ed. Ying-hsiung Chou（Hong Kong：Chinese UniversityPress，1986），pp. 191-207。转引自王德威《写实主义的虚构：茅盾、老舍、沈从文》，复旦大学出版社 2011 年版，第 59 页。

② 参见蒲牢《豹子头林冲》，《小说月报》1930 年第 21 卷第 8 号；蒲牢：《石碣》，《小说月报》1930 年第 21 卷第 9 号；蒲牢：《大泽乡》，《小说月报》1930 年第 21 卷第 10 号。

郁，对中国农民“在物质的生活的鞭迫下，被‘命生定的’格言所卖”[①] 的深沉忧虑。我们知道，反向怀旧并不是全然要回到过去，它有两个向度，一是找到曾经遗失的东西，二是反思以往遗失的东西，兼有修复性和反思性两种功能。“修复型的怀旧强调‘怀旧’中的‘旧’，提出重建失去的家园和弥补记忆中的空缺。反思型的怀旧注重‘怀旧’的‘怀’，亦即怀想与遗失，记忆的不完备的过程。”[②] 因此，茅盾在不断向前的革命期许中反向怀旧的主因，到底还是他对于未来的无从把握或者说他还没有被一种革命的乌托邦想象所说服，反向的怀旧反衬的正是茅盾对革命更为深切的思考。于是我们看到，无论是“农村三部曲”还是《子夜》等关涉乡土的作品，似乎都还有一个挥之不去的历史循环的怪圈。茅盾历史化的叙事并没有将“科学观察”导向一种必然的“达尔文主义”，他对乡土中国百姓内心复杂情感的同情，则又在修复与反思的双向维度上完成了一种暧昧的历史叙事，这正是茅盾的“矛盾乡土”意念使然。由此看来，“虽然茅盾刻意要显示这种封建精神的不足之处，然而他心存关爱地描画依照习俗工作的善良农民，却把原先应该是共产主义的文字转化成一个人性的约嘱”[③]，这个见解是不无道理的。

反向怀旧终极指向于人类普遍的命运的挣扎，在茅盾的译作中并不难找到回音。譬如，在《雪人》的译者自序中，茅盾坦言：“但是我觉得在这些色彩不同的作品，无论如何有一个基调是相同的，便是对于人生意义的追寻，及追寻未得或所得太少的幻灭的悲哀，正像莫尔纳在《雪人》这可爱的短篇内借休布的经验来象征着给我们看的；‘一个渴望着人生的人，奋力在求一些什么东西，却很少获得的希望。’也因了这一点意义，我把本集题为《雪人》，而且把《雪人》

---

① 田言（潘训）：《雨点集》，上海亚东图书馆 1929 年版，第 1 页。

② ［美］斯维特兰娜·博伊姆（Boym. S.）：《怀旧的未来》，杨德友译，译林出版社 2010 年版，第 46 页。

③ C. T. Hsia，A History of Modern Chinese Fiction，1917-1957，p. 163. 转引自王德威《写实主义的虚构：茅盾、老舍、沈从文》，复旦大学出版社 2011 年版，第 58 页。

放在第一篇。……可是我也深深感到了休布所感到的悲哀。这一点私心热爱《雪人》的微意，成为本集命名的第三个动机”[①]。这种幻灭的悲哀或可称为一种对“命运”的垂注，这也是茅盾论及“乡土文学”时着重提及的，“关于‘乡土文学’，我以为单有了特殊的风土人情的描写，只不过像看一幅异域的图画，虽能引起我们的惊异，然而给我们的，只是好奇心的餍足。因此在特殊的风土人情而外，应当还有普遍性的与我们共同的对于运命的挣扎。”[②] 它不仅是意在唤醒、旨在反抗，而且是充满人文关怀的深深同情。譬如，《卡利奥森在天上》对幸福的理解[③]、《老牛》含辛茹苦的艰辛[④]、《门的内哥罗之寡妇》的坚韧[⑤]，其中茅盾对博伊尔尤为推崇，短篇小说集《野蔷薇》的名字即由来于此[⑥]，在《脑威现代文学》中还不忘提点，“这一篇文章的原著者包以尔也是现代脑威文坛的一个大作家。但是本篇内不见他的名字——这也许是因为他自己不便说。译者为补满这个缺点起见，请读者参考本刊今年四号‘包以尔’研究里的几篇文章。”[⑦] 茅盾对此类作品的译介从另一个维度诠释了“运命的挣扎”，这已然溢出了意识形态的范畴。

---

① ［匈牙利］莫尔纳等：《雪人》，沈雁冰译，开明书店1928年版，第Ⅵ—Ⅶ页。

② 蒲（茅盾）：《关于乡土文学》，《文学》（上海）1936年第6卷第2期。

③ ［挪威］包以尔：《卡利奥森在天上》，冬芬译，《小说月报》1922年13卷第4号。后收入［匈牙利］莫尔纳等《雪人》，沈雁冰译，开明书店1928年版。原作者包以尔（Johan Bojer，1872—1959），现通译博耶尔，挪威现代作家。

④ ［保加利亚］潘林：《老牛》，沈雁冰重译，《文学周报》1926年234期。后收入［匈牙利］莫尔纳等《雪人》，沈雁冰译，开明书店1928年版。

⑤ ［斯罗伐尼］Zofka Kveder：《门的内哥罗之寡妇》，牟尼译，《文学》（上海）1934年第2卷第5号。后收入［土耳其］R·哈里德等《桃园》，茅盾译，文化生活出版社1935年版。

⑥ 茅盾以博伊尔对玫瑰与刺的辩证关系比附人生的光明与黑暗，那些只看到黑暗而看不到光明的人是因为缺乏“爱”。参见茅盾《写在〈野蔷薇〉的前面》，载《野蔷薇》，大江书铺1929年版，第Ⅰ—Ⅷ页。

⑦ ［挪威］Johan Bojer：《脑威现代文学》，佩韦译，《小说月报》1922年第13卷第11号。

“科学观察”与“表白同情”的龃龉，“革命期许”与“反向怀旧”的冲突构成了“乡土茅盾”的“矛盾乡土”的两个主要方面。其实从本质上说，二者是科学理性与人文感性的矛盾。“五四”以降，在“科学万能神话”的特殊时代语境中，国人对欧战所引起的“西方的没落”的现代性反省是不彻底的。而随着“以俄为师”的现代革命转向，“科学”与“人文”在知识分子精神结构中的辩证关系其实是被悬置了。因此，当30年代前后社会革命作为一种“科学的”社会理论实践越来越强烈地成为一种强势的话语时，就开始逼迫现代知识分子重审这个被悬置的、关乎中国现代转型的思想难题。从这一点来看，茅盾30年代前后重译或重新发表那些乡愁小说也许并非偶然。因为在本土与域外的对话中，“乡土”在某种意义上更接近“民族”的文化表达，它与带有西方先进思想面目的“科学”最有可能构成极具张力的价值对位，因此，所谓茅盾之“矛盾”即是二者不断斗争、妥协、再斗争的必然产物。“矛盾乡土”其实并不限于茅盾个人，它是中国“既新且旧”的现代知识分子寻求自我身份定位、建构现代主体的一种普遍生态，只不过在更热衷于科学与某种程度上欠缺丰富的乡土经验的茅盾身上表现得更突出罢了。也正因如此，我们得以在这一矛盾的两难中窥得中国文学现代发生所应有的复杂面向与丰富内涵。

（原刊《浙江学刊》2019年第4期）

躁动的社会阶层与绵延的再造文明之梦

——《子夜》新论

罗维斯

摘　要　《子夜》展现了中国现代化进程中传统绅士演变分化所引发的社会阶层重构。其中，居乡绅士曾沧海、冯云卿全然丧失文化精英属性，沦为依靠土地和高利贷的剥削者，诱发了农民暴动的风潮；绅士家庭的子弟屠维岳转型为现代职员，在工商冲突的夹缝中艰难谋生；残废衰竭的维新派绅士吴老太爷和年富力强的民族资产阶级代表吴荪甫则代表了中国社会精英阶层绵延的再造文明之梦。《子夜》对社会格局的剖析包含了某些既定的社会科学理论，却又带入了茅盾鲜明的个人情感偏向。二者之间的龃龉体现为《子夜》文本内部的分裂，也构成了小说审美性与政治性的撕扯。

关键词　阶层重构；茅盾；子夜；绅士阶层

新文学史上或许很难找到一部长篇小说如《子夜》一般大起大落。小说问世之初，因“抓住巨大的题目反映当时的时代与社会”① 而备受赞誉。之后，《子夜》更是被视为20世纪30年代左翼文学的重要收获而拥有极高的文学地位。不过，在海外汉学家夏志清先生看来，茅盾的《子夜》“仅是按照马克思主义的观点给上海画张社会百态图而已”②。新时期以后，《子夜》也被指“主题先行”，受

---

① 吴组缃：《新书介绍〈子夜〉》，《文艺月报》1933年第1卷。

② 夏志清：《中国现代小说史》，刘绍铭等译，香港中文大学出版社2001年版，第136页。

到不少批评，甚至被贬斥为“一份高级形式的社会文件”[①]。《子夜》成了茅盾小说创作过于倚重社会科学理论、疏于感性体认的例证。虽然有学者试图从海派文化、都市感等视角挖掘《子夜》的文学趣味，但社会科学分析的色彩无疑仍旧是《子夜》最鲜明的印记。

茅盾以《子夜》介入当时关于中国社会性质论战的创作意图虽在小说问世之初即为文艺批评界所公认，但是，茅盾在《子夜》中颇为暧昧的立场使当时各方对小说主题有不同的理解。从这种暧昧的立场出发，结合当时的社会历史情境，我们会发现在《子夜》中，茅盾既采用了带有政治倾向的社会科学理论，又在有意无意中裹挟了其个人对当时中国社会现实的理解。这种潜在的社会剖析框架也在较大程度上构成了《子夜》的文学趣味。

《子夜》在阶级划分之外嵌套了另一重身份属性设置，并通过由乡村到都市的空间转换、代际流动和家族传承的时间纵深描摹出阶层动荡带来的社会秩序的混乱与重构。这种身份属性即中国社会本身所固有的“绅士”。绅士又有“士绅”“乡绅”等称呼，是帝制时代科举制度下的产物。具有科举功名（包括文科举和武科举）而又尚未出仕者、卸任（丁忧、退休或被罢黜等情况）的官员、依靠军功或蒙荫取得功名的一类人、清季接受新式教育或出国留学又被朝廷赐予功名者都具有绅士身份。绅士的声望与特权能与家人分享。[②] 绅士及其亲族形成了一个特权阶层。帝制时代的乡土中国，社会管理通过自上而下的皇权和自下而上的绅权形成一种双轨政治模式。在基层社会中，绅士阶层是社会事务的实际操控者。[③] 作为帝制时代的产物，绅士阶层搁浅在民国时期社会、政治、经济的转型中，发生了激烈的分化。《子夜》所展现的正是这种分化引发的社会阶层躁动。绅士阶层是《子夜》中的地主阶级、民族资产阶级、小资产阶级等人物形象

① 蓝棣之：《一份高级形式的社会文件——重评〈子夜〉》，《上海文论》1989 年第 3 期。

② 瞿同祖：《清代地方政府》，范忠信、何鹏、晏锋译，法律出版社 2003 年版，第 301 页。

③ 费孝通：《乡土重建》，岳麓书社 2012 年版，第 45—49 页。

共同的属性，是他们人生轨迹的原点。这个原点不在都市，而在乡镇这样的基层社会。

在茅盾最初创作《子夜》的构思中，是打算把乡镇社会也融入其中的，但由于种种原因，不得不作罢。不过，茅盾对乡镇与都市之间关系的把握却在小说中贯穿始终。乡镇基层社会成了《子夜》叙述的某种起点。小说中主要人物绅士阶层的身份属性及演变分化串联起了城与乡这两个看似迥异的空间，使传统农耕文明与现代商业文明在文本中建立起一种独特的勾连。《子夜》中，部分身处乡村的绅士阶层不仅在政治上失势，在经济上也变为以高利贷和土地经营为手段的残酷剥削者。这一变化使乡村成为暴动的温床，不仅挤兑了仍旧保持知识精英身份的绅士阶层的生存空间，也阻碍了乡村的现代化进程。而失去帝制时代庇护的绅士阶层中更年轻的一代，又由乡村进入都市，展开一个全然有别于先辈的人生格局。在这个过程中，旧有的社会阶层衰落甚至消亡，新兴的社会阶层产生。《子夜》这种由旧式社会精英阶层演变而引发的社会格局的新旧更迭既构成了茅盾进行社会剖析的潜在框架，也与他尝试要使用的社会科学理论互相撕扯。这撕扯的缝隙也暴露了茅盾内心的某种情感偏向。

一

《子夜》中主人公吴荪甫的家乡双桥镇原本就是绅士所掌控的基层乡土社会。茅盾在舍弃了不少内容后，依旧用不少篇幅叙述了双桥镇的故事。

开篇吴老太爷进城病故后，随即引出了吴荪甫在双桥镇的舅舅曾沧海——“五十多岁的老乡绅，在本地是有名的‘土皇帝’”[①]。曾沧海有一个不成器的儿子、一个年轻风骚的小妾。《子夜》中关于曾沧海父子的叙述令人感到似曾相识。在许多研究者看来，这段只不过是把《动摇》中劣绅胡国光和儿子胡炳的故事再讲了一遍，是有些

---

① 茅盾：《子夜》，开明书店 1947 年版，第 92 页。

多余和偏题的情节。然而，茅盾在删去大量创作构想后，仍旧留下了这个老绅士的故事，绝非《动摇》的简单复制，而是《动摇》中地方绅士故事的延续和补充。声光电化的大都市并没有能吸引乡绅曾沧海。国民革命落潮以后，他回到了老家双桥镇，希望继续做一方的“土皇帝”。尽管那些喊着“打倒土豪劣绅”的“嚷嚷闹闹的年青人逃走了，或是被捕了，双桥镇上依然满眼熙和太平之盛……另一批并不呐喊着要‘打倒土豪劣绅’的年青人已经成了‘新贵’”[①]。现代知识分子在国民革命时期和之后的政治体制变革中，取代了传统绅士在基层社会的管理职能。“曾沧海的地位降落到他自己也难以相信：镇上的‘新贵’们不但和他比肩而南面共治，甚至还时时排挤他呢！”[②]

国民革命期间的激进政策只是暂时把乡绅们赶到了城市。暴力革命与政治体制之外，经济发展却无声而深刻地改变着地方社会的格局。双桥镇已经有了“新发达的市面”和“种种都市化的娱乐”，浮动着日益浓厚的商业气息。一些在新局面下获得较高经济收入的人，社会地位也在上升。土贩李四就“跟着双桥镇的日渐都市化”，“潜势力也在一天一天膨胀”[③]。“挣钱的法门比起他做‘土皇帝’的当年来，真是不可同日而语。”但曾沧海并没有做好经济收入方式的转型。昔日的“土皇帝”老乡绅曾沧海在经济上成了单纯的高利贷者——“放印子钱”盘剥农民的土地——靠着仅有的一点余威压榨乡里。

政治和经济上的现代化进程逐渐挤压地方绅士的政治权利、经济水平和社会地位。《子夜》中的老乡绅曾沧海在政治和经济上均已失势，但他仍旧自矜自己的身份地位，以鼎鼎望族自居。当土贩李四在大街上“拉拉扯扯直呼曰‘你’，简直好像已经和曾沧海平等”时会让他觉得“委实是太难堪了”[④]。在传统四民社会中，“即使最低微的

① 茅盾：《子夜》，开明书店1947年版，第92页。
② 茅盾：《子夜》，开明书店1947年版，第93页。
③ 茅盾：《子夜》，开明书店1947年版，第104页。
④ 茅盾：《子夜》，开明书店1947年版，第104页。

生员，也会在社会生活中拥有普通人没有的威慑力。士绅与平民不断在日常生活的各种细节中区分彼此，从而共同维护各自在权力关系中的身份”[①]。政治经济形态的变化，却在瓦解着传统社会中“绅”与“民”的等级差异。也正是贪恋过去的地位，曾沧海的内心总是涌动着在政治上卷土重来的强烈愿望。在得知儿子曾家驹有国民党党证之后，曾沧海盘算着借助当权政党的势力再度翻身。但他的努力却只是将《三民主义》视为帝制时代的圣训供奉。曾沧海的思想观念和政治手段都是旧式的，茅盾也毫不留情地用孩童的尿来浇湿这个衰落腐朽的传统绅士的政治幻想，农民暴动更是直接彻底结束了曾沧海的生命。

随着传统政治体系逐渐为现代政治体系所替代，曾沧海这个老乡绅已经不再拥有掌控地方的能力。从劣绅的层面上来说，曾沧海连作恶的能力都是十分有限的。他在现代政治体制下已经无计可施，盘剥农民的手段简单粗暴。如果说《动摇》中的劣绅胡国光身上显现出了绅士阶层的狡猾，那么曾沧海身上无疑表现出了旧式绅士在现代社会的笨拙、迂腐和仅存的一点可笑的虚荣心和妄想症。曾沧海代表了落寞而又缺乏道德操守的绅士的困兽犹斗。此外，茅盾以没有实地经验为由，弃用了瞿秋白关于农民暴动和红军活动的写作意见。[②]《子夜》中的农民暴动仅是表现老乡绅曾沧海经历的一种陪衬。在小说中，农民暴动在很大程度上源自绅士阶层的变动。比起阶级论框架下的农民运动，茅盾似乎更有兴趣书写传统绅士阶层逐渐蜕化触发的乡村裂变。

这样的乡村正透露出民族资产阶级代表吴荪甫与老乡绅曾沧海亲缘关系之外潜藏的牵连。小说中关于曾沧海的叙述蕴含了当时社会结构变动的诸多因素。现代政治体制的建立和资本主义经济的发展，从根本上改变了基层社会的权力结构，由此构成了吴荪甫打造文明镇理

---

① 李涛：《士绅阶层衰落化过程中的乡村政治——以20世纪二三十年代的浙江省为例》，《南京师大学报》（社会科学版）2010年第1期。

② 茅盾：《我走过的道路》（上），人民文学出版社1997年版，第502—503页。

想的基础。相伴而生的绅士阶层约束体制的崩盘，也促使基层社会原来的掌控者——地方绅士普遍劣质化。[①] 劣质化的绅士用强弩之末的余威和落后的经济方式对农民极尽盘剥，帝制时代的绅民关系几近瓦解。矛盾激化产生的农民暴动与阶级斗争又对基层社会初步兴起的现代文明构成某种反叛的打击，也最终断送了《子夜》中吴荪甫在家乡推进现代商业文明的构想。

《子夜》不但借绅士阶层挖掘乡土社会与都市现代文明的暗渠，小说中城乡两种经济模式的整合也同样通过帝制时代绅士阶层的职业身份转变来完成。及早进城躲避农民暴动危险的冯云卿，代表了与曾沧海类似的老乡绅在社会结构变动中的另一种可能性。

冯云卿是“前清时代半个举人”[②]。“半个举人”是对科考功名的一种俗称：“乡试中副榜，世称半个举人者。”[③] 在清康熙以后的科举考试制度中，各省乡试除正榜以外，还会取副榜，又称“副贡”。副榜接近于中式，但还是不能以此参加会试。[④] 也就是说冯云卿不同于一般的庶民地主，他具备了帝制时代的绅士身份，他有成为基层社会管理者的资格。冯云卿也趁着当地年老乡绅躲到上海租界的机会，占据了家乡的政治舞台，从而更快地发展自己的土地兼并事业。不过，帝制时代，做官或承担地方事务才是绅士阶层最重要的经济来源，土地收入十分微薄。而随着现代政治体制的建立，绅士阶层的收入渠道锐减，加之道德制度约束的消失，部分身处乡村的绅士日趋接近于从事高利贷与土地兼并的剥削者，并在阶级论的体系下有了一个新的称谓——地主阶级。

《子夜》中，茅盾用近乎生硬的手法叙述了人称“笑面虎”的冯云卿如何布置一张严密的高利贷网盘剥农民的土地，残酷地奴役破产

---

① 肖宗志：《清末民初的绅士“劣质化”》，《贵州师范大学学报》（社会科学版）2004 年第 6 期。

② 茅盾：《子夜》，开明书店 1947 年版，第 209 页。

③ 刘成禺著，蒋弘点校：《世载堂杂忆》，山西古籍出版社 1995 年版，第 9 页。

④ 李树：《中国科举史话》，齐鲁书社 2004 年版，第 284 页。

的佃户，却又精细地描写冯云卿意识到农民暴动和土匪的危险，及时由乡村进入上海成了“海上寓公”之后生活的种种窘态。“（冯云卿）在安乐窝的上海时，就远不及交游广阔的姨太太那么有法力！”[①] 作为坐拥数千亩田产的精明盘剥者，冯云卿即便搜刮了所有的现款，在上海却连放高利贷的资格都不够，甚至难以维持现代都市生活的开销，乡村农耕文明之下所积累的财富与现代工业文明相比显得如此微不足道。冯云卿不得不采取公债这种直接以货币获取货币的现代资本运作模式。在遭遇了公债市场的重创之后，他最终抛下了旧式知识精英最后的廉耻心，教唆亲生女儿献身公债魔王赵伯韬，企图换取公债的内幕消息，最终却被女儿的愚蠢害得倾家荡产。蜕化为残酷剥削者的乡绅，逃过了农民暴动，却最终倒在了现代金融业的冒险游戏中。《子夜》通过地方绅士进城，串联起了都市与乡村的迥异空间，展现了农民暴动催生的往往被左翼作家所忽略的社会现象。

上文提到，茅盾曾以没有实地经验为由，弃用了瞿秋白关于《子夜》中表现农民暴动的写作意见。[②] 实际上，他却在小说中从乡村绅士阶层演变这一视角分析了农民暴动发生的内在动因及其对社会经济的整体影响：清末和民国时期，帝制时代遗留下的绅士阶层畸形的经济模式对农民的盘剥如圈地运动一般，以土地兼并的方式将农民挤出土地，挤向城市；在盘剥中暴力反抗的农民也将原本稳居乡里的绅士阶层吓到了城市；在这种社会阶层的躁动中，中国资本主义发展获得了失地农民作为劳力，现代金融业获得了乡村高利贷和土地盘剥的现金收益。可是在这部分叙述中，茅盾始终没有对农民的个体命运有所展现。从这个角度来说，《子夜》尽管也对作为盘剥者的两个乡绅极尽讽刺之能事，也将农民暴动的原因归结为绅士阶层劣质化之后残酷的高利贷剥削和土地兼并，但终究与叶紫《丰收》等表现阶级斗争与土地革命的左翼文学作品大异其趣。

---

① 茅盾：《子夜》，开明书店 1947 年版，第 230 页。

② 茅盾：《我走过的道路》（上），人民文学出版社 1997 年版，第 502—503 页。

二

《子夜》中虽然没有正面反映农民阶级的困苦与斗争的合法性，其中“斯文扫地”的劣质化绅士却是全然的丑角。不过，对于绅士阶层中依旧保持着几分知识精英色彩的人物，茅盾的立场则显得十分暧昧而游移。

茅盾在描写屠维岳这个小职员时，就带有某种个人感情的投射。这是一个眼睛里透着“自然而机警的光辉”的白净年轻人。“他是聪明能干，又有胆量；但他又是倔强。”在与吴荪甫的对话中，他总是彬彬有礼、不卑不亢、进退有度，他在处理工厂工潮时也表现出了运筹帷幄的不凡气度。与莫干丞等家仆或流氓出身的工厂管理者相比，屠维岳有些读书人的傲气。这种气质的来源，在人物一出场就有所交代。

屠维岳是得到吴老太爷赏识的人才，因吴老太爷的推荐而获得工作机会。这种赏识和帮助源自一种世交关系——他的父亲是上一代老侍郎的门生。科举考试中式者即为主考官的门生，这形成了科考与官场一种特殊而密切的人脉关系。这一层关系其实交代了屠维岳是在大都市谋职的绅士家庭子弟。在传统社会中，绅士家庭的子弟多半会选择科考仕途，但社会体制的变化打破了读书人的发展轨迹。屠维岳这样的绅士阶层子弟，成为一名在现代工厂中领二十元薪水办杂务的小职员。既有研究往往只笼统地将屠维岳归为小资产阶级，却忽略了他显著的职业属性。

中国现代意义上的“职员”（salaried employee）阶层，诞生于19世纪末20世纪初。它是介于以企业经营者和地方精英为主的资产阶级以及作为民众运动参与者的工人之间的社会科学意义上的中间阶层。清末民初中国社会化大生产和现代社会组织的发展，催生了律师、公务员、工程师、行政管理人员等从事非体力劳动的职员阶层。这些人在当时被称为薪水阶级、长衫阶级、写字间阶级等。①《子夜》

① 江文君：《近代上海职员生活史》，上海辞书出版社2011年版，第2—3页。

所描写的20世纪30年代的上海，也正是中国现代职员获得较大发展的时期。吴荪甫工厂里的小职员太多，以至于精明的他也不能把职员都认清楚。

民国时期公共租界工部局工业社会处的相关调查报告，以及20世纪二三十年代论述工人问题的著作中最早论及“职员”的《上海产业与上海职工》，都明显地将职员和工人区分开来。上海职员阶层与上海工人在家庭规模、日常开支、文化生活、子女教育等方面都有显著差异。职员阶层的收入水平和生活条件明显优于工人阶级。当然，进入职员阶层的门槛也比工人高，大部分职员都拥有中学以上的受教育水平。① 职员成了资本家管理工人的中介。从时人的调查来看，民国时期“一般工人不是仇视职员，便是对职员客气，他们所以仇视职员，是因为工厂里的管理员与办事员，处处帮助经理、厂长来剥削他们，欺凌他们。他们所以对职员客气，是因为他们看到，职员是社会上好似比他们高一等的人物”②。资本家也会刻意任用职员统治工人。职员受教育水平和收入优于工人，加之职员的管理地位，使两个阶层形成了某种对立。

原本看似与女工处境相似的屠维岳就因协助吴荪甫瓦解工人组织，被女工称为“屠夜壶”，成为女工仇视的敌人。屠维岳一方面利用内部派系矛盾挑拨、拉拢，分化工会中的两股势力，又在工人中扶植自己的势力，另一方面，又必须承受同僚的排挤与资本家的猜忌。作为中间阶层的职员，他可谓腹背受敌，其中体现着权谋及内心的矛盾与纠结，可视为一出民国的“职场大戏”。《子夜》因对革命者和工人群众部分描写较差被评价为“半肢瘫痪”的作品，但其表现职员在工潮中斡旋各方的部分，与描写买办资产阶级和民族资产阶级的部分相比并不逊色。

茅盾塑造屠维岳这样一个传统绅士出身的职员形象，不仅缘于对

---

① 刘德恩：《职员阶层的兴起——民国时期上海职员的生活与教育研究》，博士学位论文，华东师范大学，2004年，第15页。

② 朱邦兴等编：《上海产业与上海职工》，上海人民出版社1984年版，第700页。

与现代资本主义发展相伴而生的新兴社会阶层的关注，也与他的个人经历有关。茅盾出生于一个绅商家庭，北大预科毕业后，他在商务印书馆工作，是典型的职员阶层。茅盾的小说创作也始终密切关注帝制时代作为知识精英的绅士阶层的现代转型及由此带来的整个社会阶层的躁动。20 世纪 30 年代末，国共两党才开始发现和重视作为社会中间阶层的职员的价值，并对职员与工人进行明确区分。尽管在之前的文学创作中，职员的形象已经大量出现，但像《子夜》这样表现职员阶层与工人阶层之间关系的并不多见。茅盾对社会阶层结构有先于政党理念和社会科学研究的敏感认知。

三

买办资产阶级与民族资产阶级的“斗法”无疑是《子夜》中最精彩的部分。在二者的经济斗争中，作为民族资产阶级代表的吴荪甫所体现出的精神气质渐渐偏离了茅盾最初的某种创作设想，使小说文本内部产生了明显的裂隙。当我们探究《子夜》对民族资产阶级的含糊立场时，总是忽略一个重要的问题——中国的民族资产阶级从何而来？

被视为落伍封建势力的吴老太爷在代际关系上是民族资本家吴荪甫的父亲，这种亲缘关系实际上交代了吴荪甫民族资本家身份产生的基础，其中也透露出许多一直被我们所忽视的意味。

《子夜》开篇对吴老太爷进城的叙述是极富戏剧性的一幕。在都市声光电化的刺激下，久居乡间宅内的吴老太爷一进城就病故，似乎预示着“五千年老僵尸的旧中国也已经在新时代的暴风雨中间很快的在那里风化了”①。而茅盾一面讥讽吴老太爷的痴愚病态、执拗顽固，以至于与“三百万人口的东方大都市上海”格格不入，一面也在暗示吴老太爷在主仆之谊、世交之情上的敦厚体贴。《子夜》中吴老太爷的一心向善也显得格外真诚，他视若珍宝的《太上感应篇》

① 茅盾：《子夜》，开明书店 1947 年版，第 28 页。

虽总被视为表现他腐朽不堪的重要意象，实际上却是一本劝人向善的书。此书在古代流传甚广，不仅受到知识分子的推崇，明朝的嘉靖皇帝、清朝的顺治皇帝也曾为其作序，加以褒奖。这本书又有“民间道教圣典”之称。[①] 小说中将吴老太爷对《太上感应篇》近乎病态的虔诚表现得充满夸张和讽刺，却也强调了吴老太爷“真正虔奉《太上感应篇》，迥不同于上海的借善骗钱的‘善棍’”[②]。他不仅自己有真诚坚定的信仰，也努力劝人向善。这种发自内心的对善的执念，甚至让吴老太爷觉得乡下的动乱不会波及他这样一个虔心奉善之人。

吴老太爷身份、性格的多重性与茅盾所要呈现的“五千年老僵尸的旧中国”相比，蕴含着更复杂的意味。“祖若父两代侍郎”，代表着吴家具有高层仕宦生涯，也使吴家人在双桥镇成为具有上层绅士地位的家族。这种特殊的家庭背景指明了吴家在帝制时代的经济、政治特权及文化精英地位。帝制时代，在赋予绅士阶层特权的同时也为其附上了较高的道德要求，无论是吴老太爷固执而又保守的道德感，还是他在处事方面的某种体贴，都暗含着帝制时代的正面秩序，是乡土文明的某种表征。从这个意义上看，《子夜》中的现代都市文明不是一个全然褒义的所在，而看似腐朽落后的乡村文明也不是一个纯然被否定的存在。吴老太爷向善的虔诚和都市“善棍”的虚伪，吴老太爷的保守与都市的浮艳都显示出两种文明的极端形态。

更重要的是，《子夜》还特别交代了吴老太爷特殊的政治立场。“三十年前，吴老太爷却还是顶括括的‘维新党’……满腔子的‘革命’思想。”[③] 他如僵尸般的生活并非出于主观意愿，而是由于“习武骑马跌伤了腿，又不幸渐渐成为半身不遂的毛病”[④]，其中透露出的同情和惋惜是不言而喻的。维新运动试图对思想文化和政治体制进

① 谢谦编著：《国学基本知识现代诠释词典》，四川人民出版社 1998 年版，第 78 页。

② 茅盾：《子夜》，开明书店 1947 年版，第 7 页。

③ 茅盾：《子夜》，开明书店 1947 年版，第 7 页。

④ 茅盾：《子夜》，开明书店 1947 年版，第 7 页。

行改良，其中亦包含对传统文化和政治体制的批判。维新党人很大一部分就是拥有科考功名的绅士，因此，维新运动也可视作传统知识精英试图发展中国现代文明的一场改良自救运动。

茅盾似乎试图以政治理念和社会科学理论作为人物设置的某种依据，但在实际的写作过程中，又不免逸出既定设置，以至于笔下的人物呈现出一种自相矛盾的状态。出于特定的政治诉求，茅盾需要在《子夜》中塑造一个现代社会的对立面——腐朽与保守的封建势力，这使得吴老太爷被放置于一种被嘲讽的地位。他初到上海后那带有象征意味的死亡却又显得十分牵强。或许茅盾的潜意识中并不想将其作为一个反面人物。如果茅盾需要将吴老太爷塑造为顽固封建势力的代表，那么大可将吴老太爷设置为一个纯然的保守派人物，而不应该是一个满脑子革命思想的维新党，他甚至不应该是一个向善敦厚的正派人士。

吴老太爷及背后的家族传统被赋予的传统文化意味，其实预指着古老中国乡土文明对新兴现代都市文明的排斥。吴老太爷受声光电化的刺激而身亡，象征着传统社会观念和秩序在新兴城市文明冲击下的解体——内地还有无数的吴老太爷来到上海这样的资本主义现代社会肯定会断气。更重要的是，曾经作为"革命者"的吴老太爷所具有的社会政治意味，却暗示了现代资本主义社会的发展与传统绅士阶层的密切关联。

作为当时中国社会缩影的吴公馆客厅，有金融业的大亨，有一位工业界的巨头，还有快要断气的吴老太爷，吴老太爷又是工业巨头吴荪甫的父亲，而吴荪甫是以吴家三老爷的身份出场的。小说中的大部分场合，吴荪甫都是以"吴三爷""吴老三"这样带有家族指向的称谓被人谈及的。吴老太爷不是吴荪甫的对立面，他体现了绅士阶层的代际关系和家族传承。

这种身世背景的存在，也使我们有必要重新审视吴荪甫这一作为民族资产阶级代表的人物形象。《子夜》将吴荪甫描述为工业界的巨子，也谈及他在开办工厂之前就拥有极为雄厚的资本。小说中，吴荪甫曾感慨："开什么厂！真是淘气！当初为什么不办银行？凭我这资本，这精神，办银行该不至于落在人家后面罢？现在声势浩大的上海银行开办的时候不过十万块钱……”[①] 吴荪甫的巨额资本积累由何处来呢？小说中似乎并没有交代。

实际上，茅盾在交代吴老太爷身份背景时，就暗示了吴荪甫拥有较雄厚的家族财富积累。《子夜》中强调了双桥镇的吴家是名门望族，祖若父两代侍郎。侍郎是“清代中央六部和理藩院的副长官。正二品。虽为副职，但与尚书同为该衙门堂官，都有权单独向皇帝建言”[②]。吴家这种祖上拥有高层仕宦经历的簪缨之家，无疑属于绅士阶层中的上层。19 世纪晚期，绅士及其直系亲属约占全国总人口的 2%，却获得了国民生产总值的 24%。绅士的人均收入为普通百姓人均收入的 16 倍[③]，上层绅士的收入则更高。19 世纪以后，在西方的冲击下，绅士转向商业获取财富的情况也有所增加。[④] 双桥镇上本就有吴家的钱庄、当铺等家族产业，正是这样的家庭背景，使吴荪甫获得了发展实业的雄厚经济资本。

不仅如此，在《子夜》整部小说中，我们很难看到吴荪甫对金钱的计算和看重，虽然写到了他对筹款的焦虑，但他几乎没有表现过对经济利益本身的关注。当丝业遇到困难时，吴荪甫想到的是“中国民族工业就只剩下屈指可数的几项了！丝业关系中国民族的前途尤大”[⑤]。他愿意为中国工业的前途继续努力。当“农匪”劫了双桥镇时，吴荪甫所痛惜的并不是他的钱庄、当铺、电力厂、米厂、油坊的损失，而是他三年来“想把家乡造成模范镇的心血”[⑥]。面对信托公司的发展草案，他憧憬的是“高大的烟囱如林，在吐着黑烟；轮船

---

① 茅盾：《子夜》，开明书店 1947 年版，第 63 页。

② 邱远猷主编：《中国近代官制词典》，书目文献出版社 1991 年版，第 9 页。

③ 张仲礼：《中国绅士的收入——〈中国绅士〉续篇》，费成康、王寅通译，上海社会科学院出版社 2001 年版，第 325—326 页。

④ 张仲礼：《中国绅士的收入——〈中国绅士〉续篇》，费成康、王寅通译，上海社会科学院出版社 2001 年版，第 139 页。

⑤ 茅盾：《子夜》，开明书店 1947 年版，第 63—64 页。

⑥ 茅盾：《子夜》，开明书店 1947 年版，第 122 页。

在乘风破浪，汽车在驶过原野”[①] 这样一幅工业化发展的场面。这种场景给他带来的由衷的兴奋甚至消解了双桥镇暴乱带来的打击。吴荪甫明知朱吟秋等人没有实力，但为了避免他们的企业被判给外国人，增加外国工业在中国的实力，仍旧以中国工业的前途为计，坚持救济他们的企业，这一点让他的合伙人都深感敬佩。

吴荪甫种种重义轻利的表现，不仅与现实中极重经济利益的商人形象相去甚远，与茅盾自称的创作构想亦背道而驰，以至于令读者对小说中的无产阶级工人运动产生某种反感。这样一个心系中国民族工业的商人与茅盾自称所要表达的主题之间无疑是充满矛盾的。有不少研究者都已经发现了《子夜》内部的裂隙，吴荪甫身上这些吊诡意味的真正由来及其寓意是什么呢？

四

民国时期的中国资本大致上被分为官僚资本、买办资本和民族资本，但实际上三者之间并没有明确的界限。“鸦片战争以后，外国在华洋行雇用中国人做它们的代理人，这些代理人被称为‘买办’。”[②] 中国近代资本主义经济的发展在很大程度上源于外国势力的影响，最初从事资本主义经济生产的商人很难与外国资本划清关系，许多所谓的民族资本家都有过买办洋行的经历。“中国资本主义发生时期，大量存在着买办商人的资本向民族资本的转化…… 买办与民族资本家之间没有鸿沟，可以一身而两任。”[③] 晚清和民国时期，买办充任政府官员的情况也时有发生。[④]

20 世纪初，社会对买办的评价很复杂。一方面，“那是一当买

① 茅盾：《子夜》，开明书店 1947 年版，第 122 页。

② 黄逸峰等：《旧中国的买办阶级》，上海人民出版社 1982 年版，第 1 页。

③ 潘君祥、顾柏荣：《买办史话》，社会科学文献出版社 2011 年版，第 135 页。

④ 潘君祥、顾柏荣：《买办史话》，社会科学文献出版社 2011 年版，第 127—135 页。

办，便可招摇摆阔，气焰之大甚于道台，所以买办是有钱有势，人人争以作买办为荣”①。另一方面，买办又被视为“洋奴”，一些买办自己都看不起自己的职业。

国民革命时期，买办一度成为革命的对象。1924年广东商人曾集合起来武力对抗当局捐税。这次迅速被镇压下去的商人武装暴动史称“广州商团事件”，由广州商团团长陈廉伯发起。为了攻击陈廉伯，国民党故意将其英国银行买办的身份与他反对广州革命政府的行为联系起来。“买办”一词由此被赋予了浓厚的政治意识形态意味，成为帝国主义走狗的代名词。“打倒买办阶级”成了国民革命中“打倒帝国主义”口号的补充。②

对《子夜》创作影响颇大的瞿秋白，于1926年7月在《向导周报》上发表的《上海买办阶级的权威与商民——谈谈上海的商会和上海的华人》被视为研究买办的开山之作。③ 文中，瞿秋白提出了“买办阶级”这样的概念，指责了上海总商会由买办把持，包揽卖国卖民的行为。④ 深入参与国民革命的茅盾自然不会不了解买办在政治语境下的意义。

尽管民国时期买办的职业化倾向已非常明显，买办作为一种职业，有具体的行业类别和分工，但《子夜》中的赵伯韬虽被定性为金融买办，却更趋向于抽象形态的买办阶级，赵伯韬被简单地符号化为外国资本经济侵略的工具。赵伯韬作为买办的职业特点被极度淡化，而仅仅被视为外国列强侵华的工具，同时，他的个人生活作风也极其腐化堕落。不仅如此，买办出身的工厂主朱吟秋，也不善于经营，欺骗工人，只顾自己享乐。

---

① 姚公鹤：《上海闲话》，上海古籍出版社1989年版，第47页。

② 冯筱才：《北伐前后的商民运动：一九二四——一九三零》，台湾商务印书馆2004年版，第17—29页。

③ 易继苍：《买办与上海金融近代化》，知识产权出版社2006年版，第5页。

④ 瞿秋白：《上海买办阶级的权威与商民——谈谈上海的商会和上海的华人》，《向导周报》1926年第162期。

《子夜》中与买办阶级相对的另一个概念——“民族资产阶级”——是在国民革命时期建构起来的概念。为了团结更多的社会群体支持革命事业，革命当局对资产阶级进行了内部细分。买办资产阶级因与帝国主义之间存在密切的利益关系，而被视为不可信任的反动势力；而资产阶级中的另一部分独立于外国经济的商人则被划为民族资产阶级，并成为革命的同盟。但实际上，所谓的民族资产阶级和买办资产阶级之间很难划分出明确的界限，很多所谓民族资本家都是由买办转变而来的，二者的区分在很大程度上取决于他们对革命的态度。对此，茅盾自己也应该非常清楚，因此《子夜》中也有一部分工厂主之前曾是买办。

另外，帝制时代的绅士阶层由于特殊的社会地位和经济资本，也有人成了买办。茅盾在其他小说中也提到了绅士阶层从事买办职业的情况。可是，茅盾没有让《子夜》的主人公与买办沾上联系。他刻意使吴荪甫与买办这样带有“原罪”的背景划清了界限。不仅如此，吴荪甫所拥有的情怀也绝非那些与他合作的工厂主们可比拟。其他工厂主看中的是个人经济利益，吴荪甫则寄望于“只要国家像个国家，政府像个政府，中国工业一定有希望的”①，他热心实现家乡双桥镇的现代化，他筹资办银行也是为了拯救民族工业，就连他致力于解决工潮也成了振兴民族工业的某种努力。在茅盾个人情感的投射之下，吴荪甫的富国强国理想被无限地放大和强化。《子夜》演变成了吴荪甫与赵伯韬之间正与邪的较量，而工人运动也似乎带上了一点罔顾大局的味道。

将吴荪甫塑造为醉心民族工业振兴的企业家形象，无疑带有茅盾个人的想象，民国时期的民族资产阶级未必具备这么高尚的道德情操和理想。从茅盾个人的成长经历来看，表叔卢鉴泉扮演了强有力的支持者和保护者的角色。卢鉴泉后来成为民族资本家，或许也使茅盾在塑造吴荪甫这一人物形象时不自觉地投入了自己对卢鉴泉的好感。

不过，卢鉴泉的身份并不只是民族资本家，卢鉴泉的祖父卢小菊

---

① 茅盾：《子夜》，开明书店 1947 年版，第 64 页。

是高中在前五名内的举人，在镇上的绅缙中有很高的名望。[①] 卢鉴泉与茅盾的父亲同年应考，获得举人的功名，是绅士家庭中考取科举功名的优秀子弟。[②] 传统绅士卢鉴泉在民国以后完成了身份转换，他在金融业等兴业济世方面的努力和成绩获得了茅盾的认同和尊敬。茅盾出身绅士家庭，对绅士阶层抱有独特的好感，也认同正派绅士在推动社会经济发展中的积极作用。[③] 茅盾为吴荪甫编织的绅士阶层身世背景是带有某种正统意味的，吴荪甫游学欧美的背景更使他以知识精英的身份与一般买办、商人出身的工厂主区分开来。作为民族资产阶级代表的吴荪甫与买办阶级之间的泾渭分明在一定程度上也源于茅盾对正派绅士阶层的推崇。

从这个意义上说，主人公吴荪甫的特质与茅盾某种潜在的情感偏向极为吻合。除了茅盾接受瞿秋白的建议，增加表现资本家兽性的情节外，吴荪甫基本上不近女色。这种传统英雄式的禁欲色彩与吴老太爷手捧《太上感应篇》默念“万恶淫为首”其实是一种同构的存在。茅盾的父亲就是个维新派绅士，茅盾对本来作为封建顽固势力代表的吴老太爷“维新党”身份的强调，也在一定程度上肯定了绅士阶层在推动社会进步变革上的立场。吴荪甫不计经济利益得失来振兴中国工业的努力，其实与吴老太爷年轻时热衷维新变法的努力殊途同归。

吴荪甫身上体现出的强烈的非商人特质和拯救民族工业的不懈坚持，正暗含了作为传统知识精英的绅士阶层济世救国、以天下为己任的情结。他致力于现代工业的发展，也与清末民初绅士阶层力图推动中国社会现代文明发展的努力殊途同归。衰朽不堪的维新派代表吴老太爷和年富力强的民族资产阶级代表吴荪甫，不仅是封建社会的僵尸与新兴资本主义的对照，更象征了中国社会精英阶层绵延的再造文明的梦想和努力。吴荪甫不仅是一位“带有法兰西资产阶级性格”的

① 茅盾：《我走过的道路》（上），人民文学出版社 1997 年版，第 9 页。

② 茅盾：《我走过的道路》（上），人民文学出版社 1997 年版，第 33 页。

③ 罗维斯：《“绅”的嬗变——〈动摇〉的一种解读》，《文学评论》2014 年第 2 期。

民族资本家，更是有构建中国现代文明理想的绅士家庭中成长起来的现代精英。

吴荪甫拒绝向帝国主义投降，拒绝买办化，这似乎都与茅盾最初的创作构想背道而驰。《子夜》不仅旨在表达一种政治观念，也寄托着作为现代知识精英的茅盾的个人理想和情结。《子夜》内部的矛盾分裂也正在茅盾寄托于绅士阶层的再造文明之梦与他所试图展现的社会政治理论之间的龃龉。

在同时期的许多左翼文学中，"阶级论"构成了主要的社会分析框架。在华汉的《地泉》、叶紫的《星》等作品中，表现的都是地主和农民、资本家和工人鲜明的阶级对立，其中所谓的剥削阶层丝毫不具备绅士阶层作为政治、文化精英的道德感。《子夜》并没有简单处理人物的阶级属性，小说中带入了茅盾个人以传统绅士阶层演变分化为框架形成的对中国社会的分析和认识，也包含了他自己鲜明的个人情感偏向。《子夜》呈现了民国时期社会阶层的变动，并寄托了知识精英阶层努力重建文明的理想。

茅盾对中国社会的现实具有鲜明的感性认识，却又时常难以在文学创作中坦然表露。与民国社会历史情境的疏离，使我们又往往很难感知茅盾基于个人观念对政治社会的分析及其在文学中的呈现。只有回溯民国时期具体的空间场景，尊重民国社会历史现象的完整性、丰富性和复杂性①，我们才能真正了解《子夜》所呈现的民国社会图景，体味茅盾纠结、繁复的精神世界。

（原刊《励耘学刊》2019 年第 1 辑）

① 李怡：《作为方法的"民国"》，《文学评论》2014 年第 1 期。

审美与政治的共鸣、冲突

——由《清明前后》的修改及演出看茅盾艺术创造的动力与局限

李延佳

摘　要　《清明前后》的创作，对小说巨匠茅盾是个重要挑战。从大纲到剧本的修改、调整过程中，茅盾充分发挥创造主体的能动性，将创作重点从民族资本家惜金重利的典型性转向动摇性、矛盾性和幻想性，以期实现审美化的政治倾向。由于严苛的审查制度和戏剧集中性原则的要求，茅盾调整了人物的政治立场和出场方式，却弱化了戏剧政治主题的尖锐性。由于茅盾对戏剧艺术创作手法与技巧掌握的有限性，又使剧作在语言的功能性、结构的设置、象征的手法运用等方面，均显示出明显缺点和不足。在审美与政治的纠葛中，茅盾小说创作长期存在的这一难题，依然未在戏剧创作中实现突破。

关键词　茅盾；《清明前后》；审美与政治

1945年8月，茅盾以轰动重庆的黄金提价泄密案为艺术原型，创作了他的第一部也是唯一一部戏剧艺术作品《清明前后》。剧作对民族资本家在抗战后期的艰难处境，进行了应时而较为生动的艺术营造，在当时获得了较大社会反响。1946年11月，《英文月刊》发表了一篇题为 ON "ROUND ABOUT CH ' INGMING"（《谈〈清明前后〉》）的文章，文末颇耐人寻味："The play was able to catch its audience because it was produced at a time when all people are clamouring for democracy. It is doubtful whether it can still command so much approval once the cause for the demand for democratization is gone and the excitement of the ‘Gold Scandal’ case is forgotten.”① 或许正如评论者的担忧，这部剧作也因为艺术性或审美性匮乏而渐渐沉入文学史底层。

考诸茅盾创作历程，不难发现：如何恰当处理政治冲动与艺术表现的关系，一直是他创作中面临的一个难题。这部剧作恰恰因为在处理政治与艺术关系方面的成败得失，可以成为人们重新理解这个难题的有效窗口。尤其是从大纲到成稿、从文本修改角度乃至创作意图层面，考究《清明前后》创作的前前后后，或许能更为深入地理解该剧对社会政治事件进行艺术处理所面临的复杂性和矛盾性。

一　如何在创作心理定式中寻求突破？

鉴于《清明前后》基本是对《大纲贰》的语词扩充，且故事情节变动很小，因此本文将考察重点放在《清明前后》和《大纲壹》（以下简称“大纲”）两个文本上，试图探讨：作者从立意到定稿过程中，剧作内容与艺术想象为何发生重大变动，尤其是作者为何最终未能修补与完善剧作的艺术缺陷？

《清明前后》的大纲与成稿的最大不同，在于对主人公林永清（甲）的塑造。尽管在修改前和修改后，主人公在戏剧结尾处都走上呼吁民主的道路；但由人物甲到林永清的形象塑造，茅盾并不只是进行简单的细节等层面调整，而是完全更换了人物的性格特征：从一个惜金重利、贪图享乐的资本家形象，转变为明显具有动摇性、矛盾性和幻想性的形象。这不能不令人浮想联翩：这是对《蚀》三部曲、《子夜》等小说中那些人物的艺术延续？历史呼应？还是意图再造与突破？

在大纲中，茅盾这样描述甲：“工业家，织布厂，贿赂未送，官不提货，厂中发不出薪，开不出伙食，多方借比期，借到时适黄金提

① K. CHOW：《ON “ROUND ABOUT CH ‘INGMING”》，《英文月刊》1946年第11期。（译文大致如下：该剧之所以能够吸引观众，在于它创作于争取民主的年代。一旦民主化需求的因素消失，且人们忘记了“黄金提价案”的轰动性，它是否仍能获得如此多的认可是值得怀疑的。）

价消息泄露，甲受怂恿，以购黄金。既而翻案，甲债务在身，只得一走了之。”[①] 在大纲的构思中，作为曾经的金融巨头，甲在寅的劝说下，没有过多地怀疑购置黄金牟利是否可靠，也没有时刻心系工厂的生死存亡，只是在危机爆发时，不负责任地一走了之。他因工厂的生存危机感到苦闷，却转眼在黄金投机胜利后便高调庆祝。梦英因欣赏他的民族意识为其奔走借款，甲却误会她的热心相助，乘机向她露骨献媚。面对疯妇人失智的斥责辱骂，甲非但没有同情她的悲惨遭遇与精神恍惚，而是想要用武力将她驱逐出门。但是，这一构思并没有落实到剧作中，而是发生了明显的重大变化。

或许是碍于剧作演出时空的局限（当然也包括艺术构思是否成熟等因素），茅盾将大纲中设置的三个民族资本家形象简化为一个：作为更新机器厂的厂主，林永清成了一个富有理想、精明能干的民族资本家。抗战初期，当众人还处在观望状态时，他果断决定把设备、原料与技术工人从上海撤到汉口，再迁至重庆。但到了抗战后期，仅仅依靠爱国热情和坚强毅力并不能帮助工厂突破难关，明显的动摇与幻想代替了之前的坚定与乐观，人物形象内蕴的动摇性、幻想性和矛盾性特征，逐渐突显。比如，面对投机黄金带来的巨额收益，林永清不断摇摆于将借款投给黄金还是生产原料，连剧中不堪的人物余为民都为之不满：“男子汉大丈夫，当机立断，何况这是天赐黄金，您还要考虑!”[②] 再比如，面对全盘落空的投资，他震惊之余，仍不忘自我安慰：“我猜想他们早就得了风声，他们不见得真会那样麻木，他们是做给我看的。”[③] 毫无疑问，这种变化尤其是主人公思想状态的含混、矛盾与摇摆，给剧作带来了丰富的艺术张力与艺术包孕性。观众的反响，或许能说明这种变化的必要性和有效性。剧作上演后，许

---

① 茅盾：《清明前后·大纲壹》，《茅盾全集》（第 10 卷），黄山书社 2014 年版，第 189 页。

② 茅盾：《清明前后》，《茅盾全集》（第 10 卷），黄山书社 2014 年版，第 36 页。

③ 茅盾：《清明前后》，《茅盾全集》（第 10 卷），黄山书社 2014 年版，第 121 页。

多工商业者特意从成都或是昆明赶到重庆观剧，这其中当然有对作家和演出团队的政治层面的支持；但对林永清这一艺术形象的共鸣、认同、肯定，或许是更为深层的原因。

正如有学者所概括的，林永清经历了“从伦理层面被批判的个体到政治上被肯定的集体代言人，……从带有负面特征的民族资本家形象转变为正面的民族工业家”[①] 的过程。值得注意的是，这种转变不但是政治意识层面的重大变化，也是艺术创造层面从简单到复杂、从观念到形象的一次重大提升。即使从民族资本家局限性这一旧视角看，相比无利不贪、贪图享乐的品性，动摇性、矛盾性和幻想性不但丰富了人物形象，更因为其普遍存在性而引发观众的同情与共鸣，观众与剧作主人公的政治共鸣与心理感应，赋予了剧作更为有效的社会批判精神与价值。

可是，对于熟悉茅盾创作历程的读者来说，无论是甲的惜金重利，还是林永清的动摇性、矛盾性和幻想性，都不是茅盾在新的历史和文化情境中，提炼出来的民族资本家的“新”的典型人物性格。我们所熟知的《蚀》三部曲、《子夜》等名篇的人物暂且不论，剧本所展现的人物形象的动摇性、矛盾性、幻想性与惜金重利两种性格特征，在 1938 年的《第一阶段的故事》中民族资本家何耀先与陆和通身上，就已鲜明体现出来。

中篇小说《第一阶段的故事》主要描写了“八一三”抗战中上海社会生活的剧烈变化。在小说中，何耀先对时局的观点，是在同大学教授朱怀义的交谈中流露出来的。当朱怀义滔滔谈论中日即将开战的消息时，何耀先一面慌张地探寻消息的真实程度，一面又自我安慰：“也许这一次能够和平了结”[②]；当朱怀义郑重劝他为战争做好准备时，何耀先先是眼皮跳动了一下，随即便找到了化解焦虑的说辞：

---

① 江棘：《〈清明前后〉：从大纲到成文的叙述者位置》，《文艺理论与批评》2010 年第 6 期。

② 茅盾：《第一阶段的故事》，《茅盾全集》（第 4 卷），黄山书社 2014 年版，第 271 页。

“你以为日本人要大动干戈，欧美各国就不出来说一句话么?”① 在“八一三”战事发生前，何耀先始终不想说服自己认真看待严峻的形势，而是寄希望于政府的和平方针，寄希望于欧美各国的援助。相比何耀先，转运公司老板陆和通虽然较快地成为坚定的抗战派，但他身上的商人习气却导致他心理的进退失据。比如北平失陷后，上海市民的恐慌情绪日益蔓延，街道上挤满了赶去更加“安全”地带的难民，此时的陆和通却忽然后悔：“公司还没趁势涨价，……有钱上我这里来的，多要他几个，不是千该万该么?”② 在日军大规模进攻上海后，危急关头，陆和通答应借车给何家庆用于输送慰劳品，这义举的背后却是他对于上前线的“豪兴”，而面对途中发生的意外事故，他更是再三惋惜：“我的一辆好车子要牺牲掉了，这真冤透!”③

如果以何耀先与陆和通的主要性格特征为参照，我们似乎有理由相信茅盾在创作《清明前后》时，很大程度上延续了以往的创作心理定式：甲与陆和通的性格特征、林永清与何耀先的性格特征，均具有极强的近似性。创作心理定式对后续文艺创作的影响不言而喻，往往将创作者局限在特定的价值取向与思维定式中，往往规范、引导甚至规定了作家对创作素材的筛选与加工、对故事情节的设计与修改，以及对典型形象的定位与塑造。创作心理定势是把双刃剑，既可以使作家在以往基础上百尺竿头更进一步，又可以束缚与限制作家的创造力，使之难以在已经模式化、类型化的艺术建构和审美创造上寻求突破与超越。

作为一个具有自觉现实主义精神的作家，茅盾极为重视典型人物形象尤其是典型性格的塑造：“典型性格的刻画，永远是艺术创造的

① 茅盾：《第一阶段的故事》，《茅盾全集》（第 4 卷），黄山书社 2014 年版，第 274 页。

② 茅盾：《第一阶段的故事》，《茅盾全集》（第 4 卷），黄山书社 2014 年版，第 348 页。

③ 茅盾：《第一阶段的故事》，《茅盾全集》（第 4 卷），黄山书社 2014 年版，第 399 页。

中心问题。”① 对如何进行典型艺术形象创作，他自然深有体会：“比如我们要写木匠，只观察了张三这一个木匠是不够的，要观察各地各种木匠，把张三李四等许多木匠的性格综合而概括起来，集中表现在作品中的某木匠身上。要使得这一个木匠的性格包括两方面：一是木匠这个阶层所共有的性格，二是作品中此某一木匠所独有的性格。这样，我们就写出了典型人物。”② 由此来看，对同类人物共性特征的把握，是促使其典型化的重中之重。考察茅盾作品中民族资本家系列形象，尤其考察《清明前后》民族资本家形象塑造的变化，我们不难看到：他是通过对战时社会新闻的关注，对生活中民族资本家的细心观察，将民族资本家的典型性概括为惜金重利与动摇性、矛盾性和幻想性的对立统一。

作为一个杰出的小说家，茅盾在具体的创作中当然没有将这种典型性机械地安置在某个单一人物身上，而是将其分割安置，有重点、有倾向地分配给小说主要人物，从而实现了人物的真实性、典型性及多样性。但是，艺术魅力总是在于突破与创新，这种对于某一类型人物典型性的提炼与分配，并不总是有效。尤其当社会政治文化环境、社会总体审美趣味发生重要变化后，故事中主人公们的形象与性格还是一如既往的陷入模式化境地时，作品的艺术魅力、社会价值和历史效应，不但有来自读者和批评家的质疑，就是作者自身都可能不满意。处在抗战初期的何耀先、陆和通，与处在抗战后期的甲和林永清，虽然都试图被塑造成为民族资本家的典型代表，其阶级共性的表现并不应该成为阻碍其个性闪光的屏障。如黑格尔所言：“每个人都是一个整体，本身就是一个世界，每个人都是一个完满的有生气的人，而不是某种孤立的性格特征的寓言式的抽象品。”③ 或许是出于

---

① 茅盾：《关于艺术的技巧——在全国青年文学创作者会议上的讲演》，《茅盾全集》（第 24 卷），黄山书社 2014 年版，第 489 页。

② 茅盾：《怎样阅读文艺作品》，《茅盾全集》（第 24 卷），黄山书社 2014 年版，第 194 页。

③ ［德］黑格尔：《美学》（第 1 卷），朱光潜译，商务印书馆 2017 年版，第 303 页。

对人物阶级共性的过度关注，或许是时空逼仄，或许是艺术创造力难以为继，剧作《清明前后》并没有进一步在复杂情境中对人物的艺术个性做出精心雕琢。林永清这一形象在延续以往塑造的民族资本家两重性格（或许吴荪甫形象更为明显）时，依然凸显了共性强而个性弱的创作套路，共性与个性以权宜方式汇聚于主人公身上，艺术的雷同效应大概就难以避免了。自然，后来者也就有了充分的理由忽视这部作品的存在。

值得肯定的是，尽管林永清形象由于创新乏力而暗淡，但从大纲的构思到剧本人物形象的尘埃落定，茅盾对其典型性尤其性格的调整、修改与丰富，明显显示出茅盾试图突破固有人物塑造策略与创作模式的艺术创新冲动。比如在“惜金重利”和“动摇性、矛盾性、幻想性”两种性格对立统一的塑造中，茅盾更加偏重“动摇性、矛盾性、幻想性”性格的细致刻画与描绘。在谈及《清明前后》的创作起因时，茅盾回忆说：“还在帮助胡子婴修改她的中篇小说《滩》的时候，我就萌生了这样的念头。”① 胡子婴创作的《滩》同样反映了国民党政府对民族工商业的压迫与摧残。茅盾在《滩》的代序中这样评价道：“我总觉得这一位主人公在中国的民族工业家中所代表的特殊性实在比普遍性为多些。换言之，倘若作为中国民族工业家的典型来看，这还有多少缺憾。由于经济基础的脆弱，中国民族工业家的典型的性格，其中主要的缺点恐怕还不是刚愎自用而是容易动摇，富于幻想，习于苟安。”② 显然，在茅盾看来，处在抗战这样一个特殊时期，诸多不确定的因素以及对自身利益的顾及，促使动摇性、矛盾性与幻想性成为民族资本家性格中一个与众不同的性格特征。在剧作中对这一性格的着重刻画，不仅意味着他结合具体环境对现实生活中的民族资本家性格进行了新的综合与归纳，而且使人物思想、性格的发展变化具有了丰富性和包孕性，剧作人物在作品结尾处对抗恶势

① 茅盾：《走在民主运动的行列中——回忆录（三十一）》，《新文学史料》1986 年第 2 期。

② 胡子婴：《滩·代序》，花城出版社 1982 年版，第 3 页。

力的意志果决与政治坚定，自然也就行之有效了。通过大纲与剧作的对比、分析，我们能够清楚地看到，主人公由大纲中的甲变为剧本中的林永清，既符合茅盾本人对民族资本家突出共性的判断与认定，又进一步展现了他试图探索人物内心世界丰富性与包孕性的艺术创造冲动。

由甲到林永清性格的调整过程，需要强调的还是茅盾作为审美创作主体的积极参与。或许是得益于一个具有政治情怀的小说家的内在诉求，当然也得益于清醒的现实主义精神的细密观察与深刻思索："抗战八年是国民党把中国民族资产阶级彻底推向共产党的一个过程，现在应该在争取政治民主、取消经济统制的旗帜下，把民族资产阶级牢牢地团结到民主力量一边来。"① 正基于这种对社会发展大势的冷静判断，在修改《清明前后》的过程中，茅盾明显投射进了自己的政治价值取向，作品也就具有了更加强烈的情感倾斜，这自然是审美创造主体积极参与的结果。如果说，对甲的构思与塑造，表现出一种对民族资本家的阶级缺陷和必然破产命运的客观反映；那么以林永清取而代之，不但延续了茅盾对民族资本家失败命运的一贯的深切同情，而且更加显露出其欲将民族资产阶级争取为革命力量的政治意图。

有学者将《清明前后》看作茅盾"'审时度势'创作姿态的典型案例"②。这种判断自然有其道理，但是却忽略了茅盾创作过程寻求艺术突破的努力。尤其是在新的时代背景下，茅盾在"审时度势"的同时，他的政治正义感如何融入审美创造的新探索（比如用虚构的艺术形象林永清的觉醒与勇气，呼吁更多的民族资本家加入人民大众的民主斗争行列。比如，他要让世人透过这个大时代的小插曲，看到战时的中华民族中"那些专抢桌子底下的骨头，舐刀口上的鲜血

---

① 茅盾：《走在民主运动的行列中——回忆录（三十一）》，《新文学史料》1986 年第 2 期。

② 李永东：《移步换形的抗战书写与仓促换调的〈清明前后〉》，《中国现代文学研究丛刊》2019 年第 2 期。

的人们”[①]），从而寻求自我艺术创造的突破，就值得后来者深思。

二　审美与政治的纠葛如何在戏剧领域突破？

早在担任《小说月报》主编时期，茅盾就将中国文学置于世界文学框架之下观察、期待：“中国的新文学一定要加入世界文学的路上，——那么，西洋文学进化途中所已演过的主义，我们也有演过之必要。”[②] 他极为推崇自然主义忠实表现的特征，认为新文学更应致力于中国社会现状的细心观察与真实再现，以期“在世界文学界中争个地位，并尽我们民族对于将来文明的贡献”[③]。创作《清明前后》伊始，他延续了早期对于新文学发展前景的期盼，试图真实描摹出“国际国内形势的强烈对比”[④] 之下“国民党战时首都的一幅社会缩影”[⑤]，“描画出时代是怎样的时代，而在战争中的我们这个中国又是怎样一个世界”[⑥]。但在对大纲不断调整、修改过程中，原本宏大的构想并没有最终在成文中表现出来。比如，他曾用心设置的关于美苏两国的对抗及国共两党的对抗的线索，逐渐被淡化、删除，最后变为戏剧文本中可以被忽略不计的时代背景。

《清明前后》主要展现了官僚资本家与民族资本家之间实力悬殊的对抗，但在大纲中茅盾却没有局限于对这种对抗的书写，诸多意图

---

① 茅盾：《清明前后·后记》，《茅盾全集》（第10卷），黄山书社2014年版，第186页。

② 茅盾：《文学作品有主义与无主义的讨论——复周赞襄》，《茅盾全集》（第18卷），黄山书社2014年版，第179页。

③ 沈雁冰：《致李石岑（一九二一年二月三日）》，《茅盾全集》（第37卷），黄山书社2014年版，第16页。

④ 茅盾：《走在民主运动的行列中——回忆录（三十一）》，《新文学史料》1986年第2期。

⑤ 茅盾：《走在民主运动的行列中——回忆录（三十一）》，《新文学史料》1986年第2期。

⑥ 茅盾：《清明前后·后记》，《茅盾全集》（第10卷），黄山书社2014年版，第186页。

和线索指向了美国与苏联之间的对抗，以及国共两党之间的对立。《清明前后》中的余为民，即大纲中的“寅”，是一个趋炎附势、无耻卑劣的人，他不仅是萨凡奇计划的宣传者，也是“苏联参加对日战争于中国无利之宣传者，……又为盟国必内讧之造谣惑众者（反苏反共专家）”①。尽管在文中，茅盾均以括号标注的方式表明寅大发议论的内容与反苏反共有关，且没有设计好相关言论的具体内容，但他试图借此表现第二次世界大战后期美苏对抗局面的构思却是显而易见的。第二次世界大战后期，美苏两国在维持战时同盟关系的同时，却又将对方视为各自长远战略目标的重要阻碍，因此，双方的矛盾与对立也是在不断扩大的。在大纲中，寅以“萨凡奇计划宣传者”的立场，发表反苏反共的言论，实际是以亲美的态度，质疑苏联参加对日作战的企图。值得一提的是，茅盾在写作初期将“反苏”与“反共”关联在一起，一定程度上表明了苏联与共产党的一致利益关系，但事实上在抗战末期，当时的斯大林竭力阻止中国革命，并劝说共产党与蒋介石合作，甚至“多次公开在美国政府外交官员面前评价中国共产党为‘假牛油式’的、‘红皮白萝卜’，以示与中国共产党划清界限”②。鉴于茅盾或许并不深入了解各方政治势力的具体打算，大纲中的这种关联自然无法体现出对这一国际格局的复杂考虑。

在大纲中，寅的反苏反共言论揭示出了美苏两国之间的对抗，青年乔张被捕的故事线索，则展现了国共两党之间的对立。在许多人眼中，乔张不过是梦英的追求者之一，甲妻（赵自芳）可怜他被梦英利用，金（金澹庵）则厌恶他与梦英之间的亲昵关系。在第四幕中，梦英对庚暗示乔张的被捕是金所为，表面上这只是简单的因情感纠葛引发的妒忌行为，但其实这“与寅大有关系，寅之对付乔张，

① 茅盾：《清明前后·大纲壹》，《茅盾全集》（第10卷），黄山书社2014年版，第190页。

② 纪亚光主编：《国共全面内战的缘起：抗战胜利之初美苏与国共和战关系研究》，黑龙江人民出版社2008年版，第48页。

其原因是政治的”[①]。在 20 世纪 40 年代，中国“左”倾的知识分子在政治上的当务之急是反对内战、争取民主，但国民党政府却拒绝承认这一抗议的合法性，反而把它看作共产党人的一种“诡计”，并进行全力镇压。此时，“逮捕学生积极分子成了常见现象，……被捕和被绑架的学生常常干脆就‘失踪’了”[②]。在大纲中，尽管乔张的社会身份没有被明确地介绍，但他之所以成为寅这一内战主张者设法铲除的对象，无疑与金、寅等人对立的政治立场有关。作为一条隐蔽的线索，乔张被捕的情节却创作意图鲜明：痛斥了国民党当局对于进步青年的迫害及其反共立场。

在大纲中，茅盾对于美苏两国的对立、国共两党的对立，只是进行了简单的概括与勾勒。在后期充实、调整大纲的过程中，原本含糊的相关内容并没有得到确认和扩充，到了《清明前后》的成文中，茅盾更是删除了余为民反苏反共的立场，用众人讨论乔张被捕事件的方式代替了乔张本人的出场。他在起草阶段试图描摹的多方势力的对抗，最终只在成文的序言中保留了些许印记，比如“只有二十多天，旧金山会议就要开幕。……苏联是支持波兰临时政府的，而英美政府则已拒绝波兰的要求”；“同时，华盛顿传来了消息：美驻华大使赫尔利（时在华盛顿）招待记者，宣称美国的武器将不供给那些在敌后对敌血战的中国游击军……”[③] 这种调整和删改，既是茅盾在严苛的审查制度下做出的及时应对，也反映了他在戏剧艺术创作道路上的某种深度思考与探索。

抗战后期，国共两党的关系日趋紧张。为更好地控制舆论，巩固自身执政党的地位，国民党当局确立了更为严格的剧本审查制度。1944 年 6 月 20 日，国民党政府公布了由国防最高委员会第 138 次常

① 茅盾：《清明前后·大纲壹》，《茅盾全集》（第 10 卷），黄山书社 2014 年版，第 207 页。

② ［美］费正清、［美］费维恺编：《剑桥中华民国史 1912—1949 年》（下卷），刘敬坤等译，中国社会科学出版社 2007 年版，第 743 页。

③ 茅盾：《清明前后》，《茅盾全集》（第 10 卷），黄山书社 2014 年版，第 4—6 页。

务委员会通过的《战时出版品审查办法及禁载标准》，该文件正式将电影和戏剧剧本列为出版品，并对上演或公映实施了严格的强制查禁办法。面对如此恶劣的战时创作环境，茅盾与众多作家均产生了强烈的抵触情绪："书报检查之严密，禁忌之多，使得作家们的写作自由完全被剥夺，只许歌颂、不准暴露的官方文艺政策，给作家们在下列二途选择其一：如果不愿闭目扯谎，那就只有回避现实。当然，还有第三条路，那就是搁笔。"① 茅盾向来主张文学是现实社会人生的反映，面对如此恶劣的政治氛围，他虽没有"闭目扯谎""搁笔放弃"，但却不得不删改大纲中对现实政治的尖锐态度，以期《清明前后》能够较为顺利地通过审查。事实上，即便是修改后的《清明前后》也难逃审查机关的指责和刁难。比如林朴晔的回忆："审查当局对剧本除百般挑剔横加删改外，每场演出还派有特务暗中监视，随时准备勒令停演，所以每一场的演出，都是一场尖锐的斗争。"② 可见，《清明前后》由大纲到成文再到公演的过程，某种意义上也是戏剧人顽强抵抗恶意审查的一场现世活剧。

作为以现实主义小说创作闻名的作家，茅盾以重大社会历史事件架构文本的宏愿与雄心，是其"文学是时代的反映"观点的具体体现。小说尤其长篇小说几乎不受篇幅限制的特征，保证了作品中复杂情节线索的铺展，但《清明前后》的创作，却不得不考虑戏剧特有的传播和媒介条件等因素限制。在一个五幕剧的作品中，在战时艰苦的演出条件下，他必须遵循戏剧的集中性原则，放弃将多个事件进行平行建构的策略，将民族工业家林永清的悲剧故事迅速突显出来，实现自己主要的创作意图，并感染和打动观众。

茅盾在大纲中为寅设置了明确的反苏反共立场，却没有写明与寅对话的甲和庚的态度。我们不妨在此做个假设，如果两人与寅属于同一阵营，那么甲的悲剧性就会由强变弱；如果两人与寅是对立

---

① 茅盾：《八年来文艺工作的成果及倾向》，《茅盾全集》（第 23 卷），黄山书社 2014 年版，第 256 页。

② 林朴晔：《〈清明前后〉的前后——忆茅盾同志》，《西湖》1983 年第 3 期。

立场，那么甲的政治身份就要被设定，故事也会因此更加复杂。在此情况下，删掉与甲救厂这一与中心事件并没有直接关联的寅的反苏反共立场，无疑更加利于观众对于中心事件及其发展趋势的理解与关注。但反苏反共、支持内战言论的删除，很大程度上的确影响了寅在剧中的艺术分量。于是，在遵循集中性原则的基础上，为了继续维持这一人物的完满性，茅盾保留并加重了寅宣传“萨凡奇计划”的作用。

“萨凡奇计划”是指由美国工程师萨凡奇拟定的《扬子江三峡计划的初步报告》。抗日战争进入战略反攻阶段后，国民党政府试图通过加强生产来弥补战争带来的耗损，并聘请了美国经济专家潘绥参与重建工作。面对电力资源的严重缺乏，潘绥在工作报告中提出了建设三峡大坝的设想，美国政府则表示愿意贷款十亿修建三峡工程。事实上，美国的援助不是无偿的，它想要由此开始，“开发蒋管区的各种富源，既用以抵抗共产党，又用以加强和提高美帝在物资方面的侵略欲求”①。在剧本成文中，余为民“到处为萨凡奇计划敲锣打鼓”②，并称之为“破天荒的革命”③。该计划同样是金澹庵“拉拢”林永清的有利条件，一旦林永清相信自己的工厂会因计划的实施而被湮没，他“投靠”金的可行性就会大大增加。尽管茅盾在剧中并没有对萨凡奇计划进行详细的介绍，但他借余为民之口，道出了民族工业发展的另一重障碍——国际资本的欺凌。余为民为之宣传的声势越响亮，林永清的处境就越艰难。茅盾对余为民宣扬言论的调整，既修补了因删减造成的缺陷，又推动了中心事件的发展，深化了观众对民族资本家处境的认识。

戏剧艺术推崇的集中性原则，除了要求诸多线索为中心事件服

① 李桂林编:《中国现代教育史教学参考资料》，人民教育出版社1987年版，第345页。

② 茅盾:《清明前后》，《茅盾全集》（第10卷），黄山书社2014年版，第13页。

③ 茅盾:《清明前后》，《茅盾全集》（第10卷），黄山书社2014年版，第95页。

务，还要求剧作家应以观众接受水平和耐力为参照，充分控制好戏剧的节奏与长度。如亚里士多德所言："无论是活的动物，还是任何由部分组成的整体，若要显得美，就必须符合以下两个条件，即不仅本体各部分的排列要适当，而且要有一定的、不是得之于偶然的体积，因为美取决于体积和顺序。……所以，就像躯体和动物应有一定的长度一样——以能被不费事地一览全貌为宜，情节也应有适当的长度——以能被不费事地记住为宜。"① 在大纲中，乔张出场的用意在于揭露诸多人物不同的政治立场，以及衬托梦英的性格，茅盾在修改意见中也曾补充道："关于乔张这人物：或删或仍留。如留，则他的戏尚须加重，且与梦之故事须有有机的联系。如删，则他的戏可让庚做。"② 尽管茅盾十分乐意让梦英借乔张被捕一事与金某展开斗争，突显她的进步思想与斗争精神，但在修改过程中，梦英性格的复杂性已经通过她对赵自芳、唐文君、余为民等人的态度呈现出来，若再安排乔张出场只会让戏剧的内容更加烦琐，影响观众对戏剧的理解。删除乔张这一人物的出场，虽然有违茅盾的创作初衷，但却有效地控制了第四幕的长度，为推进戏剧在第五幕达到高潮做了良好的铺垫。

简单归纳看，作为一个有着深厚政治情怀的作家，如何在剧作中实现自己的政治价值诉求，如何在实际政治空间中夹缝求生，又如何让艺术与政治或者政治与审美这一难题较为完美地在剧作中展现，《清明前后》从大纲到剧本的修改、调整与充实，的确蕴含了茅盾对这一艺术难题的深度思考与实践。

三　难以逾越的审美与政治鸿沟

《清明前后》完稿后，茅盾尽管因自己充足的准备工作，称之为"的确下了功夫"的作品，但当戏剧导演赵丹提出要对戏剧做一些技

① ［古希腊］亚里士多德：《诗学》，陈中梅译注，商务印书馆 2011 年版，第 74—75 页。

② 茅盾：《清明前后·大纲壹》，《茅盾全集》（第 10 卷），黄山书社 2014 年版，第 205 页。

术性的变动时，茅盾却欣然同意："只要能加强演出的效果，你尽管全权处理。"① 茅盾的态度虽有自谦的成分，却也有对自身未能完全掌握戏剧创作规律的清醒认知。

茅盾毕竟是第一次进行戏剧创作，缺乏对戏剧艺术技巧的娴熟掌握，应该是显而易见的，《清明前后》最终文本存在的明显的缺点和不足就证明了这点。1945 年秋，《清明前后》的公演已经成为重庆重要的文化事件。不少评论者在肯定《清明前后》演出的积极意义时，也从戏剧艺术角度提出了诸多批评意见，比如："我接触到一些工业界的朋友，他们看了以后都非常兴奋，一致认为，是为他们说了话，然所反映的痛苦还有不够深刻的地方"②；"工业家的痛苦没有具体的写出来，如不民主的实际情形，政府的统制管制政策怎样摧残工业等等，在这里都没有具体表现，因此第五幕里的大声疾呼，就很难看出情节和人物发展的必然性了"③。尽管茅盾在每一幕前面对出场人物的经历和布景都进行了详细的介绍，在幕间也写有大量的提示和说明文字，仿佛是借用了小说的描写手法作为戏剧创作的补充手段，以弥补剧作的缺陷与不足。但这种"独到的补充"，却引发了戏剧语言是否过度从而影响表现功能的问题。

在戏剧中，对于人物性格的塑造往往是通过戏剧语言的表现功能实现的。通过对角色的谈话内容、语言行为和风格的辨识，观众可以大致了解说话者的性格特征，掌握戏剧角色"自身的当下处境、肯定自己行为的正确性或作出某种决定"④。然而，出于对民族资本家悲惨遭遇的同情、对黑暗势力的深恶痛绝，茅盾将林永清累积八年的

---

① 茅盾：《走在民主运动的行列中——回忆录（三十一）》，《新文学史料》1986 年第 2 期。

② 《〈清明前后〉座谈》，庄钟庆编《茅盾研究论集》，天津人民出版社 1984 年版，第 378 页。

③ 《〈清明前后〉座谈》，庄钟庆编《茅盾研究论集》，天津人民出版社 1984 年版，第 377 页。

④ ［德］曼弗雷德·普菲斯特：《戏剧理论与戏剧分析》，周靖波、李安定译，北京广播学院出版社 2004 年版，第 142 页。

痛苦煎熬，都渗入人物冗长的自述话语中。尽管茅盾在林永清的自述前认真地标注了太多诸如“愤激”“沉痛”“激昂”“消沉”等表现情绪的词汇，明确了戏剧语言作为有声行动需要包含的人物情感等丰富内容，但他却忽视了戏剧艺术独特的要求，尤其是人物自述内容的篇幅以及观众观看的时空限制。由抗战开始，林永清毅然响应政府的号召把工厂迁到内地；到抗战后期，他在统制管制、官价限价环境下的苦苦撑持，如果这些叙述文字通过阅读的方式被接受，它会使读者在脑海中呈现一个经历丰富、个性鲜明的人物形象，但当这些文字转化成舞台上的表现语言时，无论是林永清曾经的昂扬斗志，还是当下他濒于绝境的悲痛与无奈，都因时空局限和接受形式的差异而不能充分地传达给观众，并迅速调动他们的情绪。

针对《清明前后》这一过度展现语言表现功能的问题，李健吾认为：“事业的正面必须展开给我们看，最有力的辩护不是热情，乃是事实。戏剧需要摊开一件事看，尽量避免叙述一件事看。给我们一幕工厂的角落，不落主线以外，也就远比枝外生节有力。”① 相比通过听觉方式来打动观众的心灵，视觉方式的运用能更直接和强烈地激发观众的思想和情感，正如黑格尔所说：“戏剧不能局限于一般诗所用的表达手段，否则就要和戏剧所特有的目的发生矛盾。”② 由于缺乏戏剧艺术技巧的熟练掌握，本应通过场景或动作直观呈现的内容，茅盾却选用了角色话语的冗长叙述形式，很大程度上造成了烦琐、枯燥之感，严重影响了戏剧的艺术表达效果。

剧作角色话语的冗长与枯燥还曾被中国艺术剧社的演员们视为拒演的重要因素，他们或是担心排演此剧会造成严重的经济负担，或是直呼“我们并不是在舞台上举行演讲会”③。但《清明前后》上演

① 刘西渭：《清明前后》，庄钟庆编《茅盾研究论集》，天津人民出版社1984年版，第401页。

② ［德］黑格尔：《美学》（第3卷下册），朱光潜译，商务印书馆2017年版，第269页。

③ 宋之的：《〈清明前后〉演出前后——演剧生活的回忆》，宋时编《宋之的研究资料》，解放军文艺出版社1987年版，第200页。

后，情形却发生了变化：“茅盾先生的那种强烈的时代精神，紧紧地抓住了观众。他对国民党残酷统治的愤怒，立刻传染给每一个人，他那种与人民同呼吸共血泪的感情唤起了每一个观众的真实感觉，……演员在台上吼的时候，观众的愤怒立刻激起来了。”[①] 宋之的甚至称赞《清明前后》在艺术上的成就，超过了八年来重庆演过的任何一个剧本。那么，由一个曾经受到演员冷遇的“糟透了”的作品，到成为赢得社会各阶层强烈共鸣的成功之作，关键点在哪里？

剧本和舞台演出自然是两种艺术表现形式，应该说压抑的政治氛围成了剧作起死回生的灵丹妙药，在剧作中导致演出成功的根本原因，是林永清在第五幕中的激昂怒吼。在这个关键环节，茅盾充分发挥了戏剧语言的呼吁功能，将林永清变成表达政治诉求的“喉舌”：“政治不民主，工业就没有出路”[②]。戏剧语言的呼吁功能在戏剧文本的内交际系统中一直被当作最重要的功能，但它并不能成为戏剧文类固定不变的特征，“面向观众的呼吁态度在不同历史阶段的不同类型中有着极其多样化的表现。这种多样化既包括客观主义的戏剧理论（如自然主义），也包括党派宣传的编剧手法，前者只要求把纯粹的客观事实传达给观众，不掺杂任何直接吁求，后者则毫不含糊地强调意识形态的吁求”[③]。正是在抗战后期重庆的那个特定的政治历史氛围中，戏剧语言的呼吁功能成为密切配合现实斗争的利器，因为现场效应与观众共鸣等因素，即使幼稚、简单、粗暴，却能及时唤起观众的共鸣。对比郭沫若《棠棣之花》在重庆上演所取得的艺术效应和政治反响，《清明前后》的演出成功就更容易理解了。

借助戏剧语言的呼吁功能，《清明前后》以其强烈的政治呼吁，实现了茅盾对文学社会功用的企望：“我们希望文学能够担当唤醒民

---

① 宋之的：《〈清明前后〉演出前后——演剧生活的回忆》，宋时编《宋之的研究资料》，解放军文艺出版社 1987 年版，第 202 页。

② 茅盾：《清明前后》，《茅盾全集》（第 10 卷），黄山书社 2014 年版，第 183 页。

③ ［德］曼弗雷德·普菲斯特：《戏剧理论与戏剧分析》，周靖波、李安定译，北京广播学院出版社 2004 年版，第 145 页。

众而给他们力量的重大责任。”[①] 但是，对作品思想性的肯定，乃至作品的即时轰动效应与巨大反响，不能遮蔽对其艺术缺陷的分析与批评；尤其戏剧语言呼吁功能的发扬，并不能掩盖戏剧语言冗长琐碎。这在当时就引发了争论，而且争论很快由剧作的具体问题，上升到艺术与政治或审美与政治的关系这一层面。1945 年 11 月 10 日，《新华日报》组织了关于《清明前后》与《芳草天涯》两个话剧的座谈会。此次座谈会的要旨，并不是简单讨论新戏剧的艺术问题。背后隐藏着明确的意识形态目的：实现“延安文艺权威加强对国统区抗战文艺的清理”[②]。胡乔木（署名 C）在会上的发言，鲜明体现了由戏剧艺术得失转向政治与艺术关系问题：“今天后方所要反对主要倾向，究竟是标语口号的倾向，还是非政治的倾向？……假如说《清明前后》是公式主义，我们宁可多有一些这种所谓‘公式主义’，而不愿有所谓‘非公式主义’的《芳草天涯》或其他莫名其妙的让人糊涂而不让人清醒的东西。”[③]

胡乔木的观点遭到了王戎的反驳：“现实主义的批评是既反对只写花花草草趣味噱头的‘无’政治倾向的作品，同时也要反对用个人情感狂喊口号的‘唯’政治倾向的作品。”[④] 随后，他又分析了《清明前后》在表达民主主题方面的缺陷：“我们理解民主是：它是中国社会进步和斗争的方向和目标，它的本身就是斗争，而不是一个概念的抽象的理论，那么我们所要表现的民主，一定是从实际生产斗争中的呼声和要求以及争取的目标，决不应该是用来勉强凑合事实的空洞口号。……这并不是说作者的企图不好，而是说作者表现和呼

① 茅盾：《“大转变时期”何时来呢?》，《茅盾全集》（第 18 卷），黄山书社 2014 年版，第 463 页。

② 郭建玲：《“清明前后”无“芳草天涯”——1945 年重庆左翼文学界的内部整肃》，《重庆社会科学》2007 年第 4 期。

③ 《〈清明前后〉座谈》，庄钟庆编《茅盾研究论集》，天津人民出版社 1984 年版，第 380 页。

④ 王戎：《从〈清明前后〉说起》，庄钟庆编《茅盾研究论集》，天津人民出版社 1984 年版，第 381 页。

喊，不是生动而感人的，是失去了生活基础的抽象概念。”[1]

此后，越来越多的评论者参与到讨论中来。如何其芳所言：“讨论虽从具体的作品开始，后来却移到一般的文艺理论问题上来，有些读者也许就感到专门了一些吧”[2]。此“专门”之意，实际是“以《讲话》精神来重整重庆进步文艺界之风，用所谓的‘政治化’来绷紧国统区文化人头脑中明显松弛的阶级立场和意识形态的神经。”[3] 或许正是由于肩负着这样的“政治任务”，许多评论者有意无意忽略了批评者王戎强调的在政治与艺术的统一中实现对民主主题的揭示，简单化地扛起政治标准第一，不但对王戎观点进行片面的理解与严肃的批驳，而且对剧作的评价也往往止步于政治评价。现在来看，王戎所批评的剧作中故事情节设置的概念化，以及人物呼吁语言的突兀与生硬等问题，的确是影响剧作艺术水准和审美效应的大问题。王戎透过剧作所阐发的如何将政治与艺术紧密结合融为一体的命题，尽管在当时被热情而喧嚣的政治声响所掩盖，但直到今天，这仍是个尚未解决又存在重大突破空间的学术命题。

从大纲到剧本的实际情形来看，除了人们争论的戏剧语言的表现功能、呼吁功能外，王戎所谓故事情节设置的概念化，尤其是戏剧结构的设置方面和象征手法的运用方面，的确存在明显的不足。1946年，夏丏尊曾赞许作品广阔的辐射度：“有青年失踪或被捕的事，有灾民涌到重庆来的事，工厂将倒闭的情形，小公务人员因挪用公款，买黄金投机被罚办的情形，一般薪水阶级因物价上涨而挣扎受苦的情形，高利贷盛行的情形，闻人要人在各方面活跃的情形，官商

---

① 王戎：《从〈清明前后〉说起》，庄钟庆编《茅盾研究论集》，天津人民出版社1984年版，第384—385页。

② 何其芳：《关于现实主义》，《何其芳选集》（第2卷），四川人民出版社1979年版，第3页。

③ 王丽丽：《在文艺与意识形态之间——胡风研究》，中国人民大学出版社2003年版，第150页。

界互相勾结的情形。"[①] 这种辐射度，实际上却反证了茅盾似乎过于迷恋反映现实的广阔性，或者说是长篇小说创作定势的再现。但在具有时空规定性的戏剧作品中，这种对于生活画面广阔性的追求必须得到合理的控制，否则过多故事线索的设置只会超出观众的接受水平和耐力。比如，在讲述林永清抢救工厂失败的同时，茅盾安排了另一条故事线索用以表现银行职员李维勤与妻子唐文君的悲惨遭遇。李维勤迫于生计的压力，私自挪用公款购买黄金，案发后却成为幕后权贵的"替罪羊"。唐文君则在得知丈夫被捕后，整日沉溺于绝望的情绪而变得疯疯癫癫。相比林永清的控诉，这对卑微小人物的痛苦与辛酸对于揭示国民党反动统治的腐朽与黑暗同样具有不可忽视的力量。如果在小说结构中，这种安排自然会使小说艺术魅力大增。但置放在戏剧艺术结构中是否恰当呢？茅盾用整个第二幕来展现一个与中心事件关联程度一般的故事，"用五分之一的幅员仅仅为了达到一个次要的目的"[②]，毫无疑问大大减少了戏剧演出所要求的浓度与集中性，自然也违背了戏剧创作的"经济"原则。

再比如象征手法在剧作中的不足。在小说创作中，象征手法的运用往往能够赋予平凡烦琐的生活素材以丰富的寓意；但在戏剧作品中，如果作者不顾及观众的知识素养和兴趣爱好，象征手法的运用往往得不到恰当理解，导致观众欣赏受阻。例如第三幕中，"血日"这一意象出现了多次：

> "众人抬头一望，只见白茫茫雾气中对江一座山的顶上托着一个浑圆的东西，其红如血，——众人齐声夸张地喊了声'啊！'，这是太阳，但这是个可怜见的太阳了，没有刺人眼睛的

① 夏丏尊：《读〈清明前后〉》，庄钟庆编《茅盾研究论集》，天津人民出版社 1984 年版，第 402 页。

② 刘西渭：《清明前后》，庄钟庆编《茅盾研究论集》，天津人民出版社 1984 年版，第 400 页。

威力了。”①

“（唐文君）双手移向天空，对着隔江那些山，以及山顶的那个血轮似的太阳，做攫拿状。”②

“陈默然遥望那一轮血红的太阳，——此时已有一角被山顶所遮，冷冷地微笑。”③

在气氛凝重的第三幕，“血日”意象无疑具有强烈的象征色彩，但即便是将众人的注意力引向血日的黄梦英，也没有通过戏剧语言和舞台动作表明其具体所指，以至于该意象的出现显得突兀与不连贯，导致剧作的晦涩难懂。如果是小说，读者可通过阅读反复回味从而豁然开朗；但在即时性的舞台演出过程中，观众感到不知所云、莫名其妙自然就难以避免。

尽管茅盾在小说领域早已取得了卓著成就，但在创作戏剧时，丰富的小说创作经验能够提供的养分却是有限度的，有些地方因为把握不好甚至成为影响戏剧审美意蕴、审美效应的绊脚石。对此茅盾深有感慨：“剧本的写作方法，我还没摸清楚。……正像人家把散文分行写了便以为是诗一样，我把小说的对话部分加强了便亦自以为是剧本了。而‘说明’之多，亦充分指出了我之没有办法。”④ 但同样应该指出，茅盾面临新的艺术形式勇于尝试的魄力与精神，不应当被遗忘。尤其是借助于新的艺术形式力图突破政治与艺术难题的尝试，是值得后来者重新观照的。

茅盾不止一次地提及他在创作及修改《清明前后》过程中的辛

---

① 茅盾：《清明前后》，《茅盾全集》（第10卷），黄山书社2014年版，第100页。

② 茅盾：《清明前后》，《茅盾全集》（第10卷），黄山书社2014年版，第116页。

③ 茅盾：《清明前后》，《茅盾全集》（第10卷），黄山书社2014年版，第122页。

④ 茅盾：《清明前后·后记》，《茅盾全集》（第10卷），黄山书社2014年版，第187页。

劳。李健吾的评论，或许更为传神：“我们时时感到我们的小说巨匠用心在摸索他所不熟悉的道路。太小心，太拘泥，因而行动之间不免黏着。近看雕琢，远看缺乏距离。”① 茅盾在修改与调整，有优化剧本舞台呈现的审美诉求，有表达强烈政治愿望的冲动，还有在荆棘丛生的严酷环境中的迫不得已，更有如何妥善处置政治冲动与审美表达的创作困境。通过深入考察茅盾修改《清明前后》的前前后后和演出的前前后后，我们不难看到突破固有创作定势是多么艰难。其艰难更在于，很多创作问题非个体之力能够解决。暂且不论作者艺术创造能力的高低，其中蕴含的审美与政治、艺术与政治的复杂纠葛（尤其是这种纠葛还以实际的政治效应方式存在），不但困扰着茅盾；事实上在大半个世纪的中国现代文学历程中，都像达摩克利斯之剑一样高悬在很多现代作家的头上。

（原刊《东岳论丛》2019 年第 12 期）

① 刘西渭：《清明前后》，庄钟庆编《茅盾研究论集》，天津人民出版社 1984 年版，第 400 页。

《春蚕》与左翼电影人的意识形态宣传策略

史新玉

摘　要　从电影生产的角度看，《春蚕》与电影人的左翼意识形态宣传策略之间存在着隐秘而深刻的联系。影片以同名左翼小说《春蚕》为改编对象，其题材与当时的社会背景相照应，且作者茅盾因《子夜》的出版备受认可，加上导演程步高实地考察养蚕过程，增强了电影的科学性和可观性，这都在一定程度上促进了票房数量，从而扩大了宣传范围。在小说到电影的改编过程中，夏衍有意地增强了革命话语色彩，以达到宣传左翼思想的目的。此外，左翼电影人还建立起电影的批评阵地，与刘呐鸥等人进行“软硬电影”笔战，更加扩大了《春蚕》的政治影响。

关键词　春蚕；左翼电影；夏衍；茅盾；政治宣传；明星影片公司

1931年，左翼文艺工作者夏衍、郑伯奇和钱杏邨受中央指派进入明星影片公司，开始涉足电影界。1933年3月，由共产党领导的“左翼电影小组”成立，自此正式开始了中国共产党对电影界的领导。同年年底，明星影片公司出品了根据小说原著改编的同名电影《春蚕》，这部电影“第一次将五四之后的新文学作品搬上银幕，把中国电影和新文学运动结合起来”[①]，在中国现代电影史上的地位举足轻重。影片深刻体现出20世纪30年代中国左翼电影人在政治宣传方面做出的贡献。左翼电影人的政治意图显而易见，一方面通过电影

---

① 程步高：《影坛忆旧·诗刊》，中国电影出版社1983年版，第1页。

中鲜明的革命话语针砭时弊，深度揭示民族矛盾与危机，以唤起面对日军侵略与地主阶级剥削时广大民众的爱国救亡与反帝反封建热情；另一方面则意在与国民党统治者争夺政治、文化领导权。

一 两个“第一”为何选择《春蚕》

《春蚕》在《申报·电影专刊》的广告宣传语中多次被称作“新文坛与影坛的第一次握手”“教育影片的第一炮”，这两个“第一”奠定了《春蚕》在中国电影史上的地位，成为“至今既能看到剧本又能看到影片的为数不多的30年代电影作品”①。然而，究竟是《春蚕》造就了两个“第一”，还是两个“第一”选择了《春蚕》？就新文坛来讲，小说《春蚕》并非首例，被蔡叔声（夏衍）改编成电影的《春蚕》也绝非第一部“教育影片”；就小说的内容而言，鲁迅的《呐喊》《彷徨》以及当时的问题小说和乡土小说等作品同样具有教育意义，却没能在新文学作品与电影银屏第一次“联姻”的时候脱颖而出，这其实是有深意的。两个“第一”对《春蚕》的选择正体现了左翼电影人的政治宣传策略。一方面，《春蚕》小说原著的文本内容和思想均与当时的社会背景相照应，可以说是当下农村社会现实的写照；另一方面，如果想达到政治宣传和教育民众的目的，就必须提高电影的影响力，那么除了小说内容，小说作者的身份也就成了电影票房的一个重要保障。

“九·一八”事变和“一·二八”事变使中华民族深陷危机，城市工厂倒闭，工人罢工，市场萧条，这些在茅盾1932年2月初版的《子夜》中均有体现。不过，《子夜》关注的焦点是城市，限于篇幅，更加民不聊生的农村景象并没有进入这部小说的关注视野。1932年11月，茅盾的“农村三部曲”之一《春蚕》发表在《现代》第2卷第1期上，该小说以当时农村丰收成灾的现象作为书写对象，补充了

① 李少白：《影史榷略——电影历史及理论续集》，文化艺术出版社2003年版，第407页。

《子夜》缺失的农村境况内容的同时，因其符合当时“反帝反封建”主题的革命话语和现实主义表现手法的运用而成为左翼文学的代表作品。作家于8月份构思《春蚕》，年底便写成并发表，可以说非常具有时效性，就内容来看，几乎是当时农村社会的一个缩影。茅盾谈到《春蚕》的创作缘由时说：“听到了不少这几年来周围农村和市镇发生的变故，大家都在叫苦……尤其是关于蚕农的贫困和茧行不景气的故事。那时，为了写《子夜》，我曾研究过中国蚕丝业受日本丝的压迫而濒于破产的过程，以及以养蚕为主要生产的农民贫困的特殊原因，……，这个农村动乱、破产的题材很吸引人……这次奔丧回乡的见闻，又加深了我对‘丰收灾’的感性认识，于是我就决定用这题材写一篇短篇小说。”① 也就是说，《春蚕》关注的正是当下农村社会的现实景象，这样的作品没有太多的虚构性，极具真实感，根据这篇小说改编成的电影，类似于今天的纪录片，能够引起广泛的社会关注，引起观众的共鸣，真正成为以“农村经济破产的素描，社会组织动摇的缩影，暴露洋货猖獗的狂流，暗示土产衰落的病根”为中心的影片，这样，其教育意义也可以发挥更大的作用。

作者茅盾的知名度直接影响改编电影的受关注程度。电影改编于1933年上半年，而就在1932年2月初，茅盾的《子夜》初版，一时洛阳纸贵，“《子夜》出版后三个月内，重版四次；初版三千部，此后重版各为五千部；此在当时，实为少见”②。与之前的其他新文学作品不同的是，《子夜》读者群的身份更为多样，据陈望道反映，“向来不看新文学作品的资本家的少奶奶、大小姐，现在都争着看《子夜》”③。此外，电影界中的明星、舞女等也争相阅读这部长篇小说，《子夜》在当时的社会影响几乎达到了白热化的程度，与此同

① 茅盾：《茅盾自传》，吴福辉、钱理群主编《名人自传丛书》，江苏文艺出版社1996年版，第258页

② 茅盾：《茅盾自传》，吴福辉、钱理群主编《名人自传丛书》，江苏文艺出版社1996年版，第251页。

③ 茅盾：《茅盾自传》，吴福辉、钱理群主编《名人自传丛书》，江苏文艺出版社1996年版，第251页。

时，本来已经颇具名气的茅盾也因此声名大震。正因为如此，在影片《春蚕》的宣传语中才有了“中国第一流小说家原著”这样的字眼，以提升《春蚕》的影响力。

二 电影政治化：小说《春蚕》的电影编导

前文中谈到，左翼电影人选择了《春蚕》作为第一部改编自新文学作品的电影与观众见面是有用意的，这显然是其政治宣传策略之一，他们从传播学的角度，以《春蚕》与时代呼应的题材和知名度极高的原著作者茅盾来努力博得大众的眼球，从这一点看，他们试图在政治宣传的广度上做足文章。不过这只是一个方面，从小说到电影，中间有两个重要环节——编剧和导演。改编与导演的本质是同中有“变”，左翼电影人巧妙地利用了这一“变”，增强了电影的政治宣传效果。

电影《春蚕》由夏衍这样一位“左翼电影小组”的重要领导人进行编剧，使得其较小说而言最大的特点是革命话语的张扬和政治化倾向。尽管从小说到电影，故事情节或表现方式会有一定的改变，但由于《春蚕》小说的题材内容本身已经具备了政治话语宣传的功用，针砭时弊，教化民众，因此，电影较原著基本上没有做出巨大的变动。“它的目的就是图解在帝国主义和资本主义经济势力压迫下的中国农村，尤其是江南农村蚕农破产的现实状况，有着很强烈的当下性和纪实性。”[①] 夏衍在进行编剧时，对政治革命色彩进行了强化，这主要表现在对内容的取舍上。

与小说不同，电影是在有限的时间里通过声光等媒介表现出一定的内容，这就要求电影情节必须有所聚焦，有所取舍，聚焦什么，取舍什么，主要与电影要表达的主题有关。因此，影片在一开始就压抑了小说中的一条重要线索：多多头与荷花之间的暧昧情感关系。明星

---

① 袁庆丰：《电影〈春蚕〉：左翼文学与国产电影市场的结晶》，《徐州师范大学学报》（哲学社会科学版）2010年第4期。

影片公司的市民电影导演程步高原本非常善于处理电影中世俗男女之间的情感纠葛，但是在《春蚕》里并没有发挥所长，夏衍在编写剧本时就已将小说中描写得相当生动精彩的男欢女爱情节删去了，形象被刻画得很丰满的荷花这一重要角色在电影里也变成了“扁平人物”。并且，小说《春蚕》里有着老通宝细腻的心理活动，而在电影《春蚕》中，这些心理活动没有了，取而代之的是养蚕的日常匆忙，老通宝似乎已经失去了思索的能力，只是一味地养蚕以维持生计，最后落到了“丰收成灾”的地步。此外，影片的开头就出现过几幅图表和几行文字，通过字幕“帝国主义的政治和经济侵入所致”明确告诉观众，江南农村丰收成灾、老通宝等桑农难以维持生计正是由中国面临内忧外患，社会动荡，洋货猖獗，地主和买办资本家剥削底层老百姓造成的。电影很大程度上强化了政治宣传鼓动色彩，对世情有意识地进行压抑，如此一来，电影的政治图解色彩更加浓厚。抛开与原著的比较，单就电影《春蚕》而言，确实很大程度上成了政治的“传声筒”，失去了电影最原始的生动性和娱乐性。基于此，有学者认为，《春蚕》是不成功的左翼电影标本，也并非左翼电影的成功之作，这是有一定道理的。不过，就左翼电影人的目的而言，电影的这种改编未尝不是一种政治宣传策略的体现，在有限的时间内，通过针对性强的内容，对观众进行教化和感染，确实能够激起民众对丰收成灾的农民的同情与对帝国主义侵略、地主剥削等现象的愤慨之情。

三　政治文化阵营之战

尽管左翼电影人为达到政治宣传的目的，在电影《春蚕》上做足了功夫，然而，这部阵容强大的电影却不像小说原著那样口碑出色，同时引发了广泛的电影论争。一方面，它成为左翼势力摇旗呐喊的工具，另一方面则遭到刘呐鸥、黄嘉谟等人的诟病，这场论争就是中国电影史上著名的“软硬电影”之争。事实上，论争背后的实质是“硬性”电影论者和“软性”电影论者两大阵营之间的政治与文化较量。

对电影《春蚕》的质疑源自《申报》上一篇作者署名为“严白璧”的文章《春蚕散片所引起的疑》。严白璧认为：“我疑虑到整个电影界的导演与演员问题：恰当于都市题材的演员，是否也恰当于农村题材的演出？过惯都市生活而没有农村崩落的实感的导演与演员，是否适宜于摄制农村题材的影片？”① 当时，编辑“不敏”在严白璧的文章后面增添了一段注释：“这是一封意见书，我现在以毫无成见的态度公表出来，并希望能唤起关系方面的注意。”② 笔者认为，严白璧极有可能就是左翼知识分子，他希望能够通过对《春蚕》的质疑引起同僚和海派的注意，而主编“不敏”虽然声称“以毫无成见的态度”，而事实上，将此文公开发表出来，本身就是一种态度——他也希望《春蚕》能够引发一场论战。针对《春蚕》的演员选择问题，茅盾在一篇文章里有相似的看法：“可惜明星公司的演员对农村生活不很熟悉，当时又没有让演员去农村体验生活然后拍戏的‘制度’，所以这个影片不能说是完美，但由于演员的努力还是相当成功的。”③ 茅盾也认为擅长演绎都市题材电影的演员演饰《春蚕》中的农民形象并不合适。之后，导演程步高于《申报》上发文回应严白璧，承认确实存在“都市演员”饰演农民形象的不匹配问题，但同时又强调，“盖该片摄制以来，对背景问题始终严密考虑”④，客观来讲，电影人的确对《春蚕》进行过认真打磨，态度极为认真，程步高积极向浙江农村的桑农汲取养蚕经验，并在拍摄场地搭建了育蚕房，“对于擅长市民题材的制片公司和导演来说，这应该是勉为其难而又难能可贵的，由此也可以看出‘明星’公司试图转向左翼电影

① 严白璧：《春蚕散片所引起的疑》，申报·电影专刊，1933 年 12 月 7 日。

② ［日］藤井省三：《鲁迅与刘呐鸥：“战间期”在上海的〈猺山艳史〉、〈春蚕〉电影论争》，《现代中文学刊》2013 年第 1 期。

③ 茅盾：《茅盾自传》，吴福辉、钱理群主编《名人自传丛书》，江苏文艺出版社 1996 年版，第 260 页。

④ 程步高：《一封重要来函》，《申报·电影专刊》1933 年 7 月 27 日。

的努力，并且也的确在一定程度上达到了忠实于原著左翼特色的目的。”①

《申报》上关于电影《春蚕》的论争持续了很长时间，且参与人物众多。据藤井省三推断，鲁迅并没有看过《春蚕》，但吊诡的是，很少观看国产电影且没看过《春蚕》的鲁迅却在文中提到这部电影，并且表以积极的态度：“幸而国产电影也在挣扎起来，耸身一跳，上了高墙举手一扬，掷出飞剑，不过这也和十九路军一同退出上海，现在是正在准备开映屠格涅夫的《春潮》和茅盾的《春蚕》了。”② 针对这种现象，藤井省三做出解释：“因为后者的原作者茅盾是鲁迅的好友，所以鲁迅执笔介绍了《春蚕》，但是可能由于一开始就没有看过电影《春蚕》，于是就把继该作品之后上映，和屠格涅夫小说同名的电影《春潮》搭配着进行了简单的介绍吧。”③ 笔者认为还有更深层次的原因，即鲁迅通过对电影《春蚕》的认同，表达了自己的阶级立场，强调了无产阶级左翼知识分子的使命和身份。鲁迅的言论引起了海派作家的反对。电影上映不久，1933 年 11 月，《矛盾》第二卷第 3 期上刊发了主题为“映画《春蚕》之批判”的一组文章，文章的主要基调是贬抑电影《春蚕》，刘呐鸥声称《春蚕》是失败的电影作品，失去了“剧”的特性，“《春蚕》是一部纪录相片。但在片内关于蚕的生长或培养的纪录，我们从画面所看到的却极少，既不是整篇一贯的 Realism，又不成其为教育影片。再，据说《春蚕》是一部暴露农村经济破产的作品，这当然是很好的暴露 Photoplay 了，但这里头实在没有应有的‘剧’底形成，材料是散漫底横陈，毫无剧底趣味和结构”，“坏的印象，缺乏电影的感觉性，效果等于零，这便是电影《春蚕》”④。黄嘉谟更是将电影与小说原著一同否定，认

① 袁庆丰：《电影〈春蚕〉：左翼文学与国产电影市场的结晶》，《徐州师范大学学报》（哲学社会科学版）2010 年第 4 期。

② 鲁迅：《电影的教训》，《申报·自由谈》1933 年 9 月 11 日。

③ ［日］藤井省三：《鲁迅与刘呐鸥：“战间期”在上海的〈猺山艳史〉、〈春蚕〉电影论争》，《现代中文学刊》2013 年第 1 期。

④ 刘呐鸥：《评〈春蚕〉》，《矛盾》1933 年第 2 卷第 3 期。

定《春蚕》“是一篇平凡的小说”，“把一个乡村描写得干燥无味，结构和布局也散漫得无从收拾”[①]，并进一步对电影的编剧、导演表现等予以全盘否定。作为一部文学改编电影，小说原著和电影作品均难免涉及讨论，不过，这样的评价不只是“软性”电影论者对《春蚕》的批判，更是对左翼知识界倡导的“硬性”电影的贬斥。

事实上，这场“软硬电影”论争就是文化批判和话语权力的争夺战，论争者“把文化之争上升为政治斗争，无论是被政治所利用，还是借政治的手段来解决文化的争端或说是争取文化的霸权，实际上都是一时之计”[②]。葛兰西曾倡导通过“文化领导权”方式来“夺取并巩固无产阶级的革命领导权，在意识形态领域为无产阶级政权的存在寻求政治合法性与深层次文化道德合法性的基石”[③]。这也正是左翼电影人的政治策略。程季华就以政治功能作为向度对左翼电影运动进行过评价：“左翼电影运动坚持了反帝反封建的革命路线，同时又针对新的形势采取了新的斗争策略，有力地突破了反动派的‘围剿’，……配合了当时政治军事战线上的反‘围剿’斗争，也配合了各个兄弟文化艺术战线上的反‘围剿’斗争，以光辉的胜利结束了电影战线上的‘围剿’与‘反围剿’斗争。”[④] 这一评价带有强烈的左倾色彩。

尽管从电影艺术的角度讲，《春蚕》并不能给观众以艺术的审美体验，较强的政治意识形态的传声甚至削减了影片的观赏性。但是从历史的角度讲，《春蚕》的意义深刻而远大，它体现了 20 世纪 30 年代左翼电影人在无产阶级政治宣传方面做出的努力。一方面在电影的题材选择和广告宣传上十分精心，以争取更多的观众并提高影片的知名度；另一方面，在编剧、导演和摄制上也颇为用心，编成剧本的过

① 黄嘉谟：《〈春蚕〉的检讨》，《矛盾》1933 年第 2 卷第 3 期。

② 刘宇清：《〈春蚕〉至今“思”无尽》，《当代电影》2006 年第 1 期。

③ 潘西华：《“文化领导权”：无产阶级政权合法性的基石——葛兰西文化领导权思想研究》，博士学位论文，中国人民大学，2008 年。

④ 程季华：《中国电影发展史》（第一卷），中国电影出版社 1980 年版，第 412 页。

程中加强了革命化叙述，并在拍摄时实地考察，以增强电影的科学性和真实性。更重要的是，左翼电影人努力建立起了电影的批评阵地，诸如《申报》等大型报纸杂志，与海派作家和电影人进行了笔上论战，更加扩大了《春蚕》的政治影响，也使其成了具有历史厚重感的宝贵材料。

［原刊《石家庄铁道大学学报》（社会科学版）2018 年第 1 期］

“文苑踏青”的重要收获

——评翟德耀先生的近作《茅盾论》

陈志华

在中国现代文学研究界，“翟德耀”这个名字或许并不那么广为人知，但在中国的茅盾研究领域，翟先生却可以算是元老级人物。早在20世纪70年代末，任职于山东师范大学（原名山东师范学院）政治部的翟先生因不适应行政岗位的官僚气，而主动请缨调到文科学报编辑部，自此，他就和茅盾研究结下了不解之缘。1983年，翟先生与朱德发先生、阿岩（即山东友谊出版社原社长兼总编赵耀堂先生）共同署名出版了《茅盾前期文学思想散论》，这是继庄钟庆先生的《茅盾的创作历程》、叶子铭先生的《茅盾漫评》之后，新时期以来国内出版的第三本茅盾研究专著，在当时的研究界引起了巨大反响。此后的十几年里，他连续发表几十篇有关茅盾研究的论文，在“时代女性”形象研究、茅盾与“民族形式”论争研究等方面都取得了突破性进展。21世纪伊始，在友人的多次催促下，翟德耀先生收拾旧作，以“走近茅盾”为题在中国文联出版社出版。正如朱德发先生在“序言”中所说的那样，该书以崭新的面貌彰显了“相当高的学术水准、新颖的思想风貌和明睿的智慧风采以及锐意求新而又严谨扎实的治学之风”。

2014年是茅盾研究界丰收的一年，也是翟德耀先生在学术事业上丰收的一年。由钱振纲、钟桂松先生主编的“茅盾研究八十年书系”由台湾花木兰文化出版社出版，这皇皇六十册的巨著既有旧版重刻也有新人新著，基本反映了从20世纪30年代到当下茅盾研究的基本线索和发展全貌。翟先生的《走近茅盾》等书当然也列于其中，借此机会再次与读者见面。稍后，在山东师范大学国家重点学科中国现当代文学的资助下，总题为“文苑踏青”的三卷本个人专著书系由山东人民出版社出版，《茅盾论》被编为第一卷，既是该书系不折不扣的“重头戏”，也是近年茅盾研究中的厚重之作。

称翟德耀先生的《茅盾论》为“厚重之作”，其根据有三。第一，该书是一部重要的以“作家论”面目出现的茅盾研究著作。不同于为作家写传记，“作家论”既要抓住作家作品批评这条主线，同时要兼顾作品产生的背景，将文本分析和社会历史分析结合起来。茅盾本身就是写作“作家论”的高手，他的《鲁迅论》《徐志摩论》等早已成为文坛经典，但专门为他作的“作家论”并不多见，目前只有 1933 年黄人影编的一本《茅盾论》。但无论从编写者的用心程度还是作品质量来看，翟德耀所著《茅盾论》都比黄人影的本子强很多；更何况，前者是作者独撰，虽然书内的各篇文章非作于一时，但系统建构茅盾作品评价机制的意图明显，各篇之间有很强的连贯性。第二，该书体现了一代茅盾研究者对于茅盾这位文学巨匠的总体定位和评价。我们知道，20 世纪 80 年代末 90 年代初的茅盾研究曾受到来自学术界内部的巨大冲击，其表现之一，就是以“重写文学史”或“文学审美性”为旗帜的对茅盾作品中“政治理性精神”“人物概念化”的批评。正如有研究者指出的，这种声音与当时知识界对中国左翼政治文化思潮的反思有关[①]，对推进茅盾研究当然有其积极的一面。翟德耀先生在 90 年代中期即指出，研究茅盾可以有社会历史的和美学的等多种方法，“审美性”是重要的评价标准但不是唯一；作为“走在时代前面的文学巨擘”，作为中国现实主义文学流派的重要代表，茅盾小说或许有许多可议之处，但其整体价值是不容低估的。这一评价是极具远见性的，事实证明，后来的茅盾研究正是运用新思路新方法，渐渐克服了社会历史论和审美论两极对立带来的弊端。第三，该书呈现出一个学者在茅盾研究领域跋涉三十多年的清晰足迹。翟先生除了担任山东师大文科学报编辑、大学教职之外，还

---

① 钱振纲、钟桂松：《研究任重道远，成果应当珍视——〈茅盾研究八十年书系〉总序》，《中国现代文学研究丛刊》2014 年第 9 期。

兼任中国茅盾研究会常务理事、山东省茅盾研究会常务副会长等职，茅盾研究在他的学术事业中占有非常重要的位置，这从他所说的“从 1983 年第一次全国茅盾研究学术讨论会起，历次学术讨论会我几乎都参加了”① 可看出来。翟先生并非喜欢跟风出名的人，也无意于借机在研究界扬名立万，他对于全国茅盾研究“逢会必到”完全出于个人兴趣，出于对学术研究的责任感。从这个意义上讲，《茅盾论》实际是有意为之的结果，它不仅完整记录了作者不同时期所写的学术文章，而且收录了对突破茅盾研究瓶颈的思考，加上他对山东茅盾研究会历次学术会议的综述，从而为山东乃至全国的茅盾研究留下了珍贵的第一手资料。可以说，翟著《茅盾论》是新时期以来中国茅盾研究史的一个缩影，我们能从中触摸现代中国文学研究应着时代而跳动的脉搏。

翟德耀先生的《茅盾论》又是创新之作。细心的读者会发现，该书中的大部分文章都曾发表在《文史哲》《山东社会科学》《齐鲁学刊》《山东师范大学学报》等国内知名刊物上，有些甚至已在作者此前的著作中出现过。但这绝不是作者故步自封的“偷懒”，而是有系统理论建构的深层含义。学术研究的求实创新并非跟着时髦理论跑，也绝非“打一枪换一个地方”的游击战，它需要与研究对象达成“了解之同情”的情感契合，需要在基本方向确定之后的锲而不舍的钻研。《茅盾论》中没有横空出世的惊世之论，有些论述甚至显得过于清浅平直，但在笔者看来，唯其清浅，才能经得起时间汰洗；唯其平直，方可禁得住历史检验。举例来说，茅盾对社会现实和政党政治具有强烈的参与意识，后世论者誉之毁之的关键正在于此。翟德耀先生敏锐地指出，“茅盾的智慧，突出表现在他的文化业绩特别是文学业绩上，表现在他对人生道路若干机遇的把握中，表现在他毕生追求共产主义理想的崇高品格里”②。这些话没有高深时髦的理论作

---

① 翟德耀：《后记》，《走近茅盾》，中国文联出版社 2001 年版。

② 翟德耀：《走在时代前面的新文学巨擘》，《茅盾论》，山东人民出版社 2014 年版，第 2 页。

支撑，却能看到作者的洞见：茅盾自有其不同于其他作家的本质特征，如果采用持中公允的研究态度，这些特征都是作家之构成作家的本质属性，而不能当成对之毁誉褒贬的根据。这些论述实际带有指明研究方向的战略性意义，即使今天看来，它们仍然是不过时的。

当然，这样说并不代表《茅盾论》在研究方法上没有创新之处，恰恰相反，根据具体问题使用不同的理论武器和结构设计正是该书的匠心独具之处。除“总论”之外，其他部分的文章实际都各自围绕一个主题展开，如果全书都采用特定的理论方法或以某一方法为主，就会给人削足适履左支右绌之感。该书很好地解决了这一问题：研究茅盾与新文学建设的关系，紧紧抓住“民族化”和“现代化”两个基本点，深入阐释了茅盾在“民族形式”论争、新文学的民族化建设和现代中国文化建设中的理论贡献；研究茅盾早期文学观时将宏观概括与具体分析结合，同时使用比较研究的方法，使之与俄国批判现实主义文学、与托尔斯泰等外国文学家联系起来，从中发现茅盾文学观的产生机制及其独到之处；研究茅盾塑造的“时代女性”形象系列，首先以茅盾在二三十年代妇女解放运动中的理论建构作基础，同时融合了社会历史分析、类型学、精神分析学、叙事学理论，从不同角度不同层次展开对茅盾小说中女性形象的深入挖掘；“茅盾创作片论”则以文本分析为主，运用叙事学方法分析了茅盾小说的“英雄悲剧”叙事模式、“追求—幻灭”叙事模式，同时，用文体学理论准确把握茅盾论说散文的体式类型和基本特征。我们不必说这些研究方法与研究对象、研究课题结合得多么完美，但毫无疑问，它们的相得益彰的确把茅盾研究推上了一个更高水平。正如翟先生自己所说的，茅盾作品往往带有鲜明的政治倾向性，但除极少的作品外，其创作基本是寓理性品格于艺术表现之中的。这就要求研究者不能局限于单一的社会历史研究方法，而应该“多种方法并存共举”，注意“研究方法的多样化”才“有利于茅盾研究的突破和深化”[①]。对于老一代学

① 翟德耀：《茅盾研究突破刍议》，《茅盾论》，山东人民出版社 2014 年版，第 290 页。

者来说，这种与时俱进的胸襟和精神是难能可贵的。作者无意于建构关于茅盾的长篇宏论的评价体系，而是选择了“从侧面做文章”；但也正是这些侧面，总体呈现出与众不同的面貌。“切磋琢磨玉竟成”，尽管《茅盾论》还存在这样那样的不足，但它总体上瑕不掩瑜，可称作经得起推敲的历久弥新的茅盾研究专著。

熟悉的人都知道，翟德耀先生是一个严谨认真、稳健扎实的人，其为人为学莫不如此。一般认为，这种扎实严谨与坚韧艰苦天然联结在一起，他一直以来的学风文风也确实证明了这一点。然而，《茅盾论》似乎又暗示了一种转变，一种沉郁顿挫文风与充和平淡心态结合起来的可能性。前面提到，《茅盾论》与另外两卷的《现代中国作家散论》《评论与鉴赏》总题为“文苑踏青”，作者在为该书系所作的“总序”中说，“以个人散淡的本性，闲适的情趣，倒以为自己的治学之路更像是一种游历——踏青”，“文苑踏青当然要行走，却未必十分匆忙；有目标，未必十分远大；有追寻，不一定十分执著；有收获，不一定十分丰硕”。做学问如文苑踏青，不慕名利，不问收获，兴之所至，率性而为，这种经历风雨后的从容心态着实让后辈羡慕不已。“春风得意马蹄疾，一日看尽长安花”，在这本《茅盾论》之后，这一“感受美，认识美，发现美”的踏青之旅，究竟还会收获哪些美景呢？我们期待着。

（原刊《茅盾研究》第 14 辑 2018 年卷）

时代女性与茅盾小说

刘　涛

现代文学史上，茅盾以社会剖析小说见长，并以此奠定其在文学史上的地位。但是，茅盾的社会剖析带有过强的理性色彩。读《子夜》，感觉茅盾似乎有两副笔墨。写期货交易所，写工厂，写男性，是一副笔墨；写家庭，写闺房，写女性，是另一副笔墨。写吴荪甫，为突出其外强中干和蛮横专断，反复渲染其“咬牙”的面部动作，感觉茅盾在塑造这个资本家形象时，理性用得过多了一点，使这个人物不时显出枯窘之态，作家的笔也给人以滞涩之感。但当作者的一支笔，用于女性，写到林佩瑶、徐曼丽等人时，则显得摇曳多姿、活色生香，使人感到茅盾最擅长的还是女性形象的描绘与把握。

创作《子夜》前，茅盾已经发表《蚀》三部曲、《虹》、短篇小说集《野蔷薇》等，这些小说同样以女性形象的塑造见长。现在通常把茅盾《蚀》三部曲、《虹》塑造的女性形象称为“时代女性”。现代作家以塑造时代女性形象见长的不止茅盾一人，除茅盾外，丁玲塑造的梦珂、莎菲等形象也很有名。但女性书写，对于两人的意义并不一样。茅盾与丁玲皆以女性书写开始自己的小说创作，但丁玲在转入左翼后，其女性视点逐渐放弃，只在《我在霞村的时候》《在医院中》偶一显露。茅盾则始终执着于女性书写，其后期的《腐蚀》《霜叶红似二月花》，其中人物显得精彩夺目，给人留下深刻印象的还是女性。可见，现代作家中，最为执着于女性书写，以女性书写而见长的，非茅盾莫属。从这个角度讲，茅盾虽然被誉为左翼文学巨匠、社会剖析派大家，但他的小说，在艺术上能够留下来的，却不是对社会的理性剖析，而是对现代女性的精彩描绘。

时代女性两型

茅盾塑造的时代女性，从气质上讲大致可分两类，一类如《幻灭》的静女士、《动摇》的方太太，属于阴柔型；《幻灭》的慧女士、《动摇》的孙舞阳、《追求》的章秋柳、《虹》的梅行素，属于阳刚型。阴柔型女性温婉、恬静、矜持，阳刚型女性豪爽、洒脱、刚毅。所谓阴柔型和阳刚型，只是人物气质的划分，两类人物在思想与精神上是相通的，如坚忍、执着，有强烈的女性意识等。不过，在对传统女性道路的反叛上，阳刚型比阴柔型无疑要走得更远一些。

对于这两类女性，茅盾更偏向阳刚型，这从数量上可以看出。他塑造的时代女性大多为阳刚型，阴柔型只有静女士与方太太等。《从牯岭到东京》一文中茅盾曾提及这两类女性："静女士和方太太自然能得一般人的同情——或许有人要骂她们不彻底，慧女士，孙舞阳和章秋柳，也不是革命的女子，然而也不是浅薄的浪漫的女子。如果读者并不觉得她们可爱可同情，那便是作者描写的失败。"这段话似乎显示茅盾对笔下两类人物不分轩轾，同样看待，但从其创作实践可看出，他塑造得最多、最精彩、最具个性的，还是阳刚型女性。

对于这两类女性的身体，茅盾所采用的描写手段也不一样。对于阳刚型，茅盾倾向于绘其形，突出其身体"肉感的特点"；对于阴柔型，茅盾倾向于传其神，突出其"不可分析的整个的美"。《幻灭》对于静女士与慧女士，采用的就是两种不同的描写手法：

> 五月末的天气已经很暖，慧穿了件紫色绸的单旗袍，这软绸紧裹着她的身体，十二分合式，把全身的圆凸部分都暴露得淋漓尽致；一双清澈流动的眼睛，伏在弯弯的眉毛下面，和微黑的面庞对照，越显得晶莹；小嘴唇包在匀整的细白牙齿外面，像一朵盛开的花。慧小姐委实是迷人的呵！但是你也不能说静女士不美。慧的美丽是可以描写的，静的美丽是不能描写的；你不能指出静女士面庞上身体上的哪一部分是如何的合于希腊的美的金

律，你也不能指出她的全身有什么特点，肉感的特点……似乎有一样不可得见不可思议的东西，联系了她的肢骸，布满在她的百窍，而结果便是不可分析的整个的美。①

这一段对比两类女性所具有的不同美感特点。对于静女士，茅盾认为其美是综合的，不可分析，所以，读过《幻灭》，我们从静女士所得的，偏于精神的幻灭情绪，对静女士的身体特征，则无从把握。与此相对照，慧女士在小说中虽偶一露面，但其精神的玩世不恭，身体的肉感迷人，却给读者，特别是男性读者，留下深刻印象。之所以会出现这样的阅读体验，与茅盾对阳刚型女性身体特征的细致呈现是分不开的。

时代女性的身体叙事

《幻灭》之后，茅盾在《动摇》《追求》《虹》三部作品中，分别塑造了三位阳刚型女性。对于孙舞阳和章秋柳，小说充分呈现她们身体的“肉感特征”。《动摇》中，孙舞阳的形象一开始是出现在方罗兰幻觉中，突出了孙舞阳细白米似的两排牙齿和灼热的肥白的小手，继而她的形象又出现在老流氓胡国光的视线中：

这天很暖和，孙舞阳穿了一身淡绿色的衫裙；那衫子大概是夹的，所以很能显示上半身的软凸部分。在她的剪短的黑头发上，箍了一条鹅黄色的软缎带；这黑光中间的一道浅色，恰和下面粉光中间的一点血红的嘴唇，成了对照。她的衫子长及腰际，她的裙子垂到膝弯下二寸光景。浑圆的柔若无骨的小腿，颀细的伶俐的脚踝，不大不小的踏在寸半高跟黄皮鞋上的平背的脚，——即使你不再看她的肥大的臀部和细软的腰肢，也能想象

① 茅盾：《幻灭》，《茅盾全集》第1卷，人民文学出版社1984年版，第19—20页。

到她的全身肌肉是发展的如何匀称了。总之，这女性的形象，在胡国光是见所未见。①

这段对于孙舞阳的身体描写，与《幻灭》慧女士的身体描写，虽同样偏重于女性身体的“肉感特征”，但其内涵不同。《幻灭》侧重于对比两类女性不同的美感特点，而《动摇》从旧派人物胡国光的视点出发，对新派人物孙舞阳的身体描写，则突出了新派女性“见所未见”的现代特质。茅盾采用胡国光的视点对孙舞阳进行身体描写外，还在第三章运用胡国光的视点对另一新派女性方太太进行了身体描写。通过胡的视点，小说写方太太外貌：“小小的鹅蛋脸，皮肤细白，……还是少女的装扮；出于意料之外，竟很是温婉可亲的样子，并没有新派女子咄咄逼人的威棱。”② 听了方太太言谈后，胡国光暗自诧异，感觉她温雅和易，没有任何政治气味，与想象中的方太太绝对两样。也就是说，作为新派女性的方太太，从外形到精神，对于旧派人物胡国光，皆没有形成冲击力。而同为新派女性的孙舞阳，在胡国光的眼里则是“见所未见”，是全新的，表现在身体层面，就是“那女的可就像一大堆白银似的耀得胡国光眼花缭乱”，对之形成极大震撼。这种对比，是为了展示同为新派女性，阳刚型的孙舞阳要比阴柔型的方太太，更加具有活力，更加新潮和现代。

作为新派女性，孙舞阳不但对旧派人物是“见所未见”，对于新派人物同样是“闻所未闻”。《动摇》第六章有一细节，写罗兰在孙舞阳房间闻得一阵奇香，后发现香气来自黄色纸盒，盒面有“Neolides-H. B.”字样，方罗兰认为是香粉，其实那是当时新派女性都喜欢用的一种避孕药。这个细节，显示当时新派女性性观念的大胆和开放，已经是同为新派人物的方罗兰所不能了解的。这也是从身体层面来展示阳刚型女性的新派与开放。

---

① 茅盾：《动摇》，《茅盾全集》第 1 卷，人民文学出版社 1984 年版，第 168 页。

② 茅盾：《动摇》，《茅盾全集》第 1 卷，人民文学出版社 1984 年版，第 129 页。

茅盾所写阳刚型女性中，其肉感特征被揭示得最充分、显得最为艳冶的，当属《动摇》的孙舞阳。慧女士在《幻灭》只是偶尔出现，作者对之没有充分描写。到了《虹》，在女性身体描写上，茅盾用笔已非常注意分寸。《追求》对于章秋柳的身体虽有多处大胆描写，但比较笼统和概括，细致程度和所达到的动态效果远不及《动摇》。《动摇》对孙舞阳的身体，是多角度分层次的立体展示。先让她出现在方罗兰幻觉中，继之写胡国光对她的观察，然后又写方罗兰在其室内闻香，史俊寻其不遇，在路上则不期然瞥见孙舞阳那淡蓝衣角一闪。这样，就通过不同身份的男性，呈现了新派女性孙舞阳身体的活力及妖冶之态。在聚焦孙舞阳的身体时，小说不但写孙的外在体态之美，把其放在不同的光影变化中来展示，而且还写其说话送来的“阵阵的口脂香”，写少女身体的肉香，写其口气轻微喷射于男性颈间所带来的巨大震颤，写其言语之间的媚态。总之，茅盾写孙舞阳，不仅写其美，更能写其“媚”。活力四射的孙舞阳于是跃然站立于读者面前。

衣饰是身体的有机组成部分，可以说衣饰就是身体，衣饰描写属于身体叙事的重要内容，在小说叙事中承担着重要功能。茅盾非常擅长女性的衣饰描写，这一点突出体现在《动摇》中。孙舞阳在小说中首次出现于方罗兰的幻觉，身着“墨绿色女袍”。第一次正面出场，则“正玩弄她的白丝围巾”。胡国光眼里的孙舞阳穿了淡绿色衫裙，垂及膝弯下二寸光景，剪短的头发上箍着鹅黄色软缎带，典型的新派女性装扮。孙舞阳跳舞时，“短短的绿裙子飘起来，露出一段雪白的腿肉和淡红色短裤的边儿”。多么具有魅惑性！孙舞阳到车站送史俊，因赶时间而“面红气喘，而淡绿的衣裙颇有些皱纹”。当她扯出手帕对史俊摇挥时，“手帕上飘落了几片雏菊的花瓣，粘在她的头发上”。这是通过衣饰来暗示孙舞阳性生活的开放。小说涉及方罗兰与孙舞阳关系的场合，往往会对孙舞阳的衣饰有所描写。《动摇》第九章，方罗兰在“五七”纪念会中遇到孙舞阳，“她右手扬起那写着口号的小纸旗，遮避阳光，凝神瞧着演说台。绸单衫的肥短的袖管，直褪落到肩头，似乎腋下的茸毛，也隐约可见”。这一段，衣饰的遮蔽功能大大减弱，因为它已“褪落到肩头”，女性隐秘的身体和男性的欲望同时被突显出来。“五七”纪念会第二天一大早，方罗兰再次来到孙舞阳住处，“她还只穿着一件当作睡衣用的长袍，光着脚；而少女们常有的肉体的热香，比平时更浓郁”。面对男性在场，孙舞阳毫无羞涩之态，很坦然地穿袜换衣服，嘴里哼着歌曲。对方罗兰的表白，她毫无所动，很镇静地拒绝对方，“她让那件青灰色的单衫半挂在一个肩头，就转身半向着方罗兰，挽着他的右臂，轻轻地把他推出了房门”。茅盾在这里通过孙舞阳换衣服的举动，写出了新派女性身体虽然为女性而性格实为男性的气质。小说第 11 章，流氓袭击妇女协会和县党部后，方罗兰在街上再次遇到孙舞阳，“她穿一件银灰色洋布的单旗袍，胸前平板板的，像是束了胸了”。“束胸”的细节既包含男性对于女性的性别关注和隐秘欲望，又暗示事态危机，渲染出一派恐怖气氛，象征乱世中女性更为艰难险恶的处境。为了逃难，孙舞阳进行改装，成为衣衫褴褛的小兵，“白嫩的手缩在既长且大的一对脏衣袖内，臃肿不堪的布绑腿沾满了烂泥，下面是更破的黑袜套在草鞋内”，手和脸的白嫩与衣服的肮脏形成极大反差，让方太太不禁失笑。这是通过方太太的视点来呈现改装的孙舞阳。但是，当孙舞阳去掉伪装，“把一件破军衣褪下来，里面居然是粉红色，肥短袖子，对襟，长仅及腰的一件玲珑肉感的衬衣”。这时，视点悄悄转换成男性方罗兰的了：

> 方罗兰看见孙舞阳的胸部就像放松弹簧似的鼓凸了出来，把衬衣的对襟纽扣的距间都涨成一个个的小圆孔，隐约可见白缎子似的肌肤。她的豪放不羁，机警而又妩媚，她的永远乐观，旺盛的生命力，和方太太一比而更显著。方罗兰禁不住有些心跳了。①

① 茅盾：《动摇》，《茅盾全集》第 1 卷，人民文学出版社 1984 年版，第 255 页。

由束胸到放胸，由改装到复原，由女性视点到男性视点，茅盾对孙舞阳的衣饰描写承担着复杂的修辞功能，既揭示了时代政治与女性身体的内在关系，男性对于女性的爱欲，又表现了阳刚型女性的机智、妩媚与活力。

身体描写是作家塑造人物形象的重要手段。茅盾小说的时代女性之所以能成为经典形象，在现代小说人物画廊中占据突出位置，与茅盾在进行时代女性塑造时所采用的高超艺术技巧包括其成功的身体叙事是分不开的。茅盾小说的身体描写是为了塑造美的形象，这种美具有独特的时代内涵。茅盾笔下时代女性与中国传统小说中女性形象的一个最大区别，就是茅盾笔下女性所显示的“美”，是一种“健美”，是生命力旺盛和现代女性得到解放的表征，这种健美与其性格上的刚毅进取相辉映，形成现代女性人物形象不同于传统女性的独特美学内涵。茅盾小说的身体叙事还突出了现代女性对自己身体的自由支配，以此来表达现代女性的自主意识、开放意识。在展示现代女性身体的美和活力的同时，茅盾还通过女性身体的“疾病”来揭示女性在现代社会的困境以及女性的内心苦闷。所以，茅盾小说的身体描写并不仅仅是为了聚焦身体，而是要通过身体描写来展示身体之外的一些东西，具有丰富的历史文化内涵和独特的美学意蕴。

关于茅盾的女性书写，议论较多的是茅盾女性身体叙事背后存在所谓“男性视点”，即茅盾作为一个男性作家，在表现女性时，在意识中自觉或不自觉地较多关注女性身体的性别特征，显露出不健康的赏玩趣味，在看与被看的对立与转换中，女性成为欲望化的对象。这种批评是否有道理呢？

茅盾的身体叙事是否存在“男性视点”？

要解决这个问题，首先要对“男性视点”这一概念作严格界定。叙事学理论中，“视点”不同于“视角”，指的小说情节叙事内部，由某个特定人物通过其特定视角出发对周围环境包括周围人所作的观察，这个观察人就是所谓的“视点人物”。小说叙事中，这样的视点人物可以是多个，性别上可以是男性，也可以是女性。若视点人物是男性，这样的视点就可以称为“男性视点”。例如在《动摇》中，由胡国光或方罗兰出发对于孙舞阳所作的观察，就是一种“男性视点”。这种意义上的“男性视点”隶属于小说的情节布置，视点人物的选择，是为情节发展的需要服务的。选择什么样的视点人物，是作家的自由。因此，如果从这个角度批评茅盾女性书写背后所显露的“男性视点”，是不成立的。茅盾在《动摇》《追求》中，对于女性的身体描写，大多是通过男性视点人物进行的，若说这种描写表现了男性对于女性的隐秘欲望的话，那也是小说人物对于女性的欲望，与作家本人扯不上关系。

另一种“男性视点”，其含义类似于“男子中心主义”或“大男子主义”，指小说整体情节叙事所体现的价值取向，是不尊重女性，对女性持赏玩、亵玩态度。这样一种“男性视点”在茅盾小说中同样是不存在的。茅盾前期小说，如《蚀》三部曲、《虹》，不但不存在这样的“男性视点”，恰恰相反，存在着“女强男弱”“女美男丑”的模式，女性在性格上要远强于男性，女性在外表与体态上也远美于男性。这种性别之间的有意对比，在茅盾小说中随处可见，如《幻灭》中静女士与抱素、《动摇》中孙舞阳与方罗兰、《追求》中章秋柳与史循、《虹》中梅女士与韦玉、柳遇春。这些女性身体是女性，但性格上却是“男性”，爽朗洒脱，刚毅果断，是女子中的大丈夫，与此相对照，她们身边的男性却一个个性格懦弱，猥琐不堪，为“姝姝然的小丈夫”。这些女性不但性格强过男性，身体也比男性健康，洋溢着生命的活力。如《虹》中韦玉身患肺病，而梅女士却满含青春活力，令韦玉自惭形秽。《追求》中史循通过镜子反射看见章秋柳丰腴健康的肉体，同时更加认识自己“骨骼似的枯瘠”，这种可怕的对照把他抛入绝望深渊。茅盾之所以尊重女性、讴歌女性，是因为他同情女性、理解女性，深刻认识到女性在现代社会中的艰难处境。就如《追求》中王诗陶对章秋柳所说：“在这斗争尖锐的时代，最痛苦的是我们女人。”正是出于对女性的理解、尊重与同情，茅盾彻底颠覆中国传统文化的男子本位与男子中心，对男人进行无情嘲讽，而给予女性大胆歌颂与肯定。若说这是一种“视点”的话，那也是“女性视点”，而非“男性视点”。

局部情节上，“男性视点”的选择是作家自由。整体价值立场上，茅盾又同情女性、尊重女性、讴歌女性。那么，对于茅盾身体叙事中所流露的“男性视点”的指责是完全错误的吗？也不尽然。茅盾前期信奉自然主义，在他前期小说中，不自觉保留有自然主义的一些因素，其中重要体现就是对于女性的身体描写，有时存在不太节制之处，特别是对于女性胸部的描写稍多，有些描写稍稍游离于情节发展之外。如《动摇》第七章：“一片浮云移开，金黄色的太阳光洒了章秋柳一身；薄纱的睡衣似乎成为透明，隐约可见她的胸部正在翕翕地动。”这里的胸部特写就显得没有必要。总体上讲，茅盾早期几部小说，特别是《动摇》《追求》，对于女性的身体描写，偶尔在笔致上有越轨之处，如果说这些地方存在对于女性身体的欣赏，那也是说得通的。但把这种描写上升为“男性视点”，则有夸大之嫌。对于茅盾来说，这种描写的大胆纯属大醇小疵，掩盖不了他在女性书写上的卓越才华。而且，茅盾小说的女性身体叙事也存在一个发展变化的过程。在《动摇》《追求》之后，茅盾很快意识到自己的问题。从《虹》开始，凡涉及女性身体叙事之处，茅盾用笔皆非常审慎，其简约含蓄的风格，与《动摇》《追求》相比，已大为不同。

（原刊《博览群书》2018 年第 8 期）

茅盾旧体诗词（1949—1976）探幽

赵思运

摘　要　茅盾旧体诗词（1949—1976）带有浓厚的时代痕迹，但也彰显出作者的自我省察。他的旧体诗词中流溢着主流审美观念，如厚今薄古的戏剧改革、推崇豪放抑制柔美的风格选择、注重民间化大众化的形式、忽视艺术的独立价值、坚持唯物主义观点等。而茅盾旧体诗词中的骆宾王、辛弃疾、王安石等人格符号构成的自我精神镜像，间接地敞开了他的精神世界；他的私人抒情尤其是隐晦曲折的隐逸之情，更为我们显示出茅盾的另一面。

关键词　茅盾；旧体诗词；时代痕迹；精神镜像

1949 年以后，身居文化部部长位置的茅盾一直在繁忙的行政事务和知识分子改造的高度自律中度过，其文学创作几乎是一片空白。茅盾曾在 1955 年 1 月 6 日致信周恩来，请求一段假期专心创作："五年来，我不曾写作。这是由于我自己文思迟钝，政策水平思想水平低，不敢妄动，但一小部分也由于事杂，不善于挤时间，并且以'杂事'来自解嘲。总理号召加强艺术实践，文艺界同志积极响应，我则既不做研究工作，也不写作，而我在作家协会又居于负责者地位，既不能以身作则，而每当开会，我这个自己没有实践经验的人却又不得不鼓励人家去实践，精神上既惭愧又痛苦。"① 茅盾又在 1958 年 3 月 18 日致信中国作家协会办公室，提出三个请求："一、帮助我解除文化部部长的兼职，政协常委的兼职。二、帮助我解除

---

① 茅盾：《茅盾全集》第 37 卷，黄山书社 2014 年版，第 364—365 页。

《中国文学》和《译文》两个兼职。三、帮助我今年没有出国任务。”[①] 1964 年，茅盾被免去文化部部长职务。“文化大革命”期间，茅盾几乎处于“与世隔绝”状态，“朋友间通信……问寒问暖之外，就只谈文学，这也是文人的痼疾。他们谈得最多的就是旧体诗词——这是当时风险比较小的形式。”[②] 茅盾一直郁结于心的情感只能以旧体诗词这种“潜在写作”的方式隐晦曲折地表达出来。可以说，1949 年以后，茅盾最有价值的文学作品之一便是旧体诗词。他的旧体诗词结集有两部，一是茅盾应田间之要求，1978 年选编的《茅盾诗词》(河北人民出版社 1979 年版)。由于排版不佳，加之有些作品系未定稿，茅盾于 1980 年亲自对诗稿全部进行修订，增加了 30 多首，出版了《茅盾诗词集》(上海古籍出版社 1985 年版)。

关于旧体诗词在茅盾心目中的位置，有不同的表述。茅盾在 1976 年 12 月 15 日致荒芜的信中说：“兄欲为拙作诗词搜集，殊不敢当，且觉无此必要。因为自知所作，只是像旧体诗耳，意境仍然是杂文而已。写过即算，初无意留底。六〇年前写过几首，都是逼出来的，曾在当时日报及刊物上发表过。近年偶有所作，都未发表，亦不求发表也。”[③] 沈霜、陈小曼在《茅盾诗词集》后记里说：“据父亲告诉我们：解放前他提倡新诗；旧体诗只是个人爱好，随写随丢，都散佚了。”[④] “父亲说过，诗词是最反映真我感情的作品。为此，他最珍爱自己的诗词。”[⑤] 从写作技术层面上看，茅盾的旧体诗词确有不少“只是像旧体诗耳，意境仍然是杂文而已”，但是，他之所以“最珍爱自己的诗词”，乃因其中深深地埋藏着他难以言表的幽情。

---

① 茅盾：《茅盾全集》第 37 卷，黄山书社 2014 年版，第 500 页。
② 茅盾、韦韬：《茅盾回忆录》(下)，华文出版社 2013 年版，第 255 页。
③ 茅盾：《茅盾全集》第 39 卷，黄山书社 2014 年版，第 105 页。
④ 茅盾：《茅盾诗词集》，上海古籍出版社 1985 年版，第 254 页。
⑤ 茅盾：《茅盾诗词集》，上海古籍出版社 1985 年版，第 254 页。

一 时代痕迹与自我省察

在茅盾的旧体诗词中，流露出鲜明的时代痕迹和主流意识形态。他的绝大部分诗词都是出于工作需要而作，有的是重要文艺演出观感，有的是官方出访见闻，有的是知识者之间的“酬答”或索书之作，有的是文艺论争的出场。“反修正主义”、反国际霸权、“批林批孔”、毛泽东诗词发表、周恩来逝世、粉碎“四人帮”……各种国际国内政治大事，都在茅盾诗词中留下了深深的历史辙迹。在1962年至1963年期间，他写作了《壬寅仲冬感事》《感事为凤子作》《感事为赵寻作》《阅报偶赋二律》《满江红　一九六三年新年献词》等，紧密结合国内外政治形势，反对国际霸权主义，反对修正主义，倡导国际主义。《感事》沿用《中东风云》前韵，内容从批判美苏国际霸权主义转向了中国的“批林批孔”和批判林彪集团，诗中充满了“反修反帝百年计，建成共产万代功。世界人民要革命，燎原之火趁东风”等政治口号。其中“反修反帝百年计，建成共产万代功”最初版本是“批林批孔百年计，反修反帝万代功”①。不同的政治事件的这样先后替代，政治表态之意极其明显。

“红”和“东风”是他诗词中高密度出现的公共象征意象。如“草原今非昔，冲天一片红”（《歌雄心更雄》）；“红旗遍大陆，跃进着先鞭。何人得此帙，预祝红又专”（《春节摸彩》）；“两霸声威朝露耳，万方共仰东方红”（《中东风云》）；“东方红唤睡狮醒，反霸声威射斗牛”（《寿瑜清表弟》）；“深谋远虑制机先，为保江山红万年”［《读毛主席词有感（二首）》］。如果“红”代表着政治色谱学，那么，“东风”则是世界格局中“东方主义”（中国民族主义）的符号。“为问当年纳尔逊，雄图讵料付东风”（《开罗杂感》）；“西风紧，阴霾密”“逆流中砥柱擎东方”（《满江红　一九六三年新年献词》）；“东风正劲压西风”（《听波兰少女弹奏肖邦

① 丁茂远编著:《茅盾诗词解析》，吉林文史出版社1999年版，第189页。

曲》）；“东风骀荡兆黎欢”（《访马佐夫舍歌舞团》）……“东风”作为公共象征意象，构成了政治隐喻，成为国际形势中东方社会主义压倒西方资本主义的象征。

在具体写作技术层面，茅盾的相当一部分作品出现了概念化、理念化倾向。《为徐平羽之新出土秦汉瓦当拓本作》浓墨重彩地描绘了陕西新出土的秦汉瓦当的出色的艺术价值和文物价值。但是后半部分刻意延伸升华，批判修正主义思潮：“修正逆流爝火耳，革命怒潮讵能迕？八方风雨会中州，堂堂马列张旗鼓！”概念化、理念化痕迹过于浓重。《题动画片〈小蝌蚪找妈妈〉》描绘了动画片的艺术成就和艺术特色，也出现了“认识不全面，好心办坏事”这种直白的理念化、概念化的句子。

当然，茅盾有时又是清醒的，具有对诗词的省察精神。他的《访马佐夫舍歌舞团》里不乏口号：“领导英明功在党，万千贤路为民开。马列雨露育新人，鲜红嫩绿满园林。”据茅盾1960年9月19日日记，此诗最后还有四句：“一祝鹏程万里奋宏图，再祝中波文艺之交醇如酒，三祝中波团结紧，友谊天长又地久！”① 但是，茅盾在亲自修订编入《茅盾诗词集》时，将这四句过于直白的句子删除了。还有一个非常有意味的案例：茅盾有两首诗在编订《茅盾诗词集》的时候，也没有编进去。一首是《为张家口宾馆题诗》：“总路线光芒冲天，大跃进震撼世界；人民公社优越性，共产主义见萌芽。三面红旗迎风飘，万众一心气焰高；三呼万岁再猛进，不断革命是吾曹。个人主义万恶源，集体大道何坦荡；十年改变旧山河，荣誉归于共产党。”另一首诗是应杜继琨之请而作《赠小杜》：“佳节逢三八，红旗鸣扎扎。人民大会堂，群英相顾颉。比学复赶帮，红勤更巧俭。伟大共产党，伟大毛主席。领导亿万妇女彻底解放在今日。”②

茅盾的大部分诗作都保留在他的日记里。这两首诗同日出现在茅盾1960年3月9日的日记里。他为何没有收录进《茅盾诗词集》里

① 茅盾：《茅盾全集》第40卷，黄山书社2014年版，第150页。
② 茅盾：《茅盾全集》第40卷，黄山书社2014年版，第63页。

呢？几乎同时期，茅盾在1960年2月19日的日记中记载的《祝日本前进座建立三十周年（二首）》，先后收录进《茅盾诗词》（河北人民出版社1979年版）和《茅盾诗词集》（上海古籍出版社1985年版），却唯独不录这两首，是否因为茅盾自己也并不将其视为“文学作品”呢？

有的时候，茅盾在介入文艺争论时，还是能够坚持自己的个性色彩，反对公式主义。当然，这主要发生在1964年之前。1959年1月，由中国京剧院和北京京剧团联合演出的新编京剧《赤壁之战》引发广泛讨论，中国戏剧家协会专门组织座谈会，进行研讨。曹操作为历史上著名的政治家、军事家、文学家，一直是饱受争议的人物，“乱世奸雄治世能臣”似乎已成定论。茅盾以诗的方式表达了自己的观点：“我喜曹瞒能本色，差胜沽名钓誉人”（《观剧偶成》）。茅盾指出曹操的本色性格，他的大奸大雄，他的敢作敢为，他的智慧与权术，他的政治主张、军事才能、文学才华，都是惹人喜爱的因素。茅盾尊重艺术规律，肯定作品人物的艺术魅力。还有一例：田汉根据董解元《西厢记诸宫调》和王实甫杂剧《崔莺莺待月西厢记》改编的京剧《西厢记》，也引发很大争议。田汉将悲剧故事改编成了“张生下第”“并骑出走”的大团圆结局。一部分人认为，在封建社会男女追求婚姻自由的悲剧结果是必然的，田汉的“光明的尾巴”是新公式主义；一部分人认为，田汉的结尾处理符合新时代的逻辑，不应该称为“新的光明尾巴”。茅盾作为深谙艺术规律的文化官员，对田汉的改编并不完全同意，因此，“翻案文章未易工”（《观剧偶作》）即可视为其表态。

作为深谙艺术规律的作家、理论家的茅盾，与执行文化政策的茅盾，需要在双重角色之间寻求平衡。从1949年一直到晚年，茅盾都谨小慎微地评价自己。他在1975年7月23日致信赵清阁，还在说：“我辈皆五四产儿，从事文字生涯或有先后，其实为同一时代人。‘收拾铅华归少作’，其时‘著书都为稻粱谋’；待解放后，我则已过中年，才力已尽，了无成就，深自愧恧。但只有力求思想改造稍有寸进，此心想同之也。”[①] 1976年7月7日致信荒芜，也说：“尊诗对我评价过高，使我十分惭愧。早年浪得虚名，中年已悔少作，非不努力，而斗筲之器，不过如此。晚年则因脱离火热的斗争生活，世界观没有改造，更不敢贸然下笔。”[②] 1976年7月10日给碧野的信中也有同样意思。[③] 韦韬说：“在‘文革’十年的前五年中，爸爸没有与任何人通信”[④]。茅盾所谓的“私人交往”，其实都具有公共性质，包括他送给友人的书法中的诗词，其实都属于公共传播的范畴。所以，在他的旧体诗词中，呈现出的更多是一个公共角色。

二 主流审美观念

作为无产阶级文艺战士，茅盾始终秉持着坚定的社会主义文艺观。他的很多诗词都是关于文艺作品和文学现象的评价，所流露出来的文艺观念和审美观念都与主流意识形态保持高度一致。

20世纪50年代的戏剧改革运动，针对厚古薄今的倾向，主张对传统戏剧进行“现代变革”，要求舞台演出更多地表现现代革命英雄和社会主义建设的内容，审美观念上也趋向于厚今薄古。1958年，北方昆曲剧院上演的由金紫光、黄励根据同名歌剧改编的新编昆曲《红霞》，引起首都文艺界的高度重视，被称为昆曲改革的里程碑。《红霞》讲述的是20世纪30年代江西革命根据地女英雄红霞为了掩护红军而英勇牺牲的故事。茅盾观看演出之后，赋诗《观北昆剧院初演〈红霞〉》（二首），盛赞《红霞》在戏剧改革运动中的成就，誉为戏剧改革的一朵“跃进花”，认为与社会主义时期的新剧比较，古代的关汉卿、王实甫、汤显祖、孔尚任都不值得夸耀了，故有“厚古薄今终扭转，关王汤孔太奢遮”之诗句。

在审美风格上，当时流行豪放之风，而柔美之风遭到抑制。因

---

① 茅盾：《茅盾全集》第39卷，黄山书社2014年版，第11页。
② 茅盾：《茅盾全集》第39卷，黄山书社2014年版，第79页。
③ 茅盾：《茅盾全集》第39卷，黄山书社2014年版，第80页。
④ 茅盾、韦韬：《茅盾回忆录》（下），华文出版社2013年版，第250页。

此，茅盾在诗中体现了这一趋势。1958 年 8 月 11 日中南海怀仁堂有一场规格甚高的曲艺会演，中央领导人周恩来、董必武、陆定一等到场，作为文化部部长和全国文联副主席的茅盾，作为一项重要工作，亲临现场，并且赋诗《曲艺会演片段》（四首）。其中第一首赞美的是苏州评弹的剧目“东风绝对压西风”。苏州评弹系吴歌，本属江南地区民歌，内容多为男女爱情，风格缠绵悱恻。当代的民间艺人根据党中央“百花齐放、百家争鸣”“推陈出新”的方针，大胆改革，一直被诟病为“靡靡之音”的吴歌，摇身一变“洗尽铅华气势雄”，柔媚缠绵的风格转型为豪放雄浑的风格。其中的第二首描写东北二人转《红月娥做梦》，由最初的叙事原动力“爱欲”，转型并升华出“追求婚姻自主、反抗封建礼教”的主题，私密叙事升华为“女儿心事英雄胆”的主题，更加符合社会主义时代的特征。类似的例子还有《听波兰少女弹奏肖邦曲》，选择的是气势豪放的风格“铜琶铁钹谱兴替”；《祝日本前进座建立三十周年》赞美日本悠久的民族戏剧，“曼舞浩歌张我道，曙光欲透海东隅”。形容歌舞通常使用的词语“轻歌曼舞”被改写为“曼舞浩歌”，“轻歌”变“浩歌”，强化了高亢豪迈的艺术风格。

从柔情转型为傲骨的一个典型作品是新编赣剧《西厢记》。凌鹤根据董解元、王实甫的两版《西厢记》改编成赣剧《西厢记》，获得了很大成功。茅盾赋诗《为新编赣剧〈西厢记〉作》，充分肯定了戏剧主角由红娘转移到崔莺莺，塑造了全新的崔莺莺形象。用茅盾的话说，就是“人物满场谁最胜？柔情傲骨一崔娘”。崔莺莺的性格不再是逆来顺受、任人摆布，而是既有脉脉柔情，又有反抗封建思想、蔑视封建礼教、追求婚姻自主的叛逆精神和傲骨。这种转型，更符合社会主义新时代的审美特点。

在艺术形式方面，社会主义文学注重民间化、大众化。《参观凯纳尔工艺美术中学》传达出茅盾的艺术观：“源泉艺术在民间”，主张“古拙”之风，“古拙非缘哗世俗”，而反对“诡奇”，因为“诡奇最怕堕魔关”。《访马佐夫舍歌舞团》也强调“民间风格民族魂，爱国精神照肝胆。”《为徐平羽之新出土秦汉瓦当拓本作》赞美“先民艺术之精英”，歌颂今天六亿人民社会主义建设的成就。《西江月　为日本蕨座歌舞团作》颂扬日本民间歌舞，“赞扬歌舞团长期生活在农村中，他们所表演的日本民族歌舞，具有浓厚的群众性，既有现代的劳动人民的生活内容，又继承和丰富了日本民间和古典的形式和色彩”①。《曲艺会演片段》第四首赞美陕西民间艺人韩起祥。他出身贫寒，三岁失明，抗战时期奔赴延安，加入中国共产党，成为文艺战士，自编自演500多个唱本。他说：“三弦就是我的机关枪，说书就是我的子弹，编写新书就是我的兵工厂。”② 因此，他被誉为“弦索将军”。他把“书场”视作“战场”，既具有个人风格，又具有时代色彩。

值得一提的还有茅盾诗词中涉及的两桩公案，一个是梅兰芳逝世一周年纪念活动引发的争议，二是关于《红楼梦》研究的争议。

先看梅兰芳逝世一周年纪念活动。茅盾有一首《七绝》：“知人论世谈何易？底事铺张作道场。艺术果能为政治，万家枵腹看梅郎。”篇幅虽短，但是非常重要。诗前有小序：“阅情况简报，见翻译家罗稷南说，纪念梅兰芳逝世一周年，规模之大远远超过纪念鲁迅逝世二十周年，而且说梅是理论家，是画家，是诗人，读之颇觉肉麻云云。罗论甚是，但彼不知举办此事者，有大力者作后台，因非可以口舌争也。戏成一绝以记之。”③ 写作时间是1962年9月22日，同日的日记亦有详细记载。④ 茅盾虽然也是梅兰芳治丧委员会成员之一，但纪念梅兰芳之规模超过鲁迅，茅盾对此似乎有不同看法。此诗可以看出茅盾对待鲁迅与梅兰芳的态度之差异。在茅盾、罗稷南等大多数知识分子眼里，鲁迅是一个政治化的人格符号，象征着无产阶级思想家、革命家、文学家；而梅兰芳与之相比只是单纯的艺术家。茅盾把艺术跟物质功利结合起来考量，涉及艺术本体观念和艺术的独立

① 丁茂远编著：《茅盾诗词解析》，吉林文史出版社1999年版，第135页。
② 丁茂远编著：《茅盾诗词解析》，吉林文史出版社1999年版，第59页。
③ 茅盾：《茅盾全集》第10卷，黄山书社2014年版，第317页。
④ 茅盾：《茅盾全集》第40卷，黄山书社2014年版，第389页。

价值。如果联系到20世纪30年代鲁迅与梅兰芳的争论①，联系到茅盾与鲁迅的关系，或许更能看清楚茅盾一贯的文化价值立场。

另一桩公案是关于《红楼梦》研究的争论。自从20世纪50年代批判胡适、俞平伯在《红楼梦》研究中的唯心主义以来，《红楼梦》研究中坚持唯物主义，就是一个政治原则。茅盾并非《红楼梦》研究专家，但是他却深深介入《红楼梦》研究之中。他一直关注红学动态，大量研读《红楼梦》研究资料，多次参加座谈会、参观曹雪芹纪念展览会，甚至专门写信请唐弢代为借阅关于《红楼梦》考证的资料。茅盾在多次通信中都提及红学争鸣，如1963年3月25日致信俞平伯，论及曹雪芹生卒年的争议；3月27日致信周绍良，论及周绍良两篇文章《懋斋诗抄的剪粘和它的编年》《关于挽曹雪芹诗新笺》，以及吴恩裕的《曹雪芹八种》。据茅盾1963年12月9日日记载，复信吴恩裕并退还有关曹雪芹《红楼梦》资料一式二份。为了准备1963年的曹雪芹逝世二百周年纪念会的报告，茅盾还写了长篇论文《关于曹雪芹》，并且就文章与张僖、周绍良、邵荃麟等人多次通信商榷完善，后来发表于《文艺报》1963年第12期。1976年5月10日，茅盾致信谢广田做过解释："您所讲的我的旧作《关于曹雪芹》，那是六三年的事情，当时为了纪念曹雪芹逝世二百周年，拟召开一个大会，当时的《红楼梦》研究者颇有门户之见，所以找到我这个向来不是研究《红楼梦》的人写这篇文章，预备在大会上作报告。后因种种原因，大会不开了，我的这篇东西就在《文艺报》上发表。"②

在此过程中，茅盾写过多首关于曹雪芹和《红楼梦》的诗词。茅盾在《题〈红楼梦〉十二钗画册》（二首）中表达了"儿辈须眉皆狗彘，一行红粉夺琼珍"的新女性观，明确表达自己是"晴雯"的"膜拜者"，这大概既有个人兴趣的原因，也由于晴雯身上所蕴含

① 可参看鲁迅《略论梅兰芳及其他》《论照相之类》《厦门通信》《宣传与做戏》《看萧和"看萧的人们"记》《文艺与政治的歧途》等文。

② 茅盾：《茅盾全集》第39卷，黄山书社2014年版，第71—72页。

的反抗精神与1960年代倡导的革命精神相似，代表着主流价值观念。面对见仁见智、众说纷纭的红学界，茅盾在诗中鲜明地指出：“唯物史观精剖析，浮云净扫海天新。”① 茅盾十分珍视这两首诗。1977年5月，他将这两首诗重新组合，取第一首的前两句和第二首的后六句，形成新题七律《〈红楼梦〉辩论纪事》，赠送给《长江文艺》编辑部的人员。1980年6月在美国召开《红楼梦》国际研究会筹备会之际，他在病中再次手书此七律，赠送给美国威斯康星大学的周策纵教授。他始终是一个坚定的唯物主义者，认为“徒劳空色指迷津”，唯心主义方法是无法指导红学研究的。

茅盾还有一首《读吴恩裕〈曹雪芹佚著及其传记材料的发现〉》。吴恩裕在《曹雪芹佚著及其传记材料的发现》中介绍了曹雪芹后期的佚著《废艺斋集稿》、曹雪芹及同时代的董邦达、郭敏所著三种传记材料。这四件文献同时完成于乾隆二十三年前后，对于研究曹雪芹和《红楼梦》具有重大意义。关于《红楼梦》研究方面，茅盾与吴恩裕一直有学术往来。1973年元月，茅盾致信吴恩裕：“接奉大函及尊稿《曹雪芹佚著及其传记材料的发现》，循读再三，钦佩何如。新材料之发现，或出偶然，但台端考证之精审，却使断简复活，放异光彩，而曹雪芹之叛逆性格，思想转变过程，遂一一信而有征。”② 1973年12月5日，茅盾再致吴恩裕：“懋斋记盛故事后半部已读讫，兴趣盎然，兹奉还。附呈一笺，书读后所感，诗不工，书法尤其拙劣，以君子有嗜痂之癖，故不能藏拙，幸哂正为感。”③ 并附《读吴恩裕〈曹雪芹佚著及其传记材料的发现〉》一诗。茅盾特别赞赏曹雪芹“浩气真才耀晚年”，是因为曹雪芹的晚年生活变故导致他的人生观发生巨大变化。据曹雪芹好友郭敏的《瓶湖懋斋记盛》记载，曹雪芹晚年家道中落，移居到北京京郊，即使自己“鬻画维生，

---

① 据1963年9月22日日记，最后两句诗当天的版本是“唯物史观燃犀烛，浮云净扫海天新”。见《茅盾全集》第40卷，黄山书社2014年版，第522页。

② 茅盾：《茅盾全集》第38卷，黄山书社2014年版，第190页。

③ 茅盾：《茅盾全集》第38卷，黄山书社2014年版，第215页。

饔食有时不继”，仍资助照顾“有废疾而无告”的底层人。为了救济大家，曹雪芹专门编撰《废艺斋集稿》，包括金石、风筝、编织、脱胎、织补、印染、雕刻、烹调八个分册，介绍实用工艺，提供生活自救能力。后期曹雪芹的身上不再是早期的“留恋荣华富贵”的人生态度，而是在接触底层人的过程中，同情并关心下层劳动人民，向往着“同耕复同织，无君亦无役”“鳏寡孤独废疾者有所养”的大同社会。茅盾赞美曹雪芹的这种“顿悟”“后超前”，赞美《废艺斋集稿》的实用价值胜过艺术精致的作品，所以说：“自称废艺非谦逊，鄙薄时文空巧妍”。可见，茅盾的艺术趣味由唯物主义和无产阶级世界观主导，并渗透出鲜明的时代色彩。

三 情感表达式

“读诗渐少多读史，不为愚忠唱挽歌。”（《海南之行·六二元旦》）茅盾非常注重历史阅读，常常在文史之中捕捉特定的人格/文化符号，作为自己的精神镜像，间接传达自己的思考，构成了茅盾独特的情感表达方式。我们且拈出三个符号——骆宾王、王安石、辛弃疾——进行扼要分析。

“文化大革命”中，茅盾对极左势力深恶痛绝。当时，虽有周恩来保护，但是茅盾被迫过着“靠边站”的生活，被剥夺了参加国务活动和从事文艺创作的权利。茅盾“对当时混淆黑白不分是非的‘四人帮’的一套做法，唏嘘不已，而且坐以待罪”①。《无题（惊喜故人来）》和《无题二（谁见雪中送炭）》表达了这一时期茅盾的心态。当一些老友偶有往来时，他的感受既有“惊喜故人来”的喜悦，又有“风霜添老疾”命运多舛，更有“何以报赤心？亦惟无战栗”的忠于祖国、忠于人民的赤子报国之心。对于那些趋炎附势、见风使舵之人，茅盾用反语辛辣讽刺道：“朝三暮四莫惊哗，‘辩证’用之有法”。他有一首《偶成》：“蝉蜩餐露非高洁，蜣螂转丸岂贪

① 金韵琴：《茅盾的信》，《人民日报》1983年4月26日。

痴？由来物性难理说，有不为焉有为之。”将“四人帮”集团喻为肮脏的“蜣螂转丸”，将备受压制和迫害的革命家和知识者喻为高洁的“蝉蜩餐露”。相似时代语境的人，“有不为焉有为之”，完全是由于个体内在的“物性”，表达了茅盾个人精神志趣之高洁。此诗巧妙化用了骆宾王《在狱咏蝉》的诗思。仪凤三年（678），骆宾王由长安主簿入朝为侍御史。此时武则天当政，骆宾王多次上疏论事，触怒武后，遭诬，以贪赃罪名下狱。骆宾王在狱咏蝉，以抒悲愤：“无人信高洁，谁为表余心？”茅盾引骆宾王的典故，借以表达“文化大革命”期间知识者的不幸命运以及艰难困境下人格坚守的信念。可以说，骆宾王是茅盾内心潜藏的一个精神镜像。

再看王安石这一文化人格符号。“天变不足畏，祖宗不足法，人言不足恤”是北宋政治家、文学家王安石的名言，王安石的改革思想和行动，富国有术，雷厉风行，深深震撼了孔孟道统，使“犬儒闻之皆战栗”。于是，遭到各个方面保守力量的诟谇。但是王安石“万般阻力如山岳，公自夷然不屈”，痛斥“伪凤易悦楚，真龙反惊叶”。茅盾借忠相王安石，间接地声援人民爱戴的总理周恩来，批评了“真龙未窥相公庭，伪凤翱翔逞诡谲”的荒谬时局，坚信“唯物史观剖幽微，千年积毁一时雪”。茅盾作《读〈临川集〉》（1974），赞扬了王安石的改革精神，以王安石为镜像，寄托了自己深刻的思索，也蕴含着对民族命运的忧思。

辛弃疾是茅盾的又一个精神镜像。辛稼轩一生力主抗击金军、收复中原，驰骋疆场，战果累累，但是一直遭到主和派的压制与排挤。辛稼轩曾经上书宋孝宗，曰“美芹十论”，从审势、察情、观衅、自治、守淮、屯田、致勇、防微、久任、详战十个方面，陈述国家大事，但未得到朝廷采纳。虽然晚年曾被起用于镇江，备战北伐收复中原，但是次年被免职，晚年闲居上饶，抑郁而死。他的好友陆游、陈亮亦主北伐抗金，也是一生不得志。茅盾《读〈稼轩集〉》（原题《咏史》，作于1973年，后改为《读〈稼轩集〉》）云“浮沉湖海词千首，老去牢骚岂偶然。漫忆纵横穿敌垒，剧怜容与过江船。美芹荩谋空传世，京口壮猷仅匝年。扰扰鱼虾豪杰尽，放翁同甫共婵娟。"

茅盾以南宋爱国词人辛稼轩，表达自己这一时期的精神遭遇。他读的是辛稼轩，感悟的却是自己报国无门的命运。他借辛稼轩好友陆游、陈亮的不幸，也寄托了对好友的担忧。茅盾曾经将此诗赠送给田间、臧克家、陈学昭、骆宾基、陈沂等众多朋友，其意非常鲜明。荒芜曾作《和茅公〈读稼轩集〉》："剩抛心力作词雄，同病翻怜陆放翁。竖子安能隳大业？使君失计返江东。但操白梃挞强虏，何必牛刀向义农？遥想带湖风月夜，美芹书罢更书空。"

1976 年 10 月 5 日，茅盾致信荒芜，说："尊作为稼轩翻案，未经人道，风格清新，而仍自谦为打油，无乃过当。鄙意稼轩当时属望南朝，认为有中兴气象，以为收复中原不能舍此基础而他图，盖亦中儒家尊王之毒，然南渡君臣不都金陵而都临安，即此可见缺少进取之心，稼轩于此失察，难逃千年后我辈之讥，尊诗云云犹为稼轩惜也。鄙作无新意，只是替他抱恨。结句以陈亮、陆游相比，固从文章着想，然亦指以器识言，三公实当时翘楚也。"①

四　私人抒情

茅盾的诗词几乎都是公共抒情，极少抒发私人情感之作。很多私人情感只能以公共抒情的方式，隐晦曲折地表达出来。例如，1964 年上半年，茅盾写作了讽刺苏联"修正主义"的《西江月》（三首）。在这以后，在不同的情形，茅盾将这首诗送给不同的对象，借这首诗间接表达自己的内心感受。其中的第一首，茅盾曾于 1976 年 7 月手书此诗题赠诗人邹荻帆，讽刺"四人帮"乃一伙"可笑沐猴而冠，剧怜指鹿盈廷"之流。手迹刊于《诗刊》1981 年第 5 期时，编者添加的说明中，也与"四人帮"关联起来："'四人帮'当道，茅公八十寿辰时，书此寄怀。"② 茅盾在 1977 年 7 月 18 日致

① 茅盾：《茅盾全集》第 39 卷，黄山书社 2014 年版，第 92—93 页。

② 丁茂远编著：《茅盾诗词解析》，吉林文史出版社 1999 年版，第 140 页。

陈鸣树的信中明确说：第三首引用毛泽东诗句“一从大地起风雷，便有精生白骨堆”，正指的是苏修，“今日观之，似可加之‘四人帮’，其实不是，但1973年写给您，却有暗指之意”①。

他极少的私人抒情之作，如《七律（乡党群称女丈夫）》《八十自述》等抒发亲情和童年之作，或许具有更重要的意义。前者是悼念亡母之作，塑造了一位深明大义、含辛茹苦抚育双雏、关心国家民族前途的伟大的中国女性形象。关于此诗的写作背景，韦韬回忆说：“一九七〇年四月十七日是祖母逝世三十周年忌辰，爸爸悄悄地写了一首悼念祖母的七言律诗，又悄悄地把它收藏在书箧中——这是爸爸三十年来所写的第一篇怀念祖母的文字，也是爸爸‘文革’以来的第一篇‘创作’。爸爸就是用这种方式，在那个年代，表达了对母亲的深切怀念。”② 1976年7月4日茅盾创作《八十自述》，在开头表达了“俯仰愧平生，虚名不副实”，然后回忆了自己童年时代母亲教子有方。从风格上看，完全属于私人抒情的范畴。关于这首诗，不少人士认为是未竟之作。丁茂远曾就这一问题请教韦韬，韦韬回复说：“《八十自述》是在茅公去世后的遗稿中发现的，写在两页小纸上。我们在报上发表后，叶圣老曾嘱叶至善转告，从原稿保存的情况，很像茅公原来打算写一长诗忆述自己八十年的经历，所取形式也是比较自由的五言。但开了一个头却没有继续写下去，只留下了一段童年的记忆。所以他生前从不示人。”③ 为何是未刊稿？丁茂远推测是“显然是与当时特定的时代环境以及自身的艰难处境有关”④。退一步说，如果《八十自述》是完整之作，那么，他以童年记忆取代80年人生痕迹，退缩进童年记忆的世界里，似乎更能反衬出茅盾所处的时代环境。

剥开坚硬的时代外壳，我们会发现茅盾的凄切之感和隐逸之情。

---

① 茅盾：《茅盾全集》第39卷，黄山书社2014年版，第188—189页。

② 茅盾、韦韬：《茅盾回忆录》（下），华文出版社2013年版，第243页。

③ 丁茂远编著：《茅盾诗词解析》，吉林文史出版社1999年版，第217—218页。

④ 丁茂远编著：《茅盾诗词解析》，吉林文史出版社1999年版，第218页。

如1974年2月写作的《一剪梅　感怀》："何处荒鸡唤曙光，闻笛山阳，凄切寒蛩。骑鲸捉月忒颠狂，且泛艅艎，适彼乐乡。心事浩茫九转肠，有美清扬，在水一方。相思欲诉又彷徨，月影疑霜，花落飘香。"

在茅盾的旧体诗词里，如此凄切彷徨的情感基调，实属罕见。本诗一改坚定昂扬的基调，不是歌颂火热的现实生活，而是充满了怀旧。他思念曾经闻鸡起舞、共同为民族曙光而积极抗日的友人，但眼前却是"闻笛山阳，凄切寒蛩"。闻笛山阳，典出向秀《思旧赋序》。后人引此典，多表达伤感怀旧之情。茅盾在词中将"闻笛山阳"指向令人压抑的现实，感怀动荡的时局，不由得"心事浩茫九转肠"，因此有"骑鲸捉月忒颠狂"之感。"骑鲸捉月"典出李白自称"海上骑鲸客"，又传李白乃取月堕水而死，然后骑鲸仙去。扬雄也有《羽猎赋》曰："乘巨鳞，骑鲸鱼"，意指文人隐遁或游仙。茅盾借此典故，或许表达当时环境下自己内心萌生隐逸之意。因此，他才有"且泛艅艎，适彼乐乡"和"有美清扬，在水一方"的渴望。这里化用《诗经·魏风·硕鼠》"逝将去女，适彼乐土"与《诗经·郑风·野有蔓草》"有美一人，清扬婉转"以及《诗经·秦风·蒹葭》"所谓伊人，在水一方"，以香草美人为喻，委婉地表达内心世界的犹豫和彷徨，表达了对现实世界之外虚幻存在的向往，将之称为"乐乡"。

这种隐逸之情，在一个月后——1974年3月写作的《为沈本千画师题〈西湖长春图〉（四首）》里，再次得到印证。他在咏叹沈本千的画作之时，虽然未忘劝勉一句"师法工农攀顶峰"，但是，在其二、其三中宕开一笔，分别写了历史上的画师沈周和沈铨。明代画家沈周诗书画三绝，卓有影响，然一生远离仕途，傲啸山林，晚年过着"登东皋以舒啸，临清流而赋诗"的无拘无束的隐逸生活。而清代画家沈铨则是"散尽黄金惟一笑，混沌尘世此真人"，豪放不羁，旷达超脱。从沈周、沈铨到沈本千、再到沈雁冰，是否隐秘地蕴藉着同一宗族内在的精神理路？是否茅盾在他们身上寄托了自己的隐逸超脱的人格愿望？1974年茅盾致信沈本千，钦佩沈本千画作《西湖长春图》，3 月 29 日又致信陈瑜清，说题诗四首已经写好，附函请转，并说："草草不工，聊以塞责耳。诗中用了沈石田、沈南苹的故事，因皆姓沈，且一工山水，一工花卉，以衬托沈老本千，然而浮光掠影，小道也，不足取。"[①] 字面意思是自谦，但是，将这种自谦理解为"隐逸思想"的自我掩饰，是否更合情理？

茅盾旧体诗词可谓时代里的一抹绿色。尽管由于时代风雨的侵蚀，这一抹绿色并不明显，但是，经过披文入情的细研，被灰尘深掩的碧绿原色，仍然会穿越时光隧道，源源不断地给予我们丰富的启示。

（原刊《当代文坛》2018 年第 4 期）

① 茅盾：《茅盾全集》第 38 卷，黄山书社 2014 年版，第 256 页。

中华人民共和国成立前后的茅盾

［日］铃木将久著[①]　孙若圣　景梦如译[②]

摘　要　茅盾在中华全国第一次文学艺术工作者代表大会的报告中划分的国民党统治区文艺活动的四个时期，几乎与他自身的经历相重合。茅盾在抗日战争中摸索文艺思想，找到了自我问题意识发展的归宿，即将中国共产党的方向定为目标的经历，这成为中国共产党认知的国民党统治区的文艺活动的范例。换言之，茅盾根据自身的逻辑形成的文艺思想的变化，与中国共产党追求的“自我改造”相一致。可以说，从中日战争爆发到中华人民共和国成立时期的茅盾的文艺思想，正是“改造”与“坚持”之间角力的过程。

关键词　茅盾；“自我改造”；文化体制

引　言

中华人民共和国成立前夜的1949年7月，中华全国第一次文学艺术工作者代表大会（简称第一次文代会）在北平召开。自大会准备阶段开始，作为筹备委员会副主任的茅盾即与主任郭沫若、副主任周扬一道发挥了重要作用。在大会筹备会议中当选为文代会副主席的茅盾在大会首日报告了会议的筹备情况，总结了抗日战争中国民党统治区文艺的经验，并作了题为“在反动派压迫下斗争和发展的革命

---

① ［作者简介］铃木将久，日本一桥大学教授。

② ［译者简介］孙若圣，博士，东华大学日语系教师；景梦如，日本筑波大学人文社会科学研究科硕士生。

文艺”的报告。[①]

而今，此次会议被认为是“对40年代解放区和国统区的文艺运动和创作总结、检讨的基础上，把延安文学所代表的方向，确定为当代文学的方向，并对当代文学的创作、理论批评、文艺运动的展开方式和方针政策，制定规范性的纲要和具体的细则”，是中华人民共和国成立后的文学起点。[②] 结合当时茅盾即将出任中华人民共和国文化部部长的状况去思考，可以说，此时的他已成为以中国共产党为核心的新政权文化体制的中心人物之一。另外，也可看出，在跻身新体制的中心人物之同时，茅盾也是抗战时期代表了国民党统治区的作家。

此时，郭沫若和茅盾之所以能走上前台，笔者推断这是他们的“民主人士”身份使然。[③] 茅盾于1920年代加入中国共产党，1927年国共分裂后与党失去联系，在此之后作为与共产党的立场相近的党外知识分子开始活动。[④] 另外，第一次文代会召开时中央出现了这样的政治动向——新政治协商会议准备会议召开，其后又起草了实际上承担了中华人民共和国宪法功能的《中国人民政治协商会议共同纲领》。第一次文代会是将民主人士纳入新政权的核心、同时建立包含民主人士在内的新政权框架进程之一环。作为其中的重要一员，茅盾与郭沫若一并入选。

茅盾的报告《在反动派压迫下斗争和发展的革命文艺》十分符合这次会议的主旨。报告总结了日中战争时期国民党统治区的经验，并以此为基础将毛泽东所代表的文学方向确定为今后的发展方针。然而，这份报告虽说是以他的名义发表的，但确是在共同商讨基础上形

---

① 关于第一次文代会，参见《中华全国文学艺术工作者代表大会纪念文集》，新华书店1950年版，第125—140页。

② 洪子诚：《中国当代文学史》，北京大学出版社1999年版，第15页。

③ 参见辻田正雄“第一次全国文学芸術工作者代表大会の準備について”，“佛教大学文学部论集”96，2002年。

④ 茅盾于临终之际再次申请入党，过世后恢复中国共产党党籍，党龄追溯至1921年。参见韦韬、陈小曼《父亲茅盾的晚年》，上海书店1998年版，第342—354页。

成的。报告的后记称，“故本报告实际参加起草者前后实共七人，开会多次，交换意见的结果”①。由此可推断，这次根据中国共产党的指导而进行的讨论，确立了面向新政治体制的文学方向。

在报告的准备过程中胡风以及对胡风的文艺理论的评价问题也被论及。既然要总结国民党统治区的文学经验，那么胡风的问题是绕不过去的。在最终发表的报告文章中，对胡风以及舒芜文学理论的严厉批判也被写了进去。然而，在文代会准备过程中，胡风也是成员之一，在前文提到的后记中提到“胡风先生固辞”，如其所言，他在中途被排除在讨论成员之外。② 虽然围绕胡风问题的政治过程极其复杂，可讨论的问题有很多，但在这里笔者想先确认的是，茅盾以自己的名义发表的、严厉批判胡风的文章，写进了共同讨论的结论。

由以上整理可以看出，茅盾保持着党外著名民主人士的立场，也接受了毛泽东的文艺路线和胡风批判这一类中国共产党所确立的文学方向，成为新政权文化体制的中心人物。但若把这一路线理解为茅盾被动地接受了中国共产党确立的外部框架的过程，恐怕是不合乎实情的。以他的名义发表的报告《在反动派压迫下斗争和发展的革命文艺》，阐述了他一直以来的观点。比如茅盾于 1946 年发表的《抗战文艺运动概略》总括了抗战时期的文学③，1949 年第一次文代会上茅盾报告的基本观点中从抗战文学的阶段区分到对各个阶段特征的概括

---

① 茅盾：《在反动派压迫下斗争和发展的革命文艺》，《中华全国文学艺术工作者代表大会纪念文集》，第 67 页。《茅盾全集》（第 24 卷），人民文学出版社 1996 年版，第 68 页。

② 胡风对此过程是不满的，他在《三十万言书》中这样写道：“原来第一次草稿给我看过，我当时表示有意见。后来要改写，康濯同志来说，改写了还要给我看看。但实际上并没有。（中略）这个听说是以胡风同志等为中心所改写的报告，骨子里几乎主要是以所谓胡风文艺思想为对象，而且是把问题的本来内容简单化了甚至歪曲了以后再加以论述的。”胡风：《关于解放以来的文艺实践情况的报告》，《胡风全集》（第 6 卷），湖北人民出版社 1999 年版，第 111 页。

③ 茅盾：《抗战文艺运动概略》，《茅盾全集》（第 23 卷），人民文学出版社 1996 年版。文章最初发表于 1946 年 10 月《中学生》杂志增刊《战争与和平》。

都与1946年的文章观点一脉相承。另外，茅盾和胡风的文学观和行事作风虽然谈不上对立，但无法否认二人处于一种微妙关系之中①，茅盾对胡风的批判也并非不能理解。换言之，一方面确实存在茅盾接受中国共产党组织的理论一事，同时另一方面也不能否定茅盾是自愿发表这份报告。

重要之处并不在于判定茅盾多大程度上接受了共产党的方针，本文探讨的是茅盾承认了上述既是中国共产党的，同时也是以本人名义发表文章这一事实。本文试图讨论使此事变为可能的语境，尤其想要厘清中国共产党追求的文学的方向性与茅盾基于自己逻辑基础上展开的文学观如何在1949年这一特定的时代环境下相互重叠。换而言之本文并非要二元对立处理中共的组织理论与茅盾的文学观，而是要尽可能呈现这一思路：即两者达到何种关系时最终催生出了茅盾的报告。

中华人民共和国成立前后，党内外的文化人通过各种渠道表达了对中共政权的支持。对其中许多人而言，这种支持至少在当时是自愿性质的。本文以茅盾这位中华人民共和国成立前即入仕新政权的人物为例，不意图从中共与个人消长这种二元对立的眼光来分析这种支持，而试图将这种支持置于多种力量相互倾轧的场域中进行解读。

第一次文代会报告所示，茅盾支持毛泽东路线的依据来源于他对自己在抗战时期活动的概括。因此下文将确认茅盾在抗战期间的种种活动，以及茅盾概括自己活动的方式，以此追迹彼在中华人民共和国成立前夕将代表中共意志的文章作为自己文章进行发表的过程。

编辑《文艺阵地》

1937年7月全面抗战爆发。8月战火弥漫到了上海。《文学》等

① 以茅盾和胡风的回想录的分歧为基础，论证两者思想差异的先行研究如下：白水纪子“茅盾と胡風”（一）·（二），《茅盾研究会会报》三·四，1985年7月和11月。其次拙稿“異郷日本の茅盾と‘谜’”，“アシア游学”第13号，东京：勉诚出版，2000年。此作仅为围绕两者关系进行的初步探讨。

大型文学杂志被迫停刊之后，茅盾立即着手创办新的文学杂志，8 月 25 日和巴金一起发行了杂志《呐喊》。对茅盾而言编辑文学杂志本应是其主要活动之一，但是战争爆发后他最初着力的正是杂志发行这一点还是耐人寻味。随着战火扩大，在上海进行文化活动变得越发艰难，因此茅盾被迫离开了既是其青年时代活动据点又是当时出版业中心的上海。不久茅盾辗转于各地之后移居香港，并在此进行如文学杂志《文艺阵地》和香港《立报》文艺副刊《言林》等杂志的编辑工作。由此可见抗战爆发后不久的茅盾面对环境巨变，仍然坚持发行文学杂志，努力确保文学活动的存在场域。

在这些文学杂志中，笔者认为茅盾倾注最多心血的是《文艺阵地》。在发刊辞的起首处他如此写道："朋友们都有这样的意见：我们现阶段的文艺运动，一方面需要在各地多多建立战斗的单位，另一方面也需要一个比较集中的研究理论，讨论问题，切磋，观摩，——而同时也是战斗的刊物。《文艺阵地》便是企图来适应这需要的。"① 由此句可见，面对抗日战争这一现实动向，茅盾期望创造能够直接发挥作用的文学活动的存在场域。这不仅是发表创作的存在场域，也是通过理论研究与问题讨论来摸索适应战争状态的文学方式的场域。

茅盾在 1938 年 12 月离开香港之际将编辑活动托付给楼适夷。据楼回忆茅盾曾留下以下话语："因为编辑与作者队伍间的分散，讨论问题之类，是有一定的困难，但也不能因此放弃这个任务。同时重要的是加强与各战区前线与后方的联络，通过文艺作品迅速反映战争时期各方面的生活与斗争的现实，特别是重视新人的发掘，和大众化的倡导。"② 楼适夷的回忆清晰地揭示了茅盾的编辑方针。第一，茅盾重视编辑和作者之间的联系。随着战争扩大到全国后，各地交通系统紊乱。由此可见茅盾在交通网紊乱的条件下也极力保持情报的联

① 《发刊辞》，《文艺阵地》创刊号，1938 年。《茅盾全集》（第 21 卷），人民文学出版社 1991 年版，第 373 页。

② 楼适夷：《茅公和〈文艺阵地〉》，《新文学史料》1981 年第 3 期。

络，意图将文学运动扩展到全国的决心与毅力。第二，将问题讨论确定为重要的任务。翻阅《文艺阵地》可知，每期都会刊登论文。其中值得注意的是，以具体的作品为对象并生动地阐明文艺存在方式的短评及书评。茅盾本人除了较长的论文之外，也写了大量的短评和书评。第三，追求能够迅速反映现实的作品。在战争的初期阶段不仅是《文艺阵地》，整个中国文学界中产生了大量被称作“报告”或“速写”的纪实文学作品。[①] 这些描绘战场等战争时期的现实的作品，直接引起了读者情感的共鸣。第四，将挖掘新人及文艺大众化作为课题。

《文艺阵地》刊登的作品中，引起反响的有张天翼的《华威先生》和姚雪垠的《差半车麦秸》。张天翼的《华威先生》引发了围绕战争中讽刺能否被认可的“暴露与讽刺”论争。

姚雪垠的《差半车麦秸》大概更能明确茅盾的姿态。前一期杂志的后记中茅盾对这篇小说的刊发进行了预告，在刊发的后记中又高度评价道：“在编者看来，是目前抗战文艺的优秀作品。”[②] 这个作品是以被人轻视、外号为“差半车麦秸”的农民为主人公的短篇小说。[③] 故事起始于抗日游击队怀疑主人公农民是个汉奸并将他捕捉后，了解到他是一个纯朴、毫无叛变意识的人，因此将他留在队中。但主人公总是没有自觉性，经常会犯政治性错误。故事的最后，主人公发挥了质朴但强烈的爱国主义精神，不幸中弹牺牲。茅盾对这个形象做出了如下评价：

> 这个故事里表现的，第一是文化落后的农村，动员民众工作

---

① 关于纪实文学参照以下：Charles A. Laughlin, Chinese Reportage: The Aesthetics of Historical Experience, Durham and London: Duke University Press, 2002。

② 《编后记》，《文艺阵地》1938 年第 1 卷第 3 期。《茅盾全集》（第 21 卷），人民文学出版社 1991 年版，第 560 页。

③ 姚雪垠：《差半车麦秸》，《文艺阵地》1938 年第 1 卷第 3 期。《姚雪垠文集》（第 13 卷），人民文学出版社 2010 年版。

> 做得不够，无知的老百姓为了生活，容易被敌人利用。第二，虽然描写缺点，但不使人悲观，那便是农村老百姓都有先天的民族意识，在敌人未来以前，或者不懂得谁是敌人，但敌人真来了的时候，他们便要起来抵抗，如“差半车麦秸”，就是落后农村里一种落后的典型人物性格的发展。[①]

茅盾的观点很清晰。虽然他承认中国农民落后无知的缺点，同时也强调落后的农民有“先天的民族意识”。姚雪垠的《差半车麦秸》描绘了落后农村的面貌和农民内心蕴含的“民族意识”，从而作为描写了“典型人物的发展”的作品受到高度赞扬。此时的茅盾经常在《文艺阵地》的短评和书评中论及现实主义文学。比如在《文艺阵地》第2卷第7期刊登的短论《公式主义的克服》中论述了如何描述“典型人物”的问题。[②] 这一系列的短评再结合姚雪垠的《差半车麦秸》及茅盾对姚的评论，大概能够窥见当时茅盾期待的抗日战争中的现实主义文学之面貌。大致可归纳为，现实主义文学在描写时不应回避缺点。虽然中国的农民有着缺点，却拥有美好的品性，当条件成熟之时，美好的品性便会显露出来。抗日战争中现实主义文学应尽职责之一就是描写这一发展的过程。

茅盾高度赞扬《差半车麦秸》的理由似乎还有一个，姚雪垠在晚年的回忆中这样写道：“我写《差半车麦秸》是受到一九三四年大众语讨论的直接影响而在创作实践上所作的探索。……《差半车麦秸》发表之后，之所以引起广泛的兴趣和重视，恐怕大半是由于我对中原乡土语言运用的成功，使大家感到新鲜。主人公典型性格的塑造，得力于乡土语言。”[③]

---

① 茅盾：《抗战与文艺》，《茅盾全集》（第22卷），人民文学出版社1993年版，第18页。初刊于《现代评坛》1939年第4卷第11期。

② 茅盾：《公式主义的克服》，《文艺阵地》1939年第2卷第7期。《茅盾全集》（第22卷），人民文学出版社1993年版。

③ 姚雪垠：《学习追求五十年》，《姚雪垠回忆录》，中国工人出版社2010年版，第80、82页。

1932年中国左翼文学界关于大众语的重大讨论在瞿秋白和茅盾的论争中掀开了序幕。[①] 为反驳瞿秋白的观点，茅盾于1932年提出了“方言的大众文学”这一概念。[②] 创作描写大众的作品还是创作以大众为读者的作品，经常成为大众语论争中的焦点之一。但无论重视其中哪一方，在多数大众都使用方言的情况之下，运用方言的大众文学受到追捧。然而，运用方言的作品想要获取成功绝非易事。可以说姚雪垠是为数不多完成此举之人。茅盾刊登姚雪垠的《差半车麦秸》之时，因茅盾自身未有明言，我们无从知晓彼对方言问题的关注程度究竟几何。但如后文所述，在此之后对茅盾而言大众化和方言问题成为核心议题。因此茅盾在自己编辑的杂志中刊登当时在国内尚未成名的姚雪垠小说之时，可能无意识中接触到了大众语，特别是方言的问题。

从茅盾编辑《文艺阵地》，尤其是刊登姚雪垠的《差半车麦秸》之事能推知，他在抗战初期阶段广泛开展文学活动，意欲追求符合当时情况的文学存在方式，并且在讨论现实主义文学方法的过程中接触到了大众化和方言的问题。

但是实际上，这样的方向性本身并非茅盾独有。同时期编辑与《文艺阵地》并驾齐驱的文学杂志《七月》的胡风，也采取了基本一致的态度来开展杂志的编辑工作。[③] 胡风和茅盾的区别体现在对具体作品的选择和实践方式上。譬如不久之后被茅盾挖掘的重要青年作家姚雪垠，就与胡风形成了激烈对抗。[④] 更重要的是茅盾确实想就现实主义文学进行探讨，但与其说是对理论的追求，莫如说是致力于生产

---

① 关于瞿秋白和茅盾的论争，拙著“上海モダニブム”，东京：中国文库，2012年，第二章“可能性としての言语一瞿秋白の言語理論”有所涉及。

② 止敬（茅盾的笔名）：《问题中的大众文艺》，《文学月报》1932年第2号，第57页。《茅盾全集》（第19卷），人民文学出版社1991年版，第328页。

③ 参见拙稿“胡風文芸思想と‘七月’の実践”，“野草”第87号，大阪：中国文艺研究会，2011年。

④ 参见吴永平《隔膜与猜忌：胡风与姚雪垠的世纪纷争》，河南大学出版社2006年版。

出更多的实际作品。换言之，此时茅盾的文章中尚无胡风般的现实主义的理论深度。毋宁说，茅盾希望在全中国范围内生产出与抗日战争相匹配的现实主义文学而在辗转于各地之际进行着文学的普及活动。为了考察抗战中茅盾的活动，需要先确认他的行动轨迹。

新疆·延安

抗战时期大量文学家迁移于中国各地，但无论是迁移的距离，还是次数，茅盾都是其中数一数二之人。根据叶子铭整理，茅盾在抗战中到访之处数量高达 43 处。① 他在大部分地方举行过与文学相关的演讲会，其中尤为重要的是新疆和延安。

1938 年 12 月，茅盾离开香港出发去新疆。据晚年的回忆，萨空了的邀请，以及茅盾读了杜重远著作后对新疆产生了兴趣是他赴疆的主要原因。当时统治新疆的盛世才推行进步政策，与中国共产党和苏联之间保持联系。杜重远三次访疆，写下了歌颂盛世才治下新疆变化的小册子。② 茅盾读了他所信赖的杜重远所著后认为："把新疆建设成一个进步的革命的基地，无疑有重大的战略意义，而我能为此事业稍尽绵薄，也是我应有的责任"，于是决定奔赴新疆。③ 但是茅盾去新疆之际，正是盛世才即将展开对共产党人的镇压之时。事实上茅盾被置于与当初期待完全不符的境遇之中。

尽管如此，茅盾为了新疆的文化普及开展了一系列具体行动。他接受盛世才的聘请后奔赴新疆，被任命为新疆学院教育系主任，从事

① 叶子铭：《谈四十年代茅盾的行踪》，《中国现代文学研究丛刊》1982 年第 3 期。当然其中多次到访的地方也很多。

② 杜重远：《盛世才与新新疆》，各地：生活书店（因于战争中，各地都开设了据点），1938 年版。关于杜重远，参见下出铁男"滅亡の民族资本家：杜重遠について"，"鲁迅と同時代人"，东京：汲古書院，1992 年，同"新疆の杜重遠：盛世才との関係をめぐつて"，"日本中国当代文学研究会会报"24，2010 年。

③ 茅盾：《在香港编（文艺阵地）》（《我走过的道路》的一章），《茅盾全集》（第 35 卷），人民文学出版社 1997 年版，第 214 页。

高等教育工作。根据陆维天的研究，茅盾与教育相关的贡献主要体现在以下两方面。其一，“编译部成立后，在茅盾的主持下，编写了一套汉文小学教科书，并翻译为维吾尔、哈萨克、蒙古三种文字出版发行，供全疆各族小学使用。”其二，“为了培养文化干部，把抗日救亡的文化宣传工作普及到天山南北的穷乡僻壤中去，茅盾通过新疆文化协会筹办了‘文化干部训练班’，由他亲自担任班长”①。茅盾翻译小学教科书的逸事可以看出他对民族问题的看法，这是一个具有研究价值的课题，但由于缺乏深入记载的资料，详细情况目前还不得而知。② 值得注意的是无论是编撰教科书，还是培养文化干部，都表达了茅盾意图超越民族界限，将“文化”普及到新疆各个角落的决心。

同时不能忽视的是，茅盾在新疆数次就中国新文学的历史进行讲演。比如，以“中国新文学运动”为题的演讲中概括性叙述了中国新文学的历史。他将“五四”运动至抗战时期的中国新文学划分为三个时期，总结说明了各个时期的特征。③ 茅盾此次新疆之行是以启蒙的态度向不熟悉中国新文学的新疆民众传授“五四”以降有关新文学的基础知识。结合茅盾在新疆传授中国文学的基础知识，以及他从教育事业出发将文化普及到新疆的各个角落之事，可推断茅盾有培养从事新文化或者新文学人才的想法。

茅盾在《中国新文学运动》的结论中列出了中国新文学运动提出的两个课题。第一是“文学的反帝反封建的任务之完成，必须展开与加强现实主义的创作方法”；第二是“大众化——中国革命文学要完成其任务，须先解决大众化的问题”④。可以说，茅盾通过编辑

---

① 陆维天：《茅盾在新疆的革命文化活动》，《新疆大学学报》1983年第4期。

② 茅盾在《新疆风土杂忆》中介绍了新疆各民族的风俗习惯。《茅盾全集》（第12卷），人民文学出版社1986年版。其次杜重远也在《盛世才与新新疆》中特别提到了民族问题。同书第54—60页。但都只是停留于基本概况的介绍。

③ 茅盾：《中国新文学运动》，《茅盾全集》（第22卷），人民文学出版社1997年版。初出于《新疆日报》，1939年5月8日。

④ 茅盾：《中国新文学运动》，《茅盾全集》（第22卷），第45页。

《文艺阵地》探索的正是这两个课题，不难看出他在新疆也重视着这两个课题。重要的是，对茅盾来说这两个课题并非向各地普及推广的已获解决的课题，而是一个发掘新人的同时深化课题，再通过深化课题培养新人的双向运动，就如在《文艺阵地》中发掘以姚雪垠为首的新人作家一样。可以说茅盾在新疆进行文化普及活动的同时，也意欲深化处理现实主义文学和大众化的课题。

然而前文所述，茅盾在新疆并未被置于理想的处境。仅仅一年有余，虎口脱险般逃离新疆的茅盾，经由西安于1940年5月奔赴延安。茅盾在延安经历了另一个重要的体验。

抵达延安后，茅盾在鲁迅艺术学院负责讲授“中国市民文学概论”。根据胡征回忆：“当时我在‘鲁艺’教务处出版科担任科长，每周到茅盾同志住处取教材手稿，连夜刻印，第二天给同学们分发。这些手稿是用毛笔写的。……茅盾同志住在桥儿沟东山半坡的两孔窑洞，里外套间”①。由此可见茅盾一面适应窑洞这样的延安生活习惯，同时笔耕不辍，作为文化工作者开展活动。

颇值得玩味的是《中国市民文学概论》的内容。讲义的教材未存留于世，因此详细的内容不得而知，但根据当时茅盾发表的数篇文章可以管窥该课程概略。如在《论如何学习文学的民族形式》一文中，茅盾将中国“市民文学”的历史追溯至战国时代，依时间轴叙述了“市民文学”的变迁，将《水浒传》《西游记》《红楼梦》定位为“市民文学”的代表作。② 在这里他讲述近代之前的文学的原因正如文章题目所言，与“民族形式”论争密切相关。关于论争，后文详述，此处笔者关注的是茅盾将“市民文学”阐释为“人民大众创作的文学”，从人民大众的视角出发回顾了中国文学的历史。他认为《水浒传》《西游记》《红楼梦》表现了人民大众的思想与斗争。鲁迅艺术学院的教学是“理论与实践的紧密结合”，明确规定“理论的

① 胡征：《忆延安〈鲁艺〉生活》，《新文学史料》1992年第2期。

② 茅盾：《论如何学习文学的民族形式》，《茅盾全集》（第22卷），人民文学出版社1997年版。初出于《中国文化》1940年第1卷第5期。

学习，一般地当由具体历史文化知识进到一般原则问题，尤须着重于中国化，即能将一般原则具体运用于中国实际环境，力戒生吞活剥或盲目崇拜地搬运外国知识，忽视本国固有的及民间的文化艺术之研究。”① 茅盾从人民大众的观点出发回顾中国文学的历史，将现实主义文学和大众化的课题与中国文学史上具体作品相结合的论述方式沿袭了鲁艺的学风。

参加各种名目的研究会是茅盾在延安经历的另一个重要体验。他在回想录中如此写道：

> 一个是范文澜、吕振羽组织的中国历史问题讨论会，他们邀请我，我就抱着学习的目的参加了。参加的人不多，约二三十人，地点好像在蓝家坪，每周举行一次。讨论的题目是中国历史的分期，记得主要对奴隶社会的崩溃是在西周还是在春秋有争论。……另一个会是艾思奇主持的哲学座谈会，据说这个会最初是毛泽东发起的。经常到会的有二十来人，有中央负责同志和延安著名的哲学家，毛泽东、朱德、任弼时、张闻天、凯丰等常来参加。……第三个会是中宣部组织的报告会，专门学习《联共（布）党史简明教程》第四章斯大林写的《辩证唯物主义和历史唯物主义》。②

不难想象，中国历史问题讨论会中的时代区分讨论对于茅盾理解市民文学有着深远的影响。而且，艾思奇是当时延安最具权威的哲学家。再者宣扬斯大林思想和哲学的《联共（布）党史简明教程》在当时延安几乎成为“圣经”。也就是说，这一时期茅盾在延安——当时可以想到的最充实的环境中，超越了文学的范畴，十分深入系统地学习了马克思主义理论。

---

① 王培元：《抗战时期的延安鲁艺》，广西师范大学出版社 1999 年版，第 42—43 页。

② 茅盾：《延安行》（《我走过的道路》的一章），《茅盾全集》（第 35 卷），人民文学出版社 1997 年版，第 372—373 页。

来到延安以前的茅盾虽然提出了有利于抗日战争的现实主义文学和大众化之课题，但是未必以深化理论为目标。正如他在新疆所展现的那样，茅盾主要倾注心血于在更广范围内普及文学活动。而在延安，茅盾带着理论与实践相结合的意识在鲁艺从事教学活动；同时通过学习马克思主义理论成就了微妙但重要的变化。培养新人的活动仍在继续，普及新文学的活动也未停止。只是普及活动的方法有了些微的变化，这正是重要之处——茅盾在这些活动中导入了唯物主义理论。

然而，这一阶段的茅盾终归处于接近共产党的党外知识分子立场。1940 年 10 月，结束了短期逗留的茅盾，肩负着在国民党统治区进行文化活动的使命离开了延安。离开延安后的他没有公开发表唯物主义理论，或者立刻宣传共产党的立场，而是投入大量精力于自己的创作。当然个中缘由也可能是在国民党统治区内无法公开发表正面赞扬中国共产党的文章之故吧。茅盾在太平洋战争爆发之前滞留于香港、重庆，写就了被视为其代表作的《腐蚀》《霜叶红似二月花》等小说。这些作品里刻记着他到延安之前的抗战中的体验。

茅盾在抗战期间迁移于各地之际深化了自己的实践与思想，并学习了马克思主义理论，1945 年以后，他开始展现出新的文艺思想。

解放区文艺

抗战结束后茅盾回到了上海，不久他接受苏联对外文化协会的邀请对苏联进行了访问。茅盾从上海坐船前往符拉迪沃斯托克，再从当地乘坐西伯利亚铁路访问莫斯科，此外还访问了格鲁吉亚、亚美尼亚等苏维埃社会主义加盟共和国。访苏联期间茅盾在各地参观了报社、博物馆、学校等文化机构，观摩了歌剧、音乐剧等文化活动，并且在作家协会及作家的私宅中与相关人士进行了交流。

茅盾致力于向国内尽可能详细地传达在苏联方面招待下经历的所见所闻，他回国后出版了《苏联见闻录》和《杂谈苏联》两本小册子。从《苏联见闻录》中可知，茅盾从旅行途中就有写作该书的计划。该书分为日记和见闻录两部分。日记部分似乎是以日后公开为前提进行的写作。见闻录部分中，茅盾在旅行途中对于意欲详细撰写的机构和事件都做了简短的记录。比如在访问《真理报》编辑部的见闻录中，茅盾记录了职员人数、编辑部架构、发行数量、职员福祉等基本信息。[①] 钟桂松叙述道："这次访问苏联，茅盾悉心收集了大量苏联文化建设以及工厂管理、五年计划、农业、畜业、电力、交通、教育、妇女工作、儿童、青年、婚姻等方面的信息资料，从经济到社会，广泛收集，详细介绍"，强调了 1948 年这本书出版的历史意义。[②]

考虑到茅盾之后成了中华人民共和国的文化官员，笔者推测此次苏联文化体制的见闻给他的认识带来了重大影响，但是茅盾自身怎样理解这段苏联之体验却并未留下详细的记录。此处更值得关注的是，茅盾认真准备并公开发表自己访苏报告中的文章。离开延安后由于时代制约而没有公开延安见闻的茅盾，此时积极发表了盛情宣传苏联文化体制的文章，而且他传达的是苏联立国机制等基本信息。换言之，原本即展现出与共产党相近立场的茅盾，此时至少在公开场合中明言支持以共产主义为纲的建国基础和文化统治体制。

1947 年 12 月，从苏联回国的茅盾再度奔赴香港。茅盾抵港的 1948 年，在香港的共产党人和与共产党具有相近立场的知识分子们展开了新的活动，那便是在《大众文艺丛刊》这一总称下以书籍形式出版的杂志。钱理群写道："《大众文艺丛刊》的创刊，是中国共产党在历史转折时刻，强化其对于文艺（以及知识分子）的领导（或称引导）的一个重要举措——这时的'领导'（'引导'）还主要是通过'文艺批评（批判）'的形式，对正处于夺取政权的胜利前夕的中国共产党，这种领导是迟早要体现为权力意志的，这就使得

---

① 茅盾：《苏联见闻录》，《茅盾全集》（第 13 卷），人民文学出版社 1986 年版，第 208—211 页。最初出版于上海开明书店 1948 年版。

② 钟桂松：《茅盾评传》，南京大学出版社 2013 年版，第 280 页。

《丛刊》的言论从一开始就具有了某种不言自明的权威性。”① 总之，这份杂志在中华人民共和国成立前夜这一历史瞬间中担负着面向全国，即面向包括解放区以外的地区发布中国共产党文艺政策的责任。例如，这份杂志对被认定使用了胡风文艺理论的路翎进行了批判。茅盾也向该杂志创刊号进行了投稿。

回忆《大众文艺丛刊》创刊前后，茅盾写道：“我建议香港文艺界应该加强文艺批评工作，纠正前一时期主要存在于上海的文艺批评的偏向。这种偏向表现在对正面的敌人不去批评，好像有危险，而对自己阵营却很有一些不负责任的批评。”他举出《大众文艺丛刊》作为这种批评的典型例子。② 笔者认为这里使用的“偏向”这一表达方式代表了茅盾在回想录写作时的1980年代的意识，因此自然不能囫囵吞枣般全盘接受，但这种意识中至少能窥见茅盾将共产党主导下的批评活动分为对敌人的批判和对自己阵营负责任的批评两种。更为重要的是，借用钱理群的说法，茅盾自觉参加了“具有了某种不言自明的权威性”风格的批评活动。

茅盾发表于创刊号的文章是《再谈“方言文学”》，这篇文章大部分内容并不新奇。如前所述，他从1930年代开始关注方言文学，在《文艺阵地》中也进行了方言文学的尝试。更甚该文本身即是对同年年初在香港发表的《杂谈“方言文学”》中论点的整理。《再谈“方言文学”》，论述了“方言文学”和白话文学、“方言文学”和文学大众化、大众化和民间形式三个主题。其中值得关注的是关于民间形式的讨论。

民间形式是抗战中文艺论争的焦点之一，论争的契机来源于在延安的毛泽东的问题意识。毛泽东提出了“中国作风和中国气派”后，

① 钱理群：《一九四八：天地玄黄》，山东教育出版社1998年版，第27—28页。

② 茅盾：《访问苏联·迎接新中国》（《我走过的路》中的一章），《茅盾全集》（第35卷），第627页。

文学界围绕怎样将民族形式具体化的问题开展了广泛的讨论。[①] 向林冰的《民间形式中心源泉论》成了论战的中心。向林冰主张从正面否定五四文学以来的以大城市为中心的文学活动，认为农村的民间文艺才是民族形式的中心。[②] 众多论者从各种视角出发对此观点进行了猛烈批判。茅盾也论及由于民间形式是封建社会的落后风俗的产物，从进步的观点出发能够对之加以研究，但不能将其作为民族形式的“中心源泉”[③]。而且如前所述，茅盾在延安鲁迅艺术学院讲述近代以前的文学创作时意识到了民族形式，但彼时通过把“人民大众创造的文学”定义为“市民文学”，避免了关于农村的民间形式的讨论。

民间形式的问题有与方言文学的问题相结合的可能性。汪晖论述到，这场论争中民间形式的问题必然会激起方言问题，概而言之因为具有地方差异性的方言从内在妨碍了近代国家的统一，“新文学的创造者们首次直接地面临都市的‘普遍语言’与乡村的‘方言’的对立”[④]。但是，方言问题并没有如汪晖论述的那样在这场论争中被深入讨论。正如茅盾对向林冰批判的那样，民间形式的问题未被处理为各地差异的问题，而被处理为历史新旧的问题，即如何将民间形式运用于“新”文艺形式之中的问题。紧接上述引用，汪晖认为：“这种特定的政治势力并没有改变或偏离建立自主的民族——国家的民族主

① 毛泽东：《中国共产党在民族战争中的地位》，竹内实主编《毛泽东集》（第6卷），东京：北望社，1970年，第261页。初出于《解放》1938年第57期。此外，关于这场论争，拙著“上海モダニブム”的终章“中国モダニブムの行方”中也有提到。

② 关于向林冰，以他和胡风的论争为中心，拙稿《民族与启蒙：在民族形式讨论中的胡风》，石井刚主编：《“心”与 Nation：反思东亚地区的现代经验》，东京：UTCP（The University of Tokyo Center for Philosophy）、2015年，都有论述。

③ 茅盾：《旧形式、民间形式与民族形式》，《茅盾全集》（第22卷）。初出为《中国文化》1940年第2卷第1期。

④ 汪晖：《地方形式、方言土语与抗日战争时期“民族形式”的论争》，《现代中国思想的兴起》（下卷）（第2部），生活·读书·新知三联书店2004年版，第1520—1521页。日语译本有，村田雄二郎等译《思想空間としての现代中国》，东京：岩波书店，2006年，该处对应的页数为290页。

义轨道”，讨论的结果是在全民抗战中建立了融合地区差异的“民族”。尽管如此，方言问题仍未获得解决。因此自始至终关心方言问题的茅盾在1948年尝试处理的问题，正是意欲建立新的民族形式之际被遗忘的方言问题。

茅盾在《再谈“方言文学”》中写道：“问题的中心还不在形式之如何，而在是否用人民的语言表现了人民的生活。‘民间形式’之合理地处理，应是批判地运用，而不是无条件地因袭”，再度阐述了抗战中反驳向林冰的观点。① 紧接上述引用，他继续写道：“近年来解放区的文艺作家们已经有了很好的实践”，随后介绍了解放区的文艺实践。茅盾在阐述了几个实践的范例后总结道：

> 新形式，改造过的旧形式或“民间形式”，创造性的形式——这三种解放区的文艺形式有一个共同点，就是它们都尽量采用各地人民的口语，方言文学的色彩都相当强烈。然而没有人读了它们以后会发生“这是方言文学”的感想。人们的感想是：大众化的实践终于由这些生活在人民中、战斗中的青年作家提供出例证来了！②

无论如何，茅盾都一如既往地坚持抗战以来的观点。对他而言，方言文学应该从人民大众的口语，即大众化的角度加以重视，并且须经过一定的改造。在此之上，茅盾否定了方言文学用以表征各地差异的可能性。对此观点茅盾的态度可说是一贯到底。但是不能忽略的是，茅盾说到解放区的文艺实践中出现了“实例”。对比茅盾在《文艺阵地》中登载姚雪垠的小说，在新疆将小学教科书翻译为各种民族语之时，意欲在未来通过理论与实践的相互作用进一步深化方言文学，便可以看出他的思想发生了重大的变化。这篇文章中茅盾枚举的

---

① 茅盾：《再谈“方言文学”》，《文艺的新方向》（大众文艺丛刊第一辑），香港：大众文艺丛刊社，第38页。《茅盾全集》（第23卷），第399页。

② 茅盾：《再谈“方言文学”》，《文艺的新方向》（大众文艺丛刊第一辑），香港：大众文艺丛刊社，第39页。《茅盾全集》（第23卷），第402页。

实例有马烽、西戎、赵树理、柯蓝、李季和秧歌剧。他遍览解放区的文艺活动，将这些实例定为现实方向的目标。可以说此时的茅盾在继承了迄今为止文学观念的同时略微改变了批评风格，将现有成果设定为目标。① 他设定的目标便是中国共产党治下的解放区文艺。

结 语

1948 年末，茅盾响应中共邀请香港的民主人士筹备中华人民共和国政治协商会议的通知离开了香港。正如开篇所述，参加了之后筹备工作的茅盾在第一次文代会中概括了国民党统治区的文学活动。

茅盾在题为“在反动派压迫下斗争和发展的革命文艺”报告的“绪论”中，将国民党统治区的文艺活动划分为四个时期。第一时期从抗日战争开始到武汉陷落（1937 年 7 月—1938 年末），全国文艺工作者积极地进行宣传活动。第二时期从武汉陷落后到抗日战争结束的前一年（1939—1944 年），文艺工作者在“国民党反动派”的压力之下，仍然进行了“不屈不挠的战斗”。第三时期从 1944 年下半年开始到抗日战争胜利的前夜，对抗“国民党反动派”的民主运动空前高涨。第四时期自抗日战争结束以降，面对“国民党反动派却勾结美帝国主义企图使中国完全殖民地化，把全中国人民变成美帝的奴隶”之企图，文艺工作者顽强地坚持着进步的文艺活动。尤其在第四个时期中，茅盾列举了电影和香港的活动：“一部分到了香港的文艺工作者在反帝、反封建、反官僚资本主义的总目标下进行工作，所起的影响不仅限于海外各地的华侨，而且还渗透了国民党反动派的封锁而到达国统区内的人民大众中间。”② 如前所述，一般认为上述的时期划分是基于茅盾自身的思考。但意味深长的是茅盾自身的

---

① 白井重范指出在 1948 年的阶段，茅盾违背了原本具有的“作家精神”。白井重范：《“作家”茅盾論》，东京：汲古书院，2013 年，第 318 页。

② 茅盾：《在反动派压迫下斗争和发展的革命文艺》，《中华全国文学艺术工作者代表大会纪念文集》，第 48—49 页。《茅盾全集》（第 24 卷），第 49—50 页。

经历几乎与其相重叠。茅盾在第一阶段积极开展文艺杂志的编辑活动，第二阶段迁移于各地积累经验的同时进行着文学创作，第四阶段前往香港，参加了面向全国各地的文艺活动。某种意义上甚至可以认为，他将自己走过的道路概括为国民党统治区的文艺活动的发展进程。当然，考虑到以茅盾的名义发表的报告是由讨论决定的，将茅盾的个人体验作为概括全体之观点确有需要商榷之处。两者看起来相互重合的意义在于，茅盾的体验，即在抗日战争中摸索文艺思想，找到了自我问题意识发展的归宿，将中国共产党的方向定为目标的体验，正是中共认知的国统区文艺活动发展的范例。换句话说，原本根据茅盾自身逻辑形成的文艺思想变化，与中国共产党追求的“自我改造”相一致，至少成为“自我改造”类型之一种。这种语境中以茅盾名义发表中国共产党定调的文艺运动的报告一事变得可能。

茅盾在第一次文代会召开之后不久成为中华人民共和国中央人民政府文化部部长。据钟桂松所著传记，茅盾坚决推辞该职务，但被周恩来和毛泽东说服而接受了任职。钟桂松写道：“茅盾对中共的理想信念坚定不移，对新中国的诞生也衷心拥护，但对在新政府里担任文化部部长一职，茅盾没有思想准备更没有期待。”[①] 可以说，此态度也表现了茅盾与中国共产党之间绝非对立但也并非一致的复杂关系。

钱理群谈到中华人民共和国的知识分子的命运时，指出了存在“改造”和“坚持”两个不可分割的概念。[②] 据其言，知识分子面对中国共产党制定的方向进行的“改造”和对于自己信念的“坚持”深深交织在一起，任何从单方面进行的解释都不全面。从抗战到人民共和国成立时期的茅盾的文艺思想不正是“改造”与“坚持”互相拉锯的过程吗？

［原刊《济南大学学报》（社会科学版）2018 年第 5 期］

---

① 钟桂松：《茅盾评传》，南京大学出版社 2013 年版，第 300 页。

② 钱理群：《岁月沧桑》，东方出版中心 2016 年版，第 374 页。

第五篇

史料新考

茅盾史料二则

钟桂松

一　同学忆茅盾

谭建丞先生（1898—1995）是德高望重的文艺界前辈。他1898年出生于浙江湖州，4岁开始读《三字经》，5岁习字描红，10岁之前就读过《大学》《中庸》《论语》《幼学琼林》《唐诗三百首》《诗经》《古文观止》等。1910年，13岁的谭建丞就附读湖州府中学堂，此时与刚刚进校的茅盾（沈德鸿）同学，谭建丞戏称为“砚友”。1917年，20岁时考入南京东南大学文学系，获文学学士学位。1922年考入日本东京美术专科学校研究生，1924年回国，1930年谭建丞考入上海政法大学法学系，获法学学士学位。在湖州深厚的文化底蕴里，谭建丞先生自幼研习金石、书法、绘画、诗词，13岁去拜见吴昌硕，吴昌硕称他为“小友”，16岁时为珠联室笺扇庄写对联，得到李叔同、蒲华等名人指点。李苦禅先生称谭建丞先生为“江南书画第一擘”。粉碎“四人帮”以后，谭建丞先生已经进入晚年，但是仍然意气风发，积极参与各种社会公益事业，1978年，谭建丞先生所谓历史问题得到平反，使81岁的谭建丞先生心情舒畅。谭建丞先生一生追求时代进步，1988年，谭建丞先生91岁的高龄，加入中国共产党，实现了他一生的夙愿。

1984年5月，中国书法家协会浙江省分会和浙江省桐乡县文化局在乌镇联合召开一次“茅盾笔名篆刻笔会”，邀请浙江省内的篆刻家在乌镇创作，将茅盾125个笔名篆刻成印章，成为浙江省篆刻界的一次盛会。当时，87岁的谭建丞先生是篆刻笔会中年岁最高的篆刻家，但是精神、记忆力都非常好。谭建丞先生篆刻了“沈德鸿”“茅盾”两方印章，十分苍劲有力。其时，笔者供职在桐乡县县委宣传部，知道谭建丞先生与茅盾的中学同学关系，便让桐乡县广播站派记者就他与茅盾同学一事，对谭建丞先生进行采访。1984 年 5 月 25 日下午，广播站的徐秀萍等记者对谭建丞先生进行采访。谭建丞先生在茅盾的家乡乌镇谈了自己在湖州中学和茅盾交往的种种，史料鲜为人知，非常珍贵。当时，徐秀萍根据采访录音整理成文章以后，特地送谭老审查核对，谭建丞先生在当时的整理稿上做了认真修改，并且将自己亲笔修改稿还给徐秀萍同志。后来，广播稿播出以后，徐秀萍同志知道我在研究茅盾，特地将录音记录稿和谭建丞先生亲笔修改过的整理稿一并给我保存。现在抄录在这里的这份录音整理的材料，就是当时经过谭建丞先生亲自修改审定的采访记录。

谭老忆茅盾

那是七十三年前，也就是 1911 年，我与茅盾（当时他名叫沈德鸿）在湖州府中学（后来改名为浙江省立第三中）同校读书，当时我 14 岁，沈德鸿 15 岁。我比他低二班。当时，沈德鸿的脑子聪明是超过一般人的。我讲几点——

他爱好清洁卫生，这是一点。事情是这样的，当时我们上课在教室，退班之后则都到自修室看书温课。（那时的中学校舍就是湖州城内的爱山书院所改，里面的房屋破旧得很。）那个自修室的旁边就是厕所，而沈德鸿在自修室里的座位正好在厕所旁边，因为他从乌镇到湖州来交通不便，城里的同学早已把位置占好了，等他来剩下这最蹩脚的位置给他。那扇门开出去就是一排坐坑，当然经常要闻到秽气。德鸿就在门口贴了一张纸，写上“少住为佳”四个大字，意思是叫人家少到大便间。但是很多人却借大小便之名，常常溜进去，为啥要溜进去呢？不外二种：一是偷吸香烟头，一是厕上看闲书。那时候，校规香烟是不准吸的，自修室里学监常要跑进来视察。因此，他们只有到大便间里去吸。看闲书也违禁的。他们跑进跑出，那股臭气，沈德鸿首当其冲尝饱了。沈德鸿所以要贴这张“少住为佳”，是叫大家多读读书，少出恭。不料，过了几天，那个“少”字变成了“多”字，同学们哈哈大笑，因此，德鸿生气了。因为像沈德鸿这样认真读书的人少。过了一天，他又在自己这只位置上面的窗上，贴了一张纸，写着“卫生莫善于养气”。这是他自己抑制发怒的意思。因此全校就称他为“卫生家”“沈德鸿是卫生家”，很快传开了。现在大家都晓得，他是文学家、艺术家、书法家，全摆得上，但是“卫生家”到现在还没有人称他。实在他是讲卫生的，衣服穿得干干净净，笔挺笔挺，地上不可吐痰。现在说的清洁卫生，那时学堂里不提倡，他倒一个人先提倡。这是一点。

第二点是他的国文基础特别好。他数学却特别差。作文的日子，他做的文章交上去，老师每每吧嗒吧嗒圈圈子，通篇全是圈子。那个时候老师批文章圈圆圈越多，就说明文章写得越好。同学都又说：“沈德鸿是文学家了。”那时候既是讥讽，又是说笑话，但也是敬佩他。老师在批阅他的文章的时候，圈的圈子是一圈连着一圈，同学把这称为“辫子”。每次作文，大家都会说：“今天辫子一定沈德鸿最多。”同学们都称他是“文学博士”“文学家”。这是第二点。

同学们在谈吐之间说起辫子，就又扯到剪辫子上去了。关于剪辫子，沈德鸿他自己也写过一篇文章。

那是辛亥革命这一年的暑假，革命风潮遍及全国。在我们同学中也引起对革命的关注。当时，我们的学校的同学很滑稽，小的十三四岁，大的三四十岁以上，那是一些科举废除后没有出路的老秀才。大的大，小的小，我和沈德鸿这一辈都被称为“小鬼”。“啊，小辫子，讲辫子就请沈德鸿来!”大家说着笑话。而沈德鸿呢，真有点毅然决然，他说，辫子，是值得一讲。大家说革命党到了要剪辫子，那么我们的辫子怎么办？是剪还是不剪？是早剪还是迟剪？大家窃窃私语，那些大的，三四十岁的人当然不赞成。而我们这些年纪最小的也不知道革命是啥事情，但听广东人剪，那么时髦总是时髦的。我们大家来试试看。有几个人说：我们先要去问过爷娘。而那些老同学要“之乎者也”了，什么“身体肤发受之父母，不敢毁伤，孝之始也”。老师来问，你们在说啥？谈革命么？没有啥，没有啥，我们讨论孔夫子圆脑壳，大家哈哈大笑。

讲到辫子，这位德鸿兄做了一副对联，这副对联倒有点革命思想。上联是“田田乌尾巴，不足惜也”，这“田田乌”，文言即“蝌蚪子”。沈德鸿把“蝌蚪”的尾巴比作“辫子”，十分形象。大家听了。就东一句西一句地说开了：“这是个大辫子，那个是小辫子……”当时我和德鸿都是小辫子，这小辫子巴不得剪掉，免得别人“小辫子，小辫子”地叫。德鸿兄是赞成早剪，只是那时候还不敢剪。他不久又续了下联：“施施然头颅，何以处之。”这下联是讽刺老先生的，原来当时的老师，有的是前清举人，走起路来踱方步。现在想起来，沈德鸿当时的革命思想确实有点的。半年之后，他到嘉兴的“省立二中”去读书了。听说他的辫子是在二中剪的，不但剪得早还劝他人也早剪不要留恋。这以后到现在七十三年了，我们这些笑话也没有谈过。（乌镇当年有一位同学，名吴宗培，今访不到，否则可以证实，或者可以想起一些。）

今天讲的是有关沈德鸿没人讲到过的三件事，一个是卫生家，一个是文学家，还有革命家。当时沈德鸿的思想确实是先进的。那时我们听到革命两个字是怕的，怕得很。现在想想看，沈德鸿不愧为一个伟大的革命家和文学家。

谭建丞先生对茅盾的回忆，当时引起我的强烈兴趣，因为整个八十年代，我都在搜集茅盾的史料，走访和茅盾有关的人，包括茅盾在上海、杭州、天津、北京等地的一些亲戚，在乌镇派出所寻找茅盾家族的户籍资料等，对茅盾家世和中小学阶段史料做全面的搜集整理。当时，茅盾回忆录《我走过的道路》（上册）已经在1981年10月由人民文学出版社出版，对茅盾的中小学阶段的史料已经有所披露。但是，茅盾丰富多彩的中小学生活阶段的史料，远远没有全部展示。有些已经披露的史料，还有差错，所以需要大量的调查研究，查阅大量的档案资料。但是，20 世纪中国不停的战争和灾难，大量的文化史料、纸质史料早已湮没在历史的尘埃里，或者消失在炮火里。所以，个人的“三亲”史料就弥足珍贵。茅盾在回忆录里对自己的中学时代，回忆得非常详细，比如，在湖州中学读书时，茅盾是插班生，“原想插三年级，但因算术题目完全答错了，只能插二年级”。还有如湖州中学重视体育教学；茅盾的作文成绩为老师所欣赏，写过一篇作文《志在鸿鹄》，老师给茅盾的评语是“是将来能为文者”。茅盾自己回忆是 1911 年秋季始业时“转入嘉兴中学”的等，在茅盾回忆录里都有回忆介绍。

在乌镇的篆刻笔会结束以后，我又专门给谭建丞先生写信，列出几个题目，向谭建丞先生请教。1984 年 8 月 23 日，谭建丞先生就有关茅盾与湖州中学的情况，专门书面答复我的请教。我是 8 月 27 日收到谭老信的，笔者在 2008 年第四期《人物》杂志上披露过这封信的内容。这里再重复介绍一些主要内容，关于茅盾什么时候到湖州读中学？是秋季还是春季？茅盾回忆录里说：“1909 年夏季，我从植材小学毕业了，时年 13 周岁。母亲准备让我考中学。”似乎在秋季到湖州的。但是，谭建丞先生回信说：“茅盾在湖州府中学堂是春天（那时以阴历正月底边招生为主，后称‘春季始业’），直到民国改元后，约民三四年始有暑假进校的，称‘秋季始业’。”所以，后来茅盾研究界结合茅盾小学时代的“文课”（作文），基本认同茅盾是 1910 年春季到湖州府中学堂插班二年级的。关于茅盾在湖州府中学堂时的成绩问题，茅盾回忆录没有详细说，只是说作文受到老师的表扬和肯定；还说自己的体育课不好的；数学课因为算术题目完全答错了；等等，说明体育和数学并不是茅盾的强项。谭建丞先生在接受采访时也说到了，我问谭老，是否记得，茅盾当年在湖州府中学堂读书时的国文成绩？是不是第一名？谭老在给我的信中说：“国文课。有一个同学名陈辅屏（四年级）最佳，全校第一。茅盾可为第二，他大约在二年级。可是茅盾的算学（后改称算术、数学）是差的。我也差的。曾加班补习而知之，实非同班（我低一班）。”谭建丞先生在回信中，还讲了一些在采访中没有提到的茅盾在湖州府中学堂读书时的往事。他说："茅盾在校时，星期日常常一个人在操场里，手执一卷，踱来踱去。或者宕宕旧书店，买一二本书。一次遇到他在宕府庙，手里拎一包吃的东西（茶食），施施然地。一个同学对我说：'他是家里有钱的，家中常有钱带来。他爱吃闲食呀。'"这也许是谭建丞先生对中学时代的茅盾的一个侧面印象。但是很有趣，所以也写在这里。

后来我因为工作关系，加之谭建丞先生年事已高，虽然和谭老有联系，甚至有时上门请他为桐乡的文化场馆写字题词，但是没有继续向谭建丞先生请教更多的茅盾往事。后来，我离开桐乡，去浙江省电视台任职。1994 年，以浙江电视台的名义，曾经为谭建丞先生和岳飞后裔岳石尘先生的书画作品联系台湾有关媒体，在台湾举办"大陆双百老人谭建丞岳石尘百幅书画精品展"，当时在台湾引起广泛关注。可惜当时谭建丞先生已经 97 岁，所以没有去台湾亲临现场。1995 年 12 月 8 日，一代艺术大师谭建丞先生在湖州去世。享年 98 岁。这是后话。

二 沈雁冰在国民党中宣部交通局的一桩公案

近日，整理旧信，忽然发现二封当年在国民党中宣部（后为秘书处）管辖的上海交通局工作的梁闺放同志回答我求教的信，其中一封有关交通局的回忆，弥足珍贵，现在稍加整理，供同好参考。

1926 年，对一心想当政治家并且已经在政治舞台上施展身手的沈雁冰（茅盾）来说，似乎流年不利。年初去广州参加国民党第二次全国代表大会，会后被国民党中央留在国民党中央宣传部工作，当时的部长是汪精卫，代理部长是毛泽东，2 月 8 日，沈雁冰被国民党中央执行委员会常务委员会第三次会议任命为国民党中宣部秘书，具体协助部长负责中宣部的日常部务。当时，沈雁冰对此不解，认为一个秘书也要中央执行委员会务委员会通过任命？毛泽东告诉他，部长以下，就是秘书。所以秘书的地位很高，责任很重。正当沈雁冰全身心地投入毛泽东领导下的革命事业时，广州忽然发生了影响沈雁冰政治前途的“中山舰事件”，本来很有抱负而且前程远大的沈雁冰不得不离开广州的国民党中宣部，回到上海代理中宣部下面的交通局主任。临行，汪精卫非常感慨地对沈雁冰说：“你要回上海，我不久也要舍此而去。天下事不能尽如人意，我们的事业没有完。我们后会有期。”汪精卫留给沈雁冰的是一番感慨；沈雁冰又去毛泽东那里辞行，毛泽东希望沈雁冰回到上海以后，办一张报纸。所以沈雁冰到上海以后，为落实毛泽东要求办报纸的任务而奔波，后来，工部局没有批准，报纸没有办成；沈雁冰却陷入交通局的一桩人事公案里了。关于交通局因为引进工作人员而发生的公案，沈雁冰在回忆录专门有一节回忆：

> 这交通局可以说是国民党中宣部在上海的秘密机关，办事人全是共产党员。交通局的职权是翻印《政治周报》和国民党中宣部所发的各种宣传大纲和其他文件，转寄北方及长江一带各省的国民党部……交通局有职员四、五人，都是办杂事的，没有专管会计的人，恽代英是自兼会计。但二次代表大会以后，上海交通局的业务繁忙起来了，我还兼国民党上海特别市党部的主任委员（也是代恽代英的），所以，没法自兼会计。我向中共上海特别市委说明情况并要求派人，不久，派来了姓郑（男）姓梁（女）一对夫妇，都是知识分子，也是党员。这两人担任会计和记录。男的任会计，女的任开会的记录和收发，登记《政治周报》和国民党中宣部文件。却不料原有的交通局工作人员对新来的两个知识分子，不能和衷共济，时常闹纠纷，还私下里说，这两人是我的私人。结果，我只好请中共上海特别市委出面说清楚，解决了这纠纷。

沈雁冰在回忆录里除了讲到进人引发的公案和因此带来的烦恼以及交通局的职责外，还说到因为交通局的经费问题以及国民党二大以后的任务。他说：

我代管交通局（正式名称是上海交通局代主任），至五月底，该局事务由中宣部改为秘书处管理，结果经费迟迟不发，每月经费多少也未规定。我乃函广州请辞去代主任，并谓照现在这种情况，交通局只好结束。结果，广州来函任命我为主任，并规定经费每月一千元，由中央特别项下支拨。大概到八月上旬，我又请国民党中央秘书处批准交通局设置视察员一人，按时视察北方各省及上起四川下至江苏沿江各省的党务及工、农运动情形，提出书面报告，并由交通局转秘书处以备参考。但视察员之车马费应如何规定，或据实报销，应请核示。此函发出以后竟如石沉大海，十来天之后，我函请“因病”辞职，并请侯绍裘代理。八月下旬，广州来函挽留，并批准视察员一人之车马费应实报实销。这样我仍留交通局直到本年年底。我曾物色到一个姓王的视察员（共产党员）出去视察了两次。

沈雁冰这里回忆交通局的大半年的工作，大体是事实。据上海学者杨扬先生披露在台湾看到的沈雁冰在交通局的档案，也证实沈雁冰从代理交通局主任以及申请经费、请辞职务等，确有其事。但是，由于当时这个交通局是国共合作时期的内部机构，许多史料除了沈雁冰的回忆之外，包括台湾开放的一些档案，还有一些情况有待于进一步调查了解。比如当时交通局的地点，郑、梁的情况以及沈雁冰给广州的谁写信等，都还有研究了解的空间。笔者在20世纪80年代在研究沈雁冰的回忆录时，专门查阅相关材料，向有关当事人写信请教，了解到一些当时的情况，现在整理出来，可以补充沈雁冰关于交通局这桩公案的回忆。

20世纪80年代我在向沈雁冰流亡日本时的见证人、老乡、同济大学教授钱青老师通信求教时了解到，沈雁冰回忆录里讲到的交通局郑、梁都是从桐乡到上海的，钱青老师还告诉我，当年和沈雁冰在交通局的同事梁女士还健在，而且就在上海，梁女士叫梁闺放，与钱青老师很熟，钱青老师经常去看她。于是我请钱青老师帮助联系，我直接写信向梁闺放女士请教。钱青老师在1985年2月12日给我的信里告诉我梁女士的地址，并说："她患腿疾，行动艰难，不能外出，所以只有我去她处，她不能出行。"不久，我给梁闺放女士写信，请教她在交通局时的情况，梁闺放很热心，在自己患病行动不便的情况下，给我回信，回答我的请教。她在 1985 年 4 月 10 日给我回信中说：

> 关系（于）你问我到上海后参加革命工作的情况，我是非常惭愧的：一则为时太久，相隔五六十年的事，脑子神经有（又）硬化，已记不清楚了；二则，那时我初次来沪，新参加中国共产党，主要是学习，虽然同时参加些工作，是随时在（党）指导下进行的，你不嫌我写得麻烦（啰嗦），我此刻把我所能记忆的，只能乱七乱八记一点，恕我草率。
>
> 我的上海居住，是郑明德先我来上海已经组织好的，属于交通局的机构，是茅盾办公处。公开是住宅，楼上是吴文祺全家老小住着，（吴文祺现在任上海市政协副主席）我们在楼下。办公室在亭子间，以住家作掩护。我经常到茅盾家去，他夫人孔德沚对我帮助很多，有什么事带我出去，有秘密讲演去听讲。我也曾经去过湖州会馆（党办公区）听过罗亦农、赵世炎先烈的演讲，也有陈独秀。国民革命军快来上海前，交通局的任务也完成了，宣告结束。那时茅盾和夫人孔德沚去武汉，郑明德办理结束事务，事后去浙江，恐（怕）到乌镇桐乡濮院等地。那时浙江党的负责人是王贯三（?）

梁闺放有关交通局的回忆有几点史料值得关注，一是沈雁冰回忆录没有讲到交通局在哪里，而梁闺放清楚地记得，交通局设在吴文祺家里，她与丈夫郑明德住在楼下，吴文祺一家老小住在楼上，而沈雁冰等人的办公室在吴文祺家的亭子间里。这样的地方，符合当时地下秘密机关的特征和要求。吴文祺是浙江海宁县人，1901 年生，此时他刚刚进商务印书馆当编辑。后来，交通局工作结束以后，他随沈雁冰去武汉的中央军事政治学校武汉分校担任政治教官。大革命失败以后，吴文祺回到上海，担任商务印书馆馆外编辑。中华人民共和国成立以后，他先后任暨南大学文学院院长，复旦大学教授，担任《辞海》副主编、上海市政协副主席等。1991 年去世。所以当时国民党中宣部（秘书处）所属的交通局，放在商务印书馆新人吴文祺的家里，是一种合理选择。二是梁闺放和丈夫郑明德都是住在吴文祺家里的，即住在交通局机关内的。关于郑明德，笔者从桐乡党史办提供的《郑明德自传》了解到，郑明德，1899 年冬出生在桐乡县濮院农村一个佃户家庭，因为穷，父母将郑明德卖给郑家做养子，养父郑三喜是烟叶行职工，但却抽上鸦片，常常借债，幸亏养母勤俭持家，全家勉强度日。1914 年，郑明德以第一名的成绩高小毕业，老师们都鼓励郑明德继续升学，无奈家贫，不能如愿。所以，濮院镇翔云小学校长介绍郑明德去本镇第九小学教书。郑明德一边教书一边补习。两年后考取杭州私立宗文中学，1918 年郑明德又考入浙江省立第一师范，期间得到老师刘大白的器重。1920 年夏天，郑明德毕业于第一师范学校，之后，他先后在崇德县第三高等小学、海宁一小教书。期间，郑明德在《新青年》和五四运动的影响下，开始热心社会变革，1922 年，郑明德到上海，认识沈雁冰、孔另境、杨贤江等，第二年，郑明德与吴文祺一同去杭州访问沈定一。同年冬，经人介绍，郑明德到乌镇植材小学当教务主任。在乌镇，郑明德与李达、王会悟夫妇来往密切，郑明德自己认为“得到许多进步”。1924 年，郑明德与同在植材小学教生理卫生课的梁闺放举行新式婚礼，郑明德说：“其仪式只举行了一个茶话会。”后来，郑明德因为当地立志小学校长辞退一位进步教师而打抱不平，立志小学的校长被免职，而郑明德也被县长撤职。此后，已经是中共党员的郑明德因为在乌镇无法立足，离开乌镇去上海，此时，沈雁冰从广州回来，交通局缺人，郑明德经组织介绍进交通局，而梁闺放稍后也离开乌镇去上海。据梁闺放 1985 年 3 月 7 日来信中告诉我，她是 1924 年由爱人郑明德介绍进植材小学当生理卫生教师，梁闺放学的是妇产科，“但执行产科业务胆小”，便改行去当生理卫生教员，她告诉说：“我们在乌镇约二年，后就去上海参加革命工作。”这个回忆，与沈雁冰主持交通局的时间也吻合。三是信中提到的王贯三，也是符合当时的历史事实的。王贯三（1895—1962）是浙江嘉兴人，他在1915年浙江省立第一师范毕业以后，先后在嘉善、桐乡、杭州等地小学教书，1922年4月加入中国社会主义青年团，同年到浙江萧山衙前农村小学教书。1924年3月国民党临时省党部成立，王贯三任秘书，同年夏天，王贯三参加中国共产党。不久奉中共党组织派遣到嘉兴工作。1926年，茅盾在上海交通局工作时，王贯三是国民党浙江省党部的中共党团委员。1927年大革命失败以后，王贯三转入地下，同年底担任中共浙江省委秘书。后来，王贯三也与党组织失去联系，但他在颠沛流离的过程中始终坚持进步思想，从事革命工作。解放以后在上海、福建等地教育系统工作，曾为福建省人大代表，长汀县政协副主席等，1957年错划为右派，1962年4月去世。1979年5月平反。所以，梁闺放的回忆里，虽然她自己打一个问号，其实她的记忆是准确的。

由于郑明德是桐乡人，夫妇俩是乌镇出来的，而且郑明德、梁闺放他们和沈雁冰一家非常熟悉，来往密切，所以，难怪交通局原来的工作人员怀疑郑明德夫妇是沈雁冰带来的“私人”。由此可见，茅盾回忆录有关交通局的这桩公案，还是真实可信的。

至于沈雁冰在1926年7月27日向广州写信，因为经费迟迟没有到位，使用经费也没有规定，他只好写信向秘书处辞去代主任职务。从杨扬先生在台湾档案中看到的信封，沈雁冰是以孔玄珠的名字寄的，收信人是秘书处许志行。许志行是浙江海宁人，1902年生，少年时代流浪在汉口时结识毛泽东，在毛泽东的关心下，18岁的许志行到湖南第一师范附小补习文化，1922年经毛泽东介绍参加社会主义青年团，1925年加入共产党，1926年春，应毛泽东邀请，前往广州任宣传部交通局助理，从事广州上海之间的地下交通联络工作。后来交通局归秘书处负责联络以后，广州方面联络人仍然是许志行。所以当时沈雁冰碰到工作上的困难以后，直接写信给秘书处许志行。在北伐战争中，许志行在武汉担任国民党中央党部的机要秘书。大革命失败以后，他先后在上海和浙江从事中共地下工作，后来他与组织失去联系，此后主要从事教育工作，中华人民共和国成立以后，与毛泽东继续保持联系。1983 年 10 月 11 日许志行在上海去世。这也是有关沈雁冰在交通局的往事之一。顺便一说。

（原刊《新文学史料》2019 年第 4 期）

新发现的李霁野致茅盾信及茅盾《简·爱》未刊译稿

刘明辉

2018年3月15日至4月15日，上海图书馆与大英图书馆联合举办了“文苑英华——来自大英图书馆的珍宝”英国作家手稿展，这是中英两国政府高级别人文交流机制中的一个重要项目——“大英图书馆在中国：共享知识与文化”的内容之一。展览中，大英图书馆提供馆藏T. S. 艾略特、D. H. 劳伦斯、夏洛蒂·勃朗特、狄更斯、雪莱的手稿原件，上海图书馆结合中国出版的各类文献实物和上海图书馆中国文化名人手稿馆馆藏，发掘5位英国作家作品在中国的传播历程，探究英国文学在中国被译介和被接受的基本状况，为研究中西文化交流史和文学作品译介史提供了珍贵实例。

一　馆藏李霁野致茅盾信钩沉

备展期间，笔者对上海图书馆中国文化名人手稿馆（以下简称中国文化名人手稿馆）建馆至今所藏的8万余件书信和手稿进行了排查和遴选，发现一则李霁野（1904.4.6—1997.5.4）致茅盾（1896.7.4—1981.3.27）通信，未见于二人的全集、书信集和文集等相关文献及学界的研究论述。该信由茅盾哲嗣韦韬于20世纪90年代捐赠上海图书馆，书信正文以黑色墨水的钢笔写于淡黄色空白信纸上，捐赠时附信封一枚，邮票完好，邮戳未显示寄信年份。通过文本细读和内容分析，一宗译坛“悬案”的考证依据和鲜为人知的译坛佳话浮出水面。

通信全文如下：

茅盾同志：

近拜读大作《论文学翻译》，谈到您曾于卅年代写评《简·爱》一文，我还记得，但不知刊于什么杂志，想找看一下殊不易。您手头如有此文，可否挂号借我一看，看后奉还。如无，可否请您的秘书函告该文在什么杂志何年何期？知您甚忙，身体又不甚好，仍以琐事相烦，敬请原谅。我对您提的某一句译法很感兴趣，我原也是照您的句子译的，别人提议改，我改了。用两种译法对比写一短文，为文坛记一逸事，也有点意思。敬祝

健好！

李霁野上

十一月十六日

信始提到的《论文学翻译》应系《谈文学翻译》之笔误。此文最早发表于《苏联文学》1980 年第 3 期，写作时间为“1980 年 2 月 25 日”。茅盾于末段提及了自己 1930 年代写评《简·爱》的往事，摘录如下：

> 三十年代，我曾经写过一些论述翻译的文章。其中有一篇比较了伍光建与李霁野释译的同一作品，即《简·爱》。李的译本后来很通行，当时译作《简爱自传》。伍的译本在先，在我看起来，他的译本已经是相当好的本子了，但是李霁野还是重译了。我认为真正的名著应该提倡重译。要是两个译本都好，我们可以比较研究他们的翻译方法，对于提高翻译质量很有好处。

“比较了伍光建与李霁野释译的同一作品”的文章即茅盾的《真亚耳（Jane Eyre）的两个译本——对于翻译方法的研究》，最早刊于《译文》1937 年新 2 卷第 5 期。这篇著名的论文以对比译句的形式分析了两位翻译家对于夏洛蒂·勃朗特代表作《简·爱》的译法，在外国文学译介史和国内译坛中具有重要的影响力。此外，它还在上海

鲁迅纪念馆编《李霁野纪念集》（上海文艺出版社 2004 年版）中居于序言位置，编者“考虑到这篇文章出自茅盾的手笔，是较早研究和评论李霁野翻译的重要论文，且《简·爱》亦为李霁野先生翻译方面的代表性作品，故特移用作为本书的‘代序’”（《编后记》）。可见《真亚耳（Jane Eyre）的两个译本——对于翻译方法的研究》对李霁野和李霁野研究者而言具有特殊的重要性。

在这封信中，可以看到写信人与收信人的默契，信中两人彼此知晓的指代物，旁人往往感到云里雾里：这封信写于何年？“我对您提的某一句译法很感兴趣”，指的是哪一句译法？“别人提议改，我改了”，是谁提的修改建议，李霁野为什么会决定接受建议？茅盾收信后是否回了信？“用两种译法对比写一短文，为文坛记一轶事”，这个愿望实现了吗？如今，写信人与收信人都已作古，若这件“有点意思”的逸事在译坛悄然消逝，不免令人叹惜。所幸答案并没有随着他们湮没于世。

细读此信，“可否挂号借我一看”，并说明“看后奉还”；“可否请您的秘书函告该文在何年何期”体现出李霁野处事周到、谦恭有礼的特点。这是李霁野一贯的风格，在他的青年时代，“绅士风度”就已形成。李霁野夫人刘文贞曾回忆李霁野早年在天津河北女师任教时的细节：“他也很讲礼貌，无论开门或走进门去都让我们在前；最初我们对此很觉得不惯，后来才知道这原来是一个 gentleman 所遵守的 lady first 的礼貌。总之，这一切使我们都得到一个‘温文尔雅’的印象”，他“为人心细，体贴入微”①。信中他对茅盾说“知您甚忙，身体又不甚好，仍以琐事相烦”，说明写这封信具有必要性和重要性。笔者比对李霁野早年与晚年笔迹，发现此信笔迹符合其晚年运笔特点。当时年事已高的李霁野专为某事写信询问茅盾并期盼答复，必定有其缘故。

李霁野感兴趣的《真亚耳（Jane Eyre）的两个译本——对于翻

① 刘文贞：《伉俪生活五十年》，上海鲁迅纪念馆编《李霁野纪念集》，上海文艺出版社 2004 年版，第 279 页。

译方法的研究》一文，发表距今已半个多世纪，向来研究者众多，分析茅盾翻译观点时此文亦是必经之途。但“当事人”李霁野感兴趣的是文中哪一处观点，此观点对其产生了怎样的影响，在学界未得到足够关注。其实，从李霁野信中所提的“译法”一词入手，可以探知答案。一般而言，所谓“译法”，既可以理解为翻译的方法，也可以理解为具体的译文。回顾全文，茅盾至少引了八处原文和译文，每一处都提出了评论和意见。要探知李霁野所说“某一句译法”是哪一句，似无直接依据。但根据“我原也是照您的句子译的”，可知“译法”不是具体译文，而是对于某种翻译方法的建议。经筛查，茅盾向李霁野直接提出的建议有两处，集中于原文的同一段落中：

> Folds of scarlet drapery shut in my view to the right hand; to the left were the clear panes of glass, (1) protecting, but not separating me from the drear November day. At intervals, while turning over the leaves of my book, I studied the aspect of that winter afternoon. Afar, it offered a pale blank of mist and cloud ; near a scene of wet lawn and storm-beat shrub, (2) with ceaseless rain sweeping away wildly before a long and lamentable blast. (Charlotte Brontë: Jane Eyre Chapter 1)
>
> (1) 李译：使阴沉的十一月天气侵犯不到我，却又不使我与外界隔离
>
> 茅盾建议：似可直译为“保护我不受那阴寒，但是并没使我和那阴寒的十一月隔绝”
>
> (2) 李译：不住的雨在长时而凄惨的暴风前狂放地掠过
>
> 茅盾建议：拟换为“长而悲啸的阵风，赶着不住的密雨，一阵阵狂扫而过”，如何?

笔者认为李霁野所指“某一句译法”应为（1）处，可从正反两方面论证。其一，（1）处茅盾明确建议改为“直译”，直译属于译法中的一种类型。其二，（2）处李译为直译，但没有表达出“风和雨”

互相之间的动态关系，茅盾建议将此介词结构译成三个短句，改后明显体现出原文中“sweeping”所蕴含的动态因果关系。此外，句中还改了李所用的“掠”字换作“扫”。一字之差，将李未体现的雨和地面的关系表现得非常准确。“掠”字体现与地面摩擦力度较轻，而“扫”则更为有力，突出风雨交加的程度。茅盾修改后文句的意蕴比李霁野更为丰富。因此，李指的应为（1）处。若为（2）处，则他不可能将已体现的相互关系反改为不体现，将准确的用词反改为较为模糊的意义。

这项推断与李霁野《悼念茅盾同志》一文可互相印证。《悼念茅盾同志》完稿于1981年4月3日，初刊于《新港》1981年第5期。现将相关段落摘录于下：

> 我译完《简·爱》后，一个同乡朋友说，可以拿去给胡适看看，我说他看我这样拙劣的译文，会笑落大牙的吧。他说他同他很熟，可以给他看看，我同意了。胡适看后说：“Readable”（通顺可读），不过他赞成译文中国化，并举出一例说，若是他译“……to the left were the clear panes of glass, protecting, but not separating me from the drear November day”就不会像我那样译法。我觉得他既然费了点时间，又肯提出点意见，不如照他的意思改一下吧。而茅盾同志恰恰提出这一句不如改译一下，而且他提出的就是我原来的译法。我因此觉得茅盾同志读译文是很细心的，我对他非常钦佩感谢。
>
> 前些时，有人嘱我写点文坛逸事，这件事我以前也同人谈过，就想找出茅盾同志的文章看一看，看能否写成一篇短文。可是我手头没有这篇文章，也记不起刊于何时何种刊物，便给茅盾同志写了一封信。我知道他身体不甚好，又在忙着写回忆录，所以请他让秘书写一复信，告知该文在什么刊物上发表，或把文稿存底借我一阅。一个多月未见复信，我后悔不应以这等琐事麻烦他，也担心他的健康恐怕更差了。但复信终于来了，是秘书照他的意思代写的：他很抱歉信复迟了，因为作协前一天才把我的信

转到，并说手边已无那篇文章，已编入一书，即将在上海出版，如要看，可查 1935 年《译文》。他的严肃认真的作风使我非常感动。万没有想到，不到一月他就与世长辞了！我很悲痛去京向他致候的希望不能实现了。我写的一首挽诗就是指上言这段事：

月前传语似亲聆，
记忆尤新月旦评。
忽报仙游天外去，
万千悲感意难禁。

据信可知李霁野文中的回忆不虚——他确实曾致信茅盾探讨译文，探讨的内容就是上文（1）处的译文。由这篇回忆可知此信写作年份为 1980 年。当时李霁野 76 岁，茅盾 84 岁。李霁野已向南开大学申请退居第二线，打算以余年专心整理译著，对待校改译文的态度十分审慎。据刘文贞回忆“对于重译的新译本，他总持谦虚学习的态度，以为好书不妨有几个不同的译本，对新译本译得很好的地方，他总是自叹不如，但绝不略别人之美。他同别人也偶然谈到，在这些时候，他总苦思别种译法，直到以为尚可而止”①。1980 年 11 月，他还曾“因感冒服药后胃微出血，住院 20 天”。此信的写作时间——11 月 16 日——很可能就在住院的前后。李霁野既年迈又在病中，仍心系《简·爱》的修订，并把茅盾的意见作为重要的甚至不可或缺的参考资料，笔者认为，这是李霁野决定“仍以琐事相烦”写信请教茅盾的主要原因。

李霁野在《悼念茅盾同志》一文中还提到，他确实收到了回信，是“秘书照他（茅盾）的意思代写的”。但是，据侧面考证茅盾当时并没有配备秘书，应是韦韬陈小曼夫妇替父亲写了回信。1978 年 3 月，时任人民文学出版社社长的韦君宜曾到茅盾府上拜访，对茅盾儿媳陈小曼说：“鉴于茅公没有秘书，而他年事已高，写回忆录须有

① 刘文贞：《伉俪生活五十年》，上海鲁迅纪念馆编《李霁野纪念集》，上海文艺出版社 2004 年版，第 332 页。

助手协助找资料、做记录，等等。我们本想从现代文学编辑部派一位编辑去，但考虑到茅公说话浙江口音重，现代文学编辑部的编辑听不懂，考虑再三，觉得由你来做这项工作最合适。”陈小曼“理解这项工作的重要意义和领导的苦心安排”，表示“服从领导的分配”。韦韬回忆，“小曼自从给爸爸当了助手后，便逐渐陷进了日常的秘书工作中。‘文革’结束后，爸爸的社会活动日益频繁，来信来稿来访愈来愈多，有时甚至门庭若市”，“爸爸已是八旬老人，没有精力应付，就由小曼根据爸爸的意见代为处理、代为答复”。韦韬也参与了为父亲蒐集材料的工作。“由于工作量很大，她（陈小曼）又要照顾爸爸的生活起居，协助写回忆录的事便很难兼顾，更无法脱身到上海专门搜集和整理资料。于是爸爸便想把韦韬调来当助手”，随后韦韬到沪造访了上海图书馆和多家书店，找到了许多 1949 年以前出版的茅盾著作和茅盾主编的杂志，其中就包括全套《译文》杂志。这也为后来准确回复李霁野的询问提供了材料依据。

李霁野收到回信后“不到一月他（茅盾）就与世长辞了”。由此推测，回信寄出的时间应在 2 月 27 日前后。当时茅盾已经没有可能亲自查资料后回信。从韦韬的记录中可知，2 月 20 日茅盾因低烧住进了北京医院一一九病房，这次入院“过了个把星期只能坐在床上吃饭了，而且吃一顿饭汗流浃背；再过了一阵就根本不能下床了，最后连坐也不行，只能躺着由人喂饭”，2 月 28 日早晨韦韬、陈小曼去医院，得知“爸爸昨夜一直在吸氧，竟把一人高的一大筒氧气都吸光了”[①]。茅盾在生命的最后时光里陪伴左右处理事务的正是韦韬陈小曼夫妇。他们在全力陪侍父亲的同时查阅资料并回信详答，尤为不易。此回信也是茅盾逝世前给李霁野的最后一次通信。

李霁野致茅盾信的发现，使得两位文化老人生命中最后一次往来通信浮出水面。

---

① 韦韬、陈小曼：《父亲茅盾的晚年》，文化艺术出版社 2006 年版，第 273—331 页。

二 李霁野《简·爱》早期译本出版始末考订

据李霁野《悼念茅盾同志》所述，“我译完《简·爱》后，一个同乡朋友说，可以拿去给胡适看看，我说他看我这样拙劣的译文，会笑落大牙的吧。他说他同他很熟，可以给他看看，我同意了。”可知李霁野是听从了胡适的建议后修改了译文。胡适对李霁野译稿作出的反馈，在现有的文献中未找到相关记录，但可以肯定的是，胡适确实经朋友转告知晓了李霁野译完《简·爱》。这位朋友，不是李霁野的“同乡”，而是浙江绍兴人周作人。把译稿给胡适看，是李霁野主动表达的意愿。《胡适遗稿及秘藏书信》（黄山书社 1994 年版）第 29 卷中刊有周作人致胡适书信影印件 48 通，有一通提及了此事。信中附有李霁野致周作人的信。两通书信全文如下：

启明先生：

前些时将以前一部译稿续译完了，竟有四十万字之多，使我对于找书店老板的事，觉得很是为难。听说胡适之先生主持的文化基金会，是可以收买大部稿子的，但和他一点也不相识，不便寄去。译文幼稚生硬，自己是知道的，但想寄给他看一看，不知先生可以向胡先生介绍一下，问问他愿看看这译稿否？原书是：Charlotte Bronte 的“Jane Eyre”。

敬祝

近好

五月三日　霁野上

适之兄：

今有事奉烦，拟至库面谈，因躄脚未堪多走路，故以信代之，请鉴原。

1. 有友人李君（燕大出身，曾办未名社，刊行二三译著）来信嘱介绍，虽已以听说未必收新译之稿覆之，但不得不为一转述，并将原信附呈，乞察阅见覆，以便告知李君为幸。

2. 希腊神话前［曾］预支四百元，到近来始着手译述，统计全文约八万字，大约中秋前后可以完毕，在阴历四月底当先交去一万五或二万字，希望能于端午以前再支一百至二百元，乞费心，因有多少书籍等款须付，而学校的钱恐尚领不到也。匆匆不尽。

五月九日

作人启

如果能够考证出两信的写作年份，即可获知李霁野第一次译完《简·爱》的时间和最早联系出版的情形。目前学界已知李霁野最早联系出版《简·爱》的机构是中华书局，时间为 1933 年 7 月 20 日。当时他去信欲以五项条件将《简爱自传》译稿售给该书局，但被批示“不用”①。此信藏于中华书局的档案中，批示未落款。孔海珠认为出自舒新城手笔②，笔者同意这项判断，因对比谢国桢 1931 年 4 月 13 日致陆费逵函，批示后有舒新城落款③，与李霁野信中批示的笔迹同属一人。

如李霁野致周作人信在此之前，则可得知李霁野译毕《简·爱》和最早联系出版的更为准确的时间。

据周作人信中“着手译述”希腊神话一事，在周作人日记中可找到相关记录。1933 年 5 月 4 日，记有“起手译希腊原文神话，才成千余言”④，“受信”栏中记有“霁野快信”（未提及收到译稿）。同月 6 日，在“发信”栏中记有“霁野”。同月 9 日，在“发信”栏

① 中华书局编辑部编：《中华书局收藏现代名人书信手迹》，中华书局 2012 年版，第 255 页。

② 孔海珠：《李霁野与孔另境的交谊》，上海鲁迅纪念馆编《李霁野纪念集》，上海文艺出版社 2004 年版，第 138 页。

③ 中华书局编辑部编：《中华书局收藏现代名人书信手迹》，中华书局 2012 年版，第 232 页。

④《周作人日记》影印本（下），鲁迅博物馆藏，大象出版社 1996 年版，第 420—421 页。

中记有“适之”。在时间上可以对应。其中6日致信李霁野，应即是答复“听说未必收新译之稿”的通信。

此外，周作人致胡适信中所谈稿费一事，日记中也有记录。5月16日“以译文二章（廿六枚，万三千字）交适之”，符合信中所提“阴历四月底当先交去一万五或二万字”；5月20日“八时去收文化基金编译会来支票贰佰元”，符合信中所提“希望能于端午以前再支一百至二百元”的时间进度。

以上两条从时间角度可证明李霁野致周作人的信写于1933年。从周始译希腊神话一事考证，也可以得到验证。周作人曾在1934年3月作《希腊神话（二）》一文①，谈到自己“在希腊拟曲完工后便动手来翻译这部神话了”，“我找到阿坡罗陀洛斯的希腊神话来翻译，自己觉得很是愉快也是有意义的事”，如果周作人在信中所提“希腊神话”，就是确指阿坡罗陀洛斯所著的“希腊神话”，也可侧证周作人的信写于1933年。

据《知堂回想录》可知周作人“老早就有译这书的意思，一九三四年曾经写过一篇，后来收在‘夜读抄’里，便是介绍这阿波罗多洛斯所著的原名叫作《书库》的希腊神话；如今有机会来翻译它出来，这实在可以说塞翁失马的所得来的运气了”，说明了“希腊神话”就是确指阿波（坡）罗多（陀）洛斯《书库》。周作人在信中告诉胡适“大约中秋前后可以完毕”，但他未曾料到此作品的翻译历程将充满波折，最终没有完成此项时间计划，连译稿也不知所踪：“不记得从那年的几月里起头了，总之是已将原书本文译出，共有十万多字，在写注解以前，又译了哈利孙女士的希腊神话论，和佛雷则的十五六篇研究，一共也有十万字左右，回过头来再写注解，才写到第二卷的起头，这工作又发生了停顿，因为编译委员会要搬到香港去了，我那些译稿因此想已连同搬去，它的行踪也就不可得而知了”。实际上，这些译稿被保存在了台北“中央研究院”近代史研究所的

① 载5月《青年界》第5卷第5期，收入“夜读抄”。文中把阿坡罗陀洛斯（Apollodorus）的著作 Bioliothēkē 译为《书库》。

“胡适档案资料库”中，笔者在该库“北京档”查到题名为《希臘神話》的记录（馆藏号 HS-JDSHSC-0417-002），著录为“亞玻羅陀洛斯（著）；周作人（譯）”，共 370 页。此档案的内容构成与周作人自述相符合。令人感慨的是，周作人信中所述两件事都留下了遗憾，但这封信却为考证李霁野《简·爱》早期译本出版提供了重要证据。

不难看出，周作人对于向胡适推荐李霁野译稿一事持保留态度。他并未直接将译稿附呈胡适，而是先征求胡适同意。现有的材料中未出现胡适对于此事的答复。因此，李霁野所说有友人代转给胡适，若所述无误，则应是另托了他人。如此看来，李霁野不止一次就《简·爱》译稿出版联系胡适，可惜这一条路并未走通，因此才会出现两个月后致信中华书局欲售稿一事。

为什么李霁野心目中的首选渠道是“胡适之先生主持的文化基金会”呢？笔者认为，售稿价格是主要考虑因素。李霁野于 1930 年入天津河北女子师范学院时，学校曾与他约定五年后可以休假一年到英国或美国参观学习，薪资照付，川资自筹。孔海珠的看法是“这件好事的背后要有经济支持才行，而李先生有一定的家庭负担，所以卖稿成了文人的唯一殊途。”①

从经济方面看，首选“文化基金会”卖稿是明智的选择。“文化基金会”即“中华教育文化基金会”，是 20 世纪 20 年代用美国退还的“庚子赔偿”建立起来的一个民间文教机构，致力于投资我国的科教事业以促进其发展。胡适从 1927 年 6 月起被选为中华教育文化基金会董事会董事，1930 年 7 月又被聘为“编译委员会”委员长，此委员会主要任务是编译世界名著及教育参考用书，胡适对于选定翻译对象具有相当的影响力。他曾在《编辑计划》里明确了编译主旨、进行程序、选书、译者、审查、译费与审查费和译书规约，择录于下：

---

① 孔海珠：《李霁野与孔另境的交谊》，上海鲁迅纪念馆编《李霁野纪念集》，上海文艺出版社 2004 年版，第 137 页。

(编译主旨) 到了近世，除选译近世的通史和专史之外，又当加上各国的通史和专史，又当以一国为单位，每国选译若干种名著。

(进行程序) 斟酌国内的需要，[拟] 先用全力翻译重要的历史名著，而以余力翻译曾在世界文化史上发生重大影响的学术文艺作品若干种，以为历史 [材] 料。此项学术文艺作品，[拟] 先选择必不可不 [尽] 先翻译的书若干种，为第一集。第一集译成，方可计划续集。

(选书) 各项应翻译的书，均请专门学者择定书目，由编辑委员会估量先后缓急，委托能手次第翻译。

……

本委员会所定书目以外之名著，如有完美译稿，经委员会审定，也可收受。

(译者) 书目选定后，由委员会委托学者担任某书的翻译。

此外如有愿担任译书者，应先将已成译稿及原书送交委员会审查。委员会审定后，或收受其译稿，或委托 [?] 会书目所开之书。

(审查) 已成之译稿，均由委员会审查，或委托专家审查。

……

(译费与审查费) 译费依章程所定，约每千字五元至十元，均于委托翻译时由委员会与译者订定，于全书译成审查后，或一部分译成审查后支付。

大部名著之译者，得由委员会特约，按月支付译费之一部分。

凡已付译费的译稿的版权均归中华教育文化基金董事会所有。

审查员由委员会酌量致送审查费。①

① 耿云志主编:《胡适遗稿及秘藏书信》第 13 卷，黄山书社 1994 年版，第 362—366 页。

可以看到，中华教育文化基金会对翻译对象和译者的选择非常严格。对于翻译对象，注重历史性和学术性，主要是由专家选定原著，然后选定高水准的译者。对于书目外的译稿，须达到“完美”的程度才可收受；对于自告奋勇的译者，须先提交译稿送审查后决定是否收受。

如此高门槛的要求，其给予的译稿费也较高，因此吸引来了众多的投稿者，卞之琳就是其中一位。他曾坦言：“当时用美国退还庚子赔款成立的中华教育文化基金会新设编译委员会，由胡适主持，约稿所付稿酬较丰，分每千字十元、七元、五元三级，我们大学初毕业的青年一般译费只得三级待遇，在上海文坛也就是最高级稿酬了”，“1934 年上半年我纯靠零星翻译西方文学作品给报刊发表维持生活，秋后也想沾这点油水以稳定生活。可是我虽还短期当过胡适翻译课的及门弟子，不敢直接向他申请特约译斯特莱切《维多利亚女王传》，还是由也曾在北京大学教过我英国戏剧课的余上沅老师为我推荐，才准予先交译样几段，经过手下人挑剔审查后，我又亲去胡面前据理力辩，终于成约。”① 可见当时译稿能被基金会录用十分不易。

李霁野请周作人向胡适荐稿时年仅 29 岁，仍属青年译者，且与胡适“一点也不相识”，加上《简爱自传》又是“新译之稿”，被录用的难度很大。其实，李霁野虽自称与胡适“一点也不相识”，也并非从无联系。早在 1922 年，18 岁的李霁野曾与韦丛芜以“微光编辑部”的名义给胡适写信请益，希望胡适对他们组织编辑的《微光》杂志进行“时时赐教帮助”，落款“韦丛芜、李寄野”②。据现有的材料，未见胡适的回信。李霁野说“一点也不相识”，可知第一次直接联络胡适未果。当时的受挫或也成为此次通过周作人向胡适荐稿的原因之一。

---

① 卞之琳：《漏室鸣——卞之琳散文随笔选集》，中央编译出版社 2005 年版，第 275 页。

② 耿云志主编：《胡适遗稿及秘藏书信》第 30 卷，黄山书社 1994 年版，第 649—650 页。《李霁野文集》第九卷中也收录了这封信，但将原文落款中的“韦丛芜”录为“韦崇武”。

1936年，李译《简·爱》单行本终于印行面世，书名定为《简爱自传》。早年充满波折的出版历程在李霁野晚年的回忆文章中被隐去。虽然《简·爱》在国内很早就受到了关注，但李霁野译本从译毕到正式出版至少用去了两年时间，可谓屡遭挫折，十分不易。

有研究者认为，李霁野联系中华书局欲出售《简·爱》译稿，是因为“在翻译上不再想让鲁迅像扶持《往星中》那样手把手地操办，而且极欲独立操作译著出版程序”①。笔者认为值得商榷。的确，李霁野有“一年八个月中断了与鲁迅先生的通信”②。据推算，是1930年8月至1932年4月间。李霁野对此曾有说明“1930年秋我到天津河北女子师范学院教书，第一、二年因为准备功课忙，又兼一点系行政工作，只能译点很短的东西。但到第三年稍有闲暇时，我即开始译四十万字的长篇《简·爱》。我知道（按：鲁迅）先生向来有信必复，他在上海又忙得很，所以有意不给他写信”。鲁迅久未收到李霁野来信，时有挂念，他曾在1931年11月10日致曹靖华的信中写道：“霁野久不通信，恐怕有一年多了。惟丛芜偶有信来发牢骚，亦不写明住址，现在未名社发行部已取消，简直无从寄信。”直到1932年4月11日，鲁迅在母亲来信中见到附李霁野的信笺③，得知了李霁野通讯地址，即写信致李霁野道“早拟奉复，而不知信从何寄，今日始得一转信法，遂急奉闻。”二人恢复通信。李霁野与鲁迅关系一向融洽，即使有过通信中断和译毕时没有即请鲁迅帮助的情况，也并没有在售稿时着意避开鲁迅的动机。

三 茅盾译《简·爱》始末及新发现的茅盾译稿

1933年5月3日李霁野向中华教育文化基金会荐稿失败，于7月20日又向中华书局自荐，再度碰壁。笔者从中华书局藏茅盾致舒新城

---

① 龚明德：《昨日书香》，东南大学出版社2002年版，第96页。

② 李霁野：《他活在善良人的心里》，《新文学史料》1983年第2期。

③ 1932年4月11日《鲁迅日记》：“得母亲信，三日发，云收霁野所还泉百元，并附霁野一笺，三月三十一日写。”

的两通书信中发现，舒新城有充分而明确的理由不接受这份译稿，即他早先已约请了一位文坛大家来翻译这部作品，这位大家便是茅盾。

茅盾致舒新城的两通信全文如下：

新城先生：

来信读悉。改译女作家 C. Brontë 之 Jane Eyre，可以同意。书名拟译为雅纳绮耳，脱稿期约在本年年底。专此奉复，即希查照为祷。顺顿撰祺！

茅盾

四月一日①

新城先生：

接奉手示（华字二八七号）具悉一切。尊处前发之华字第二六五号公函，早经收到；所以未将雅纳绮耳已译之稿交上者，一因该项译稿因停搁日久，忽有错乱，二因既尊处为时局关系不得已而有未译部分暂缓进行之意，弟自无不从命之理。现在已不进行续译。将来时局有进步，贵处有嘱照常进行时再当续译，以便全部奉上；否则，事属非常之变，在弟固已无心再译，而不全之稿亦不能出版，在贵局亦无所用。匆此奉复，即颂 日祺

弟 茅盾

二月廿六日②

通过上文两通书信都盖有中华书局的收信章，分别是“中华民国廿年四月叁日收到”，“中华民国廿一年贰月廿七日收到”。原来，舒新城早在 1931 年就已选定茅盾来翻译《简·爱》。茅盾预计当年年底可以译就，然而截至 1932 年 2 月 27 日，他自述“停搁日久”还未译完，并且“无心再译”，因此这份译稿是“不全之稿”。

---

① 中华书局编辑部编：《中华书局九十周年纪念》，中华书局 2002 年版，第 37 页。

② 中华书局编辑部编：《中华书局收藏现代名人书信手迹》，中华书局 2012 年版，第 159 页。

接到中华书局发出暂停翻译通知的译者，还有郁达夫等。从郁氏书信中可了解中华书局当时的处境：

新城、歌川先生赐鉴：

廿一年二月十五日接读265号来信，敬悉一切。当此内乱外侮频发之际，文化建设，当然是谈不到。日寇毁坏商务工厂，贵局尤当以补救中小学书为急务。至如世界名著百种之翻译，原系百年之大计，缓图不妨也。属担任译出之《某妇之一生》，成稿无多，当遵来命，暂时搁置，不再进行。待大局稍定贵局有信来后，再行动手。匆此敬复，并请撰安。

弟　郁达夫谨具

一九三二年二月二十日①

外附贵局图书馆藏书一册，乞检收。

其实，笔者发现在更早的1930年10月间茅盾就与中华书局建立了联系，原因是夏丏尊出面为茅盾向中华书局寻求工作：

新城兄：

……

茅盾君的工作，已承答允。请检寄该丛书目录一分［份］，以便转交，俾得认定。（或由你们指定译何书。）将来署名可以另行设法。

盼复。

丏尊

十月十日下午②

---

① 中华书局编辑部编：《中华书局收藏现代名人书信手迹》，中华书局2012年版，第158页。

② 中华书局编辑部编：《中华书局收藏现代名人书信手迹》，第52页。此信上有中华书局的收信章“中华民国十九年十二月十一日收到”。笔者认为此处可能是“十月十一日”之误。

当年4月5日，茅盾从日本回到上海，此后行动低调谨慎，深居简出，且对外基本使用假名。据孔海珠考证，茅盾于1930年5月搬至公共租界静安寺东某处，1930年7月迁至愚园路口连生里18支弄3号，居住两年半后，于1933年4月搬至山阴路大陆新村3弄9号。① 夏丏尊写信时，茅盾正秘密居住在连生里。当时的上海白色恐怖加剧，暗杀左翼人士的事件时有发生，茅盾一方面需要清静的居所以卖文换稿费为生，一方面住处须保证安全和隐蔽，因此大多通过开明书店对外联系，其间夏丏尊提供了重要的帮助。掩盖茅盾的身份是夏丏尊提出"署名另行设法"的原因。由此信可知，当时茅盾主要在从事地下工作，从事翻译，出售译稿是他维持生计的途径。

舒新城在信上批示"寄文学名著书目"，即请茅盾自行选择，并未指定某部作品。但是从1931年4月1日茅盾的信中可以获知，他选译了别的作品。半年后，由舒新城指定，茅盾才改译了《简·爱》。

茅盾对《简·爱》的态度从一开始就可见端倪，这与他在1937年《真亚耳（Jane Eyre）的两个译本——对于翻译方法的研究》中认为这部作品"不是怎样了不起的杰作"的评价是一致的。

在1930年代战争的炮火中，李霁野和茅盾都在翻译《简·爱》，且彼此互不知晓；约50年后，李霁野向茅盾致信请益，仍不知当时中华书局拒收自己译稿的缘由，而茅盾也从未提及自己这份半途而废的弃稿。在感叹《简·爱》译著出版波折的同时，我们也可以看到，1930年代《简·爱》已受到国内有识之士不约而同的关注。

笔者发现，茅盾一生中有两次译过《简·爱》，上述即是其一。他的第二次翻译，同样并非出于对作品本身的认可，而是觉得伍光建"译文删节太多了，所以想重译"。《一九三五年记事》中有过叙述：

> 郑振铎编《世界文库》，也要我翻译一篇连载的长篇小说。

① 孔海珠：《聚散之间——上海文坛旧事》，学林出版社2002年版，第110页。

我答应了。当时我打算翻译英国女作家勃朗特的《简·爱》。我读过伍光建译的本子（伍译叫《孤女飘零记》），觉得他的译文删节太多了，所以想重译。可是才开了一个头，就被杂事打断了。看交稿的日子渐进，我又不愿意边译边载，只好放弃了原计划，改译了一篇比昂逊的散文《我的回忆》。

笔者在“文苑英华”备展期间，于中国文化名人手稿馆茅盾名下的1215条记录里发现了这部“才开了一个头，就被杂事打断了”的译稿。译稿由韦韬于1996年3月捐赠，从未公开发表。因其译名与后来通行名相距甚远，以致入藏本馆22年来未被注意。这部未发表的译稿是研究茅盾及其翻译理论实践的重要标本。

中国文化名人手稿馆藏茅盾译稿封面题名为《珍雅儿》（第一册），由茅盾手书。全文以黑色钢笔书写于绿色硬封面的笔记本中，采用竖排格式，字迹端正隽秀、行文整齐，改动很少。文首有作品译名“珍雅儿（JANE EYRE）”，内容是作品中“第一章”至“第三章”的译文，共计16页。封面既然写“第一册”，就说明茅盾的计划中应有第二册甚至第三册等，对于此次翻译确有译完的规划。观察文始到文末的笔迹，笔力稳定，一丝不苟，折射出书写者处于较好的身体和精神状态。由此可知翻译的中止并非由于健康因素，而是正可对应茅盾自述的“可是才开了一个头，被杂事打断了”，“看交稿的日子渐进，我又不愿意边译边载，只好放弃了原计划，改译了一篇比昂逊的散文《我的回忆》”。

有研究者曾发表文章认为这段回忆“与史实有出入”，“茅盾晚年回忆不可相信”，理由是茅盾“当年专谈《简·爱》中文译本的长文是散文随笔体，可随心所欲地写，却不见茅盾自述他译《简爱》又夭折的事”，“茅盾，本来姓沈，熟朋友大多不以他的传世笔名‘茅盾’称呼他；像李霁野这种同行，一般都只能叫他‘沈先生’或‘沈君’”①。上述猜测都可被推翻。其一，《真亚耳（Jane Eyre）的

① 龚明德：《昨日书香》，东南大学出版社2002年版，第99页。

两个译本——对于翻译方法的研究》一文的主题很明显是探讨译法，而并非茅盾自述翻译历程，未曾提及自己的翻译十分正常。再者，本次新发现的茅盾未刊译稿和李霁野致茅盾信则可直接否定另两处的猜测。

茅盾两次译《简·爱》都中途而止，且他的第二次翻译停止之后，再无关于续译《简·爱》的任何叙述和记录。笔者认为，馆藏译稿既是茅盾最后一次翻译《简·爱》的痕迹，也是他对这部作品唯一存世的译稿。

四 茅盾《简·爱》未刊译文举隅

李霁野在1936年出版《简爱自传》后，于1981年3月8日完成了校订，由陕西人民出版社出版发行，书名改为《简·爱》。李霁野所收到的韦韬、陈小曼代替茅盾撰写的回信，是在1981年2月27日之后，具体日期已无从考证，但是笔者认为，不论他是否按照回信中的指引重读过《真亚耳（Jane Eyre）的两个译本——对于翻译方法的研究》一文，此番校订后出版的译文确实参考了茅盾的建议。现将三种译句对比如下（画线处为译句原文）：

Folds of scarlet drapery shut in my view to the right hand；to the left were the clear panes of glass，protecting，but not separating me from the drear November day.（Charlotte Brontë：Jane Eyre Chapter 1）

使阴沉的十一月天气侵犯不到我，却又不使我与外界隔离。（李霁野，1933年）

保护我不受那阴寒，但是并没使我和那阴寒的十一月隔绝。（茅盾，1937年）

保护我不受阴沉的十一月天气侵犯，却又不使我与之隔绝。（李霁野，1981年）

很明显，李霁野将先前的意译改为了直译。但是，他没有完全按照茅盾的原句，而是结合了自己的观点，既听取了茅盾对于译法的建议，又在具体文字上有所保留。分析原文可知，明亮的玻璃窗隔离的是十一月的寒冷（体感），未曾隔离的是十一月的萧瑟景象（视觉和心理感受）。原文中仅用 drear（阴郁的）一词就将三方面感受包括其中，在翻译中文时很有难度。茅盾译文点出了“阴寒”的体感，而李霁野统称为“天气”，在语意把握的准确度方面不及茅盾，但是他避免了茅盾句中对“阴寒”的重复使用，显得较为紧凑凝练。李霁野曾在 1981 年修订版的前言中提到“我听从了朋友们的劝告，将近五十年前的旧译进行修改，奉献给新的一代的读者。但毕竟是旧译，怎样修改也难完善，只能改正一些误译死译的地方，对曾读我的旧译，并催促我修改重印的朋友们，稍减我心里的歉疚，并略答不弃鸡肋的雅意。”上述译句就是一处典型的修订。

据中国文化名人手稿馆藏茅盾《珍雅儿》（第一册）译稿，可以看到茅盾独立翻译的译文：

> 保护我不受那可怕的十一月的严寒，但是并没使我和那严寒的十一月隔绝。（茅盾，1935）

总体来看，1935 年与 1937 年的译法基本相同，都点明了玻璃窗隔绝了寒冷体感，但 1937 年译文将“严寒”改为“阴寒”，一字之差，更贴近了原文。1935 年添加了原文所没有的形容词“可怕的”，在 1937 年时去除了。“可怕的”是主观感受，原文中并无对应的单词，可见是茅盾身临其境的理解和诠释，也能看出他在翻译时非常认真，在揣摩原著者创作意图时作出了一番努力。现存的第一至第三章译稿在沉睡了八十三年后，终于重新进入人们的视野。若茅盾当时能够继续翻译至全文译毕，那么我国出版的第一部《简·爱》全译本很可能出自茅盾的手笔。

综上所述，茅盾曾有译毕《简·爱》的意愿，但最终未能使译稿正式出版问世；李霁野在晚年希望“用两种译法对比写一短文”，短文在现有的材料中也未曾出现。笔者对二位译者在不同年代的译文进行简要比较，在尽力完成茅盾和李霁野的夙愿的同时抛砖引玉，希望在今后的译界中出现更为专业的评述，引发更多对于提高翻译质量的思考和讨论。

（原刊《鲁迅研究月刊》2018 年第 12 期）

单演义关于编选《纪念茅盾》的书信释读

宫　立

“在西安，他始终为保存鲁迅在西安时的居室旧迹而努力，他竭尽全力宣传鲁迅的精神，介绍和讲授鲁迅的作品；在西北大学，他组织和创办鲁迅展室，还和其他学者一起创办了《鲁迅研究年刊》和鲁迅研究室，在他协助下由陕西人民出版社出版的鲁迅研究丛书也是在鲁迅研究界有很大影响的”①，王富仁的这段文字为我们呈现了单演义为鲁迅研究所作的各种努力。单是关于鲁迅与西安，单演义就有《鲁迅讲学在西安》《鲁迅在西安》等各种版本问世，此外他还编有《鲁迅与郭沫若》《鲁迅与瞿秋白》《茅盾心目中的鲁迅》等书，可谓殚精竭虑。然而值得注意的是，单演义除了痴迷于鲁迅资料的搜索与考证，在茅盾研究方面也作出了独特的贡献。

笔者近日找到单演义给刁汝钧、宋建元的一封信，照录如下：

汝钧、建元二位同志：

您好！

茅盾同志追悼会，昨已举行，今晨我与树铭同志研究，拟由咱们学会与陕社合出纪念特刊或文集。原想召开理事会商量，因时间紧迫，遂与树铭同志代表学会赴陕社，见王平凡与刘善继同志一同研究，结果是：

一、陕社与学会合编，内容分：作家照片、遗嘱等；中共决

---

① 王富仁：《怀念单演义先生》，《历史的沉思：鲁迅与中国现代文学论》，陕西人民教育出版社 1996 年版，第 384 页。

议与悼词等、全国作家纪念文章；西安地区唁电、纪念文与作家手书诗词书信等。

二、利用陕社出版资料或其他版面出版专刊，稿由学会编供，陕社补充。

三、本月廿日前交稿，争取五月份见书。

四、树铭负责搜人民与晚报已发表资料；您们负责搜集西安各机关、学校、个人的电稿与纪念文，十八日以前送来（师大、作协、社院等，刘端棻等人有无纪念文章?）我负责写一篇，约沈楚写一点，再将作家信稿选二三篇，并将光明日报已发表的追悼纪念文章搜集一些。

这件事没先经您们的同意，请谅!

我们想，您们是会同意并大力支持的。咱们学会的电稿与其他电稿、纪念文务请于十八日以前送树铭与我!

征稿要重视关系、质量、有特点等，否则，说得太多，未必能全用，会有人失望的?!

匆此，敬祝

撰祈!

单演义

4.12

陕西省中国现代文学学会成立于1980年12月27日。单演义写这封信时，时任会长，陕西师大的刁汝钧与西北大学的蒋树铭是副会长，西安师范专科学校的宋建元是秘书长。单演义这封信主要围绕编选茅盾的纪念特刊或文集一事，涉及书的内容以及分工等。

茅盾1981年3月27日逝世，由单演义倡议、陕西省中国现代文学学会与陕西人民出版社合编的《纪念茅盾》4月就问世，比单演义预计的还快，编选效率可谓极高。书前有茅盾的两张照片，一张是茅盾同志的遗像，一张是茅盾1940年在延安鲁迅艺术学院讲课时的照片。本书由“报导”“悼念诗文”“传略与遗作”“遗墨·书信”四部分组成。由此可以确定，单演义的这封信的写作日期是1981年

4月12日。

“报导”收录了新华社关于茅盾的两则电文（一是1981年3月27日的《全国政协副主席、中国现代文学巨匠沈雁冰同志在京逝世》，一是1981年4月11日的《首都隆重举行沈雁冰同志追悼会》）和《在沈雁冰同志追悼大会上胡耀邦同志致悼词》《中共中央决定恢复沈雁冰同志的党籍》《沈雁冰同志给中共中央写信请求追认为中国共产党党员》。这正是单演义在信中提到的“中共决议与悼词”部分。

“悼念诗文”由四部分组成。第一部分是巴金、曹靖华、曹禺、沙汀、郭绍虞、唐弢、周而复、吴祖光等十五位作家悼念茅盾的文章，还有茅盾研究专家叶子铭写的《深深的怀念——悼念沈老》。这正属于单演义所说的全国各地作家所写的纪念文章。第二部分是杜鹏程、王汶石、袁烙、单演义、刁汝钧、沈楚、刘建勋、宋建元、雷敢九位作家、学者、出版人所写的十篇怀念文章，这正属于单演义所说的西安地区的纪念文章。“虽然我不是他的嫡亲侄女，但他对我的谆谆教导和热情关怀如同亲生女儿一般，所以我应该写篇拙文来寄托我的哀思”①，于是，沈楚写了《难忘的往事——沉痛悼念雁冰伯父》，追忆了她自1945年数次拜访沈雁冰伯父的情景。本书还收录了沈楚写的《读雁伯遗墨》，对茅盾1973年赠予她的一首七绝略作说明，这应该是单演义信中所说的“约沈楚写一点”。第三部分收录了林焕平、庄钟庆、叶君健、树玉四位作家、茅盾研究者所写的文章，前两篇分别是《黎明时期的文学——中国现实主义作家·茅盾》的译后记和《茅盾的创作历程》的结语，后两篇一是谈茅盾对儿童文学与儿童戏剧的关注；一是谈茅盾的为人与治学。第四部分收录了叶圣陶、萧三、臧克家、骆宾基、阮章竞、赵清阁、严文井等十位作家所写的十一首悼念诗词，其中臧克家一人写了两首：《信——痛悼茅盾先生》和《哭茅盾先生》。

---

① 沈楚：《难忘的往事——沉痛悼念雁冰伯父》，参见陕西省中国现代文学学会、陕西人民出版社合编《纪念茅盾》（内部印刷），1981年，第98页。

“传略与遗作”收录了茅盾自己写的《我的小传》《我的中学时代及其后》《茅盾自传》《自传》《商务印书馆编译所生活之一》《创作生涯的开始》《八十自述》《自题画像》《重印〈小说月报〉序》《〈张闻天早期文学作品选〉序》《〈我走过的道路〉序》《外文版〈茅盾选集〉序》十二篇文章，既有自传、回忆录，也有序言。此外还有山东大学中文系、文史哲研究所合编的《茅盾研究资料集》中的《茅盾简介》和沈楚的《茅盾的青少年时代》。

“遗墨·书信”收录了茅盾给陕西人民出版社的图书的部分题字(比如“现代文艺论丛”“古典文学论丛”等)，为西北大学写的校碑以及 1974 年 1 月给单演义题写的墨迹，此外还有茅盾给中国青年报的书信一通，最后摘录了茅盾给沈楚的数通书信的片段。

单演义在信中提到，要注意搜集《人民日报》与《光明日报》上的文章，比如曹靖华、沙汀、阮章竞、臧克家、赵清阁、许德珩、周而复、唐弢等作家的纪念诗文都是刊登在这些报纸上。

《纪念茅盾》无疑是我们读取茅盾逝世在“当时的一切所引起的心理反应”[①] 的最好文本，因为它第一时间汇集了茅盾同时代作家以及西安地区的作家、学者对茅盾的回忆，它是茅盾逝世之际文献资料的集大成。当然，《纪念茅盾》之所以不被研究者关注，也许是由于它不是正式出版物。

关于单演义与茅盾的交游也值得一说。茅盾在 1973 年 12 月 26 日给沈楚的信中提到：“西安有一老友，西北大学中文系教授单演义，今夏来京，曾到舍间。此公为人热心，在西大执教十多年，熟人极多，你若想借什么书而无门径，找他或能如愿；但言我之同族侄女可也。”[②] 由此可见茅盾对单演义是非常信任的。单演义早在《人文杂志》1957 年第 4 期就写有《鲁迅和茅盾的战斗友谊片段》，在《鲁迅研究年刊》(1981) 写有《鲁迅和茅盾》。茅盾去世后，单演

① 邵洵美：《你的话·小序》，《论语》1936 年第 94 期。

② 茅盾：《致沈楚 (12 月 26 日)》，孙中田、周明编《茅盾书简》(初编)，浙江文艺出版社 1984 年版，第 303 页。

义在 1981 年 4 月 16 日《陕西日报》写有《心祭茅公》，表达了他对茅盾的思念。陕西人民出版社 1992 年 6 月出版了单演义编的《茅盾心目中的鲁迅》，为我们梳理鲁迅与茅盾的关系以及解读茅盾的鲁迅观提供了第一手文献资料。书前有单演义与茅盾的合影、茅盾给单演义信的手迹。正文是茅盾关于鲁迅的大大小小的各类文章，书后附录了茅盾给单演义的七封信和给沈楚的两封信，以及单演义的《茅盾论鲁迅旧诗的述评》和竹内实的《茅盾对鲁迅的评价与理解》。

单演义与王瑶、公兰谷一样，都是从古代文学转治现代文学与鲁迅研究的，师从高亨、蒋天枢、萧一山，对庄子极有研究，单是《庄子荟释》就有四百万字，早在 1948 年就出版了《庄子天下篇荟释》，具有极厚的古典文学与文献研究功底，这都为他的现代文学研究提供了方法论启示。因此，他的鲁迅研究、茅盾研究更多地集中于对相关文献的搜集、整理与研究，这些都是鲁迅、茅盾生平史料研究中的重要环节。单演义的鲁迅研究是中国鲁迅研究史的一部分，同样，单演义的茅盾研究也应该是中国茅盾研究史的一部分，我们在梳理茅盾研究史时，不能忽略他的研究成果。

（原刊《苏州教育学院学报》2019 年第 1 期）

茅盾与《呐喊》《烽火》杂志相关史实辨正

杨华丽

摘　要　“八一三”淞沪战役之后出版的《呐喊》（后更名为《烽火》）杂志，在烽火连天的岁月里发挥了重要的宣传作用。与两刊密切相关的茅盾，其重要性和关联度在《茅盾全集》中得到了全方位体现。然而细考该全集的相关文字，需要加以辨正的信息尚多，包括《呐喊》与《烽火》创刊时间及相互关系，两刊的开本、出版周期、出版地，两刊的销售处，两刊的编辑人、发行人，茅盾此时期发表的文章等。通过辨正，我们对茅盾与《呐喊》《烽火》杂志的关系才会有更准确的认知。

关键词　茅盾；《呐喊》；《烽火》；《茅盾全集》

“八一三”淞沪战役，是继“七七”抗战后中国进入全面抗战的开始。这一场历时三个多月的艰苦卓绝的战争，“粉碎了日寇速战速决的战略预想；予敌以严重杀伤，鼓舞了全国人民的抗日热情；为沿海工业内迁赢得了宝贵时间”，而且，“对中日抗战大格局的形成和双方战略、策略及其走向发生了举足轻重的影响”①。其中，国民党政府终于下定决心，改变以前不抵抗政策，积极以精锐之师与入侵上海的日寇决战，让广大渴望保卫上海、全面抗战以驱逐日寇的中国军人、工人、知识分子、农民等都看到了希望，全体民众积极主动地加入到全面抗战的洪流中。上海市政府在淞沪抗战一开始就决定对民间的抗日救亡活动采取开放政策，规定各种团体只需在政府登记就可以

① 陈祖怀：《八·一三淞沪抗战意义论析》，《史林》1993 年第 1 期。

公开活动。一时间，“上海的文化、职业、妇女、教育、工人、学生、青年等界发动了一百十三个团体，九百多个宣传队共四千七百多人，举行了‘保卫大上海’扩大宣传活动”①。而上海文艺界人士，更是以敏锐的政治感知和文化良知，迅速组织起来，站到自己的岗位上，以笔为枪，出版了一系列适应战时政治形势、经济条件、传播方式的报纸杂志。以宣传抗战、鼓舞民众抗战为政治任务的小型周刊《呐喊》、小型三日刊《抗战》以及小型《抗战日报》即是其中的典型代表。作为上海文化界救亡协会负责人之一的茅盾，不仅见证了《抗战》三日刊、《抗战日报》的创刊，而且亲自参与了《呐喊》的创刊和编辑活动，并一直与这三份报刊保持着密切联系，发表了大量宣传抗战的文章。在迄今收录茅盾相关文献最为齐全的《茅盾全集》(人民文学出版社版、黄山书社版，下文分别简称人文版、黄山版）中，我们能比较方便地查询并阅读到相关信息。然而遗憾的是，当我们深入检视其中的《茅盾主编和参与编辑的文学期刊、报纸、报纸副刊简介》（下文称《简介》），会发现其关于《烽火》及其前身《呐喊》的介绍信息存在史实上的偏差，而验诸《茅盾全集》所收茅盾在该刊物上发表的文章，亦有一些值得注意的问题。

《简介》收录于《茅盾全集·附集》。《呐喊》《烽火》位列该简介的第13位，居茅盾全面抗战期间主编和参编的9份报刊之首。其介绍文字如下：

> 《呐喊》是一九三七年“八一三”以后，由文学社、文季社、译文社、中流社合编的三十二开本小型周刊。由文化生活出版社、上海杂志公司、开明书店、立报馆等代售。初署“编辑人茅盾”、“发行人巴金”，创刊于八月二十五日，第二期出刊于八月二十九日。《呐喊》只出两期就结束了。茅盾为《呐喊》写过《站上各自的岗位——代发刊词》等文章。

① 郑灿辉、吴景平：《试析上海“八·一三”抗日救亡运动的历史特点》，《上海师范大学学报》1986年第1期。

> 《烽火》创刊于一九三七年九月五日，系由文学社、文季社、译文社、中流社合编的三十二开本小型周刊。由文化生活出版社、上海杂志公司、开明书店、立报馆等代售。署“编辑人茅盾”、“发行人巴金”。上海沦陷后，迁广州、桂林等地继续出版。茅盾为它写过《战神在叹气》、《今年的“九一八”》、《非常时期》等文章。①

上述两段文字，涉及《呐喊》和《烽火》的创刊时间、刊物形式、代售处、出版地、茅盾发表的文章等信息，而这些信息均需我们在查阅原始期刊及其他资料的基础上做出梳理与辨正。

一　两份刊物的创刊时间及相互关系

《简介》中关于《呐喊》“创刊于八月二十五日”的说法，在人文版、黄山版《茅盾全集》（散文六集）所收《站上各自的岗位》一文的注释中得到了体现：“本篇及下篇《写于神圣的炮火中》最初同时发表于一九三七年八月二十五日《呐喊》创刊号。”② 而这，与茅盾在回忆录中的说法相吻合：“八月二十五日《呐喊》创刊号出版了，小三十二开，薄薄的一本，售价二分，封面上印着，‘文学社、文季社、中流社、译文社合编’”③，也与《茅盾回忆录》（中）所插入的《呐喊》封面图片相吻合。④ 在茅盾相关资料中体现出的《呐喊》出版日期的统一性，证明从1983年的茅盾到当下的研究者，都

① 查国华编：《茅盾主编和参与编辑的文学期刊、报纸、报纸副刊简介》，《茅盾全集》（附集），人民文学出版社2001年版，第441页；黄山书社2014年版，第507—508页。

② 《茅盾全集》第16卷，人民文学出版社2001年版，第80页；黄山书社2014年版，第112页。

③ 茅盾：《烽火连天的日子——回忆录（二十一）》，《新文学史料》1983年第4期。

④ 茅盾、韦韬著：《茅盾回忆录》（中），华文出版社2013年版，第220页。

认定八月二十五日之于《呐喊》出版一事的确定性。在学界，持《呐喊》出版于八月二十五之说者尚有不少，比如王绿萍[①]、倪墨炎[②]、王慧青[③]、韩晗[④]等。而书目文献出版社的影印版《呐喊》《烽火》[⑤]、上海书店的影印版《烽火》中，《呐喊》创刊号的封面均有“创刊号八月廿五日四版”字样，这无疑为“八月廿五说”提供了重要佐证。但是，关于《呐喊》的创刊时间，学界的说法至少还有23日、22日两种。在《中国新文学图志》（下）中，论者就曾指出：“距离鲁迅小说集《呐喊》问世十四年，一同名周刊1937年8月23日在上海创刊。”[⑥] 有意思的是，论者也选用了《呐喊》创刊号的封面图片，但其出版信息一行所写的却是“创刊号八月廿三日出版”。至于主张22日说的学人，较之持其他两说的学人稍多一些。应国靖就肯定地称，“一九三七年八月二十二日，一本小三十二开，售价二分的《呐喊》周刊杂志，终于在中国文坛一些名将的手中诞生了，从组稿到出版只花了三天，也许是创造了我国现代出版史中的最快纪录。”[⑦] 上海书店影印版《烽火》创刊号虽选用的“八月廿五日四版”，但在《影印说明》中却明确指出《呐喊》于“1937年8月22日创刊。”[⑧] 关注到书目文献出版社、上海书店影印本的吴铮，也认为“《烽火》，初名《呐喊》，茅盾、巴金主编，1937年8月22日

---

① 王绿萍编著：《四川报刊五十年集成（1897—1949）》，四川大学出版社2011年版，第394页。

② 倪墨炎：《现代文坛内外》，汉语大词典出版社1998年版，第190页。

③ 王慧青：《呐喊》周刊创刊号，http：//www. nbdaj. gov. cn/dandt/dhsb/2dhc/200712/t20071228_ 9254. html。

④ 韩晗：《烽火中的呐喊——以〈呐喊（烽火）〉周刊为支点的学术考察》，《西南民族大学学报》2011年第6期。

⑤ 李基林选编：《抗战文学期刊选辑》第1辑，书目文献出版社1982年版，巴金亲自为其题签。

⑥ 《〈呐喊〉、〈烽火〉投身救亡大潮》，杨义主笔、（日）中井政喜、张中良合著《中国新文学图志》（下），人民文学出版社1997年版，第503页。

⑦ 应国靖：《现代文学期刊漫话》，花城出版社1986年版，第319页。

⑧ 茅盾、巴金主编：《烽火》，上海书店1983年影印版。

创刊于上海。”[①] 刘增人等在《呐喊·烽火》条目中，插入的《呐喊》创刊号封面虽也有“创刊号八月廿五日四版”字样，但其文字介绍中却说“周刊，1937.8.22 创刊于上海”[②]。蒋成德[③]、唐沅等[④]也都持8月22日创刊说。

上述言说的歧义让人一头雾水，而他们用以证明的“创刊号”图片资料的差异更让人无所适从。同为“创刊号”，出版日期为何会不同？更有意思的是，如果说《中国新文学图志》（下）的论者找到的创刊号图片上的“创刊号八月廿三日出版”与其文字表述一致，可以有效地支持8月23日说，韦韬所引的创刊号封面图片与茅盾的回忆录文字一致、李基林编选的《〈呐喊〉〈烽火〉》的创刊号实物与宣传页图片一致，可以有力地支持8月25日说，那么，刘增人所选图片与其文字表述之间的不吻合，又作何解释？有无直接证据即实物图片可以证明、支持8月22日说？

怀着这些问题，笔者四处查找，终于在“晚清民国期刊全文数据库”中查到了8月22日出版的《呐喊》创刊号。与《中国新文学图志》（下）所引图片相比，只有“八月廿二”和“八月廿三”的差异，与韦韬等所引的图片相比，不仅“五”换成了“二”，而且“四版”换成了“出版”。据此可以确证，《呐喊》初版于8月22日，而不是8月23日，更不是8月25日。8月23、25日版的出现，应是22日该刊物出版后很快售罄，于是一再将该期刊物重印；不仅这两日重印了，而且24日也应重印过（尽管目前尚未发现该期刊物）。即是说，23、24、25日分别出版了《呐喊》的二、三、四版。只是

① 吴铮：《〈烽火〉已影印出版》，《中国现代文艺资料丛刊》第8辑，上海文艺出版社1984年版，第130页。

② 刘增人、刘泉、王今晖编著：《1872—1949文学期刊信息总汇》（2），青岛出版社2015年版，第997页。

③ 蒋成德：《中国现代作家型编辑家研究》，中国文联出版社2014年版，第193页。

④ 唐沅、韩之友、封世辉、舒欣、孙庆升、顾盈丰编：《中国现代文学期刊目录汇编》（第4册），知识产权出版社2010年版，第2571页。

在23日的刊物上，编辑者与发行者未曾写明“二版”，而在25日上却标明了“四版”而已。或因22日版不易寻得，书目文献出版社、上海书店的影印版等又以8月25日版为底版，因此使许多学人发生了误解。

在前引的《简介》中，论者还说“《呐喊》只出两期就结束了。”事实的确如此。论者接着介绍说，《烽火》“创刊于一九三七年九月五日”，也符合历史的真实。需要注意的是，新创刊的《烽火》承接着《呐喊》的第2期而来，仍是文学社、文季社、译文社、中流社的联合刊物，封面设计的版式一仍其旧，刊物的开本、篇幅一仍其旧。在封面上，与《呐喊》第1、2期有异的是，在刊名“烽火”上方加了一行字：“本刊已呈请内政部中宣会登记”。此条信息，直到《烽火》移至广州出第13期时才不再在封面上出现。[①]之所以会在《烽火》前12期的封面中均出现该行文字，是因为《呐喊》出版第2期后即被上海租界工部局查禁，所举理由，正是该刊物未在上海新闻检查公所登记。茅盾等的朋友、时任国民党中央执行委员会宣传部部长的邵力子要求他们“从速办理登记，关于登记手续本部当特予通融从速也”。茅盾等人“研究后，决定让一步，遵照邵力子的意思，走个形式，到社会局补办登记手续”[②]。又考虑到当时有人对《呐喊》刊名的否定意见，故而登记时更名为《烽火》。出版时，茅盾、巴金等特意在新刊物名“烽火”上方标出已登记的信息，是为了避免上海新闻检查公所再借机找茬，而更名为“烽火”，则是为了契合读者的期许。可见，《呐喊》与《烽火》是先后承续关系。《简介》虽将二者并列，但在具体文字中并无确切说明。

---

① 但该行字仍《烽火》第13期至15期的末页。自第16期至20期，该行字未再出现。

② 茅盾：《烽火连天的日子——回忆录（二十一）》，《新文学史料》1983年第4期。

二 两刊的开本、出版周期、出版地

《简介》认为《呐喊》与《烽火》都是“三十二开本小型周刊”。这与事实不尽相符。

就开本及篇幅大小而言，《呐喊》的两期、《烽火》第1至12期均为三十二开本，每期共16页。就出版周期而言，两期《呐喊》的出版日期分别为：8月22日、8月29日，12期《烽火》的出版日期分别为：9月5日、9月12日、9月19日、9月26日、10月3日、10月10日、10月17日、10月24日、10月31日、11月7日、11月14日、11月21日。可见，这14期刊物均按周准时出版，无延期情况发生。这里面当然与诸多读者、作者的密切支持分不开，但更与编辑人茅盾尤其是发行人巴金的组织之力密切相关。

《烽火》出版第12期后，不得不停刊。巴金和众多文化人一样辗转迁移至广州，在5月1日重振旗鼓，不改初心，续出了《烽火》第13期。从该日至1938年10月11日，在极度困难的境况下，巴金坚持出到了第20期。与前面的两期《呐喊》和12期《烽火》相比，此时的《烽火》出现了许多变化。在开本上，该刊不再是三十二开，而是十六开；在篇幅上，每期不再是16页，而是“增加篇幅”① 至36页。尤为重要的变化在于出版周期。从第13期至第20期，刊物的出版不再以周为单位，而是以旬为单位，故其封面顶端标有“文学社·译文社·中流社·文季社·联合旬刊”字样，其封面的右下方或左下方（除第20期外），均出现了“每逢一日十一日廿一日出版”字样。但事实上，这8期《烽火》并非全部都按时出版，因而旬刊也只是未能企及的目标。从各期的版权页上，可得到以下信息：第13期——1938年5月1日；第14期——1938年5月11日；第15期——1938年5月21日；第16期——1938年6月1日；第17

---

① 《本刊启事》（一），《烽火》1938年5月1日、5月11日，第13期、第14期。

期——1938 年 6 月 11 日；第 18 期——1938 年 8 月 21 日；第 19 期——1938 年 10 月 1 日；第 20 期——1938 年 10 月 11 日。仅就此而言，第 13 期到 17 期，第 19 期到第 20 期是按旬出版，而第 18、19 期的出版则很不规则。之所以如此，是因为常常遭遇大轰炸的广州，出版环境已变得非常艰难。

翻阅《烽火》第 18 期至 20 期，当可发现《轰炸之后》（靳以）、《广州受难了》（芜军）、《空袭》（默容）、《在轰炸中过的日子》（巴金）等与广州轰炸直接相关的记叙。“这些日子里我们的救护队含着眼泪埋葬了成千的死者，无辜者的血染赤了广州的街市。”① 巴金在第 18 期扉页上的沉痛控诉，部分还原了当年惨痛的历史场景。受大轰炸影响的《烽火》的出版情况，诚如巴金屡屡在《敬告读者》的启事中所言，“……印刷工作不时停顿，本刊未能按期出版……”②，“印刷局不肯继续排印以加价要挟，连已经打好纸型的一期也印了十多天得出版”③，因此，“刊物终于由旬刊，变成了无定期刊”④。在第 19 期扉页，巴金以编者名义写了沉痛的《给读者》，其中说：

> 关于这刊物的脱期，作为编辑人的我，是不能卸除责任的。我不想辩解，我只转载我前一个月写的一篇文章（在香港《大公报》文艺栏发表）说明我们在轰炸中怎样地过着日子。此外我还应该叙说一件事实：我最近带了编好的三期《烽火》的稿子走过许多地方，甚至在汉口也找不到一个适当的承印处。我们既没有雄厚的资本来付高昂的印价，又没有充裕的时间精力和印局负责人不断地交涉，在这陌生的环境里两三个人的有限的努力常常是没有什么效果的。因此《烽火》的脱期便成了不可免的

① 巴金语，见《烽火》1938 年 8 月 21 日第 18 期。

② 《烽火》1938 年 8 月 21 日第 18 期。在第 19、20 期同一位置，亦出现了该启事，只是最末一词“原谅”改为了“原宥”。

③ 巴金：《在轰炸中过的日子》，《烽火》1938 年 10 月 1 日第 19 期。

④ 巴金：《在轰炸中过的日子》，《烽火》1938 年 10 月 1 日第 19 期。

事情。我很惭愧，竟这样地辜负了许多读者的期望。但我们以后还是要尽力克服种种困难把这刊物维持下去的。[1]

巴金等人勉力维持刊物的窘况，由此可见一斑，当时广州的战争局势导致的文化生产形势之严峻，也由此可见一斑。《烽火》出版第20期后的停刊，的确是因战争所迫。

至于两刊的出版地问题，只需翻阅原始期刊即可明白，由上面的论述亦可见出：《呐喊》的出版地为上海，《烽火》第1期至第12期出版于上海，第13期至第20期出版于广州。《简介》中所说的《烽火》在"上海沦陷后，迁广州、桂林等地继续出版"信息有误。

三　两刊的销售处

《简介》中认为，《呐喊》与《烽火》均"由文化生活出版社、上海杂志公司、开明书店、立报馆等代售"。事实果真如此吗？

查《呐喊》周刊可知，其创刊号上的确标有"文化生活出版社""上海杂志公司""开明书店""立报馆""代售"字样，但在第2期封面上所标出的代售处，就增加了"生活书店"和"五洲书报社"。因而，说《呐喊》由那四家等代售，虽不尽准确，但尚可接受。

出版时间更长、出版地又存在变更的《烽火》，其各期的代售情况明显要复杂得多。

第1至第5期：封面上标明的代售处是"全国各书店各报贩"。

第6至第7期：封面上除标示了"代售处：全国各书店各报贩"之外，另增加了"发行处：上海城内西仓桥三街三号""杭州总经售：东南图书公司""重庆总经售：文化生活社重庆分社"这三条，并增加一行字曰："欢迎投稿。概以本刊为酬。一切信件请寄上列四社收转。"

第8期：只有发行处和总经售处。发行处与第6、第7期相同，

---

① 编者：《给读者》，《烽火》1938年10月1日第19期。

总经售处则变为"上海文化生活出版社"。

第9至第12期：未标总经售处，而标了"代售处：全国各书店各报摊"。

第13至第20期：封面上均醒目地标出了"烽火社发行"，"文化生活出版社总经售"字样。但第13期版权页上的总经售处是"文化生活出版社（上海汉口广州重庆）"、代售处是"（各地）开明书店、生活书店、上海杂志公司"；第14期的代售处增加了北新书局，第15期的代售处，只标了"华中总代售处""新生图书公司汉口特三区湖北街"；第16期的代售处，只标了"华中总代售处""大路书店""汉口交通路西一号"；第17期，有"总经售""文化生活出版社"字样，列出了"上海巨籁远路福润里""广州惠新东街二十号""重庆天主堂街三十号"这三处，而无汉口的地址。"华中总代售处"仍为大路书店，但地址已变为"汉口交通路第四〇号"；第18—20期只标了"总经售""文化生活出版社"字样，而无代售处信息。

基于《烽火》的实际销售处变动不居的情况，《简介》中的文字表述显然不尽准确。不仅如此，上述屡屡变动的总经售处、代售处名称，以及同一代售处短期内即变更地址的行为，无疑为了解战时杂志的销售、传播情况提供了一个方向，也为了解《烽火》的艰难生存情况提供了一个绝佳的窗口。当然，这些信息，对我们了解文化生活出版社此期的分社建立情况，也不无参考价值。

四　两刊的编辑人，发行人

《简介》中提到《呐喊》"初署'编辑人茅盾'、'发行人巴金'"，而《烽火》"署'编辑人茅盾'、'发行人巴金'"。这也与史实存在偏差。

查阅原刊可知，《呐喊》的两期均无专门的版权页，其相关信息均体现在封面上。而其创刊号、第2期封面上，均仅从右至左标注"文学社中流社文季社译文社合编"字样，并无编辑人与发行人信息。《简介》中所言有误。

《烽火》的创刊号至第12期，亦无专门的版权页，其相关信息同样体现于封面。从其各期封面可见，从右至左标注的是“文学社中流社文季社译文社联合刊物编辑人：茅盾　发行人：巴金”字样，其中，编辑人、发行人信息与《简介》中吻合。但从第13期开始，其刊名之上从右至左标明了“文学社·译文社·中流社·文季社·联合旬刊”字样，刊名之下的两行分别标明期数、出版时间与地点，再下方一行是加粗的黑底白字，从右至左为“编辑人 巴金 发行人 茅盾”。可见，这一时期《烽火》的编辑人、发行人信息与《简介》中的正好相反。

那么，为何编辑人、发行人信息从《烽火》的创刊号才开始出现？为何从第13期开始，《烽火》上的编辑人、发行人信息正好打了一个颠倒？茅盾与巴金，在刊物的出版发行中到底各负有何种责任？对此，茅盾在回忆录中曾提到过：

> 对于《呐喊》这刊名已听到不少不赞成的意见，认为作家们在这大时代仅仅《呐喊》助威是不够的，于是就想换一个刊名，但又考虑到才出两期就改名也不好。现在既然要补办登记手续，我们就决定趁机改换刊名为《烽火》。又考虑到登记后照例要注明刊物的负责人，就在《烽火》第一期封面上加印了“编辑人茅盾，发行人巴金”。后来上海沦陷，《烽火》搬到广州继续出版，又把两个负责人倒换过来，成了“编辑人巴金，发行人茅盾”。其实，从十月份起，我暂时离开上海，《烽火》的实际主编就是巴金了；搬到广州出版后，我这个发行人更完全是挂名，因为那时我已在香港编《文艺阵地》了。①

关于《烽火》创刊时的标注信息、后两人信息打得颠倒，都与刊物实情吻合。而茅盾离开上海的时间，也与实际吻合。事实上，从

① 茅盾：《烽火连天的日子——回忆录（二十一）》《新文学史料》1983年第4期。

茅盾的散文《“非常时期”》之小标题——“一、十月五日的上海西站”与“二、苏嘉路上”可知，他离开上海的准确时间是10月5日，而路线是从上海西站乘车绕道嘉兴，再到苏州。茅盾离开时，《烽火》第6期还未面世，因而在上海所出版的第7—12期《烽火》，更多地是巴金在独立编辑。而到了迁移至广州接着出版时，茅盾更只是挂名而已，因其精力已更多地投入新刊物《文艺阵地》的创办中。

但是，《烽火》第13期上刊了《烽火》第一册合订本再版的广告，该合订本收录了《烽火》第1—10期及《呐喊》的两期，巴金却自愿将其署名为“茅盾主编”。在第14期的同一则广告中，巴金也仅在“茅盾主编”后添加了“巴金发行”字样，丝毫无凸显自己事实上主编了五期《烽火》的意图。茅盾与巴金的良好感情由此亦可见出。

五　茅盾此时期发表的文章

作为《呐喊》以及《烽火》前5期的灵魂人物，茅盾可谓集编辑、作者之职于一身。到《烽火》后13期，他虽列名为名义上的“编辑人”，甚至只是挂名的“发行人”，但自始至终，他都是刊物的重要作者。因而，作者茅盾在这两份杂志上的体现，是我们思考茅盾与其关系的重要向度。

《简介》中说：“茅盾为《呐喊》写过《站上各自的岗位——代发刊词》等文章。”“茅盾为它（指《烽火》——引者注）写过《战神在叹气》《今年的‘九一八’》《非常时期》等文章。”《茅盾全集》（附集）所收的《茅盾生平著译年表》中录有相关文章的发表信息，《茅盾全集》其他卷收录有相关文章。那么，茅盾到底在这22期刊物中发表了哪些文章？其相关信息与《简介》中的说法是否存在偏差？

查《呐喊》与《烽火》，茅盾发表了以下文章：

1.《站上各自的岗位（创刊献词）》，刊于《呐喊》创刊号、《烽火》第13期；

2.《本刊启事》，刊于《呐喊》创刊号扉页、第 2 期第 12 页即《呐喊》总第 28 页；

3.《写于神圣的炮声中》，刊于《呐喊》创刊号；

4.《“恐日病”一时不易断根》，刊于《呐喊》第 2 期；

5.《战神在叹气》，刊于《烽火》第 1 期；

6.《今年的“九一八”》，刊于《烽火》第 3 期；

7.《苏嘉路上》，刊于《烽火》第 12、13、14、15 期；

8.《也谈谈“周作人事件”》，刊于《烽火》第 18 期。

可见，如果将茅盾代《呐喊》周刊同人所拟写的《本刊启事》计算在内，那么，茅盾在两期《呐喊》上一共发表了 4 篇文章；如果将《苏嘉路上》视为 1 篇文章，而将再次刊的《站上各自的岗位(创刊献词)》不纳入总数，那么，茅盾在 20 期《烽火》上一共发表了 4 篇文章，其中一篇连载 4 期。显然，在《呐喊》《烽火》的作者群中，茅盾是十分重要的一位。但细查《茅盾全集》可以发现，下列文章的相关信息仍需辨析：

1.《站上各自的岗位（创刊献词）》，收录于人文版第 16 卷第 80—81 页、黄山版第 16 卷第 112—113 页，但均题为《站上各自的岗位——〈呐喊〉创刊献词》。全集选编者在副标题中加上《呐喊》这个刊名，显然意在提示其发表的刊物，因不影响整体表达效果，尚可忽视；但无论该文在《呐喊》上的初版本还是《烽火》上的再版本，其副标题都不是“代发刊词”，因而《简介》中所引“《站上各自的岗位——代发刊词》”不尽准确，此其一。其二，两部全集所收该文的注释均为“本篇及下篇《写于神圣的炮声中》最初同时发表于一九三七年八月二十五日《呐喊》创刊号”。后均收入《炮火的洗礼》。关于《呐喊》创刊号日期的说法有误，因由详见前文。其三，将全集所收版本与《呐喊》创刊号上的初版进行对比后，笔者发现，全集本与初版本的好几处标点存在差异，末尾的落款也由“（十六夜于隆隆炮声中）”改为“26 年 8 月 16 日夜于隆隆炮声中”。而将全集所收版本与《烽火》复刊号上的再版本相比，笔者发现，全集本与再版本的差异甚小。可见，全集收录该文时所依据的并非《呐喊》创刊号上的版本。

2.《本刊启事》，收录于黄山版第21卷第370页，人文版未收录。

3.《写于神圣的炮声中》，收录于人文版第16卷第82—83页、黄山版第16卷第114—117页。两部全集所收文章均与《呐喊》初刊本有几处符号和字词上的差异。

4.《“恐日病”一时不易断根》，收录于人文版第16卷第86—87页、黄山版第16卷第120—121页，这与该文初刊时正文的题目吻合，但与初刊本封面、李基林《抗战文学期刊选辑第一辑篇名索引》中的题目《“恐日症”一时不易断根》有异。

5.《今年的“九一八”》，收录于人文版第16卷第98—99页、黄山版第16卷第134—136页。全集本对初刊本有字词改动，其中，改“六年的光阴毕竟没有白过”中的“六”为“一”，联系上下文语境可知，此是误改。而这误改，给读者的理解造成了困难。

6.《苏嘉路上》，收录于人文版第11卷第457—468页、黄山版第11卷第515—528页。关于该文，《茅盾全集》中有以下数条信息：

①在人文版、黄山版所收《茅盾生平著译年表》1937年11月21日、1938年5月1日条目下，有这样相同的表述文字：

> 《“非常时期”〈一〉》(署茅盾)，发表于《烽火》第十二期。后收入《茅盾速写散文集》时，总题目改为《苏嘉路上》。①
>
> 《苏嘉路上》(即《非常时期》的续篇　署茅盾)，发表于《烽火》第十三、十四期合刊，第十五期。②

②人文版《〈茅盾全集〉篇目索引》中，论者先标出“《苏嘉路上》(《苏嘉路上》之二)，460”，再标出“《苏嘉路上》(含《一月

① 《茅盾全集》(附集)，人民文学出版社2001年版，第137页，黄山书社2014年版，第159页。

② 《茅盾全集》(附集)，人民文学出版社2001年版，第144页，黄山书社2014年版，第167页。

五日的上海西站》等两篇）457”。黄山版《〈茅盾全集〉篇目索引》则直接标注为“《苏嘉路上》515”。

③人文版和黄山版在收录《苏嘉路上》时，均添加了相同的注释。具体如下：

> 本篇最初连载于一九三七年十一月二十一日至一九三八年五月二十一日《烽火》杂志第十二至十五期。初题作《非常时代》，自第十三至十五期续载时改为现题。曾收入《茅盾文集》第九卷和《茅盾散文速写集》。①

④人文版和黄山版所收《苏嘉路上》正文的小标题有异。人文社的第一个小标题“一月五日的上海西站”，黄山版的则为“一、十月五日的上海西站”。

而在人文版、黄山版的《简介》中，论者提及的该文之名，均为“《非常时期》”。

综上可知，首先，关于该文章的题目，有《非常时期》《“非常时期”》《非常时代》《苏嘉路上》这几种说法。那么，该文发表时到底是什么名字？其次，《苏嘉路上》发表的《烽火》第 13、14 期是合刊吗？第 2 条信息中所示索引，哪种更准确？最后，两个全集版的第一个小标题有异，谁才符合茅盾的原文？

首先，查《烽火》第 12—15 期可知，第 12 期封面目录中，茅盾该文题为《“非常时代”（一）》，正文中题为《“非常时代”》，开篇为“一、十月五日的上海西站”。显然，“一”及其后面的内容，是《“非常时代”》的第一部分。第 13 期封面目录中，该文题为《苏嘉路上》，正文中，“苏嘉路上”前面添加了“二”，并被置于大标题《“非常时期”》之下。显然，这是将“苏嘉路上”的内容作为《“非常时期”》的一部分，而这个大标题又是对《“非常时

① 《茅盾全集》，人民文学出版社 2001 年版，第 457 页，黄山书社 2014 年版，第 515 页。

代”》的微调。第14期封面目录中，该文题为《苏嘉路上（再续）》，正文为《“非常时期”》（再续），开篇为“二、苏嘉路上”。从“再续”二字来说，显然说该期的《苏嘉路上》内容为《“非常时期”》的“再续”更为准确。第15期封面目录中，该文题为《苏嘉路上（续完）》，正文为《“非常时期”》（续完），开篇为“苏嘉路上二”发表时封面目录与正文的标题之间的差异，导致了后来者言辞的不一。但不管怎么说，在初刊本上，均无《非常时期》这个标题。此外，《“非常时代”》是茅盾刚发表时所用题名，这与其第一部分文字中的“‘上西站’确是进入了‘非常时代’”相吻合。但在随后的文字中，茅盾的言辞已改为“非常时期”了，题目也就做了相应的更改。也许在茅盾看来，“非常时期”较之“非常时代”更适合该文。其原因，或与茅盾只写了两部分，不能更全面地反映那个“非常时代”有关。他的再改为《苏嘉路上》，除因第一部分的内容也可囊括于“苏嘉路上”之外，或也与此有部分关系。

其次，从前面的论析可知，《烽火》第13、14期并非合刊，因而《茅盾生平著译年表》中所言有误。至于人文版《〈茅盾全集〉篇目索引》，将其第二部分独立标注出来的做法，显然考虑有欠周详，因该部分内容仅仅是部分而未独立成篇。与其如此标出，误导查阅者，不如像黄山版那样处理。

最后，两个全集版的第一个小标题的差异问题。早在1990年，丁国兴就曾质疑过。他根据《烽火》原刊，以及言之有据的逻辑推理，最终确证人文版《茅盾全集》中《一月五日的上海西站》中的“一月五日”应为“十月五日”。[①] 其文虽短，但所指非常明确，也符合文章的真实，吻合于茅盾的真实行踪，因而黄山版全集的修改，可谓非常必要，显示出茅盾研究的进步。

原刊《现代中文学刊》2019年第1期

---

① 丁国兴：《对〈茅盾全集〉的一处质疑》，《赣南师范学院学报》1990年第4期。

抗战时期茅盾佚文考述

金传胜

摘　要　本文披露与考订新、旧两版《茅盾全集》所失收，茅盾作于抗战时期的多篇集外文。这些佚文的“出土”，无疑将扩充抗战时期茅盾的文学创作，有助于《茅盾全集》的增补与完善，对于进一步了解与考察这位文学巨匠的人生轨迹、文学思想与创作活动，具有重要的文献价值与参考意义。

关键词　茅盾；佚文；抗战文学

抗战爆发后，为了配合抗日宣传，鼓舞民众士气，抑或沟通文坛信息，指导文艺创作，茅盾在创作小说与戏剧的同时，积极从事散文写作，其中尤以战斗性的杂文居多。1945 年散文集《时间的纪录》出版，是茅盾抗战散文成就的集中展示。由于抗战时期时局动荡，战火纷飞，报章杂志保存不易，加之茅盾曾辗转奔波于大江南北，文章散见于各地的大小报刊，故存在散佚集外的文字在所难免。笔者在平时查阅抗战时期报刊文献时，陆续辑获新、旧两版《茅盾全集》所失收的数篇佚文。为了有助于《茅盾全集》的进一步修订与完善，推进茅盾研究，兹以发表时间为序，将这批佚文整理出来，并略作梳理考订，以飨学界。

一

1937年8月5日，上海《新闻记者》月刊[①]第1卷第3号刊登了署名茅盾的短文《“差不多”》。由文末所署日期可知，本文作于1937年7月15日，主要针对“七月十四五等日《立报》的论评”而发。上海《立报》是由成舍我、严谔声、吴中一等新闻界人士1935年9月20日创办的小型报纸，张友鸾、萨空了先后任总编辑。它实行精编方针，以“报纸大众化”为办报口号。辟有三个各具特色的副刊，一是谢六逸主编的《言林》，二是张恨水、包天笑先后主编的《花果山》，三是萨空了主编的《小茶馆》。郭沫若、老舍、巴金、夏衍等都为《立报》副刊写过文章，茅盾也是该报的支持者与撰稿人之一。据谢六逸《社中偶记》，茅盾在回复谢六逸约稿的信中说：“《立报》出版后已阅读，这是小型的报纸，生面别开，甚有意义，委嘱作稿，俟有题时当即写奉。盖小品文最难得题也。想荷亮察。”[②] 1936年1月，茅盾先后为《立报·言林》撰写了《谈小型报的编辑技巧》《小型报的性质》《晚明文学》等文章。抗战爆发后，《立报》积极进行抗敌救国宣传，以“对内和平，对外抗战”为主张，表现了进步报人的爱国热情。

在战局日益严峻的情势下，报纸因信息量大、时效性强，成为民众及时了解抗战最新动态的主要手段。阅读新闻纸是茅盾每日的必做功课，其中显然包括《立报》在内。虽未见“七月十四五等日《立报》的论评”，然可以想见应是“对于当头难的国难作具体建议者”。国难关头之际，身在上海的茅盾不仅希望各报“同伸义愤”，更期盼

① 本刊为新闻刊物，目录页题名《新闻记者月刊》。1937年6月5日在上海创刊，停刊日期不详。顾执中任编辑兼发行人，新闻记者社出版。撰稿人除茅盾外，尚有方菊影、李问樵、陆礼华、严品藻、周邦俊、邵力子、顾用中、宋庆龄等，刊物插图多为陈烟桥、新波、野夫等所绘。

② 谢六逸：《社中偶记》，陈江、陈庚初编《谢六逸文集》，商务印书馆1995年版，第301—302页。

有志之士能贡献救国意见。在论调“差不多”的上海报界，作为“小弟弟”的《立报》却能发出“今日扼要的名论”，显示出主办者的魄力与勇气。

《“差不多”》表明了茅盾对《立报》坚持救亡图存的办刊立场的支持与称许，反映了抗战初期茅盾对于新闻舆论工作的重视。彼时的茅盾经常就报纸的编辑倾向或刊登内容发表意见。在写作时间稍晚于《“差不多”》的《战时读报感想》中，茅盾就各大报一律缩减篇幅阐发了自己的四点感想。“感想之四”认为“减缩了篇幅的各报既经照常齐出，似乎可以各就其平日最大多数读者对象之各异而创造其各自的个性出来”。最后指出“战时报纸，宣传与教育的任务重于报道刻板的新闻”[①]。在茅盾看来，在坚持“宣传与教育的任务”这一基本任务和“大方针”的前提下，各报可以根据其服务对象与读者阶层，创造、发展出自己的个性。这可以视为茅盾反对“差不多”即“一个地方出版的多数报纸竟如出一手”而做出的进一步思考。还需注意的是，茅盾用“差不多”为文题，似也与当时“反差不多”运动有关。1936 年 10 月 25 日，沈从文以炯之为名在《大公报·文艺》副刊第 237 期上发表《作家间需要一种新运动》，批评近几年新出版的大多数青年作家的文章都“差不多”，由此引发自由主义文学与左翼文学间的一场论争，即“反差不多”运动。作为左翼阵营的一面旗帜，茅盾于 1937 年 7 月 1 日、5 日分别在《文学》第 9 卷第 1 号、《中流》第 2 卷第 8 期发表《新文学前途有危机么》《关于“差不多”》两文予以回应。[②]《“差不多”》虽不是直接参与这次文学论争，却巧妙地将“反差不多”从文坛引入新闻界，体现了茅盾有的放矢、立意高超的杂文艺术。

---

① 茅盾：《战时读报感想》，《茅盾全集（十六）》，黄山书社 2014 年，第 144 页。

② 关于此次论争的评述，参见刘东方《“反差不多”论中的“差不多”——以“反差不多”运动中的茅盾与沈从文为中心》，《山东师范大学学报》（人文社会科学版）2011 年第 4 期。

二

1937 年 11 月 1 日汉口《大公报 · 战线》发表署名茅盾的影评《关于苏联影片〈克隆斯达海军〉》。苏联电影《克隆斯达海军》原名《我们来自喀琅施塔得》，1936 年上映，1941 年获斯大林奖金二等奖。影片讲述 1919 年 10 月，彼得格勒突遭白军包围，驻守在克隆斯达（现译作“喀琅施塔得”）海上要塞的波罗的海海军奔赴彼得格勒，联合当地的步兵和工人团，在布尔什维克党的领导下同仇敌忾，并肩战斗，终于战胜前来进犯的敌人，保卫了苏维埃政权。本片运用现实主义手法再现苏联国内战争中这一段悲壮的史实，浓墨重彩地塑造了几位革命英雄的鲜明形象，获得了广泛认可。影片中高昂的革命激情具有强烈的艺术感染力，在苏联电影史上占有重要地位，被公认为苏联电影经典作品之一。1937 年该影片被介绍至我国，经南京中央电影检查委员会（简称“中央电检会”）审查通过，被上海大戏院选为复业献映第一片，拟于 6 月 10 日晚公映。但因德国领事馆认为该片有不利于德国的嫌疑处，提出抗议，市府命令停映。直至中央有急电到沪，说明内容与德并无不利，遂于 12 日在大批警察保护下重新开映。13 日，上海大戏院在《申报》刊登了《克隆斯达海军》电影广告，广告突出位置还有“租界禁映”四个字。因是“禁片”，更能激起观众的观影欲望。[①] 茅盾显然在上海观看过这部电影，印象深刻，只是所谓“今年春天，在上海，我看过这部伟大壮烈而又美妙的历史的写真”的表述似不够准确，实则应在 1937 年 6 月间。10 月 29 日茅盾路过武汉时恰逢此片“在汉口第一次公映”。他再次为影片“捧场”，并写下了这篇影评。早在 6 月 19 日，即有观影者发表评论，提出该片“可当作国防电影看”[②]。卢沟桥事变后，华夏

① 参见孟庆和《姜椿芳与〈列宁在十月〉》，《文汇报》2017 年 11 月 10 日。

② 一平：《可当作国防电影看的〈克隆斯达海军〉》，《立报》1937 年 6 月 19 日。

儿女共赴国难，投身救亡图存的时代洪流中。在此背景下，茅盾重观此片，感慨良多，认为电影“在后方的民众面前公映，实有重大的意义”，只要是“爱祖国爱自由的人”，都可以从该片中获得感奋，激发斗志，争取民族解放的最终胜利。

抗战爆发后，因时局不靖，茅盾在朋友的帮助下，1937 年 10 月将孩子由上海送往长沙读书。虽然此行的主要目的是处理家事，但在辗转上海、长沙、武汉等地的过程中，茅盾亦为推进抗战文艺运动而奔走操劳。因此茅盾为汉口《大公报》撰文并不令人意外。10 月 31 日该报上还刊有一则《茅盾会见记》，系记者采访茅盾的记录，全文如下：

> 【本报特写】在一个叫嚣的旅馆里，碰见了文学家茅盾先生。他是两个星期以前因送男女公子去长沙读书，由上海路过武汉的，前天他又折回武汉，预备搭明天的船返回上海，把太太送回嘉兴原籍，在一个月以后，他也许再回到武汉来长住。他的房间门首写着“沈先生”。桌子上零乱地摆着杂志、日报、请帖、名片。他刚由冠生园吃饭回来，精神饱满、飘洒。
>
> 他和记者首先谈了些各地文化工作者工作的情形，大体都很好，但是小摩擦仍不免，实在可惜。他说上海文化界的情形很好，起初自然不免有点小摩擦，但是经过敌人的飞机大炮一天比一天厉害的轰炸，一切障碍都云飞雾散了。他说，上下应该切实打成一片，现在谁也不应讲不要谁。长沙虽然国立戏剧学校、平教会和临时大学都搬去了，可是曹禺他们还感觉太沉闷，原因是文化工作者因为还有障碍，干得不起劲。
>
> 记者问到他关于文艺工作者创作取材问题，他说：自然应该以抗战事实为内容，鼓励歌咏固然需要，在后方的也应该把后方种种缺点指示出来，这样才于抗战有利，不然，只做到个外表，骨子里一点也不长进，危险很大。
>
> 他又说：在上海的作家都分散了，有的移到内地都市的，有的回到了自己的家乡下，但很少有联系，这是很不好的现象，大家应该互相交换消息，甚至交换文章。

最后记者问他近来写什么长篇文章没有，据沈先生说，他本来在今年上半年写一篇《辛亥革命的前夜》的长篇，不过后来因事耽搁了，现在的情形又不许可，也许把材料再找一找，在这近几个月内开始写。他听到记者说武汉这个地方关于辛亥革命的材料较多，盼望他到武汉来写，当莞然地笑了。

他最后告诉记者，他回到上海以后，第一步把太太送回嘉兴，然后自己愿意加入张发奎将军所属的战地服务团去跑一跑，一来可以找着许多新鲜资料，二来也亲自经历经历这次抗战前线的滋味。

晚年茅盾在回忆录《烽火连天的日子》说他自长沙返沪途中，于10月20日抵达汉口，乘坐24日去杭州的火车，11月5日傍晚到达杭州。茅盾关于武汉期间的行踪有如下回忆：

十月二十日，我又来到汉口。在开明书店汉口分店里等我的是德沚的一封电报，说长江航线有危险，南京以下已不通航，要我走其他路线返沪。所谓其他路线只有走浙赣路和沪杭路。看看汉口的报纸，第一版正登着“东战场我军退出闸北固守沪西”的大字战报。于是原来打算在汉口多住几天的想法也打消了。但是这次的车票却不容易买，只买到二十四日去杭州的票。我一看又是卧铺，就问换成坐票能否提前两天？章雪舟说：恐怕提前不了，而且我叫他们买卧铺是听说这条路很难走，没有卧铺沈先生会吃不消的。在等车的两天中，与圣陶谈到今后的打算，都觉得很难预测，武汉能否长期坚守？我们最后落脚到哪里？说不定我们这对老朋友从此山川远隔，再见不到面了。有一天徐伯昕来看我。他从上海到汉口不久，是来准备生活书店总店迁汉事宜的。……①

① 茅盾：《烽火连天的日子——回忆录（二十一）》，《新文学史料》1983年第4期。

然据上引访谈可知，茅盾实际是于1937年10月29日安抵武汉，准备11月1日返回上海，可见茅盾晚年的某些追述不甚可靠。因茅盾撰写回忆录时已是近半个世纪后，在时间节点等细节方面难免出现记忆的偏差。在接受《大公报》记者的访问中，茅盾谈及各地文化工作者工作的情形、文艺创作的取材问题以及自己的创作情形与未来计划，大体是围绕抗战文化的发展与建设问题。这里可以看到茅盾对于抗战文艺工作的见解，也可以体认到他彼时对于文学创作与投身抗战的热情。《关于苏联影片〈克隆斯达海军〉》《茅盾会见记》两则史料，补充了茅盾回忆中的某些“空白”，修正了他的一些误记，有助于还原茅盾武汉期间的文学活动与思想状况。

三

第二次国共合作正式建立后，在中国共产党与其他民主党派及无党派爱国民主人士强烈要求实行抗日民主的呼声推动下，国民政府建立了国民参政会（简称“国参会”）这一全国最高咨询机关。1938年7月6—15日，国参会第一届第一次会议在武汉召开。从成立伊始到1948年3月结束，共开过4届13次会议。它虽对国民党政府没有实际约束力，但“因为它比国防参议会前进了一步，初具民主形式，制定了一些制度，参政员人数和其所代表的范围亦有所扩大，它给了各党各派提供了一个公开发表政见的场所”①，所以得到了共产党及其他党派的欢迎与支持。社会各界进步人士极为关注国参会的进展，纷纷撰文发表意见，甚至连“唯美派”诗人邵洵美也撰有《安置战时妇女和儿童——贡献给国民参政会的一些意见》。②

1938年8月5日广州《抗战大学》月刊第1卷第10期刊发署名茅盾的《对国参会的意见》，表达了作者对于刚刚举行的国民参政会

---

① 马齐彬主编：《国共两党关系史》，中共中央党校出版社1995年版，第672页。

② 邵洵美：《安置战时妇女和儿童——贡献给国民参政会的一些意见》，《自由谭》1938年9月创刊号。

的看法。茅盾文章与石辟澜的《实现国参会的重要议案》、任启珊的《我对省县参政会的意见》等文，总题为《我们对于国民参政会的意见》，以收稿先后为序，编入该刊推出的“国民参政会特辑”。与《对国参会的意见》同期还刊发了茅盾为《抗战大学》所写的题词手迹：“学习革命的理论加强救亡的工作茅盾七月十九。”《对国参会的意见》一文亦当写于7月19日左右。

《抗战大学》是抗战时期中共广东省委领导的具有统战性质的大型综合性月刊，创刊于1937年11月1日。它的前身是广州北新书店编印出版的《激流》（文摘性质刊物）。主编阳光（温京），编委有李育中、梁威林、龙世雄等。① 其中李育中与茅盾多有往来。1938年2月起，茅盾因筹备出版《文艺阵地》寓居香港。据李育中《茅盾先生在广州》回忆，当时李氏在香港主持进步团体——香港中华艺术促进会，专门从事团结在港的进步作家、艺术家，因而认识了茅盾，并常向他请教。为了充实《文艺阵地》版面，茅盾还热情向李育中约稿。李因之写了《玛耶阔夫斯基八年忌》登在创刊号上。李育中于1938年4月离开香港，转赴广州做救亡工作，仍与茅盾保持通信，有书信往来。② 茅盾为《抗战大学》撰稿、题词，很可能便是通过李育中的关系，不过这一推测尚待更多史料的支撑。

在《对国参会的意见》中，茅盾基于抗日救亡统一战线的立场，对国参会的决议案表示支持。同时认为决议既已制定，各党派应赤心合作，督促政府切实地予以实施。他强调各党各派对于国家大政的改革方案未必相同，“但团结统一抗战到底的信念，是完全一致的；在此存亡关头，民族利益高于一切，谁要还是惟党派私利是图，那不但自绝于民，而且一定招致了自己的覆灭”。这是以含蓄的方式对国民党提出了警告，希望国民政府摒弃党派私利，以民族利益为重，与中共及其他党派精诚合作，团结御侮。茅盾的观点在当时极具代表性。

① 参见李峰《宣传抗日的〈抗战大学〉月刊》，《中国出版》1996年第2期。

② 参见李育中《茅盾在广州的时候》，《随笔》1982年第20期。

如1938年7月15日延安《新中华报》的社评同样指出："国民参政会的每一有利抗战建国的具体建议与决议，政府应保证其能实现，国民参政会的决议才不成为空论和具文。"[①] 石辟澜的《实现国参会的重要议案》也表达了相似的观点。

四

1938年7月7日，即卢沟桥抗战周年纪念之际，成都《新新新闻》报增出《每旬增刊》。创刊号上刊了署名茅盾的《关于利用旧形式和创造新典型》，8月21日第5期再次发表茅盾的《论师资》。两文迄今尚未收入各种茅盾作品集，亦未被各家《茅盾年谱》著录，可判定为集外佚文。

由《关于利用旧形式和创造新典型》中"沙汀先生要我写一点给本刊，我就把这些零碎的感想供给文艺界的朋友们作参考"的叙述可知，沙汀或系《新新新闻每旬增刊》的编委人员，本文是茅盾在沙汀的约请下为该刊而撰，主要就"利用旧形式"和"创造新典型"两个文艺问题展开论述。同期《编辑后记》特意提及茅文："本刊承他肯于主编《文艺阵地》的百忙中惠然赐稿，对当前的文艺问题与以扼要而珍贵的指示。"此前沙汀曾应茅盾约稿，在《文艺阵地》1938年6月16日第1卷第5号上发表短篇小说《防空——在"堪察加"的一角》。不难想见两人当时文字交往颇多，并在编刊上彼此支持、声气相求。

为了促进"利用旧形式"的工作，茅盾文中强调文艺工作者要提高自己的思想与才力，对于旧形式加以"批判地研究"。批评家们则要从作品的本身下切实的批评，深入研究旧形式的特长与优点以指导试验者。关于"典型"问题，茅盾承认抗战产生了"民族的新人"的正面典型，同时提醒读者抗战也催生了"负的种类"。如要正确地

---

① 转引自重庆市政协文史资料研究委员会、中共重庆市委党校编《国民参政会纪实（上）》，重庆出版社2016年版，第112页。

把握抗战现实，作家们也应该将这些“‘负’的新典型”“捉到纸上来”。这就在理论上支持了“暴露与讽刺”类的抗战文艺。本文与同年6月27日写就、7月16日发表的《论加强批评工作》所述观点相近。关于利用旧形式的讨论，1938年茅盾还曾撰写过《关于大众文艺》《大众化与利用旧形式》《质的提高与通俗》《利用旧形式的两个意义》，与上文亦可参阅。两年后，身在延安的茅盾又集中发表《论如何学习文学的民族形式》《旧形式、民间形式与民族形式》等多篇文章，显示了茅盾对于这一议题的持续关注与思索。

相较而言，《论师资》则是一篇关注教育话题、具有特殊意义的文章。1938年4月，国民党临时全国代表大会制定与公布《战时各级教育实施方案纲要》。该纲要提出抗战期间实施教育的具体政策，包括“九大方针”与“十七要点”，涉及教育的诸多方面。茅盾对此纲要较为关注，并就“其中有关于师资者”拥有自己的看法，故写成《论师资》。本文主要讨论了战时中学师资训练问题。茅盾认为“师资之训练”确乎值得重视，但因战前的师资审查一向只看重形式上的履历与文凭，以是战时的临时中学乃至全国中学里存在师资不合格的现象。由于师资之选拔与审查只看文凭、履历等表面的材料，不但让大量照本宣科的“好好先生”和“知识窳旧思想落后的先生”走上中学讲坛，而且阻碍了“真正有能力的人”投身于教育事业。因而茅盾批评纲要“没有在原则上确定了今后师资采用人才标准，这是颇为遗憾的事”。

稍早于《战时各级教育实施方案纲要》，国民政府教育部已在3月28日颁布《中等以上学校导师制纲要》及《实施导师制应注意之各点》，令中等以上学校遵行。纲要“十七要点”中亦再次重申导师制。导师制的实施目的主要是“为矫正现行教育之偏于知识传授而忽于德免除师生关系之日见疏远而渐趋于商业化起见”。对于导师制，茅盾肯定其实施的必要性，然亦强调在当前师资问题尚未圆满解决的条件下，导师制的实行将利少弊多。因为不良教师倘若成为学生导师，可能会在导师制的掩护下“干涉学生的思想研究”，“干涉学生的社会服务乃至救亡活动”，“强迫青年们‘心如死灰，形同槁木’”。他提出在切实施行导师制的同时，还应“施行学校的民主制度”，唯有如此，学生才会更加敬爱师长。这不仅能够使不良学生从善如流，而且可以将不良教师清理出师资队伍。茅盾针对师资问题的主张，不仅是针对《战时各级教育实施方案纲要》颁布而发，而且将矛头指向了教育界长期“积久下来的丑恶的负荷”和不良风气，希望彻底地进行教育改革，谋求社会进步。《论师资》作为茅盾关心战时教育问题的一篇重要文章，具有较高的文献价值。

五

1938 年底，应杜重远邀请，茅盾离开香港，经海防、昆明奔赴新疆迪化（今乌鲁木齐）。1938 年 12 月 28 日至 1939 年 1 月 5 日，茅盾在昆明逗留。在近十天的日子里，茅盾“参加了文协云南分会的晚宴和茶话会；又会见了朱自清、沈从文、顾颉刚、闻一多、吴晗、梁思成等一些新老朋友”①，接触了昆明文化界各方面人士。应各方朋友的邀请，茅盾相继为文协云南分会、西南联大、云南大学作《统一战线与基本工作》《问题的两面观》《抗战文艺的创作与现实》等演讲或报告。当地的编辑和记者们闻风而至，纷纷约请茅盾撰稿。茅盾在了解刊物的背景后，就挤出时间，为其中的几个写了文章。据茅盾回忆，共有四篇文章，其中《看了〈黑地狱〉》《文化上的分工合作》《谈“深入民间”》三文早已收入《茅盾全集》，但《大众化与“诗歌的斯泰哈诺夫运动”》长期散佚。茅盾在回忆录中曾简略述及其创作缘起与内容：

> 给文协云南分会出版的诗歌月刊《战歌》写的文章叫《大众化与“诗歌的斯泰哈诺夫运动”》。《战歌》这诗刊我在香港时就知道，还在《文艺阵地》上介绍过，说它是“闪瓶在西南天角的‘诗星’”。这诗刊也是昆明唯一的纯文艺刊物。

---

① 孙中田：《图本茅盾传》，长春出版社 2011 年版，第 197 页。

"诗歌的斯泰哈诺夫运动"是诗人蒲风提出来的一个口号，蒲风在广州沦陷后一直没有消息，我写这篇文章时，正是盛传他已牺牲的时候。蒲风提出这口号，把它解释为只要求诗人们多产，我在这篇文章中补充了蒲风未指出的另一面。我说：诗歌的斯泰哈诺夫运动并不仅仅要求诗人们多产，它同时是一种诗歌的群众运动，是把诗歌从"沙龙"解放出来到街头的运动，也是诗歌大众化的又一方面。"文艺上的斯泰哈诺夫运动，一方面是要求文艺工作者更多向现实生活发掘，又一方面是要求更多人参加文艺战线，以期养育庞大的文艺的年轻的一代。"因为"无论任何文艺工作，只有群众化以后，然后真正有战斗的力量"①。

依据这段回忆，各家《茅盾年谱》均已著录此文，但原文一直未被学界辑获，成为有目无篇之作。查国华版《茅盾年谱》（1985年）载"《大众化与诗歌的斯泰哈诺夫运动》（署茅盾），发表于《战歌》第三期"②，文题与刊期皆不确。万树玉版《茅盾年谱》（1986年）记"《大众化与'诗歌的斯泰哈诺夫运动'》，刊于文协云南分会出版的诗歌月刊《战歌》第五期（此文迄今未找到）"③。唐金海、刘长鼎版《茅盾年谱》（1996年）于"一九三八年十二月"谱文下著录"约十二月底作《大众化与'诗歌的斯泰哈诺夫运动'》（文论）"④，创作时间显系推测，且未提发表刊物，长期从事史料研究的钦鸿从杨骚《诗营随笔》中发掘出这篇佚文的三个重要片段，写成《茅盾的佚文和诗歌的斯泰哈诺夫运动》。文章结尾表示："目前，茅盾研究工作正在逐步深入，茅盾的一篇篇佚文正在不断被发

① 茅盾：《从东南海滨到西北高原——回忆录〔二十三〕》，《新文学史料》1984年第2期。

② 查国华：《茅盾年谱》，长江文艺出版社1985年版，第233页。

③ 万树玉：《茅盾年谱》，浙江文艺出版社1986年版，第249页。

④ 唐金海、刘长鼎主编：《茅盾年谱（上）》，太原高校联合出版社1996年版，第547页。

现，但愿有一天他的《大众化与‘诗歌的斯泰哈诺夫运动’》一文也能重见天日。”① 笔者查阅《战歌》杂志，在1939年第1卷第5期上找到此文。文末注“廿八年一月二日于昆明旅次”，表明写于1939年1月2日。此文很可能是罗铁鹰向茅盾约的稿。当时，茅盾还为罗的首部诗集《原野之歌》题署了封面。此书由穆木天作序，1939年2月出版，列入“战歌丛书”。

《战歌》1938年8月创刊于昆明，由徐嘉瑞、溅波、罗铁鹰共同创办，以“救亡诗歌社”名义编辑，中华全国文艺界抗敌协会云南分会出版。初为月刊，但经常延期出刊。自第2卷起刊期不定，1941年1月后终刊。② 其中第1卷第5期未查到出版日期，罗铁鹰在《回首话〈战歌〉》中认为是1939年1月初出版，然而本期署名“编辑室”的《编后》落款为“一九三九，二，八日”，说明实际出刊时间当在1939年2月中下旬。

六

1942年12月，茅盾离开桂林抵达重庆，开始了其在重庆的第二阶段长达3年多的生活和工作。③ 当时主编《联合画报》④ 的舒宗侨，是茅盾好友，故邀请茅盾、老舍等担任该刊的撰稿人。茅盾与舒宗侨何时结交已难详考。舒宗侨早年就读于复旦大学新闻系，是谢六逸的学生。1935年《立报》创办后，师生二人同时进入《立报》工作。

---

① 钦鸿：《文坛话旧　续集》，上海远东出版社2009年版，第281页。

② 参见罗铁鹰《回首话〈战歌〉》，《新文学史料》1983年第1期。该刊终刊号出版于1941年1月，标明第2卷第2期，但罗铁鹰认为系误印，实为第3期。

③ 参见魏洪丘《茅盾与重庆》，《茅盾研究》2005年第9辑。

④ 该刊1942年9月25日创刊于重庆，主编舒宗侨，联合画报社出版。初为半月刊，后为周刊。1945年10月19日出至第154期停刊。同年11月20日在上海复办，出至1949年5月第228期终刊。参与马光仁《舒宗侨与〈联合画报〉》，《世纪》2008年第1期。

谢主编《言林》副刊，舒担任记者[①]，茅盾则是“特约撰稿人”。舒宗侨可能即于此时通过谢六逸的关系结识了茅盾。

经查，茅盾在《联合画报》上共发表过4篇文章，分别是1943年2月12日第14期《希特勒的魔术》[②]，2月26日第16期《春风骀荡》，5月7日第26期《〈香港的受难〉画展》，1945年11月20日第155、156期合刊《悼六逸》。其中，《希特勒的魔术》《悼六逸》两文早已收入《茅盾全集》。《〈香港的受难〉画展》近由宫立发现[③]，但《春风骀荡》一直未见学界谈及，当系佚文。

《春风骀荡》与稍前的《希特勒的魔术》堪称姊妹篇。后文辛辣地讽刺与抨击了以希特勒为首的纳粹政党对德国青年的愚民教育与政治洗脑术。茅盾敏锐地指出，纳粹创办的教育机构实际上是一种特设的“集中营”，其只是为了推行日耳曼种族优越论，养成“德国青年的狂妄的自尊自傲”和“残酷的嗜杀性”，让他们“甘心去做纳粹侵略者的炮灰”。但在苏联的反攻与同盟国的奋战下，纳粹士兵日渐清醒，德军的总崩溃已指日可待。希特勒所玩弄的魔术伎俩，终于不免要彻底失去效力。《春风骀荡》在继续揭穿希特勒及其党徒穷途毕现、大势已去的处境后，将批判锋芒转向其“东方的轴心小伙伴”——日本。作者鞭挞了日本法西斯的穷兵黩武，疯狂成性，明确对日本军阀与普通民众进行了区分，揭示了日本的侵略政策对本国人民的搜刮与伤害及政府不得民心的事实。茅盾对日军的最终失败深表信心，并勖勉广大民众继续坚忍不拔，努力不懈，以实现抗战的最后胜利。

最后，笔者还发现了茅盾的译作《今日苏联的西伯利亚》[④]，刊于1939年1月30日《新阵地》第30期，署“茅盾译”。该刊系旬刊，黄萍荪主编，新阵地旬刊社发行。1938年3月5日在浙江金华

---

① 参见舒宗侨《谢六逸和〈立报·言林〉》，陈江、陈庚初编《谢六逸文集》，商务印书馆1995年版，第411页。

② 1943年3月10日再刊于《前锋副刊》第65期。

③ 参见宫立《“沉痛而悲愤的情绪”》，《东方早报》2016年9月18日。

④ 内文误印为“今日联苏的西伯利亚”。

创刊，停刊于1939年1月，共30期。主编黄萍荪乃浙江杭州人，与茅盾有同乡之雅。黄氏在杭州主编《越风》杂志时，就曾向当时已是社会名流的茅盾约稿。茅盾应约撰文《辛亥年的光头教员与剪辫运动》，刊于1936年10月10日《越风》第20期。晚年黄萍荪作《“秀才遇考”思茅公，关于茅盾的一篇佚文》《向茅盾先生的一次组稿》① 等回忆文章记之。考虑到黄萍荪与茅盾二人的关系，《新阵地》旬刊上的译文可能也是黄萍荪向茅盾组的稿。此文未署原作者，文末注明译自 The Chin Lounge②，说明从英文译来。作者自称“去年秋天，我代表美国政府出席在莫斯科举行的第十七次世界地质学会议”，故得以在西伯利亚和北极地带参观。本文即是描述“我”一路的见闻，主要介绍苏联开发西伯利亚的情形，包括矿业、工业、农业等方面的成绩。作者虽为美国人，然而文中并未流露出对于苏联的偏见与诋毁，而是采用了较为客观中立的立场。茅盾选译此文，当与作者不偏不倚的行文笔调有关。

正如论者指出，“茅盾那一代作家，苏联情结应该是最深厚的，因为他们那一代革命作家一开始就在苏俄革命熏陶下从事新文学创作的，以苏俄为师是中国20世纪二三十年代的一种十分高尚的革命潮流。所以，茅盾一生中译了不少苏联作品”③。自步入文坛开始，茅盾就一直对苏俄文艺兴趣浓厚。1936年他翻译出版了铁霍诺夫的中篇小说《战争》，上述《关于苏联影片〈克隆斯达海军〉》则体现了茅盾对于苏联电影的关注与称赏。《今日苏联的西伯利亚》虽非文艺作品，亦可视作茅盾“苏联情结”的反映。通过译介一个美国人亲眼所见、秉笔直书的西伯利亚，茅盾意图消除少数国人对苏联的隔膜与反感，增进读者对苏联社会主义建设现状的了解与认识，同时希望民众能从苏联人民日夜奋发、百折不挠的精神中“得到不少的感

---

① 参见黄萍荪《向茅盾先生的一次组稿》，《人民日报》1987年6月7日第8版，《“秀才遇考”思茅公，关于茅盾的一篇佚文》，《浙江学刊》1988年第1期。

② 此处英文疑误。

③ 钟桂松：《茅盾书话》，海燕出版社2012年版，第107页。

奋和借镜”，用心可谓良苦。当然，这篇文章毕竟还是外文资料，且篇幅较短，信息有限。1946—1947 年，应苏联对外文化协会之邀，茅盾终于得以近距离地感受苏联。回国后相继出版的《苏联见闻录》《杂谈苏联》两本散文集，则是作为亲历者的茅盾对于苏联的一次全面而集中的介绍了。

结　语

在抗战时代语境下，新发现的茅盾这些文字在思想艺术上具有一些相似的特征。首先，除译作《今日苏联的西伯利亚》外，其他篇什多数为杂文，往往都是针对时事政治与社会现实而发，表现了茅盾关切抗战局势、呼吁民主和平的进步立场与爱国思想。贯穿于这些文章的一个中心主旨，是对抗战救亡的宣传与鼓动，对沉疴时弊的针砭与掊击，对和平正义的向往与追求。其次，它们都在千字左右，以短小精悍的篇幅、犀利明快的笔调，或匡正舆论导向，或表达政治见解，或关心教育大业，具有强烈的时代性与敏锐度。在探讨文艺问题时，茅盾以卓越的识见，高屋建瓴，条分缕析，收拨云见日之效，显示了理论家的精深造诣。在国共合作的特殊背景下，茅盾将巩固统一战线摆在重要位置，尽量扩大团结面，以文艺为工具，为抗战争取各方力量，为大众争取民主自由。面对残暴无度的侵略者，茅盾则充分发挥杂文作为“匕首”和“投枪”的作用，极尽讽刺之能事，揭露与痛斥日本法西斯的穷兵黩武。上述佚文的“出土”，无疑将扩充抗战时期茅盾的文学宝库，有助于《茅盾全集》的增补与完善，对于进一步了解与考察这位文学巨子的人生轨迹、文学思想与创作活动，具有十分重要的文献价值与参考意义。

此外，从发表这些佚作的刊物特点，也可以看出它们散佚的原因所在。它们多数刊发在非纯文学的期刊上（《新新新闻每旬增刊》《抗战大学》《联合画报》均为综合性刊物），容易被文学研究者所忽略；《战歌》虽属于影响较大的文学刊物，但因印数不多，存世较少，致使学人难以寓目原刊。所涉报刊分布于武汉、重庆、昆明、金华、广州等城市，可谓“遍地开花”，容易因地处一隅而少人问津。由此可见，若以综合性刊物或地方性刊物为线索，进行中国现代文学史料的发掘工作，可能会有更多的学术发现。

附录：[1]

（原刊《现代中文学刊》双月刊2019年第1期）

① 编者按：本文附录的6篇史料《“差不多”》《关于苏联影片〈克隆斯达海军〉》《对国参会的意见》《论师资》《大众化与“诗歌的斯泰哈诺夫运动。”》《春风骀荡》，因为篇幅原因，未能全文转载，特此致歉。详请参阅《现代中文学刊》双月刊2019年第1期。

在“人生”与“艺术”间摇摆
——茅盾选集本篇目变化探析

王棋君

从20世纪20—80年代，茅盾结集出版的书籍举不胜举，其中仅《茅盾选集》就出版过多次。《茅盾选集》的每一次出版都有新的作品选入，且每一次都是由不同的出版社出版的。1933年，上海天马书店出版过一次《茅盾自选集》；1935年，上海万象书屋出版《茅盾选集》，并且一直到1941年，这一版本的《茅盾选集》一直在印行；中华人民共和国成立以后的1951年，开明出版社出版了《茅盾选集》；1959年，人民文学出版社出版《茅盾选集》，这次选集的选文也是由茅盾本人决定的，人民文学出版社也基本尊重了茅盾本人的意见。在《茅盾文集》第一卷的《写在〈蚀〉的新版的后面》中，就提到曾有出版社的编辑同志建议他进行修改，但是被茅盾以“改呢，那就失去了本来面目，那就不是一九二七—九二八年我的作品，而成为一九五四年的‘新作’了”为理由拒绝了。他在1958年的回复更加坚定了。他说：“这一次，我很快就决定了答复：不必再改回去了！”由此可知，无论是1951年的开明出版社还是1959年的人民出版社，都是基本按照茅盾自己的想法来进行编撰的。因此，对茅盾的选集进行研究，将对茅盾文艺思想的理解有所帮助。目前，学者金宏宇在其著作《中国现代长篇小说名著版本校评》中对开明版《茅盾选集》予以关注；学者陈改玲也在其博士论文《重建新文学史秩序》中涉及开明版《茅盾选集》的意义；天津师范大学的张雨晴在其论文《左翼文化界的尴尬遭遇——以开明版〈茅盾选集〉为例》中，对开明版《茅盾选集》进行分析，认为茅盾凭借资深左翼作家的身份，并未完全归化于《在延安文艺座谈会上的讲话》。这些学者都对开明版《茅盾选集》给予了极大的重视，然而一个作家的一生是漫长的，也是发展的，作家的思想不会一直停留在一个原点，因此，分时期地对茅盾各个版本的选集进行分析与对比，才会全面地把握茅盾的主要思想。

至于2004年人民文学出版社再一次出版《茅盾选集》，则是在茅盾去世以后，它自然不能体现茅盾本人的文艺思想，故不在本文的讨论范围之内。

对前述几个版本的集子进行比较，会发现其中所包含的篇章数目差别较大，通过下表可以见出。

出版信息	选集篇目名称
1933年 天马书店 《茅盾自选集》	序文：《我的回顾》 小说：《创造》《陀螺》《大泽乡》《喜剧》《林家铺子》《小巫》《骚动》
1935年 万象书屋 《茅盾选集》	序文：《现代创作文库序》《题记》《几句旧话》、《我的回顾》 小说：《拟浪花》《赛会》《右第二章》《林家铺子》《春蚕》《大山上》《骚动》《诗与散文》
1951年 开明出版社 《茅盾选集》	序文：《出版说明》《编辑凡例》《自序》 小说：《春蚕》《林家铺子》《赵先生想不通》《微波》《夏夜一点钟》《第一个半天的工作》《官舱里》《儿子去开会去了》《列那和吉地》《脱险杂记》
1959年 人民文学出版社 《茅盾选集》	小说：《春蚕》《秋收》《残冬》《小巫》《林家铺子》《右第二章》《大鼻子的故事》《喜剧》《赵先生想不通》《微波》《“一个真正的中国人”》《官仓里》《儿子去开会了》《委屈》《夏夜一点钟》《第一个半天的工作》《有志者》《尚未成功》

因1951年开明出版社出版的《茅盾选集》只有短篇小说，而1959年人民文学出版社出版的《茅盾选集》里杂文太多，如果各种文体都进行比较，反而会失去重心而变为泛泛而谈，因此本文着重探讨的是茅盾的短篇小说。单从篇目上看，1933年天马书店的《茅盾自选集》有短篇小说7篇，1935年万象书屋的《茅盾选集》有短篇小说8篇，1951年开明出版社的《茅盾选集》有短篇小说10篇，1959年人民文学出版社的《茅盾选集》（第七卷）有短篇小说18篇。从篇目来看似乎是越来越多，更早的几个集子则数量不是很多。这其中有出版社字数要求、作家自我选择、读者诉求等一系列原因。

因此，我们必定要对当时的历史场景、作家思想动态做出一定还原，要对作品的内容进行分析，才能找到根源，发现茅盾在文学创作过程中不断变化的思想动态。

一 作为前提的“艺术性”：20 世纪 40 年代以前的茅盾

茅盾是最早加入“文学研究会”的成员之一。“文学研究会”松散的组织结构并未要求所有成员都高度一致地去做“为人生”的文学。“1921 年 1 月 4 日，郑振铎、耿济之等经过多次商议，在北京成立了文学研究会，出席的会员 21 人，选举郑振铎为书记干事，耿济之为会计干事，不久，郑振铎去上海，和茅盾、叶绍钧、谢六逸、赵景深等组成了文学研究会上海分会。”[①] 茅盾可以说是“文学研究会”上海分会的发起人之一。一个作家加入一个社团，甚至发起分会，很大程度上是因为作家本人的人生观、艺术观和这一社团有着相契合之处。“文学研究会”在现代文学史上以著名的“为人生”而被人们所熟知，他们同旧文学、鸳鸯蝴蝶派等进行了长期的论战，对当时社会上腐败的官僚、黑暗的政治、白色恐怖等进行揭露和痛斥；他们的文学作为一门教育、启蒙的工具，对旧中国人们的思想进行改造。这是“文学研究会”的共同目标与使命，是社团成员的共性，也是茅盾文学创作的目的。不过，“文学研究会”的组织相当松散，这由其成立的宣言就可以看出：“我们发起这个会，有三个意思，要请大家注意。一是联络感情……二是增进知识……三是建立著作工会的基础。”[②] 成立的宣言对于社团怎样联系、是否有一致的主张、社团的结构等均没有涉及，更别说有任何具体的事务安排。因此，社团成员中的个人独立性相对较强。茅盾自己也曾说：“就我所知，文学研究会是一个非常散漫的文学集团。文学研究会发起诸人，什么‘企

① 范泉：《中国现代文学社团流派辞典》，上海书店出版社 1993 年版，第 56 页。

② 阿英：《文学研究会宣言》，《中国新文学大系》，良友图书印刷公司 1936 年版，第 71—72 页。

图’，什么‘野心’，都是没有的；对于文艺的意见，大家也不一致——并且未尝求一致！如果有所谓‘一致’的话，那亦无非是‘将文艺当作高兴时的游戏或失意时的消遣的时候，现在已经过去了’，这一基本的态度。”① 因此，“文学研究会”的共同主张是发挥文学的社会功能，但是怎样发挥社会功能、发挥多大的社会功能，社团并没有统一的标准，成员之间也没有达成共识。

在这一时期，茅盾本人在对待“人生”与“艺术”的问题上，基本上保持着“艺术”的偏向，即文学的目的是为人生的，但文学创造的审美趣味也非常重要。两者相比较而言，他认为“艺术性”作为一个前提和基础更为重要。在评价新潮小说时，他将思想和艺术并列在一起探讨，并说：“文学是思想一面的东西，这话是不错的。然而文学的构成，却全靠艺术。”② 不但如此，他还将文章的艺术性和思想性进行排位，将文章的艺术性放在了很高的位置。他评价文艺创作时说：“我以为创作文艺，有三种工夫，似乎是必不可少的：（一）是观察，（二）是艺术，（三）是哲理……三者之中，（二）最难；这是和‘天才’有关的。”③ 在这里，茅盾将“艺术”排在“哲理”之前，并将艺术性归结为“天才”属性，足见他对艺术性多么重视。无论是对国内作家的创造还是对西方文学的译介，他都秉承着这一原则。新文化运动时期对西方文学的引进比较多，在多数启蒙者更注重思想性时，他却表示：“文学作品虽然不同纯艺术品，然而艺术的要素一定是很具备的。介绍时一定不能只顾着这作品内所含的思想而把艺术的要素不顾，这是当然的。”④ 这并不是说茅盾对于文学的“思想”就不重视了，只不过他认为作家应该做的是诗意地表现

---

① 阿英：《文学研究会宣言》，《中国新文学大系》，良友图书印刷公司1936年版，第84页。

② 沈雁冰：《小说新潮栏宣言》，《小说月报》1920年1月25日。

③ 沈雁冰：《对于系统的经济的介绍西洋文学底意见》，《时事新报·学灯》1920年2月4日。

④ 沈雁冰：《新文学研究者的责任与努力》，《小说月报》1921年2月10日。

生活，“文学者表现的人生应该是全人类的生活……文学作品中的人也有思想，也有情感，但这些思想和情感一定确是属于民众的，属于全人类的，而不是作者个人的”①。因此，他将“艺术性”作为前提，“为人生”作为目的，如果前提缺乏，自然就没有办法达到目的。针对当时中国文坛的现象，茅盾在《什么是文学——我对于现文坛的感想》一文中表达了他的观念。他认为“道义的文学界限，说得太狭隘了。他的弊病犹在把真实的文学弃去，而把含有重义的非纯文学当作文学作品；因此以前的文人往往把经史子集，都看作文学，这真使我们中国文学掩没得暗无天日了”②。这时的茅盾反对将文学极度功利化。他认为文学之所以能够让人接受，首先要有一定的艺术形式，然后才能起到启迪心智的作用；要让文学为社会服务，文学本身必须是具有吸引力的，文学的艺术造诣是基础，文学的社会功能是目的。他说道：“我自然不赞成托尔斯泰所主张的极端的‘人生的艺术’，但是我们决然反对那些全然脱离人生的而且滥调的中国式的唯美的文学作品。”③ 茅盾此时的“为人生”是站在反对“中国式的唯美的文学作品”之上的。20 世纪 40 年代以前的茅盾，在文学艺术的观念上还是趋于中立的，主张形式和内容的统一。那么，这种文艺观是怎样融入《茅盾选集》的文章选择中的呢？

1932 年天马书店出版的《茅盾选集》的开篇有茅盾的序文《我的回顾》，文中一方面提到自己自始至终都未敢忘记“为人生”的使命，另一方面用了大段的文字说明自己写作时的过程。作者认为，《自杀》等四五篇，大致和《创造》一致，而《陀螺》和以前的短篇小说相比较而言，在艺术上有一定的进步，“从前那种‘无从剪短似的’拘束局促，是摆脱了一些了”。《自杀》等四五篇未入选，而《陀螺》入选，也是和当时茅盾对“艺术性”的偏重分不开的。《大

① 沈雁冰：《文学和人的关系以及中国古来对于文学者身分的误认》，《小说月报》1921 年 1 月 10 日。

② 沈雁冰：《什么是文学——我对于现文坛的感想》，《中国现代文学史参考资料》（第一卷），中国人民大学出版社 1958 年版，第 139 页。

③ 沈雁冰：《大转变时期何时来呢》，《文学》1923 年 12 月 31 日。

泽乡》和《创造》、《陀螺》相比较而言，“在题材方面，我算是改换了”；《林家铺子》和《小巫》跟前面两部作品对比，题材又不同了，作品聚焦在乡镇上，虽然还是描写小资产阶级，但是他们所处的地位却完全不相同了。这一点，茅盾自己也比较满意，“在我自己，则以为我这几年来没有被自己最初铸定的形式所套住。我在第二短篇集《宿莽》的《弁言》里有过这样一句话：‘一个已经发表过若干作品的作家的困难问题也就是怎样使自己不至于黏滞在自己所铸成的既定的模型中。’旁的作家怎样，我不知道；我自己是尝过此中味道的。所以当作我的短短五年的文学生涯的‘里程碑’来看时，我就觉得《创造》，《陀螺》，《大泽乡》，《林家铺子》，《小巫》等篇对于我颇显得亲切了”①。茅盾对于“自选集”的选文要求，最低的一点是题材不能完全相同。从内容上看，有写青年知识分子的苦闷，如《创造》中的君实和娴娴；有写小资产阶级在风雨中摇曳的生活状态，如《林家铺子》中的林老板；也有写下层妇女任人践踏的悲惨命运，如《小巫》中的菱姐。这部选集正是茅盾自己的思想写照：文学不能千篇一律，文学题材要有所突破，在为人生的基础上，艺术价值是一个首要的标准。

那么，茅盾短篇小说中艺术价值较高的《春蚕》《秋收》《残冬》为什么没有入选呢？《春蚕》作于1932年12月，《秋收》和《残冬》分别作于1933年1月和2月，《茅盾自选集》的出版日期是在1933年4月，中间有两个月的时间，茅盾为什么没有将这三篇短篇小说选进自选集呢？这和当时的社会环境、市场需求、读者诉求有一定的关系。首先要考虑的是阅读对象到底是哪一个阶层的问题。新文化运动的目的是启发大众，唤醒沉睡的国民，但是在20世纪初期，这样的效果却并不明显。究其原因，其中一个非常重要的因素是当时的教育水平严重滞后，能够接受教育的人毕竟是少数，新文学虽然采用白话写作，比旧的文言文通俗易懂，但对于没有接受过多少教育的大众来说，还是存在接收困难的实际情况。茅盾自己也认识到了这一

① 茅盾：《我的回顾》，《茅盾自选集》，天马书店1933年版，第8页。

点。他说："什么是我们革命文艺的读者对象？或许有人要说：被压迫的劳苦群众。是的，我很愿意我很希望，被压迫的劳苦群众'能够'做革命文艺的读者对象。但是事实上怎样？请恕我又要说不中听的话了。事实上是你对劳苦群众呼吁说'这是为你们而作'的作品，劳苦群众并不能读，不但不能读，即使你朗诵给他们听，他们还是不了解……所以结果你的'为劳苦群众而作'的新文学是只有'不劳苦'的小资产阶级知识分子来阅读了。"① 这些所谓的"小资产阶级知识分子"到底由哪些人群组成呢？茅盾自己心里是有答案的。他从出版的期刊分析，认为在"此一百数十种的文艺和社会政治的定期刊中间，自然也有并不靠销路而存在的，然而大多数却因为尚有读者，而且不少的读者。而读者的大多数是青年知识分子（学生与非学生）"②。此时的茅盾认为，"中国革命的前途还不能全然抛开小资产阶级"。这一历史时期的新文学的阅读对象，还只是接受过教育的知识分子和青年学生，知识分子和青年学生由于文化水平较高，对于小说艺术性的要求也比较高。因此，作为出版社的天马书店，自然也要求书籍能够有市场，能够有人来购买，才可以赚取利润。茅盾作为一名作家，一方面要考虑自己的文艺准则，另一方面也要考虑到出版社的市场销量，因此，在这二者之间做出了权衡，将描写各个阶层的作品都选入了选集，对题材雷同的作品作了甄别，兼顾了社会效应与艺术价值的平衡。

二　自觉的改造者：20 世纪 50 年代时期的茅盾

1948 年，由周扬主编的《中国人民文艺丛书》出版，丛书所选的大多是解放区作家的作品。为了和《中国人民文艺丛书》做出分工，"中央人民政府文化部就成立了'新文学选集编辑委员会'，负

① 茅盾：《从牯岭到东京》，《中国现代文学史参考资料》（第一卷），中国人民大学出版社 1958 年版，第 205—206 页。

② 茅盾：《从〈怒吼吧，中国！〉说起》，《生活》1933 年 11 月 7 日。

责编选‘新文学选集’，文化部部长茅盾任编委会主任，出版总署副署长叶圣陶，中宣部文艺处处长、作协党组书记兼副主席、《文艺报》主编丁玲，文艺理论家杨晦等任编委会委员”①。这一版本的封面设计就能让人感受到这一套选集具有浓厚的政策导向。将选集打开，一眼便能看见一幅印有毛泽东和鲁迅头像的画面，占据了两个页面。根据出版社的出版说明，将毛泽东的头像与鲁迅的头像并列排在画面的最中央，一是表明“鲁迅的方向，就是中华民族新文化的方向”，二是说明新文学最终的方向即是实践毛泽东《在延安文艺座谈会上的讲话》。这一套选集，虽然明确选择“五四”以来至 1942 年以前就已有重要作品问世的作家们，但是其主题也不能脱离延安讲话的框架，或者更准确一点说，要能够和延安讲话的精神契合，要能够为“工人、农民、兵士和城市小资产阶级”服务，同时“必须站在无产阶级的立场上，而不能站在小资产阶级的立场上”。因此，在选择篇目的时候，就必须注意这些篇目是否合适新时代的政治要求，是否和《在延安文艺座谈会上的讲话》的标准一致。开明版的《茅盾选集》所选篇章，《春蚕》反映的是农村中农民的困苦生活；《林家铺子》虽然主人公是小资产阶级，但是从他身上我们可以看到旧官僚、大商贾对小资产阶级的合力绞杀，最后小资产阶级面临破产成为无产阶级；《赵先生想不通》《微波》《夏夜一点钟》《第一个半天的工作》都是对小资产阶级的虚伪、爱慕虚荣进行讽刺；《儿子去开会去了》则表现了知识分子对于革命的支持以及革命的后继之火将要燃烧起来；《脱险杂记》记叙的是主人公在党的领导下，成功从香港回国进行反日斗争的故事。纵观所有的目次选择，可以说都是和新时代的政治要求一致的。不过，如果说这是茅盾为了适应政策要求而做的被动选择，则未免有些将结论简单化了。事实上，在亲历了解放区的发展以及解放区文艺的突破后，茅盾本人的思想也发生了较大的转变。

随着中国共产党在抗日战争时期在民众间声望的建立，解放区人

① 茅盾：《茅盾选集》，开明出版社 1951 年版，第 1 页。

民生活水平的提高和文艺工作的推进，解放区的文艺普及也取得了一定的效果。对这一点茅盾的感悟是比较深的。1944 年的一张报纸上刊登了“图书刊物出版统计”，其中提到从民国三十年（1941）到民国三十二年（1943）的三年时间中，文艺出版物所占比重越来越大，达到了将近 45%。茅盾在分析整个出版业萎缩和重版书数目巨大的情况外，还想到了读者群体的扩大。“抗战以后，文艺作者的视野是扩大了，题材的范围不知放宽了多少倍；文艺作品接受的对象也因战争的要求而空前地扩大了，人民大众迫切地需要精神食粮，文章非‘入伍’不可，非‘下乡’不行，‘大众化’这旧课题被提到新的发展的阶段。”① 茅盾看到，由于抗日战争对整个中国大环境的影响，在中华民族存亡的关键时刻，更多的人开始更加关注时事和思想，因此，文学的读者不仅仅只是青年学生，已经延伸到了广大的市民阶级甚至是工农阶级。在解放区，文艺工作在“大众化”方面取得的成绩就更多了，特别是诸如马烽、西戎的《吕梁英雄传》，赵树理的《李家庄的变迁》《李有才板话》以及柯蓝的《洋铁桶的故事》《红旗呼啦啦飘》等在广大群众中颇受欢迎。他在评价赵树理时说：“赵树理也是解放区的新作家，他的第一篇为人所知的短篇小说《小二黑结婚》，在 1943 年发表之后，‘立刻在群众中获得了大量的读者，仅在太行一个区就销行达三四万册。群众并自动地将这故事改编成剧本，搬上舞台。’（引见周扬《论赵树理的创作》）”② 群众阅读水平的上升与文艺大众化的效果，使茅盾认识到，读者群再也不仅仅是青年知识分子了，贴近于农村现实的文艺作品才能真正地实现文学的社会功能，因此他对《李家庄的变迁》评价颇高，认为其不但是“表现解放区生活的一部成功的小说，并且也是‘整风’以后文艺作品所达到的高度水准之一例证……这是走向民族形式的一个里程碑，解放区以外的作者们足资借镜”③。赵树理在解放区取得的文艺反馈

① 茅盾：《从百分之四十五说起》，《茅盾全集》（第 23 卷），人民文学出版社 1996 年版，第 19 页。

② 茅盾：《关于〈李有才板话〉》，《群众》1946 年 9 月 29 日。

③ 茅盾：《论赵树理的小说》，《文萃》1946 年 12 月 12 日

让茅盾更加认识到以往观念存在的一些问题，即文艺为谁而作。20世纪30年代的茅盾还认为文艺的读者只能是青年学生，但是到了40年代，当他看到解放区文艺在群众中的蓬勃发展时，他的文艺思想有了一次较大的转变。他认识到赵树理的“几部长篇都为解放区读者所喜爱。这是一种极有价值的‘实验’，这启示我们：运用旧形式的尺度，他的伸缩性可以很大。人民接受新东西的能力并不像我们想象那样不行的”①。这一时期的茅盾，已经充分认识到了以往人民群众接受文艺困难，一方面固然和工农阶级所接受到的教育程度有关，另一方面也和作家创作作品的形式、内容存在着密切的关联；作家要想得到人民的认可，就必须走进群众中间去，用群众的语言、用群众的生活作为素材，才能得到群众的拥护，作家本人也才能真正实现“为人生”的理想，而文艺工作者的任务就是“为广大的人民服务，民之所好好之，民之所恶恶之”。

1949年7月，中华全国文学艺术工作者代表大会在北京召开，中华人民共和国最高领导人莅临现场。朱德代表中国共产党中央、董必武代表华北局和华北人民政府、陆定一代表中共中央宣传部分别向大会致辞。周恩来向大会作了长篇政治报告。茅盾、周扬分别作了关于国统区和解放区文艺运动的报告。大会期间，毛泽东主席亲临会场向代表们致意，这表示了中央领导对文艺工作的极大关注，也是对作家们最大的鼓舞。作为国家领导人之一的周恩来，一方面肯定了文艺创作的成绩，一方面也给新时代的作家们提出了新的要求，即要和工农兵打成一片，因为“农民是中国人口中的最大多数，所有的文艺工作者都有熟悉农民了解战争的任务。一部中国长期的历史基本上是一部农民战争史，而近二十几年来乃是工人阶级领导下的农民战争史”②。周恩来的政治报告是第一次文代会的引风标，是对延安文艺座谈会精神的延续。他指明了文艺工作者所面临的工作和写作对象，

---

① 茅盾：《再谈“方言文学”》，《茅盾全集》（第23卷），人民文学出版社1996年版，第19页。

② 《周恩来在中华全国文学艺术工作者代表大会上的政治报告》，《中国现代文学史参考资料》（第二卷），中国人民大学出版社1958年版，第547页。

并明确了这一方针的原因，使文艺工作者从思想上、从根本上理解这一文艺政策并主动付诸行动。在描写对象上，周恩来主张除了工农兵，小资产阶级、官僚资本家、国民党军队里的士兵和反动军官都是可以描写的，但是必须有正确的立场，知道主要的描写方向："当然不是说文艺作品只能写工农兵。比方写工人在未解放以前的情况，就要写到官僚资本家的压迫；写现在的生产，就要写到劳资两利；写封建农村的农民，就要写到地主的残暴；写人民解放战争，就要写到国民党军队里的那些无谓牺牲的士兵和那些反动军官。"① 对于文学作品中人物形象的描写，他也要求作家们在选择材料时要注意针砭什么人、赞扬什么人，广大的群众即使有缺点，也要抱着转变他们的态度，使他们在斗争中逐渐成熟起来；而对于封建势力和官僚资本则要给予无情的揭露和鞭笞。在这次的文代会上，茅盾也发了言。在谈到文艺的政治性和艺术性时，他说道："有这样的相当普遍的意见：我们的文艺作品中的政治性不是没有，而是太多了，缺乏的是高度的艺术性……又有这样的说法：文艺的本质存在于艺术价值中，艺术的政治性虽是不可缺少的，然而不过是艺术价值的表现形态……以上两种意见，很明显是错误的。"② 可以看出，茅盾关于文艺的标准已经发生了变化。他不再将艺术的标准作为前提，而是明确地否定了将艺术性置于政治性之前的文学观念，甚至并行不悖也不行，因为"成功的艺术作品因为表现了高度的典型，其政治效果不仅是一时的，而且能保持久远，但是其所以有长远的效果正因为它最深刻地表现了现实的政治性的缘故"③。在这段话中，茅盾将艺术作品成功与否的标准

① 《周恩来在中华全国文学艺术工作者代表大会上的政治报告》，《中国现代文学史参考资料》（第二卷），中国人民大学出版社1958年版，第547页。

② 茅盾：《在反动派压迫下斗争和发展的革命文艺——十年来国统区革命文艺运动报告提纲》，《中国现代文学史参考资料》（第二卷），中国人民大学出版社1958年版，第570页。

③ 茅盾：《在反动派压迫下斗争和发展的革命文艺——十年来国统区革命文艺运动报告提纲》，《中国现代文学史参考资料》（第二卷），中国人民大学出版社1958年版，第570页。

定义为是否表现政治性，将艺术性排除在作品之外。由此可见，茅盾对于开明版选集作品的选择是和他文艺思想的变化紧密相连的，是他在经历解放区文学翻天覆地般的变化以后，在思想观念上发生了巨大的改变造成的。这一改变，不是作家的被动接受，而是社会生活以及读者市场对作家进行的主动互动，是茅盾由内而发地认识到社会与文学的变化而形成的。

三 “目的”与“路径”的权衡：1959 年的茅盾

1959 年，茅盾应人民文学出版社之邀，“选取历来所写杂文（包括书评及文艺杂评）和短篇小说合为一册”，编撰为《茅盾选集》。这一版本的《茅盾选集》与 1933 年天马书店的《茅盾选集》相比，在目录上有很大的变动。最引人注目的是，1933 年天马书店版《茅盾选集》的开篇是《创造》，紧接着是《陀螺》。由此可以看出，30 年代的茅盾对这两篇短篇小说是比较满意的，否则不会放到如此重要的位置。在人民文学出版社的《茅盾选集》中，开篇的是《农村三部曲》，且有两篇开明版未选入的短篇，分别是《有志者》和《尚未成功》。这两篇小说是描写一个主人公，实际上可以说是一个人物在不同环境下的相同状态：一个小资产阶级在从教师到科员的过程中从未写出一篇作品，十分苦闷。这其中既有对旧知识分子脱离群众生活的讽刺，也有为其开出的药方——群众的生活经验。《有志者》《尚未成功》正是对知识分子只注重主观意愿、忽略群众生活的批判。文中的“他”从一个穷中学教员到科员，生活也不富裕，却整日想着要写出“留给后代”的大作来，然而他的生活经验少得可怜，“他没有打过仗，甚至没有踏足进军营；他没有下过矿穴，爬过烟囱，甚至连任何工厂的大门都没进去过；他又没有办过实业，没有见过稻是怎样生长，怎样收获……他的生活是简单的！”总之，在茅盾的笔下，主人公除了在讲台上唱独角戏和在办公桌上加套头便什么都没有做过，只知道在故纸堆里寻找中外“先贤”来获取灵感，这样的做法注定是要失败的。茅盾对这一类所谓的旧文人的批判恰好符合对“主观精神”的批判，也是其为了响应党的政策而做出的努力。从这个方面看，此时茅盾首先考虑的是作品的思想内容，至于是否具有艺术性，则是放在第二的位置。

人民文学出版社的《茅盾选集》与开明出版社版相比，篇目明显多了许多，《秋收》《残冬》《小巫》等关注底层农民的小说都已经入选。这几篇短篇小说虽然反映的是旧社会农村生活的疾苦，但同样也反映了旧农民思想存在的问题。从艺术表现力来看，这几篇小说的艺术价值明显较高，“农村三部曲”之所以成为茅盾短篇小说的代表作，很大程度上也是因为其对广袤大地以及农民性格复杂性的描写。另外，对初期革命党人存在的问题进行揭露的《喜剧》也被选入选集，至于对资产阶级进行讽刺的《赵先生想不通》《微波》《官仓里》等符合主流价值观的作品也自然入选。这一时期的茅盾同1953年相比，在艺术观念上又呈现出相对接近“艺术性”的特征。1956年4月28日，中共中央召开政治局扩大会议，毛泽东提出，艺术问题上的“百花齐放”，学术问题上的“百家争鸣”，应该成为我国发展科学、繁荣文学艺术的方针。但1957年随之而来的整风运动和反“右”斗争，使得茅盾认真地去思考，怎样和党的政策相结合？怎样去将文艺的作用最大化？作为文化部部长的茅盾，自然要比一般作家更加慎重。如何在“双百”方针和“反右倾”之间做到平衡，是茅盾更应该注意的事项。1957年3月，在“双百”方针提出八个月后，此时“反右倾运动”还未开始，茅盾在《人民日报》上谈如何贯彻“双百”方针，并注意到“右倾思想既已或多或少地见于文艺各部门，自然要引起普遍注意乃至忧虑”①。但是，在1957年的编辑会议上，茅盾向编辑建议道：“过去看作品首先看思想性如何，目的性又是如何，反正‘性’很多，有时就是艺术方面很差，也把它登上去了。现在我们去了不少清规戒律，且不问新老作家，我们先

---

① 茅盾：《贯彻“百花齐放、百家争鸣”，反对教条主义和小资产阶级思想》，《人民日报》1957年3月18日。

看它是否有艺术性，如果是论文的话，先要看它是否言之成理。”[①] 这种思路实际上还是将文学的“艺术性”抬高了一些，而“以前”是只看思想政治性。“双百”方针以后，在思想性正确的前提下，还要涉及“艺术性”，甚至各种形式、风格的艺术互相“争鸣”都在一定程度上得到认可。“在艺术的表现形式和风格上，以及在题材的选择上，作家就有充分的自由，而不受任何拘束；在这些方面他们完全可以而且应该充分地展开自由竞赛。”[②] 那是不是说茅盾自己也在这个问题上摇摆不定呢？并不是如此。相反，茅盾在面对贯彻“双百”方针和《在延安文艺座谈会上的讲话》这一辩证关系时处理得非常恰当。他认为“双百”方针是促进文艺繁荣的手段与路径，而文艺繁荣的目的是更好地贯彻《在延安文艺座谈会上讲话》。在总结中华人民共和国的艺术成就时，茅盾认为“知识分子和工农群众相结合，也就是理论和实践相结合、文化和群众相结合、普及和提高相结合的关键。这是改造知识分子的根本道路，是建立一支无产阶级的文化艺术队伍的根本道路，也是繁荣文学艺术创作的根本道路”[③]。随后，茅盾又强调了“文化艺术工作必须为工农兵服务，为社会主义服务”的主要精神。由此可见，此时的茅盾认为，“双百”方针可以“放”的是不同的形式和写作艺术，可以“鸣”的是学术观点，但是都必须以《在延安文艺座谈会上的讲话》为前提和基本。因此，人民文学出版社的《茅盾选集》，虽然篇目有所增加，但是反映作者早期“幻灭”思想的《创造》《陀螺》等都被删去，表现了革命早期一部分农民愚昧、一部分农民觉醒的《秋收》《残冬》《大鼻子的故事》等被选入了，《林家铺子》《喜剧》《赵先生想不通》《微波》《官仓里》中对资产阶级的揭露和讽刺因符合当时政治环境

---

① 茅盾：《在编辑工作座谈会上的发言》，《茅盾全集》（第 25 卷），人民文学出版社 1996 年版，第 38 页。

② 茅盾：《东风不久即将吹散飘在喜马拉雅山顶的一片乌云　印度野心家的阴谋一定要落空》，《人民日报》1959 年 4 月 25 日。

③ 沈雁冰：《新中国社会主义文化艺术的辉煌成就》，《人民日报》1959 年 10 月 9 日。

的要求，顺理成章地进入了选集。

茅盾的三个版本的选集本分别是三个时期思想的重要体现，代表着茅盾文艺观的变化。从偏重于对“艺术”的重视到完全忽视“艺术性”，再到将“人生”作为前提的“艺术性”，茅盾的思想是不断变化的。这种变化的促因是多方面的，有作者本人自觉的思想改造，也有读者群体转变的原因，更有时代政策的要求。其中，解放区文艺的繁荣以及解放区作家的兴起是茅盾思想自觉发生变化的一大原因，政治运动的要求也是茅盾自我调整文艺思想的主要动力。通过比较三个阶段茅盾的选集篇目，可以明显地见出这一过程，从而有益于从动态发展的角度去理解茅盾。

（原刊《现代中国文化与文学》2019 年第 4 期）

三十年来首度发现茅盾抗战时期小说佚文

——被遗忘的《十月狂想曲》论略

邓龙建　凌孟华

摘　要　《十月狂想曲》载1941年11月30日《国讯》旬刊港版第6期，署名茅盾，标题和署名据手迹排印，计4100余字，是三十年来第一次发现茅盾抗战时期小说佚作。此作视野广阔、选材大胆，把欧洲战场正在进行的苏德战争作为背景纳入笔端，对战争的结局进行预判和书写，笔调辛辣、讽刺深刻，手法多样、对比鲜明。这篇佚作在史料价值方面既有补遗之功，又有纠正之效；在文学价值方面也堪称茅盾名作《某一天》的姊妹篇，完全有理由在文学史上占有与之比肩甚至更高的地位。

关键词　茅盾；抗战；《十月狂想曲》；《国讯》；佚作

在中国现代文学研究的基本格局中，文献史料的发掘、整理和研究一直占有重要地位。阿英、唐弢、任访秋、贾植芳等学界前辈都相当重视文献史料工作。这项工作在20世纪80年代“文艺复兴”的背景下曾备受关注并产生一批重要成果，形成第一次高潮；但随后在“方法年”和“理论热”等因素的影响下陷入低谷。直至21世纪初，学术创新的困境与学科发展的需要又再度凸显出文献史料的重要性，相关研究迎来第二次高潮，形成具有相当声势与影响的学术热点，有学者敏锐地称之为现代文学研究的“文献学转向”[①]，有学者形象地称之为支撑一个学科及其发展的“阿基米德点”[②]。事实上，现代文学学科的“阿基米德点”的确还不够牢固，不少现代文学史上的大家都仍有作品被作者和学界有意无意地遗忘，至今散佚在民国报刊之中，茅盾也不例外。

茅盾晚年曾回忆“在香港的九个月中，除了《腐蚀》，我只写了一个短篇小说”，指出1941年在香港的文学活动值得一提的还有“写了抗战以来的第一篇短篇小说，也是四一年在香港写的唯一的短篇小说——《某一天》”[③]。人民文学出版社1985年版《茅盾全集》第9卷“收作者在一九三四年至一九四八年间创作的短篇小说三十三篇”，其中1941年在香港创作的短篇小说也只有《某一天》。《列那和吉地》虽注明1941年创作，但标注的写作地点是“桂林”。黄山书社2014年版《茅盾全集》同样将“作者在一九三四年至一九四八年间创作的短篇小说”收入第9卷，只是增加了一篇“约写于1948年夏”的未完稿《无题》，“出版说明”作相应数字调整且删除“并参照初版本”，其余顺序及内容几无变化。但是，茅盾1941年在香港创作的短篇小说其实不止《某一天》这一篇。我们翻阅港版《国讯》旬刊，就有幸发现了另一篇茅盾1941年在香港创作的短篇小说——《十月狂想曲》。这是三十年来第一次重新发现完整的茅盾小说佚作，是典型的抗战文学作品。

一　佚作出处与原文

《十月狂想曲》载1941年11月30日《国讯》旬刊港版第6期（总288号）第154—156页，署名茅盾，标题和署名都据手迹排印，

① 王贺：《现代文学研究的“文献学转向”》，《长沙理工大学学报》2016年第6期。

② 吴秀明、章涛：《现当代文学史料研究的深化与拓展——“中国现当代文学史料与阐释”学术研讨会综述》，《文艺研究》2013年第12期。

③ 茅盾：《战斗的一九四一年——回忆录〔二十八〕》，《新文学史料》1985年第3期。

是我们熟悉的茅盾笔迹。该期“编辑后记”还专门说明“茅盾先生与金禾草女史之小说，均为本期特约之文艺作品……编者谨在这里向读者郑重介绍，并向作者致谢”[①]。可知此作无疑是茅盾作品。此作未见于《茅盾著译年表》（查国华　孙中田）与《茅盾生平译著年表》（查国华），也不见于香港学者卢玮銮、黄继持编的“为单个南来作家的香港书写编订的唯一一部作品集”[②]《茅盾香港文辑（1938—1941）》（广角镜出版社 1984 年 12 月初版）。有意思的是查国华主编的《茅盾年谱》（长江文艺出版社 1985 年版）1941 年 11 月 29 日原有“《十月狂想曲》（署茅盾）发表于《国讯》旬刊”[③] 的记载，莫非后来没有查证到这篇小说而专门作了删除？唐金海、刘长鼎主编的《茅盾年谱》1941 年 11 月 29 日有“发表《十月狂想曲》（评论），载《国讯》旬刊”[④] 的记载，不仅同样没有具体的《国讯》旬刊刊期著录，而且增加的体裁说明也有误。所谓“评论”者，应当是没有核对原文而仅就标题“十月狂想曲”进行的臆测。因为从篇名看，《十月狂想曲》是有些像评论，但事实上是一篇不折不扣的抗战小说。《十月狂想曲》分 5 节、44 段、4100 余字。

文中“浇裹”一词在茅盾小说《微波》中也有出现，《茅盾全集》的注释是“旧称日常生活所需的费用。浇，指饮食；裹，指衣着”[⑤]，《汉语大词典》《现代汉语大词典》等工具书的释义也差不多，甚至例证也有茅盾的《微波》。“茄门”在茅盾小说《子夜》《锻炼》中也时有出现，《茅盾全集》的注释是“英语 German 的音译，旧时上海等地对德国的俗称”[⑥]。从文末的“十一月十九日”看，

---

① 《编辑后记》，《国讯》1941 年第 6 期。

② 侯桂新：《文坛生态的演变与现代文学的转折》，人民出版社 2011 年版，第 4 页。

③ 查国华：《茅盾年谱》，长江文艺出版社 1985 年版，第 258 页。

④ 唐金海、刘长鼎：《茅盾年谱》，山西高校联合出版社 1996 年版，第 624 页。

⑤ 茅盾：《茅盾全集》（第 9 卷），人民文学出版社 1985 年版，第 29 页。

⑥ 茅盾：《茅盾全集》（第 3 卷），人民文学出版社 1985 年版，第 311 页。

其时茅盾尚居香港。

此期《国讯》旬刊封面除标注“本刊十周年纪念特辑”（列杨卫玉、季寒筠等十位作者姓名）外，仅列四篇文章：署名“记者”的《本刊十年来之抗日主张》、黄炎培的《告前方将士与海内外青年》、羊枣的《欧战新形势》与茅盾的《十月狂想曲》。目录信息与版权信息在同一页。目次居上，其中《本刊十年来之抗日主张》、《欧战新形势》与《十月狂想曲》的字体做了大号加粗处理，可见编者对这三篇文字的重视。版权信息居下。中部署“主编”俞颂华，“编辑委员”有季寒筠、俞寰澄、陶行知、张雪澄、黄炎培、杨卫玉、叶绍钧等 14 人（比重庆版多了俞寰澄、潘公昭，少了俞颂华），“发行兼督印人”俞寰澄，“发行所”国讯旬刊社，所列第一个地址是“香港汇丰大楼二二三号”，“总经售”光夏书店，“承印者”星岛日报承印部。右列“逢十、廿、卅日出版”，“本期特大号零售每册港币一角五分”（比平日贵五分）及半年、全年定价；左上是和此阶段重庆版基本一致的“本社信条”：高尚纯洁的人格（重庆版作“品格”）、博爱互助的精神、忠勇义侠的气概、刻苦耐劳的习惯、正确进步的思想。左下是“广告刊例”四条。茅盾晚年回忆《某一天》的发表时也称“《国讯》是俞颂华主编的，三十年代创刊于上海，原名《救国通讯》。现在要出香港版，俞颂华是我的老朋友，我就写了这篇小说支持他。”[①] 这既是对《某一天》选择在《国讯》发表的缘由的交代，也可视为《十月狂想曲》在《国讯》刊出的背景的说明，那就是支持主编《国讯》的老朋友俞颂华。事实上，早在 1932 年，创刊号发表茅盾名作《林家铺子》的《申报月刊》版权页之编辑人有三人署名：其二为凌其翰、其三为黄幼雄，排名第一就是俞颂华，也可以佐证茅盾与俞颂华的确是多年的老朋友。

---

① 茅盾：《战斗的一九四一年——回忆录〔二十八〕》，《新文学史料》1985 年第 3 期。

二 佚作特点与价值

我们展读茅盾1941年在香港创作发表的佚作《十月狂想曲》，不管是在最初的惊异状态，还是在随后的欣喜中，乃至有意搁置数月后的冷静之余，都深感其特点非常鲜明，放置在茅盾全部短篇小说创作中都引人注目。至少表现在以下三个方面：

一是视野广阔、选材大胆。小说虽然也是暴露国民党官员在抗战洪流中大做买卖，只求发财的腐化行径题材，但却出人意料地把欧洲战场上正在进行的苏德战争作为广阔背景纳入笔端。不仅借助赵博士之口分析德军离开莫斯科只有五十千米的战况以及西伯利亚的空虚，还说及满蒙边界集中的五六十万日军，继而罗列死伤人数，损失飞机、坦克、大炮数量，指出“这是任何一个国家无法补充的，苏联尤其不能”，认为在乌克兰、顿河流域都没有了，国防工业百分之八十沦陷的情况下，高加索也快没有了，油田也快没有了……而且通过黄主任斜眼看到的报纸大标题反映“希特勒也在‘再接再厉’，茄门兵冲着风雪也在忙着送命”，甚至还直接书写了押在德国人身上的“宝”落空的结局以及对德国人不争气的怨恨。这既体现了茅盾小说书写的过人胆识，也反映了茅盾对国际局势的深刻观察，以及对反法西斯战争的必胜信心。因为11月19日茅盾写作《十月狂想曲》之时，莫斯科保卫战正在进行之中，激战正酣的双方难分胜负，甚至局部还是德军占优，“11月19日，德军‘中央’集团军群指挥部以一个坦克师和一个摩托化师加强坦克第3集群，责成该坦克集群尽速占领克林和索尔涅奇诺戈尔斯克。苏军为避免遭受合围，在进行激烈的巷战之后，于11月23日放弃这两座城市。”[①] 茅盾敢于在小说中对战争的未来结局进行预判和书写，表达国人企盼胜利的心声，其眼光之敏锐与运笔之大胆，令人钦佩。

---

① 黄侯兴：《试论茅盾的短篇小说创作》，《北京大学学报》1964年第1期。

二是笔调辛辣、讽刺深刻。黄侯兴先生曾评价“茅盾的暴露讽刺作品，简劲、辛辣、一针见血，切中要害，嘲讽的笔法，寓怒于笑，诙谐多变，不追求噱头，不流于平庸”①。《十月狂想曲》作为散佚的暴露讽刺作品也是如此。如果说第一节对前处长和局长刚刚接手“主任”头衔时的“不自在”“不痛快”情绪，与“比上不足，比下有余的差使，暂且混混，也不失为一枝栖”的安慰，以及“未必就没有发展之余地”的期许已经是语含讥讽，表现只顾盘算个人利益的为官心态；那么第二节“由处长而局长而又——主任，不过表示了他的奋斗过程，而这奋斗的目标倘照茂翁那样不懂修辞的俗物说来，便是四个字：挑精拣肥”的讽刺就是一针见血了，直言不断挑肥拣瘦的任职心理。到了第四节“许多‘英雄’正在为这‘伟大事业’而努力，他黄主任倘不厕身其间做一个小齿轮，为自己的远大前程而打算，那不是枉为人一世了么”的力度更是深入骨髓了，暴露群小为一己之私置世界正义与民族利益于不顾的荒唐无耻。而第五节的“日夜奔走，简直忙坏了，而他的属员们亦天天为他写请客票，为他定席，为他招呼，也忙坏了”也表现了黄主任的蝇营狗苟，私事公办。就是第三节茂翁由“有点愕然了”到“觉得越发不便问了”，再到含糊应答“您的眼光不会错的。向来是料事如神，小诸葛！——不，简直的刘伯温再世”，也讽刺了这些腐败官员豢养的走狗一味察言观色、溜须拍马的丑态。

三是手法多样、对比鲜明。且不必说第一节对“主任”头衔“是个可大可小的玩意儿”的一番研究是如何煞有介事，以及三等商店老板管唯一的账房先生叫“会计主任”与八面威风的大机关主任头儿进出跟着制服便衣，坐下来就有禀白请示之间的反差与对比；也不必说第二节对“数学上的根据”“开诚布公”的几个公式是如何有板有眼，以及“打一场牌输去十万八万也不算什么一回事”与“战

① ［苏］H. G. 安德罗尼科夫主编、南京师范学院外语系俄语翻译组译：《第二次世界大战史（1939—1945 年）》（第 4 卷），上海译文出版社 1981 年版，第 33 页。

时公债他只认了五千尚有难色”之间的例外与对照，单是第四节对黄主任与“知己”赵博士由“抵掌侃侃而谈”而“不谋而合，仰脸大笑”的沆瀣一气，到问及“论功行赏”要求时赵博士装出夷然态度回答“我得百里侯足矣”与黄主任正色回答“但愿天下太平，大家能得安居乐业；个人是毫无所求”的分道扬镳，其手法的巧妙与对比的鲜明就可分析。以手法论，这里的对比是多重的，既有一致与分野的性质对比，也有丑陋与丑陋的程度对比。表面上看二人真是“知己”，总是“不谋而合”，甚至不必“解释”，也无须“分析”，然而“装出夷然”的谦虚与“客气”毕竟抵不过“正色回答”的“个人是毫无所求”，于是高下立判，主任的戒备与提防现出原形。赵博士已是老谋深算、厚颜无耻，却在黄主任面前败下阵来，不明白“私室密谈……打这官话干么”，可见黄主任更是别有用心、无耻之尤！甚至末节黄主任在公馆的“咆哮似雷”及对下人“没头没脑痛骂”，与面对二夫人“姗姗来了”却只能“虎起脸”进而“倒抽一口冷气，只跺着脚”骂德国人之间的对比也是非常鲜明，将其外强中干与色厉内荏刻画得淋漓尽致！而黄主任此时的失态与之前反复言及的“乐观”其实也是有意思的对比。

作为茅盾1941年在香港创作的集外作品，《十月狂想曲》重新发现的重要价值是不言而喻的。具体而论，大致可以分为史料价值与文学价值两个方面。

史料价值方面，既有补遗之功，又有纠正之效。茅盾是现代文学大师，正如《茅盾全集》之“编后记”所云，历时17年出齐的40卷《茅盾全集》“是中国二十世纪文学史上的大事”①。其编辑委员会与编辑室的阵容在当年就是最高规格的，在今天看来更是超级豪华，经过专家们出色而长期的工作，搜罗的茅盾作品的确相当完备。“编后记”甚至都没有说及茅盾作品可能散佚的情况，只是客气地表示“在《茅盾全集》的编、校工作中难免也有疏漏与错误……相信全国广大读者、国内外社科专家、学者、文学工作者仍会一如既往地

---

① 茅盾：《茅盾全集》（附集），人民文学出版社2001年版，第596页。

关心和帮助改正《茅盾全集》中的缺点和错误，以使其臻于完美”。事实上，《茅盾全集》及《茅盾全集·补遗》编撰完毕之后，学界虽然偶有茅盾佚作发现，但大都是时论、讲话、谈话或书信，如段从学的《茅盾佚简：关于〈文艺阵地〉的一封约稿信》、李斌的《郭沫若、茅盾、巴金、胡风佚简五封》、钟桂松的《茅盾的一篇谈出版的佚文》、葛涛的《茅盾谈电影剧本〈鲁迅传〉的两则佚文考》、许建辉的《茅盾佚信再拾》、雷超的《茅盾代理〈时事新报〉主笔史实及新发现的佚文考证》等，很少发现刊发在民国报刊上的茅盾小说佚作。这就既显示了《茅盾全集》及其补遗在收集茅盾文学作品创作方面的突出成效，也凸显了《十月狂想曲》作为重新发现的民国时期茅盾小说佚作的重要价值。钦鸿先生曾指出：“翻阅已经出版的几种茅盾书信集，可以发现写于1940年至1945年间的信件特别地少。这当然不是由于茅盾这段时间疏于写信，而是因为当时形势艰危，后来又长期动荡不安，致使他的手泽大多被遗失了。惟其如此，最近发现的他写给南通作家尤其彬的一封佚信，就显得特别珍贵。”① 的确，查目前收录茅盾书信最丰富的黄山书社新版《茅盾全集》，其中写于1940年至1945年间的信件也只有49通，其中最少的1941年仅2通，所以不足百字的《致尤其彬》自然“显得特别珍贵”。而《十月狂想曲》作为茅盾1941年第二篇短篇小说作品，篇幅是《致尤其彬》的40倍，其价值也应当远在《致尤其彬》之上，可以说是尤其“显得特别珍贵”。其对《茅盾全集》《茅盾著译年表》《茅盾生平译著年表》等的史料补遗之功，也不是篇幅短小的集外书信与讲话所能比拟的。同时，《十月狂想曲》的史料纠正之效也不容小觑，它既是对本文开篇所引茅盾晚年回忆以及“抗战以来，我写了三部长篇小说，却几乎没有写短篇小说，只在四一年写了一篇《某一天》”② 诸说的修正，也是对前文提及的唐金海、刘长鼎主编

① 钦鸿：《新发现的一封茅盾佚信》，《新文学史料》2000年第2期。

② 茅盾：《桂林春秋——回忆录〔二十九〕》，《新文学史料》1985年第4期。

《茅盾年谱》1941年11月29日关于《十月狂想曲》体裁与出处的补正。可以不夸张地说，由于《十月狂想曲》的重新发现，相关资料与成果如有可能再版，都需要进行必要的补充修订。

文学价值方面，既是30年来首度发现茅盾小说佚作，又是茅盾名作《某一天》的姊妹篇，是茅盾短篇小说的成熟之作。1985年《茅盾全集》（1—9卷）的出版，似乎已经将茅盾全部小说创作一网打尽。30年来，茅盾小说辑佚工作几无进展，不仅研究者很少发现茅盾集外小说作品，就是“收入《全集》遗收、漏收及新发现并经专家考证确定的茅盾作品共169篇（首）”的《茅盾全集·补遗》在小说方面也只是增补了《〈子夜〉创作的构想、提要和大纲》《〈清明前后〉大纲》《无题》《〈锻炼〉创作笔记》《〈霜叶红于二月花〉续稿》等内容，其中严格意义上的小说作品仅有一篇《无题》，尚且是未完稿。黄山书社新版《茅盾全集》的九集小说篇目，也只是《茅盾全集》（1—9卷）和《茅盾全集·补遗》前述五种内容的组合而已。在这个意义上，我们完全有理由强调《十月狂想曲》是30年来第一次发现完整的茅盾小说作品，不仅是对茅盾小说创作园地的丰富与填补，而且有望催生茅盾小说研究的新话题与新成果。

更为重要的是，《十月狂想曲》不是茅盾的一篇普通的小说，而是茅盾名作《某一天》的“续篇”，或曰“姊妹篇”，不仅在茅盾抗战时期的短篇小说创作中具有特殊地位，而且在茅盾全部短篇小说方队中也是思想性艺术性俱佳的成功之作。之所以认为《十月狂想曲》是《某一天》的“姊妹篇”，原因有三，一是二者题材相近，茅盾曾在回忆中自评《某一天》是“以辛辣的笔调暴露了国民党某些所谓‘抗战到底派’的真面目”①，而《十月狂想曲》也是撕下国民党某些所谓“乐观派”的假面具，曝光他们贪婪、虚伪、一心发国难财的丑恶嘴脸；二是情节的勾连，《十月狂想曲》反复写到黄主任的“前处长”履历，写其“由处长而局长而又——主任”，正是《某一

---

① 茅盾：《战斗的一九四一年——回忆录〔二十八〕》，《新文学史料》1985年第4期。

天》主角“W 处长”相关情节的自然发展，“W 处长”可以倒卖卡车，黄主任也可以押宝茄门，二人做官兼做买卖的行径与贪腐无耻的形象也一脉相承；三是人物的串场，除了“W 处长”就是“黄主任”的过去时态，“黄主任”就是“W 处长”的后续发展，“W”是“黄”的方言发音之代称，“黄”是“W”的代称之还原外，还有“知己”茂翁与“二夫人”也同时在两篇小说中出场，同样是主角身边的阿谀奉承之辈与家里的不无忌惮之人。

《某一天》以其思想性与艺术性在发表后产生了广泛的影响，民国时期就被多次转载和编入不同集子，1942 年 1 月 29 日《解放日报》转载；收入 1945 年 7 月十八集团军总政治部宣传部编选、延安印工合作社出版的《一天的工作》；收入 1946 年 6 月上海建国书店出版的《某夫妇》；收入 1947 年 5 月上海建国书店初版的《当代小说选》等。共和国成立后，《某一天》也得到茅盾本人的青睐，在回忆录中反复提及，除了《战斗的一九四一年》中的评价与以近 500 字的篇幅复述《某一天》的内容外，在《桂林春秋》中又认为“再写《某一天》那样内容的小说，图书审查处肯定通不过，还可能给熊佛西惹来麻烦”①，点明《某一天》的特殊尺度和重要价值，同时也被视为茅盾抗战时期短篇小说的重要收获之一被不少学者反复论及，先后编入《茅盾短篇小说集》《中国抗日战争时期大后方文学书系》等产生重要影响的集子。而《十月狂想曲》作为《某一天》的“姊妹篇”，不仅篇幅相当，题材相同，情节相连，手法相似，而且背景更加宏阔，暴露更加彻底，尺度更加大胆，讽刺更加深刻。1952 年，茅盾在《〈茅盾短篇小说选集〉后记》中总结自己“在短篇小说的写作方面所得到的一点经验教训”时，曾经指出“在横的方面，如果对于社会生活的各环节茫无所知，在纵的方面，如果对于社会发展的方向看不清楚，那么，你就很少可能在繁复的社会现象中恰好地选取了最有代表性、典型性的，即是具有深刻思想性的一事一

① 茅盾：《桂林春秋——回忆录〔二十九〕》，《新文学史料》1985 年第 4 期。

物，作为短篇小说的题材”①。《十月狂想曲》可以说就是在横的方面了解和纵的方面看清后选取到了代表性、典型性的题材，其思想性和艺术性不仅不亚于《某一天》，而且还呈现出一定的发展和进步。虽然因为作者的遗忘和研究者的疏漏而长期不为人知，但一经重新发现，其炫目的文学光华与重要的文学价值却是不可磨灭的，完全有理由在文学史上占有与《某一天》比肩甚至更高的地位。

三 相关思考与补正

值得指出的是，《十月狂想曲》也存在一些需要注意和思考的问题。比如茅盾大胆预言德国人失败的依据是什么？当历史证实茅盾的先见之明后，为什么茅盾反而似乎忘了这篇有理由得意的作品？他对这篇小说满意吗？他对这篇小说不满意吗？为什么在晚年回忆中记得“一九四一年是风云突变的一年。希特勒席卷了大半个欧洲，六月二十二日又贸然以三百万大军向苏联进攻，十月攻抵莫斯科近郊”②，却忘记了《十月狂想曲》这篇自己唯一以此为背景的小说？为什么对创作《某一天》的印象那么深刻，却遗漏了两月后创作的姊妹篇《十月狂想曲》？据《我走过的道路》注释和《茅盾全集》注释披露，回忆录从《一九三五年记事》起“系作者亲属根据作者生前的录音、谈话、笔记以及其他材料整理而成”③，这种整理会不会有问题呢？至少可以存疑。也就是说，《十月狂想曲》的长期散佚，到底是客观因素使然，还是有意选择屏蔽，或是兼而有之，暂时都还难有定论，值得继续思考和研究。同时，鉴于《某一天》是描写“W 处长”的处长阶段，《十月狂想曲》是刻画“黄主任”的主任阶段，中间还空缺了“局长”阶段，茅盾会不会还有一篇不为人知的书写

① 茅盾：《茅盾全集》（第 9 卷），人民文学出版社 1985 年版，第 532 页。

② 茅盾：《战斗的一九四一年——回忆录〔二十八〕》，《新文学史料》1985 年第 4 期。

③ 茅盾：《茅盾全集》（第 35 卷），人民文学出版社 1997 年版，第 1 页。

“局长”阶段的小说作品呢？目前尚不能排除这种可能性。

还值得指出的是，茅盾抗战时期在《国讯》旬刊发表的作品较多，收入《茅盾全集》第36卷的致黄炎培、杨卫玉、季寒筠三人的一封书信，还表明他愿意应邀受聘“国讯书店出版委员会委员”，并积极为书店出谋划策。[①] 已有研究者梳理过茅盾与《国讯》的渊源以及在《国讯》发表的作品，但存有瑕疵。如《茅盾研究》（第13辑，新加坡文艺协会2014年8月版）所载周乾康先生的《茅盾与〈国讯〉》，对抗战时期作品的表述：“1941年2月16日夜写成的《雾中偶记》，发表在2月25日第26期《国讯》……同月10日，茅盾撰文《某一天》，发表在《国讯》香港版创刊号……从3月5日第340期的《给他们什么》，4月5日第331期《‘确有其事’》、5月5日第355期《共同的语言》、6月15日第338期《亚儿方斯·肖尔的军功》、7月5日第340期《对抗战文艺第七年的期待》，到8月5日第343期《暑假随笔》，每月都有文稿、译著在《国讯》发表……1945年8月10日，第396期《国讯》发表茅盾《怎样复兴抗战后的文化事业》”，就可稍加以补正。“第26期”应为“第261期”，“第355期《共同的语言》”应为“第335期《共通的语言》”。同时，作者自注称“《国讯》发表茅盾作品与时间，均录自《茅盾全集·别集·茅盾生平译著大事记》”，也可能有失严谨。因为《茅盾全集》并无《别集》，只有《附集》，《附集》中也没有《茅盾生平译著大事记》，只有《茅盾生平译著年表》。此外，仅据作家全集梳理作家发表情况，而不回到原始的报刊资料，只会延续本来就“不全”的全集之瑕疵，不能全面反映作家作品情况。其中已经提及的《怎样复兴抗战后的文化事业》就未收入《茅盾全集》。如果周先生有暇翻阅全部《国讯》，《十月狂想曲》也许几年前就重见天日了。

现代作家佚文发掘，其实是一种缘分，陈子善先生有一个形象的

---

① 茅盾：《茅盾全集》（第36卷），人民文学出版社1997年版，第201—205页。

说法:“民国时期文史方面遗落的明珠是捡不完的”[1],谁先遇到,谁先捡拾,谁先披露,都充满偶然性。当然,偶然之中也有必然,只要作家佚作还在,民国期刊还在,只要辑佚之学不亡,发掘之志不灭。期待学界能够发现更多茅盾的集外作品,编订更完善的《茅盾全集》;也期待有更多的研究者加入现代作家佚文发掘事业,为逐步解决诸多作家的“全集不全”问题而不懈努力。

最后,值得说明的是,本文初稿在2015年茅盾故乡乌镇举行的“笔剑无分同敌忾,胆肝相对共筹量——郭沫若与茅盾展”暨“抗战中的郭沫若与茅盾”学术研讨会上宣读,相关综述已有提及。[2] 标题中“首度”之说,也是相对于2015年而言。修改投稿过程中,几多曲折,而茅盾研究也在不断推进。到这次书面刊发之时,金传胜博士的《〈东方画刊〉上的茅盾佚作》(《中国现代文学研究丛刊》2017年第11期)已经发现辑校了茅公1938年7月发表的小说佚作《铁怎样炼成钢》,“首度”已成“再度”矣!然一仍其旧,以示警醒,还请读者诸君海涵。

附录《十月狂想曲》。[3]

(原刊《现代中文学刊》2019年第1期)

---

① 李昶伟、陈子善:《民国文史遗珠捡不完》,《南方都市报》2013年10月20日。

② 张勇、赵笑洁:《“笔剑无分同敌忾,胆肝相对共筹量——郭沫若与茅盾展”暨“抗战中的郭沫若与茅盾”学术研讨会综述》,《郭沫若学刊》2015年第3期。

③ 编者按:由于篇幅原因,《十月狂想曲》不再全文转载。详见《现代中文学刊》2019年第1期。

中国现当代文学日译本过眼录

——之武田泰淳译茅盾小说《虹》

裴　亮

一　“日本”之于《虹》的创作

《虹》是茅盾1929年创作于日本的一部长篇小说。文中塑造了一位从小娇生惯养的小姐“梅行素”经过重重压迫、曲折和考验，最终走上了革命道路的光彩照人的女性形象。第一次大革命失败后，茅盾曾一度遭到国民党的通缉。为免遭迫害，他在上海隐居近一年之后化名方保宗，在陈望道的帮助与安排下于1928年夏与革命女青年秦德君一同秘密东渡日本。关于流亡日本的起因与契机，茅盾曾在《创作生涯的开始》[《茅盾回忆录（上）》，华文出版社2013年版]一文中有详细的回忆：

> 一九二七年大革命的失败，使我痛心，也使我悲观，它迫使我停下来思索：革命究竟往何处去？共产主义的理论我深信不疑，苏联的榜样也无可非议，但是中国革命的道路该怎样走？在以前我自以为已经清楚了，然而，在一九二七年的夏季，我发现自己并没有弄清楚！……我隐藏在我家（景云里11号半）的三楼上，足不出门，整整十个月。……我写完《追求》以后，有一天陈望道来看我。闲谈中，他发现我久困斗室，身体、精神都不好，就说，天气这么热，闷居小楼，是要弄出病来的，既然你对外放空气说已去日本，何妨真的到日本去一下，换换环境，呼吸点新鲜空气？我也觉得他说的有道理，而且当时中国人到日

本，日本人来中国，都不用护照。但我怕不懂日语，有困难。陈说："吴庶五已在东京半年，她可以招呼你。"吴庶五是陈望道的女友，在上海时我见过，是认识的。我于是决定到日本。

茅盾于1928年7月从上海乘船出发，从神户港登陆抵日后于翌日换乘铁道前往东京，并在已经在东京生活的陈望道夫人吴庶五的安排下寄宿于东京一家名为本乡馆的中等旅馆。五个月后，茅盾在杨贤江夫妇的邀劝下于同年12月移居京都，客居一年多之后于1930年4月归国回到上海。在流亡日本的近两年的时间，不懂日语的茅盾主要从事文学创作活动。《虹》就创作于他移居京都之后的1929年4月至7月间。按照原定计划，《虹》要从"五四"运动写到1927年大革命，以期为"这近十年的'壮剧'留一印痕"。但却因为8月迁居别所而最终只写到梅女士参加五卅运动就不得不搁笔，最终也未能全部完成。在将前四章的原稿寄给《小说月报》主编郑振铎时，茅盾在随稿附信中谈及自己取名"虹"的意图：

"虹"是一座桥，便是春之女神由此以出冥国，重到世间的那一座桥；"虹"又常见于傍晚，是黑夜前的幻美，然而易散；虹有迷人的魅力，然而本身是虚空的幻想。这些便是《虹》的命意：一个象征主义的题目。从这点，你尚可以想见《虹》在题材上，在思想上，都是"三部曲"以后将移转到新方向的过渡。[《亡命生活》，参见《茅盾回忆录（上）》，华文出版社2013年版]

事实上，已有学者（如中国吕周聚教授、日本的是永骏与铃木将久教授等）注意并考证了随茅盾同赴日本的女性秦德君在《虹》的创作中给予茅盾的启发、激励以及帮助。秦德君既是茅盾日本流亡生活的同行者，又是他苦闷情感生活的救赎者。正是她对茅盾在日时期的照料与帮助，才使茅盾走出了消极悲观的状态。而根据秦自身的回想，《虹》的题材来源、语言表现甚至命名立意都与她的建议密切相关：

> 为抚慰他苦闷的心灵，我搜肠刮肚把友人胡兰畦的经历在脑子里过了一遍，从“五四”浪潮里涌现出来的青年，反抗旧势力，追求光明，有许多动人的故事，是很美妙的素材。接着我便把她抗婚出逃，参加革命的事情述说了一番。茅盾大感兴趣，决定以胡兰畦为模特儿，再加上其他素材，集中精力动手写一部长篇。他并没有见过《虹》里面的女主角梅女士的原型胡兰畦，由重庆出巫峡的山山水水，以及成都、泸州的风貌，他也没见过，我尽可能具体详细地对他描述。他每写好一部分，便由我抄稿，同时顺手把有关人物的语言，改成四川话。茅盾盘腿坐在室内的草席上就着小炕桌奋笔疾书，后来才换成高一些的长条方桌坐着写。小说终于写成了，《虹》这个名字是我起的。四川的气象常有彩虹，既有妖气，又有迷人的魔力。（秦德君、刘淮：《火凤凰——秦德君和她的一个世纪》，中央编译出版社1999年版）

虽然小说的故事背景以及原型人物与日本没有直接关联，但如果考虑到此作品的创作地点以及茅盾与为其提供故事线索的秦德君在日本相遇、相知与共同在日的流亡生活，不难想见“日本”之于此作品的独特意义。正如茅盾自身所言：“《虹》在题材上，在思想上”，都是“转移到新方向的过渡”。换句话说，没有日本之行就不会与秦德君相识，而没有秦的帮助就不会有此长篇小说执笔的契机与原动力。

二　武田泰淳与《虹》的翻译

1940年日本东成社出版了武田泰淳翻译的茅盾长篇小说《虹》（尺寸：13cm×19cm），该单行本于1940年2月15日由位于东京神田区神保町的太平社印刷，由东京丰岛区高田南町的寺崎制本所装订，由位于东京小石川区的东成社出版发行。全书总计 333 页，定价一元五十钱。译本封面正中偏上侧印有书名“虹”。正下方印有中国剪纸风格的红色图案，构图由一把剪刀与一只蝎子组合而成，剪刀似要将蝎子拦腰剪断，带有鲜明的象征意涵。书脊顶端用小字印有书名，下书“茅盾著 · 武田泰淳译”的字样。

茅盾所作之《虹》乃是一部未完成的作品，而武田泰淳所译之《虹》也并非全本全译。武田选译了小说原著第一章至第七章，而将小说的第八章至第十章的内容以“后记”的形式将各章节情节大纲超译附于文末。在小说正文之前的“解题”中，武田泰淳在对茅盾作品给出自身评价的同时也给出了只译前七章的解释：

> 读罢此小说联想起梅女士的命运就如同看见了赤裸裸的社会现实一般让人心灵颤抖。茅盾也通过《虹》这部小说进一步对当时软弱无力的新文化运动者——既无见识又无勇气的教育者们进行了讽刺。此译本只译至了梅女士结束她空虚教员生活之前在四川省内的生活为止。长篇小说《虹》本身由十章构成，而此次译出的只是前七章。第一章乃是梅女士乘船离开四川时在船内发生的故事，从时间上而言正好与第七章之后的后续相衔接，故而此小说到第七章为止正好一个阶段告一段落。读者诸君如果能够从我的译文中读出茅盾文字中“持续”之哲学，如果能够感受到他的“持续”并不单单只是让人肃然的空虚观念，而是深入血脉的生活之意志力的话，那我将欣喜之至。（拙译）

译者武田泰淳（1912—1979）是日本文坛上崛起于第二次世界大战之后被称为“战后派”新兴作家群的代表性人物。他的“典型性”不仅仅在于他的文学创作成绩斐然，而更重要的在于无论是他书写的对象，还是他的创作经历，都与中国密切关联。武田泰淳 1912 年出生于东京本乡东片町的潮泉寺。本姓大岛，单名一个觉字。其父大岛泰信既是大正大学宗教学的教授，也是潮泉寺的住持。因其父之恩师、净土宗僧人武田芳淳膝下无子，故而被过继给武田家。又因单字俗名无法取得净土宗度牒，所以从大岛泰信和武田芳淳两人的名字中各取一字而改名武田泰淳。因其家族的佛教渊源与家学传统，武田泰淳从小就开始接触汉译佛典并接受关于中国历史与文化的家庭教育，深受中国传统文化的熏陶。1928 年，武田进入浦和高等学校文科后，更是经常在图书馆中阅读诸如《红楼梦》、鲁迅等中国经典的日语译作，并开始尝试写作汉诗。毕业后，武田泰淳考入东京帝国大学文学部学习中国文学。入学后，武田泰淳加入了社会科学读书会并于该会上先后结识了同为东大校友的竹内好、冈崎俊夫等有志于专门研究中国现代文学的同道青年。经过多次筹备，1934 年竹内好、武田泰淳、冈崎俊夫、增田涉等人共同策划创办了“中国文学研究会”，志在通过研究中国现代文学来对抗当时占据日本中国学研究学术中心的古典汉学的权威地位。中国文学研究会采取同人会员与普通会员双轨入会制度。为积极推动中国现代文学的动态介绍以及文学翻译工作，以同人会员为中心于 1935 年 3 月 1 日创办出版了机关杂志《中国文学月报》。该同人性质的会刊每月出版一期，大小约为如今的 16 开本。会刊题头“中国文学”四字，乃是武田泰淳特邀作家郭沫若亲笔题赠。除了会刊的组稿与编辑工作之外，以之为阵地还定期召开组织例会、恳谈会、读书会和报告会。作为创始会员之一的武田就曾在第四次（1935 年 3 月 12 日）、第十三次（1936 年 7 月 4 日）以及第二十三次（1937 年 7 月 8 日）的例会上分别作了以“关于大众语的研究”“唐代庄园文学论”“关于李健吾的喜剧”为题的报告。而从 1934 年开始到 1937 年作为辎重兵来中国之前，武田泰淳先后撰写发表了《中国左翼文坛的现状》《中国文学消息》《钟敬文》《中国民间文学研究的现状》《新汉学论》《中国作家列传》《抗日作家及其作品》等多篇介绍同时代中国文坛、文化的相关文章，为现代中国文学在日本的译介与传播起到了一定的助推和媒介作用。

以竹内好、武田泰淳为核心的中国文学研究会从创立之初就非常关注中国文学的语言问题，曾在会刊上组织过“语言问题特辑”。而对于作为外国文学的中国现代文学而言，最直接也是最大的语言问题无疑就是翻译的问题。事实上，从中国文学研究会创立之日开始就十分重视翻译事业的开展。这一方针从 1934 年 3 月 1 日竹内好日记里关于中国文学研究会准备会的记录“定于每月一号和十五号召开例会。决定出版学会杂志并在规定本月内每人需完成一篇翻译”中可见一斑。《中国文学月报》自 1935 年 3 月创刊开始至 1946 年 3 月自主废刊为止的 11 年间总计刊行了 92 期。日本战败后，在研究会的一部分同人的努力下又短暂复刊，在持续了三年陆续推出了 13 期之后于 1948 年 5 月再度且永久休刊。值得注意的是，从创刊到废刊的总计 105 期中，中国文学作品的翻译高达 84 篇，而仅仅是战前的部分中就占了 60 余篇，其中又有 40 余篇乃是现代作家作品。

1937 年 7 月卢沟桥事变爆发，武田泰淳等会员四人皆应召入伍参战。同年 10 月竹内好也获得日本外务省文化事业部第三种补助经费的支持前往当时的北平开始了以语言研修为名的战时留学生活。竹内好于是将会刊的统筹编辑工作移交给了留在日本的松枝茂夫。然而，一方面由于战时物质资源与经费来源的紧张，一方面由于言论与出版的审查限制，再加上 1939 年松枝茂夫离开东京奔赴远在福冈的九州大学就职而使得会刊的编辑工作一度告急。在此穷途末路之际，1939 年年末结束了两年中国留学生活而返回日本的竹内好重新接手《中国文学月报》的编辑工作并着手推出了一系列改组措施。作为重点环节与策略之一的就是对于中国文学翻译的重视与大力提倡。从 1940 年的第 60 号开始将《中国文学月报》改名为《中国文学》，并从第 66 号起开设了专题栏目“翻译时评”。该专栏主要内容为研究会成员轮流对在日出版的中国文学翻译作品进行评论，而对于开设该专题的理由，竹内好在该期的“编辑后记”中做了如下解释：

所谓翻译，尽管包含着多种多样的问题，但往往本身不被视作一个问题。（中略）尤其对中国文学而言还没有产生能作为基准的翻译范型。翻译的问题，绝不仅仅是语法规则或言语表现的问题，深思之后它最终反映和还原的还是人的问题。（竹内好：《翻译时评》，《中国文学》第 70 号，1940 年 3 月）

茅盾《虹》的翻译，亦是武田泰淳参与中国文学研究会译介活动的成果之一。在日译版《虹》的版权页上，印有“现代支那文学全集”（注：为保留出版原貌，保留支那一词）字样。事实上，这套全集正是以研究会同人为核心所推出的一套中国现代文学翻译作品集。该全集原计划推出十二卷，最终只出了八卷即停止。出版篇目以及所涉作家、译者情况如下：第一卷为猪俣庄八译《创造十年》（郭沫若）、第二卷为冈崎俊夫译《沉沦》（郁达夫）、第三卷为武田泰淳译《虹》（茅盾）、第四卷为小田岳夫与武田泰淳合译《如果爱》（萧军）、第六卷为饭村联东译《新生》（巴金）、第九卷为奥野信太郎、武田泰淳、猪俣庄八合译《女流作家集》（冰心、庐隐、丁玲、凌叔华、萧红、冯阮君）、第十卷为增田涉、松枝茂夫、冈崎俊夫、小野忍、饭塚朗、奥野信太郎合译的《随笔集》（鲁迅），第十二卷为松枝茂夫、吉村永吉、金坂博等合译《文艺评论集》。值得一提的是，武田泰淳所译的《虹》，其封面装帧设计者也是多次参与研究会的会员之一、日本著名作家佐藤春夫。

三 茅盾在日本的评介

茅盾在中国文学史家和批评家眼中无疑是巨匠型的人物，无论是在文学史的书写中还是在各种纪念性的文字中，我们常常能够看到评价其文学功绩的赞辞，诸如“茅盾是我国新文化运动的先驱”“茅盾是我国现代文学的奠基人、开拓者”“是新文化、新文学事业的组织者和领导者”。可以说，茅盾的文学创作和评论对中国现代文学的成立与发展都起到了垦拓、示范与领航的作用。而从 1930 年代开始，世界各国就开始译介、研究茅盾著作。其中译介作品最多和影响最大的国家，当属作为邻国的日本。

早在 20 世纪 30 年代初期，日本文坛就开始同步介绍茅盾的小说创作。而在随后的传播过程中，由于受到中日两国政局关系的影响，其接受层面和评价重心亦发生了位移。这种变化，在战前、战后关于茅盾的相关译介和言说中体现得尤为显著。从现有资料来看，在日本以小说家的身份对茅盾及其创作进行专题介绍的，最早可见于1934年4月，翻译家井上红梅在《文艺》第2卷第3号上所发表的专题文章《中国新作家：茅盾及其评家》。与此同时，此文也开启了将茅盾与鲁迅对比评价之先河。文章开篇对“新进作家”茅盾进行了如下介绍：

> 鲁迅之后，聚集了中国青年大众人气于一身的作家当属茅盾。现如今他每年约创作出三至四篇长篇小说，而每问世一部其两万部的初印却如长了翅膀一般以飞奔之势迅速被抢购一空。（中略）茅盾，本名沈雁冰，乃是1926年国民革命的环境中所孕育出的创作家，如将之与1912年第一次国内革命爆发8年之后所诞生的鲁迅相比较，他无疑是一种极其鲜明的对照。（拙译）

日本最早出版的茅盾作品翻译的单行本，是1936年日本第一书房所推出的由小田岳夫翻译的《大过渡期》，译自由三部曲构成的小说《蚀》。只不过，小田选取译介的只是其中的《动摇》和《追求》二篇。在译者序言中，小田亦在与鲁迅的比较中言及了他对茅盾及其作品风格的认知：“如果将鲁迅归为具有东方性的作家的话，那么茅盾则正可谓是具有西方性的作家。而如果说鲁迅是主观性的、抒情性的话，那么茅盾则可谓是客观的、叙事性的作家。”

然而，值得注意的是，在以鲁迅为中心的日本中国现代文学研究界，这种将茅盾与鲁迅的文学地位并举的评价，其接受过程也并非一以贯之的。同样是在1936年，从东京大学中国文学专业毕业后的竹内好在其一手组织创办起来的“中国文学研究会”会刊《中国文学月报》（5月号）上，推出了被视为日本茅盾研究起始点的作家专论《茅盾论》。作为东大科班出身、专门从事中国现代文学研究的竹内好，当时对茅盾的创作提出了质疑的评价与否定的态度：

> 以我个人之愚见，茅盾乃是极其少见的文辞拙劣的作家。这

是非常重要的一点。现代中国作家，无论是鲁迅，还是郁达夫，大多文章本身写得都很好。即便就算以拙劣之文而能位列文章能手之列，那也毫无疑问地需要将文字表现得光怪陆离、光彩夺目。而茅盾之所以能获称文神之名，恐怕不得不承认这源于他有博天下同情之能力。(拙译)

很显然，竹内好在此文中对茅盾的文字功底进行了严厉批评，对其文学价值也作了彻底的否定，更对将茅盾与以文章见长的鲁迅并举的观点进行了驳斥。态度十分鲜明，文字也充满了讽刺挖苦之笔调。无独有偶，增田涉在1936年9月发表于会刊上的《茅盾印象记》一文中也表示：茅盾的小说太生硬，《春蚕》乃是一篇平庸无聊的作品。这些1930年代的负面评价，可以说一方面是由于茅盾刚刚从评论转型小说创作、技法仍在摸索探索阶段；另一方面也是由于刚走上中国现代文学研究不久的这些日本文学青年对中国社会现实的隔膜以及对文学评价的观念差异。

反观战后中国研究会同人的茅盾言说，不论是传记性的概说，还是作品的具体评论，莫不呈现出与战前截然相反的“姿态”。例如，1962年竹内好受河出书房所邀编撰《世界文学全集》中国文学部分时，将茅盾与鲁迅并举编为一个两作家合集，不仅承担了如《霜叶红似二月花》等篇目的实际翻译工作，并在卷首撰写了详细的《〈世界文学全集·鲁迅·茅盾〉解说》。此文共分为“中国的近代文学”、“鲁迅的文学”、“茅盾的文学”以及“关于《霜叶红似二月花》”四个部分。在“茅盾的文学”的章节之首，竹内好将茅盾与鲁迅进行对比，进行了如下论述：

中国近代文学之中，如果说鲁迅是首屈一指的作家的话，那么坐第二把交椅的除了茅盾就无他人。(中略)就茅盾的文学使命而言，一言以蔽之的话，鲁迅用诗文来展开的近代化工程，茅盾也同样在散文的领域中来践行。他是彻底的散文作家，从这个角度而言，他和鲁迅之间存在一种互为补充的关系。(拙译)

将以上论断和竹内好 1936 年所著《茅盾论》中的判断进行比读，可以清晰地看到在战前与战后两个不同的时期，对作家茅盾的认知和接受在竹内好内部已然发生了巨大的“反差”：就作品评价而言，从“恶文说”转向“杰作说”；从文学地位而言，从“与鲁迅不可相提并论”说反转为“与鲁迅互为补充说”；在作品翻译方面，从“译介必是徒劳，不译方为明智”说一变为“译介完全不足，急需加强”说。

虽然，日本的评论家与译者针对茅盾个别作品的评价各有异见，但从总体上而言也和中国学界“异口同声”，对茅盾文学的贡献和价值进行了高度肯定和全面评价。日本茅盾研究专家松井薄光在写于 1981 年茅盾逝世之后的纪念文章《不亚于鲁迅的存在》中，以历史总结性的口吻指出：“在日本，有一种倾向，那就是一说到中国现代文学，往往以鲁迅为中心来思考，而其他气势宏大的作家的身影却被淡化了。确实，鲁迅既是中国人的心灵的代言人这样一个象征的存在，同时也是高耸于世界的存在。但是这样说，并不等于以鲁迅一个人便能涵盖整个中国现代文学。我以为作家茅盾不仅在中国，而且在世界文学中，也是不亚于鲁迅的巨大存在”。

（原刊《长江丛刊》2018 年第 34 期）

茅盾的国文老师张子岑

乐忆英

茅盾于1904年进立志小学，1907年冬进入乌青镇高等小学堂(辛亥革命后更名乌青镇植材高等小学)。在高等小学的二年时间里，教国文共有四人，回忆录《我走过的道路》之《学生时代》中说："这年冬季，我毕业了。转入新办的植材高等小学……教国文的有四个老师，一个就是王彦臣……，一个叫张济川，外镇人……，另外两个国文教师都是镇上的老秀才，一个教《左传》，一个教《孟子》，教《孟子》的姓周……"

徐家堤老师的《乌镇掌故》及《四溪拾贝》书中载，茅盾在植材求学时的老师除了王彦臣和张济川，另二位是教《孟子》的周渊如，教《左传》的张子岑。

据徐家堤老师的书中介绍，张子岑家在常丰街中段，隔壁是沈听蕉（茅盾在立志小学时的老师)。张子岑之父张广田，苏州人，后迁青镇（今乌镇）定居，在中市常丰街下岸买下二开间三进的宅院，开设私塾，广收学生。生有四子：镜波、艺城、郁生、鹿荪（薰），皆黉门秀才、学识冠群，后因科举废止，不再进取。除张艺城从医外，其余均为小学教员。

1944年1月中华日报社出版的，由杨之华编的《文坛史料》中，有茅盾同学沈志坚所著的《怀茅盾》一文，其中有这样的记录："我与茅盾同在这学校里（即乌青镇植材高等小学）读书。我年十五，读于高等三年级，他少我一岁，反在四年级将于年终毕业了。我们因为同是寄宿生，日间虽不同课堂，夜间则同室温习睡觉，所以常在一起切磋琢磨。久相与处，意气复投，遂订为昆弟之交。屈指算来，已有三十余年了。当时他的国文成绩，已为全校冠军，教师张之琴先生曾抚其背道：‘你将来是个了不得的文学家呢！好好地用功吧！’他听了这种奖励的话，益加奋勉。”

1992 年，茅盾表弟陈瑜清（笔名诸侯）也在《西湖》月刊上发表了《有志竟成》一文，其中这样写道：“茅盾在前进的道路上是很幸运的，在立志小学遇到了善于传道授业解惑的沈听蕉老师，到植材高小他又遇到了赏识他的‘伯乐’式的教师张子琴先生，对茅盾的作文，张先生每篇都有出色的评语，茅盾在班里作文比赛每次都获得奖品，听到老师鼓励的话，他就更加奋勉了。”

查严辰《光绪桐乡县志》卷十一“选举志 · 上”，以及卢学溥《民国乌青镇志》卷二十五“选举”中均记载：“光绪八年（1882）岁贡，张应桂，字子芩。青镇人。”

由此可知，茅盾的国文老师应是张子芩，而非张子岑，“芩”与“岑”读音不同，而茅盾同学沈志坚的《怀茅盾》一文中称“张之琴”，“琴”与“芩”读音完全相同。

茅盾在植材求学时留下的两册《文课》，1946 年冬，茅盾夫人孔德沚回乌镇，将这两册作文本与其他一些书稿交给邻居沈远孚保管。直到 1980 年，经沈远孚之子沈罗凡提起，才在桐乡县文化馆的库房里找到这两册《文课》。《文课》上老师的评语十分精彩，书法更绝。虽然现已无法考证在《文课》上做眉批、写评语的国文老师是谁，但极有可能就是这位清末岁贡生张应桂（字子芩）老师。

（原刊《嘉兴日报》“凤凰家”副刊 2019 年 12 月 30 日）

关于茅盾“雨天杂写”系列杂文的史料问题

刘铁群

摘　要　1942 年，茅盾在桂林创作了“雨天杂写”系列杂文。关于这组杂文，很多版本的茅盾全集、选集、年谱、词典在收录或表述中都存在史料错误，包括内容残缺、标题与正文张冠李戴、最初刊载信息混乱等。这些普遍存在的错误导致大量的专著和论文在引用“雨天杂写”系列杂文时陷入了史料的混乱。基于上述问题，本文对“雨天杂写”系列杂文的史料问题作出系统的梳理与考证。

关键词　茅盾；“雨天杂写”；系列杂文；史料错误

1942 年 3 月 9 日，从香港脱险的茅盾在经历艰险与波折之后抵达桂林，开始了他九个月旅居桂林的生活。抵达桂林不久，就遇上了潮湿多雨的季节。与多雨的天气相应，茅盾把他创作的五篇杂文命名为“雨天杂写”。关于这组杂文，很多版本的茅盾全集、选集、年谱、词典在收录或表述中都存在史料错误。这也就导致数量颇多的研究者在论文或专著中引用了错误的文献。因此，对“雨天杂写”系列杂文的史料问题进行全面的梳理与分析是必要的。

一　从人民文学出版社的《茅盾全集》谈起

要梳理茅盾“雨天杂写”系列杂文的史料问题，有必要从人民文学出版社的《茅盾全集》（以下简称《全集》）中出现的错误谈起。在各种版本的茅盾作品集中，人民文学出版社的《全集》显然是重要而且权威的版本。《全集》的第十六卷（散文六集）收录了茅盾“雨天杂写”系列的五篇文章，其中错误或不严谨的地方主要有以下四处：

其一是《雨天杂写之三》和《雨天杂写之四》的创作时间和最初刊载的情况被颠倒混淆了。《全集》中注明，《雨天杂写之三》创作于“1942 年 6 月 27 日”，“最初发表于一九四二年十月十五日《人世间》复刊第一卷第一期”；《雨天杂写之四》创作于“1942 年”，“最初发表于一九四三年四月一日《人世间》复刊第一卷第四期”。核对最初发表的原始期刊可以发现，两篇文章相关信息被颠倒了，这是一处比较严重的硬伤。

其二是对最初刊载情况表述不够严谨、完善。《全集》注明《雨天杂写之二》“最初载于一九四三年七月贵州集美书店版《艺术新丛·阳光》”。《雨天杂写之二》是茅盾到桂林后应孟超的约稿为集美书店的“艺术新丛”《阳光》写的文章。集美书店是抗战时期桂林的一个重要的出版机构，创办于 1942 年。笔者可以查到 1943 年 7 月桂林集美书店出版的“艺术新丛”《阳光》刊载了茅盾的《雨天杂写之二》，但没找到贵州出版的《阳光》，也没查到关于贵州集美书店的任何信息。在抗日战争这个特殊的历史时期，报刊书籍的出版情况比较复杂，当时的一些史料也无法得到完好的保存，因此，目前笔者无法判断是否存在过贵州集美书店并出版了一本跟桂林集美书店版一模一样的《阳光》，该问题只能存疑。但桂林集美书店版《阳光》的存在是可以确认的，缺注桂林集美书店版显然是不够严谨的。另外，《全集》注明《雨天杂写之一》最初刊载于“《山水文艺丛刊》第二辑《荒谷之夜》”，此处信息不完善，缺注桂林远方书店。

其三是《雨天杂写之四》的内容有残缺。《雨天杂写之四》最初发表时文末有这样一段“附记”：“右一则，写于六月二十七日。亦雨天，败兴之言，不近人情，故未以示人。近则‘不景气’之呼声，已时有所闻，则此篇所言，翻成赞颂。因凤子先生嘱为写稿，遂加最后一戏儗之联应之，时为七月二十八，则已是晴天了，报载顿河大战正酣。”这段“附记”对于理解这篇杂文以及当时茅盾的心境有一定的意义，“不景气”指的是桂林文化界繁荣的表象下隐藏的危机，

“戏擬之联”指的是文末的两句：“饭桶酒囊亦功德，鸡鸣狗盗是雄才。”茅盾本以为桂林绵绵不绝的雨天在一定程度上影响了他的心情，导致他在文中有不少牢骚感慨。但是随着不少文化人都发出“不景气”的呼声，他感觉自己所谓的“未以示人”的“败兴之言”并不过分。《人世间》刊载《雨天杂写之四》时，这段“附记”是文章的一部分，《全集》收录该文时缺了这段附记就无法呈现文章完整的原貌。而且这段附记的内容明确了创作时间是6月27日，补写附记的时间是7月28日。如果这段内容不残缺，两篇文章创作时间被颠倒的情况也许就可以避免。

其四是《雨天杂写之四》的段落划分与初刊原文不一致。《雨天杂写之四》初刊原文的第六段讲述的是《广西通志》中记载的三个零碎有趣的事情，包括杨妃井、绿珠井和一桩无头公案。《全集》将这段文字划分成了两段，其中，关于杨妃井、绿珠井的内容以及茅盾引用《广西通志》中无头公案的一段原文保留在第六段，而茅盾针对无头公案的分析却单独成为第七段。从表达逻辑和完整性来说，此处不宜另起一段。从收录的文章的规范来说，既然《全集》的体例是注清了初刊情况，就应该保留初刊时文章的原貌，随意改变原文的段落划分是不严谨的。

在与人民文学出版社《全集》同时期及之后的各种版本的茅盾文集中，关于“雨天杂写”系列杂文的史料性错误普遍存在。现将包括《全集》在内的六种版本文集中的错误、不严谨之处以及如何更正列表如下：

序号	书名及版本	页码	错误及更正
1	《茅盾全集》（第十六卷·散文六集），人民文学出版社1988年版	477页	脚注内容不严谨。本页收录了《雨天杂写之二》，脚注对标题的注释是：“本篇最初载于一九四三年七月贵州集美书店版《艺术新丛·阳光》”，缺注桂林集美书店版
		480页	脚注内容错误。本页收录了《雨天杂写之三》，脚注对标题的注释“本篇最初发表于一九四二年十月十五日《人世间》复刊第一卷第一期”应改为“本篇最初发表于一九四三年四月一日《人世间》复刊第一卷第四期”

续表

序号	书名及版本	页码	错误及更正
1	《茅盾全集》（第十六卷·散文六集），人民文学出版社1988年版	485页	创作时间标注错误。关于《雨天杂写之三》的创作时间，“1942年6月27日桂林”应改为“1942年6月30日桂林”
		486页	脚注内容错误。本页收录了《雨天杂写之四》，脚注对标题的注释“本篇最初发表于一九四三年四月一日《人世间》复刊第一卷第四期”应改为“本篇最初发表于一九四二年十月十五日《人世间》复刊第一卷第一期”
2	《茅盾散文速写集》（上），人民文学出版社1980年版	422页	创作时间标注错误。关于《雨天杂写之四》的创作时间，“1942年6月30日”应改为“1942年6月27日”。 刊载何处标注错误。关于《雨天杂写之四》最初刊载何处，“原载《人世间》月刊复刊第1卷第4期，1943年4月1日出版”应改为“原载《人世间》月刊复刊第1卷第1期，1942年10月15日出版”
		409页	标题错误。“《雨天杂写之一》”应改为“《雨天杂写之三》”
		413页	创作时间标注错误。关于《雨天杂写之三》的创作时间，“1942年6月27日”应改为“1942年6月30日”。 刊载何处标注错误。关于《雨天杂写之三》最初刊载何处，“原载《人世间》月刊复刊第1卷第1期，1942年10月15日出版”应改为“原载《人世间》月刊复刊第1卷第4期，1943年4月1日出版”
		414页	标题错误。“《雨天杂写之二》”应改为“《雨天杂写之五》”
		417页	标题错误。“《雨天杂写之三》”应改为“《雨天杂写之四》”
3	《茅盾》（中国现代作家选集）人民文学出版社1983年版	181页	标题错误。“《雨天杂写之二》”应改为“《雨天杂写之五》”
4	《茅盾杂文集》，生活·读书·新知三联书店1996年版	697页	标题错误。“《雨天杂写之三》”应改为“《雨天杂写之四》”
		704页	标题错误，“《雨天杂写之四》”应改为“《雨天杂写之三》”
5	《茅盾散文》（第二集），中国广播电视出版社1995年版	292页	创作时间标注错误。关于《雨天杂写之三》的创作时间，“1942年6月27日桂林”应改为“1942年6月30日桂林”
6	《茅盾全集》（第十七卷·散文七集），黄山书社2014年版	5页	脚注内容不严谨。本页收录了《雨天杂写之二》，脚注对标题的注释是：“本篇最初载于一九四三年七月贵州集美书店版《艺术新丛·阳光》”，缺注桂林集美书店版

续表

序号	书名及版本	页码	错误及更正
6	《茅盾全集》（第十七卷·散文七集），黄山书社 2014 年版	8 页	脚注内容错误。本页收录了《雨天杂写之三》，脚注对标题的注释“本篇最初发表于一九四二年十月十五日《人世间》复刊第一卷第一期”应改为“本篇最初发表于一九四三年四月一日《人世间》复刊第一卷第四期”
		13 页	创作时间标注错误。关于《雨天杂写之三》的创作时间，“1942 年 6 月 27 日”应改为“1942 年 6 月 30 日”
		14 页	脚注内容错误。本页收录了《雨天杂写之四》，脚注对标题的注释“本篇最初发表于一九四三年四月一日《人世间》复刊第一卷第四期”应改为“本篇最初发表于一九四二年十月十五日《人世间》复刊第一卷第一期”

上述表格已经可以呈现“雨天杂写”系列杂文在文集收录中的混乱性错误。此外，查国华编著的《茅盾年谱》[①]（长江文艺出版社 1985 年版）、万树玉编著的《茅盾年谱》[②]（浙江文艺出版社 1986 年版）、唐金海和刘长鼎主编的《茅盾年谱》[③]（山西高校联合出版社 1996 年版）、李标晶和王嘉良主编的《简明茅盾词典》[④]（甘肃教育出版社 1998 年版）等著作对“雨天杂写”系列杂文的表述也都存在不少错误。

---

① 该著第 265—270 页对《雨天杂写之四》刊载《笔阵》的情况描述有误。

② 该著第 288 页颠倒了《雨天杂写之三》和《雨天杂写之四》的创作时间和初刊情况。

③ 该著第 642 页关于《雨天杂写之二》缺注桂林集美书店版，同时颠倒了《雨天杂写之三》和《雨天杂写之四》的创作时间、最初刊载情况、内容简述。

④ 该著第 86—87 页关于《雨天杂写之一》《雨天杂写之二》《雨天杂写之三》三个词条的标题、创作时间、刊载情况、主要内容等都出现了错乱。

二 “雨天杂写”系列杂文史料出错的根源

关于“雨天杂写”系列杂文，各种版本的茅盾全集、选集、年谱、词典在收录或表述中之所以会出现诸多错误，其根源主要有两方面。一个重要的根源是这组文章的标题辨识度不高，而且容易引起对创作时间和发表时间的误解。“雨天杂写”系列杂文从“之一”到“之五”命名，很容易让读者和研究者想当然地认为创作与发表的时间顺序也应该是从“之一”到“之五”依次进行。但实际情况并非如此，《雨天杂写之四》的创作时间就比《雨天杂写之三》早三天，发表时间则早半年，而这两篇文章又都发表于桂林复刊的《人世间》。如果不认真核对原始期刊就很容易造成两者的混淆。人民文学出版社的《全集》颠倒这两篇文章的创作时间和最初刊载何处的情况在其他版本中普遍存在，而且还有不少版本将这两篇文章的标题与内容张冠李戴。

另一个重要的根源是茅盾本人对“雨天杂写”系列杂文的更名，这包括在期刊发表和收入文集时的更名。期刊发表涉及《雨天杂写之四》，该文在《人世间》发表一个月之后，又在《笔阵》新 6 期刊载。与《人世间》刊登的文章不同的是，《笔阵》目录中显示的标题是“《桂林通讯》”，“雨天杂写”系列在收入文集时更名的情况比较复杂。这组杂文发表两年之后，其中三篇收入了茅盾的散文集《时间的纪录》（主编赵家璧，良友复兴图书印刷公司 1945 年出版）。不过，所收入的三篇文章标题都发生了变更，发表于《人世间》桂林复刊第 1 卷第 4 期的《雨天杂写之三》更名为《雨天杂写之一》，发表于《野草》第 4 卷第 6 期的《雨天杂写之五》更名为《雨天杂写之二》，发表于《人世间》桂林复刊第 1 卷第 1 期的《雨天杂写之四》更名为《雨天杂写之三》，而且每篇文章的篇末都只注明了大致的写作时间和地点——“一九四二，桂林”，并不注明最初是何时刊载于何处。关于为何不注明发表于何处是因为当时茅盾自己也记不清楚，他在《后记》中做了说明：“杂文之类，也许还不止此集所收这一点，但既无底稿，一时也想不起来曾发表于何处，反正都不过那么一回事，就此撩开完事。”① 关于为何更换标题，茅盾没有说明。1946年，大地书屋将《时间的纪录》② 归入“大地文学丛书”③，重新出版，蒋寿同主编，内容有所增删，但“雨天杂写”系列的三篇内容与标题均无变化。之后，在人民文学出版社1959年出版的《茅盾选集》和1963年出版的《茅盾文集》第十卷中，收录了《雨天杂写之一》、《雨天杂写之二》和《雨天杂写之三》，这三篇文章的标题、内容以及在文末对创作时间、地点的标注与《时间的纪录》中更名后的“雨天杂写”系列完全相同，而与最初发表时不一致。在上述三种文集中，“雨天杂写”系列杂文的更名，实际上是在茅盾没有底稿且记不清曾发表于何处的特殊时期进行的变更。因为更换了标题，“雨天杂写”系列杂文从“之三”到“之五”的三篇文章就分别使用过两个标题（忽略《笔阵》的更名）。与此同时，从“之一”到“之三”的三个标题也分别对应了两篇文章。加上没注明初刊何处，这些混乱很难辨别清楚。

严格地说，以上“雨天杂写”系列杂文的相关信息虽然与初刊情况不一致，但并不能称之为错误，因为这是茅盾本人变更了标题，而且没有注明最初发表何处。但到了80年代之后，多数的茅盾全集、选集都注明了初刊情况，此时标题、内容、创作时间、发表时间、刊发何处等信息还陷入错乱就不应该了。

---

① 茅盾：《时间的纪录·后记》，良友复兴图书印刷公司1945年版，原书《后记》没标页码，按顺序是第193页。

② 大地版《时间的记录》的书名存在一个问题，封面的书名是“时间的记录”，封面和版权页的书名却与良友版一致，还是“时间的纪录”，茅盾在《后记》中的内容也均保留“纪录”两字。虽然当时“纪”与“记”可以通用，但同一本书，书名应该统一。

③ 茅盾在大地书屋版《时间的纪录》的《后记之后记》中说此书归入“大同文学丛书”，应为笔误和校对错误，此书封面标明是“大地文学丛书”。

三 关于为“雨天杂写”系列杂文定名的建议

为了避免错误与混乱继续下去，使相关史料规范化，有必要为“雨天杂写”系列杂文中的五篇文章定名。笔者认为，科学的定名方式应该统一以最初刊发的信息为准，现将五篇文章最初刊发的情况列表如下：

文章标题	创作时间	发表时间	刊载杂志或书籍
《雨天杂写之一》	1942 年 6 月 24 日	1942 年 12 月 1 日	《山水文艺丛刊》第二辑《荒谷之夜》，桂林远方书店
《雨天杂写之二》	1942 年 6 月 25 日	1943 年 7 月	《阳光》，桂林集美书店出版（贵州集美书店版存疑）
《雨天杂写之三》	1942 年 6 月 30 日	1943 年 4 月 1 日	《人世间》桂林复刊第 1 卷第 4 期
《雨天杂写之四》	1942 年 6 月 27 日，7 月 28 日补写“附记”	1942 年 10 月 15 日	《人世间》桂林复刊第 1 卷第 1 期
《雨天杂写之五》	1942 年 7 月 25 日	1942 年 11 月	《野草》第 4 卷第 6 期

如果茅盾的全集、选集、年谱、词典等能严格以上述表格中所列出的初刊情况确定“雨天杂写”系列杂文的名称以及相关信息，并描述清楚这组文章曾经更名的情况，就不会出现相关史料的使用持续陷入混乱的局面。然而，为“雨天杂写”系列杂文定名的任务不是本文所能做到的，期待日后能由权威出版部门来完成。

（原刊《中国现代文学研究丛刊》2019 年第 4 期）

鲁迅致茅盾的九封书信发现始末

葛　涛

一　茅盾提出的问题：“现在发现的几封信也不知道是怎么保存下来的。”

1937 年 1 月，许广平在《中流》杂志发表了《许广平为征集鲁迅先生书信启事》，茅盾在得知许广平征集鲁迅的书信的消息之后，就积极响应，从家中找出一些鲁迅书信，并在 1937 年 2 月 18 日夜致许广平的信中说：

> 周先生的信，我找了一下，不多。去年——哦，不，是前年了，前年的不知搁到什么地方去了，现在先将已得者奉上。其中有二三封是讲《海上述林》之校印的，发表了也许将引起喧哗，但现在也一并奉上（周海婴编《鲁迅、许广平所藏书信选》，湖南文艺出版社 1987 年出版，第 342 页）。

许广平编辑的《鲁迅书简》（鲁迅全集出版社 1946 年出版）一书中收录了鲁迅致沈明甫（茅盾）的八封书信，由此可知，茅盾这次一共寄给许广平八封鲁迅的书信。

42 年后，茅盾在《答〈鲁迅研究年刊〉记者的访问》（《鲁迅研究年刊》，西北大学鲁迅研究室编，陕西人民出版社 1979 年 10 月出版，第 1 页）一文中又再次提到了鲁迅给他所写的书信的问题，有关内容如下：

外国研究鲁迅的人，以日本为较多。外国能直接阅读鲁迅著作的人，对鲁迅的若干杂文还是不能完全理解其写此杂文时的时代和历史的背景。《鲁迅全集》注释好了，可能对他们有所帮助。要注释清楚鲁迅书信和日记中提到的人名，就很困难。比如鲁迅给我的信中提到的“少奶奶”，指的是杨之华同志。杨之华当时在上海坚持地下工作，为了迷惑敌人，打扮得像个“少奶奶”，我和鲁迅就用“少奶奶”作为杨之华的代号，别人是不知道的。我在上海收到鲁迅的信都烧了，我给鲁迅的信他也烧了，这是我们共同约好的，唯恐出了事情牵连别人。现在发现的几封信也不知道是怎么保存下来的。

鉴于1977年出版的《鲁迅研究资料》第2辑（文物出版社1977年11月出版，内部发行），刊登了新发现的鲁迅致茅盾的九封书信（茅盾应该刊编辑的邀请对这九封书信的部分内容做了注释，如对鲁迅在1936年2月3日书信中提到的“少奶奶”就注释为杨之华），茅盾在这里提到的“现在发现的几封信也不知道是怎么保存下来的”，显然是指这九封新发现的书信不知道是怎么保存下来的。因为1981年出版的《鲁迅全集》总共收入鲁迅致茅盾的十七封书信，其中有八封鲁迅书信是茅盾寄给许广平的，余下的就是《鲁迅研究资料》第2辑所刊登的九封书信。茅盾显然是不清楚在1977年发表的这九封鲁迅书信是如何保存下来的。

通过对比茅盾在1937年2月18日夜致许广平书信的内容和茅盾在1979年《答〈鲁迅研究年刊〉记者的访问》的内容，可以看出茅盾在1979年所说的“我在上海收到鲁迅的信都烧了”这一说法显然不准确。一方面茅盾在1937年2月18日把找到的鲁迅在1936年8月至10月间的八封书信寄给许广平，另一方面也说到“去年——哦，不，是前年了，前年的不知搁到什么地方去了”，这都充分说明茅盾并没有把收到的鲁迅书信都烧了。而茅盾“不知搁到什么地方去了”的那些鲁迅书信有九封被幸运地保存下来。

二 鲁迅致茅盾的九封书信发现始末

鲁迅研究室编的《鲁迅研究资料》第2辑首次发表了鲁迅在1935年和1936年致茅盾的九封书信：［一九三五年］十二月廿三夜、［一九三六年］一月八日、［一九三六年］一月十七日夜、［一九三六年］二月二日夜、［一九三六年］二月三日、［一九三六年］二月十四日、［一九三六年］二月十八日、［一九三六年］三月七日、［一九三六年］四月十一日。这九封信的抬头都是“明甫先生”，八封信的落款都是“树”，只有［一九三六年］二月三日的信署名“迅”。

编者在《关于以下九封信的说明》（《鲁迅研究资料》第2辑，文物出版社1977年11月出版，内部发行，第72页）中介绍了这九封信的发现经过：

> 一九六八年，在轰轰烈烈的无产阶级文化大革命中，革命群众发现了鲁迅致明甫（茅盾）的九封书信手稿。阶级异己分子姚文元得知后，立即指令将九封信手稿取走，扣押在自己手里，达九年之久。直至“四人帮”被粉碎后，才从姚文元黑窝里查找到七封手稿，后又找到一封手稿照片，另外一封还在继续查找中。这是“四人帮”破坏鲁迅书信出版的又一罪证。
>
> 除一九三六年一月十七日信根据手稿抄件排印（可能有个别地方抄错）外，其余八封书信均据手稿抄录。
>
> 我们请茅盾同志对九封书信做了注释，谨此致谢！

幸运的是，鲁迅在1936年1月17日至茅盾的信的原件不久也被找到。鲁迅研究室编的《鲁迅研究资料》第3辑（文物出版社1978年2月出版，内部发行，第24页）刊登了这封信的内容。编者特地撰写了如下的按语：

> 本刊第二辑刊载的被姚文元扣压达九年之久的鲁迅致沈雁冰

的九封信，那时八封据手稿排印，一封原件未找到，据抄件排印。所缺的一页手稿，现在也找到了，为订正抄件中的错误，将这封信重新刊载。信中最后所说“近得转寄来之南京中央狱一邮片”，我们从鲁迅收藏的书信中找出，原收信人的姓名被涂去。寿昌是谁，与鲁迅什么关系，我们还不清楚。现将“邮片”（明信片）内容附录于信后，供读者研究。

那么，这九封书信是如何被革命群众在“文革”中发现的呢？笔者从鲁迅博物馆的资料室中看到了闵奇若在1968年撰写的一份交代材料，从中可以知道这九封信被发现的详细经过。

最高指示：

“我们应当相信群众，我们应当相信党，这是两条根本的原理，如果怀疑这两条原理，那就什么事情也做不成了。”

关于几封信的交代

抗日战争胜利前，我曾在中国经济研究会工作，会址当时在南京路成都路转角。该会建立主要依靠当时上海各家银行以及一些较大的厂捐款办的，专门搞些出版。有《中国经济》，每月约一册，分送各银行及厂，也有专题的单行本，分送捐款的会员单位参考。我被分配在该会当时新成立的化工组内，在组长徐善祥（在之江大学曾教过书，我是由他直接介绍入中国经济研究会工作的人）指导下，曾将报刊书籍现成旧资料凑成一篇《中国酸［鏀?］工业的过去、现在与将来》，经他修改后，印成少量单行本。抗日战争刚胜利，当时只听说该会因捐款来源很困难，决定解散，那时大家最后再到各房间去看看各张办公桌子里还有东西没有，因为这些桌子椅子都是听说从［经?］各银行里借来用的，现在要还给人家，所以要查看一下。整理时，这些桌子里实际都已经空了，从我回忆的印象上，我好像是在统计组（组的负责人记得大概是叫盛灼三）的一个房间里（记忆中那时该室内已没有什么人，桌子放得很乱），我偶然拉开一张办公空桌子的抽斗（不知该桌子是谁坐的），在抽斗后面空隙处，匆促间，发现了几张折着的白纸，取出打开一看，都是信，没有信封，信下面具名是草字，看起来好像是“树人”二字，因为当时我对新文学新小说和草体字都不熟悉，好像曾听说过鲁迅，又有个名字叫“树人”，大家提起，总很敬仰，因此我想如果真是鲁迅写的话，作为乱纸弃去很是可惜，当时我便和爱好艺术文物一样，将它保藏起来。胜利后，我进入商办闸北水电公司后，不久我便将它贴在与同事凑合自印的几张纸上，和报贴放在一起，堆在书堆里，很多年一直未去翻过，思想上也完全忘了。

直到1966年9月14日，我爱人单位来我家帮助扫四旧，在取去东西的单子上见到有夹子一只，经我事后整理余物和细细回忆，我才想起取去的大概是那只报贴的夹子，我再想想夹子里除一些报贴外，还有几封以前曾认为可能是鲁迅的信。因此，我便立刻向包承忠同志口头汇报情况和自己的回忆，并写过我得到几封信的经过，交与当时的组织，后来又在1966年10月我的自我检查中做了书面交代。并在我所革命造反派夺权后，将经过情况另写过给陆鸣盛同志。在我爱人单位将东西交还我后，我才确知有九页上述的信。最近市内有同志提及，我便在6月12日将该九页信交给李亦娥同志，转请她交给革委会处理。

对我在抗日战争前，曾在中国经济研究会工作，以前在闸北水厂都曾向组织交代过。原来中国经济研究会里的人，自从抗日战争胜利后，解散到现在二十多年，都已不知去向。对该会情况可能知道一些的，想起一个名叫程克勤的，他当时在会里管总务的，后来听说在闸北水电公司阿瑞里工作，现在不知在哪里工作，有可能仍在电业系统工作。

闵奇若

1968/6/19

综合上述内容可以看出鲁迅在1935年和1936年致茅盾的这九封

书信的流转过程：这九封信不知何时从茅盾手中到了被中国经济研究会借用的某银行的办公桌中；当时在中国经济研究会工作的闵奇若在1945年抗战胜利前偶然从这个办公桌中发现了这九封书信并收藏在家中，“文革”中造反派从闵奇若家中抄走这九封书信；闵奇若在1968年向单位革委会报告这九封信可能是鲁迅的书信并写了发现这九封书信的经过材料；这九封书信在“文革”中又辗转到了姚文元的手中；“文革”后从姚文元家中发现这九封书信并转交鲁迅博物馆收藏至今。

关于闵奇若的情况，笔者从网络中检索到如下的资料。秦钧业在2009年发表在个人博客中的《我在上海市自来水公司四十年——纪实文学》一文中这样介绍闵奇若：

> 5. 闸北水厂　化学工程师闵奇若
>
> 闵先生中等身材，戴一副金丝眼镜，细毛胡子，一口苏州音，他是苏州大学全国著名园艺家、文学家周瘦鹃的学生，他学化学的，他的爱好是唱京戏，是唱旦角，爱好摄影，他的传统书法功底很深，我们成了师徒俩。他将1950年“二·六”轰炸，国民党飞机轰炸闸北水电公司，轰炸残景是他私人所拍，1950年能有照相机的人很少，只有高级人员才有照相机，拿照片讲解给我听，当时进水车间一角，厂沉淀池炸穿，炸了一个洞。会议室是开董事会议的地方，震落一片残迹，老师教我在摄影中如何构思，是非常重要的，我是无家可归的人，老师叫我帮他画技术曲线图，要画一年，365张，曲线图中，有每日气温、潮汐、水量、电基、余氯，用多种彩笔画，打开曲线图，展示一年风采。我们水厂，凝聚剂是家用明矾的，后来改用山东精制硫酸铝，制水原料紧张，由精铝改用粗制硫酸铝，到1958年更困难，粗制不能保证供应，水厂急了，闵奇若开动脑筋，进行技术攻关，电厂有大量煤渣，在煤渣中提取有效成分，老师做化验，我做助手，成功了，化验煤渣中含铝，老师的科技成功，助了我的写作成功，我文稿也成了，“只要有决心，煤灰变成金”

由局报转向市报，从此闸北水厂凝聚剂由铝灰与废酸代替。

从上述内容可以看出，闵奇若虽然专业是化学，但是热爱文艺，不仅爱唱京戏，传统书法的功底也很深，这也是他偶然发现这九封书信并保存下来的原因之一。

三 鲁迅致茅盾书信的余波

2007年，孔昭琪在《周建人为何毁掉了鲁迅给他的300多封信》（《中华读书报》，2007年9月21日）一文中再次提到了茅盾保存鲁迅书信的事，具体内容如下：

> 此外，对于那些与鲁迅通信的名家的来信，我们也很想有所了解，比如茅盾（沈雁冰）的信。（中略）茅盾先生轻描淡写地说“现在发现的几封信也不知道是怎么保存下来的”，而实际上，新版《鲁迅全集》所收鲁迅致沈雁冰的信不是简单的几封，而是多达17封！而且其中不乏重大政治内容，如不止一次提到当时牺牲不久的瞿秋白烈士的夫人杨之华同志（虽是用暗语），这要担多大的政治风险！“是怎么保存下来的”呢？我以为只有一种解释，那就是出于对鲁迅的尊重和对历史的责任感，茅盾先生冒着极大的政治风险保存下来的。然而，茅盾致鲁迅的信我们却一封也见不到，可见确是“都烧了”。为什么茅盾能保存鲁迅的信，而鲁迅却不能保存茅盾的信呢？难道鲁迅的处境比茅盾还要险恶吗？由此推而广之，《鲁迅全集》中那1400多封信的受信者的来信也都荡然无存，岂不同样都有一个不公平的问题吗？历史总会留下这样那样的遗憾，而有些遗憾是永远也无法弥补的。

很显然，孔昭琪没有注意到《鲁迅全集》收录的鲁迅致茅盾的十七封书信中只有八封是茅盾保存并在1937年2月18日寄给许广平的，另外九封书信（包括提到“少奶奶”即杨之华的书信）茅盾虽然没有烧毁，但他本人在 1979 年时也不知道是怎么保存下来的。而这九封书信能保存下来首先要感谢闵奇若。

（原刊《鸭绿江》2018 年第 11 期）

第六篇

观点撷英

论文观点

泓　峻：早期中国马克思主义文论家的传统教育背景及其对“左翼”文论的影响［《四川大学学报》（哲学社会科学版）2018/01］

中国第一代左翼理论家青少年时代接受的教育当中，传统教育占了很大的比重，由此形成的艺术观念与文学修养，是他们接受、理解从国外传来的马克思主义文论时无法排除的前见。“革命文学”论争过程中，面对年轻的革命家宣扬的“马列主义文学理论”，鲁迅与茅盾最初很大程度上是凭着从小培养起来的艺术直觉提出质疑，然后再为这种质疑寻找理论根据的；瞿秋白能够在指导“左联”工作时尊重文艺规律，并成为鲁迅的“知音”，进而对中国马克思主义文论与批评的建设做出突出贡献，其青少年时期所接受的艺术教育起了重要作用。

聂国心：论鲁迅与茅盾对文学核心价值的不同认识［《河南师范大学学报》（哲学社会科学版）2018/03］

鲁迅与茅盾都是文学功利主义者，都经历过由启蒙文学向左翼文学的转变。但鲁迅坚守文艺是作家个性和人格的展现。他的创作重心的转移呈现出长时间的“写新的不能，写旧的又不愿”的徘徊和苦恼。茅盾则没有把作者的个性和情感看成是构成文学作品的核心因素，他所强调的，就“内容”而言，是文学的社会性和时代性，就“形式”而言，是作品的艺术技巧和艺术创新。他的创作模式的转换比较顺利。

储银娟：郭沫若与茅盾翻译思想之比较（《郭沫若学刊》2018/04）

本文运用对比分析的方法，探究了郭沫若与茅盾的翻译思想，发现二人对文学翻译的作用、理想的翻译、提高翻译质量、文学翻译批评和重译问题五个方面有着相似的见解。然而，二人对于翻译与创作的关系和诗歌翻译的认识又有所不同。最后通过对比研究二人的翻译思想，读者能够了解他们对中国翻译理论的贡献，了解20世纪中国翻译界的主要思想，并为今后翻译理论的发展和研究提供线索。

程丽蓉：从老舍、茅盾对笛福的接受看二者市民社会叙事的差异（《中国现代文学研究丛刊》2018/09）

茅盾和老舍对笛福的接受带入了不同的参符，将之渗透于其对京、沪工商市民社会变迁集中持续的书写之中，形成了二人不同的叙事伦理范式。茅盾善于从时代历史的宏阔视野、从宏观经济角度把握和书写现代中国市民社会，其小说的叙事伦理以时代经济与历史趋势作为价值判断标准；而老舍则在中西方文化与人性的比较对照之中确立其叙事伦理，以人性美德和民族文化品格为价值衡量尺度。

彭林祥："京派""海派"论争后的论争——以茅盾和罗念生关于《荷马史诗》的论争为中心的考察（《中国现代文学研究丛刊》2018/06）

"京派""海派"论争后不久，茅盾和罗念生因《荷马史诗》引发了论争，双方非但未能达成共识，反而由学术争鸣上升为人身攻击。这场论争及余波不仅突显了作家（学者）在学术（文学）论文撰写上随意与严谨的对立，还突显了学术（文学）生产的商业化与反商业化，以及政治立场上左翼知识分子与自由主义知识分子的对立。梳理这场论争及余波的"明"与"暗"，不但确证了茅盾1930年代"卖文为生"的写作倾向，而且有助于窥探1930年代上海左翼文人与北方文人间微妙而复杂的人事纠葛。

周文晓："个人"概念变迁与早期现代长篇小说结构嬗变——以张资平、茅盾为中心的考察［《中山大学学报》（社会科学版）2019/03］

"人在历史中成长"是现代长篇小说的基本叙事要素，但不同的"个人"概念，会产生不同的"成长"叙事，导致建构主人公的不同原则，进而选择或生产出与之相适应的布局结构。"五四"以来，在达尔文生物进化论与马克思主义理论的渐次影响下，"个人"从生物性存在至社会性存在的转变过程，与早期现代长篇小说从个人生物时间与历史时间合一的历时性纵轴结构向以人为节点的横向几何网状结构的转折密切相关。这一关联性及其所引发的转折，在开创者张资平与范式确立者茅盾的作品中留下了鲜明的印记，对此后长篇小说的发展产生深远的影响。

徐仲佳：典型、读者趣味与"五四"白话文——论《子夜》的先锋性价值（《中国文学批评》2019/03）

"左联"时期，《子夜》的重要价值在于：以唯物辩证法表现中国的社会关系和阶级关系，这一成功是左翼文学独特美学品格形成的标志，使左翼文学与五四新文学区别开来。另外，《子夜》也对"左联"的一些做法进行了调整和提升，如在提倡"普洛大众文学"时脱离中国现实的偏颇。这表现在：吴荪甫的塑造达到了共性与个性的辩证统一，弥补了"左联"对典型塑造的忽视；"普洛大众文学"将工农作为理想读者，《子夜》更重视市民（大众）读者的阅读趣味；"普洛大众文学"崇尚"无产阶级的普通话"的文学语言，《子夜》则改造了"五四"白话文。这是对五四新文学传统的继承，完成了两个时代文学的创造性转换。

方维保：茅盾的民族主义与《子夜》的叙述伦理（《中国文学批评》2019/03）

《子夜》从最初构思到文本定型经历了一个叙述伦理的嬗变。在由构想进入叙述的过程中，社会科学话语与文学话语、阶级本质论与民族主义情结相互妥协，形成了多条线索拱卫聚焦核心人物和故事的局面。《子夜》将核心人物塑造成为具有民族主义情怀的经济强人形象，同时又编织了一座“围猎英雄”的十面埋伏阵，并为核心人物配备了一个能够使其得到淬炼、旗鼓相当的反派对手。这种创作主体动荡的叙述立场，在创造了英雄悲剧的同时，也造成了悲剧叙述“虎头蛇尾”的结局。

李　冉：外部“共谋”与内部论争——重读茅盾《清明前后》［《首都师范大学学报》（社会科学版）2019/05］

作为茅盾唯一的剧本创作，《清明前后》一般被认为揭露了国民政府政治腐败、工商业发展乏力的现实。该剧的产生虽然受到政治影响和政治包装，但它借助外部力量的“共谋”，在政治和艺术性之间取得了一定的平衡，国民政府、共产党、话剧艺术者和普通观众对话剧《清明前后》的接受，揭示出战时重庆纷繁纠葛的政治文化生态。在这种生态下，创作者与接受者相互制衡，缔造了新的书写空间和言说方式，获得了独特的审美感受。

廖海杰：战时经济视阈下的《清明前后》（《中国现代文学研究丛刊》2019/02）

被视为带有强烈政治性的《清明前后》亦是茅盾剖析 1940 年代战时经济问题的长篇叙事作品，所揭示的不仅是“官僚资本及其爪牙的卑劣与无耻”，还有恶性通货膨胀所导致的层层困局和经济大环境黑洞似的卷入效应。茅盾作为第二作者“帮助”宋霖写成的长篇小说《滩》与《清明前后》构成组合式结构，在战时经济问题上，前者对投机风潮的形成及其危害作剖析，用小说文体作尽量宽泛的扫描，后者则用戏剧的文体优势作集中批判。通过对《滩》的改进，经济主题被隐匿起来，《清明前后》建构成形了一种“阴谋式国难财”文学想象，压制了国民党官办剧团所试图制造的“奸商式国难财”模式，凝聚了广泛的社会认同，获得了清晰的伦理正义。

刘卫东：论茅盾的“古为今用”观——以对“卧薪尝胆”剧本的评论为中心（《中国文学批评》2019/03）

茅盾1961年发表《历史和历史剧》一文，采用“解剖麻雀”的方式，细致梳理、研究了以“卧薪尝胆”为题材的诸多剧本。他立足史料，厘清了不同作者对原本历史的增删、改写，使读者自然体会到过度修改历史、“以今变古”的荒谬，对当时历史与历史剧的论争作出了自己的回答。这其中既体现出茅盾作为思想家的敏感，也显示出他“不趋时”的研究路径。曹禺的《胆剑篇》得到茅盾赞赏，正是因为其在处理历史和虚构问题上掌握了恰当的“分寸”。与当时的多数人不同，茅盾认真研读文本并在此基础上独立提出和思考问题的研究方法具有重要的方法论意义。

翟月琴：探寻“理想的实在”：茅盾与叶芝戏剧的译介（《文化艺术研究》2019/04）

茅盾对叶芝戏剧的译介具有开创意义，自此以后，国内知识分子才对叶芝及爱尔兰戏剧文学有所关注。作为一种文化选择，茅盾翻译叶芝的剧本《沙漏》，如同新旧交替时代的一个记号。他以表现人生的目的为出发点，标记出现实与象征主义的差别；又批判性地评论“夏脱气”和爱尔兰戏剧复兴运动，借此为本土戏剧的未来探寻“理想的实在”。

陈童君：堀田善卫的《历史》和战后日本文坛的中国表述（《外国文学》2018/02）

1953年11月由新潮社发行的长篇小说《历史》是日本战后作家堀田善卫创作的所有中国题材小说中篇幅最长、叙事结构最复杂、出场人物最多的作品，在日本文学史上有“战后最宏大的政治小说之一”的评价。本文的研究目标在于通过最大限度地利用创作笔记、作家手稿以及其他相关一手档案资料，深入解读《历史》的创作手法、创作过程、文本结构以及作者对茅盾《子夜》和马尔罗《人的状况》的模仿和重构；本文还试图以堀田善卫的《历史》为案例研究战败后日本文坛的“中国”表述及其特质，尝试由一项具体的文本分析出发，管窥战后初期日本社会在对华表述和对华认知上所表现出的特点。

杨海燕：中国现代文学与儿童文学文论的一致性与错位——以茅盾20世纪20—30年代文论为例（《昆明学院学报》2019/01）

在茅盾20世纪20—30年代文论的论述中，中国现代文学与儿童文学共同承担着为“为人生”的社会责任，在内容上，都将科学、历史纳入视线之中，在语言方面则都竭力倡导更为通俗易懂的语言。儿童文学与现代文学的产生具有明显的外源性质、被侵略的性质与抵抗性质，但二者面向的群体不同，因此，中国现代文学与儿童文学文论之间既有一致性也有微妙的错位。

景李斌：茅盾在新疆时的创作补遗与文艺讲话［《新疆大学学报》（哲学·人文社会科学版）2019/06］

从1939年3月中旬到1940年5月，茅盾在新疆工作和生活了近1年2个月。由于新疆地理位置的偏远，资料获取不易，学界对茅盾在新疆时期文艺活动的研究并不充分，茅盾在新疆时期有些文学作品和文艺活动并未被学界注意到。例如茅盾在《新疆日报》上所撰的5篇文章《论“体验”和“实感”》《谈儿童读物的内容》《为了纪念高尔基》《抗战二周年来的文艺运动》《全国戏剧节献词》以及茅盾抵达新疆之初在文艺座谈会上的讲话，就没有被新旧两版《茅盾全集》所收录，有关茅盾的研究文章和年谱、传记也未曾提及。茅盾关注全国的抗战文化，关注新疆的文艺发展，积极贡献自己的才智与力量，指导青年的创作，茅盾的这些文章和讲话有非常高的学术价值，对于今天文艺的发展、作家的写作等仍具有积极的指导意义。

学位论文观点

刘　岩：文学与革命的双重变奏——以蒋光慈和茅盾 1925—1932 年间的小说为例，南京师范大学，2018 年，硕士，导师：杨洪承

革命文学是中国现代文学史上值得一书的重要一笔。20 世纪二三十年代，中国面临着内忧外患，国家的未来牵动着一大批文人知识分子的心。他们发起并参与革命行动，他们在文学作品中表现革命生活和革命情感、歌颂英雄、揭露黑暗。当时的文坛活跃着一大批革命文学作家，其中蒋光慈称得上是领军人物，而茅盾则是当之无愧的中流砥柱。面对革命与文学，两位作家的创作心理独特而颇具代表性，蒋光慈充满了激情，而茅盾却在现实中低徊；两者又都是孤独而迷狂的，只是主导面有所不同，他们的共通之处是时代给予的身份认同焦虑，身份的分裂是那一代作家面临的共同问题。与同时代的革命作家胡也频、华汉、丁玲、洪灵菲进行比较并分类，蒋光慈与茅盾恰好代表了两种不同的发展方向，将两者置于同一背景下进行探讨，他们的经历、作品及其风格变化、创作心理能够以点带面地展现作家内在的个体感受和外在的革命现实之间的矛盾冲突和作家的艰难抉择，从而在比较中探索革命文学史呈现的复杂性与丰富性。

夏芊芊：《子夜》中的媒介生活研究，山东大学，2018 年，硕士，导师：唐锡光

清朝中后期到民国初期，在西潮的推波助澜下，民间社会崛起，资本主义发展，文化的变迁也日新月异，20 个世纪，继“五四”启蒙运动之后到 20 世纪 30 年代，自然科学和人文科学的学术发展进入了高峰期，大众传媒作为连接民众公共生活的中介，其发展也进入高潮期。全文共分为六章。第一章是绪论，阐述本文研究背景，通过剖析现代写实小说《子夜》中主人公的媒介生活，分析 20 世纪 30 年代上海民族资产阶级及现代知识分子的媒介生活，分析社会生活中大众媒介带来的变化印记。第二章是民国时期中国的现代化研究及其在《子夜》中的呈现，分为政治、经济、文化三部分，主要阐述《子夜》中描绘的大众媒介在民国时期的发展背景。第三章是《子夜》中的媒介形式与现代化都市形象构建，以上海为例，从广告、报纸和电影三种典型媒介中分析了大众媒介发展与都市形象构建、海派文化环境的联系。第四章是《子夜》中的媒介生活要素分析，分为传播内容，接受群体和传播效果三个方面，并对其小说中写到的人物媒介生活典型情节进行了研究。第五章是对《子夜》作者茅盾的媒介生活进行的扩展研究，《子夜》中的媒介生活在一定程度上是茅盾现实媒介生活的写实和映射，在研究两者的联系中，进一步深刻理解作家媒介生活在现实和文学作品中的联系。

李弘佩：从马克思主义社会空间理论解读《子夜》的空间内涵，西华大学，2018 年，硕士，导师：邹波

《子夜》是茅盾以 20 世纪 30 年代初为时代背景创作的长篇现实主义小说。本论文以马克思社会空间理论为基石，对《子夜》展开文本分析。从 20 世纪末哲学界出现“空间转向”开始，学界对马克思主义的社会空间理论也开始了梳理和阐发。与传统空间观不同，以历史唯物主义以及实践观作为重要理论之一的马克思主义认为，社会空间是充满人类实践的“人化”的空间，它自身即是一种空间产物，该产物源于人类的生产活动，从而创造出空间形式和空间秩序，因此社会空间是在不断生产中的空间。本论文目的在于探索和实践马克思主义社会空间理论之于现代中国文学文本研究领域的理论有效性，本论文结合作者旨在反映特定时代的现实主义写作动机，着眼文本所设定的宏大的社会时代背景，重点分析城市空间、乡村空间并置于转化的历史性格局，具体而言，着眼于文本的细微之处，包括分析具体的场景、人物的具体言行、情节的发展推进等，旨在清理中国 20 世纪

30年代以上海为代表所显现的社会空间的不同发展阶段，分别是历史性空间、抽象空间以及矛盾性空间，并要分析三者相互混融、影响之关系而构成的复杂而独特的近现代中国历史发展图景。

孙胜男：茅盾小说中的女性服饰描写研究，曲阜师范大学，2019年，硕士，导师：刘聪

服饰描写在文学作品中具有不可忽视的功能，独特的服饰描写往往可以展现作者的文学艺术观和思想性格特征。茅盾作为一名“极喜修饰”的现代作家，其小说中有着精彩的服饰描写，尤其是对女性服饰的描写可谓着彩众多，独具特色。从茅盾小说女性服饰描写的特点入手，分析其服饰描写特点的成因并深入研究服饰描写背后所展现出的矛盾，便会发现一位兼具革命家、社会活动家气质，理性与感性并存的现代男性作家——茅盾。本论文分为绪论、正文和结语三个部分。绪论部分首先对“服饰”的概念进行界定，并说明茅盾小说女性服饰描写的研究意义；其次对有关茅盾小说中女性服饰描写的研究资料进行归纳概括；最后在此基础上说明本文研究思路与方法。正文部分分为三章。第一章结合小说文本对茅盾笔下的女性服饰描写特点进行研究。作为一个具有革命家和社会活动家气质的作家，一方面，茅盾通过服饰描写彰显了大革命时代人们精神面貌与身体服饰变革等社会变化，女性服饰是时代演进的身份标示和社会变革的时代表征，展现了与时偕行的时代话语特征；另一方面，通过时髦新异的都市女性服饰、欲望泛滥的服饰追求和城乡冲突的服饰对比突出了现代都市疯狂的消费与享乐主义，呈现了纷繁复杂的都市艳语特征。同时，作为一位男性作家，茅盾通过各种感觉与想象对潜藏在服饰之下的女性肉体进行情欲化刻画，展现女人的性感风姿，尽管这种欲望化的书写逐渐衰退了，但仍能在一定程度上体现世俗肉感的男性私语的特点。这种种的时代话语、都市艳语和男性私语相互交织，构成了茅盾小说丰富精彩、独具特色的女性服饰描写。第二章结合时代背景与茅盾自身经历对茅盾小说中女性服饰描写特点的原因进行分析。作家的创作特色与其生活的时代、环境、个人体验和艺术储备有密切关系。茅盾小说女性服饰描写特点离不开他现实的斗争生活，离不开时代和乌镇、上海等生活环境的影响。同时，茅盾早期生活所处的“女性世界”带给了他独特的两性体验，也为其提供了丰富多彩的“女性心像”，并形成其细腻独特的审美倾向；1930 年代后，茅盾人到中年，工作环境改变，公共理性扩增，导致其女性服饰的欲望化书写由强而弱，逐渐衰退。此外，对中国古典文学的广泛涉猎以及对西方现代文学等的兼容并蓄，使茅盾拥有了学贯中西，博古通今的文学积淀，其笔下的服饰描写也因此呈现出广阔理性又不乏感性细腻的艺术风格。概括来说，茅盾小说中女性服饰描写的特点是社会时代背景下的个性化创作，其中蕴含了茅盾与时代、与生活环境的紧密联系，也烙满了茅盾自身体验和文化熏陶的印迹。第三章结合茅盾小说女性服饰描写对其中潜藏的茅盾的“矛盾”进行揭示。茅盾笔名的来历就意味着“矛盾”二字与他有着难以割舍的联系。社会活动家的身份使他具有宏大理性的社会化思维方式，但细腻感性的生命体验亦存在于茅盾的小说创作之中，使其表现出理性与感性交织的复杂色彩；现实主义的创作理念使他热衷于都市叙事，但对都市的奇观化书写，恰恰暴露了茅盾都市外来者的身份与对都市文化的疏离；男性作家的身份使他尽管凭借自己开阔超前的思想对女性立场表现了认同与支持，但仍无法超越性别的局限，不自觉地流露出男权意识。这些内在矛盾向我们展现了一位兼具革命家、社会活动家气质，理性与感性并存的现代男性作家——茅盾。结语部分简要总结全文，重申茅盾小说中女性服饰描写的研究意义并指出本文的不足之处和尚需深入探究及拓展的领域。

刘　帆：茅盾外国戏剧翻译研究，陕西理工大学，2019 年，硕士，导师：冯玉文

茅盾不但是我国现当代著名作家、文学评论家、文化活动家以及社会活动家，更是成就卓越的翻译家。茅盾翻译了各类体裁共 322 个单篇，其中包括 28 部戏剧，本文首先探讨茅盾外国戏剧翻译的目的。其次，探讨茅盾外国戏剧翻译的选材标准。基于前述目的，茅盾在西方戏剧中进行严格挑选，有出于国家和作家的考量，有对妇女、儿童、社会世俗等问题的关注，这些戏剧多样的艺术手法、思潮在很大程度上改变了中国现代戏剧创作初期的单一性，给贫瘠的中国新戏剧带来了新风尚。再次，探讨茅盾外国戏剧翻译的策略。用同一文本不同译者翻译对比、译文原文对比、不同时期同一文本翻译对比可知：茅盾在大量译介西方戏剧的同时，也不断丰富自身的翻译思想，在语言欧化策略、直译方法、转译方式三个方面形成了自身独到的见解，不仅有异于鲁迅等人所倡导的“硬译”，也纠正了当时曲译、乱译等歪风邪气。最后，探讨茅盾外国戏剧翻译的影响。茅盾在从事西方戏剧翻译的过程中，潜移默化地吸收了国外戏剧的精华，将其运用在自己的创作中。他的戏剧翻译理论对当时的剧作者创作也产生了影响，规范了原创戏剧的创作方向，提供了多样创作方法，同时也扩大了大众看戏、演戏的范围，在大众读者中备受好评。总之，系统全面地梳理研判茅盾外国戏剧翻译的目的、选材、策略、影响，不仅可以全方位呈现茅盾外国戏剧翻译思想，也将引起学界对茅盾外国戏剧翻译、茅盾其他体裁翻译乃至茅盾全部翻译的关注，从而为茅盾研究和作家兼翻译家的研究提供范式。

肖　戎：《中国新文学大系·小说集（1917—1927）》的经典化研究，赣南师范大学，2019 年，硕士，导师：周建华

1935 年间，由赵家璧主编，胡适、鲁迅、茅盾、周作人等人共同参与编选的《中国新文学大系》（1917—1927）正式登上历史舞台。其中的三卷小说集分别由茅盾、鲁迅、郑伯奇编纂，收录了新文学第一个十年间共 157 篇小说，整体勾勒出新文学第一个十年小说的发展概况和创作面貌，体现了独特的人文内涵和艺术精神。本文从 1930 年代上海特定的文学生态出发，梳理、探究这一现代文学经典的诞生过程，再从小说集的时代选材、启蒙主题和现代艺术表现上力证其文本的经典性建构，最后以历史文化语境为经纬，梳理《小说集》在传播与接受视野下的经典化历程。全文分为五个部分展开论述：绪论：简要说明研究缘起，梳理当前学术界已有的研究概况，最后指出本文的研究方法、研究思路以及创新之处。第一章：主要论述《大系》的产生和小说集的成型过程。先重点论述1930年代上海的文学生态促进了《大系》的孕育，再以作家生存状态引出其编纂过程，然后论述《大系》出版之际的现代传媒塑造，最后着眼于编者的选取以及作家作品的选择，突显经典意识。第二章：论述小说集的文学经典性，探究文本的人文内涵和艺术精神。分三个方面依次展开具体论述：一是小说选材及内容上的时代性，二是小说集深刻的启蒙主题下的多样呈现，三是中西语言杂糅、传统与现代技法相融的艺术表现。第三章：论述三卷小说集的经典化历程。先简要说明文学经典化的内涵，再从三个历史时期梳理小说集及其作家、作品的传播与接受状况，即各有侧重地论述小说集20世纪三四十年代、八九十年代和21世纪以来的经典化历程。结语：通过论文已有论述概括出三卷小说集在传播接受历程中的经典化启示。从思想和艺术上对后世的深远影响，以及与中国现代小说发展、流变之间存在着的互动对话关系，总括这一现代文学选本的经典性意义和文学史价值。

王　迪：茅盾晚年生活研究——以《茅盾日记》为主体的考察，三峡大学，2019年，硕士，导师：潘大礼

茅盾作为新文化运动的先驱之一、中国革命文艺的奠基人，一直是文学界、史学界研究的重点和热点。多年以来，文学界中关于茅盾的学术研究硕果累累，但是学界研究茅盾的文学成果多属于文化史的范畴。相对来说，学界对于茅盾的日常生活研究相对较少，尤其是中华人民共和国成立后茅盾晚年的生活研究。所以研究茅盾晚年的日常生活特别是从20世纪60年代开始直至茅盾1981年去世这段时期是很有必要的，通过对茅盾晚年的身体状况、家庭生活、文化生活、政治生活等进行分析，以期发现社会政治环境对茅盾晚年日常生活所造成的影响。从茅盾的日记出发，将《茅盾日记》作为研究主体，对其进行思想、文化、社会和政治的综合考察，研究茅盾晚年的日常生活，解读隐藏在茅盾日记中茅盾在晚年的个人生活状况和社会生态变化，从新的角度研究茅盾。通过对茅盾晚年生活的研究可以发现，20

世纪六七十年代直至茅盾去世期间，茅盾所处的社会政治环境对茅盾产生了包括身体和心理的巨大的影响，尤其是茅盾晚年的思想发生了许多变化，这些变化体现了特殊时代背景下知识分子如何在纷繁复杂的政治环境中明哲保身与坚持社会责任感之间的矛盾。

杨　博：手稿拍卖中物权与著作权关系研究——以“茅盾手稿拍卖”案为例，西南政法大学，2018 年，硕士，导师：易健雄

本文以“茅盾手稿拍卖”案为视角，结合“钱钟书手稿拍卖”案、“赤壁之战壁画”案等同类主题案件，考察国内外相关的立法与学说理论，梳理物权与著作权冲突的表现，揭示冲突产生的根源，进而比较分析协调物权与著作权冲突的现有路径，最后提出此类案件的法律适用建议。本文分为四个部分：第一部分，以“茅盾手稿拍卖案”为例，引出案件的争议焦点——如何协调手稿拍卖中物权与著作权的冲突，以此作为本文研究的问题点。第二部分，通过研究“钱钟书手稿拍卖”案、“赤壁之战壁画”案和“小学教师教案遗失”案等具有代表性的同类主题案件，展示协调物权与著作权冲突的司法实践状况。第三部分，比较分析德国、日本、意大利、巴西等国的立法状况，并展开有关物权与著作权冲突问题的理论探讨。第四部分，检讨“茅盾手稿拍卖”案的裁判脉络，提出此类案件的法律适用建议。本文关注协调物权与著作权冲突并提出一些切实可行的方案。

宗典典：茅盾手稿纠纷案法律分析，沈阳师范大学，2019 年，硕士，导师：杨海瑶

茅盾手稿纠纷案发生于我国著作权法第三次修订过程中，国家版权局形成并提交《中华人民共和著作权法》（修订草案送审稿）（以下简称《送审稿》），就《著作权法》争议的“十八条”予以修订。本指向的标的为茅盾先生以书法创作的《谈最近的短篇小说》手稿（以下简称茅盾手稿），著作权人与手稿所有权人之间因涉及的所有权归属及著作权侵权纠纷诉至法院，现法院已经依法裁决。本文结构

第一部分对基本案情（基本事实、诉辩意见、审判结果、案件争点）简介，第二、三、四部分分别就争点逐一分析。争点一是茅盾手稿所有权是否归属于张晖，应明晰著作权与所有权之间的权利冲突，著作权人丧失对美术作品原件所有权的控制和占有后，引发权利冲突，从法律规定现状中著作权与所有权权能范围及在原件移转（物权变动）过程中二者之间的关联性作出分析，茅盾手稿现由非著作权人本人实际占有，并引出所有权人及委托拍卖公司之间是否侵权的前提。争点二是指茅盾手稿属于何种作品类型，对比司法裁判钱钟书书信手稿受著作权法保护的实例，本案明确规定手稿兼具美术作品与文字作品的双重属性，这种将手稿类型明确的裁判，在类案中认定手稿类型更具有参照性。手稿所有权人委托拍卖公司就手稿予以拍卖所实施的宣传造册、预展、展拍行为是否构成受展览权控制的专有行为，为本案争点三。在分析关于展览权性质、展览权侵权及有效抗辩后，美术作品原件所有人实施展览行为并不构成侵权，其背后所涉及的模式许可理论和权利限制理论同样也是《送审稿》修订的基本思路。

董盼盼：著作权与物权分离下名人手稿法律保护研究——以“茅盾手稿”著作权侵权案为例，兰州大学，2019年，硕士，导师：马明贤

2014年1月，中国著名文学家茅盾先生名为《谈最近的短篇小说》的作品原件被高价拍出，引发了茅盾先生的继承人与手稿原件持有人及经典拍卖公司的侵权之争。案件引发了法律界的热议，同时也折射出我国法律在著作权与物权分离状态下对名人手稿保护的不足与缺失。本文主要通过对“茅盾手稿”著作权侵权一案进行分析，具体研究在著作权与物权相分离状态下名人手稿的保护问题，从而为名人手稿的保护提出一些法律建议。文章第一部分回顾了基本案情及一审、二审法院的审理情况并提炼出案件的争议焦点。第二部分是案件争议焦点的法律分析，文章采取层层递进的方式，在对涉案手稿原件物权所有人认定、手稿作品性质认定展开分析的基础上具体剖析被上诉人是否侵害了上诉人的著作权及侵害了哪些权项。第三部分是由本案引发的法律思考。文章通过对争议焦点的分析反思了我国在著作权与物权分离状态下名人手稿法律保护的缺陷，随后分别从立法和司法两个角度对完善我国名人手稿在著作权与物权分离下的法律保护提出了具体建议。

雷　超：茅盾与五四社会改造运动，中国人民大学，2019 年，博士，导师：李今

茅盾向来被文学史家视为“社会剖析派”的标志性人物，这几乎已成为对茅盾文学风貌核心特质的共识性评价，但尚未有人将茅盾式的社会剖析风格放在五四社会改造运动中进一步追溯和探究茅盾成为社会改造式文学家的缘由及其思想原点。有感于此，本论题试图从作为历史范畴的五四社会改造运动角度重读茅盾在五四时代的各类著译文章及其所参与的各种政治、文化、文学、教育等社会实践活动，以期在五四时代社会思潮及其社会改造运动与青年茅盾主体选择的交互关系中整体性透视和系统性把握青年茅盾的思想生长点及其独特性。主流的茅盾研究多强调“外部因素”对茅盾的影响，在一定程度上把茅盾变成了某种主义或思想或意识形态的奴隶，或聚焦于茅盾思想中的“矛盾”由此推演出茅盾基于政治立场的“妥协”与“转变”。茅盾绝非盲从盲信之辈，本文经研究后认为青年茅盾的思想诚然经历了从不够成熟到逐渐成熟的发展过程，其中尤需注意的是，茅盾致力于社会改造与进步的目的和追求是一以贯之的，这是青年茅盾在五四时期就已形成的思想原核及其价值取向，也是他此后文学创作风貌形成的思想底色，更是他整个新文学思想形成、发展乃至贯穿其一生的总纲。

第一章围绕“五四社会改造运动中的茅盾”主要梳理了从晚清政治改革以迄辛亥共和后的民国政治生态现状，以及在此时代社会环境下知识界改革路径的变化：从聚焦于政府改革的政治改革渐转向更为中观的、关乎更大多数人的社会事业的改造与建设。在此意义，旨在通过思想启蒙巩固民国共和之基的新文化运动应运而生。青年茅盾以民国时期最大的文化出版机构商务印书馆为依托，在他的职业工作及其社会活动中既积极吸取又理性审慎地参与到旨在推进社会改造与进步的五四社会改造运动中。

第二章围绕茅盾肯认的“文学社会化”新文学观核心要旨重读茅盾在五四时期的新文学主张及其关于新文学改造与建设方面的具体实践活动。其中，尤其针对传统文学形态中消遣—游戏式的文学观念，茅盾特别看重新文学家自觉超越自身所处阶层在日常生活与社会视野方面之限界，始终自觉基于人类社会视域关切时代社会的现实人生。在此意义上，现代新文学被茅盾寄寓了“扩大人类的喜悦和同情”与“指示人生向更善美的将来”的期许与责望；在文学的艺术表达上，也进而特别强调新文学家掌握“综合”与“分析”时代社会整体状貌的思维与技艺。

第三章围绕“茅盾与妇女问题”主要系统梳理了茅盾在五四时期对妇女问题的基本看法与思想主张。同时以 1930—1940 年代茅盾妇女论为参照，从中足见茅盾对妇女问题的关注不仅是全面的、系统的，还是持续的、一以贯之的：从“常”的角度而言，茅盾在社会理想层面始终关切着整个妇女界是否真正获得全面的、实质的、作为“人”的解放；从“变”的角度来说，茅盾在社会现实层面始终基于不同历史时期的社会环境、当时的普遍需求以及显著的社会问题症候在妇女问题上做出因地制宜、因势利导的权衡与导引。

第四章围绕茅盾在 1920 年代末至 1930 年代初创作的系列新文学小说，在文本细读中去理解与把握茅盾对五四社会改造运动时代的文学书写。这是茅盾“社会化的文学”主张在其小说创作中的具体实践及其表征。茅盾通过描写系列不同个性的知识女性，塑造了一群颇具症候的时代女性文学形象，艺术地再现了五四新青年参与社会改造运动的践履历程及其心路历程，从中显见茅盾对社会五四社会改造运动的历史把握与理性审思。

第七篇

论文索引

2018—2019 年报刊茅盾研究论文要目索引

早期中国马克思主义文论家的传统教育背景及其对“左翼”文论的影响，作者泓峻，《四川大学学报》（哲学社会科学版）2018/01

生死与共的日子——从茅盾致张仲实的一封佚信说起，作者钟桂松，《文汇读书周报》2018-02-12

茅盾《杂谈苏联》的初刊处，作者金传胜，《文汇报》2018-02-12

茅盾小说特色研究，作者蒋晓钰，《青年文学家》2018/02

《百合花》的重刊与重评：兼论茅盾的阐释，作者巫小黎，《文艺争鸣》2018/02

堀田善卫的《历史》和战后日本文坛的中国表述，作者陈童君，《外国文学》2018/02

茅盾编辑思想的创新与融合，作者王琰，《商丘职业技术学院学报》2018/02

浅析《子夜》与《长恨歌》的上海印象，作者高辛卓，《名作欣赏》2018/05

在北京后圆恩寺胡同 13 号，感受茅盾，作者钟桂松，《国际人才交流》2018/03

从茅盾手稿案看书法作品，作者上海市第二中级人民法院袁博，《中国新闻出版广电报》2018/03/08

论鲁迅与茅盾对文学核心价值的不同认识，作者聂国心，《河南师范大学学报》（哲学社会科学版）2018/03

作家与城市的关系研究——以茅盾与上海为例，作者喻心，《芒种：下半月》2018/03

父亲丁景唐结识郭沫若茅盾经过，作者丁言昭，《世纪》2018/03

茅盾致张仲实佚信写作时间考，作者钟桂松，《文汇报》2018/04/09

茅盾呼吁重视拼音教育，作者方继孝，《北京晚报》2018-04-11

茅盾赴疆张仲实是否同机抵兰？作者钟桂松，《中华读书报》2018/04/25

新女性服饰描写中的现代性认同——以茅盾早期小说为例，作者段文英，《山西大同大学学报》（社会科学版）2018/03

茅盾创作的“莫须有”之过——关于《子夜》和《春蚕》的通信，作者解志熙、苏心，《文艺争鸣》2018/05

固守与抗争：茅盾《春蚕》的女性主义解读，作者李艳华，《名作欣赏》2018/14

关于茅盾的一则史料，作者曾祥金，《文艺报》2018-05-21

理性推导与诗化抒情——茅盾与沈从文小说之比较研究，作者陈婕，《福建广播电视大学学报》2018/03

刘以鬯关注茅盾的《走上岗位》，作者王建军，《文汇读书周报》2018-06-25

茅盾四封书信考，作者金传胜，《中华读书报》2018-07-04

《在岗位上》不是茅盾拟的书名，作者钟桂松，《文汇读书周报》2018-07-23

100年前，茅盾与孔德沚携手人生，作者木易、苏学恕，《工会信息》2018/08

茅盾一生中曾两次翻译《简·爱》，作者李婷，《文汇报》2018-09-07

茅盾的歉疚与刘绍棠的大度，作者钟桂松，《北京晚报》2018-09-29

它是中国近代第一份“驴友指南”，茅盾当主编，影响力直抵欧美，作者李婷，《文汇报》2018-10-21

茅盾早期文学理论、实践与影响（1919—1929）——兼论《读

〈倪焕之〉》，作者周晓平，《汕头大学学报》（人文社会科学版）2018/10

茅盾与金庸父亲是同班同学——我与金庸先生的交往，作者万润龙，《文汇报》2018-11-29

国民革命时期中群众的劣根性——解析茅盾《动摇》，作者王一帆，《北方文学》2018/14

历史化内在路径与父母形象重塑——以茅盾、柳青、杨沫子女追述为例，作者史婷婷，《南方文坛》2018/04

茅盾与鲁迅等人现实主义观之比较，作者王珂，《北方文学》2018/15

1930 年代都市文化与茅盾小说《子夜》的创作，作者刘彦博、李俊尧，《山西青年》2018/16

书法家程与天新书《茅盾诗词集——程与天金石书法》出版张家瑞、素素到场祝贺，作者吴曼琪、林峰，《东北之窗》2018/16

茅盾、鲁迅和郑伯奇的新文学观考辨——以《中国新文学大系（1917—1927）》小说选集导言为例，作者任杰，《西安石油大学学报》（社会科学版）2018/04

论茅盾的狭义神话观，作者陈金文，《河池学院学报》2018/04

论茅盾小说中的嘉兴文化地理因素，作者汪娟，《嘉兴学院学报》2018/05

蓬门存旧躅斗室育文豪——乌镇茅盾故居探联，作者解维汉，《对联》2018/07

茅盾小说创作中的女性身体与革命叙事策略探析，作者李玉荣，《赤峰学院学报》（汉文哲学社会科学版）2018/07

双峰并峙一水同流——现实主义观照下老舍与茅盾的对照，作者翟星宇，《兰州教育学院学报》2018/08

从老舍、茅盾对笛福的接受看二者市民社会叙事的差异，作者程丽蓉，《中国现代文学研究丛刊》2018/09

茅盾：文学创作与革命理想相伴而行，《万象》2018/18

茅盾的“三遍读书法”，《支部建设》2018/22

忆茅盾与赵丹在新疆的几段往事，作者王采南、方朔（整理），《文史精华》2018/23

现实主义的核心在于社会问题的抒写——以茅盾的作品为例，作者张大伟，《神州》2018/24

同时代的不同声音——费德林和利希查的茅盾研究，作者王玉珠，《名作欣赏》2018/26

浅谈茅盾文学作品中的政治意识，作者李紫君，《北方文学》2018/27

茅盾《子夜》中吴荪甫形象的两面性，作者胡鑫，《佳木斯职业学院学报》2018/12

郭沫若与茅盾翻译思想之比较，作者储银娟，《郭沫若学刊》2018/04

抗战时期郭沫若和茅盾的文化活动，作者钟海波，《郭沫若学刊》2018/04

主编的担当——从茅盾致叶君健的一封佚信谈起，作者雷超，《新文学史料》2018/04

《林家铺子》的创作理论及写作高度探寻，作者梁卓栋，《大观（论坛）》2019/01

单演义关于编选《纪念茅盾》的书信释读，作者宫立，《苏州教育学院学报》2019/01

手稿著作权客体类型探究——基于“茅盾手稿案”的分析与思考，作者石超，《中国出版》2019/01

成为作家：茅盾论当代作家的艺术修养，作者王本朝，《贵州社会科学》2019/01

革命叙事模式下茅盾小说中女性形象的转变，作者李玉荣，《石家庄学院学报》2019/01

茅盾与姚雪垠的《李自成》，作者阎开振，《博览群书》2019/01

中国现代文学与儿童文学文论的一致性与错位——以茅盾20世纪20—30年代文论为例，作者杨海燕，《昆明学院学报》2019/01

茅盾文学时代性的理论架构，作者余红梅，《池州学院学报》

2019/01

“失明”的老油灯醒着——追忆茅盾一个不老的故事，作者王宗仁，《美文：上半月》2019/02

茅盾科普散文的风格特点与价值理性，作者刘为民，《科普时报》2019-03-01

不随时尚，独树一帜——从茅盾给陈白尘的一封佚信说起，作者钟桂松，《文汇读书周报》2019-03-18

茅盾与驻华外交官魏斯科普夫的友谊，作者钟桂松，《国际人才交流》2019/04

浅析《野蔷薇》中的女性形象，作者陈文洁，《文学教育（上）》2019/04

论茅盾基于人类学派神话学说的中外神话比较研究，作者郑小军，《名作欣赏》2019/11

茅盾研究新境之开拓——评《茅盾研究年鉴（2014—2015）》，作者贾改琴，《名作欣赏》2019/11

茅盾佚简佚札中的林斤澜，作者肖进，《文汇报》2019-05-06

茅盾佚文《祝第一届戏剧节》，作者金传胜，《文汇读书周报》2019-06-10

“个人”概念变迁与早期现代长篇小说结构嬗变——以张资平、茅盾为中心的考察，作者周文晓，《中山大学学报》（社会科学版）2019/03

抗战时期茅盾与“孩子剧团”纪事，作者付冬生，《重庆科技学院学报》（社会科学版）2019/03

爱情寓言与革命激情的逻辑同构——茅盾《幻灭》文本细读，作者杨森，《肇庆学院学报》2019/03

茅盾与《文艺报》，作者吴泰昌，《文艺报》2019-06-28

典型、读者趣味与“五四”白话文——论《子夜》的先锋性价值，作者徐仲佳，《中国文学批评》2019/03

论茅盾的“古为今用”观——以对“卧薪尝胆”剧本的评论为中心，作者刘卫东，《中国文学批评》2019/03

茅盾的民族主义与《子夜》的叙述伦理，作者方维保，《中国文学批评》2019/03

茅盾先生与中国作家协会，作者杨扬，《文艺报》2019-07-12

中国现代文学语言的新探索——以茅盾长篇小说《蚀》为例，作者涂佳楠，《汉字文化》2019/14

莫让此“杨”成彼“杨”——教学《白杨礼赞》引发的思考，作者刘爱红，《中国语文教学参考》2019/14

论“阶级意识”在茅盾早期文学批评思想中的发展，作者程蕾，《江西社会科学》2019/04

探寻“理想的实在”：茅盾与叶芝戏剧的译介，作者翟月琴，《文化艺术研究》2019/04

在学术创新中体现人文情怀——评阎浩岗著《茅盾丁玲小说研究》，作者袁盛勇、邱跃强，《延安大学学报》（社会科学版）2019/04

外部“共谋”与内部论争——重读茅盾《清明前后》，作者李冉，《首都师范大学学报》（社会科学版）2019/05

茅盾的短篇小说观及其时代价值，作者饶倩倩，《佳木斯大学社会科学学报》2019/05

茅盾在新疆时的创作补遗与文艺讲话，作者景李斌，《新疆大学学报》（哲学·人文社会科学版）2019/06

由《创造》和《烟云》看茅盾对妇女解放问题的探索，作者李延佳，《名作欣赏》2019/23

展示当下茅盾研究的成果与方向——《茅盾研究年鉴（2016—2017）》出版，作者蒋楚婷，《文汇读书周报》2019-11-07

茅盾的启蒙老师，作者姚秦川，《人民政协报》2019-11-14

浙江举办茅盾研究峰会，作者黄尚恩，《文艺报》2019-11-20

第八篇

大事记

2018—2019年茅盾研究大事记

2018年1月

茅盾先生手稿案于2018年1月16日，南京市中院作出二审终审判决。

茅盾先生是中国现代文坛泰斗级人物，作为《人民文学》的第一任主编，在文学创作之外，其书法造诣亦极其深厚，所流传下来的诸多书信、题词、手稿，书法艺术价值亦被公认。在茅盾先生逝世33年后，他用毛笔书写的近万字手稿《谈最近的短篇小说》亮相南京一家拍卖公司的拍卖会，经过44轮竞价，最终拍出了1050万元的价格，刷新了中国文人手稿拍卖成交价的纪录。虽然竞拍人最后并未履约向持有人支付价款，拍卖未能最终成交，但相关新闻却引起了茅盾后人的高度关注。2016年7月，茅盾先生的孙子沈韦宁、沈迈衡和孙女沈丹燕向江苏省南京市六合区人民法院提起诉讼，要求法院判令南京经典拍卖有限公司、手稿持有人张晖停止侵害涉案手稿作为美术作品的展览权、发表权、复制权、发行权、信息网络传播权，以及作为文字作品的复制权、发行权、信息网络传播权的行为，并要求两被告在媒体公开道歉、赔偿损失。此案经过长达一年半的诉讼，2018年1月16日，南京市中院作出二审终审判决，维持了一审法院对手稿系美术作品的性质认定，以及原告作为继承人享有著作权相关权利、持有人张晖作为手稿所有人的认定，并且维持了一审中判决拍卖公司赔偿10万元的决定。判决还认为，一审中对侵犯手稿美术作品著作权的行为认定不完整，拍卖公司实施了不适当的拍卖行为，侵害了著作权权利人的发表权、复制权、展览权和信息网络传播权，据此判决拍卖公司就其涉案侵权行为在《扬子晚报》及其官方网站首页上刊登赔礼道歉的声明。

本月，钟桂松著作《茅盾：却忆清凉山下路》由黄山出版社出版。

2018 年 2 月

2018 年 2 月 4 日，著名茅盾研究专家、现代文学专家丁尔刚在济南山东省中医院与世长辞，享年 85 岁。丁尔刚先生先后担任第一、二、三届茅盾研究学会理事会副秘书长，第四、五、六届理事会常务理事，对我国茅盾研究事业做出重要贡献。

丁尔刚先生著有《丁尔纲新时期文论选择》(中国戏剧出版社)、《新时期文学思潮论》(中国广播电视出版社)、《鲁迅小说讲话》(四川文艺出版社)、《茅盾评传》(重庆出版社)、《茅盾翰墨人生八十秋》(长江文艺出版社)、《茅盾孔德沚》(中国青年出版社)、《茅盾的艺术世界》(青岛出版社)、《茅盾作品浅论》(青海人民出版社)、《茅盾散文欣赏》(广西教育出版社)、《山东当代作家论》(山东文艺出版社，与人合作，任主编与主要执笔人)。参与主编高校教材两部:《中国现代文学史》(上、下册，内蒙古教育出版社)、《当代少数民族作家作品选讲》(广西人民出版社)、《中国当代文学史》(上、中、下册，福建人民出版社)。

2018 年 3 月

李霁野致茅盾通信首次被展出。2018 年 3 月 15 日至 4 月 15 日，上海图书馆与大英图书馆联合举办了“文苑英华——来自大英图书馆的珍宝”英国作家手稿展，这是中英两国政府高级别人文交流机制中的一个重要项目——“大英图书馆在中国：共享知识与文化”的内容之一。备展期间，上海图书馆馆员刘明辉对上海图书馆中国文化名人手稿馆建馆至今所藏的 8 万余件书信和手稿进行了排查和遴选，发现一则李霁野致茅盾通信，未见于二人的全集、书信集和文集等相关文献及学界的研究论述。该信由茅盾哲嗣韦韬于 20 世纪 90 年代捐赠上海图书馆，书信正文以黑色墨水的钢笔写于淡黄色空白信纸上，捐赠时附信封一枚，邮票完好，邮戳未显示寄信年份。通过文本细读和内容分析，一宗译坛“悬案”的考证依据和鲜为人知的译坛佳话浮出水面。信始提到的《论文学翻译》应系《谈文学翻译》之笔误。此文最早发表于《苏联文学》1980 年第 3 期，写作时间为“1980 年 2 月 25 日”。通信全文如下：

茅盾同志：

近拜读大作《论文学翻译》，谈到您曾于卅年代写评《简·爱》一文，我还记得，但不知刊于什么杂志，想找看一下殊不易。您手头如有此文，可否挂号借我一看，看后奉还。如无，可否请您的秘书函告该文在什么杂志何年何期？知您甚忙，身体又不甚好，仍以琐事相烦，敬请原谅。我对您提的某一句译法很感兴趣，我原也是照您的句子译的，别人提议改，我改了。用两种译法对比写一短文，为文坛记一轶事，也有点意思。

敬祝

健好！

李霁野上

十一月十六日

2018 年 4 月

4 月 28 日—30 日，由中国茅盾研究会、贵州省青年文化学会主办的“中国茅盾研究会青年论坛”在贵州省文史研究馆召开。中国茅盾研究会会长、上海市作协副主席杨扬，中国茅盾研究会顾问、中国现代文学馆原副馆长吴福辉等全国各地文化学者二十余人应邀参会，齐聚一堂展开学术研讨。抗战时期，茅盾曾来过贵阳，大力支持抗战大后方的文学活动。此次论坛，旨在为茅盾研究学界的新生力量搭建学术交流平台，推动新时代学术文化繁荣。论坛启动后，征集到全国各地茅盾研究者发来的近20篇研究文章。专家围绕“茅盾与二十世纪中国文学”“茅盾与抗战时期文学”等议题展开讨论。本次论坛致敬文学巨匠，对解读经典文学作品、传递茅盾精神，具有很强的现实意义。

2018年6月

6月9日，由《中国作家》杂志社、浙江省作协报告文学创委会、中共桐乡市委宣传部和桐乡市文学艺术界联合会联合主办的“茅盾故乡行——中国作家看桐乡”采风活动启动仪式，在浙江华友钴业股份有限公司举行。《中国作家》杂志主编王山，中国作协社会联络部主任李霄明，《人民文学》杂志副主编徐坤，火箭军政治部创作室主任徐剑，《中国作家》杂志副主编程绍武，《中国作家》杂志副主编高伟，浙江省发改委副巡视员、省报告文学创委会主任张国云，桐乡市领导潘敏芳、费玉林、徐剑东、陈英，以及来自新疆、辽宁、深圳、浙江等地作家，共150多人出席了启动仪式。

2018年7月

7月7日，嘉兴人吴海忠在杭州西泠印社拍卖会上，以8万元价格拍下茅盾1957年的一封亲笔书信。这是一封茅盾写给读者童焕华的回信，字迹干净工整，言语诚恳谦逊，字里行间无不体现茅盾对这名素昧平生的读者意见的重视。亲笔信函全文如下：

> 焕华同志：
>
> 来信读悉。您对于《秋收》所提的意见很好，我很感谢。吃南瓜、芋艿等，是失于细考，曾有人来信提过，将来小说再版时当改正。至于篇中所说老通宝种的，是晚稻。那时，一般都以晚稻为主，但您所指出的时节问题仍然值得考虑，我将在再版时修改。总之，我很感谢您的意见。生活细节的描写，最易弄错。以上等等，足见我在这方面是不够熟悉的。匆此奉复，顺颂健康。

7月12日，著名茅盾研究专家、山东师范大学文学院中国现当代文学资深教授朱德发先生，因病医治无效，于2018年7月12日于山东大学齐鲁医院逝世，享年85岁。朱德发先生致力于中国现当代文学教学与研究至今。曾任南京大学、苏州大学中文系兼职教授，中国现代文学研究会副会长、中国鲁迅研究会理事、山东省中国现代文学学会会长、山东省茅盾研究会会长、山东省华夏文化促进会副会长等职务。主要著述有《五四文学初探》《中国五四文学史》《二十世纪中国文学流派论纲》《现代中国文学通鉴》等。

2018年9月

2018年9月17日，“鲁迅、郭沫若、茅盾研究”高端论坛在陕西师范大学启夏苑举行。本次论坛由中国鲁迅研究会、中国郭沫若研究会、中国茅盾研究会主办，陕西师范大学人文社会科学高等研究院、文学院共同承办。来自中国社科院、中国现代文学馆、北京鲁迅博物馆、上海鲁迅纪念馆、中国人民大学、南京大学等各地科研院所的70余位专家、学者与会。论坛开幕式由陕西师范大学人文社会科学高等研究院院长李继凯教授主持。中国鲁迅研究会副会长赵京华教授、中国郭沫若研究会执行会长蔡震研究员、中国茅盾研究会会长杨扬教授一致认为此次论坛首次将鲁迅研究、郭沫若研究和茅盾研究三个学术领域并置于同一场域，是学术会议形式上很好的创新，同时也为鲁迅、郭沫若、茅盾研究的专家学者们提供了互相交流互相促进的平台。

本月，阎浩岗著作《茅盾丁玲小说研究》由人民出版社出版。

本月，嘉兴名人故事系列连环画之《文学巨匠茅盾》由上海文化出版社、上海人民美术出版社联合出版，绘图：邵家声，编文：夏春锦。

2018年10月

2018年10月20日，由中国茅盾研究会主办，西南大学文学院承办的中国茅盾研究会第十一届年会在学校召开，会议主题为“茅盾研究的历史与变革”。西南大学副校长崔延强教授、茅盾研究会会长杨扬教授、西南大学文学院院长王本朝教授、原现代文学馆馆长、原茅盾研究会会长吴福辉教授出席并先后致辞。开幕式由山东师范大学贾振勇教授主持。

开幕式后，会议组织了两组大会发言。第一组大会发言由吴福辉教授主持，北京师范大学王泉根教授、辽宁师范大学王卫平教授、上海戏剧学院杨扬教授、中国人民大学杨联芬教授、北京语言大学李玲教授、西南大学李永东教授分别发言，广西师范大学刘铁群教授作点评。他们分别从“茅盾与中国百年儿童文学的演进”“茅盾研究的历史与沿革”“茅盾与女性问题”“茅盾与重庆的书写”等角度展开论述，刘铁群教授作点评。第二组大会发言由刘永丽教授主持，上海师范大学黄轶教授、深圳大学谢晓霞教授、南京晓庄学院杨迎平教授、中国现代文学馆张元珂副研究员、陕西师范大学钟海波副教授、中国人民大学雷超博士分别发言，讨论了“茅盾的人际交往”“茅盾与南社”“茅盾与古典文学的关系”“茅盾的编辑活动”等话题。阎浩刚教授做点评。会议期间，全体与会人员还就茅盾研究的相关问题分成两组进行了小组讨论，讨论中各位专家学者围绕“茅盾史料的发掘与钩沉”“茅盾作品的再解读”“茅盾作品的社会文化史考察”等方面展开讨论，精彩观点频出，气氛热烈。

会议闭幕式由重庆师范大学凌孟华教授主持。中国茅盾研究会会长杨扬教授作了闭幕发言，他高度评价了此次会议所涉茅盾研究话题的深度与广度，认为此次会议在茅盾史料的挖掘与研究方法的探索方面均有重大收获。

中国茅盾研究会编选、钱振纲主编的中国茅盾研究会会刊《茅盾研究》第 14 辑《新世纪茅盾研究论文集》由华东师范大学出版社于 2018 年 10 月出版。收录了中国茅盾研究会学者撰写的论文多篇，内容涉及茅盾创作综论、小说研究、文艺思想研究、生平与思想研究、编辑与出版研究等领域，充分展现了 21 世纪茅盾研究的学术成就，也反映出茅盾研究在广度、深度上进一步拓展的趋势。

中国茅盾研究会编选、杨扬主编的中国茅盾研究会会刊《茅盾研究》第15辑《纪念茅盾诞辰120周年论文集》由华东师范大学出版社于2018年10月出版。由中国茅盾研究会、上海市作家协会、华东师范大学联合主办的“茅盾抵沪百周年纪念暨第十届茅盾全国研究会年会”于2016年在华东师大举行，此次会议共收到论文100余篇。由中国茅盾研究会整理编辑成册。

2018年12月

浙江传媒学院茅盾研究中心副主任蔺春华教授主持的《茅盾年谱新编》获批2018年国家社科后期资助项目。2018年12月7日，《茅盾年谱新编》项目举行开题报告会。中国茅盾研究会会长、上海戏剧学院副院长杨扬教授，著名茅盾研究专家钟桂松先生，浙江理工大学新闻学院院长陈改玲教授，浙江传媒学院学科与研究生处长张邦卫教授出席报告会，会议由茅盾研究中心主任赵思运教授主持。此外浙江传媒学院主办，浙江传媒学院文学院、浙江传媒学院茅盾研究中心联合举办了“‘上海经验’与中国现代文学研究的新范式”主题讲座，主讲嘉宾：杨扬教授。

2019年4月

2019年4月3日，茅盾手迹入藏无锡博物院。无锡博物院之友首任会长、无锡商汇置业有限责任公司董事长孙银龙向无锡博物院捐赠了两封茅盾的亲笔手札。这两封手札是茅盾写给孙先生老师杨郁的。

茅盾是20世纪中国文学史上著名作家、文学评论家。杨郁1950年被保送到哈尔滨外语学院学习俄文，毕业后到南京师范学院执教“俄译汉”及“汉译俄”课程，研究茅盾译术等。2013年末，杨郁逝世，孙银龙先生从师母手中获得这两封手札，作为留念之物。杨郁在《纪念茅公逝世三周年感言》一文中提到，1962年，他曾就翻译问题致信茅盾请教，对于能否接到茅盾回信则不敢奢望，而茅盾先后给杨郁写了三封回信，让杨郁十分感动与喜悦。后来这三封信全部收录于《茅盾全集》“书信卷”中。遗憾的是，孙银龙在整理杨郁遗物时，只找到其中的两封。

两封茅盾致杨郁书信的时间都在1962年，一封日期是当年的7月8日。在该信中，茅盾肯定了杨郁“从外国的汉学家的译文中学习汉译俄”的方法，建议他可以“集合同好，成一小组，交流经验，促进翻译工作”。另一封信写于当年的10月16日。在这封信里，茅盾在谈及翻译的规律时，表现出对“信达雅”原则的推崇，并认为要做到“信达雅”，关键在于翻译者“把握中外文之程度如何，以及对原著理解力如何”。作为文学评论家，茅盾一生也曾翻译了诸多作品。在这两封回信里，茅盾清楚地表达了自己对翻译的理解和认识，对于后人研究茅盾的艺术思想具有重要意义。

本月，王嘉良著《理性审视：20世纪中国文化语境中的茅盾》由商务印书馆出版。

2019年7月

赵思运、蔺春华主编的《茅盾研究年鉴（2016—2017）》，由中国社会出版社出版。本书系浙江传媒学院茅盾研究中心与浙江省桐乡市文化和广电旅游体育局联合编撰的“茅盾研究丛书”之一。本年鉴全面整理了2016—2017年间茅盾研究大事记、关于茅盾的重要研究论文、论著，以及期刊、报纸、学位论文的要目与摘要，为文史专家和文学爱好者提供了重要资料，以便更好地传承茅盾研究。

2019年9月

经浙江省社会科学界联合会科普处实地考察、综合评定，浙江传媒学院茅盾研究中心被命名为“浙江省社会科学普及基地”，为四家省属基地之一。

2019年11月

2019年11月2日，由中国茅盾研究会、浙江传媒学院和浙江省桐乡市文化和广电旅游体育局主办，浙江传媒学院文学院和浙江传媒学院茅盾研究中心承办的2019年茅盾研究峰会暨《茅盾研究年鉴（2016—2017）》首发式在浙江桐乡召开。贾振勇、王卫平、钟桂松、王嘉良、吴秀明、王三炼、张邦卫、李新荣、王茂涛、俞春放、赵思运、蔺春华等来自全国各地的50余位专家学者与会。

在大会致辞中，主办方向与会嘉宾介绍了浙江传媒学院的基本情况和学科特色，强调浙江传媒学院作为在茅盾故乡办学的高校，有义务承担起研究茅盾、传承茅盾的重任。茅盾作品中所蕴含的许多重大命题，持久地存在着，更为全面、深入、系统地进行研究仍需进一步努力。成立四年来，茅盾研究中心中心在赵思运教授带领下，凝聚了一支有实力、有影响、有情怀的研究团队，发表大量研究成果、连续出版年鉴，开展多场学术活动，不断彰显学术活力和社会影响力。2019年，中心被遴选为第九批浙江省社会科学普及基地，将以更充沛的活力不断提升研究水平，提高文化号召力和社会影响力。

与会专家认为编撰“茅盾研究年鉴”“功德无量”，有以下特色和亮点：一是“不薄名家厚新人”，在收录中既关注名家的成果，也注重新人的研究，将有深度、有高度、有厚度的成果甄别遴选出来；二是信息量大，有学术索引的价值，并且在学术成果的价值认定上有独到的眼光；三是看到了茅盾研究的发展和深化，栏目设定的创新和域外视野的开拓是其一大亮点；四是更趋于完善。也有专家提出了许多宝贵的意见和建议。

多位专家向大会报告了新近茅盾研究的论文成果，其中包括茅盾作品研究、茅盾小说人物形象研究、茅盾与中国现代文化思潮研究等，引发热议，尤其是对茅盾与中国革命文化、不同历史语境中的茅盾创作与接受等话题进行了深度的讨论。与会专家对建设“茅盾研究资料数据库”工作提出了设想，在茅盾文化的学院研究与民间研究的互补融通、红色经典文化的传承与普及、大众传播视角与教育维度探索等方面，达成大量共识。

大会还举行了浙江省社会科学普及基地授牌仪式。浙江省社科联科普处处长宣读了《关于命名第九批浙江省社会科学普及基地的通知》，将省属“浙江省社会科学普及基地”授予浙江传媒学院茅盾研究中心。

2019 年 12 月

2019 年 11 月 30 日至 12 月 1 日，鲁迅、郭沫若、茅盾研究学术研讨会在青岛大学顺利召开，此次会议由中国鲁迅研究会、中国郭沫若研究会、中国茅盾研究会主办，陕西师范大学人文社会科学高等研究院、山东师范大学文学院、青岛大学文学院承办。来自全国各地几十所高校、科研院所的四十余位专家学者莅临会议。

开幕式由山东师范大学文学院魏建教授主持，青岛大学党委常委、副校长肖江南教授致欢迎辞，中国郭沫若研究会会长、中国社科院郭沫若纪念馆馆长蔡震研究员，中国茅盾研究会会长、上海戏剧学院副院长杨扬教授分别代表学会致辞，山东师范大学文学院党委副书记刘兆波代表承办单位致辞。

蔡震、李斌、钟海波、吕周聚、陈思广、阎浩岗、黄轶、苏永延等学者做了大会发言。四十余位学者分为三个小组进行讨论。学者们围绕着鲁迅、郭沫若、茅盾的思想、人际交往、文学作品等展开深入讨论，并就如何将学术研究做好、做实、做新等问题提出了诸多见解。浙江传媒学院文学院赵思运教授做了学术总结，指出本次会议真正做到了鲁郭茅三军会合，促进了三者的互动研究，避免了学科过度细化的弊端，并针对此次会议体现的学科新动向进行了评议，同时指出目前研究存在的问题。青岛大学文学院院长刘东方教授对大会进行总结，表达了对所有与会人员由衷的感谢。两天的研讨交流虽短，但成功达到了交流成果、沟通感情、促进鲁迅、郭沫若、茅盾研究深化和拓展的预期目的，为下一步的深入研究打下了坚实的基础。

此外，中国茅盾研究会理事会于 11 月 29 日晚顺利举办。